2023年中篇小说年选

孟繁华 —— 编选

海边的向日葵

山东文艺出版社

图书在版编目（CIP）数据

海边的向日葵：2023年中篇小说年选 / 孟繁华编选 . —济南：山东文艺出版社，2024.1
ISBN 978-7-5329-7048-3

Ⅰ.①海… Ⅱ.①孟… Ⅲ.①中篇小说—小说集—中国—当代 Ⅳ.① I247.5

中国国家版本馆 CIP 数据核字 (2023) 第 256163 号

海边的向日葵：2023 年中篇小说年选

HAIBIAN DE XIANGRIKUI: 2023 NIAN ZHONGPIAN XIAOSHUO NIANXUAN

孟繁华　编选

主管单位	山东出版传媒股份有限公司
出版发行	山东文艺出版社
社　　址	山东省济南市英雄山路 189 号
邮　　编	250002
网　　址	www.sdwypress.com
读者服务	0531-82098776（总编室）
	0531-82098775（市场营销部）
电子邮箱	sdwy@sdpress.com.cn
印　　刷	肥城源盛印刷有限公司
开　　本	710 毫米 ×1000 毫米　1/16
印　　张	28.5
字　　数	420 千
版　　次	2024 年 1 月第 1 版
印　　次	2024 年 1 月第 1 次印刷
书　　号	ISBN 978-7-5329-7048-3
定　　价	79.00 元

版权专有，侵权必究。如有图书质量问题，请与出版社联系调换。

序：走进乡村文明的纵深处
——评麦家『弹棉花』系列的中篇小说

孟繁华

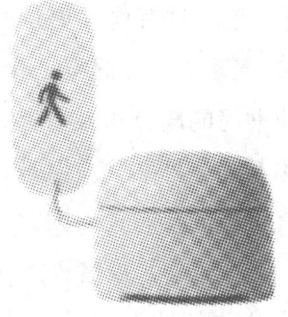

麦家用《解密》《暗算》《风声》等作品，"发明"了一个时代。大概正是因为这些小说，"类型"小说不再是一个"等级"文体，它同样是一个具有创造性的文体。这些作品改编成影视剧之后，在中国掀起了谍战影视剧的狂潮，这股狂潮或许还没有退去。麦家这些小说是我们陌生又深不可测的世界，在这个封闭的甚至与世隔绝的世界里，麦家的人物生活在另外一种空间，也是另外一种时间里。他们和俗世生活似乎没有关系，他们在一种崇高、庄严和使命神话的笼罩下，枯燥寂寞的日子被赋予了意义。创作这些小说时的麦家，少年意气英姿勃发，他用非凡的想象力将一个时代推向了全民狂欢。如果是这样的话，麦家就是那个时代的文化英雄。

这些小说带来的荣誉足以让人眩晕。但麦家没有眩晕。他后来创作了《人生海海》，据说有惊人的发行量。这不仅说明麦家的读者和拥趸居高不下，同时也证明了麦家拥有正面创作小说的才华和能力。现在讨论的是麦家在《花城》2023年开的专栏"弹棉花"，共有《老宅》《鹤山书院》《双黄蛋之二》《环环相扣》四篇中篇小说。将专栏命名为"弹棉花"，当然是麦家的有意为之。"弹棉花"是一种劳作，更是一种意象。"弹棉花"者，谦恭、卑微、任劳任怨。麦家选择了这样一个意象，足见此时麦家的心境和姿态。当然，这与他书写的题材和人物有关。这些小说的内容，离不开虚构，否则就不能称其为"小说"。但是，可以肯定的是，这些小说的内容与麦家的经验直接或间接有关。因此，某种意义上也可以说是麦家的"村志""村史"的一部分，或者说是他所理解的乡村文明史的一部分。他在"开场白"中说他要说实话："说实话需要一辈子的坚守，反之只要一秒钟的放弃。放弃有一种背叛的快乐，现在几乎成了我们生活的必需品。我立志要说实话，因为深信这是人文精神的标底。说实话，就很简单，我开这个专栏是'迫于宠幸'。是爱之切，如怒放的花之于一只老蜜蜂的惑。"于是，他便像一个背着"巨型弓箭"的弹棉花的人，将乡村的异闻旧事翻检出来，弹出了人们"心灵的棉花"。

他要讲述的既有"自己"的外公、母亲、娘姨等"亲人"，也有金菊、长毛阿爹、劁佬、长毛囡、建中、建国、梅花、兰花等乡里乡亲的诸多悲惨故事。更重要的是，通过讲述这些人的遭遇和不幸，不只要反映时代变迁或家族命运，这种言传意会自不待言——在我看来，通过诸多亲人乡邻的遭际和命运，他要表达的应该是对人性的理解和关切，是一种与人的终极追问有关的问题。这个问题既有人难以超越和极度困惑的"万古愁"，也有困惑转化的浩茫心事，这心事是来自家乡的忧伤和无解，是人生无常的万般慨叹。这是麦家这些小说共同的情感特征。另一方面，麦家对故乡往事用尽心思的书写，也可以看作是对故乡和家族历史的一种温情和敬意：本质上，那就是乡土中国曾经的生活，是那片土地上普罗大众曾经的命运。

老宅，就是祖屋，是祖上留下的基业，也是家族世代繁衍生生不息的私人空间。因此，"老宅"既是具体的所指，也是一个具有象征意义的符号。老宅里有数十年几代人的命运，那里的谱系关系是个人肉身的来处，也是个人精神的归宿。《老宅》写外公、母亲最生动。但那里的家长里短日常生活，最终透露出的还是人生的虚无："有时外公真不知道这辈子在为什么活，有时他觉得活着就是为了过年过节，小辈子来看他们。"外公居然用他的手杖乐此不疲地戳小老鼠，一戳死一个，他感到快乐。这种极端的行为让人难以理解，外公却乐此不疲。问题是，外公，一个曾经的地主，又获得了"逞强好胜的乐趣"。麦家可以将一个老人用手杖戳小老鼠的情节，不厌其烦地写几个页码，不只是显示其叙述的耐心，更是将一个人的虚无感写到了极致：

外公戳小老鼠的竹竿断了，他一头栽在地上。他大声呼救，瘫在床上大半年的外婆听到了。可怜的外婆"以为自己能爬出院门，去路上呼救。没想到，她在床上已经躺了大半年，肌肉早就萎得不成样，拼死滚下床，更拼死地爬出屋门，整个人像痿了似的，根本动弹不了，进无力，退无能，尸首一样。傍晚时分，天开始下雪，先把她冻醒，后将她冻死，活活冻死"。用讲述者的话说："两个老人，一个摔死，一个冻死，而且三天后才被人发现，这对后辈来说无论如何是羞的，不宜传播。"

故乡的故事没有惊涛骇浪，但在老宅里却一波三折。比如老宅闹鬼，大抵是因为大娘姨埋在了院子里的大树下。卖老宅是因为当年一个剃头的惦记上了大娘姨，其儿子当了老板，要了却老子的心愿，就用十万块钱买了老宅。还有"我"那老丈人，"在去世前一个月，老爷子预感来日不多，一日下午召集子女三家亲人悉数到场，仪式感很强，让我用束腰带把他绑在轮椅上，尽量端正坐姿，交代大事后事"。他是要分配他的遗产。他按照目录分配，十分之九捐给了政府，十分之一分给了三个孩子。但给人印象深刻的还是母亲。那个著名的"鬼屋","在经过多重杀鬼除恶和严密布防后,母亲再次身先士卒,独自一人入住,不要我们任何人陪。她说,正如上山砍柴,带人不如带绳一样,我们谁跟着都只会乱她手脚。她有必胜信心和舍生忘死的勇气,桃木家伙也不带一件,单刀赴会,随身只带了一副外公外婆的遗照镜框(大娘姨没拍过照)"。母亲是何等威武雄壮气盖山河。但母亲又相信有神灵:

> 如果不出所料,接下来七天母亲会很忙碌,要施一系列法术法事,替大娘姨通灵、安魂、护法、送一程、祭一生。事实上,这并非大娘姨的特权,而是上溯三代去世的长辈和平辈及年满十六岁殁的小辈,年年都能享的待遇,即在他们的忌日举行祭祀仪式。照规矩,祭祀除开丰盛的酒肉饭菜,重点是要备上念了七日真经的冥钱佛包,应时适地焚为香灰,送入阴府,祈佑亡灵年年有余,岁岁平安。
>
> 母亲经常说,荫堂就是阴人的天堂,她现在已经是大半个阴人,荫堂就是她的家,待着忙着,心安理得。她还常教育我说,荫天过好了,阳日才好过,才有福报。我不大相信这些,母亲说:"所以你遇到坏人才害怕。"也许为了安慰我,她又补一句:"人年轻时都这样。"

这似乎是一篇写乡村往事的怀旧小说,但小说具有鲜明的现代意识。这个现代意识就是对生死、鬼魂以及阴阳两界的描摹和理解。这是一种看不见的对话。这种对话隐含了不同文明的矛盾和交流,隐含了对不同文明形态的包容和宽容。特别是母亲的形象,就是集天地万物于一体的精灵,她无畏无惧,大义凛然。她有敬畏,有担当,她是母亲形象,也是老宅神出鬼没又魔力无边的魅力所在。老宅就是母亲。

《双黄蛋之二》带有"志人小说"的遗风流韵。从毕文毕武兄弟到"我"早夭的双胞胎哥哥,再到建中建国、梅花兰花夫妇,以极具民间传奇色彩的"双黄蛋",串联起几个荒诞的人间故事,通过离奇的个人命运,表达了时代的风起云涌。《双黄蛋之二》写的奇人轶事,令人拍案称奇:母亲生了双胞胎,饿得没有力气生下第二个,外婆用一颗金牙换了一篓子挂面,母亲吃了挂面才将后面的生下来。饥荒的年代,母亲三个月没吃过一顿饱饭,父亲拼了命到"蛇窝子"捉蛇给母亲补营养下奶水,不料父亲被毒蛇咬了脚踝,锯掉了一条腿。外婆的第二颗金牙救了父亲的命。母亲伺候父亲三个月,两个小哥哥却一命呜呼。当然都是饿死的。

师父的一儿一女,都非常优秀,读完本科去国外读研,读完研均在国外找到体面工作,不想回国。师父和师娘说:"你们俩总得回来一个吧,给我们养老送终。"儿子和女儿在不同的时间里对二老说同样的话:"你们俩总得出来一个吧,孙子孙女等着你们来带呢。"不用说,败下阵来的笃定是二老。在新世纪前后的将近十年时间里,师父和师娘轮流飞来飞去,候鸟一般,值勤一样。飞了十来年,两个人都飞累了,不想飞了,选择却相背:师娘停在国外,师父回到国内。

这可苦了师父,老来没个伴,孤枕难眠,恨起人生来,戒了十几年的烟和酒都捡了起来,甚至变本加厉,身体不可避免地每况愈下,偶尔报警。

更令人不解的是,两个双胞胎,一对男的一对女的,喜结良缘。但都没有生育,被婆婆拆散;然后是姐妹易嫁,不被察觉对外称"复婚"。然后双双同一时辰怀了孕,又同时生产。结果生产不顺利,大人孩子四条命都没了。这是一个极为荒诞的故事,它的极端性完全超出我们的想象。这样的巧合,除了宿命我们再也找不出合理的解释。麦家一再地写到死亡,显然不是无意的。

《环环相扣》是传奇、笔记、世情小说的综合体。长毛阿爹和长毛囡,都是传奇人物。这不只是讲述者的叙述,更有两人打斗的翔实叙述。特别是长毛囡,不仅敢于当众顶撞谩骂长毛阿爹,更严重的是竟将长毛阿爹的紧要处捏碎了。威风一时的长毛阿爹一蹶不振,剩下的只有苟活了。但长毛囡犯了大忌，她把"阿爹"的名望和面子剥光了，"自己也没有落得好名，男人女人都在背后骂她，咒她。当面当然是人人怕她，都对她端一张笑脸，有人甚至亲切地叫她'囡囡'"。这个无人敢惹的"村里第一泼妇"遇上了劁猪匠。两人有了鱼水之欢，长毛囡有了比较有了新感觉，竟有了"劁"丈夫的杀心。两人故事未果，又出来一个桂花。桂花和金菊婆婆学裁缝，家里几辈寡妇。桂花也遇上了劁佬，有了男女之事。婆婆因自己的寡妇遭遇深明事理，成全了桂花。但劁佬因和长毛囡苟且，便不大敢来桂花这里。桂花则在婆婆指导下用针扎小布人，以报复劁佬的"始乱终弃"绝情无义。劁佬因长毛囡的"贪婪"，不久便大腹便便地患了绝症。"劁佬没活过当年冬至节，死时腹胀如鼓，像在水里溺死捞上来的。有些对劁佬知根知底的人在私底下说，他是淹死在女人的阴道里的。长毛囡没有想他是死自己手上的，倒是桂花和婆婆一直想，他是死在她们手上的。"看长毛囡、桂花、婆婆和劁佬的故事，恍惚又回到了《金瓶梅》或《水浒传》的时代，劁佬虽然不似西门大官人，但桂花和婆婆却和潘金莲、王婆如出一辙，而婆婆的邪恶的心机一如曹禺《原野》中的焦母。小说有世情小说因果报应的路数。最扎眼的还是关于欲望和生死的抒写。长毛阿爹、劁佬和小孙子的死，将欲望和无常表达得极为形象和透彻。

"弹棉花"系列中的《老宅》《双黄蛋之二》和《环环相扣》，让我们想到当代小说最大的问题，也就是精神归属的问题。这是当代小说最难处理和解决的问题。普遍的方法，是将人物置于与政治相关的立场或追求上。一旦时过境迁，这样的作品便会速朽。更多的处理方式是将人放逐。一如贾宝玉、庄之蝶以及那些"零余者""遁世者"或"逃亡者"等，或是让其死亡。死亡是放逐的极端方式。这是处理人物结局惯常的方式。我相信麦家也在思考这样的问题。不同的是，他将"认祖归宗"作为讲述者的精神归属。他所讲述的这些故事，离开了嘈杂的都市，离开了神秘莫测的卧底谍战。无论他获得过怎样的荣耀，有过怎样的高光时刻，与亲人们曾经的苦难，曾经的孤寂和茫然无措相比，这些世俗荣誉都是过眼云烟。因此,这是麦家精神上的一次寻根之旅,一次安放魂灵的探险。这种处理方法虽然是一时的策略,是不得已而为之的临时选择,但麦家毕竟向前走了一步。要紧的是,对于推动当代小说发展而言,哪怕是一个微小的进步,都价值千金。

钱穆先生说,久离家园,一旦重返,那将是何等地快乐?这不仅是口腹之欲,耳目之娱;在其背后,有一项极深心理,虽难描述,但亦是人所共晓。钱穆先生说的是久居英美,早餐总是黄油面包牛奶橘子水,因此会常常想到油条烧饼与豆浆;在台湾,外国电影看腻了,忽有黄梅戏《梁山伯与祝英台》,一时如疯如迷。倒不是说麦家久居了英美或台湾,他是否久居我也无从知晓。但他曾有漫长的城市生活背景,有漫长的生活在谍战和情报虚拟世界的经历是可以肯定的。这些经历是一个重要的背景,也是他求功名、求荣光的经历。但是,功名和荣光满足了一个时期的虚荣心理后,是否解决了"人生出路"和"苦闷心理",是大可怀疑的。麦家在精神上重返故里,表达了他小说的另外一种追求。这一追求与其说是题材意义上的,毋宁说更与精神出路的探求有关。

《鹤山书院》不在"弹棉花"的"乡土"系列中,但小说呈现的人物的文化属性在同一谱系里。《鹤山书院》的故事集中在一个县城,讲述的是"我"、老县长、老书记和老教授几位人物的不同命运。县城里没有惊涛骇浪或大起大落的离奇故事,但没有波澜的日常生活却同样可以改变一个人大起大落的命运。用老书记的话说,老县长是一个好人。断送其政治生涯的,是县招待所一个女服务员举报了他诱奸——原话是"摸她屁股又想摸她奶"。就是说,县长只摸了屁股,据说是吃了酒,系酒后失态。事情若处理得好,这不至于闹得满城风雨。但因为满城风雨,所以丢盔卸甲,丢了县长,丢了面子,一家人脸面扫地,感情破裂。一县之长只因行为不慎,一失足成千古恨;老书记虽然没有老县长的风流韵事,可到头来意味深长的是:"他一直想避免犯错误,却一直在犯错误,越来越错误。"然后,他先戒掉了酒(这是罪魁祸首),然后被迫戒掉了做丈夫(离婚),然后又主动戒掉了做现代人(穿道袍长衫），最后连男人也不做了（借助药物）。书记用了"化学阉割"这个词。书记说，"他就这样把自己变成了一个不男不女、半人半仙亦半鬼的怪胎"。那个"老教授今年七十八岁，出身名门，却生不逢时，一生颠沛，待过五个省市和城乡，离过三次婚，膝下六个子女，晚年孑然一身，贫病交加，一心向死。然而好人命长，求死不得，在病榻上躺了一百二十三天后，他攒够——也可能是偷的——五十粒安眠药，一口吞下，坚决地撒手人寰，未留片言只语的遗言。他一生崇尚数学之美，但自己一生并不美，只是某一门哲学的写照：荒诞与反抗，存在与虚无……"

"弹棉花"系列，几乎都在日常生活中展开。这种生活方式是中国的经验，也可以说是乡村中国文明的一个方面。这种表述虽然有夸大其词的嫌疑，但是，无论是经验还是文明，都是具体的而不是抽象的。无论经验还是文明就体现在我们生活的细枝末节上。麦家充分地甚至极端化地书写了他所理解和经历的日常生活，与其说是在展示他的乡村经验，毋宁说是在批判和检讨我们文明的某些方面。我们所说的"文化自觉"，就在于敢于反思和检讨我们的文明和生活方式，就在于敢于揭示人性中那些阴暗的心理和行为。这种反思和检讨就成了麦家的"浩茫心事"，这心事是如此沉重，一如乡间田野上空密布的乌云。

另一方面，"弹棉花"系列的六篇小说，除了《在病房》外，其他五篇都写到了死亡。《老宅》中的外公，《双黄蛋之二》中的双胞胎姐妹和她们腹中的孩子，《金菊的故事》中的金菊，《鹤山书院》中的老教授，《环环相扣》中的长毛阿爹、劁佬和小孙子等，都相继死去。这是简单的重复吗？当然不是。这里隐含了麦家对人的命运的终极思考，人的终极悲凉是人的大限不可超越的悲剧，这个悲剧就是从古至今的"万古愁"。《论语》中关于生死的议论有很多，比如"未知生，焉知死""自古皆有死"等。到了诗人那里，关于人的生老病死和无常人生，成了"万古愁"。最著名的是李白《将进酒》中的"五花马，千金裘，呼儿将出换美酒，与尔同销万古愁"。如果是这样的话，那么麦家"弹棉花"系列小说的忧思和主题,就接续了古人"万古愁"的主题。但麦家小说对"万古愁"有了新解,这是麦家小说的时代性。或者说,麦家经过长久的思考,他走进了乡村中国文明的纵深处,他看到了人性在悠长的历史隧道中缓慢地走来,无论经过怎样急风暴雨的革命或重大历史事变,人性中那些持久不变的东西,特别是人性中那些黑暗的恶的东西,并没有发生真正的革命。心性冷硬的外公,招摇撞骗的郎中,外强中干的长毛阿爹,欲望无边的长毛囡,扭曲变态的桂花的婆婆等,他们从不同方面表现了人性之恶。在当下文学越来越缺乏思想深度的情况下,麦家敢于奔赴人性深处的隐秘幽暗地带,发现、揭示并给予无情的批判,显示了麦家作为作家的良知、见识和勇武。但是,我并不认为这是麦家小说创作的转型。于麦家说来,"弹棉花"仅仅是麦家小说题材的变化,他对人性的关注,对人的情感、精神世界的剖析、发现和关注,是一以贯之的。

我还感兴趣的,是"弹棉花"系列的小说,在形式上每篇都有差异,都不重复。我相信一年的时间里麦家要完成六篇小说,他必须时时警惕自己的重复,他要有意识地挑战自己而不是驾轻就熟。但这是一件非常困难的事情,麦家做到了。人生的难解之谜和精神困境,蕴含在这形式完全不同的讲述里,这也是麦家挑战小说形式的胜利。

目录

序：走进乡村文明的纵深处
——评麦家"弹棉花"系列的中篇小说/孟繁华
·················· 001

老宅 / 麦家 ………… 001
九重葛 / 邵丽 ………… 029
江山志 / 老藤 ………… 067
那么多的日子 / 黑孩 ………… 118
万事如意 / 吴君 ………… 159
海边的向日葵 / 肖勤 ………… 194
花问 / 计文君 ………… 244
白色长颈鹿 / 孟小书 ………… 302
渔火 / 沈念 ………… 353
渔家姑娘在海边 / 林那北 ………… 396

麦 家

老宅

> 母亲对儿女而言，就像一座老宅。
> ——题记

我母亲是骆村人，从我们双家村去，要翻两道岭，走二十里山路。公路也有，却要远五里路，无人走。只有汽车走。小时候，我一年至少要去两次骆村：头次是春节，拜年；二次是夏天，过暑假。外公从前是地主，是那种拼命做出来的地主，勤劳致富的那种，不是恶霸那种，口碑和人缘不赖，解放后虽然被打倒，乡亲并没有要死不活斗争他，只是没收了山林和槽厂，连房子都没有瓜分。地主嘛，房产是一等的，坐落好，在村口岭脚上，拔得头风头水，跟村落有接有离，热闹中有清静。房子不高大，但有园林，有院落，占地可观。园林是密匝匝一片紫竹，一堆乱石——先前一定布置成景的，我看到时已经四零八落，捣乱在竹林中，爬满青苔和枯竹叶。院门前有一对石狮，狮子不开口，席地坐着。母亲说，这就是咱们外公，做人很收敛，狮子当狗用。进了院子，两边是厨房膳屋，均为平房，正中是一幢两层主楼——因坐在坡上，实比三层高，有七级台阶。我在台阶上跌过跤，磕掉一颗大门牙。好在是乳牙，不影响长新牙，不破相。台阶前，是四周房屋围出的一方道地，有半个篮球场大，中心砌一个水泥坛，长生不老地活一棵大枣树，结的却是青枣，不好吃，酸死人。村人不瓜分这房产，跟外公人缘好有关，据说跟这枣树也有关——当然不是因为枣子不好吃，是我大娘姨吊死在这树上的缘故。

  大娘姨，十七八岁，偷偷谈对象，是外公以前一个长工的儿子，在镇上一爿剃头铺当徒弟，头发打理得蛮好看。母亲说，大抵是这个缘故，大娘姨看中他，偷偷相好，骂不开，拆不散。外公当时已经活出息，造好这房院，是村里头面上的人，要面子，把她锁在正屋退堂里，送饭上门，不准出门。锁到第三天，外婆娘家死人，一家人去奔丧，吃豆腐饭。当日深夜回，大娘姨已吊在枣树上冰冰凉，死翘翘。小时候的我听了这故事，问母亲："大娘姨为什么不跑去镇上找她对象？"心想，既然死都不怕还有什么好怕的，索性嫁给他好了。母亲不答，径直说下去："自那以后，我一直怕这枣树，盼它死，它却越活越旺盛，像大姐埋在了树下，给它做了肥料。"如实讲，大娘姨没有墓地，被顺便埋在树下的可能性不是没有。母亲说，那年她不到十岁，胆子小，不懂事，不知大姐是不是被埋在了树下。但这种讲法笃定有，后来我都听到过。我寻思，村里人不要外公房产，跟这个讲法脱不开。谁要跟一个吊死鬼住呢？

  外公先有三个女儿，死一个，又生一个，还是女儿，总归是三个女儿。母亲说，天有定数，外公是没有儿子的数，也寻不到上门女婿。我父亲本答应做上门女婿，临时解放了，变了天，外公被土改，戴了帽（地主），任人奚落，也被父亲奚落，赖皮，不上门，把母亲抢回家。母亲说，这是好事，活在一个地主屋檐下，日子不好过。三个女儿一个个嫁出去，独剩下大娘姨的冤魂游荡在院前屋后，墙角旮旯，院子一年年冷清下来，外公外婆一岁岁老去。外公外婆两个老人，住两亩地的院屋，真是浪费。平时，外公外婆只住两排平房的一排里，是从前的厨房灶屋，另一排平房做了杂物间，堆满柴火废物；正楼主屋一向放空，只养着一只猫，用来赶老鼠。只有到春节和暑假，我们十来个外甥外甥女去看他们，主屋才被打扫出来，供我们住。外公外婆孤老了，怕冷清，最盼望我们去陪他们。我上高中前，每年都要去住上两三个月，寒暑假几乎都淘在那儿过。我在家里没有自己的房间，那儿倒有一间，在二楼，退堂的楼上，从前是谷仓，有一个大谷柜，比棺材要高大，占了几乎半间房。我就睡在谷柜上，有时也淘气，存心睡在谷柜里寻刺激。睡在谷柜里，像睡在棺材里，吓得半死也乐在其中。这就是孩子。

1991年年关前的一日午后，外公听到谷柜里有老鼠在吱吱叫，声音稚气又放肆，起起伏伏的，分明有一家老小在其乐融融地过日子呢。谷柜曾经是外公的骄傲，小半间屋的一个大家伙呢，没几亩田产哪填得满？外公说，填满了它，天塌下来都不怕。在我多年和谷柜相处的日夜里，我从没有见过它满的样子。外公说，要填满它至少要三亩水田，还要风调雨顺年景好。我寻思，那样的时光已经一去不复返，因为现在是新社会，外公一巴掌水田都没有，只有个空院子、空房子、空谷柜；空了，我才能钻进去睡大觉，否则谷稻子毛刺啦啦的，怎么睡觉？

一般在暑假初头，早稻收成前，谷柜彻底子是空空的，老粮吃完，新粮续不上，青黄不接，一个真空档。为避防老鼠去谷柜里捡漏，外婆会把柜子打扫得干干净净，一粒谷子都不剩——只剩谷香，还盛着阴凉，很适宜夏天睡觉。不过睡不了多久，早稻谷收成，在道地上晒干、晾透，就该进谷柜睡大觉了。新谷子在炎炎夏日的热夜里闷出一股枯燥的干香，诱得老鼠口水直流，但休想尝一口。只要有外婆在，所有老鼠都休想偷吃到一粒谷子。外婆的心比油菜籽还细密，谷柜里里外外都布置防线，老鼠把牙根磨穿也甭想突破那些防线。夏天，加上我在那儿睡觉，老鼠早死了心。只有到冬天，它们才发起进攻，在饥饿和寒冷的双重压迫下，有时进攻十分猖狂。有一年，把盖的油布和木板都咬破，只剩最后一道防线——薄薄一层土纸，好在被外婆及时发现，及时补牢。总之，外婆绝对是老鼠的死敌，一代代老鼠前赴后继，拼死拼活，都只能止步在谷柜外龇牙咧嘴，骂娘，咽口水，总归进不了谷柜和干香的谷子亲一嘴。外婆是小脚婆，一双脚被裹成三角粽子，走路迈不大步子，全是小碎步，一挺一挺，嘭嘭的响声,结实得像木榔头敲。

我寻思,这大抵是那些老鼠最恐怖的声音吧。

通常这声音响起时,老鼠都夺路而逃,有的上梁,有的入洞,有的跳楼,天昏地暗,纷纷表演出抱头鼠窜的熊样。但有一天,这个声音——嘭嘭——戛然而止,紧接着是地动山摇的骨碌碌的翻滚声,滚得整架楼梯要塌似的鬼哭狼嚎。结果,塌的是外婆,瘫了。老人家的骨头比木楼梯松垮,哪经得起几个跟头的撞击?从那以后,外婆再也没有上过楼,老鼠开始大举向谷柜进犯。

就是这年冬天,年关间某一天,外公听到谷柜里有老鼠在吱吱乱叫。初始他觉得不可思议,因为这是从来没有的事,也不应该有!然后觉得气愤。谷柜自落成后一直是老鼠的禁地、死地,凭什么叫它们享乐,还其乐融融,找死!外公一边怪自己失职,没像外婆一样常来巡查布防,一边心里脚底冒烟,生了气,来了劲。那年外公七十八岁,虽然身子骨还硬朗,但终究是年老力衰,腿脚不比从前利索了。他嘟嘟囔囔骂着,跺着手杖,三步并作两步,往谷柜冲去,步伐一顿一顿的,像踩在泥淖里。两只大老鼠闻风而逃,从高大的谷柜里相继跳出来,从外公手杖底下倏忽溜走,惹得一窝小家伙吱吱得更热烈,更惹得外公气急败坏。

"你个死东西!死东西!"外公用手杖追着两只硕鼠骂,后一只差点被手杖打到,惊得尖叫一声。这好像是一声警报,刚才那些吱吱乱叫的小家伙一听这声尖叫,顿时失志了。鸦雀无声,一点动静都没有,好像谷柜是空的,刚才的吱吱声是幻觉。

外公是懂门道的,举起手杖往谷柜壁上敲一下,吱吱声顿时又炸了。外公笑了,仿佛目光穿透木板,看见一窝小东西在瑟瑟发抖。作为老人,这房子的缔造者,朝夕相处者,外公对这屋子里的所有东西——不论大小死活——都太了解了,包括这些素未谋面的小东西,好像都长在他身上,冷暖自知,生死有数。

谷柜一米六高,两米宽,三米长——房间一样长。谷柜本是合着房间尺寸做的,一米六的高度正好合上板壁腰线,两米的宽度卡的是柱子的角线。这样，整个柜子六个面四面都是现成的，只要加做一个外立面，一个盖面，省工省料，还入位。只是，一米六的高度高了一些，上下不方便，必须配踏脚——有三级阶梯。小时候我在踏脚上摔过多次跤，半夜三更，黑咕隆咚，尿急头昏，经常一脚踩空，跌下来，但从没有摔伤过。外公说，小孩子骨头软，重量轻，跌个跤就像大人打个喷嚏，没事的。从读小学五年级起，我基本不用踏脚，都是手一撑，直接上去，脚一跳，直接下来，省事。读高中后，我去得少了，去也是经常当天返回，不过夜。1981年，我离开家乡，到外地读书，去得就更少了，印象中，十多年就去过几次。外公去世，母亲怕耽误我工作瞒着我，连奔丧都没叫我回，说来愧疚得很。小时候外公待我最好，比外婆好。外婆是个急性子，脾性躁，连猫带狗都要打，我们小孩子挨她打就太是平常事了。我思忖过，如果外公外婆性格掉个头，作为地主的外公大概会被枪毙。因为外婆做人水平差，有点骄纵，容易遭人恨，被人落井下石。外公连脏话都不大说的，骂人的口头禅是"死东西"，不带把子，不含脏字，有点女里女气，软柿子。我听外婆说过，像外公这种软柿子笃定生不出儿子的。

没有儿子，人老了，就是孤老头子，屋楼像鸟窠，黄嘴小鸟儿哇哇叫着嚷着长大了，就飞走了，窠就空了。以前，外婆闲不住的，隔三岔五会上楼来东摸摸，西瞅瞅——主要查看谷柜附近有没有老鼠屎、老鼠窝。这一年外婆瘫在床上，楼上已经长久没人光顾，老鼠早就安营扎寨，甚至生养儿女了。外公脾气再好，这也是要气炸的——他嘴上在笑，心里其实已经亮出刀子。是啊，大家伙他是追不上，可小东西能跑吗？柜子又高又大，对小东西来说就是万丈深渊，给它们翅膀也扑不出来，只有等死。外公拄着手杖一步步迈上三级踏脚，把盖板一块块揭开……

从揭开第一块盖板起，小家伙们就像被从未见过的亮光烫了似的，叫得那个起劲啊，简直撕心裂肺！但外公看不见它们，它们在哪里？总共有八块盖板，直到揭掉第四块，外公才看到它们：十来只，粉嫩嫩的，肉嘟嘟的——不像老鼠，像一堆刚出水的馄饨，豆腐似的嫩，簇拥在里壁的一个角落，你挤我搡，挤得几乎随时要破裂。虽然对小家伙们来说，这光线亮得如刀子，但对外公来说光线并不够，因为谷柜有一米六深，盖板才揭开一半。外公准备再揭开一块，却发现老腰不合作，手够不着第五块盖板。干吗不用手杖？手杖既是脚也是手呢。外公用手杖去撬第五块盖板，几经失败后，居然成功了，将它翻身，叠到后一块盖板上。别小看这小小胜利，对小家伙们却造成致命打击；这些小东西早已吓得魂飞魄散，乱了套，现在听到头顶轰隆一声——第五块木板撞击第六块的声音，以为死到临头，一下逃离角落，四散八开，有的直接往外公杖下蹿。这不是送死嘛，外公用手杖已经多年，灵活得像戴手套，蹿过来一只戳死一只，跟手指头摁死蚂蚁一样稳准狠。小东西们毕竟小，眼都没睁开呢，哪有什么心计，外公在这边戳，它们往这边蹿，飞蛾扑火一样。外公忍不住嘿嘿笑，一边数着数，一只、两只、三只、四只、五只……转眼已大半命丧杖下。尚有几只呈散兵游勇状，仓皇奔突在四周，令外公鞭长莫及。只要在奔突，就可能冲撞到杖下来送死。但小东西实在太弱小，才奔几下已经累得要死，趴在原地不动，任凭外公将谷柜当响器，脚踢也好，杖击也罢，就是不闻不顾，不动弹，不作声，死了一样。是死猪不怕开水烫的意思，也是以不变应万变的意思。

　　外公发现手杖怎么也够不着那些小东西，决定去找根长一些的家伙来对付。他从踏脚上退下来，一眼看见门背后歪着一根两米见长的竹竿，这是以前外婆给我们晒被子褥子用的。谷柜在退堂楼上，朝西开窗，到了冬天，午后阳光充足，很适宜晒被子褥子，晒过的被褥暖烘烘的。外公看见它，心里顿时暖烘烘的，好像它浑身附着充足的阳光。外公知道，凭它的长度，可以触及谷柜每一个角落，那些小东西将必死无疑。在这个年关前的日子，外公心里充满了喜乐，因为要过年了，那些多时不见的小辈子又要来这里拆天拆地，给他这潭死水来添寿呢。

　　这一年，外婆一半日子在医院里受罪，他一个人孤寡在家里，真正尝到了孤老的酸滋辣味，觉得比当初做地主戴高帽子被人游斗的滋味还要难熬。他一直在等这个年关，让小辈子来闹一闹，冲冲喜，补补气。他年轻时是那么喜欢清静，老了居然那么爱热闹，真是想不到啊。他觉得外婆也是这样，以前是那么要强能干，大闺女吊死在树上都不掉泪，心肠比石头硬，如今整天困在床上抹眼泪，有时还放声哭，好像一辈子总算认输下跪了。这么逞强的人也要服输呢，人啊人！有时外公真不知道这辈子在为什么活，有时他觉得活着就是为了过年过节，小辈子来看他们。眼下，熬了半年，这日子总算临近了。此刻，虽是正当午，天却阴沉着，也许正在酝酿一股冷空气，甚至是一场雪。但外公心里暖洋洋的，当他拿到那根竹竿时，暖温的感觉达到了顶点，一点也没有觉察到，这根竹竿会要他的命。

竹竿看上去结实硬朗，其实已有几处被虫蛀朽。有一种虫，叫竹节虫，是专门蛀竹关节的，据说竹关节有一丝甜甘味。外公人老眼花，加上求胜心切，根本没发觉竹竿有隐患，登上踏脚，用竹竿当手杖，对准那些小东西左戳右捣。竹竿的长度给了外公信心，不管小东西逃往何处，它都够得着，戳得到。小东西在稍做歇息后，又有体力逃跑，一边吱吱叫，一边奋力爬，让外公反而有一种追逃追杀的乐趣。七老八十的人，已经没有多少机会让他享受这种逞强好胜的乐趣。当然，这把年纪的人，当竹竿拦腰断掉时，他也不大有概率稳住身子——他的腰杆并不比被虫蛀过的竹竿更牢靠，在失去竹竿支撑后，外公像狂风中的墙头稻草人一样，双手张开，奋力扑腾几下——好像要飞起来，结果是一头栽下去，把自己栽成一个活鬼，把谷柜变成了一个大棺材。

种种迹象表明，外公没有当即死亡，他也许受了内伤，但脑子仍是清楚的。他试图自救过，谷柜外立面的木板上有多处他殊死攀爬的明显痕迹，他几个手指头和膝盖等多处都伤痕累累，明显是试图爬出来的创伤。他也大声呼救过，瘫在床上的外婆听到了，以为自己能爬出院门，去路上呼救。没想到，她在床上已经躺了大半年，肌肉早就萎得不成样，拼死滚下床，更拼死地爬出屋门，整个人像痨了似的，根本动弹不了，进无力，退无能，尸首一样。傍晚时分，天开始下雪，先把她冻醒，后将她冻死，活活冻死。外婆出门时只裹了一床破毯子，她已经大半年在床上过，外衣在哪里都不知道，知道了也穿不上。怪的是，雪地留下印子，外婆临死前如得了神助，爬了七八米远，爬到那棵枣树下。冬天的枣树一片叶子也没有，避不了风雪的，外婆为什么要这样做？

母亲说："是大娘姨把她拖过去的。"

听得我毛骨悚然，尽管那时我已二十七岁。

两个老人，一个摔死，一个冻死，而且三天后才被人发现，这对后辈来说无论如何是羞的，不宜传播。所以，丧事尽量从简，我就是这样被简化掉的。那时我在成都工作，回来一趟不容易，飞机坐不起，火车辗转将近五十小时，丧葬等不起（死后三天才发现，耽搁不起了），只有年轻、贫贱的心是伤得起的。我确实为自己未能送外公外婆最后一程而深深抱憾过，至今仍未完全抚平。有些痛，像胎记，消不掉的。

外公外婆没有儿子，不得好死——简直狼狈——的羞愧要三个女儿平分，遗产也将由三个女儿平分。开头一两年，羞耻心在作怪，大家都不谈遗产——主要是房产，那个曾经鹤立鸡群的院子，也无人去看顾，有点眼不见为净的意思。后来几年又在遗产分配权上产生严重矛盾，三个女儿十几条心——每个女儿都替各自儿女长着心眼，别说只有一只"鹤"，哪怕有一群也不够分，分不匀。分不匀就不分，好好的院落、房屋就这样一直闲置着，用母亲的话说，是给了地下的大娘姨了。

2001年，我从外地调回家乡工作，第一站去的是外公外婆坟地，然后顺路去看了那个院落。那儿存着我太多记忆，我像个自由落体一样被它不知不觉地吸过去。不料，院子已经破败不堪，房子也是残缺不全，一副惨遭蹂躏的败象，让我很失落，都哭了。房子许多可以拆卸的零部件，门板、窗户、飞檐、柱础、门楣、门槛、电灯，甚至电线、水龙头、壁橱都拆了；院子里，地下的石条、石板、石槽，地上的石墩子、石臼、碾盘、碾砣，甚至连小小的磨刀石，都被洗劫一空。我以为是流贼造的孽，母亲却倾向于是我的哪个表兄弟干的。

母亲说："拆走了也好，不拆走也要报废的。"抬头看看我，又补一句："老古话，钞票是用完的，房子是不用才完的。"

我因此建议寻个买家出手算了，贱卖也比烂掉好。母亲说，没人要的，理由是这里面冤鬼太多。在乡下，寿终正寝叫白喜，像我外公外婆，包括大娘姨，都是怨死的。据说怨死的人阴魂不散，喜欢附在活人身上作恶，寻乐子，炼解药。照这么说，这房子确实没人敢买，只能烂掉了。

"除非外乡人。"母亲说，"什么情况都不了解。"

我想，外乡人谁乐意到这山旮旯里来。那是二十多年前，人都往城里跑，不像今天，不断有城里人去乡下搞第二寓所，过田园日子。外乡人不来，本村人不敢，只能闲置，让风吹雨淋，就是无人认领，尽管它足够大，坐在村头，地位好，朝向也好。什么好都没用，因为底细不好。村子是没秘密的，不像城里，住在对门，天天照面也不通声气。在村里，人人心里都有别人家一本账，家家底细都托底的，在祠堂里被人明的说，暗的传。我大娘姨死了半个多世纪，仍然在村里作为一个鬼故事在流传，吓唬小孩子。外公外婆不寻常的死，似乎更加证实了大娘姨的真实存在和无边法力。

有时，我觉得大娘姨真是有法力的，我们都担心这房子要烂成泥，不值一文。不料，我提议出手的第二年，就有人找上门要买，让我们开价。我母亲三姐妹紧急召集家中有见识和发言权的人到我家商议，比画大半日，排出高中低三个价目，分别是九万、七万五、六万。说到底，是比着各家分三万、两万五千和两万来出数的。当天我在场，包括我在内总共十几人，对最高价九万（每家三万）基本上当梦想看，不当回事。人人心知肚明，这是天价，傻瓜才会认。我们也担心对方去现场谈价，因为破破烂烂的样子着实是不合配谈价论值的。对方倒好，没去实地（其实暗地里去过），去了饭店，安排了一桌饭菜，请每家两个代表参加议事。每个代表都收到一份见面礼，男人是一条上海牡丹香烟，女人是一条羊毛围巾——标价一百一十八元一条，比高档的牡丹烟还要高档。我是我家代表之二（之一当然是母亲），而且大家认为我跑过码头，有见识，会说话——普通话——一致推举我领头去冲锋陷阵。

各人在饭店大堂惊喜地捧着一份几乎是一生从未见过的厚礼，我则被一个穿西装的驼背老头引领，去了户外江边一个凉亭。亭子里立着一个面江眺望的男人，脊背对我，一时认不清年纪相貌。转过身来，是年轻的，应该比我长不了几岁（不超过四十）；样相是出类拔萃的俊朗，穿着白衬衫，下身是一条藏青色的吊带马裤，还扎着领结（黑色），让人感觉眼前的江面阔成了海面，亭子飞到了香港——据说香港有跑马场，我们这边直到前几年才假模假式弄一个，闹着玩的，可以给孩子牵牵马拍拍照，马蹄是扬不起来的。现在我们这地方寸土寸金，马买得起，养得起，马蹄飞扬的地可买不起。外公这院落放到今天至少得两三百万吧，可在那时候，那天，我为九万块钱提心吊胆，也为十万块钱乐得发癫。

如实说，像一出戏，我报价九万，对方静思一会儿，双手拍一下（像给我鼓掌），说："就十万吧，逢个整数，图个十全十美。"

我掐大腿，怀疑在做梦，怀疑遇到大骗子，逗我们玩呢。拿到钞票（现钞）后，怀疑钞票是假的；钞票存入银行后（确认不假），还在怀疑中间有什么高级阴谋。总之，对方出奇古怪的慷慨彻底碾碎了我们的认知，三家人很长一段时间都在为银行那三万多块钱窃喜又忧心忡忡，怕对方要回去，退货。直到几个月后，乡政府把我母亲三姐妹叫去，指导她们分头在几页文书上签字盖手印，最后下通牒性质地通告她们，外公外婆留下的那个院子房产从今以后跟我们不存在任何关系，任何情况下我们不能以任何理由要回或找新主人麻烦云云，此时我们才如释重负，确信那笔钱跑不了。所以，怎么可能找他麻烦？感谢还来不及呢，这么慷慨的一个大好人，想必一定也是个有钱人。

不过我们并不知他姓甚名谁，那天在凉亭里他好像是对我说过姓，但当时我太紧张没记住，后来他再没有出现过，有事一律由那驼背老头出面交涉。老头姓林，是台湾高雄人，我们都叫他林先生，是港台叫法。那次在乡政府办手续，我不在场，听说也是林先生来的。从母亲带回的一些信息看，那次林先生好像说了些他老板的情况，什么在杭州办厂，做家用电器、电饭锅什么的，其本人出生在台湾，父亲是我们这边人，等等。这些，我听了都觉得正常，只是后来关于他的情况层出不穷的，好像他时常跟我们有什么交集（其实谁都没见过他，只有我早先谋过一面），好像有个人专门在讲解他，挖掘他，掘出源源不断的趣闻任我们嚼舌。

有一天，我回家，母亲直通通对我说："真想不到，他跟你们大娘姨有关。"

母亲年纪大了,喜欢把事情说复杂,颠三倒四一番,我总算听明白,买我们房子的那个大老板,是以前我外公家长工的儿子的儿子。完整的说法是这样的,就是那个跟我大娘姨谈过对象的剃头佬,有一天被国民党抓了壮丁,当了兵,后来随部队去了台湾,在那边娶妻生子,生了那个大老板。正因为有这层关系,年轻的大老板才看中这院子。这说法一落地,就得到我们的一致赞同,连我也觉得,事情终于可以理解,对方的执意——为什么挑中大家忌惮的地方,还这么慷慨,好像要送我们礼——其实是为了大娘姨,有人(老板父亲)至今还惦记着她。

母亲说:"如果当初让他们结婚了,这老板就是你表哥。"

这是"表哥"第一次回家乡见亲眷,理当送个见面礼;他年轻有为,当着大老板,挣着大钱,出手阔绰也是理当的。只是,没有实据证明这说法是真的,口说无凭不能全信,尽管合情有理。真实和情理不是双胞胎,生活是独立的,而且任性无情,从来不会听凭情理导演剧情,否则生活中怎么可能有那么多乱象怪胎?我是越活越相信事实,不相信情理道理,包括这事——大老板买我们这破院子的事——后来发展的"剧情"简直越来越违反常理,稀奇古怪,匪夷所思。

我没刻意去关心后来院子的重建情况,毕竟隔着二十里山路。但毕竟只隔二十里路,现在交通情况又好,又是母亲娘家,又是手机时代,有些事情总会曲里拐弯钻进我耳朵根。据说,重建事宜进展并不顺利,老房子倒是很快拆掉,新建筑却迟迟没有破土,拖延的理由有两个:一是建设方案政府不同意;二是两路风水师傅在打架,建设方案定不下来。我在乡政府有同学,遇到说起来,坚决否认了前一种说法。同学说,对方是台湾企业家,现在最吃香的角色,谁猪脑子去为难他。同学很了解情况,说他计划在我们县投资八百万开分厂,是招商局近年来捧上的最大卵子,这种形势、这种底子,政府只会保驾护航,绝不会作梗刁难。风水先生也是来保驾护航的,来两路是为了双保险。哪知道,一路是一路,各有神仙,互不服气,杠上了,内讧了。据说,大陆的风水先生和台湾的风水先生理念有严重分歧,把年轻老板搞得晕头转向,箭在弦上,引而不发,久久开不了弓(工)。

同学的声音犹在耳边,一日,我去县城办事。当时我刚从朋友那儿买了辆二手摩托,骑瘾大,尽管母亲和妻子都不同意我骑摩托去(因为多为山路,路况不佳),但我没听她们的。我觉得这条路线很熟悉,加上天气好(风和日丽),季节好(中秋时节),是个开车兜风的好日子。确实,一路上很称心,空气清新,能见度超好,一路顺风顺当。途经外公他们村庄(骆村)时,老远,我就看到外公家的地盘上已赫然拔起一栋三层楼房,已封了顶,正在贴外墙砖,毛竹搭的脚手架横七竖八支棱着,仿佛一个烂摊子。虽然尚未竣工,但模样已定型,跟村里的房子不是一路货。村里的房子总的来说大同小异,外形简单,线条以直为主,屋顶以平面为多,伞形顶、琉璃瓦,就有点胜人一筹的意味了。而这房子高低错落,凹凸有致,像个建筑群。两个月后再来看,屋楼已竣工,开始做绿化。房子外观在当时看,觉得怪得很,大回廊,大阳台,颜色鲜明,墙体厚实,跟监牢一样牢固。现在看很正常,城里很多别墅都兴这种风格,叫什么地中海风。

此行我是带母亲来的。母亲听我说了后,好奇,想来看。看一圈下来,寻不见一丝一毫记忆,一株竹草都没有,整个院落已被挖地三尺,又垒高三尺,地上的竹子、树木,连那棵老枣树都除了;连那么好的石门槛、石窗框、方砖黛瓦,都不知去向,好像新主人有意要破除原有遗迹。这又使人怀疑,他是不是听说了什么。村里人嘴碎,他来这儿建房,和村人有交道,然后听说一些不三不四的传闻,实属正常不过。这也是事实,堵不住人嘴的。母亲像个孩子一样天真,说,要是他听了这些害怕就好了,嫌弃这地方,还给我们算了。我说,那我们也得把钱退给他。听了这话母亲又不愿意了,说:"有什么好怕的,我爹妈一生一世没做过恶事,我大姐更是年纪轻轻,恶胆歹毒都没长出来,更不可能作过恶,怎么会做恶鬼呢?"言下之意,他们在世时都是好人,死了也不会变恶魔厉鬼,放心住好了。

房子尚在装修中,院子在植树披绿,工人各忙各的,没人睬我们,也没人赶。正是天凉好个秋的时节,太阳开始暖人,我和母亲坐在新建的凉亭的木栏椅上，四个柚木圆柱刚漆过桐油，在暖烘烘的阳光下散发出一股闷闷不乐的异香，说臭香也不为过。我想象房院竣工后将迎来什么主人，母亲笃定地说："必是害死你大娘姨的那个剃头佬。"此说法自来自彼说法——买主为剃头佬儿子，他替父亲还愿，叶落归根，归到大娘姨的魂地——他爱过并为他的爱而魄散的魂——也算事出有因，有道德。睹物思人，我想从母亲口中讨些剃头佬情况，母亲又坚定地说："鬼认得他！"母亲不知道外公外婆有没有见过剃头佬，总之她们姊妹仨肯定都没见过，也没掌握丝毫情况：哪里人，父母做啥，有无兄弟，一无所知。

母亲说："像梦里边的一个人，无根无据的。"

所以，当后来确切有一位老者入住后，我们也无从实证他是否为当初那剃头佬。

老者于翌年五月间入住，在村里雇了一个中年妇女，每天七点上班，五点下班，负责打扫屋子卫生和老者两餐食饮。老者自称寿高八十，但看上去比我七十岁的母亲年轻，一头银发晶晶亮，并不比一头黑发少气力；大臂小腿明显暗藏肌肉，走起路来，步子沉实，忙起活来，干脆利落。这样一位老者，守着一个空院子，必是要寻生活做的。这么大一个院子，这么多草木，也有的是生活要对付的，种花、除草、修枝、施肥、浇水，这些生活他都亲自出马，独自忙活，不徐不疾，干得有滋有味。有一次，我从围墙窗洞里瞥见他背着喷农药的背壶——像宇航员背着氧气包——登在两米多高的人字钢梯上给柚子树喷杀虫剂，着实不像个老者。

但另一面生活，他又着实像个老者。据雇工说，他几乎足不出户，过着"一潭死水的日子"，静止、单调、孤独、寡淡，闷得常跟他饲养的猫狗说话。狗看家，一只黑森森、高大凶猛的德牧，是保镖的角色。猫不知名（估计极有名），一身白，一张虎头圆脸，尾巴始终像权杖一样挺着。据说它极聪明，通人性，能听懂主人说话，随时跟着主人，听其声，闻其言，夜间同居一屋，贴心得很，有点生活助理的意思——当然，兼捉老鼠。人少老鼠多，这么大的屋院，若没一只猫，早成老鼠乐园了。一只猫，一条狗，一个院，本是供人享受的，但只供一个人享受，就有点受罪了，主要是冷清。只有节假日和极少的周末，在杭州做事业的儿子会开车带妻小来陪老人闹热一阵。"小"是一对儿女，男孩八九岁，女孩六七岁，来了就满院子显威风，活蹦乱跳，胡作非为，把好看的花草无端拔掉，或践踏，或者上树捉知了，掏鸟巢鹊窠。这样子，就像煞我们小时候，老者就像我们外公，确实是一个日暮途穷的老人的生活样景了。

我对老者是好奇的，几次想上门会他，一探他与传说中那剃头佬的究竟，但几次都被凶猛的德牧的狂吠吓跑，心有余悸。狗是老人放手的，表明他不想会我。我想得有人引荐，便通过母亲找到雇工，说来，她是我可以勉强称表姐的远亲。以为是小事一桩，表姐却断然拒绝，说早有三条约定：一、不能带任何人去那里；二、不能将那里面任何情况透露给任何外人；三、若违反一条，则立刻走人并扣除当月薪水。薪水和辛苦比，是蛮高的，日不晒雨不淋，不起早摸黑，打打扫扫，洗洗烧烧，月入两千，在当时当地实属难得，理当珍惜。我理解表姐，也理解她主子——老者，毕竟是外来者，初来乍到，人生地不熟，有钱没势，理当谨慎。同时，又觉得自己有某些特殊性，房屋是经我脱手的，且见过其子，打过交道，事办顺遂，不求深交，攀个客套总该可以吧。

于是，一天下午，我在县城办完事，又顺道去碰运气，顶着盛夏炎炎烈日。我照港台的做法，想好被漠视的破冰辞令，记录在纸头上。这准备是对的，迎接我敲门的——我希望是老者，却不出意料，是雇工，我的远房表姐。纸条进去，出来的又是逐客令，好的是由以前狼狗的狂吠，变成了表姐的婉言，说昨晚在院子里发现蛇，主人正在满院子撒硫黄粉，穿着防护服，一身有毒粉尘，不便会人，让我择日再来。表姐说这些时，门半开着，我从门户里看进去，正好看见他立于百米开外的围墙边，也在看我。我下意识地对他躬一下身子，他礼节性地回我一个挥手，不再理会，埋头忙活。他确实套一身袍子一样宽大臃肿的白色防护服（从头裹到脚），院子里也确实弥漫着一股刺鼻的异味（像尿素），这情形确实不便待客。我毫无怨气地离去，期待下次会面。

我毕竟没有具体事情，只是好奇心作怪，所以不会按图索骥。我没计划,只等机巧和兴致。有一次路过,机会是有了,但那天心情沉郁,临时作罢。不出半月,母亲从娘家吃喜酒回来,说那院子空了,剃头佬走了。我以为是暂时走,还要回来的,却一去不返,儿孙也断绝来往。到了年底,当初搬进去的物件都已搬走,院屋空空如也,并马上传开出售的风声。母亲不时给我传递剃头佬的资讯,一会儿说他长,一会儿说他短,大意他是个古怪人,在村里交不到朋友,加上神经衰弱,晚上睡不好觉,又怕蛇,日里夜里都不好过,受不了,就逃了。我纳闷母亲为什么口口声声叫他剃头佬,好像盖过章,证明过的。其实连照面都没打过一个,还不如我。我至少远距离见过他两次,一次放狗赶我,一次挥手向我示好。我印象很深,他放狗赶我时的一个动作,手在空中切了一下,果敢、利索,很有些军人风格。这是我们掌握的信息中最贴近剃头佬一个可能性的证据——他从过军,也许真的是壮丁。毫无疑问,仅仅据此认定他是剃头佬,岂不滑稽!母亲年岁大了,看问题却越来越像个孩子,一厢情愿,不客观,幼稚。

　　售房是迫切的,在紧闭的铁门上贴一页A4纸,写明出售联系人名字和手机号码。联系人姓骆,我猜应该是原先那个雇工,我的远房表姐。打通手机,果然是她。她以为我是要买房,骑一辆破自行车兴冲冲赶来。见是我,顿时失望。因为知道我买不起房,寻她只想打探小道消息——像我母亲一样。原来,母亲那次喜酒后找过她几次,强烈地想从她口里挖一些古怪老人的历史线头,母亲对我说的那些,大多是从她嘴下接的。只是说到"剃头佬",她矢口否认,说:"你妈好奇怪哦,老说他以前是个剃头佬,我可从没有这么说过,他也没对谁说过。"问起为什么要卖房,她道的理由与母亲说的如出一辙——不用说,母亲是她的传声筒。

　　母亲说"剃头佬"是个古怪老头,说实话,我多少也有类似感想。包括这房院,曾经他是那么喜爱,足不出户,亲自料理得有模有样,现在说卖就卖,怎么舍得?我觉得这就是老头古怪的把柄。我想表姐跟了他这么久,必有这方面感受,就套她的话。她却对我扬了扬手里的手机和一串钥匙,说:"你要说他古怪,就是他对人古怪地好。"手机是老人家配的,还每月发给她五十元工钱,负责接待可能的购房人。这一点,让我更加看清,房子迫切地想脱手。我不禁想，莫非是儿子生意上出事，缺钱了？

房院建得真是好啊，我若有钱必买下。但有钱人不想买，因为毕竟离城市远，医疗、学校资源差，不合适住家，只适合休闲，偶尔来放放松、养养神。再说，作为资产，它不是商业房，而是农村宅基地，缺乏法律保护，流动性差。表姐说，几个月下来没一个人来看过，以至这工资（还有手机）她都拿得不好意思。所以，你休想从她嘴里挖到老人家真正古怪或隐藏的秘密。母亲后来虽然时不时跟我兜售他一些杂碎，我更相信不可能有出处，只是她的意愿和臆测。

这年春节，我买了辆小车，母亲每次回娘家都由我开车送接。一次，母亲去探视病中的老姐妹，我在村子祠堂门口停好车，从车上下来，正好遇到雇工表姐。表姐对我们少见地热情，一脸喜气，告诉我们房子卖出去了。"好人就是有好报。"表姐说，"我以为不好卖，结果几个月就脱手了，而且买家是一个更大的老板，谈价付钱，爽快得很。"我关心是什么老板、多少价成交，她一概不知，说她只负责接头牵线，后面都是他们自己出面交涉，不关她事。但是很明显，她很高兴，房子终于卖出去，好像一个老姑娘终于出嫁。我跟她开玩笑说："房子卖了你反而没工钱了，高兴啥。"她连声说："高兴的高兴的。"接着感叹道："不容易啊，这房子有问题，能这么快脱手不容易啊。"好像出手的是一个有暗疾的残次品。问有什么问题，她连连摇头说："不好说的，不好说的。"

其实是好说的。房子出手了，就好说了。果然，没多久，我从母亲那儿听说，那房子是个鬼屋，经常闹鬼，大白天，半夜三更，房子会发出莫名的响声、鬼叫声，吓人得很。我觉得母亲越老越爱神神道道了，不理会，置若罔闻。料不到，转眼间，这似乎成了不争的事实，有一次我去那村子，发现几乎所有人都在谈论这事，并且所有人都信服。因为，新屋主入住不到三个月又搬走了。

新屋主是一对七十多岁的上海老人，带一个三十多岁的智障儿。据说这对老人有三个儿子，老小是笨蛋，三十多岁还管不住口水，数不清十个手指头；老大是读书天才，十四岁考上中科大少年班，然后普林斯顿、哈佛、耶鲁,一路名校,最后留在耶鲁当教授;老二是个中国巴菲特,有炒股天赋,在大学期间拉帮几个同学在互联网上开拓了个什么交易平台,替人炒股从中牟利,一年赚几千万,几年赚几个亿,然后改行投身房产——又是朝阳产业,红运当头,利润滚滚而来。不知什么机缘巧合,老二购了这房院,并很快安排父母和兄弟搬进来住。

想不到他们又很快搬走,搬走的因由倒众所周知,村里人都在说,房子里有鬼!

什么鬼?我从两个人口里得到相同的答案,一个人理所当然是我的雇工表姐,另一人是意外杀出的黑马老金兄。雇工表姐对我惊惊乍乍地说:"哎哟哟,我至少三次听到那个声音,哎呀,那个瘆人啊,像在平地里撞见鬼!"她的语气十分坚定,但语焉不详,内容不明。我在听了她既言之凿凿又含糊其词的表述后,特地寻上门去,心想,既然人搬走了,我可以好好窥探一下,找找鬼。我在门前屋后转悠,不料被人当头一声断喝:"你看什么看!"循声抬头望去,我看到三楼阳台上,一个五十来岁的男人正居高临下,对我虎视眈眈,身着工装,手里提着一把木榔头。

此人便是老金兄,是老二房企里的职员,被派来"研究"鬼屋真相。他已独自一人在这里闷了几天,无聊得慌,听我报明家门后(在这儿长大的),对我卸了戒心,热心地为我敞开铁门,邀我去了凉亭里坐。这儿早置一副茶桌、茶具,明显是他几日来的歇脚处。他是福建人,喝的是岩茶,用的茶具是建盏,泡茶流线舒畅,有把有式,有观赏性,有资深相。他给我拉开一把椅,添一口盏,烫过,洗了,就喝开了,一边围绕这屋院的前世今生、阳历阴天、海阔天空。

说老实话,开始我不想对他道明外公外婆和大娘姨死的内情,家丑不可外扬嘛。但发现瞒不了,他都晓得,甚至更添油加醋,更审丑,如大娘姨寻死前曾被外婆暴打过,外公之死不是不慎,而是不忍,他受不了无休止地照顾病榻上的死外婆(凶婆子),自寻短见(所以能死得其所,一个大棺材里),等等。我可以想见,这几天村子里一定没少来人坐在我这张椅子上,这副茶桌兴许已听够了各式鬼故事,现在让我也来听他讲一个吧。

他讲的明显比雇工表姐有内容，思路清楚，形象生动。主要有三点：一、房子常在夜深人静时发出诡异响声，有时大白天也会响，但夜间更多；二、响声非人畜哭叫声，也非实物敲击声，而是一种无法形容的声音，空心的、黑暗的、虚无缥缈的，仿佛来自地洞深渊，像一个腾云驾雾的幽灵（鬼）在空中行走或跳跃的脚步声的回音；三、不是绝对，但经常是，这个声音在厕所里听会更大，仿佛厕所的空间更容易收纳它。

我指指他放在脚边的木榔头，问："你这是做什么的？"

他说："这是桃木榔头，避邪驱鬼的。"

我的雇工表姐，农妇一个，头脑简单，易偏听偏信，造谣传谣也在所难免。老金是建筑设计师，名牌大学生，明亮的额头怎么看都是解决问题的。他说，来之前他坚信一定能找到响声出处，但现在寻遍了屋子每一处犄角旮旯，他认定找不到了，认输了。他不无惊疑地说道："这几天，我已经不下十次听到这种响声，有的大到会把我从睡梦中惊醒。就是说，绝不可能是幻觉，它真实得像月起月落，可以用等待来验证。如果你有兴趣，不妨在此耽搁一夜，保你亲耳听到。"顿了顿，又说这儿有六间房，我可以随便挑，一定有适合我住的。我还在犹豫，他又说，这是他在这里的最后一夜，明天就回城了。就是说，是我唯一的机会。

开始我是有兴趣的，但稍后细想一下，觉得不妥，一个素昧平生的人，邀你在一个都说闹鬼的屋子里过夜，这叫哪门子事？谁知道谁？这么想着，我有点坐不住，很快敷衍几句，告辞了。出了门，我不知为什么，心里虚得很，有些后怕，仿佛老金是鬼变的，蛇精、白骨精什么的，刚才的一切是他专给我挖的陷阱，所幸我悬崖勒马，没跳。这么想着，再回头看屋子，风吹墙头草，日光在檐头上跳，一对野兔在墙角倏地消失，老金提着桃木榔头在西墙铁架逃生梯上步步登高，一步一声响，像一个巨人——也可以说，更像一个鬼。我庆幸自己及时逃走了。

此处宜快进，一年、两年、三年、四年……三十年河东，三十年河西。这些年，听得最多的故事是谁一夜暴富，或谁一下落马。我和妻子都是工薪族，我在电视台当记者，妻子在出版社做编辑，不可能一夜暴富，落马就更谈不上了。咱们是两家平头百姓，三代没出过一个处长——老丈人曾在出版社当过副总编，据说是副处级干部。但请别小看我这老丈人，人家高瞻远瞩着呢，20世纪80年代就开始收藏字画，是真正捡到漏的。据说有幅齐白石的《九虾图》，老爷子是用只老母鸡换的，现在抵一只金鸡，当然值大钱。当然也不会卖的，这是搞收藏人的通病，或者说职业道德。2004年下半年，老人家在八十寿宴上中风，跌倒，然后瘫在床上三年。老爷子身子糊涂（屎尿失禁），脑子一点不糊涂，三年里天天在病榻上梳理藏品，分门别类，做笔记。你不知道他在记什么，最终总会知道的。

在去世前一个月，老爷子预感来日不多，一日下午召集子女三家亲人悉数到场，仪式感很强，让我用束腰带把他绑在轮椅上，尽量端正坐姿，交代大事后事。他拿出十四本大开本笔记本，公布：笔记本是藏品的目录库，得笔记本者即得目录里的藏品。啊！原来是分遗产呢，搞得三家人——大哥、二哥和我们家——很不自在。另有两人自在的，一是岳母大人，作为老伴，今天是主人；二是老爷子打交道多年的徐律师，今天来公干的。老爷子先交给老伴十一本本子，这是要捐赠政府的，政府已经在给这些藏品建馆，要求她全权代他做好政府联络人和监督者，眼下是保管者。老爷子是真正高瞻远瞩的，将总藏品九成捐给政府，交给公众。剩下一成兄妹三人分，具体作品都在本子里记着。他把笔记本一一分发给他们，直言不要嫌少，只要想做体面人，这够他们一辈子过上体面日子的。他甚至替他们在本子里标明了行情，希望他们尽快出手。人之将死，其言也善，他说："我和老伴做了一辈子这些藏品的奴才丫鬟，你们就别了，都出手，算是替我和你们的妈出口气。"顿了顿，又说："兄弟大了无大小，女儿成家了就是儿，所以三人份额是一样的，不要计较。谁计较，就没收，博物馆不会嫌少的。"

三兄妹都双膝下跪，对老两口做保证，兄妹三人也在老两口见证下，互相保证，蛮感人的。最感动我的是，最后老爷子把我叫上前，独赠我齐白石的《九虾图》——他用老母鸡换来的那幅。大家都明白这九只家伙厉害，我看大哥眼睛直了，二哥嘴巴歪了，老婆傻了，吓得我不敢收。老爷子对我说："你收吧，你配收的。"接着从屁股下又摸出个本子，翻开给大家看，是一页页写得满满的"正"字。老爷子说："我瘫在床上，时间难熬啊，所以尽量找事做，也做了些荒唐事。看，这就是，你们谁给我把一次屎尿，我就记一笔。好记性不如烂笔头，我都记着的。当然老伴是最多的，占了七成多。"啪啪地翻过大半本本子，满目全是一个个"正"字，"你们兄弟俩，一个半斤，一个八两，差不多，加起来不到一成，还有一成多是老三的。"他一向叫我老三，当儿子看的，"就是说，他一人比你们两人还要多，所以你们就别眼红，这就是你们的爸，死了心里都有杆秤的。"

怎么扯这么远？

不远的，回来了——我就是靠这"九只虾"了了母亲的心愿，买下了久无人问津的"鬼屋"。母亲在这件事上像个沧桑过的老人，老辣，不信邪，多次对我说："如果真有鬼，就是你们外公外婆、大娘姨，怕什么，我还想见他们呢。"因为老金明亮的额头寻不见屋子诡异的响声，人家可不想提着桃木榔头过日子，很快明确态度，卖！是惹不起躲得起的意思。有钱人最怕鬼的。我们不怕，但没钱，有甚用？谁想到，房子卖了大几年，价格一路下探，始终探不到一个买家。它仿佛在耐心好心地等我发笔财，又仿佛天注定要"物归原主"。后来我听说，这"天"乃是我母亲，她和我的雇工表姐达成某种意向，让表姐以亲历者身份不遗余力地宣扬——鬼屋！鬼屋！她曾咬紧牙关死活不说的话——鬼屋！现在在我母亲的一个口头许诺下，说得口沫横飞，滔滔不绝。

就这样，鬼屋赶走了所有买家，又让我发了一笔小洋财，成全我做了一个大孝子。母亲说，这是天意，是外公外婆在天上积了德，该得的报答。报答谁？我问，是我们，还是外公外婆他们自己？母亲说，既是我们，也是他们，我们是一体，像阴阳，像天地，是福祸相依的。有时我不得不承认，岁月真伟大，母亲本是大字不识一斗的一位村妇，蹚的最大码头是小县城。但岁月给她灌满了浆，实沉沉的，有一种天人合一的宽广和厚重，智勇双全，胆识过人。有一次——那时我还在骑摩托，载母亲去县医院探病人，在一条小弄里，一辆小车强行超我车，很惊险，吓我一跳，我下意识地骂了句娘。不料,对方听见了,得理不饶人,停了车,从后备厢抽出一根铁棍,朝我凶相毕露地走来。我知道遇见恶人了,顿时心跳加速,腿发软——想必脸也青黑了,不知怎么化险为夷。母亲完全没事,不怕,脸不变色心不乱,稳实地下车,凛然朝对方迎上去,两句话就把对方羞辱得灰溜溜的。母亲说:"看你就是个坏蛋,我是个好人,难道好人还怕你个坏人?来,有种把你的恶棍举起来,朝我头上打,打死我,我一定拖着你一起死。"

这一次,母亲照例展示出这种风度,不信邪!且不说是不是鬼屋,但屋子有诡异响声,有不吉之嫌,是笃定的,我的雇工表姐作为亲历者一定告诉过她,两家有钱人相继躲开也是眼前的事实。事后她的种种作为说明她也不是不怕,只是有战胜恐惧的信心。母亲说:"阴间怕阳世,死鬼怕活人。"这是她的大信心。小信心是,如前所述:如果鬼是外公外婆和大娘姨,我们就更不用怕了。

但毕竟是人,不是机器,输入一个指令,义无反顾。母亲心头其实是怕的,她从我手上接过一袋钥匙后,首先对全家人申明:防人之心不可无(更何况防鬼),小心第一,未经她许可休进那院屋——该是怕我们遭遇鬼。但她自己,第二天就带人进去了,有点替全家去试险的意思,探雷一样。带的人是一个本地有名的道士,有法术,能当众吐火、吞穿心剑。据说能通吃阴阳两界,也是有点阴阳怪气的,经常当众呵斥空气——你眼里是空气,他用法眼看见的是妖怪。我每天开车接送他们,神神秘秘的,在百米外上下车,只怕我靠近那院屋,引火烧身。我不知他们在里面干什么,反正忙碌一礼拜,每天大包小袱捎进去各式各样念了经、画了符的法纸冥钱、灵幡旌旗。有一天,我在百米外看见围墙和屋顶插满灵幡旌旗,在风中猎猎飘扬,雄壮得很,也悲壮得很——不知是在喜迎八方宾客,还是四面楚歌,准备杀出重围。

十多天后,我首次登门,说实在的很懊恼,因为屋里屋外,一派被蹂躏之惨状,地上堆满纸灰香烬,墙上贴满钟馗画像和各样咒符,窗台上一排排劣质蜡烛头,散发出闷心反胃的气味,令人恶心。我发牢骚,说怎么这么脏。母亲说,这就是战场啊,杀只鸡都一地鸡毛的脏,更何况杀鬼。

我想，那么这些就是战争垃圾了。母亲引我到凉亭，问我记不记得以前这是什么地方。我说记得，以前这是花坛，种一棵大枣树。母亲说，她已找遍四周，找到一棵三十多年树龄的枣树，虽然树龄不及我家从前那棵，但树形相像，让我去把它买来，种在这儿——凉亭当然只有拆掉！我说这凉亭可是人家花大款子造的，是这院子一道核心景观，一只"龙眼"，也蛮有实用性，拆了可惜。母亲说，有些事不想跟你说，但这事情得花钱费工，只有靠你做，所以也只有告知你。你大娘姨就葬在原先的枣树下，他们把树毁了，就是毁了她的家，她能安耽吗？她不安耽能让你安耽吗？她坚定地认为，前面两家人之所以不安耽，是恶罪了大娘姨，惹得她在搞事，我们进来要想安耽，得首先让她有家可归，安耽下来。这也是经过十多天忙碌后，母亲唯一留给我的活：拆除凉亭，恢复大娘姨的"家"。

我请人忙了五天，母亲每天守在现场，焚香燃烛，时而吃喝两声，时而念念有词，有仪有司，有忌惮，庄重肃穆。总算收了工，母亲又新启一道工，在新栽的枣树下搭设灵台，请村里识得大娘姨的两位老婆婆到场连念三日经，自己则一日三回唱哭，最后唱得喉咙哑掉。我虽只是零星见识一些，但母亲行事之讲究、之专业、之虔诚，令我惊讶又感动。我不知她从哪儿学的这些，总觉陌生，好像穿越或参透了阴阳似的，天上地下都淘过了，懂了，身上穿了铁布衫，阴阳怪气都不怕，只怕我们后代受伤害。

在经过多重杀鬼除恶和严密布防后，母亲再次身先士卒，独自一人入住，不要我们任何人陪。她说，正如上山砍柴，带人不如带绳一样，我们谁跟着都只会乱她手脚。她有必胜信心和舍生忘死的勇气，桃木家伙也不带一件，单刀赴会，随身只带了一副外公外婆的遗照镜框（大娘姨没拍过照）。住三夜，不见任何异响，叫上雇工表姐一起住，是验证的意思。又住三天，确无异响，只是一天夜里，风呜咽了小半夜。时值腊月，天寒地冻，万物肃杀，是风悲歌当哭之月份，家家户户都一样，不足为怪。再住三天，雇工表姐当判官一样，下了判书：鬼死光了，不作怪了，清静了。

母亲没有对比，雇工表姐有，她在连守六天听不见任何异响后，对我感叹道："那个声音我死了都认得，梦里都听得，可现在就是没了，我保证！你妈真不得了，鬼都治得了，神仙了。"从此，她对母亲服气得很，信徒一样敬重，见面点头弯腰的。正是看中她这一点，后来我劝勉她留下，干老本行，当雇工，打扫院屋，照顾母亲。母亲八十多了，父亲死得早，老是一个人生活，太孤独了。表姐说，你妈才不孤独呢，阴阳两界的亲眷好友都要她顾念，忙死了。

我想，这真正是忙死（人）又忙活（人）。

话说回来，这年春节，我带爱人和孩子回来陪母亲过年，待了五夜六天，确实没听到什么异响。总之，诡异的响声再也没有出现过，像那个凉亭一样。孩子和爱人住了一回后，超喜欢这个新家，常惦记着想来。但确实不便，孩子已经上小学，平时且不说，连周末都是各种辅导班，来不了。直到暑假，好了，我爱人请了年假，带足各类东西（包括孩子的学习资料），准备好好在这里享受一个长假。三层楼，六间房，五个厕所，一个大院子，清晨在鸟鸣中醒来，夜里在寂静中沉睡。最惬意的是，八岁的孩子第一次让我们觉得可以像一头牛羊一样放养，可以一天不见，半日不管，只要做好饭菜，晚上看见他回来睡觉。在城里，我们得时刻盯着，不敢放出门，出门必有人跟着，看着，犯人一样。这儿，孩子几乎看不见，要么在主楼，要么在次屋，要么在楼上，要么在楼下，要么在院子里瞎折腾，对花鸟虫草作威作福。几天下来，结交了小伙伴后更有闹腾的广阔了，经常到了吃饭时间打来电话，说在谁谁家吃了，吃了野猪肉，吃了什么。有一次，说吃了狗肉，回来被他妈一顿臭骂，因为他妈打小养过一只泰迪，养了十二年（到老死为止），对狗感情深得很。

总的来说，孩子在这儿很开心，我们也很放松。唯有一点我们受不了，就是母亲整天神神道道的样子。她经常独自跟外公外婆和大娘姨说话，像大街上用耳机通话的人一样；有时前一分钟在跟我们说话，后一分钟突然哎哟一声穿越到外公外婆或大娘姨身上，说他们可不想听我们讲这些，好像他们就在楼上或墙壁里；有时我从楼上下来，她会对我说刚才听脚步声以为我是外公。她总说我越来越像外公，背影，说话的声音，抬头纹，走路外八字，诸如此类，时不时冒出来，吓人。更日常的是——对我们来说也是更吓人——，她每天早上都要去对枣树说话、烧香、念经，这儿成了她与外公外婆和大娘姨通关的接口。我每次看见她这样心里都要咯噔一下，更别说我爱人，她胆小得很。我们后来都绕着枣树走，好像那儿真有个冥口，怕掉进去，更怕被拽进去。

我跟母亲去谈，让她别这样疑神疑鬼，装神弄鬼。她很不高兴，说，今天这房子能这样太平，都是她用膝盖求来的，用虔诚修来的，教训我别不识好歹，好了伤疤忘了疼。我无法改变母亲，只有忍受——一边享受乡间的清静，一边忍受母亲层出不穷的迷信活动。雇工表姐是母亲最忠实的拥趸，在村里四方宣讲母亲的传奇故事，如何用一整套复杂又精到的法术驱邪杀鬼，让昔日可怖的鬼屋成了"儿童的乐园"。一定意义上来说，我儿子整天在村子里上蹿下跳，一个淘气鬼，一身讨人嫌的调皮劲，也成了母亲杀鬼斗法的代言。我的雇工表姐多次对人也对我说："这孩子一看就是阳气太旺，怕是被奶奶的法术罩过头了。"言下之意，我母亲已练就一身吸阳驱阴的法术，阳气旺盛，旺得跟炭火似的，把身边人都罩热了。

甚至，把脚下的土石都焐热，绽开了。

有一天，我爱人被一只咯咯叫的山鸡吸引去了后院，山鸡当然抓不着，人家有翅膀，振一下翅，就离地三尺，逃了。却逃而不走，老冲一蓬草丛咯咯叫，原来那里藏着它的宝贝疙瘩：一窝浅黄色的山鸡蛋。我爱人惊而喜之，舍不得触碰，久久蹲在草地上好奇观察着，慢慢闻到一丝腐臭被一阵风泼到鼻下。追根溯源，问题出在化粪池。虽不明显，但我还是发现了，化粪池临近围墙的一壁有一裂隙，自下而上锈了一条藤蔓一般的苔藓，恶水透过苔藓丝丝毫毫渗出来。在雇工表姐看来，这就是母亲的法术太强大，使整个院子阳气太旺，绽开的（热胀冷缩原理）。

我当然不信，事实上当然也不可能。

我请人来处理，虽然只是一条小裂缝，却不是个小工程，因为得清理池内积陈多年的粪渣。我亲临现场指挥，对化粪池设计之合理，深有感触。首先选位隐蔽，在房子西北角，围墙边，处于进院入屋一路的视线死角，无碍观瞻；其次，空间足够大——三米长、两米宽、一米五深——，人活动得开，盖子是两块像门板一样的大铁板，牢固又易于掀开，掀开后池内光线好。这些都是为方便清渣及施工设计的。那天我雇的工人是一对父子，河南人，在镇上开一爿铺子，专门承接修补屋漏、疏通下水道等这类家政工程，有丰富的作业经验。掀开顶盖后，他们马上发现并向我反映，有几点异常：

一、粪渣明显偏少，一个池底子都没铺满，好像以前清理过，同时又明显存在着从未被清理过的迹象，如顶盖没有被撬过，池内残留着当初施工的废物等。

二、相比粪渣之少，粪水又明显偏多，水深超过一米，满得完全不成比例，因此他们怀疑池底有山水渗入。

三、抽干粪水发现，池底确有一线山水渗涌。原来，粪池恰好建在岩壁断层上，一脉山泉日渗夜涌，时间久了，粪池底部被滴水穿石的自然力撕开，导致一边池壁出现一条自下向上的裂隙，如被折断一样。就是说，粪池确有一路山水从池底涌入、脏水从池壁一条裂隙流出的通道。

四、父子俩清渣时发现，在山水涌入的泉源一端，薄薄的一层粪渣中，居然埋着一副完整的鱼骨架，有大人小腿骨的长粗，可以想见是一条少说有十几斤重的大鱼。乡间少见的大鱼呢。

粪池里怎么会有这玩意？这点令我百思不得其解。我有种直觉，它可能就是这屋当初闹鬼的元凶，所以保留了这副鱼骨。回到城里，我四处托人，总算找到一位行家，省水产研究所鱼类病害防治及预测中心的徐博士。博士就是博学，我刚把鱼骨从塑料袋里取出，他只瞄一眼便报出名：鲇鱼。我把发现的情况告诉他，并针对性地问了些问题，他均对答如流。他告诉我，这种鱼对生存环境要求极低，只要有水和有吃的就可以生存，而且不挑食，虫子、垃圾、粪便、腐肉，都可以成为食物。在有些地区，如南美洲、印度等地，这鱼可长到几百斤重，蛮力大得可以把小船掀翻，生吞小孩子，也吃死尸，因而臭名昭著，有魔鬼鱼之称。他认为，它完全可以在我家那个漏水的粪池里存活，只要有人居住，适时给它提供粪便或残羹剩菜。它死，大概是因为后来长久没人住，断食了。

不愧是博士，博学多才，三言两语就破掉了盘在我心里多年的"惊魂记""迷魂阵"。我真的一下搞懂了，粪渣为何"不成比例地少"，因为被鱼吃掉了；屋里为什么时有异响，因为鱼在戏水——鱼总是要戏水的，戏水总是要发出声响的，在某种特定情况下，化粪池可能就是一只喇叭，整个下水道可能就是一套立体环绕音响……有些事就是这样，一点就通，一通百通，由表及里，出神入化。我感激与徐博士相逢，本是素无交情，却在终身大事上替我排忧解难了，有一种受恩赐的喜悦。这房子可能要和我相伴一生，我可不想它有污名，神出鬼没的，住在里面提心吊胆的，像老金兄一样，时刻握着桃木榔头过日子。

周末，我带着喜悦，带着鱼骨，带着与徐博士的手机合影和全副信心回家，把我和博士的见面情况、科学发现，一五一十又深入浅出地向母亲和我的雇工表姐讲解了，希望她们从此放下鬼屋包袱，破除愚昧迷信。尤其母亲，我不得不承认，她搞的种种迷信法事活动，影响了我和爱人在此生活的心情——一种无形中被禁锢、冒犯的感觉，所以特别希望她受到启迪，今后别搞那些迷信事。

母亲开始听得蛮有兴致的，后面纳闷了，对我不停地皱眉头，摇头晃脑，烦！终于，忍不住，打断我说："我不知道你在说什么，越说越没边，鬼扯一样。"我说："妈，你别老是鬼不鬼的，世上没有鬼，只有……"话没说完，只见母亲手一挥，对我吼一声："放肆！"说着又窸窸窣窣地从怀兜里摸出一块染白的麻布手绢，小心翼翼地盖在鱼骨身上——想全身盖住，可手绢太小，只能盖住头颅及上半身。我注意到，染白的手绢四边均画有符，显然是化了缘，有法力的。母亲随身带着它，和老金兄时时捏着桃木榔头是一个理，护身作法的。等盖好手绢后，母亲才如释重负般叹口气，对我教训道："举头三尺有神明，它就在你身边你居然胡说八道，但愿它没听见。"

母亲认定它是一个灵，不是一副普通的鱼骨。她说："没有一条鱼可以在那种环境下生存，还兴风作浪，还大喇叭大音响的，这才瞎扯，我死都不信！"除非我证明给她看，她才会信。她说这种鱼市场上多的是，而且便宜，让我去买几条来试试。我当然不会，因为我相信那是不可复制的。此时非彼时，鱼也如此，粪也如此，那是一种特定情况下的特例，岂可复制？母亲听了一阵，对我冷笑道："我不知道什么叫科学，如果你说的这些叫科学，要这个那个地假定特定，那我宁愿相信迷信。"顿了顿，又考我说："好吧，就算这条鱼能照你说的活，那我问你，这鱼是从哪儿来的？"

我当然只能摆弄各种假定。母亲哪听得下去，毫不客气地反驳我："你假定这假定那，为什么不假定它是你大娘姨变的？"说到这里母亲去揭开头盖，意思是后面的话它可以听，然后对我一顿教育讲解。母亲告诉我，它就是大娘姨变的，因为那台湾人把她的家毁了，造了凉亭，所以她变成这鱼跟他作对，赶他走；只有大娘姨变的鱼，不是一个凡身，才可能在这般恶劣条件下生存并施展法力；后来我把凉亭拆了，又种了枣树，恢复了她的家，所以她丢下这副遗骸，又回家了。母亲讲得如此头头是道，自信坚定，甚至自圆其说的逻辑，都有实力碾压我，嘲笑我。她真的嘲笑我，说我想用博士的头衔和合影来抬高自己，压倒她，纯属一种仗势欺人的小把戏。

午后，我午休起来，听到窗外有动静，临窗看，见雇工表姐正在枣树下挥锄掘土，母亲佝偻着腰，颔着首，静候一旁，双手端着一只几近乳色的长方形木盒子。木盒本是放一瓶750毫升白葡萄酒的，现在我知道放着什么。如果不出所料，接下来七天母亲会很忙碌，要施一系列法术法事，替大娘姨通灵、安魂、护法，送一程，祭一生。事实上，这并非大娘姨的特权，而是上溯三代去世的长辈和平辈及年满十六岁殁的小辈，年年都能享的待遇，即在他们的忌日举行祭祀仪式。照规矩，祭祀除开丰盛的酒肉饭菜，重点是要备上念了七日真经的冥钱佛包，应时适地焚为香灰，送入阴府，祈佑亡灵年年有余，岁岁平安。

母亲是幸运的，没有小辈子要祭，母亲说，这是因为她一向诚心诚意祭拜在冥世的三代长辈和平辈得的福报。我粗略算了一下，母亲现有九位长辈（丈夫算长一辈）和两位平辈要祭，就是说一年至少有七十多天在忙这事。这些日子我们家乡人叫它"荫天"，行这类事之所叫"荫堂"。母亲经常说，荫堂就是阴人的天堂，她现在已经是大半个阴人，荫堂就是她的家，待着忙着，心安理得。她还常教育我说，荫天过好了，阳日才好过，才有福报。我不大相信这些，母亲说："所以你遇到坏人才害怕。"也许为了安慰我，她又补一句："人年轻时都这样。"

原载《花城》2023年第1期

邵 丽

九重葛

一

她是个闲不下来的人。她不停地擦拭房间里的物件，每一件东西都纤尘不染。她不停地拖地，木地板已经有了明显的深浅不一的凹凸。她一遍遍地重新摆放柜子里外的器具，那些器具本身已经排列整齐，如同久经训练的列兵一样。清洗床单和每天换下来的衣服。她一个人的家，衣服洗了又洗，床单至少得用够一个礼拜吧。每天分配给清洗卫生洁具的时间更长，这是一项比较复杂的系统工程，频繁地更换一次性手套，使用三种工具：擦洗坐垫的一次性消毒湿巾，彻底清洗马桶内侧的洁厕灵和软毛刷，擦洗马桶外侧的一次性小毛巾。

她一个人的家，这些能令她身体处于活动姿态的活儿实在少得可怜。

还能干些什么呢？

干完这些事情，她换掉工作时的全套衣服，扔进专用的小洗衣机里，打开淋浴器清洗自己，然后换上干净的衣服。

她不睡懒觉，六点半准点起床。早餐很简单，牛奶加速溶麦片，一个鸡蛋，一片加热的面包蘸蜂蜜。

差不多上午八点钟的样子，她便做完了所有要做的工作。

余下的一天要干什么呢？

不知道从哪天起，她开始不喜欢看电视。她觉得电视开着像是和许多人共处一室，一点隐私都没有，那些人那些事，会让她心烦意乱。她会随意翻看一本书，但只能看三四页。现在的书往往字号太小，她不允许眼睛太吃力。她闭上眼睛呼唤小度："小度小度，放一首《蓝色天际》。"小度说："好的主人，现在为您播放班得瑞的《蓝色天际》。"音乐响起，她有片刻的松弛，像踩着沙滩慢慢沉浸到海水里，边听边在屋子里走来走去。音乐声慢慢淡下去，她像从潮水里抽离出来，焦虑开始袭扰她。

她的一天很难熬！

她的一年很难熬！

她今年才五十二岁，做了一辈子小公务员。两年前她以心脏早搏的理由申请病退，获准。她不知道自己还能活多少年。如果是秋天，如果是阴天下雨的日子，她愈加发愁，余生该如何度过？她恨不得吃一种药，睡上一觉，十年二十年就过去了——但未必是死，未必是自杀。即使她对再也醒不过来也毫无畏惧——她真的试过两次。第一次她吃了十片艾司唑仑片，除了有点困意，其他基本没什么反应。第二次她给自己加了十粒，一次二十粒，虽然睡过去了，但不到两个小时就醒了过来，再也没有一点困意。后来她看手机新闻里说，一个想自杀的人，吃了一百片舒乐安定，睡了两觉，起来没有任何事。事后还特意给药厂写了感谢信。后来她想，一个人要真的想睡过去，至少得吃一千粒。那一段时间她像得了强迫症似的四处求人，真的弄到了十瓶。她看宝似的看着那些贴着蓝色商标的小白瓶子，不知道自己究竟要干什么。

我只想睡过去，可能并不想自杀啊！

她是独生女，父母都是解放战争时期的干部。母亲四十多岁才生了她，父亲比母亲更老。等到她也四十多岁的时候，父母已经先后不在了。他们都是年龄大了，无疾而终。

慢慢地，她成了个孤儿。尽管她受过完备的大学教育，喜欢读文史哲书籍，这丝毫不影响她成为一个孤儿——虽然从法律上讲她已经超龄，但她执意这么认为，而同时也觉得这个想法并不违法。

父母是老死的，虽然她伤心了好一阵子，但是她接受。她只是常常心神不宁，不知从哪一天开始，她不能让自己闲下来，闲下来就会变得很沮丧，心情受潮似的湿答答的。每天早晨起床情绪就很低落。她穿着旧而宽大的袍子，站在二十五楼的窗前往楼下张望。远远近近的道路上，车流涌动，争先恐后，像一群蚂蚁。这样的情景周而复始。她觉得生命毫无意义。

每天她至少要洗两次澡。晚上清洗干净自己，坐在干爽而舒适的床上，冥想一会儿。其实除了忧愁本身，她并没有什么值得忧愁的事情。活着也还好。既然活着还好，她又因此而恐惧：人会不会睡着了就再也不会醒来？毕竟，她还是有些事情在心里搁着。

她是这个城市的原住民。父母给她留下的，加上她自己的，共有四套房产，都是在最好的地段。这在一座特大城市里，每个月收到的租赁费就是个大数额。卡上每个月增长的数额令她不开心，多金于她而言也是个不小的压力。

病退前，她总觉得身体不适。查来查去，身体真的没什么器质性病变。来得多了，后来医生还是给她开了一种药，她看了说明书：主治抑郁症。治疗伴有或不伴有广场恐惧症的惊恐障碍。她有点生气，我好好的一个人，怎么会有抑郁症？医生好言相劝，说如果没有这种病，吃了并不会有什么副作用。她出于好奇，实在忍不住取出一粒药片，把它分成两半，然后再把其中的半片分成两半。医生让我吃一片，我吃四分之一片，也可能会有传说中飘飘欲仙的吸毒的感觉？她吃了四分之一片，然后索性又吃了另外四分之一片。她看着剩下的半片在她眼里慢慢模糊，困意快速袭来。那天晚上她睡得很安稳，真的安稳。早上醒来她没再起来看楼下的"蚂蚁"，而是坐在床上哭了。我？患抑郁症了？

但她拒绝继续服用那种药物，她认定自己没病。

也就是三两年的工夫，她懒得再去逛商场；偶尔去一次也只是胡乱地看看，她什么都不买。那些很正式或者适合聚会时的正装、礼服，她完全没有兴趣。

她没有场合。

她吃得不多，口味淡到可以白灼青菜不放盐。她的食物链也仅仅满足活着的最低需要。

如果没有特殊情况，她每天都会在附近的紫金山公园走走路。一位女大夫告诉她，你身体很好，瞧你苗条而匀称的身形，说明你的身体没有什么器质性问题，加强锻炼会更好呢。她喜欢听这话，也喜欢放大它。我就说嘛，我没什么病！她相信这个女大夫的话，强迫自己喜欢公园和太阳。太阳光里，她的心真的就明朗起来。太阳补足了她的钙，太阳会把她照射出一身微汗。她想着这种温暖和照耀，心里就有了一点快乐。她张开手站在太阳光里，觉得自己就是一株禾苗，一棵占地不大的树。

之前她家里来过一个男人，他们是在公园里认识的。不知道男人是怎么知道她的住址的，这让她很恼火。他捧着一盆开得正盛的九重葛，郑重得有点不合时宜地说道："我自己培育的，已经长了三年零五十七天了。你看，牌子上写的有幼苗的日期。"然后又补充道："它特别好养，很泼皮。"这是一株木本植物，树干有人的大拇指粗，巨大的树冠把那人的上半个身子和头脸都遮住了，他在树的缝隙里和她说话。那么老大的一个盆子，得有二十多斤吧？他一直抱在胸前，像抱着圣物。她终于不忍心地说："你放到地上吧！就搁在门口那儿。"

他说："早晨收拾园子，看它开得正好，想着送来给你做个伴儿。红红绿绿的，养眼。"他挓挲着手，神情试图说服她，我该给你搬进屋子里找个地方安置好。

她看懂了他的心思，说："不，就放门口边上。我说不准会花粉过敏。"

僵持了老大一会儿，气氛非常尴尬。她就那么堵在门口。他抱着花，手上沾满了泥土，头上的热气把几缕头发都浸湿了。后来他坚持不住了，终于把花靠着门口的墙边放下。她看了看他，犹豫了一下说："你别动，我拿水给你。"

她提出一大桶"农夫山泉"，她平时做饭用的水。另一只手拿了肥皂。她指了一个地方，就给他在步梯口冲手。水顺着楼梯缓缓地跨着台阶，弯弯曲曲地不知道要流到几楼去了。她前后让他打了三次肥皂，嘴里不停地说着："手心、手背、手指间……"一桶水终于洗完了，她说："你别动。"

　　她返身回屋子里拿出一条半干的毛巾递给他，让他浑身上下都抽打一遍。一切似乎可以结束了。可他眼睛看着那盆娇艳的花，并没有要离开的意思。她几乎是被逼无奈地取来一双鞋套，给人开了半扇门。人是进来了，她却堵在玄关处，拿一桶消毒喷雾，把他上下喷了个遍。然后她指着卫生间说："你去洗手吧。"

　　那人宽厚地笑了，再去洗手间用肥皂仔细洗了手。等他出来，发现沙发上特意铺了一块干净的罩布。他知道那是他的特定位置，便轻手轻脚地走过去，乖乖地坐下了。她端了一杯白开水给他。他又笑了，说："这杯子……不是一次性的，可以用吗？"

　　她说："没关系，你用完我会消毒。"

　　那天那个男人在女人家里坐了十来分钟，喝了一杯水，几乎没怎么说话。他自己着急走是因为内急，女人的卫生间他是不敢奢望使用的。

　　过了几天，女人突然打电话给他。他们互留电话号码已经差不多半年了，一次都没用过。女人在电话里说："若是方便，可否再劳烦你一次，把花给我搬到客厅窗下的台子上？"

　　他记起，她家的客厅是落地窗，窗台很宽。设计师说不定就是留着给人养花用的。

二

　　女人姓万，单名一个水字。她父亲姓万，母亲姓水。她叫万水。小时候她躺在妈妈的怀里撒娇："你和爸爸走过千山万水。我要是有个哥哥就好了，可以叫万山。"

　　不过是一句娇昵的话，可母亲的神色却立刻黯淡了，吓得她从此再不敢浑说。

万水每天上午都准点在公园散步。她练过芭蕾，学过游泳，对文学还多有喜爱，自认为年轻时还算个文艺青年。即使现在她也气质出众。她头发剪得很短，身材偏瘦，脊背挺得倍儿直，走路像风一样快。很多初识她的人都忍不住会问："你当过兵吧？"她咧嘴笑了，笑起来模样还是很耐看的。她说："我爸妈都是军人出身，我也是在大院里长大的。他们打小就对我进行军事化管理呢。"

"大院"这个词儿，有一股神秘的横劲儿，可于她而言，不过是外强中干。其实没人知道她要用多大的毅力才能在这里快速走动。她恐惧着，焦虑着，不能停下来，停下来仿佛会死。她不怕死，可又不想死。这让她很纠结。可这种纠结同样又让她觉得自己有问题：不怕死又不想死，不正是军人的特质吗？不怕死才能勇敢地上战场，不想死才能凯旋。你纠结什么呢？

她散步的时间点常常会遇见一个和她岁数差不多的男人。男人的衣着基本上算是体面的，中等偏上的个头，微胖。和她不一样，他总是悠闲地踱着步子，不是八字步，他走路的模样倒像是个学者。万水从他身边走过，目不斜视，从不看他一眼。有一天她发现男人的速度也快起来，在距她五步左右远的地方跟着，她走了三圈都没甩掉他。到了第四圈，她回头挑衅地看着他，目光凶狠地问道："你想干什么？"她看看天上的太阳，差不多十点半钟。这个时间，是一天中最安全的时段。

男人冲她一笑，是那种善良温厚的笑。他说："你调动了我的积极性。跟着你的步子走，人会变得很起劲。"

她很久没看见这么纯粹温厚的笑容了。她还看到他干净的手和修剪整齐的指甲。嗯，还行。她在心里暗暗说。虽然这个"还行"不知道是指男人还是他的跟随，反正她居然默许了。打那天开始，他们就变成了两个人一起走。没人会关注到他们，别人也许会想，不过是一对平常的夫妻。

大概一个多月后，她突然缺席了。男人算着，快半个月了呢。

她终于出现的时候，好像大病初愈般的虚弱让男人吓了一跳。她面孔显得虚白，走路的速度显然有些慢了。走了一会儿，她出汗了。她冲他不自然地笑了一下，寻了个向阳的椅子坐下来。男人又走了一圈才过来。两个人坐在同一张长椅上，中间隔了很远的距离。她主动说："病了，急性阑尾炎。小手术，还是挺竭力的。"

这是他们第一次正常说话。男人说："我就说是病了，否则你这样严谨的作风，不会无端缺席的。"看她不说话，然后又道："人不服老不行。身边一定多留几个人的电话，否则遇着什么事求救都困难。"

他的语气带着诚恳的关心，一点虚头巴脑的东西都没有，仿佛这一阵子他是挂牵她的。万水心里有一点感动。她说："你呢，怎么也总是一个人？"她是个不习惯打听别人隐私的人，从不。问了有些后悔，脸上现出愧色。

男人反问道："你呢？"

万水说："我是个独身主义者。"她不知为什么隐瞒了之前的婚史。她曾经结过婚，勉强过了两年。头一年也还好，第二年他生病了，胃食管反流。这种病怎么说呢，说不严重也不算严重，不影响上班，也不影响社交；说严重也算严重，睡觉都得在身下垫一个三四十度的支架，半躺半坐着睡。每天晚上想抚慰他一下都得爬到他那斜坡上去。细心照顾他一年多，不但没有好转，反而更加严重。百日床前无孝子，夫妻也不行，何况她是一个超级洁癖者。这一年多下来，什么情啊爱啊性啊，磨得比纸片都薄。后来丈夫被姐姐邀请去美国治疗。他们也都想松口气，很快他就过去了。他适应那边的环境，医疗也很有成效，一来二去就移民了。丈夫也诚心邀请她一起过去。那时她的父母都还健在，她拒绝了。

再过一年，丈夫提出离婚，说这样长期分居对两个人都不公平。她反而松了一口气，像卸下了一副盔甲，感受到异乎寻常的自在。她买了一个四寸的小蛋糕，点上蜡烛，悄悄庆贺了一下。一别两宽，各自安好。从此她再不肯走进婚姻了，她喜欢一个人过日子，任何时候去看爸爸妈妈都不用顾忌其他人的感受了。爸爸妈妈一如既往，像疼惜一个小娃娃一样爱她。她在他们身边的幸福横无际涯，不需要揣测彼此的心思，不需要顾忌彼此的情绪好坏。父母全心全意地陪伴着她,一直到他们一个个撒手人寰。

她变成了一个纯粹的自我,越来越自由,也越来越自闭。上班的时候还好,每天能说上几句话,全是工作上的事情。后来退了休,便几乎与世隔绝了。她没有男朋友,女朋友都没有。

男人说:"独自习惯了,一个人挺好。自在。"男人又说:"我老伴走了。"他迟疑了一下还是说了出来,"是那种不好的病。两个儿子都在美国,念书念的年份长了,就入了籍。我去住过一段时间,原本是要长期住在儿子们身边的。可他们都忙得连聊个天的工夫都没有,一个星期陪我吃顿饭就不错了。我每天一个人闲逛,逛着逛着就又逛回来了。还是国内舒服,亲戚朋友都在。"

"你会做饭吗?"

"我儿子给我请了个阿姨,一天做两顿饭。"

万水发现,她不太抵触这个男人。

两个人说了一阵子,到了饭点,就各自散了。等再见了,就觉得自在了许多。走路却依然是一前一后,几乎不说话。一个走累了,老地方坐下来。另一个也坐下来。一切都是自然而然。有一次,男人介绍自己说:"我是个搞林业的,大小也算个专家,刚退休。单位返聘,我儿子不让。可总这样闲着也不是个事,正琢磨着找块地自己种点啥。"

对于这么庞大的话题,万水没有准备,或许是没有如此大的精力讨论,便随口说道:"我是个耗日子的人。"

男人说:"我家的阿姨今天休息,中午我可以请你吃饭吗?"

万水怔了一下,随即羞红了脸,她说:"我从不在外面吃饭,我——"

男人说:"我明白了,你爱干净。"他没用洁癖这个词儿,觉得这样不尊重人。然后他掏出手机找出自己的二维码,站起来远远地伸向她,说:"都认识这么久了,我们加个微信吧。"

她也立即拿出手机,朝他笑了一下。男人明白,她是想弥补她的歉意。

男人加了她的微信,说:"你的名字叫万水,可真好听。你的朋友圈怎么什么都没有?"

万水说:"你叫张佑安。你妈一定只有你这么一个儿子,要诸神护佑你平安。"

张佑安笑道:"如她所愿。"

"哎,你的朋友圈简直就是个植物园。"

那阵子万水的心情好了许多,手术后的身体也在慢慢恢复。本来嘛,阑尾炎微创就是个小手术。晚上她躺在床上,会翻一翻张佑安的朋友圈,了解一点花草的知识,木本植物和草本植物的养护方法等。但他们彼此没有联系过。

张佑安有好一阵子不上公园来了,也没和万水打个招呼。万水自然是不会问的。她在他的朋友圈上看到,他在黄河滩上租了几十亩地,还建了一座小木屋。有一张照片是他赤着脚在泥土里栽种什么。想必这就是他趸摸的一块地了。

那时候麦子刚刚收完。后来又下了一场千年不遇的暴雨,这个干旱的北方城市竟然淹死了不少人。地上都是大水袭击过后留下的创伤,她觉得遍地都是细菌。万水的心情突然又低落下来,她不再出去走路,一个人关在屋子里也要不停地洗手。再后来,楼下的街道空空荡荡,她再也看不到成群结队的"蚂蚁"。不过,并不是因为这个,屋子外的一切和她似乎都没有关系,她也不到任何地方去。她只在夜深人静的时候出去倒一次垃圾。她干任何事情都是静悄悄的,邻居们以为她来去无踪。她的家是一座空屋。

后来她连朋友圈也不看了。窗台上的那盆九重葛懒于浇水,竟然越开越盛,艳得让人心惊肉跳。那花团锦簇的热闹繁华,仿佛是她的一团幽梦,被悬置在一个肉眼可见的世界。

原来姹紫嫣红开遍,似这般,奈何天……她索性关了屋子里所有的灯,在灯火璀璨的夜色里,分不清什么是什么。

三

万水每天只等夜深人静,已经听不到一点声音的时候才悄然打开房门。

她戴着一个黑白格的洗澡用的塑料浴帽、N95口罩，裙子外面套了紫色的雨衣，脚上也是绿色的半长筒胶鞋。垃圾袋套了三层，她唯恐在电梯里留下垃圾的味道。其实电梯里是充满异味的，尽管排风扇一直在吹。所以，倒垃圾对她是一种巨大的挑战。她不想被人发现，只是轻轻的一声门响，楼梯间的感应灯就亮了。她看见了一个奇迹，原来放那盆九重葛的地方，并排放着两个墨绿色的方形塑料盘子，一盘是清水养的韭黄，另一盘是泥土养的芫荽。一黄一绿，在静夜的灯光照耀下煞是好看。黄色的像小鹅苗的毛，绿色的像海底史前植物。她看了再看，竟然一片残叶都没有，旺生生地鲜嫩着。

  她丢完垃圾回来，那两盘东西仍然还在原地待着。她弯下腰又去看，第一次不嫌弃地嗅了嗅韭黄和芫荽的清香。她恋恋不舍地关上了房门。她重新洗了手脚，躺到床上，准备关机睡觉时却发现有一条未看的微信消息。她吓了一跳，她的手机从来不曾接到过微信。她颤抖着打开，原来是张佑安两个小时之前发来的："万水女士您好，这是我种植的两盘盆栽，没有使用化肥和农药。知道你忌讳外面的细菌，特意清洁后，委托小区的门卫师傅给你送至家门口。长期居家，叶绿素少不得，希望你尝尝我的劳动成果。如果你实在担心，就放在窗台上权且作为风景观赏吧。"

  两个小时前？他怎么不敲门呢？估计是发了微信我没回，害怕打扰我。可是，我很少看手机呢！她想回复一下，可老半天不知道该说什么。后来下床拿了干净抹布，打开门出去，仔细擦拭了已经很干净的塑料托盘。托盘很轻，也很精致，可见他的用心。她小心地把它们放在窗台上，收拾干净重新躺在床上。百度了一下，韭黄可以用剪刀剪下来食用，留下根部，每天换清水，仍然可以生长。至于芫荽，她知道的，小时候妈妈在院子里种过。只掐苗尖，不伤着根它就有重新生长的能力。她那天抱着手机就睡着了，嘴里一夜都含着芫荽的清香。第二天醒来，她发现昨晚没服用安定。难道这两种植物有助眠的作用？

  她解冻了一条冰箱里备着的黄河鲤鱼，去了鱼皮，只取两边鱼脊上的精肉，用刀背拍碎收在玻璃碗里，放一点生抽和料酒腌着。然后和了一团小麦精粉烫着。最后拿剪刀小心翼翼地剪了一把韭黄，摘了一撮芫荽叶子。

万水把鱼骨头放在清水里炖上，盘一棵小葱放进汤里，再放几片姜，两勺白胡椒。水滚开后改成小火，慢慢熬，像熬着自己的日子。

韭黄细细地切了，放入腌好的鱼肉里拌匀，淋一点小磨芝麻香油。面烫好了，拿出来揉了，揪成小面团，一个一个地擀成圆圆的饺子皮。包饺子要快，好把韭黄的清香锁进面皮里。氤氲的水汽里，妈妈笑吟吟地说着话儿："妞妞，擀皮要让小擀杖摇着面饼自己转圈，中间厚四圈薄，这样包的时候可以用力装一兜菜，馅大皮薄。"那时，她也就是十二三岁的光景……她一瞬间真的看见了妈妈，幸福得眼泪都滚出来了。

一群白鹅似的饺子煮好了。先给妈四只，再给爸六只，爸吃得比妈多。她自己盛了总有十几只，一口气吃完才品出鲜味来。鱼汤已经熬得浓浓的，她拈一撮子芫荽放在空碗里，然后加入沸汤，一口一口地慢慢品。妈在叮嘱："妞妞，好好儿活着，如今日子多好啊，想都想不到的好啊！妈妈行军打仗那会儿啊，饿得地里的生土豆带着泥挖出来，来不及擦干净就往嘴里送。困急了几个人就拿绳子一个一个捆成一串，走着路就能睡一觉。妈这一辈子啊，啥安眠药都没吃过，饿了张口就吃，困了倒头就睡。"那时候，爸常常批评妈："好好个孩子，怎么就给惯成个豌豆公主了？"

她吃饱喝足了，太阳正好照进屋子里，她就在西窗下的餐桌上盹住了。妈和爸好久没唠叨过她了。

她被秋后的太阳晒得暖暖的，有一种死而复生般的庆幸。

本来想给张佑安回复个微信，后来想想，还是给他打了电话。她在电话里说，韭黄馅的饺子太鲜了，好久没这样吃，撑着了呢！那声音她自己都有点吃惊，竟有点撒娇的意味。可不，中午盹着那会儿，跟着妈妈包饺子，也就是撒娇的年纪嘛！她到这会儿还没从那梦里回过神来。

张佑安说："终于敢和我聊天了，不怕电话里传过去病菌吗？"

万水在这边也笑了："我待会儿打完了，会用酒精棉片给手机消毒呢。"

又一天，到了晚上七八点钟，万水又想着打个电话过去。正迟疑着，张佑安却打了过来。她内心禁不住一阵欢喜。接了电话她唠唠叨叨说了许多废话，看了什么书，吃了什么饭；九重葛生命力可真顽强，试验了一回，一个礼拜没给喝水，人家越发开得烈火红颜。絮叨完了自己，然后终于问道："你呢，你一天都干些什么呢？"

张佑安说："我在黄河滩上培育苗木呢！连口罩都不用戴，一面坡下就我一个人。"

"一个人好！"她向往地说。

张佑安说："我种了三十棵本地老玉米，快长熟了，到时候新鲜玉米可以烤了吃。不过，你在家里可烤不了。"

万水说："怎么烤不了？我有电烤箱啊。"

"用烤箱烤？"张佑安想了一下，"对对对，用烤箱是一样的。"

"我明白了，还是炭火烤的好吃。"万水脆生生地笑道，"我倒像是争吃一样，好馋的嘴。"

后来就分不出谁给谁打了。她似乎也不在意这个了。开始聊半个小时，慢慢变成一个小时，后来时间刻度就消失了，有时竟然聊到深夜。前三皇，后五帝；山之南，海之北。反正，一个小小的话头，就会放大成一个话题。

四

张佑安的老家是农村的。他爹要强，也是个能人，烧砖烤瓦、养兔子编筐，反正是个"闲不住"。他家住在黄河边，蒲草苇子铺天盖地地疯长，人家晒太阳唠嗑的工夫，他就能织一张蒲席，趁天黑偷偷拿到集市上换两块钱。张佑安上面是三个姐姐，他爹让四个孩子都上学。张佑安念高中那会儿，恢复了高考制度，他的三个姐姐先后考上了学。后来改革开放了，他爹承包了村里的砖窑。他爹不让他管家里的事，摁住他的头一心只读圣贤书。果不其然，张佑安考了个县里的状元，上了北京林业大学。

有一拉溜儿四个大学生——那年头考上个中专也叫大学生，其实他三个姐姐都是中专生——撑着，他爹的胆子更壮了。一口窑变成六口窑，后来摇身一变又成了砖瓦厂。土地承包后，各家的地各家种，粮食亩产一下子翻了几倍。村后的张存有家种了苹果，一年收成抵三年粮食。大家都改种果树，因为离城市近，很快都赚了钱。张存有家盖了四间瓦房，用的都是他家的材料。村后的张大嘴经常往城里跑，房子晚盖了两年，从城里拉回了预制板，盖成了平房。张佑安他爹背着手转悠了两圈，给自己的砖瓦厂增加了预制板业务，他家头一个住上了三层小楼。村里家家都学样，砖和预制板生产多少都不够卖。一时之间，张老板成了闻名遐迩的人物。

有人通过张佑安的姐姐，给他介绍了一个对象。是乡干部家的闺女，在县里念中专。他姐说长得好看，又是她们单位一个小领导亲自介绍的，也算知根知底。找个干部家的闺女，还有自家闺女政审，他爹当然喜欢得不行，假期便让俩人见了面。银盆样的一张大白脸，喜眉笑眼。有那么厚实的家庭背景和超强的女性特征，从未谈过恋爱的张佑安哪还有还手之力？一下子便被弄晕了，好似任她宰割的羔羊。见了没两次，女孩就主动跟他亲嘴。她比他懂的还多，拉了他的手从衣服领子塞到两个大奶子上。后来也是她先脱了衣裳。事情一下子就完了，他惭愧得不行，有些不知所措。姑娘安慰说，不碍事，慢慢就好了。

俩人行的好事，都被张佑安他娘在窗子外头偷听到了。这也是他们那里的风俗。待他们出了门，他娘就挤进屋子里看。床上脏污了一片，却没见红，他娘登时就愣了，当即就去找媒人。媒人说，生米已经做成熟饭不啥都晚了，你儿子一个大学生，把人家动了，咋还敢说反悔？他娘一路哭着回来，把儿子拉到自己房里斥责了半天。张佑安完全不懂这些事情，改天再去审那姑娘，姑娘说是之前定过亲的，谈了三年，后来她考上学了，那对象没考上就散了。再问，说是在学校还谈过一个，谈了两年，那个人考研考走了，就和她分了。她话说得云淡风轻，他却听得电闪雷鸣，死的心都有。事已至此，别无良策，他便咬牙切齿地追问致命问题：都跟人家上过床吗？他闭着眼睛，只想听到否定的回答。哪怕是假话，也好让他遮遮脸。可人家愣是承认了，理由还很充分。那时候太小，不懂事。不过原本也是想着一起过日子的。张佑安读了那么多书，思政课还是优秀，知道这事是豆腐掉到灰堆里，吹不得也打不得，心里别扭得像吃了半只苍蝇。

人家姑娘偏就大大方方地住在他家不走了。白天他还气着恼着,晚上看见她白花花的身子,恨着却忍不住发了狠劲用力。他心里五味杂陈,可这事只能砸在自己手里,爹不知晓,娘不敢说,一张又瘦又小的窄脸越发枯黄。好不容易熬到假期过完该回学校去了,这姑娘却说怀上了,让他问他爹怎么办。他这才如梦初醒,知道行敦伦之事还会有后果。但踟蹰再三,还是不肯告诉爹。人家姑娘不管不顾,把这事大剌剌地跟他爹说了,直把他爹欢喜得不要不要的,说舍得六门窑不要,也得保住孙子。儿子还差一年毕业,就先上车后买票,那张纸等毕了业再说。办酒席的时候,张佑安托词学校通知紧急返校,便连夜溜之大吉了。他爹安排吹吹打打,待了十几桌客。媳妇自知理亏,压着不让娘家找碴。事办得倒也圆满。

张佑安大学还未毕业,大儿子就出生了。他爹看着大胖孙子高兴得合不拢嘴,让他姐姐立马给他写信报告这个天大的好消息。张佑安拆开信看了,恨不得一头栽倒在地死了。但事已至此,当了爹的他,毕业志愿只好填上自己的老家,毕业后分到县林业局。媳妇在乡医院当护士,他一两个月都不回来一次。媳妇催着领证,他说孩子都出来了,领不领证有啥意义?凑合着过就行了。

张佑安总不回来,不是个办法。她娘就出招,给闺女找了个偏方,让她去城里找他。他刚到一个新单位,媳妇来了也不敢声张。媳妇倒也是贤惠人,买个炒锅,在屋子里弄个小电炉,又是菜又是酒伺候着。两个人挤在单人宿舍的一张小床上,一来二去就又怀上了。那时候计划生育正严格,媳妇东躲西藏,到七个半月上就打了催产素生了一个男娃,孩子放在媳妇姐家养着。张佑安只能认了,把柄攥在人家手里,计划生育超生,她一告一个准。后来是他自己托关系把她调进城里,单位给了两间公房,算是团聚了。可是两夫妻脾气不对付,吵吵闹闹地没有消停过。那媳妇有两个大胖小子垫着,感觉自己翻了身,吵起架来从来不让他。张佑安被逼无奈,复习一年又考回学校读硕士去了,硕士读完又接着读博,假期都不回来。学校都不知道他是结了婚的,介绍对象的还真不少,他都一一回绝了。有一个女同学是真的喜欢他,他也喜欢她,不明不白地和人家暧昧了两年。

那女同学认了真，死活要跟他结婚。他眼看躲不过去，才说了家中的事。女生哭着说她不在乎。他也想说不在乎。可儿子都那么大了，你不在乎？爹在乎，娘在乎，全村子几千口子人在乎！女生一把鼻涕一把泪哭了几次，到底没把长城哭倒，一气之下赌气嫁给了别人。

他博士毕业选择回到省林业研究所。媳妇一直在县上，想吵也够不着。两个儿子在父母的吵闹声里长大，学习倒是争气。老大大学毕业后考到美国留学，后来指点着弟弟也走了同样的路。五年前，媳妇患卵巢癌，一直瞒着丈夫。其实是她自己放任，错过了最佳治疗时机，以至于不治。

讲完自己的故事，张佑安说："我的半辈子就是这样过来的。仔细想想我也挺对不住她的，一是自己年轻时不懂事，不该那么冲动，二是之前的事，我也过于计较，儿子都那么大了。"

万水说："是啊，你的确不应该。她毕竟是你孩子的母亲。"

张佑安长长地叹了口气，然后伤感地说："她拖了两年，我尽心尽力地伺候了两年。她眼看自己快不行了，哭着对我说，自己年轻时不懂事，有今天这个结果，都是因为自己作孽太多。我堵住她的嘴，说自己更不懂事，等她病好了就好好跟她过日子。后来她还是走了，临了拉住我的手说，你伺候我两年，我这辈子就满足了！"

这话让万水在电话这边哭得抽抽噎噎，不知道哭的是他的妻子还是他。

"你想过再找个伴儿吗？"这话搁过去，打死她也不会问的。

"想过，想尝尝爱情的滋味。但都这岁数了，哪里偏就有合适的？"

她的声音突然冷静下来："也是，婚姻其实挺怕人的，过得不好，还不如一个人来得轻松。"

他问她："那你呢？"

她说："我其实结过婚。我那点事，淡得跟白开水一样。父亲战友的孩子，到了结婚年龄，双方父母一指派，就结了。我们俩很友好，像亲兄妹一样。可是亲兄妹也吵架，我们俩比亲兄妹还好，架都没吵过。后来他移民了，我不愿意去，就离了。反正就这些，说是结过婚，其实跟没结过婚一样。过了两年，分开时才明白自己是结了婚的。"

"那后来怎么就一直没找呢?"

"我恐婚,对所有男人都抵触。我和前夫分开时,觉得一下子就放松了。我们俩在一起时,我每天呼吸都是紧张的。医生说,这是我结婚两年一直没怀孕的原因。现在想想男女那些事,我还是会紧张。我觉得跟谁过都过不好。我生不了孩子,何苦祸害人家。"

五

万振山念的是洋学,十几岁就独自去了开封,在学校加入的共产党。大学还没念完,组织就派他回老家信阳搞豫南地区的农民运动。按现在的说法,当年他家就是大别山东部地区的首富。现在红色革命教育基地的第一个农运支部旧址,就是他家的宅院。他爹花了几百块现大洋供他读书,没想到他读成一个逆子。他回来领导农会分了自家的田,他爹一口鲜血喷了三尺远,当场气绝身亡。他一边料理父亲的丧事,一边对族人说,这就是封建地主冥顽不化的下场。其实背着人他也偷偷给爹磕了几个响头,恸哭了一场。他爹是地主,但不是恶霸;是个秀才,但不是劣绅。他爹读圣贤书,不娶小老婆,所以就他这么一个儿子。他心里责怪爹,咋就那么想不开呢?田地分给乡民,大家都有活干有饭吃多好?你这一口气上不来死了,再多的家产不是一分也带不走吗?

农民运动开展得轰轰烈烈,国民党也从未停止反扑。他们在强大的火力逼迫下,暂时躲进深山。山上缺粮,他派人给家里带信,让送粮食上山。他娘哭得伤心欲绝,他这个"共匪"家院早已被国民党洗劫毁坏一空。他娘怕儿子饿死,让怀着三个月身孕的儿媳妇出去要饭,要两天攒一筐干粮,亲自背着给丈夫送去。万振山接着媳妇送来的吃食,得知娘一个人在家,藏在夹墙里,不放心,派了个战士送媳妇连夜下山。媳妇怀着身孕,为了给丈夫省一口,两天没吃一口东西,下山的时候腿一软就倒地了,一尸两命。小战士哭着把人背回山上,万振山用自己仅有的旧被褥把媳妇裹了,埋在山上。他趁一个月黑风高夜潜回家中,发觉已经回来晚了。他娘信佛,进夹墙时只带了一壶水，坚持了五天，坐化在夹墙里了。此时的万振山犹如万箭穿心，他亲手把父亲的棺椁打开，把母亲和父亲葬在一起，对国民党反动派的仇恨无以复加。他从此了无牵挂，一心打老蒋。1934年，红二十五军政委吴焕先在大别山的何家冲村宣读了《长征出发宣言》。万振山就此北上，那时他才刚刚二十岁。

从此，万振山戎马倥偬南征北战。后来在淮海战役中受伤，在战地医院结识了女护士水纹。水纹比他小十几岁，是个清秀的南方女子。两个人聊起来，都是血泪。水纹的大哥参加过北伐战争，后加入共产党。小哥黄埔军校毕业后曾经随国民党新一军入缅作战，职务高居副座，解放前夕逃往台湾。她父亲是昆明城的爱国绅士，把全部家产都捐给了共产党。一家人却遭到了国民党的血洗，她的父亲母亲，还有怀着身孕的姨娘，无一幸免。水纹当时在教会学校念书，躲过一劫。她哥哥连夜派人把她接到队伍上，她是在马背上长大成人的。

万振山出院后，向组织打报告申请结婚。婚后俩人随部队一路征战，聚少离多，但还是生下两个男婴。当时部队不允许带着娃娃行军，孩子都交给当地的老乡抚养。解放后两夫妻通过组织寻找，水纹还亲自沿着当年战斗过的路线去寻过，未果。水纹快四十岁才生下女儿万水，当时丈夫万振山已经年过半百。

万水说："解放后，我父母一直留在部队。我也是在部队大院出生的。可是因为我小舅舅是国民党的高级将领，后又逃到台湾，他们俩一直因家庭历史问题未受重用。后来我父亲认命，他老了，跑不动了，主动要求回到家乡工作。父亲回到地方上，当过连片地区半个省的副书记。后来咱们与台湾关系修好，我母亲因为与台湾的特殊关系，当上了省政协副主席。"

张佑安说："万水，真看不出，你还是个高干子弟。"

"高干子弟？"万水笑笑，不置可否。

"你看我像什么子弟？"张佑安逗他。

"你吗？"万水煞有介事地说道，"往大里说，像是农民企业家的子弟；往小里说，像是砖厂老板的儿子。"

张佑安笑得喷饭。

万水也开心地笑了,她说:"我们这样聊着,让我忘掉了时间。这段时间我简直是数着秒熬日子,有个人聊天真好,我给你行个军礼,感谢老张同志!"

张佑安说:"该谢你才对。埋在我心底半辈子的秘密都吐给你了。也算是自我救赎吧!"

万水说:"老张,你想过自杀吗?"

"没有。从来没有。"张佑安郑重起来,"为什么要自杀呢?只要活着,总有一天能把心底的秘密与人分享。之前不说,只是没遇到过合适的人。要是什么都不说就死了,那不等于我白活了一生?"

万水说:"我倒是想过许多遍,但就是没有自杀的理由。如果有,那唯一的理由就是活着没意思。我父母都活到八九十岁,一天天地为活着而活着。他们只有我一个女儿,我又没给他们生下个后代。你说,他们的内心该如何孤独?"

张佑安说:"那是你替他们孤独,你怎么知道他们内心想些什么?他们身经百战,枪林弹雨都过来了,将生死置之度外地活着,那心胸和境界不是我们普通人所能够理解的,否则怎么能活那么大岁数?现在的人太脆弱了,都是享福享多了。"

"你这是在批评我矫情。"她嗔道,"你整天这么乐呵,是真的快乐吗?"

"快乐有多解,我忙碌,怎么样都是一天。"张佑安的情绪突然高涨起来,"我忙得很呢!伺候土地,兹事体大。我租了六十亩河滩地圃育苗木,一个人,干一天活,吃点土里长出来的新鲜东西,倒头就睡,那才是天人合一!哪还有心思想什么死不死的!"

"哎,说说你的小木屋呗,那里都有什么?"

"有一间厨房,是我用来做饭的地方。有一间客厅,其实是我吃饭喝茶的地方,我还真没接待过客人。还有一间卧室,卧室里有个卫生间,是我如厕洗澡的地方。虽然我委身土地,可是一天必须洗两次澡。我在泥地里干一天活,不洗澡可不行,我也努力做个爱干净的人。"

万水说:"不许嘲笑我!"

"我的卧室里有一张大床。人老了,劳累一天,喜欢睡得舒展一点。我躺下,就像一个'大'字。万籁俱寂,我觉得全世界都是我的。"

万水心里想,要是每天白天晒晒太阳,晚上躺下就能睡着,她的世界可能也会好一点。她说:"这日子,真让人羡慕嫉妒恨呢!你像个古代的隐士一样,过着陶渊明的日子,你是自己的王。"

张佑安说:"每个人都是自己的王,就看你选择怎样统治自己了。"

万水笑道:"哲学家!你和第欧根尼只差一个木桶了。"

"黄河滩里遍地都是黄土,你可有勇气来参观一下?"

"当然可以!我有帽子口罩,有雨衣,有胶鞋。我不是每天都去公园走路吗?"

六

大街上寂静无声,只有一城的灯光在闪烁。万水也不想再让自己的日子那么清冷孤寂,她打开所有的灯,一个房间一个房间察看自己所拥有的,一时之间竟觉得它们都是那么中用和可爱。然后,她关了灯,坐在洁净、干爽、温软的床上,开着窗帘,看外面的七彩流光。如果世界末日就是这样多好,她的床就是方舟。她被光托着飘着,飘到哪里是哪里,她不管不顾了。

上帝给她打开了另外一扇窗,她的世界再也不是封闭的了。关了灯,她每天和一个人悄悄说话。他在说:"我和那个女同学说了家里娶妻的事情,她说她不在乎。她长得不十分漂亮,可是她眼睛是亮的。有学养有教养的女人,眼睛里都有神采,她们能把握自己的命运,因此活得自信。我们俩在一个小西餐厅里坐着,外面下着大雪,从玻璃窗里看着,灯光里的雪花和枯枝上的树挂像是油画。开始喝的是咖啡,后来换了茶,再后来换了一瓶红酒。女同学点的,为了不让她喝多,我自己却喝多了。女同学把我领到她的宿舍，她脱了衣服钻到被子里。我坐在小沙发上。我很困，我喝了红酒容易犯困。后来她光着脚下来，把我拉到床上去了。我穿着外套和她并排躺着，开始是装睡，后来就真的睡着了，一直睡到天亮。或许离天亮还有一小会儿，我起来悄悄地走了。我知道她醒着，可她没说话。"

"哎哟，穿着衣服？穿着满是病菌的衣服躺进别人的被窝，天哪，她怎么肯？"

"我太困了。"

"那，你一定也是爱着人家的，对吧？"

"不能说是爱吧，是有好感。"

"我喜欢简单明快的女人。"他补充道。

"也许你自己不知道，也许你是被自己的妻子孩子所羁绊。我觉得你一定是爱她的，否则，你不会跟她回宿舍。"

"我喝醉了。"

"还不敢承认。一定爱过！"

"真没想过。好吧，你说有就有。"他想很快结束这个话题，"你不高兴了？"

她突然羞愧起来，着急辩解："我哪有不高兴？你胡说八道什么，我怎么会为不相干的人和事不高兴？"她嗔怪道。

"看看，我就知道你不高兴了！好吧，既然不相干，往后就不说了。噢，对了，我种的麻叶海棠开花了。花是一串一串的大红，叶子阔大，叶子上的麻点都是漂亮的。哪一天我送一盆给你好不好？"

"我喜欢玻璃海棠，肥厚的叶子跟翡翠一样，花是正红。它是最干净的植物。我还喜欢栀子和茉莉，它们的漂亮就是干干净净的那种。"

"那这两天我想办法送一盆给你。不过，我悄悄放到你门口，在你那儿洗手消毒太麻烦了。"

她恼起来："哼，你想说什么？与你那衣服不脱就可以让进被窝的女同学比起来，我确实有毛病对吧？"她竟然真有点生气了。

"你这人，我们不是聊海棠花吗？"

"海棠花我也不要了,我又不请你喝酒,喝酒的人,醉了醒了,她们才关心海棠花,关心绿肥红瘦啥的。"

"你这人,我不说你非让我说,亏你还是学哲学的,当你能正视自己历史的时候,你就差不多忘掉它了。"

"可是,我不能正视。因为我没读过博士,我只是一个学过几年哲学的女人,又枯燥又乏味,眼睛里面又没光。"

"我都放下三十一年了,你只是听听就放不下了。"

"还说不上心,连三十一年都记得这么清楚。"

"我投降,你可别生气。你想听点什么咱们就说什么。"

"你这是在责怪我吗?哎呀呀,我真的是多事了,对不起对不起,此处应该有道歉。"她脸红了,突然清醒,觉得自己在无意识间又犯了个大错误。

"我是个好人。"他在电话那端憨厚地嘿嘿笑道,"只是证明自己是好人不容易。"

那天晚上挂了电话,她真的有些惭愧,自己是不是强迫症又犯了,人家的事情和自己有什么关系?她后悔不迭,心里躁得慌,忙不迭起来关了所有的灯,吃了一片安定,等到十二点还没睡意。后来觉得不睡一会儿明天会撑不住,又起来吃了一片,开着喜马拉雅听《道德经》,不知道什么时候睡着的。梦里梦外一时清醒一时糊涂,手机里的声音响了一夜,她也懒得关。

第二天她觉得自己清醒了很多,对昨晚的表现越发羞愧。我这是怎么了?要干吗啊?把好好的聊天给搅黄了。尽管如此,她也没好意思叨扰人家。到了晚上八九点钟,张佑安却打过来了。她接了,心里竟是欢喜的。

到底有昨晚小小的不快在那儿垫着,俩人开始说话都小心翼翼,像避着地雷似的。她少说多听。他也是尽找那些远离现实的话题说给她,讲了一晚上的花木知识。"我育了一亩合欢苗,落叶乔木,喜欢温暖湿润和阳光充足的环境。叶子细细碎碎的,花丝一团一团的粉红,是最适合栽种在行人道路上的观赏植物。"

她听着,一下子回到了五六岁的光景。他们家院子里有一排巨大的合欢树,树龄得有四五十岁吧,树冠郁郁葱葱,满院子都披着浓荫,显得阴郁而神秘。粉红的花朵不管不顾地盛开,从春天一直开到夏天。她和妈妈展一张竹凉席,她躺着,妈妈坐着。妈妈得摇着蒲扇替她打蚊子呢。

她说:"绒花树。"

妈妈说:"那叫合欢。"

她说:"不,就是绒花树!"

树上的绒花指不定什么时间啪地掉下来一朵,用手拈了,凉凉的茸茸的,不香,却有股子清甜。她顽皮,捡一朵放在额头上,再捡一朵放在鼻子上。后来她睡着了,被妈妈抱进屋子里去了。

早晨醒来,她一骨碌爬起来去看。哇,席子变成一幅画了。再看地上,到处都是花团儿。工人要过来扫院子,她拦住不让。爸爸笑哈哈地说:"留着,让她玩吧!"到了中午放学回来,发现花全蔫了。她站在树下伤心了半天。那时她很奇怪,那树怎么有那么大的力气,每天落每天开,好像无穷无尽。

听着想着,她的眼睛湿润了。她说:"你弄个梅园呗,腊月里开。我妈妈喜欢蜡梅,她总是说,蜡梅不是梅,一花香十里。"她没有告诉他,她生在腊月。保姆说:"这孩子生下来身上带香,冷香。"妈妈说:"一定是墙角边的梅花开了。"

张佑安说:"我就说给你弄几盆梅,还怕你嫌它清冷。"

七

张佑安没有等到梅花开,他大儿子要在圣诞节举行婚礼,邀他去美国。他走得很匆忙,晚间好不容易抢到一张机票,第二天早上就出发去上海转机。他只好打电话给万水告别。

张佑安出境的时候还顺利,但回来却很麻烦。很难弄到一张机票不说,即使能够回来,也要颇费周折。儿子劝他道:"爸,你反正在哪儿都是一个人，就在美国过年吧！你烧一手好菜，也让中国文化在这里发扬光大。"他想想也是，儿子这理由他还真不好拒绝，就让他的学生雇了两个人，帮他把苗圃照顾好。

他住在美国东部，时间刚好和这里错开十二个小时。加之休息时间的错位，两个人倒是不常打电话，只是不定期地发发邮件，或者在微信上留言。张佑安有时会发一些他用手机拍的图片。万水醒来打开电脑，屏幕上全是风景。你还说，摄影技术一流。她常常这样夸他。他说，不是我照相水平高，而是这里风景太好了，随手一拍就是屏保。有时候她会连续几天收不到消息，原来是他到拉斯维加斯去看红石峡了。后期发来的图片上，他看上去精神抖擞，大红的羽绒服，蓝色的风雪帽，像个小伙子一样提劲。

万水的生活又恢复了过去的样子。有天她不知道想起了什么，又站在二十五楼的窗前往下张望。她又看到了过去的景象，远远近近的道路上车流涌动，像一群蚂蚁。大街上又开始车水马龙。万水不再去紫金山公园，她听说那个园子的一堵墙塌下来，砸死了一个避雨的人。也有人反驳道，哪有啊，墙都好好待着呢。其实是她自己不想去了，一个人挺没意思。她连走路也不想继续了，偶尔穿着厚厚的旧长羽绒服出门，戴了帽子口罩，围了围巾。帽子和围巾也是旧的，尽管洗得很干净，但还是灰扑扑的，旧得不合时宜。她走在大路上，看那些年轻女人穿着裙子和长靴子，中间露着一截子光腿，外面白色的羽绒服在阳光下十分耀眼。女孩子们的绒线帽也是时尚的，她们戴给欣赏她们的人看。没人欣赏万水，她戴给谁看？她因此懒得买新衣服。

有一天，张佑安发了他在费城的照片。有一张是他和一个很洋派的中年女人的合影，女人微胖，圆脸圆眼睛，满脸的喜庆。她没问是谁。张佑安主动解释道："我工作时的同事，中间移民了。她和我大儿子相识，是儿子帮我约的。"

万水没头没脑地说了一句："祝福你们！"

张佑安说："这祝福个什么，只是同事，约了出来一起旅行，她刚好也没来过费城。"

万水说:"这才更值得祝福。"

张佑安也没再解释。这让万水心里多少有点失落。她想,也许他想的是,随她怎么想去!他与万水,也并没有需要解释的理由。

一天三餐,万水很认真地吃饭,保证足够的营养。她想让自己胖一点,可却越来越瘦。后来张佑安让她发一张照片,她犹豫了很久,才站在九重葛前自拍了一张,还有点逆光。张佑安看后说道:"万水,你是属合欢科的,你适合阳光充足的环境。你还是出去走路吧!"

万水不知道自己哪来的一股子劲儿,第二天竟然买了一张机票飞到三亚去了。这是她第一次独自出来旅行。那时候父母在,他们一起去过北京,去过杭州,也去过四川和东北。后来和前夫还一起去过一趟云南。说不上有多喜欢,至少宾馆的卫生问题就让她头疼不已。她更愿意待在自己家里。

万水住进了亚特兰蒂斯大酒店。她舍得花钱,只是没处花去。她不知道腊月的三亚竟如夏天一般,带的衣服还是厚了。反正也没带几件,满箱子塞的都是床单毛巾、拖鞋牙刷、便携式烧水壶什么的。她基本不用宾馆的东西,嫌脏。她在酒店大堂买了两身素色的单衣,穿上倒是出人意料地放松。她去吃自助餐,有白粥和海鲜粥,有白灼虾和芥蓝菜心,竟然吃得很好。她本来想要波塞冬海底套房,可一问两个月前都被订空了,只好挑了一套最好的海景房。折腾一天累了,窗户都没关,她便在海风里沉沉地睡去。

第二天她只是在附近的沙滩上走一走,然后躺在伞下的椅子上吹吹海风。第三天她买了裙式的游泳衣,竟然下到水里漂了好长一段时间。小时候她在少年宫受过专业游泳训练,只是后来再没派上过用场。她虽然瘦了点,但是属于那种小骨架,身体哪儿都饱鼓鼓的,穿上游泳衣倒是年轻了不少。她的肌肤太需要滋润了,她白,泡一泡竟然泛着瓷白的光亮。

她一直以为旅行是可怕的,一个人的旅行更可怕。现在她觉得很好。

她不再想胖和瘦的问题,几乎是忘记了。这里没有一个人是她认识的,怎么自在怎么来。没人注意她,她也不注意别人。她松弛下来,竟是胖了几斤。

有一次，她游泳游累了，就铺了浴巾在伞下迷糊一会儿。睁开眼，她发现另外一张椅子上躺着一个四十多岁的男子，那男子正看向她。她以为自己会尖叫，但是却发现内心没有一点慌张。男子冲她点点头，她也冲他点了点头。后来游泳又碰到过一次，竟然互相还打了招呼。再后来，在餐厅吃饭遇着了，男子自然地坐在她边上，她也没有拒绝。她已经能自在地在人群中生活，这令她满意。此后的几天，她与这个男子又碰到过几次。她不反感，这是一个温文尔雅的男人。她记得他们也说过几句话。有次他对她说："你长期在三亚休息，倒不如去租一间公寓酒店，会节省很多费用。"她只是笑了一下，那笑容里有不置可否，也有感谢他关心的成分。还有一次他说："你喜欢这里，为什么不买一个小套房呢？现在高端楼盘很多。"她仍然是笑笑，不置可否。因为从内心里，她不知道该怎么回答。思考这样的问题太累了。他就又说道："你是一个很特别的女人。你看上去很朴素，但你的朴素是尊贵的。你很谦和，你的谦和却让人难以接近。"她的脸色立马就变了，她不喜欢人家这样评价她，即使恭维也不行。不过后来她想，这也许不是恭维，甚至连评价都算不上吧。人家说得没错，无非是客观描述了她。于是她又笑了，觉得因为互相理解而近了一些。她明显地感觉到，这个人在有意靠近她。也很有可能完全不是那么回事，是她自己过于警惕。但无论如何，对于她这种习惯身心都包裹得严严实实的女人来说，不可能发生邂逅的故事。

万水在三亚一直待到过完春节。她竟然想，就这样待下去好了，她不想再回她北方的家了。家很舒适，但她只是一个舒适的孤儿。

在她长大的城市，她是一个孤儿！

八

到二十五岁上，万水还没有恋爱过。妈妈说："孩子，你得成个家，我和你爸也没有别的亲人。可我们俩结婚生了你，我们仨就有了一个家。"妈妈再说："爸爸妈妈都老了，我们迟早有一天会走的。我们想看到你的孩子,你的家。"

万水二十五岁时被爸爸嫁掉了。二十五岁,是一个不大不小的年龄,刚刚合适结婚。丈夫和她一样,也是个大院子弟,所以他们的生活习惯很容易适应。他们俩原来就认识,只是从来没有来往过。他们谁都没觉得这样有什么不对。尤其是对于万水而言,结婚的意义无非就是换一张床睡。丈夫不在或者有应酬,她还是回到妈妈这里休息。妈妈说:"结了婚在一起生活,比谈恋爱更容易产生感情。"妈妈说得没错,她和爸爸就是如此。

结了婚之后她仍然不太爱讲话。丈夫是个活跃的人,他家有五个兄弟姊妹,姐姐和弟弟常常会到他们家里来,打牌,摸麻将,聊天,一起包饺子,他们把大家庭延展了过来。而万水没有过这样的经历,怎么样都融不进去。她插不上嘴,也不会打牌,就躲到厨房里去帮阿姨做做饭,找一些活来干。几次三番,那姊弟几个就把她忘了似的,好像她是这个家里的客人。

万水和丈夫的夫妻生活也不是很和谐,她总是说疼。男女之间相交,应该是欢愉的。可是她总是疼,让他也出现了心理障碍。他把这事悄悄告诉了姐姐。姐姐是医生,医生对待病人的方式总是很直接。在他们眼里,没有人这个总体概念,只是一个个器官而已。他们再来家,姐姐在餐桌上像摆冷盘一样把这个问题摆了出来:"水儿,你该去看看妇科大夫。你们这个年龄,夫妻生活应该是特别和谐的。"姐姐十三岁特招进部队,十六岁就在野战医院手术室备皮,什么没经见过?她说出来的话本来没什么,可万水听着却是硬邦邦的有点伤人。万水看了丈夫一眼,羞愧得无地自容。这种事情怎好给别人讲。而且,姐姐即使是知道了,不该私下里跟她说吗?哪能在大庭广众之下公开夫妻的性生活呢?

万水不肯再和丈夫行夫妻之事,她碰都不想再让他碰。他们本来是在一个被窝里睡的,但她给自己另弄了一条被子。丈夫人真的特别好,他不强迫她。两个人生活得很不错,只是回避着不谈那件事。慢慢地,他的兄弟姊妹们不再来他们的家里聚了,丈夫也常常不回来吃晚饭。他本来不喝酒,可最近常常会带回来酒味。他们的衣服是阿姨负责清洗,万水也不是个有心眼的人，可她偏巧在丈夫的白衬衣上看见了口红印子。万水从不吵闹，有事就憋在心里，她借口两个人睡在一起相互影响，直接搬到客房里去了。丈夫是个敞亮人，什么事都快言快语说出来。可对万水这样没有缺点的女人，他一点办法都没有。口红是趴在他肩上看牌的妹妹给弄上去的，他希望万水能和他吵一架。但是万水连吵架都不肯。两家是世交，两亲家处得特别好，离婚也是没有理由的。那个年代，不会有人因为夫妻生活不和谐离婚。

万水的丈夫变得和万水一样不爱讲话，跟他的姊弟在一起也不快乐了。他瘦得很厉害，吃不进东西，整夜睡不着。小两口到医院检查了身体，他好好的，没什么问题。可长期失眠也不是事。姐姐带着弟弟去看了精神科，医生说他患了严重的抑郁症。那时不叫抑郁症，只是说他精神方面出了问题。姐姐对万水说："怎么会呢？他这么快乐的一个人。"她并没有责备万水的意思，甚至还有点歉意。可万水听了，觉得责任完全在自己，因此心里更加惶惑了。

如果不是丈夫的身体出了问题，万水还没有妻子的意识。她那么爱干净的一个人，现在对一个病人一点都不嫌弃，努力尽一个妻子的责任。她每天把自己打理得很干净，把丈夫也打理得很干净。遵照医嘱，每天牵着他的手到公园里散步。他不说话，万水就刻意找些话题给他说。她给他讲刚从书里看到的故事，她正在看马尔克斯的《霍乱时期的爱情》，每天看一章，然后再慢慢讲给他听。"弱者永远无法进入爱情的王国，因为那是一个严酷的、吝啬的国度。女人只会对意志坚强的男人俯首称臣，因为只有这样的男人才能带给她们安全感，以面对生活的挑战。"她想与丈夫一起，与书里的男女主人公共情。他听她讲故事的时候紧紧握着她的手，亲切地注视着自己的妻子。她娴静、温和，她讲述的时候是最美丽的。他越来越依赖她。他的面色红润起来，吃很多饭，重新长出来的头发茂密得像五月的青草地。但一个新的问题出现了，万水发现丈夫越来越喜欢把自己关在洗手间里。她待他出来进去查看，一股新鲜的精液味道，新婚第一夜她就闻到过这种味道。万水脸红了，她把自己的被褥搬回他们的婚床上，头一回主动要求丈夫做那件事情。可是丈夫不行了,他们无论如何努力,他一次都不能正常勃起。他哭了,像个孩子一样,他说:"水儿,我对不起你。"万水呆呆地看着他,不知道该如何安慰。但更想不到的是,他的精神压力太大,很快就发现了第二种病,反流性食管炎。

妈妈开始日日盼着万水赶紧生个孩子,后来却怕她生出孩子来了,女婿有那种精神疾病,会不会遗传?

丈夫后来被二姐接到了美国,他在那里恢复得很不错。他在美国和妻子之间首鼠两端。他舍不得美国,在这里他作为一个完整的男人满血复活。他也真心舍不得万水,他病了那么久,她都那么耐心地陪伴他。他和姐姐都诚心说服她过去。万水拒绝了,她舍不得爸爸妈妈。

万水的丈夫在美国结识了一个热情似火的美国女孩,他们在一起一个月后,那个女孩就怀孕了。他告诉了万水。万水没有伤心,她为他感到高兴。接下来,离婚就是题中应有之义了,不管谁提出来都一样。万水直接在他寄来的申请书上签了字。离婚于她而言,是一种救赎,也是一种解脱。

妈妈再托人给万水介绍对象,她都一味拒绝,只说不合适。一直到死,妈妈都觉得放不下女儿。妈妈临去的时候,紧紧拉住女儿的手不舍地说:"妞妞,妈妈走了你就成了一个孤儿。"她觉得妈妈说得对,不管她长多大,只要没有爸妈,她就是个孤儿。

妈妈心有不甘地闭上了眼睛。

除了对爸爸妈妈,万水的心平和而宽厚。她不爱谁,也不恨谁。

九

万水关闭了微信,手机也调成飞行模式。只要她不找别人,没人会找她。至于张佑安,她不想让他知道她去三亚的事情。这是个人的隐私,干吗要让别人知道?

在美国的张佑安,也正在一场别人设计的激流里漂流。他没有反抗,只有顺流而下。两个儿子很想让父亲找个伴儿,他们认为父亲的前同事不错，开朗、活泼、快乐。同事在国内时叫赵明兰，在美国都称呼她兰。儿子们给父亲规划了旅游行程，他们请兰做父亲的导游。兰很愉快地接受了。兰出国差不多二十年了，行为方式很美国化。刚一出发她就提出："我们订一个房间如何？这样可以为你儿子节省费用。"说完大笑。张佑安也笑，他说："我自己可以支付费用。"

在费城的那一天，他们预订的旅馆可能搞错了，只给了他们一个双人间。兰笑着说道："这是命运的安排，没有办法。"张佑安也没过多说什么，反正入乡随俗就行了。人家说在美国，一男一女住一起正常，两个男人住一起才不正常呢。他索性就正常一次。简单地洗漱了，早早躺在自己的那张床上睡了。半夜里兰钻进了他的被窝。张佑安礼貌地抱了她一下，她赖着不走，张佑安只好下床睡到另一张床上去了。他自嘲道："老了。过去有力无心，现在有心无力了！"

兰说："安，你是介意我在国内的事情吗？"

"国内的事情？"张佑安像是很吃惊，"我不知道你在国内有什么事情，你知道我的，从来不爱听人讲闲话。"

兰说："我出国是因为出轨，丈夫和我离婚而走的。当时闹得很厉害。"

张佑安说："哦。谁没年轻过，都几十年前的事情了，还提那干吗！"

兰叹口气说："我是个冲动型的人，一高兴就忍不住放纵自己。"说完，她像是什么都不曾发生，很快就睡着了。她大概是太累，偶尔会发出一阵轻微的鼾声。张佑安心里怦怦跳动，兰要是再过来，他也许就控制不住了。他的下面硬挺挺地立着，他和妻子半辈子不和顺，自己都忘了这儿的功用。

兰过去的事他如何能不知？她业务能力很强，人缘也不错，热情、直爽，就是在作风问题上屡犯错误。她和助理出去考察，一路上快活得形同夫妻，但是考察结束，她就坚决不肯继续了。她是有夫之妇，好像这是她回来之后才想起的。那助理还是个小伙子，爱喝酒，喝醉了就对她纠缠不休。后来单位把助理调到别的地方去了。丈夫原谅了她。中间她给他生了一对龙凤胎，儿女双全。丈夫是个好人，从不提起过去的事，对她一如既往地好。孩子们上了小学，她竟然又和一个林业技术员好上了。她总是利用工作理由往山上跑，他们在林地的大树下疯狂做爱。她主动告诉了丈夫。她不想离婚。其实丈夫也不想离，他们从感情到肉体都很和谐。但这事毕竟纸里包不住火，丈夫家里的人接受不了，他们觉得出过两次这样的事，再过下去太丢脸了。婚终于还是离了，儿子给了丈夫，她带着女儿去了美国。

第二天起了床，兰像没事人一样。她依然简单、快乐，甚至在吃早餐时还取笑他："安，中国人吃肉太少，又不喝牛奶，哪还有爬高上低的能力？"说着，又往张佑安的盘子里放了几片培根。

那是次愉快的旅行，和兰这样的女人在一起，很难不被她的快乐点燃。儿子们期待着二人有个结果，但兰笑着告诉他们："你父亲不行，他不能满足我。"两个儿子也被她逗得哈哈大笑。他们想不到父亲一点都不介意："这有什么？你们母亲活着时我就不行，好多年喽！"

张佑安的相机里存了许多他和兰的合影，有时候她张开双臂搂着他，有时候她踮起脚尖亲吻他的脸。这个女人，和她在一起随时都得接受被她抱一下亲一下，比握次手都随意。

张佑安在美国变得年轻了。兰说得没错，吃肉喝奶确实比吃面条喝粥更让人健壮。他想把这里发生的一切告诉万水，可是他打不通她的电话。他往她的信箱里发了许多照片，还给她写长邮件，讲兰的故事，包括他和兰的那个夜晚。

在邮件里，张佑安告诉万水，美国人大多不戴口罩。兰和她的女儿女婿都感染了新冠，不过，很快就好了。他没有，他的体魄是强健的。他劝万水，人一定要多运动，要晒太阳，要接受风。

张佑安几次提出来想回国。他惦记他的苗圃，春天来了，各种苗木都要发芽，他担心雇用的工人不知道怎么照顾它们。他打电话让学生们去看过几次。他们要他放心。他每次咨询落地政策，都没有得到确切的答复。他倒也无所谓。他只是担心万水的洁癖，估计一年之内她都不肯见他。他理解她，一个人孤独惯了，好像生活在真空里。他真心地同情起她来。

张佑安在儿子的家里被关得很无聊，他试着把上学时学的那点英语捡起来。不久他能半看半猜地读英文报纸了，一个人出门也对付得来。他在商场给万水选一条围巾，开始挑了蓝的和白的，觉得万水肤白，哪一条都合适。想一想，突然就换成了洋红的，他觉得这个女人太需要颜色了。他想着她会拒绝收他的礼物，但先买了再说，毕竟这是一份心意。路过一个书店，他进去看了看，一本英文版蕾秋·乔伊斯的小说《一个人的朝圣》吸引住了他。书薄薄的，纸质柔软，拿在手中极其舒适。一个人，八十七天走了六百多英里。这是一本有关爱的回归、自我价值发现、自我救赎以及万物之美的书。从主人公迈开脚步的那一刻起，与他六百多英里旅程并行的，是他穿越时光隧道的另一场旅行。他被简介吸引住了，多少年不看小说了。过去他开始读英文报纸只是为了学习英语。

张佑安开始读这部小说，他一边看一边查阅英语词典，深深地被书中的故事吸引住了。虽然过去他英文不差，但毕竟几十年不碰它了，开始一天只能看几页，后来速度变得快了一些。他感动着，忍不住写信给万水分享。到后来他每看一段就翻译成中文讲给她听。哈罗德走了八十七天，他分享了一个月零一天。他突然决定要回去，便在网上订了机票。也许过程会很痛苦，可总比不上六百二十七英里更艰难。

张佑安要回国去了，而且说走就走，一天都不能等。儿子很奇怪，回到国内也是一个人，为什么这么着急呢？

大儿媳妇是个美国白人，她问："安，你在国内是不是有个心爱的人？她在等你吗？"

张佑安哈哈笑道："我有个苗圃，有几万棵心爱的树在等我。"

张佑安的英语口语比较难懂，儿媳妇问："几万个情人？"

儿子笑得眼泪都出来了："爸爸的情人，几万个，能装满一块巨大的土地。"

十

万水从三亚回来了，走的时候她克服万重困难，回来的时候也是如此。

她上了家里的电梯，整个电梯都是抖的。她满脑子只想着一个词：孤儿、孤儿、孤儿……

电梯门打开了，她过桥一样地跨出来，看到了门口放着两盆波光潋滟的玻璃海棠，花开得红艳艳的。打开门锁，天啊！那盆被她遗忘了的九重葛还旺生生地开着。这世上还有生命力如此旺盛的植物？难怪树能活上几千年。她走的时候在花盆下边放了一桶水，把一截用棉线包裹的橡皮管子插在花土里，管子的另一头放在水桶里。她那时只是试着安慰一下这株植物，让它知道，它没有被抛弃。现在桶里只剩下不多的一点水，可那根管子是潮湿的。九重葛，多么聪明的九重葛！它有九次重生的能耐吗？

万水第一次没有顾得上给自己消毒，她用沾着泥土的手打开了电脑。

哈罗德、奎妮，还有几乎被人忽略的哈罗德的妻子莫琳。

他在一个酒厂干了四十年微不足道的工作，他缺乏理想，没有信念，他给不了妻子和儿子想要的。没有亲近的人，没有朋友，他似乎就应当这样过完此后的生活，直至结束生命。

一个永远弯着腰活着的人。

人最深的孤独，是不被人理解。

奎妮只是哈罗德曾经的一个同事，算不上是朋友。哈罗德想不明白，奎妮为什么要写信给他？他甚至不知道该如何给她回信。她得了癌症，她就要死去了。

孤独——孤独——孤独——

奎妮是勇敢的，她给他，一个旧年还算熟悉的同事，写了一封信。否则她在这个世界上就是一个彻底被人遗忘的人。

在给奎妮邮寄回信的路上，他突然决定："我要一直走下去，走路去看她！"

他有了平生第一个信念："只要我走下去，奎妮就会活着。"

行走是艰难的，伴随着身体的疼痛，他想起生命中一些更疼痛的过往：

母亲离开他时，是那样毅然决然；

酗酒的父亲把一个个女人带回家过夜，他是多么孤独而又无助；

儿子每一次犯病，他都束手无策地望着，他竟然没有想过给他一个拥抱或者一句安慰；

儿子离世后，妻子住进客房。他没有试着挽留她，没有做过哪怕一点点感情的修复。

一个人，八十七天，六百二十七英里的路程，注定是一场孤独的旅程。可正是这份孤独，让他经历蜕变，实现了自我救赎。

万水的父亲去世十多年后，母亲也因多器官衰竭离开了她。她的世界从此孤独到绝望，她不信任任何人，更不相信爱情。她无数次地想到死，可又心有不甘地活着。她嫉妒别人的快乐，全世界的人都比她幸福。母亲刚去世那会儿，不停地有人给她介绍对象。有一个条件很不错的领导干部，丧偶。那个人对她很有好感。谁对她没有好感呢？一个洁净安详的女人，家世好，受过完备的大学教育。他们交往过一段时间，一起散步，一起吃饭。那人还邀请过她去家里度周末。家是阔大的、华丽的，温暖、舒适，阳光普照每一个角落。家里用着干净利索的阿姨。唯一的女儿在首都有一份令人羡慕的工作，她的丈夫和孩子也都体面。

一切皆好。她丝毫没有抗拒地接受着。有好几次，男人拥抱了她，她很顺从地让他接触她的身体，愉悦地、温暖地。万水有了一种亲人般的被珍惜的感觉，但她没有把她的感觉表达给他，她只是不擅长。有两回，男人要留她在家中过夜。他热切地、孩子一样地望着她的眼睛："留下来，我们在一起。"

她迟疑地说："我们，再等等，会准备好的。"她微笑着，带着少女般的羞涩。

她准备好了，她喜欢这个兄长一样的男人。她没有兄长，兄长大概就是他这样的。

一切和顺，似乎一切顺理成章。

从春天开始。夏天就要过完了，那个人约了她去一个她喜欢的西餐厅吃饭。她去了，刻意穿了他喜欢的碎花连衣裙，漂亮、年轻、知性、优雅。

那个已经非常熟悉了的男人，依然用欣赏的目光打量她。他为她点了全熟的牛排，他自己则是七分熟。吃完了牛排，让服务员撤了盘子，换上热腾腾的咖啡。她的习惯，咖啡和茶一定得是热烫的。话虽然不多，但交流却是和悦的，他对她总是那样，带着些关怀和疼爱。她习惯了这份温暖。

男人突然说道："小水，我吧，对你的感觉是很好的。但是我也不能太自私。"

万水轻言慢语地笑着说："不，你不自私，你比我好很多。"

男人说："万水，我一直觉得，你对我似乎不完全满意的，至少你很犹豫。"

万水心里怔了一下，随后又笑道："我做得不够好，请你原谅。"她甚至有点撒娇地看着他。我还是满意的，很久没有得到这样被人爱护的满足了。他比她大六七岁，她那时才四十几岁。但是万水没把这句话说出来。

男人说："小水，有人又给我介绍了一个女人，她很主动，我们一共见了两次面。小水，你对我应该有所了解了，我不是个花心的人。她很主动，两次都是她主动约的我。我就是想征求一下你的意见。"

"征求我的意见？"万水犹如万箭穿心，她用力地抓住桌子才不让他看出什么来，"她肯定各方面都比我好。"说完她就觉出自己有点失言，她用力地掐了一下自己。

"不，她和你的差距可不小，她就是个普通的女人。她男人出车祸去世了，她带着一个女儿过，比你还要大几岁。可是她……"

万水没听到他在说什么，她庆幸自己在悬崖边没有掉下去。"抱歉，我去趟洗手间。"

万水在洗手间抱着马桶把中午吃的所有东西，所有的，吐了个干净。她出来的时候照照镜子，看不出有任何异样。

男人说："小水，你没事吧？"

万水仍然带着她惯常的微笑，说："没事。"

男人说："小水，哪怕你心里有一点爱我，都不会这样无动于衷。你真的让我恨。你为什么不哭？为什么不骂我？我在你心里一点分量都没有吗？"男人的眼泪出来了。

万水说:"祝福你们!"

她拒绝男人送她回家,很友好地和他道别。回到家关上房门,她撕心裂肺地哭了一场,就像妈妈死去时一般。

她再一次被亲人抛弃了!

晚上,男人给她打过一个电话,他问她:"我是不是可以去你那里看看你?"

万水说:"不。我一个人挺好的。"

男人说:"我的手机不关机,你随时可以打我的电话。"

万水一个都没打过。

十一

这是一个晴朗的早晨,春光灿烂。张佑安大清早接到万水的电话,她对他说:"可以给我发个位置吗?我想去看看你的苗圃。"

张佑安说:"你确定我不用去接你?"

万水说:"我确定!"

万水把柜子里的衣服全翻出来了,每一件都是旧的,每一件都不能与这个春天相配。但是她顾不上太多,在旧的衬衣衬裤外面,套上了一件洗得发白的蓝帆布连衣裙,这是她第一次结婚时穿过的。她戴了宽檐的灰色帽子,穿了半高筒的胶鞋。

一小时后,她被出租车送到了张佑安的小木屋。

张佑安打量着她,打趣说:"要不是你提前打了电话,我还以为是夏洛蒂的简·爱穿越回来了。"

万水说:"没有办法,我只有这些旧衣服,我就是一个陈旧的人。"她闭上眼睛低头嗅着木屋的栅栏上爬着的南瓜花,淘气地说:"太阳每天都是新的。花每天都是新的。只有人是旧的——"

话还没说完,她的身后环过一股身体的热气。她猛地睁开眼睛,脖子上多了一条热烈的洋红围巾。她眼睛里漫出泪水,她说:"你别再让我哭了，我昨晚已经哭了一夜。"

张佑安说："对不起对不起！简小姐，赶紧进屋参观一下。"

小木屋里弥漫着浓郁的松香。他看到万水眼睛里的疑惑，便解释道："芬兰原装进口的原木。订购后，人家派工人负责组装。"

万水里里外外看了一遍，低头对床上的被褥嗅了一下，说："刚换的。"

张佑安开心地笑了，说："您是本小屋接待的第一位女贵宾。接到你的电话，我快速换洗整理，不是怕被你嫌弃嘛！只是这原木，不能使用消毒喷剂，不然屋子就会失去木头的香味。"

万水端起桌子上的一杯白开水，不凉不热，温度刚刚好。她一口气喝了下去。张佑安说："我第一次遇到一个这样的女士，喝水一点声音都没有。"

万水说："你没见识的还多着呢！"

张佑安说："你不嫌弃我的杯子吗？也不问问消过毒没有。"

万水说："早看过了，厨房里有消毒柜，杯子上指头印都没有一个。"

"哦。还有我的手呢，需要消毒吗？"

"我看见了，门口的吧台上有酒精棉片。"

"你可以参观我的苗圃了吗？"他做了个请的姿势。

她挠挠头，做了个不好意思的表情，说："不瞒阁下，我从昨晚下飞机，还没给自己洗个澡呢。你的卫生间可以借我用一下吗？"

张佑安笑道："浴者有其水，耕者有其田。我先去地里干活了，这个房间只归你一人所独有。"

万水洗了个透水澡。这个张佑安可真是个细心的人，毛巾拖鞋都是一次性的。她在卧室里擦干净自己，仍旧穿上自己的衬衣裤。

张佑安还没回来，这是个真正的绅士，他给她留下充裕的时间。但是困意袭来，她整整二十几个小时不曾合眼了。她躺到床上，钻进了被窝。在进入梦乡的一瞬间，她对自己说："真不可思议！"

她重新睁开眼睛的时候，天地全是黑的，什么都看不见。黄河岸边是没有灯光的，夜黑得彻底。她大声地说："有人吗？我这是在什么地方？"

外面的灯啪的一下亮了,有人说:"我在客厅里!"

她套上外衣走出去,说:"我这是怎么了,因为醉氧而昏倒?"

张佑安说:"简小姐,你不是昏倒,是昏睡。你一口气睡了十几个小时,你把天地都睡昏了。"

"天,你该喊醒我啊!我要是一直这样睡,你就一直等着?"

"那还用说!"他指了一下旁边的餐桌,"我煮了鸡蛋秋葵汤,里面的叶子都是园子里的青菜,你能放心吃一点吗?"

"天,我快饿死了,你给我毒药我也吃。"

"毒药有。后悔药没有。"他说着去给她盛饭。

他看着她吃了一小碗大小米两掺的二米饭,喝了一大碗浓菜汤。然后任由她去洗碗,仔细放进消毒柜里摆好。

他说:"是我走还是我送你走?"

她不回答,却问道:"你的小木屋真是个睡觉的好地方。你肯卖给我吗?"

他嘿嘿嘿地笑了,说:"可以卖,不过得连人一起买喽。"

然后他正了色又说:"我走了你一个人会害怕吗?"

她说:"当然会!"

他走到她跟前,带点坏笑地说:"我陪你,你不更害怕吗?"

她笑着捶打他,说:"我怕什么,你和几个女人睡一屋都坐怀不乱,我有什么怕的。"

张佑安拉着她的手打开了卧室的灯,做了个请的姿势。万水也眨眨眼睛做了个谁怕谁的鬼脸。她在卧室的门口呆住了,房间的木墙上挂满了应季的时尚衣服,还有帽子围巾。床前的柜子上放着乳白色的短靴子,崭崭新的,内敛而清新的颜色。

她喃喃地说:"天!刚才你可是看见我向南瓜花祈祷了,这是它给我变出来的?"

"那可不!没有南瓜花我哪有恁大本事?看吧,南瓜花显灵了。"他拉开衣柜的抽屉,里面有换洗的内衣和睡衣。他说:"你一直睡,我只好帮你洗干净晒干了。"他张着手，很被动的样子。

他们躺进了一条被子里。一个男人和一个女人。

男人没有坐怀不乱。女人也没有感觉到疼痛。屋外是黄澄澄的土地，沿着土地往前走，就是奔腾不息的黄河。

万水在他们最欢愉的一刻问道："我不是一个孤儿了?！"

她的语气分明是笃定的，自己已经给出了答案。

原载《十月》2023 年第 2 期

老 藤

江山志

一

姜子峰晚上和朋友小聚，做东的朋友让他点菜，他顺口就点了个老鸭粉。朋友戏谑道，能不能上点档次？回回都换着花样吃粉条。他笑着道，啥叫上档次？可口就是档次。

桌上一盘老鸭粉都被他包圆了，其他人没怎么动筷，说喝酒不能吃粉条，他不管这些，粉条吃了，酒也喝了，肚子里并没有闹起义，看来很多习惯性说法不靠谱儿。餐馆离家不远，饭后正好可以散散步，路上，手机提示音响了一下，是条微信：老家要没了，别忘了还有两道难题没解呢。

微信是小惠发来的，江山村红粉坊的主人。

小惠是他同村同学，上学时虽然有那么一段朦朦胧胧的关系，因为没有明确，彼此交往就不存在尴尬。他与小惠两家前后院相邻，小学六年两人一直是同班同桌，初中三年又一同住校。后来他考上高中，上了大学，毕业在省城当了干部；小惠考上的是职高，职高专业有车床、汽修，还有美容美发，这些专业开粉坊用不上，小惠便退学回家，帮父亲叶立国打理粉坊。叶立国是江山四老之一叶兆廷的儿子，有漏粉大王的绰号，开的叶氏粉坊十里八乡名气不小，小惠是独生女，叶氏粉坊只能由她来接班。江山村盛产优质土豆，漏制的粉条水晶一样筋道可口。粉条烹饪方法虽多，但江山村的村妇们往往化繁为简，热油葱花爆锅，五花肉翻炒几遍，添两瓢井水几滴老抽，放上大把粉条，柴火炖至香味四溢，然后深盘盛出，撒点剁椒添色，便成了家家待客不可缺少的一道菜肴。

微信像吹进心房的一阵清风，翻起一页页原本合上的记忆。

当年，他接到大学录取通知书时，亲友同学都前来祝贺，但来宾中没有他最希望看到的那个身影。直到傍晚，小惠也没有来，前后院的距离不过百十步，此刻却像有关山重重阻挡着渴望的目光。自己和小惠在同学中传言不少，小惠也许是故意回避吧。他不怪小惠，只是觉得在这个扬眉吐气的日子里少了小惠的祝福有些遗憾，荣誉，只有跟你爱和爱你的人分享才有幸福感。

姜家不如叶家宽裕，原因是他父母身体欠佳，父亲患有类风湿，母亲胃不好，两位老人常年离不开服药，导致日子十分拮据。他考上大学是好事，但数目不小的学费却成了一道难题。父亲实在想不出辙来，便瞒着他去叶家借钱。两位老人平时称兄道弟，无话不谈，有时自然会唠起两个孩子的未来，叶立国说老天爷总体是公平的，我身体好，粉坊收入也不差，但小惠学习上不去，你们两口子身子不好，日子紧巴一点，子峰这孩子却学业突出，咱两家要是能互补一下就好了。这实际是叶立国释放出的一个信号，父亲自然明白。父亲来到叶家，委婉说明了来意，叶立国说钱不是问题，但这笔钱咱俩别经手，让子峰找小惠拿。父亲回来坐在门槛上一袋接一袋抽烟，刺鼻的旱烟味甚至引起了头顶上巢中燕子的抗议，叽叽喳喳叫个不停。他问父亲怎么老是一个劲儿抽烟。父亲叹了口气，和儿子说了实话。他听后没出声，走到杖子前望着院子里的豆角架发呆。豆角秧上结满了油豆角，母亲说摘下来可以到集市上卖，或许能卖个好价钱。他想，需要卖多少豆角才能攒够学费呢？目光越过豆角架就是叶家那栋四间蓝色铁皮瓦的红砖房。

一只燕子受不了烟味，倏地从屋檐下飞出，盘旋了半圈，飞向前院。他转过身对父亲说，学费的事您别管了，我自己想办法。面若苦瓜的父亲说，你有什么办法？去建筑工地当力工吗？他说，我去找刘老师，总之您别再去小惠家了。

刘老师家在村子西北角，离撤掉的村小学不远。刘老师叫刘希汉，是江山村小学民办教师，算是江山村有名的文化人。刘希汉喜欢学习好的孩子，因为他每次考试都能拔得头筹，对他格外偏爱，在校时就一口一个子峰叫着。当年江山村小学一至六年级各有两个班，每个班三十个学生，三百多个小学生让村小集市一般热闹。后来，学生越来越少，每个年级只能收上一个班，再后来，一个班也收不满，镇里便撤掉了江山小学，孩子们只能去镇中心小学上学，小小年纪就开始住校。刘老师在收集江山村村史资料，家中北炕上铺着很多旧书旧报。村小学撤并后，刘老师找到村委会于主任，说江山村的三百年历史应该花工夫梳理一下，好让后人记得来处。刘老师还举了商山四皓的例子，说商洛有四皓，江山有四老，记下来才会传世。于主任赞同这个建议，村里出了点资料费以示支持。江山四老乍听起来有点社会色彩，其实就是当年村里四个年长而又口碑甚好的农民，有村委会于主任的父亲于有全、小惠的祖父叶兆廷、现任镇长袁昆的祖父袁子厚，还有当时的大队长刘宝山。四老都已经过世，但他们的故事却在村民中口口相传，其间又被添枝加叶，渐成佳话。

因为刘老师家离村小近，上学课间，他和同学常常跑来喝水。那时班级里没有饮用水，学生也不带水壶，男孩子容易渴，下课后就像一群饥饿的小猪一样跑到刘老师家，在水缸里舀上一瓢水咕咚咚灌下去，然后一路飞跑回到教室，有一次他甚至跑掉了鞋子。刘老师的儿子在县工商银行工作，只有老两口在此居住。一见他进门，刘老师摘下花镜说，子峰来啦。他说，想早点过来向老师汇报，家里一直有客，走不开。刘老师道，晚饭前来，你大娘就会给你包芸豆馅包子吃。他朝师娘笑了笑，师娘面容慈善，话少，正戴着花镜绣十字绣。刘老师知道他考上的是政教专业，说，这个专业好，毕业后十有八九会当干部。他说，当不当干部不敢想，能早点毕业挣工资就好，免得父母作难。刘老师猜出了他的来意，就问他家里是不是为筹集学费在犯愁。他点点头，感到鼻子里有清鼻涕要流出来，抬起手背擦了擦。刘老师说，你考上大学是江山村的荣耀，咱村不穷，莫说你一个，就是十个大学生也供得起，学费老师会帮你想办法。

　　第二天下午，刘老师和村主任兼村支书老于来到他家。于主任是个长着络腮胡子的老汉，个子不高，有些肿眼泡，喜欢抽旱烟下象棋，在下棋上全村没人能赢他。当年村委会换届，除了老于外还有三人参选，其中有一个搞工程的村民放出风去要挑战连任的老于。投票前镇领导让候选人每人对选民讲几句话，其他三个人长篇大论讲了很多，大都是许愿、表决心，只有老于说了一句能够写入村史的豪言壮语，他说，年光似鸟翩翩过，世事如棋局局新，做事就像下棋，赢棋才是硬道理，各位父老乡亲，谁能下棋赢我，我立马让贤！此言一出，于主任在选举中赢得了高票。落选者发牢骚，说这是选棋手还是选村主任？其实于主任连任也不是没有原因，他父亲于有全就是当年的老支书，位列江山四老之首。于主任将装着学费的档案袋递给他，鼓鼓囊囊的档案袋上的八个红字一下子就印在了他的心上，八个字是"江山村村民委员会"。于主任说这笔款子刘老师出了一半，另一半是村里出的，属于奖励，不用还。于主任说根据刘老师的建议，村里定了个新规矩，今后谁家孩子考上大学，村里出一半学费。他接过档案袋的那一刻心里热流滚滚，说感谢刘老师，感谢于主任，感谢乡亲们。于主任说你别感谢这个感谢那个，等有了出息别忘了老家就行。刘老师说衣锦还乡、回报父老是历代士子求学的抱负，有了能力回馈老家是常理。他说自己考上的不是北大清华，不会有啥大出息。刘老师说真要考上北大清华说不定就回不来了，你考上省城的大学，留在本省工作的可能性比较大。刘老师和于主任送学费这一幕他一直记在心里。

　　他还是民政厅一个普通公务员的时候，帮过于主任一个忙，这个忙，让他在老家赢得了好声誉。十年前一个春天，于主任肺部长了个肿瘤，需要到省医院手术，省医院床位吃紧，住院要排队，正常排队至少在半个月以上，而肿瘤不等人，一天一个变化。于主任的家人找到他，希望他帮忙想想办法。事也凑巧，他大学一个同学的母亲在省医院当护理部主任，很快就把这件事给办了。于主任手术成功，向他表示感谢，他说这是小事一桩，没什么，于主任说救命可不是小事。秋后，于主任提着一袋粉条来省城感谢他，他注意到白布袋上印着"小惠红粉坊"五个字，心里暖暖的，就留下粉条，还给于主任两瓶名酒。两瓶名酒比一袋粉条价格要高出许多，于主任说这事不妥，这不成了土豆换酒啦。其间，他问起老家的事，于主任神色有些暗淡，说有点整不明白，一盘好棋稀里糊涂就下输了，八百户的江山村，现在人走了一半，就像棋盘上的棋子，越下越稀。身为民政厅干部，他自然知晓乡村现状，农村总体规模在萎缩，这是城镇化的必然结果。于主任说，我棋艺不到家，但愿接班的大奎能把棋下活。说实话我挺惭愧的，干了二十年村主任，好事没做成，问题倒留了一个。他问是什么问题，于主任说，就是那个新建的筷子厂呗。当年全民招商，镇里给各村下任务，完不成要挨板子，我就饥不择食招来一个方便筷厂。厂子建成后村民反对声一直不绝，因为加工筷子的桦树大都来自石塘北面那片桦树林，村民担心总有一天，那片林子会被筷子厂给吃掉。于主任的感慨充满悔意，两只肿眼泡里似乎注满了泪水。

　　小惠每次给他发微信都很短，短，信息量却蛮大，许多时候要进一步沟通核实。这次也是，老家要没了，这是事关江山村生死存亡的大事，不能轻描淡写。其实，他总觉得自己亏欠小惠，因为大学四年，一直是小惠在资助他。当年，父亲上小惠家借钱的事小惠并不知情，后来小惠听说了此事，专门找他解释，他说不怪小惠，小惠说你若真不怪我，就接受我每学期给你发的私人助学金。他说不行，我一个男子汉花你的钱算怎么回事？小惠说我就是想为你做点事，我们从小一块长大，有份兄妹情谊在，尽管你是山上的树，我是垄沟里的土豆，你做栋梁，我做粉条，这不影响想帮你的心。他有些不好意思，就答应了小惠。小惠不忘替她爹说情，说我爹让你找我拿钱没啥恶意，在他心里你早就是他的女婿了，没办法，老人想问题有时候简单，他不知道鱼一旦跳过龙门，南甸子里的小泡子就养不住了。小惠这样说，他有些动感情，说你这么帮我，不知该怎样回报你。

小惠说不是每个女孩子做事都要回报的，不是有心甘情愿这个词吗？你以后记住老家还有个开粉坊的小惠就行。

回家躺在床上，他毫无睡意，脑子里仍在想老家的历历往事。

二

老家是个会在记忆中发酵的地方。离开老家，有了审美距离，他不止一次梳理老家的山山水水，每次梳理，都会坚定一个观点：老家是个山水林田湖草沙样样不缺的古村。用刘老师的话讲，江山村五行相生，是块难得的宝地。

作为民政厅的干部，他去过全省数不清的乡村，一一比较后，江山村总是鹤立鸡群般突出。参加工作头一年，他给当地《生活报》投稿，他用一周时间写就一篇充满感情的散文，用细腻的笔法书写了家乡的自然之美。稿子投出后，一位叫叶子的女编辑给他打来电话。叶子声音很甜，问他，江山村真如你写的那么美吗？怎么山水林田湖草沙七大美景都汇集到了一个地方？有道是谁不说俺家乡好，你是不是过度美化了老家？要知道，媒体不能误导读者，文章发出来，万一有人按图索骥去游览美景却找不到，我们会挨骂的。他解释说，文章百分之百写实，没有虚夸，不信我可以带您去看看。

这篇名叫《江山记》的散文发表出来反响果然不错，被好几家报刊做了转载。叶子由此成了他的朋友，后来又成了他的妻子。婚后每每说起这段经历，两人都认为是美丽的江山村成就了这份姻缘。

《江山记》虽然有些稚嫩，但因情感真挚，十几年后再读，仍然可圈可点。文章分为三部分，每部分都没用尽笔墨，让人感觉文字后面还有文字。

江山村得此名字皆因有江有山，江是白龙江，山是药泉山。白龙江是条被传说神化的江，如果归类的话，它属于嫩江支流，发源于著名的五大连池，蜿蜒流淌百余里，在造就了六七块大大小小的沼泽后汇入了讷谟尔河。白龙江孕育了著名的秃尾巴老李的传说，据说也正因这一传说才有了白龙江的名字。

药泉山是一座神奇的山，山不高，形状却奇特，像个巨大的玉箍立在原野上。药泉山的神奇在于泉，东侧山脚下有两处名曰二龙眼的山泉，清澈甘甜的泉水常年流淌不竭，是村民日常汲水处。药泉山山坳里原本有处药王庙，因为二龙眼泉水洗濯眼部能去眼疾，村民感谢大山的馈赠，因而修了药王庙。药王庙不知毁于何年，后来村里胶东移民渐多，又在药王庙旧址上建起了秃尾巴老李庙，简称老李庙。此庙说是纪念秃尾巴老李，其实更是在固化某种乡愁，山东移民来到北大荒，用这样一座小庙来寄托绵绵不尽的思乡之情。可惜的是老李庙后来也毁弃了，遗址变成了一块平地。20世纪80年代中期，不知哪里来了几个穿袈裟的和尚，想筹资在山上建一座钟灵寺，不知什么原因，一直没有建成。

以药泉山为中轴，往西，便是排列有致的江山村。与江南民居不同，东北村庄房屋大都规划整齐，从山顶西望，江山村就是一篇行间距等长等齐的文章，家家户户都有柞木杖子夹起的方形院落，院子里种着各种蔬菜，每家的柴垛都码放在院门旁，呈蘑菇形。这种垛法的好处是防雨，再大的雨水也耽误不了抱干柴烧火做饭。村中的红砖房皆用一种天蓝色的彩钢瓦，让排排房子看上去像兵营一般规矩。村子再往西是个小自然屯，这是闯关东山东老乡聚居的小西屯，它的存在，让江山村整体形状如同一个葫芦。

从药泉山北望，是一片茂密的白桦林，绵延数十里，像一道绿色的屏障阻挡着南下的北风。这片原始森林得以幸存，得益于森林三面尽是嶙峋的石塘，无路可行，即使采伐了木材也无法运出来。由此看来，想保护原始森林，最好的办法是不在森林中修路。原始森林中的路是地方的政绩，也是动植物脖颈上的绞索，因为有路，人类就会蜂拥而入，动植物的天堂也就遭到了践踏。白桦林是江山村村民采蘑菇、木耳和浆果的好去处。尤其难得的是，森林深处有一条泉水淙淙的飞龙沟，栖息着成群的飞龙。飞龙又叫岁贡鸟，是一种珍贵飞禽，名属上八珍之列。

药泉山东边，白龙江抛出一个大湾，形成了近千亩的稻田，因为是火山台地，厚度约尺半的腐殖土层下有一层坚硬的火山岩，岩下布满四通八达的地下河。挥镰收割的季节，会听到地下有哗哗的流水声，稻田由此得名响水稻，与著名的响水大米齐名。千亩稻田是江山村八百户人家的口粮田，面积虽不大，但产量不低，米价也好。稻田再往东，便是一块叫欢欣岭的坡地，村民在这里种植土豆。江山村的土豆皆为红皮，淀粉含量高，适合漏粉，因此成就了著名的小惠红粉坊。六、七月份，白色和紫色的土豆花开满欢欣岭，让欢欣岭披上盛装一样迷人。很多人没有在意过土豆花，其实，土豆花自成花束，是一种非常优雅的五瓣花，橘黄色的花蕊结结实实，拱卫着一株绿色的花萼，内敛而秀美，朴实而亲切。（他在写到土豆花时，不自觉就想到了小惠，的确，小惠就是常开在他心里的一朵土豆花。）在连片的土豆花丛里，有一处长满青草的坟茔格外引人注目，那是妇孺皆知的梅公墓。

翻过欢欣岭，是一个宁静的湖泊，湖水呈海蓝色，因常有丹顶鹤栖息，当地人称之为鹤鸣湖。鹤鸣湖中生长着一种叫噘嘴岛子的白鱼，镰刀形，细鳞，肉质鲜美，是美食家的最爱。鹤鸣湖湖底无沙，皆是一种类似于紫砂的火山泥，泥软而不黏，踩上去特别柔滑。泥中生长着一种大型河蚌，个个都有两三斤，但少有人采食，适合养殖北珠。

药泉山的南面有一片水草丰茂的湿地，村民称之为南甸子。南甸子是白龙江的杰作，江水流到此处，地势变得平缓，河床放低姿态，将清澈的河水分发出去，形成了数不清的池塘，当地人叫这种池塘为泡子。南甸子每个泡子里都有花样繁多的淡水鱼，以鲫瓜子、湖罗子、柳根儿、老头鱼和鲇鱼居多。因为鱼多，便引来了长脖老等（苍鹭）等大型水禽，偶尔也有天鹅栖息。奇怪的是大雁不在这里停留，大雁落脚多在无水的草地和林地边缘，当地人的说法是大雁讲义气，不与水禽争领地。水泡子四周长满蓝色的鸢尾花，五月，一簇簇鸢尾花像蓝色的火焰在岸边燃烧，烧得鱼儿争相在水中跳跃，成为难得一见的景观。此时，正是野鸭孵蛋的季节，这欢快的鱼儿自然为野鸭提供了繁育需要的美食。泡子之间相对凸起的地方，则长满高低错落的山丁子树。山丁子又叫野棠棣，春天，一树树白花戴云披雪，让人想起"最美人间四月天"的诗句；秋天，满树红盈盈的山丁子如串串朱玉，又像满枝玛瑙，投映在池塘中，让一幅幅倒影成了美图。

湿地的东南角，是白龙江与讷谟尔河的交汇处，当地人称之为连河口。连河口水色鸭绿，总是漩涡裹着漩涡，看上去有些吓人，有喜欢编故事的人便杜撰出连河口下面有水猴子之说，渡河的人总是绕过这里。其实，谁也没有看到水猴子什么模样，倒是河中水草总是疯长，湍急的河水冲来，成缕的草绕成了辫子，在水中若明若暗地上下左右摆动，好像猴子在水里张牙舞爪。不过，连河口确实出过人命，村里一个叫丁锁的小伙子与人打赌就淹死在这里。丁锁和几个伙伴在连河口钓鱼，不知怎么就唠起了水猴子，钓鱼的伙伴说离河远点甩钩，别让水猴子给拖下水去。丁锁以胆大出名，满不在乎地说哪里有什么水猴子，都是自己吓唬自己。伙伴说你不怕你敢下去吗？丁锁说有啥不敢？我一个猛子就能扎到河对面，去对面的白沙滩上晒太阳。伙伴说你要是敢扎猛子，我今天钓的鱼都归你。丁锁二话没说，脱掉衣服一个鱼跃就扎了下去。丁锁水性好，常在鹤鸣湖里摸河蚌，但这次扎下去就没上来，慌了神的伙伴们找来船和网，费了两个多钟头才把他打捞上来，但七窍灌满泥沙的丁锁已经没救了。丁锁淹死后，连河口越发令人望而却步，连钓鱼的人也很少来了。两河相交，冲积出一片耀眼的白沙滩，离水近的河沙细而匀，色泽白亮；离水远的沙滩，皆为鹅卵石，运气好的话，能从中拾到玛瑙。白沙滩人迹罕至，是水禽的栖息地。

他这篇《江山记》发表后在江山村不见回应，因为村民没人订阅《生活报》，这让他很失望，原本想为家乡张目立传，没想到一篇美文打了水漂，连最有理由激动的小惠都没有点赞。令他有了意外收获的是叶子。叶子这个梳着齐耳短发的女记者，对新鲜事物有种与生俱来的好奇。文章发表后叶子两次约他见面，深度了解江山村，一来二去两人就擦出了火花。他参加工作的第二年，两人正式确定了恋爱关系。遗憾的是，因为工作忙，叶子只在冬天随他回过一趟老家，而冬季的江山村因为大雪覆盖，《江山记》里的景色大都化石一样凝固起来。叶子那次去江山村把脚冻伤了，虽不严重，却又疼又痒了好长时间。叶子半开玩笑半抱怨说，看来诗与远方只存在于文人的笔下，你把江山村写得那么美，看过后也不过如此。他说江山村四季各有特点，最美的是夏天和秋天，夏天的鹤鸣湖和南甸子宛若仙境，鸟语花香让人不想离开；秋季的飞龙沟最美，白桦树的叶子会变换颜色，由草绿，到鹅黄，再到金黄，最后变成赭红，你要是喜欢摄影，就要找准时间再去。叶子说，你别唬我，鹤鸣湖我不敢说，南甸子夏天瞎蠓、蚊子、小咬一定少不了，去一趟能带回一身包，比冻伤还难受。他没有反驳，叶子说得没错，南甸子虽然鸢飞鱼跃，但瞎蠓、小咬确实厉害。上小学时他和小惠去南甸子捡野鸭蛋，野鸭蛋是捡了一篓子，但脸上、脖子上被蚊子、小咬叮的红包并不比野鸭蛋少。

他将小惠的微信告诉了叶子，叶子说那两道题确实应该解开，要不总觉得是个事。夜晚，他辗转反侧，眼睛像喝了咖啡一般亮，心里一直在想小惠那句话：老家快没了。他对自己说，老家怎么能没呢？老家是一个人压箱底的尊严呀。

三

高一那年中秋节的月亮忽明忽暗，他从双泉中学放假回来，吃过饭就跑去看刘老师，他要告诉刘老师他选择自学文科。进入高中后，双泉中学数理化任课老师教学有些吃力，毕竟是农村中学，师资力量相对薄弱，尽管老师很用力，但教学质量不是只凭热情就能上去的。他选择文科，这是个没有办法的选择，因为文科可以自学，理科却离不开辅导。这个选择要向刘老师做解释，因为刘老师一直希望他学理科。刘老师听后沉吟片刻，说学理科靠笨功夫不成，而文科或许勤能补拙，怎么选科有利就怎么选择吧。离开刘老师家他便来找小惠，这个消息也应该让小惠知道，他还有个想法，希望小惠复学，两人一起自学文科。小惠家的院子像个小型打谷场，水泥地上立着一排排木架，木架上挂着晾晒的粉条，远看像染坊一幅幅漂洗的白布。小惠父母去邻村走亲戚了，小惠一人在家。他进来时，院子里的大黄狗没有叫，摇着尾巴跑过来嗅他的裤脚。小惠穿一件红线衣，扎着一条月白色的围裙，正站在一个半人高的缸前弯腰揉拌芡粉。漏粉工艺并不复杂，把土豆芡粉调匀，揉成粉团盛入漏勺后一点点拍打，粉条从漏勺里成型出来，漏进开水锅煮好，再到清水里过滤，捞出挂起晾晒即可。他站在身后问，这么晚了还漏粉？小惠直起腰，回头用臂弯擦了擦额头说，来了子峰，我买了个方粉漏勺，试试怎么样。粉锅旁有长板凳，凳面亮晶晶的，很像他和小惠上学时坐的板凳。他坐下来，粉锅的雾气弥漫开来，屋里有些朦胧。小惠洗过手，摘下围裙，也在对面的板凳上坐下来。他觉得小惠系着围裙的样子很好看，像国外某幅油画里的人物。

找我有事？小惠问。他点点头说，我刚才去找刘老师了。你知道，刘老师教我们的时候，常挂在嘴边的一句话是学好数理化，走遍全天下，可是我选了文科，文科可以自学。小惠说，刘老师知道双泉中学师资不足，不会反对你学文科。他说，文科可以自学，你复学吧小惠，我俩一起学。小惠说，可是，我已经退学了。

可以复学呀，你把职高学籍转到双泉中学，我俩一起自学文科，学文科主要靠记忆。他多么希望小惠也能上学，脑子里浮现出某个古装戏里男女主人公同窗读书的镜头。同窗三载，那将是多么幸福的图景。

小惠莞尔一笑说，职高不能转普高，别瞎想了。对了子峰，我新买了一个方孔漏勺，能漏制带棱角的粉条，现在就漏两碗给你尝尝怎样？说完，起身从缸里捧出一小团芡粉放进漏勺，然后将一双长长的木筷子递给他，让他一会儿帮着将开水锅里的粉条挑到清水锅里。小惠开始均匀地拍打漏勺，随着不停的拍打，漏勺里的芡粉变成一缕缕粉条漏进热气翻腾的开水锅，在开水中欢快地翻滚。小惠拍打芡粉团的动作非常均匀，小心翼翼，像母亲拍打婴儿的屁股，生怕拍疼了。漏出的粉条呈乳白色，到清水锅里滤过马上就变成了晶莹的水晶状。小惠没有多漏，漏了一小团芡粉便打住了。然后她用两只碗盛好粉条去了厨房，不一会儿，两碗拌好的粉条就端了出来。小惠笑着说，就在锅台边吃吧，腚坐锅台手把瓢，这是当主人的感觉。

方粉很好吃，他有生以来头一次吃这么入口爽滑的粉条，拌料中加了少许明油和清酱、葱蒜细末，还有黄瓜丝和红椒丝，可谓色香味俱佳。他顾不得吃相，三口两口就把一碗热拌方粉给吃了下去。小惠把另一碗推过来，说好事成双，再吃一碗。他脸红了，说已经吃饱了。小惠说就算替我吃一碗吧。他点点头又吃了一碗，感觉肚子明显鼓了起来。

小惠说书我是不念了，念也白搭，高中都考不上还能考上大学？你好好念，替我圆个大学梦。他有些失望，同窗共读的浪漫不会出现了。

别有啥负担，考不上大不了回来种土豆，你种土豆，我漏粉条，咱俩一起开红粉坊也不差啥。我想好了，过两天给粉坊起个名字，就叫小惠红粉坊。小惠是个幽默的女孩子，平时总是笑哈哈的，同学都称她为活宝。

吃了方粉觉得有点口渴，他起身到水缸旁想舀瓢水喝，刚端起水瓢就被小惠一把夺了过去。吃粉条不要喝凉水，喝了凉水粉条在你肚子里会变成柳条。小惠说完，拿来暖瓶给他倒了一碗热水。他接过碗，水太热，一时无法喝，就把碗先放在板凳上，两手按着膝盖看着热气腾腾的粉锅出神。

怎么犯傻啦？小惠问。

他腼腆地笑了笑，道，我在想，江山村的土豆怎么是红皮的呢？在学校食堂吃的都是黄皮土豆，一点也不好吃。

小慧说，是梅公让黄土豆变成了红土豆。小时候听爷爷说梅公会变戏法，往白龙江里倒一桶水，满江就有了活蹦乱跳的蝲蛄虾。

梅公这个名字并不陌生，江山村无人不知梅公的故事。梅公叫梅立范，山东邹城人，1958年从北京一所农学院下放到江山村。下放在当时是个常用词，一般是指那些从城市来农村参加生产劳动的人。据说梅公喜欢穿黑色中山装，戴灰色鸭舌帽，性格孤僻，不善言辞，一个人住在村子西南角一处旧马架子里。梅公是农作物种子专家，懂中医，喜欢动物，他不仅改良了当地的水稻和土豆，还用银针治好了许多人的风湿病。梅公这个名字是于主任的父亲于有全起的，于有全说下放的梅先生对江山村有大恩，先生来江山村前，当地的土豆和稻米不出名，是先生试验出了新品种，让江山村的红皮土豆和响水稻成为香饽饽。有德之人，可以称公，以后村里不分大人小孩，都叫先生梅公。就这样，梅公的名字叫开了。刘老师曾对学生们说，梅公对江山村的贡献怎么夸都不为过。梅公做事低调，当地有过年杀年猪的习俗，谁家杀年猪请吃猪肉他总是婉拒，但村民谁家有红白喜事，他却不忘去随一份份子。梅公养了一条黑狗，不出工的时候就领着黑狗，翻过崎岖难走的石塘到白桦林里去转悠，对白桦林里的动植物做调查。下放的第八个年头的秋天，梅公不幸离世，村民都十分惋惜，那些被他治好病的村民甚至为他披麻戴孝，以谢大恩。关于梅公离世的原因众口不一，老支书于有才生前说梅公去南甸子打苫房草，不幸误入漂筏落水遇难；另一种说法是梅公去讷谟尔河对岸某村见一位下放的同事，过河时不幸溺水身亡；第三种说法是梅公那条形影不离的黑狗掉进了连河口，梅公下河救狗，结果人与狗双双遇难。梅公去世后，当时江山村主事的江山四老商议决定，将其葬在地势稍高的欢欣岭，这就是后来的梅公墓。几十年过去，土豆地里那个绿色的坟头不但没有湮没，反倒一年年在长高，因为每年秋天村民起土豆的时候，都会过来给梅公墓培土上坟。梅公墓没有立碑，坟丘上长满苣荬菜。

想到梅公墓，他忽然回忆起小时候发生的一件事，他问小惠，还记得梅公墓上那棵红菇娘吗？小惠说，当然，我是记仇的。他讪讪地说，我向你道歉，那时太小不懂事。小惠嗔怪道，三岁看老，你小时候就坏。他笑了，知道小惠说的不是真话。

记忆是有选择的，尤其小时候，许多轰轰烈烈的大事视而不见，一件微不足道的小事却会铭记在心。红菇娘一事再简单不过，就是孩子间的一次争执，但两人谁都没有忘。那年秋天，他俩随大人到土豆地起土豆。小惠看到梅公墓上有两个红盈盈的果子，就问他那是不是刺玫果。刺玫果是能吃的，甜酸可口。他说刺玫果都长在地头，地中间不会有。两人牵着手一起跑过去看究竟。到了墓前才发现这是一株红菇娘，红菇娘很纤细，叶子已经凋落，枝头上就剩下孤零零两个菇娘。他上去要摘，却被小惠一把拉住。小惠说留着吧，坟头上的红菇娘，摘了也不能吃。他说怕啥？摘下来玩呗。他想挣脱小惠的手，用力一甩，却把小惠甩倒了，土豆地新翻的湿土弄脏了小惠的蓝裤子，小惠坐在地上抹起眼泪来。他擎着折断的菇娘秧递过来，想安抚一下哭鼻子的小惠，没想到小惠起来捂着脸跑开了。后来一连三天上学小惠不和他说话，还用铅笔在课桌上画了一道不能越过的分界线。刘老师发现了问题，把两人叫到办公室。问明了情况后刘老师说，子峰啊，坟头上的红菇娘确实不该折，菇娘已经成熟，如果不折，来年坟头上生长的就不是苣荬菜而是成片的红菇娘。刘老师的话让他内疚了很久，每每想起这件事，总觉得是自己毁掉了梅公墓上成片的红菇娘。说来奇怪，折断了那株菇娘后，再没见到梅公墓上长红菇娘。

这件事你要记一辈子吗？他问。

小惠笑了，说，不是记这件事，是记你一辈子的坏。哎，对了，将来你准备考什么大学？

我想考师范院校。你知道，我家里条件不好，师范院校有助学金。

小惠眼睛看着脚尖说，考上后肯定回不来了，大学毕业生最低也要留在县城，不可能回乡下，江山村再好也是乡下。

能不能考上还是个未知数，干吗想那么远？他也看着脚尖说。

希望你考上。小惠抬起头说，我每天漏粉的时候，看到漏出的粉条，你猜我想到了啥？想到了你写的作文，文笔流畅，带劲！说实话，你没有大昆魁梧，也没有大昆模样英俊，但作文写得好，女孩子都喜欢会做文章的秀才。

别拿大昆和我比，我俩不是一路人。能听出来，他话里带着点醋意。大昆叫袁昆，是他和小惠的同学，也考上了高中，与他同在双泉中学。他看不惯大昆总向小惠献殷勤那副样子。小惠笑了，小声道，我不喜欢大昆那种高头大马的人，像学体育的，但你得承认，大昆确实比你好看。

我知道你不喜欢他。

你咋知道？小惠面露疑惑。

初三上学期，一次上学路上遇到卖冰棍的，大昆给你买了一根，你皱着眉头没有吃，直到手里的冰棍化掉。

哦，是有这么回事。大昆买冰棍不该只给我买，还有几个同学眼巴巴看着，我一个人这冰棍怎么吃得下去？

所以我看出来了，你根本不在意他。

小惠有些腼腆地笑了，歪着头对他说，你和大昆谁能考上大学呢？

他没有回答，这是三年后的事，说能，有讲大话之嫌，说不能，又有些缺乏信心，便笼统地回答道，难说，就看谁命好了。

离开小惠家时，月光倾泻下来，明晃晃的，一排排粉条像镀了银光，将院子映衬得白昼一般。小惠出来送他，大黄狗摇着尾巴跑过来，在他的裤脚处嗅着，院子四周的木杖子有些暗，吞噬了不少难得的月光。走在两排粉条之间，空隙变得狭窄，像走在高粱地里一样。小惠停下脚步道，把心思都用在学习上，别想三想四。他点点头，小惠离他很近，他嗅到了一股粉条的甜香。白色的粉条如同幕布，将小惠的红线衣衬得鸡冠花一样夺目，红线衣完美地勾勒出小惠的身材。他想，如果写作文，该怎样形容此时的小惠呢？他猛然想到了饱满一词，小惠给人的感觉就是饱满，像刚才轻轻拍打的芡粉团。他忽然觉得自己有些瞎想，身体开始燥热，心里咚咚直跳，有一种缺氧的感觉。他说你回吧小惠，我走了。说完加快脚步，走出晾粉区。一出大门，就碰到了走亲戚归来的小惠父母，他讪讪地打了个招呼，做贼一样溜了。

四

他记得自己还是副处长时，村主任老于来省城找过他。于主任当年有恩于他，自然不能慢待，他和叶子请于主任吃火锅，点了省城最好的小麦啤酒。于主任说，子峰啊，我这次来是有事求你，你一定给想个法子。他问什么事，于主任说了两件事，这便是小惠微信里说的那两道难题。

原来，于主任因为年龄和健康问题，下届将不再担任村主任。离任前他有两个心愿：一个是弄清梅公死亡的真实经过，好让刘老师给梅公写传；另一个是把梅公墓迁到药泉山上，然后在墓前建一座梅公祠。这两件事其实是一件事，但问题是两个，于主任和刘老师商量过这两件事，也是刘老师的主意。于主任说现在的问题是建祠一事批不下来。

他和叶子对视了一眼，想不通于主任为什么突发奇想做这两件事。于主任显然看出了两人的疑惑，放下迟迟没有夹菜的筷子说，我不是没事找事，实底交给你们，我和刘老师就是为了给老爷子一个交代。

他知道老爷子就是江山村第一任支书于有全，响当当的江山四老之首，当年村里说一不二的人物。于主任接着说，老爷子在世时亲口交代我，一定要看好梅公墓，墓顶不能塌，荆棘要砍掉。民间有说法，坟顶塌陷、生长荆棘都对后人不利。梅公去世这么多年，没见后人扫墓，说不定梅公根本就没有后人，江山村人理应担起梅公后人的责任。老爷子还有话，墓在人在，大仁不死，江山村三百年没出过一个像模像样的人物，老天给派来一个，这是江山村的造化。

叶子插话问，江山村几代人都不忘梅公，原因何在呢？

于主任说，梅公改良种子、治病救人这些事我不说了，单说梅公对动物的保护，就值得后人称赞。白桦林里的飞龙沟有飞龙，村民进去打飞龙是常事，梅公发现了这个问题，向江山四老提出建议，大意是保护飞龙沟，因为能用龙来命名的鸟一定是吉鸟，地位非同一般，吉鸟在此，江山村才能称得上物华天宝，人杰地灵，吉鸟不在，说明江山村气数将尽，不宜久居，因此要保护好飞龙，不能为了口腹之欲而滥杀。老爷子听信了梅公的建议，在村里立下规矩，村民捕猎飞龙须经四老同意，擅自进沟盗猎抓住一律严惩，轻则罚出义工，重则游街示众。

叶子感叹说，梅公认识够超前的，称其为公，名副其实。

保护飞龙只是一个例子，梅公还凭一己之力，挽救了在当地面临灭绝的蝲蛄虾。白龙江里原本没有蝲蛄虾，是梅公从沽河引进来的。沽河有条叫鸡爪沟的山间小溪，小溪里生长着红色的蝲蛄虾。这种虾对水质要求特别高，稍稍污染一点就不能存活，这种小东西成了水质的晴雨表。梅公听说鸡爪沟上游要开发钼矿，变得忧心忡忡。老爷子问怎么了，梅公向老爷子说了自己的担心，然后说想借一辆马车，带着抄罗子去鸡爪沟抓蝲蛄虾。老爷子让袁子厚赶车去办这件事，两人一连抓了三天，大概有七八水桶，回来通通倒入白龙江放生。老爷子问放生这些蝲蛄虾有啥用处，梅公说世上许多事有用没用都是辩证的，没用就是有用，他不想看到蝲蛄虾在当地灭绝。几十年后,白龙江丰富的蝲蛄虾资源给沿岸带来了好处,当南方小龙虾火起来的时候,当地的蝲蛄虾也水涨船高受到热捧。

叶子说,就凭于主任说的这两点,梅公墓不仅该重建,而且要建得像模像样。

他问,建祠是老爷子的要求?于主任摇摇头说,老爷子没提这事,迁墓建祠是我的主意。于主任说,这个想法得到了其他几个村委的支持,大家都觉得迁墓建祠是件有意义的事。村里做了分工,资金由村级积累出,选址、立传由刘老师负责,祠址已经选在药泉山山坳。现在就差我前头说的两件事:刘老师说不能糊涂庙糊涂神,梅公溺亡经过弄不清,无法立传;再就是手续问题,建梅公祠手续镇上不批,根本不上报。

叶子说,相比较而言,审批手续简单,努努力可以办,而查明梅公死因有难度,结论一定要经得起时间考验,传说不能当史实。

他问,难道梅公去南甸子打苫房草溺水而死的说法有误?江山四老是事件的亲历者,他们应该知道详情,老爷子就没给你透露一点线索?

老爷子可不是满嘴跑火车的人,参加抗联时是交通员,嘴像没开封的罐头一样严实。老爷子最欣赏《红灯记》中鸠山的那句台词:一个共产党员藏的东西,一万个人也找不到。于主任做了一个夸张的表情,络腮胡子几乎要奓起来。他和叶子都笑了,于主任从来不乏幽默,下棋时谁要是在一边乱支招,于主任会拐弯抹角怼回去,让支招者不敢再多嘴。

于主任接着说,一个八百户的大村,人要想聚堆儿,总得有个拴心的地场。过去有药王庙、老李庙,现在连十月初一送寒衣的地方都没有,这怎么行?说实话,建梅公祠还有这么一层考虑。于主任的说法得到了叶子的肯定,叶子说古人建邑必建祠,这不是迷信,是慎终追远,和现在很多地方建有烈士陵园、纪念碑是一个道理,目的在于缅怀前贤先烈。

紫铜火锅烧开了,炭火很旺,三个人开始吃火锅。他打开一次性方便筷递给于主任,于主任接过筷子,脸上露出一丝痛苦的表情。叶子眼尖,发现了于主任的不悦,问,您不习惯用方便筷?于主任摇摇头说,看到这筷子我就心里添堵。我做了件引狼入室的蠢事,在石塘边建了个一次性筷子厂。唉,那时候全民招商,村里饥不择食就招来一个筷子厂,厂子建成,那片白桦林就遭了秧,盗伐现象怎么也刹不住。

不行就关掉嘛!他问,筷子厂手续全吗?

请神容易送神难。筷子厂手续齐全,老板叫关志强,背景不一般,因为一次性方便筷能出口创汇,镇里还挺看重呢。

他没再接话,企业手续齐全,还能说什么呢?吃完饭,他和叶子将于主任送到火车站。于主任进站前再次叮嘱,梅公祠的事一定要上心。他答应了。

事情没有想象的那么简单,尽管他和叶子动用了许多关系,建祠一事就是批不下来。于主任打来电话多次催问,弄得他一听到江山村就心惊肉跳。于主任说,解两道题就这么难吗?你可是省里的干部。他解释说自己虽在省里工作,却不是什么大干部,也就是棋盘上一个没过河的小卒子。于主任说,那就抓紧过河,别老在河这边待着,人一辈子就是从这岸到对岸的过程,过了河才能有出息。让他心里歉疚的是,直到于主任卸任,这河也没过得去,题也没解得开。他感到无颜见江东父老,加之父母已经过世,就不愿意再回老家。于主任离任后,继任者是小惠的堂兄大奎,大奎从于主任手里接过这两道题后接着催。大奎不出面,让小惠隔三岔五发微信,他无计可施,就让小惠去问问刘老师该怎么办。刘老师出了个主意,先给梅公墓立块碑,让十里八乡都知道江山村有个文物级别的墓,然后找个契机,从保护文物的角度,将墓和碑从耕地里迁移到山上去。他说立碑当文物对待可以,但切切不可定级,一定级就更迁不走了。大奎听话,按他的意见来操办,出资买了块芝麻灰碑石,雇石匠雕刻出来,给梅公墓立了一通宽六十厘米、高两米、带碑首和碑座的墓碑。碑首是两龙相盘,龙头相聚,共拱一颗宝珠;碑座是花岗岩雕成的赑屃,敦实厚重,沉稳古朴。他找了省城一位著名书法家,用馆阁体写了"梅公立范之墓"六个大字,又用小楷写了刘老师拟好的碑文,让小惠带回了江山村。刘老师写的碑文让叶子赞叹不止,说想不到江山村里有真秀才。墓文如下:

虽有来处，去路不明；马铃薯红袍加身，响水米粒粒晶莹。泽被江山，黔首没齿难忘；孤坟一座，堪称北地青冢。抗拒遗忘，当属人文本分；忠良弘德，方能续写丹青。

　　立了碑，修祠一事便暂时放下了，多少也让他松了口气。当然，垂垂老矣的于主任不会忘记这两道题，有意无意还会来找小惠和大奎说起此事，于主任知道村里与姜子峰保持联系的只有小惠，与小惠说起此事无非是让小惠传话。已经没有几颗牙的于主任喜欢吃新漏的土豆粉，每次端着一盆新粉离开时都会嘱咐一句，要是看到子峰，告诉他还有两道题未解呢，别忘到脑后去。小惠在电话里对他提起此事，他说怎么会忘呢？想忘也忘不掉呀。但他确实为难，两道题看似简单，却没有解题公式可用，建祠涉及宗教政策，没人敢开口子；半个多世纪前的一桩溺水死亡事件，物是人非，尘封已久，一点头绪都没有。

五

　　还乡的方式有许多种，十年没回，老家还是那个老家吗？他曾设计过多种回老家的方式：工作督查顺路回去，利用小长假和叶子来个自驾游，或者干脆去蹲点搞一次调研，唯独没想到会以一种任职方式回去。

　　省里要选派一批干部到乡村担任第一书记，机关党委书记宋大姐特意来找他，说你们处一正两副三个处长，十一个人，是名副其实的大处，领导说你们处要出一个。宋大姐还特意嘱咐说这是国家战略，不能讲困难，当然，我们厅有近水楼台的便利，去的村庄可以随便选。他难住了，处里虽然有十一个人，但女同志占了八位，派女同志下去肯定不妥，只能从三位男士中选一个。三位男士除了他这个处长外，副处长老胡已经五十有八，患有严重痔疮，很难坐住椅子；副主任科员小韩身体、年龄倒合适，但家里条件不允许，父母、岳父母都靠小韩照顾，一对双胞胎儿子在幼儿园需要接送，夫人是教师，上班早去晚归，家里大事小情都靠小韩料理。他找宋大姐说了难处，问能不能把指标分给别的处室。宋大姐严肃地说，子峰啊，动员会上厅长不是强调了吗，不许讲困难，就是有天大的难题也必须克服，这是政治任务，是组织考验。他浑身激灵了一下，没敢去找厅长，回到处里开会让大家议一议。老胡这个老同志还是很有觉悟的，表态说，实在不行我去吧，退休前用最后两年工作时间为大家做点贡献。他从老胡的话里听出了一种易水送别的味道，眼泪差点流下来，老胡痔疮如此严重还想当老将黄忠，这就是担当啊！他摇摇头说，老胡呀，你有这番话就够了，你在处里管业务时间最长，还是在家坐镇好。小韩说，那就我下去吧，给我安排个离家近一点的村，我会开车，可以跑通勤。他又摇摇头说，驻村要求与村民同吃同住，再说离省城最近的村也有一百多公里，你能跑也跑不起，来回的汽油钱会花光你的工资，还怎么养家？

处里八位女同志有一位未婚的小郭，是个胆子很大的文学青年，曾经一个人旅行去过西藏，属于户外运动爱好者。她请缨说，处长我去吧，如果派我去，就选您的老家江山村，我看过您写的《江山记》，觉得那是个属于诗与远方的好地方，特别令人向往。小郭的话让他心里咯噔了一下，去老家驻村，这是一个不错的主意，自己怎么没有想到这一层？处里年龄最大的吴姐说，小郭不能去，到了农村天天和农民打交道，会耽误个人大事。吴姐没有直说找对象的事，但问题明摆着，在农村受社交局限，确实不利于谈恋爱。他点点头说，小郭的热情可以理解，也值得表扬，但处里不能派美女上战场，那样的话我会被人戳破脊梁骨。

晚上，他做了一个梦，梦到江山村变成了一只巨大的漂筏，夕阳像松软的蛋黄躺平在漂筏的边缘，欢欣岭上的土豆花也不再是原有的黄紫两色，而是变成了深蓝，那是南甸子鸢尾花的颜色。早晨醒来，他问叶子此梦有何寓意，叶子说应该是担心和忧虑。他表示认同，土豆怕涝，土豆花变成鸢尾花，说明收成堪忧。叶子说，你是担心老家会像漂筏一样沉陷，这也说明老家在你心里的位置不一般。他说，我若是去老家当两年驻村书记，你是否会支持？叶子知道小惠给他发的微信，点点头说，我也很喜欢江山村，一个三百年的古村不该被人从地图上抹去，你去吧，做个悲壮的末任村官。

在媒体工作的叶子消息灵通,她知道当地政府正在轰轰烈烈推进合村并点工作,这个时候他去担任驻村第一书记,说不定就是该村最后一任村官。叶子的话让他陡然生出一种使命感,自己应该去,去后要想方设法保住江山村,江山村不在,自己就没了老家。

第二天一上班他就去找宋大姐,报名到江山村任职。宋大姐一听顿时睁大了眼睛,惊愕地问,怎么,你去?他点点头说是,已经和爱人商量好了,选择去老家江山村。宋大姐摇摇头道,下去任职的少有正职,你走了处里的工作咋办?他说,老胡可以把工作顶起来,两年后老胡退休,我也回来了,驻村和单位工作两不误。宋大姐说,这事我说了不算,得厅长定,你若觉得处里实在派不出人,我就想办法给你调指标。他说,我想好了,就让我去吧。

他从机关党委出来直接去找厅长。厅长在下面担任过县委书记、地级市的市长,对农村工作有感情,听了他的想法后,厅长抿着嘴朝他竖起大拇指,说,子峰啊,你做了个正确的选择。他没想到厅长会答应得这么痛快,心里不免有一丝失落。按理厅长说几句挽留的话才符合逻辑,厅长直接夸赞就意味着审批通过。厅长从办公桌后站起来,背着手一边踱步一边说,我们国家是个农业大国,不了解农村农业的干部在仕途上走不远,很少有人懂得土地里蕴藏着领导干部的底气,去了不会白去。厅长这么一说,他又觉得心里那丝失落倏然飞走了。厅长的观点没问题,许多领导也表达过类似的观点,事情往往是这样,道理谁都懂,但说归说,做归做,真正能落下去的并不多。厅长回到椅子上坐定,看着他问,有什么要求,提!他说,确实有两点要求:一个是指定到江山村,别分到其他地方;另一个是如果工作遇到难事,请厅长百忙中给说句话。厅长哈哈大笑起来,道,你个子峰啊,我以为你会要资金、要项目,谁知道你却提了两件毛毛雨的小事。我现在就可以答应你,如果需要协调什么事就来找我,别忘了我在那里当过市长。

离开厅长办公室,他仿佛刚洗过热水澡,浑身的汗毛孔都在张嘴呼吸。

在走廊里他给小惠打了个电话,告诉小惠他要回江山村当书记。小惠误会了,以为他在开玩笑,不冷不热地说,别拿乡下人寻开心,江山村都啥样了,你还逗闷子。他小声说,这是真的,我刚找厅长汇报,厅长已经同意了。小惠还是不相信,说,要是十几年前你这么说,我会激动得睡不着觉,现在我已经是徐娘半老,没那么大吸引力。他知道小惠误会了,依然压低了声音说,这事与你我个人无关,哦,不是,也不能说无关,我回老家当书记,也有去解那两道题的意思。小惠说,村里有大奎呢,怎么会有两个书记?你别诓我了。他有点急,纠正说,我是驻村第一书记,不取代大奎的位置,说白了是挂职,满打满算两年时间。电话那头沉寂了一会儿,他似乎听到了急促的呼吸声,想问话,对方却把电话挂了。

六

老家三间瓦房仍在,院子里长了些当地人叫"黑黝黝"的龙葵。事先,他请大奎将闲置多年的老宅收拾了一下,购置了必备的锅碗瓢盆,他将在老宅里住上两年。老宅得以保全并不是他有什么远见,主要是房屋降到白菜价也无人问津,他便干脆留下来,算是个念想。专程来送她的宋大姐里里外外看了老宅一番后说,子峰,你给我也趸摸个宅院,退休后我来这里养老,种菜养鸡,远离乌烟瘴气的城市。这当然是玩笑,宋大姐是二级巡视员,副厅级,怎么可能住到农村来。

小惠本来安排了接风家宴,但宋大姐不想给村里添麻烦,坚持要走。小惠给宋大姐带上几袋粉条,说,你们单位肯定有食堂,回去尝尝,若是觉得这土豆粉条好吃,我可以常年供货。他一听心里笑了,小惠真会做买卖,他们厅将近两百人,食堂采购一些优质土豆粉条应该没有问题。宋大姐说,这事好办,从支援子峰书记工作角度讲,我们食堂也该购买你的土豆粉条,这些粉条回去我就送给食堂。宋大姐走后,小惠对他说,你们厅里的人真好,待人亲。

没有欢迎的人群,也没有令人激动的场景,村民对他这个空降来的第一书记连点好奇心都谈不上，迎接他的只有大奎、小惠和村委会另外两男一女三个委员。三个委员都年过五旬，比大奎年长，他在记忆中翻箱倒柜，却找不到有关这三人的任何蛛丝马迹。三个委员不冷不热，一副公事公办的样子。村委会条件尚可，一栋外墙贴着白瓷砖的独楼，高两层，每层有六扇窗户，门前的花坛里没有植花，长着几丛茁壮的苍耳子，大门两侧还保留着春节时的对联，因为风吹雨打已经褪色；楼前院门外是个小广场，打了水泥地面，安有几处铁制健身器材。小楼一楼办理村务，一个二十出头的小姑娘旁若无人地盯着电脑屏幕；二楼是办公室和党群活动中心。上到二楼，可见满墙红彤彤的墙报，内容五花八门，有村务公开的，有护林防火的，有治安综合治理的，还有妇女、共青团活动的。让他感兴趣的是村里也有河长、湖长，河是白龙江，湖是鹤鸣湖，两个职务都由大奎兼任。他想，还应该安排一个甸长，南甸子的管理也需要落实责任。

大奎对他的到来没什么忌惮，镇里很多村都派了第一书记，第一书记来自省市县三级，都是有公职身份的干部，期满后就会走人，没有谁会留在村里抢村官的交椅。大奎人憨厚，是个守成型村官。小惠说大奎的优点是听喝，镇里怎么说大奎怎么干，绝对不会走样。他的到来对大奎来说是个难得的解脱，至少这两年可以少操心。他和大奎第一次交流就觉得大奎精神头不够，有种淤积成病的悲观情绪。大奎说江山村就像下坡雪地上一挂松套的爬犁，这些年一直往下出溜，想拉也拉不住。他说江山村不缺资源，也不贫困，怎么就提不起精神来呢？大奎说归根结底是人稀了，进城的进城，南迁的南迁，这些年别提人了，连燕子都不来村里筑巢了，更可怕的是鹤鸣湖里的丹顶鹤也不见了，南甸子过去乌泱泱的老头鱼、柳根鱼现在用旋网也打不上几条，整个没戏了。他问原因，大奎说是过度使用农药的结果，雨水把地里的残留农药冲到了湖里和南甸子里，导致了这种情况。

他隐隐觉得村里面临的问题比预料的要多，问大奎怎样才能让村里人打起精神来。大奎说人心散了，咋整也不行。这句话让他明白了自己该从哪里入手工作，当务之急不是解那两道题，而是收拾人心，而收拾人心关键是保住村子。皮之不存，毛将焉附？一个将要搬迁的村子，人心能不散吗？他让大奎陪他到村里走走。昔日八百户的大村，只剩下百十户还在居住。大多数院落门上挂了锁，铁锁锈迹斑斑，院子应该许久没有住人了。因为是老村，年头久远的民居不少，有许多被称为"海青房"的老宅。这是一种具有满族特色的民居，房屋起脊，三五间连为一体，窗分上下两层，开窗时用木棍支撑，屋内是南北对面两铺大炕，烟囱远离主屋，有烟道与火炕相通。他清晰地记得小时候冬天在火炕上烤火盆的情景。从灶坑里将火炭撮满火盆，家人围坐周边，将红皮土豆埋入盆中，一边烤火，一边等待土豆烤熟时散发出来的香气，这样焖熟的土豆又甜又面，格外好吃。走到一个有沙果树的院子前，他停下脚步问大奎，这是老许家吧？老许家的大儿子许黎明和我是同学，上学时总缠着我讲故事。大奎点点头说，老许家去山东东营了，他家的十五亩地由村里代耕。走到一口水井旁，他发现紧挨着水井的一户人家大门敞开着，就问这是不是老袁家。大奎说是，袁家的小儿子袁昆是你高中同学，现在是咱们镇长，江山村合并计划就是他提出来的。他站在井台上，脑子里却在过电影。袁昆的模样再熟悉不过了，这小子天生一副好体格，头发像钢丝一样硬，在学校运动会上获了两次铅球冠军。袁昆很走运，高考失利后，税务部门在落选考生中选录了一些人，袁昆得以进入体制。袁昆的爷爷是江山四老中的袁子厚，人民公社时期曾担任过治保主任，也是江山村有头有脸的人物。他问袁家谁还在这里住，大奎说一户来自拜泉的人家租了院子养木耳，袁家人都进城了。他心里动了一下。整个村子走下来，他发现有点不对劲儿，村里看不到一只鸡鸭鹅狗，村路上静得有些恐怖，问原因，大奎说镇上对家畜饲养管理十分严格，散放散养抓住要罚款。他哦了一声，没有言语。

走遍整个村落，让他遗憾的是小西屯的人几乎走空了，这个都讲山东话的第六生产队成了一个空壳。唯一感到欣慰的是小惠的红粉坊开得还好。小惠买下左邻右舍两处院子，建了一个大型土豆窖，适度扩大了生产规模，还雇有几个工人。小惠的粉条都是一斤的小包装，有固定的小贩来进货，生意较为平稳。欢欣岭的红皮土豆能一直种下去，得益于小惠红粉坊，村民起获土豆后除了自用，都卖到了小惠红粉坊，村民开着胶轮车往红粉坊送土豆的情景，是江山村平时少见的热闹场面。大奎说小惠也不容易，在机器加工效率极高的情况下，她坚持手工漏粉，劝她改用机器，她说机压面条永远没有手擀面好吃，手工漏粉是小惠红粉坊的招牌，不能改。红粉坊的土豆粉条不愁销，镇政府外出招商送礼从来少不了两样东西，就是红粉坊的粉条和江山村的响水米，可惜的是响水稻精加工不在村里，而是在七十公里外的北安。

回到老家，自然要去拜访刘老师。大奎说刘老师腿脚不好，尽管走路不便，但还是经常拄着手杖满屯子转悠。大奎说刘老师在写一部有关江山村历史和江山四老的书，但写作速度慢得离谱，写了几十年也没写出来。他想，或许刘老师根本就没有动笔，写书只是他心底不断发酵的一个念头而已。刘老师家院子里有棵老榆树，树下摆着一把藤椅，天气好的时候，刘老师喜欢坐在藤椅上晒太阳。其实，刘老师是有条件到县城养老的，他儿子已经是县工商银行行长了，将父母安顿在县城有集中供热的楼房居住不是难事。但刘老师不走，理由就一个：自己要在江山村写书。刘老师正坐在老榆树下听收音机，阳光透过老榆树的枝叶照到他灰色的家居服上，看上去像某种迷彩服。他上前打招呼，拴着绳索的小花狗朝他摇着尾巴，却不叫，但目光充满警惕。

打过招呼后，他在藤椅旁的小马扎上坐下，和老师靠得很近。刘老师说，小惠说你要回来，回来好，回来好呀。

回到生我养我的地方做点事是当年您的嘱托，子峰不敢忘记。他握住刘老师的手说。小惠说你是回来解题的，题当然要解，但还有比解题更大的事，就是保住江山村，保住你的老家。刘老师头脑清楚，说话有板有眼。

他点点头，老师就是老师，与弟子的想法不谋而合。他问刘老师村史和江山四老的书进展怎样，是不是需要找些资料。刘老师说资料攒了不少，江山四老的故事也基本理清。他让刘老师讲讲江山四老的故事，说自己过去听到的都是些片段，不完整。

刘老师也乐意讲述这些故事，有枝有蔓地讲述了江山四老的故事。

四老中的老大叫于有全，读过两年私塾，年轻时在朝阳山抗联部队当交通员,是见识过枪林弹雨的人。于有全觉得天底下最好的地方就是江山村,东北光复后他选择了回村务农,理由很明确,外面哪里也没江山村好,豺狼赶跑了,回家最安逸。如果于有全选择留在部队,老年就会享受离休待遇,有人与他说起此事,于有全说那不一定,要是不回村,说不定就牺牲在战场上了呢,那些留在部队的战友,都是九死一生。因为有部队经历,从土改到合作化,再到人民公社,于有全一直在村里当支书,一直当到离世。于有全有主见,敢负责,平时喜欢背着手、板着脸村里村外走。闲下来时他会在大队部看《三国演义》,说话办事常常引用书中人物的话。

  小惠的祖父叶兆廷在四老中排行老二,当年在村里当会计兼保管员,腰上总是挂着一大串黄白相间的钥匙,走起路来哗啦啦直响。掌握钥匙多少是权力大小的标志,保管员这个职位很是令人羡慕,集体家底都在保管员手上。叶兆廷保管的不仅是生产资料,还有许多生活物资,比如豆油、煤油和牛马饲料。三年自然灾害的时候,叶兆廷经老爷子同意,常常用麻袋夹着半块豆饼到村西刘大裤裆家串门。知道内情的人说这是替刘乐去尽孝。刘大裤裆的儿子刘乐和叶兆廷一起参军抗美援朝,刘乐是司号员,叶兆廷是连部通信员,两人整天跟在连长腚后,彼此亲如兄弟。战场上两个岗位最危险,一个是旗手,一个是司号员。刘乐在一次部队冲锋时挺身吹号,不幸中弹倒下。叶兆廷把他拽到隐蔽处,刘乐已经不行了,牺牲前断断续续地说,我爹有风湿病,你替我尽点做儿子的孝心吧。叶兆廷复员后没忘刘乐的托付,一直将刘大裤裆照顾到去世。"三反""五反"时,有人揭发叶兆廷拿公家的东西送人情,于有全把责任担了过去,说叶兆廷是受组织委托去照顾烈属的,谁再说三道四就是对烈士的大不敬。

  治保主任袁子厚在四老中排行老三。袁子厚喜欢打猎,善于下猎套逮狍子野兔,敢独自深入白桦林人迹罕至处。那个年代白桦林里常有狼群出没,但袁子厚不怕,可见狼也怕狠人。只要袁子厚下套,遛套必然不会走空。袁子厚是江山村走进白桦林次数最多的人。作为治保主任的袁子厚在防盗猎上颇为内行,于有全根据梅公建议严控盗猎后,看管飞龙沟的任务就交给了袁子厚,袁子厚成了飞龙的保护神。袁子厚因为目光敏锐,善于察觉蛛丝马迹，常常被镇公安特派员借去办案，帮助公安破过不少案子，村民私下叫他袁捕快。袁子厚的孙子袁昆十分崇拜自己的爷爷，当了镇长还常带这句口头禅，我爷爷怎么怎么说，有人就问镇长爷爷是谁，这样无意中宣传了江山四老。

四老中最小的是刘宝山，人民公社时期的大队长。刘宝山是个干净人，最看不上邋遢鬼，他除了抓各队生产劳动外，其余时间主要抓爱国卫生。江山村房屋院落整齐划一，砂子街面镶了马路牙子，这都是刘宝山常年抓个不停的结果。在他的主张下，江山村开了"两社一堂"，也就是理发社、缝纫社和澡堂子，村民使用几乎免费，只需记几个工分秋后扣除。"两社一堂"条件虽然简陋，却极大方便了村民，江山村社员明显比其他村人干净立整，这要归功于刘宝山。有段时间刘宝山这个爱干净的人自己无法干净了，因为腿病发作而瘫痪，吃喝拉撒都在炕上，对刘宝山来说这是最无法忍受的难堪，一度想撞墙而死。后来，是梅公下了六个月干针，刘宝山才重新下地干净起来。刘宝山懂得感恩，只要在街上见到梅公，总要鞠躬行礼。刘宝山去世时人们发现他连点胡楂都没有，脸收拾得溜光，家人说老人在去世前，自己躺在床上照着镜子用刮脸刀刮了脸，说不能胡子拉碴去见阎王，要给阎王留个好印象，免得被阎王分去干脏活儿。

江山四老有两件事被后人传为美谈。第一件是救了地主于德才的命。于德才是个十分吝啬的地主，在村里口碑极差，总是拖欠长工工钱。但于德才也有长处，他是个有绝活儿的车老板，会甩"绝户鞭"，再难驾驭的马，只要被他甩上三鞭子，就会变得服服帖帖。于德才土改时把家中细软藏在土豆窖里想蒙混过关，结果被一个长工揭发出来。这个长工对于德才有意见原因很简单，就是于德才给他吃的黏豆包里不放糖稀，长工说哪有包豆包不放糖稀的，不放糖稀的红豆馅干巴巴的像豆腐渣。糖稀是甜菜疙瘩熬出来的，用来替代白糖红糖。于德才没理长工，长工便把他藏东西的事给抖了出来。这种情况土改工作队绝对不会允许，必须严惩。当时于有全是村贫协主席，其他三老都是贫协委员，四个人就能决定于德才的生死。于有全开会商议此事，四老都觉得于德才不过是只铁公鸡，没啥血债，还是应该想办法保住他的性命。大家商量来商量去也想不出个法子，工作组又一直在催，于有全就拍了板，让于德才将功赎罪，由民兵押送到红花尔基军马场去劳动。马场领导是于有全在抗联时的战友，于有全给战友写了封信，介绍了于德才会甩"绝户鞭"的本事，让他为部队义务驯马。这实际上是保护了于德才，因为工作组不会去部队要人。被送到马场的于德才不仅保住了性命，还被马场吸收为军工，留在马场挣上了工资。

四老做的另一件事是让江山村有了小西屯。那时的山东人多地少，常闹饥荒，来东北的逃荒者甚多。四老中除了刘宝山外，其他三老都是早年闯关东的山东人后裔，于有全的太祖父来自招远，另两位的祖上来自掖县，家谱里都有记载。尽管人隔几代、口音不再，但一提到山东，几个老人还会生出一种天然的亲近感。当时村里从胶东牟平、栖霞等地来了许多人，都是拖家带口，背包罗伞。袁子厚问于有全该怎么办，这些大人孩子个个面黄肌瘦看着可怜。四老在一起商量，于有全决定先把逃荒者分下去，三户管一家，暂时解决吃住问题。然后派人去公社请示。公社干部也正急得团团转，因为其他几个大队也有类似的情况。公社的答复是如果没有安置能力，就礼送到有能力安置的地方，说白了就是让逃荒者继续往北走。于有全觉得不妥，对三老说，这些人无非想讨口饭吃，我们的祖辈当年也应该是这种情形，举目无亲、拖家带口，这个时候最需要帮助。啥叫礼送到有能力安置的地方？不就是像赶牲口一样把人赶走吗？江山村无论如何不能这么干，咱虽然地不多，但接纳个百八十户不成问题，咱就给这些山东老乡单独编个第六生产队吧。做出决定后，村里出劳力，到南甸子打塔头和苦房草，又在药泉山北坡伐了些杨树，然后全大队一起在村西盖房子。简易塔头房盖好后，一家一栋分下去，江山村从此有了个说胶东话的小西屯。江山村户数鼎盛时期达八百户，小西屯贡献了六分之一的人口。值得一提的是，刘老师就是小西屯人，老家在荣成王家村。

从刘老师家回来，姜子峰满脑子都是江山四老在转悠。当夜，他做了个梦，梦中的四老从东南西北四个方向向他走近，个个表情严肃，用冷峻的目光审视着他。他忽悠一下醒了，醒来无法入睡，心里一直在琢磨，四老一起来找自己干什么？怎么感觉像是来上访的呢。

第二天上午，他查阅了近几年村里的各种报表，对江山村的总体情况有了基本把握。中午他对大奎说，下午把你的电动摩托借给我，我去镇上找大昆。大昆就是袁昆，双泉镇镇长。大奎说，让小惠派车送你吧，一个省里来的大干部，骑电驴子算怎么回事。他说，不要麻烦小惠，你跟大昆约一下，就说我下午去拜见他。

七

他没想到袁昆的官威和他魁梧的体格一样大。

一见面，袁昆就说，子峰，你回来应该先来找我，你虽然级别比我高，但县官不如现管，我现在可是你的顶头上司。话虽是玩笑，但也透出一丝得意。他说，哪里敢怠慢，昨天报到今天就来，到了你的辖区，不敢不拜码头。袁昆哈哈大笑，说，晚上别走啦，把小惠也接来，我在食堂安排一桌，咱几个喝点。他知道，上初中时袁昆对小惠就虎视眈眈，同学中甚至传出袁昆是他情敌的说法，现在看来虽是无稽之谈，但大昆对小惠颇有好感却是事实。他摇摇头道，现在公务接待不许喝酒，别搞了。袁昆说，怕啥？自己带酒，食堂加几个菜，又不去酒店，不违规。他想了想，点点头道，那就悉听尊便。

两人坐下，他没有寒暄，直接抛出正题，大昆啊，听说你在推进江山村合并一事？

是啊，全县村庄布局在做调整，江山村与周边三个村要合成一个新村，新村地址在十二里外的青山村。大昆确认了这一消息。

能不能保留江山村不合并？江山村没了，你我就没了老家。他直话直说。

袁昆烟瘾大，点燃一根烟吸了几口，然后将半截香烟掐灭在烟灰缸里，抬起头说，子峰呀，工作上感情不能代替理智，站位要高一点，发展总要有代价，有时甚至还要交学费。江山村的合并，就像凤凰涅槃，是在毁灭中实现重生,得到的将是一个脱胎换骨的新农村。他吃了一惊,大手大脚的袁昆何时变得懂了哲学?看来士别三日确实当刮目相看。

这么说江山村难逃一死的命运?

袁昆说,对于江山村来说合并是死,不合并也是死,早晚都会死,现在涅槃重生,至少不会出现负资产,这算是一个机遇期吧。

这是什么逻辑?怎么江山村就非要死?出于礼貌他没有反驳,而是建议道,江山村有产业特色,符合省里乡村振兴一村一品的布局要求,理应保留,实在想兼并,也可以以江山村为主体,吸纳另外三个村,把江山村做大做强。

老同学呀,这可不是一个简单的并村问题。你还记得喜欢下棋的老于主任吧?他说过一句话让我受用终生,他说人生如同下棋,把握好全局才会赢。乡村工作最忌讳的就是小富即安、因循守旧,一定要有大手笔、大格局。不瞒你说,我在下一盘大棋,把江山村整体搬迁,然后以江山村环境优势为依托,招商引资打造一个动漫软件园。到那时候,江山村就是东北的蒙特利尔,是创造奇迹的"迷你硅谷"。

饼画得很大,也很圆,万一搬了村庄又招不来商怎么办?谁来买单?他心里这么想,嘴上却说,这个策划是谁做的?招商可行性有多大?

我认识一个来自蒙特利尔的加拿大籍华人,此人派头很大,在蒙特利尔和温哥华都有地产项目,招商不成问题,土地整理后园区由他负责。这个项目县里、市里都在关注,有望列入重点项目清单。

软件园占地应该不小,整体搬迁了江山村也空不出多少宅基地来。

你说得对,所以规划把稻田和欢欣岭也划进来了。袁昆说。

什么?基本农田你也敢占?他吃了一惊,占用耕地,县里、市里无权审批,再说要占的可是寸土寸金的响水稻田。

书生气了吧?袁昆朝他笑了笑道,没听说这样一句话吗?想,都是问题;干,全是办法。只要耕地总数不减,调编不成问题,无非多跑几趟而已。

他张大了嘴,大昆的兴高采烈和胸有成竹让他摸不着头绪,难道基层的事情真如大昆所言？他打了个冷战，刚才骑摩托出了点汗，被空调一吹，后背有些湿凉。他心里很不解，袁昆的爷爷袁子厚是江山四老之一，如果老人在天有灵，对江山村不在了会作何感想？他望着袁昆那张红彤彤的大脸问，江山村也是你家所在，家弄没了你就一点不心疼？

不是家弄没了，而是以另一种形态存在，树挪死，人挪活，是换了村址再发展。袁昆停顿了一下说，你想过没有子峰，江山村再这么下去，早晚会成为名存实亡的空壳村。

可以想办法把人气拢起来呀，江山村发展潜力还是很大的。他眉头微微蹙了蹙，他反感大昆总是把江山村的未来想得毫无出路。

怎么拢也是白费力气，暴雨骤起，独伞难支。依我看，你来老家挂职，做做调研，会会熟人，写篇乡村振兴方面的调研报告，两年时间一眨眼就过去了，就别闲吃萝卜淡操心了。袁昆的态度很明确：不要在第一书记这个职位上想法过多，应该顺应时势。

他把目光投向袁昆办公桌后面的书柜，里面摆着一套塑封的《曾国藩家书》，还有几本名人传记，看来袁昆不是做太平官的人，心里还是想干点事情。他说，大昆呀，对一个村庄的不公，就是对所有村庄的威胁，你这么大刀阔斧地搞合并，让所有的村干部都胆战心惊，因为谁也不敢保证下一步还会存在。袁昆又哈哈大笑起来，用戏谑的眼光望着他说，我们都学过世界历史，尽管我高考落榜，学过的知识却没忘，"羊吃人"你还记得吧？这是无法绕过的发展阶段，我们不能在田园牧歌里自我陶醉，因为世界在发展，城市化的推土机所向披靡，无坚不摧，这就是残酷的现实。

他不得不佩服袁昆的表达，刚才这番谈吐水平不比县长差。他忽然有些走神，脑海里身材健硕的大昆仿佛幻化成一块巨大的橡皮，正在粗鲁地擦去乡路、田垄和所有新旧房屋，橡皮所到之处，一片鸡飞狗跳。

你怎么发呆了？大昆问。

他回过神来，不想再争论村庄去留问题，身子微微前倾了一点说，我在想，这次回来有两件事要办，需要你帮忙。

袁昆大方地说，啥事说吧，只要我能办的不成问题。

你肯定能办到，尤其是头一件事，就差你一句话。他说，头一件事是在药泉山上建个梅公祠，规模不大，最多三间房，同时把梅公墓迁到梅公祠去；另一件事是搞清楚梅公死亡的真实经过，还原历史真相。

袁昆听后用一种陌生的目光打量着他，好一会儿才说，你不是考古工作者，翻动这些陈芝麻烂谷子干啥？据我所知，第一书记没有这项职责，你是想写小说吗？

他摇摇头说，这是于主任几年前去省城给我出的两道题，此次回来我想找到答案。因为当时我答应了，不能因为于主任不在了这事就搁置不办。

袁昆说，恕我直言老同学，这两道题你都解不开。先说头一件，动漫软件园规划里包括药泉山，山上准备建一座地标性欧式金属雕塑，想想看，现代雕塑周边摆个中式梅公祠，显然有点不伦不类。第二件事，江山四老早都有了结论，没有再调查的价值，如果不是溺亡，公安部门早就立案调查了。袁昆几句话就把门堵上了，他不得不承认，袁昆话虽粗，但不能说没有道理。他知道在基层办事不能硬杠，要慢慢寻找突破口，便故意做出一副任性的样子说，我不管，反正我来江山村是奔着你这个镇长来的，来之前我就和夫人说，咱老家有人，有人好办事，你别让我灰头土脸地回去就行。

袁昆搔搔头发道，你高高在上，不知道下面的难处，我这个当镇长的天天脑子里就两个字——指标！指标能压死人，哪有时间解什么题。我劝你也别做这些无用功。应该说袁昆的说法符合实际，他对基层工作有所了解，指标这东西，除却正面作用外，确实有化良币为劣币的副作用，但目标管理是最有用的手段，除此之外也没有更好的办法。

袁昆拿出一张全县经济社会发展统计表递给他，他接过快速浏览了一下，双泉镇的指标在全县明显靠后，在双泉镇一栏，他看到了江山村的名字，江山村村民收入在全镇名列第二，生产总值列第三，算是相当不错的村。他知道了，江山村被合并不是经济问题，说穿了是为了给动漫软件园让地方。

没有达成共识，两人只能唠些闲嗑。袁昆说还记得一件事，有次在宿舍姜子峰要洗衣服，向同宿舍一个姓沈的同学借肥皂，那位长着一双小眼睛的沈姓同学说，凭啥借给你呀？一句话把他晾在那里。袁昆看不下去，把自己的肥皂递给了他。袁昆问他是不是还记得这件事。他说当然记得，那个同学叫沈明占，学习很用功，但成绩上不去。袁昆说，这个沈明占也在镇政府，是临时工，冬季烧锅炉，夏季就在食堂买菜当火头军。对了，你说晚上吃饭带不带他？他说好呀，都是同学，没有高低贵贱之分。袁昆说那晚上就我们四个，我带一箱玉泉方瓶，大家放开量喝。

晚饭前小惠来了，带一辆红色小型客货车。小惠见到袁昆就问啥时候结红粉坊的账，袁昆说不就是欠了点粉条款吗，这么大的镇政府还会赖账？小惠不说了，转头对姜子峰说，晚上把电动摩托放到车上，乡路没路灯，酒后骑不得车。他这才明白小惠为什么要带一辆客货车来。

镇政府食堂餐具不是很讲究，盘碗都是不锈钢的，几十年也用不坏。四个大号不锈钢盘子里盛着粉条炖鸡、家焖嘎嘴岛子、酱焖老头鱼、炖大鹅，另外配了几碟小菜。袁昆说，子峰在省里什么样的大馆子都吃过，到村镇食堂估计次数不是很多，都是老同学，就将就着吃吧，别挑。他说，去农村机会不少，像这样丰盛的晚宴还是第一次。袁昆道，菜不够，酒来凑，玉泉方瓶我备足了，放开喝。食堂没有小酒盅，都是二两一个的口杯。袁昆给每人倒上一杯，端起杯说，子峰是当年双泉中学的高考状元，是全双泉镇的骄傲，因为对家乡有感情，这次回来挂职，我们先喝一杯欢迎酒。说完，和每个人碰了杯，一仰脖干了。诚惶诚恐的沈明占正在左顾右盼，袁昆把手中空杯朝他照了照，嘴里嗯了一声，沈明占马上干了。沈明占穿一身迷彩服，皮肤像秋梨一样又糙又黑，眼睛却滴溜溜转个不停。他发现沈明占端杯的手食指上缠着创可贴，脖子上有根细细的红绳，应该是佩戴了什么挂件。让他惊讶的是小惠很痛快地干了杯中酒，然后稳稳地放好杯子，把袁昆眼前的酒瓶拿到自己跟前，替袁昆斟酒。他和小惠虽然上学时有那么一段感情，但喝酒还是第一次，不知道小惠酒量怎样。酒量这个东西，后天锻炼和先天因素大概是三七开，或许是生意需要练就了小惠的酒量。

怎么，子峰有困难吗？袁昆望着他说，农村有句话，叫酒下去工作上去，一杯酒胜过十箩筐话。

他笑了笑，抬手也干了这杯白酒，抿了抿嘴唇道，好酒！

袁昆笑了，说这酒是自己家的库底子，不是老同学回乡不会拿出来。

小惠说，大昆，我提一杯酒吧。袁昆点了点头道，今晚每人提一杯，属于共同科目，然后再单挑。他估算了一下，每人提一杯就是八两，虽说玉泉方瓶属于低度酒，但终归是白酒，看来今晚要超量。

小惠给每人斟满酒，站起身说，喝这杯酒前我要说说我和子峰的事。他愣了一下，瞬间觉得头在变大，小惠这是怎么了，为何要说他俩的事？他不能打断小惠的话，也不知道小惠要说什么，只觉得怀里像跳进只松鼠，乱跳乱碰不停。袁昆哈哈笑起来，说，小惠这是剧透，我和明占算是偏得了。

小惠说，我以前没机会解释，有些话像一团芡粉堵在心里，今天说出来，就等于芡粉漏成了粉条，心里会舒坦不少。你们知道，当年很多同学都认为我和子峰谈过恋爱，包括大昆也这么看，上初中时就老拿话挤对我，有的同学说我俩的关系像锅烧开的水，就等着下饺子还是面条了。其实这都是瞎猜，我和子峰两家前后院住着，关系确实很好，但彼此从来没有过搞对象的念头。子峰志向远大，心高气傲，不可能找个村姑当老婆，而我一门心思在开粉坊上，也不想进城，因为城里没地方漏粉，所以我俩彼此心如明镜，属于有情无缘那一类的。子峰这次回来，与我给他出题也许有关也许没关，我心里很清楚，子峰不是为了我才回来的，我们只是好同学、好兄妹、好邻居。再说了，地位不同，见识不一样，凭子峰的条件，想出轨也不会找我这个农村漏粉的半老徐娘，是吧子峰？

这个提问不好回答，说是和不是都不妥，他端起酒杯道，小惠你不就是想劝这杯酒吗？不用说这么多，我喝就是了。

袁昆说，上学时你喜欢子峰这不是秘密，地球人都知道，你俩六年做同桌，同学都说刘老师偏心眼儿呢。

沈明占也大胆地插话说，我虽不是江山村的，但在双泉中学就听说过小惠，说子峰的对象如何如何漂亮，像扮演刘三姐的黄婉秋。

小惠笑了笑说，还有同学说我是大昆的对象呢，可见都是谣传。我要说的话说完了，先声明一下，这可不是此地无银三百两，你们若是听进去了，我们就干一杯。

没有人反对，四个人都干了一个满杯。

袁昆放下酒杯说，小惠，你刚才说给子峰出了题，那两道题是你出的？

我是个传话的，那两道题是已故于主任出的，交代给了大奎，大奎就盯上我了。袁昆摇摇头说，你这哪里是给子峰出题，明明是出给我的嘛！我和子峰说了，那两道题都无解。

小惠给每个人斟上酒，坐下来道，大昆呀，话别说死，世上还没有漏不成粉条的土豆，就看漏粉师傅的手艺。子峰现在是省城的大处长，打个比方吧，子峰就像一只蜘蛛，哪根手指脚趾都会连着一条线，那就是关系网，关系网可是万能的。

他扑哧一声笑了，觉得小惠这个比喻太逗了，把自己比喻成了蛛网中央的大蜘蛛。袁昆没有笑，他知道小惠的话不无道理，不能小看了子峰背后的关系，子峰毕竟和县长一个级别。袁昆说，两道题能不能解是一回事，费劲巴力解没有意义的题、做无用功又是一回事，还是要谋定而后动。

他不想在酒桌上讨论这个严肃的话题，朝袁昆点点头说，该我提酒了吧？

袁昆摇摇头说，你先等一会儿，让明占提。明占，你小子今天是小鱼穿到大串上了，还等什么？袁昆简单介绍了一下沈明占的情况。沈明占前几年当小包工头搞拆迁，出了事故左腿留下残疾，生活陷入困顿，得知袁昆当了镇长，便来求袁昆帮忙找点事做。袁昆安排他冬天给镇政府烧锅炉，夏天在食堂帮工，算是帮他解决了大问题。沈明占对袁昆感激不尽，一举一动都能表现出对镇长的恭敬。

沈明占端起酒杯说，我没啥身份，也不会说话，就说三句话吧。第一句，感谢大昆能赏我一口饭吃；第二句，欢迎子峰回来；第三句，祝小惠红粉坊越办越红火！我先喝为敬了。说完，一仰脖干了满满一口杯。

轮到他提酒了，他觉得酒有点上头，本不想喝满杯，但勤快的小惠却又起身逐个斟满酒。小惠体形变化不大，饱满而标致，刘海上染了一点栗色，没有戴耳环首饰，看上去有种清水芙蓉的感觉。一个女老板，经济条件又好，却不穿金戴银，保持一份难得的朴素，在乡下这样的女性已经很少见了。

他端起杯说，我也学明占只说三句话。第一句话，回到江山村我百感交集，这里储存着我青少年几乎所有的记忆，我爱着江山村，在心里从没远离；第二句话，同学情是天下最真挚的感情，同学在一起，不论职位，不论贫富，大家都是肩膀一边高的寒窗学子；第三句话，我会尽我所能为江山村做点事情，不负两年任职时光。我还要缀上一句，大昆是同学们的骄傲，也是江山村的骄傲，过去，有江山四老，今天，有镇长大昆，江山村的明天就靠大昆了。说完，他笑吟吟地与每人碰过杯，然后一饮而尽。

接下来就是捉对儿厮杀阶段。袁昆一手擎杯，一手搭在他肩膀上，放低了声音说，我不同意你给梅公迁坟，不光是怕影响动漫软件园的环境，还有一个重要原因，过些日子我再和你说。

四个人相互对饮。他与小惠对饮时，小惠拦住他没让斟满。小惠说，别人喝多了回去有人照顾，你若喝多了只有老鼠和蛐蛐做伴。他笑起来，小惠还像当年那样幽默。

这是一次名副其实的大酒，四人都进入了状态。袁昆久经沙场，散席送大家出来时步伐稳健，声音洪亮。沈明占就住镇政府院内的职工宿舍，自己蹒跚着回去了，左腿看上去似乎短了一截。小惠的客货车拉着他和电动摩托驶回江山村。柏油乡路很平，司机开车也稳，两人都坐在后排。他问，酒桌上为啥要说那番话？小惠望着前面的风挡说，芡粉总要漏成粉条的。

乡下夜晚飞虫多，在灯光的诱惑下不时有飞虫撞到风挡上，原本透明的玻璃渐渐有些花，司机只好打开雨刷器刮了刮。两人谁也没有打瞌睡。

八

上任三个月，他做了一件大事，关停了方便筷厂。

在镇里开会时袁昆叫住他，当着大奎的面说，子峰你行啊，头一板斧就见了血，砍掉了我一个纳税大户，你这斧头是啥做的？他笑了笑道，是桃木斧。

在担任副处长时，他以叶子司机身份参加一个饭局，在饭局上认识了林业厅的林处长。林处长是牡丹江海林人，饭局的组织者。林处长牵头开展的全省天然林保护专项行动被叶子报道后，省长做了批示，为了表示感谢，他安排了一个小范围饭局来感谢叶子。林处长叫林卫，有点军人做派，他们处的职责就是保护天然林，国家实行严格的天然林保护政策，如何去落实就在他们处。两人很谈得来，彼此留了电话，加了微信。

他到村里任职后，马上就想到了那片正被关志强筷子厂蚕食的白桦林。他亲自去白桦林察看了一天，发现这片原生态白桦林盗伐问题十分严重，不用说，盗伐的木材都流向了石塘边的筷子厂。让他痛心的是，白桦林深处的飞龙沟也遭到了破坏，如果继续破坏下去，这块飞龙栖息地将彻底消失。在飞龙沟，他看到一棵白桦树上落着七八只飞龙，这应该是一个家族，见到人后，飞龙扑棱棱飞走了。飞龙恋家，它们以家族为单位栖息在山泉溪水边，以各种野生植物的嫩芽、种子、果实为食，因为食物洁净，飞龙肉质有种珍奇的松香，这让它成为达官显贵们的美味佳肴。小时候，下雪后他曾跟大人来飞龙沟抓过飞龙。飞龙和鸵鸟似乎都是一个师傅教出来的，发现危险后顾头不顾腚，钻入雪下挡住自己的视线就以为别人看不到。捕捉的方法也简单，张开网罩住雪地出口，然后拍打雪地，飞龙从出口飞出便自投罗网。飞龙都是成对生活，一抓就是两只，但村里人抓飞龙十分节制，因为四老立下一个规矩，家里没有大事，不准去飞龙沟打飞龙。这个规矩是梅公提出的，被四老采纳并日渐成为村规民约。筷子厂建起后，村规遭到了践踏，盗伐白桦树的人会搂草打兔子，趁机盗猎飞龙。

从白桦林回来,他对大奎说,筷子厂必须关掉,这厂子像只可恶的大蚕,早晚会把白桦林吃光。大奎说,不行啊,筷子厂是镇里上了光荣榜的企业,咱们关不掉,再说筷子厂老总关志强是个社会人,路子野,马仔多,还是不惹他为好。他摇了摇头说,白桦林是江山村独一无二的资源,不能让他这么祸祸。这事你别管了,我来想办法。

他给叶子打电话,让她去找林处长,把白桦林和筷子厂实情告诉林处长,并出主意说,媒体准备就白桦林飞龙沟盗猎飞龙一事进行曝光,飞龙可是国家二级重点保护动物,出了这种事情,林业部门责无旁贷。

三天后,林处长带人来到了江山村,叶子也应邀同行。在查看了白桦林现场情况后,林处长神色凝重地说,我要感谢你姜处长,是你没让我的错误继续犯下去。白桦林遭受盗伐和飞龙被盗猎,从某种程度上讲是我的失职,如果媒体报道出去,我做检查、被免职是小事,给厅里、省里造成不良影响,这责任可承担不起。林处长一行拍照、录像,对筷子厂、白桦林、飞龙沟的情况做了全面了解,然后连夜返回省城。叶子没在村里停留,悄悄告诉他要跟回去趁热打铁。

省里来人调查筷子厂的消息很快被关志强知道了。这个脖子上挂有金链子的中年人目光凶狠,五官夸张,一张大饼子脸上的两道蚕眉像刷了黑漆,两道法令纹像猎豹的泪线。关志强来到村委会,一见面就瞪着眼质问,姜书记,你什么意思?我的厂子手续齐全,哪里招你惹你了?你一来就找事。

他起身让座,关志强不坐,叉腿站在办公室中间等着给说法。

他倒了一杯水递给关志强说,关总,你来得正好,你不来我还要去找你,与你商量厂子下一步的事。政府一方面要依法办事,规范相关生产活动,另一方面,也要积极帮助企业寻找出路。你的企业不做筷子,可以转型发展,不能在一棵树上吊死嘛。

少来这一套!关志强吼道,我的厂子证照齐全,凭啥不让我干?镇政府还支持我呢,你一个挂职干部就想把我的筷子厂搅黄了,没门儿!说完,狠狠把水杯摔在地上,转身扬长而去。

大奎过来安慰他说，这个老小子就是驴性，和村里人闹过几次了，你要小心点，防备他玩阴的。

他说，商人的目的是赚钱不是要命，筷子厂真要关掉的话，我们帮他找个赚钱的生意转型发展，他气性就不会这么大了。

可是，江山村还有什么生意赚钱呢？总不能也让他开粉坊吧？大奎一脸难色。

这时，袁昆打来电话，说要到红粉坊看看，让他也过去坐坐。

他来到村里还没有好好参观一下小惠红粉坊，这正是个机会，他便提前来到红粉坊等候。袁昆还没到，小惠陪他在客厅坐着。小惠问，你得罪关总了？他说，不是我得罪他，是他得罪了白桦林，得罪了飞龙沟，这事我要是不管，还当什么第一书记。小惠点点头说，是该管，早就该管。

不一会儿，袁昆的吉普车到了。下车后，袁昆背着手参观了漏粉车间和成品仓库，随车来的一个小姑娘抓拍了几张照片，参观就算结束。三人来到客厅，袁昆以一种埋怨的口气对他说，子峰啊，你逞英雄，却让小惠付出了代价。他吃了一惊，问小惠是怎么回事。小惠苦笑了一下，摇摇头道，没什么，不就五吨粉条嘛，红粉坊的粉条不愁卖。袁昆道出了实情，原来筷子厂在小惠这里订购了五吨粉条，厂子传出遭调查后，订单被取消。他心里有点过意不去，刚才小惠没有提此事，还表示了对他的支持，小惠是个有是非观的人。

袁昆说让他找个两全其美的办法解决筷子厂一事，既保护了白桦林、飞龙沟，又不让筷子厂倒闭。他说正在想办法，筷子厂的厂房临近石塘，空间大，有改造价值。

关志强来村委会讨说法第三天，省里通过市里县里下达通知到镇里，江山村筷子厂立即停产接受调查。这就是袁昆说的姜子峰头一板斧就见血的原因。那次开会见面，袁昆特意嘱咐他要提防关志强，关志强已经放出风去要走着瞧。袁昆还把镇派出所所长的电话号码给了他，说已经和所长打过招呼，遇到情况随时给所长打电话。袁昆说不希望省里派来的第一书记在本地出事，镇政府也负不起这个责任。他知道这是老同学实实在在的关心，袁昆在这个问题上挺有胸怀，筷子厂关掉必然影响镇里的税收，最上火的是袁昆，可是袁昆却表现得如此大度，这让他不得不重新认识这个老同学。

其实，筷子厂未关之前，他就在谋划另一件大事。江山村之所以面临合并，人少也是一个理由，要保住江山村就必须聚拢人气。为此，他要在小西屯上做文章。既然当年山东老乡闯关东形成了小西屯，那么现在能不能再动员一批山东籍企业家来这里复兴小西屯呢？他认识省齐鲁商会和齐鲁文化促进会的赵总，谈了自己的想法。赵总是个有家乡情怀的企业家，麾下有众多企业，觉得可以在小西屯搞个闯关东民俗一条街，把江山村的资源整合起来发展旅游。还可以把稻田、土豆地变成绿色有机农产品基地，彻底解决农药残留对鹤鸣湖、南甸子产生污染的问题。赵总聘请专家开始做规划，规划一旦获批，停产的筷子厂厂房可以改造成供游客消费的快捷酒店，避免筷子厂一关了之。

关志强还没来得及报复，人就进了拘留所，涉嫌罪名有三：一是盗伐，二是行贿，三是涉黑。这三条罪状，无论哪一条落实，都够关志强喝一壶的。袁昆来江山村村委会找到姜子峰，说冤家宜解不宜结，关总的事还是松松口好，否则这个浑小子放出来不会善罢甘休。他说司法上的事谁也没办法，自己一介村官，无法左右公安办案。袁昆说，公安办案会征求你的意见，你可以多要些生态补偿，至于人嘛，就别关押了。他盯着袁昆问，你该不会是拿了这家伙的好处吧？袁昆摇摇头道，关总倒是多次想表示表示，可我有我的抱负和底线，不会在小河沟里翻船。换句话说，我根本看不上筷子厂那仨瓜俩枣。他说，那我就放心了。

尽管他没做什么工作，关志强还是很快出来了。关志强一出来就驱车来到江山村，上了村委会二楼，一把推开拦在门口的大奎，朝着坐在办公桌前的姜子峰就拱手致谢，诚恳地说，谢了姜书记，袁镇长都跟我说了，没有你开恩，我肯定要蹲笆篱子。他说，我没做什么，你不用谢我，要谢就谢公安干警。他这么一说，关志强更为感动，说，这种事我懂，我也捞过人，明人不说暗话，这样吧，关停的厂子怎么弄我听你的。他等的就是这句话，便说了齐鲁商会要建小西屯闯关东民俗街一事，闲置的厂房可以租给齐鲁商会，由他们改造为民俗陈列馆和接待游客的快捷酒店。他特别建议说，你呢，可以在村里其他几处适合旅游的地方，设置些住宿的木刻楞，因为有民俗街游客的依托，木刻楞收入会不错。关志强说，就这么办了，我马上就去定制木刻楞。

关志强走后，小惠提着个天蓝色双肩包来到村委会，从包里拿出一柄木斧递给他，说刚从县里回来，特意到工艺品商店买了这把桃木斧，让他挂在北墙上辟邪。他很纳闷儿，那天自己是和袁昆开玩笑，小惠怎么知道自己说了桃木斧？他瞅了大奎一眼，大奎憨憨地笑了，他知道这一定是大奎传了话。

九

小西屯闯关东民俗街项目卡在了袁昆案头，这个项目与袁昆的动漫软件园规划冲突。袁昆在电话里劝他说，民俗街没税收，费力没回报，可动漫软件园就不同了，不仅国家扶持，而且税收也可观，咱俩换位思考一下，要是你当这个镇长应该批哪个？

他很清楚两个项目只能上一个，因为只有一个小西屯。他说，大昆呀，动漫软件园可以选其他村嘛，为啥非要搬迁江山村？袁昆说，我也想在别的村搞，可是外商单单看好了江山村，说江山村有点像多伦多，山水林田湖草沙皆可利用，别的村没这个条件。他说，这样吧，我到镇里专门向你汇报，你等着我。

放下电话，他骑上大奎的电动摩托赶往镇里。袁昆很守信，在办公室抽着烟等他，满屋子都是烟味儿。两人坐下，他向袁昆汇报了和齐鲁商会洽谈的情况，说了小西屯项目的规划和绿色有机农产品基地的前景。袁昆的眉头一直锁着，方方正正的大脸像关公一样。听完汇报他冷冷地说，子峰，你回来好像是专门和我作对来了，为啥？

你想多了大昆，我为什么要和你作对？我无非是想保住江山村，保住响水稻田，保住南甸子，保住我们共同的老家。

别和我唠这些艺术嗑儿，难道江山村就该保持原始状态不发展了？

毁掉良田搞动漫软件园，与国家耕地保护政策相抵触，我认为你批不下来。

只要舍得跑，没有盖不上的章。我也告诉你，动漫软件园获批只是个时间问题。

那我们各报各的项目，由上级来决定。

上级不会批小西屯项目的，市县领导更看重软件园。软件园是个高大上的外资项目，省里对各市有引进外资指标考核，对这类项目求之不得。

这次见面，两人谈得有点不愉快。离开时，袁昆只在楼梯口做了告别。他走出镇政府办公楼大门，恰巧遇到了沈明占，沈明占拎着两个圆鼓鼓的大号塑料袋从农用车上跳下来，见到他就喊道，子峰，我正要找你。他停好摩托，问他提着什么，沈明占说是豆角和茄子，镇食堂有自己的菜园，种菜不打农药。他问有什么事，沈明占左右看了看，像做贼似的小声说，你帮帮大昆吧，咱们镇一把手空缺了一年多，你烧把火儿把他推上去。再说了，你帮他也就是帮我，江山村整体搬走，我就可以干老本行去搞拆迁。他很讨厌沈明占说的后半截话，便耐住性子说，我可不会烧火，提拔大昆是组织上的事。沈明占说，大昆现在就像一壶水烧成了八十度，再加把柴就能烧开，软件园要是能成，大昆稳稳当当是一把手。他笑了，心想，真是滑稽，帮厨却帮出了一个政治家。他拍了拍沈明占的肩膀道，你是做饭烧锅炉的，这烧火的事应该你来做呀。

事情果然不出所料，动漫软件园项目流产了，省里在摆布项目时，把它放在了省城两所大学之间，目的是构建产学研一体化的现代园区。除此之外，县里合村并点的请示也被省民政厅打了回来，据说是厅长对此提出了异议。消息传回来，袁昆很失落，认为这一切都是姜子峰做工作的结果。袁昆来到小惠红粉坊，说要找姜子峰喝酒，两人一定喝出个高低来。小惠给他打了电话，一边准备菜一边悄悄让司机去接刘老师。小惠担心自己控制不了局面，看大昆脸色就知道来者不善。

小惠摆了炕桌，芹菜炒粉、肘花、油炸花生米和拍黄瓜四个小菜也很快备齐，姜子峰应约而来，两人在炕上对面而坐。袁昆两眼死死盯着那盘拍黄瓜，自言自语道，多光溜的一根黄瓜，就这样被拍个稀碎。他没有接话，担心事情越描越黑。他望了一眼站在地上的小惠，小惠轻轻摇了摇头，也不知说什么好。软件园流产，小西屯闯关东民俗一条街项目却获得批准，原因是不占耕地，而且能充分利用闲置民房和厂房，各景点的木刻楞也是临时建筑，因此审批起来没遇到麻烦。

　　袁昆端起酒杯说，子峰，你赢了，我祝贺你！

　　两人一连喝了三杯，菜一口没动。小惠像观众一样看着两人，表情有些奇怪。袁昆突然苦笑道，既生瑜，何生亮！子峰啊，你大学毕业，在省里当大官多好，干吗回来与我这个大学漏子争高下？我不过是个科级干部，连品级都谈不上，难道你还放不下当年那点事？

　　当年啥事？姜子峰疑惑不解。

　　别装糊涂。小惠，你怎么不说话？袁昆问。

　　你是指那封信吧？大昆，子峰不知道，我也不可能告诉他。

　　别替子峰打掩护了，若是没有这个心结，子峰干吗回来？想挂职，全省有的是好地方。

　　什么信？你俩在说什么？我怎么听不明白？他的目光像汽车雨刷一样在袁昆和小惠之间刷来刷去。

　　初三时我给小惠写过一封情书，想必你早看过了，可这都是青春懵懂时候的事，该翻篇了，再说小惠没嫁你也没嫁我，咱俩还纠结个啥？

　　他明白了，袁昆把事情想得过于复杂。他还是没有解释，此事怎么解释都是徒劳。

　　一旁的小惠说，你们两个大男人这是干啥？小时候的事还拿来掐架，多难为情！上学时你俩对我好，到现在我想起来还有点感动，在我心里你俩都是好样的。听我一句劝，咱仨喝一杯，有啥不是记在我头上吧，你俩别闹别扭。小惠有些哽咽，说到这个份上，两人无法拒绝小惠的好意，都端起了杯。酒还未喝，刘老师推门进来了。两人见状急忙放下酒杯，跳下炕来迎接刘老师，一人搀着一条胳膊把刘老师架上炕。

三个人一起给刘老师敬酒，刘老师端杯表示了一下，道，你们接着唠。

他主动敬了袁昆一杯酒，说了些宽慰的话，也请他理解自己的做法，他尤其讲了飞龙沟遭到破坏的样子，看了窝心扎心。飞龙沟当年得以保全，还是袁昆爷爷袁子厚的功劳，要是袁子厚在世，断然不会允许这等事情发生。当然，有一件事他不可能对袁昆说，第一书记的职责之一是建强当地班子，他已经正式向县委组织部推荐了袁昆。

袁昆把头扭向刘老师，带着委屈的声调说，我千辛万苦招来的金凤凰飞走了，飞到了省城，江山村错过了一次千载难逢的发展机遇，我心里难过呀，老师。

刘老师不动声色地说，我问你们，中国画最忌讳什么？

三个人都没有回答这个十分突兀的问题。刘老师接着说，最忌讳的是过满，过满多败笔。人这一辈子要多留白，因为世上之事是做不完的，有些做不好做不完的事，留给子孙去做未必就不好，长江后浪推前浪，后人总比前人办法多。江山村就像一块璞玉，当你雕艺不精、考虑不周的时候，不要贸然下手，留白也是政绩。

袁昆听进去了，快速眨着眼睛，嘴里嘟囔了一句，留白也是政绩。

但存方寸地，留与子孙耕。这是老祖宗留下的话，仔细想想，道理深刻呀。

三个人都点了点头。

袁昆长舒一口气道，得了，我知道刘老师是来劝我的，这事就过去吧。我问你子峰，你的目的已经达到，下一步还想干啥？我得有个思想准备，免得再陷入被动。

我向你汇报过，下一步要做的事就是解开那两道题。

不行不行不行！袁昆态度很坚决，这件事我不会答应的。

为什么呀？这是一件好事。再说了，欢欣岭上孤零零竖着一座坟，不协调嘛。他不理解袁昆为何如此固执，软件园项目落到省城，建祠迁坟的顾虑已经迎刃而解。

子峰，你不要以为就你对江山村有感情，我也不差啥。我爷爷亲口告诉我，梅公墓要守好，一锨土都不许动。我问为啥，爷爷说你不需要知道为啥，照我的说法做就是。我要是同意迁走梅公墓，怎么对死去的爷爷交代？

刘老师说，这话不假，江山四老都给后人留下过类似的遗嘱，要后人保护好梅公墓，这其实是四老对梅公的敬重。

小西屯闯关东民俗街建设工作出奇地顺利，齐鲁商会的赵总颇有号召力，动员了十几家会员企业参与这一项目，仅仅一年时间，一条胶东乡村风格的民俗街就建成了，民宿、餐饮、采摘、演艺、土特产购物，各种功能一应俱全。为了解决冬季半年闲问题，牵头的企业在药泉山北坡建了索道，搞了一个滑雪场。为了给当地纳税，齐鲁商会在江山村注册了一个独立核算的旅游公司，把村子周边所有的旅游资源串联起来，打包经营。整合了稻田、土豆地的绿色有机生产基地合作社也建立起来，村民以土地入股，实行标准化生产。一时间，江山村变得热闹起来，许多外出的村民纷纷回归经营起了农家乐。清晨和傍晚，站在药泉山上鸟瞰这个三百年的村庄，会看到小西屯又有久违的炊烟在袅袅升起，因为游客点名要吃柴火做的农家饭。很多人有体会，烧麦秸、豆秸和木拌子做出的饭菜味道各不相同，真正影响味道的是烧什么火。

让袁昆改变看法的是小西屯发展模式成了全省的典型，上级领导频频来调研，每次袁昆都要陪同，袁昆对小西屯旅游业的讲解甚至比姜子峰还专业。姜子峰担任第一书记的第二年春天，袁昆正式被任命为双泉镇党委书记，成了一把手。

十

梅公祠总算有了着落，他将消息告诉刘老师时，坐在藤椅上的刘老师一下子站了起来，爆了句粗口。

这是他有生以来第一次听见刘老师骂人，觉得这粗口好没道理，明明是喜讯，怎么还会爆粗口？他不好问，扶刘老师坐下来。刘老师吩咐老伴，中午包芸豆馅包子，我要留子峰吃饭！

刘老师最喜欢吃芸豆馅包子，而且只喜欢吃老伴儿包的发面芸豆馅包子。芸豆馅里的猪肉要带点肥肉，不能绞，须切成肉丁，再加上葱姜蒜末，倒点老抽，搅拌成馅。刘老师每遇喜庆之事，都要吃芸豆馅包子。

机缘和巧合是人生的大礼包，梅公祠这道让他几乎绝望的难题，却在不经意间得以解开。春节回省城过年，他带着些红粉坊的土豆粉条去感谢林处长。林处长热情接待了他，说你要是带烟带酒来我是不会收的，可你带着几袋粉条，却之不恭，我就破例收下，但我要回送你一样礼物。说完，从书柜里拿出一个锦盒，里面是个黑色茶盏。林处长说这是民宗局一位好友送的，茶盏上还印有一行金字：慈云寺开光纪念。林处长说这是为了纪念慈云寺建成开光，住持老和尚在福建定制的建窑兔毫盏。这茶盏很神奇，倒入白开水也能喝出茶的境界来。他对茶盏兴趣不大，林处长提到的民宗局让他脑洞大开。他问林处长在民宗局有朋友，可否请他帮个忙把药泉山上的梅公祠给批了。林处长马上就给这位朋友打了个电话，朋友说新建肯定不行，要是过去有寺庙之类的建筑，找到合适的理由复建还是有可能的，让申请人把材料准备好，起草一份请示报上来。他马上就想到了江山村曾经有过的药王庙和老李庙，知道了报告应该从哪里下笔。

春节假期一过，他就回到江山村找刘老师，问刘老师有没有药泉山历史上药王庙和老李庙的相关资料。刘老师说这些东西都在柳条包里。刘老师有三个柳条编成的书箱，称之为柳条包，收集的资料都分门别类存放在这三个柳条包里。果然，刘老师从柳条包里找出了清乾隆年间药王庙的记载和伪满时期药泉山秃尾巴老李庙的地图。他这才知道，秃尾巴老李庙毁于伪满时期，是伪满克山警署派人捣毁了庙宇，将一众铜像拉去齐齐哈尔造了子弹。

他研究了一番刘老师收集的资料，发现秃尾巴老李、梅老师和小西屯村民，都是山东籍，就想到还是应该打山东牌，把梅公祠作为闯关东民俗一条街的配套项目来请示。他起草了报告，直接去省里找林处长，请林处长陪他一同去民宗局。民宗局的人审阅材料后表示同意，但需要按程序办，由村报镇，镇报县，县报市，最后再报省。他懂得这套程序，原本想走个捷径，现在看来走不通了，不用想，镇、县、市三道关肯定难过。林处长提醒他，你们厅长不是在市里当过市长吗？请他发句话呀。他拍了下脑门儿，是啊，怎么把厅长这茬儿给忘了呢。他回厅里找厅长，厅长听后说这算个什么事，不就建个祠堂吗？说完分别给市里、县里打了电话，问题迎刃而解。

吃过香喷喷的芸豆馅包子，他陪刘老师喝茶聊天。刘老师一直喜欢喝花茶，说喝花茶有种春天在南甸子踏青的味道。两人商议梅公祠的一些细节事宜。刘老师说，梅公墓还是应该迁，于主任出的题没错，祠墓一体才好祭祀。他说，这事我再想办法说服大昆。刘老师叹了口气说，现在的难题是梅公的传记难写，死因搞不清，传记只能含糊其词，读了易生疑窦。他点点头，写史的最高标准就是尊重史实，任何猜测、粉饰、先入为主，都是史家大忌，刘老师显然清楚这一点。

这个消息自然要告诉袁昆。袁昆听后表情没有大的变化，只是哦了一声说，省里批了你就建吧，但不要毁林，实在需要伐树的话，必须走手续。袁昆当上一把手后，人变得沉稳了，过去点火就着的脾气好像被湿煤压住了，只剩下一丝细烟。小惠当面调侃他，别人都是官升脾气长，你怎么正相反，过去高高竖着的尾巴变成了腚后拖着的一把扫帚？啥原因？袁昆说，于主任有句名言，棋盘上忙乎的都是车马炮，将帅以不动为安，一动，说明被人将军了。

袁昆接到通知要到省委党校培训三个月，走前特意来江山村与姜子峰告别。袁昆还专门去看了刘老师，给刘老师送去两盒茉莉花茶。从刘老师家出来，袁昆提出上药泉山看看刘老师选的建祠地点。袁昆说他不信风水，但看了那么多皇陵、皇宫，觉得风水这东西还是了解点好，免得犯忌。他和大奎陪袁昆登上药泉山，来到山坳中心一块花生形状的平地，这便是刘老师选中的地方。平地四周都是高大的柞树，唯有平地上长着些榛柴、苕条等灌木。大奎说好奇怪，这地方为啥不长树呢？他明白原因，却没有回答，而是把目光投向袁昆。袁昆说这里原来应该有建筑，浮土下面是瓦砾，所以不会长大树。他心里很佩服袁昆，基层干部万万不可小觑，人的地位与知识不一定成正比，有些人职位很高，脑子却空空如也。袁昆站在一丛苕条旁，顺手摘了一朵紫花嗅了嗅，转过身对他说，子峰呀，你说梅公祠建成后，可不可以把江山四老的事迹也装进去？

他眼睛顿时一亮，这可是个好主意！讲梅老师的故事绕不开江山四老。他说这当然好，请刘老师给江山四老写个生平介绍，再配上照片，专门设计一面墙，这事就成了。

离开山坳，三个人登上山顶，极目远眺，田畴湿地河流湖泊尽收眼底，江山村安静如饱后静卧的牛群，沐浴在午后的阳光里。蜿蜒的白龙江紧紧依偎着村庄流过之后，像一条害羞的白龙把龙头埋进南甸子无边的绿色里，东面欢欣岭的土豆地里，隐隐约约可以看到梅公墓那块醒目的墓碑。

袁昆望着眼前的景象若有所思地说，子峰呀，看来你是对的，动漫软件园在哪里都能建，可三百年的江山村只有一个，一搬迁就没了。

他拍了拍袁昆的肩膀道，你的初衷也不错，毕竟是为了地区发展，好在最后我们殊途同归。袁昆摇摇头道，动机再好，也不是值得原谅的理由。

袁昆去省城学习后，他专程回去一趟，请袁昆吃了一顿火锅。吃饭时，他再次提到梅公墓迁坟一事，袁昆说你要是问我，我肯定不会答应，他便没有再提此事。

叶子打来电话，说准备去北京采访一个文化论坛，他脑海里忽然闪过一个想法，让叶子去梅公原单位看看，大学档案管理比较规范，也许会找到梅公死因的详细记载。他给叶子交代了这个任务，叶子答应了，叶子也想早日解开梅公的真实死因这道难题。

叶子去梅公原单位确实查到了死亡结论，这个结论是江山大队革委会出具的手写证明，证明梅立范去南甸子打苫房草，误入漂筏区域，失足溺水而死，死后葬在欢欣岭。证明落款1967年8月8日，然后是江山大队革委会的印章。叶子还复印了一纸学校当时做的简单结案决定，说学校在运动中发现了梅立范一些新的问题线索，派人去江山村拟将其带回学校接受进一步审查，到后发现该人已经溺水身亡并于当地下葬，经研究，梅案就此结案。这个决定证明人死案了，梅公之事已经画上了句号。他说，看来这个结论是可信的，梅公确实死于溺水。他将叶子了解的情况告诉了刘老师，刘老师听后没表态，抬头望着院中那棵老榆树，树上有几只灰喜鹊跳来跳去。叶子得来的结论与村民传说并无二致。

梅公祠建筑量不大，不到一个月就基本竣工。梅公祠后是一个四米见方的墓穴，墓穴做了两层防水，青砖铺底砌边，水泥预制板盖板已经备好，只等着将梅公墓里的遗骨装殓新棺，迁来下葬。包工头来找他，问什么时候迁坟，把他难住了。袁昆态度不改，硬迁的话有些不近情理，袁昆毕竟是镇里的一把手。

他叫上小惠、大奎三人一起来到刘老师家。刘老师桌上铺着稿纸，一支黑色拧盖钢笔放在稿纸上，稿纸上没着一字。刘老师说自己正在思考梅公的传该如何下笔，开了几个头，都不满意，感觉找不到灵感。他说了来意后，刘老师沉吟了一会儿，说这件事还是要问问大昆，好事不能拧着办。他让小惠给袁昆打电话，再做做大昆的工作。小惠是个聪明人，将手机开了免提后打通了袁昆的电话。小惠简单说了情况，说施工队不能无限期拖下去，请大昆尽快拿个主意。小惠甚至用了激将法，说大昆你要是个男子汉，就别这么磨磨叽叽，给个痛快话。大家都屏住了呼吸，想听听大昆会如何回复。电话那边停顿了足足三秒钟，才传出一字一句的回复，小惠，请你告诉子峰和大奎，你们若是问我的话，我的态度很明确，我不赞成，因为我不能违背爷爷的嘱托。说完便挂了电话。小惠收起电话摊开两只手，做了一个遗憾的表情。

他很失望，深吸一口气慢慢往外呼，他明显感觉呼出的气有些发热。突然刘老师一拍大腿道，大昆话里有话，子峰你去迁坟吧。

明明都听到大昆说不赞成，怎么就可以迁坟了呢？他望着刘老师，从刘老师的表情看，刚才说的话并不是玩笑。

你们听到大昆刚才怎么说的了吗？他说你们若是问我的话，这个前提很重要，问他，他不赞成；不问他，他就视而不见呀！刘老师两眼闪光，脸颊有些泛红。

三个人不约而同哦了一声，对呀，大昆这是话里有话。

他吩咐大奎马上安排迁坟事宜，由施工方按民俗礼仪操办，该准备什么就准备什么，而且要留好影像资料。刘老师说自己要出席迁坟仪式，旧坟第一锹土他来动，新坟第一抔土他来捧。姜子峰决定，除了施工方外，村委会成员、刘老师、小惠和小西屯民俗一条街所有业主，都可以到现场见证这一时刻。参加者要素衣、庄重，家长要管束好小孩子，不许在现场嬉闹。

江山村不缺人才，红白之事有名的司仪有好几位。包工头特意选择了一个面容方正的老司仪来操办此事。司仪是有价码的，当老司仪听说是主持梅公墓迁址时，当即表示分文不取。

依照民俗，老司仪准备了红布、白布、萝卜、筷子、纸钱等，一张榆木条案置于碑前，案上摆着三牲。新棺是油松木打制，松木纹理清晰可见。包工头原本要涂黑漆的，被刘老师制止，换成了清亮的明漆。迁坟仪式过于烦琐，但他没有干预，农村风俗如此，此等事宜还是随俗为好。老司仪忙而不乱，神情庄重。他第一次见识迁坟，不明白迁坟为什么要用萝卜和筷子。现场黑压压的人群一直保持安静，只有老司仪用略带沙哑的声音在主事。天空有些暗，却无云，仿佛罩了一层灰色的幕布。第一锹土依旧俗要由死者长子来动，已是耄耋之年的刘老师无疑担当了这一角色。因为要施工，梅公墓周围平整出一块净地，长势正好的土豆秧毁掉不少，这是征得了小惠同意的。梅公墓所在的这一块恰好是小惠家的责任田，小惠对大奎说，梅公改良土豆，让江山村获益长达半个世纪，为了梅公就是把她家地里所有土豆秧都铲了也绝无怨言。叶子专程从省城赶来，她带了两个单反相机，想多拍些照片留作资料。新闻敏感性极强的叶子一直认为这件事意义非常，值得媒体报道。

起开梅公墓的一刹那，天空灰色的幕布好像忽然被一只无形的手拉开，阳光直射下来，将墓穴照得一览无余。墓穴里是一口布满沙土的腐朽棺材，戴着白手套的施工人员慢慢揭开顶盖，现场所有人都愣住了，棺中空荡荡的，没有尸骨，也没有殉葬物，只有一个蜡封的酱色坛子。施工人员以为坛子里是骨灰，小心翼翼启封后，发现里面竟然也是空的，只有薄薄一封信札。信札递到姜子峰手上，他仔细看了三遍，然后递给了刘老师。信札很短，只有短短几句话：

  梅公立范，发展生产，治病救人，有恩德于江山，村民感激不尽。忽闻上峰派员欲来提审，凶吉难料，恐有不测，我等议事之人不忍，决定礼送梅公出村，沉浮生死自此天定。立此疑冢，以惑耳目，若有司洞悉，此事断与梅公无关，亦非梅公所愿，皆我等议事之人定时位、具信函、赠盘缠、成盟约，劝迫其离开。我等愿为此承担罚责。此证。

立字人：于有全 叶兆廷 袁子厚 刘宝山
丁未年七月初三立秋

  江山四老的名字上，都按了指印，五十多年过去，指印还是血一样红。

  刘老师双手捧着信札，贴在胸口慢慢朝着空穴跪下去，颤巍巍地说，原来如此，原来如此啊！

  此事经叶子报道后，叶子所在报社收到了来自新加坡的一封电子邮件，发件人介绍自己是梅立范之子，其父1998年7月在新加坡无疾而终，他在感谢江山村父老善待其父的义举后，提出想捐献一些父亲的遗物，并参加梅公祠落成仪式，不知是否可以。

  叶子将邮件转给姜子峰。子峰让大奎做决定。一向喜欢听喝的大奎用一种坚定的语气说，我也要像江山四老那样敢担事，发邀请函请梅公儿子来，村里负责接待。

原载《长江文艺》2023年第1期

黑 孩

那么多的日子

　　维持不到一年就离了，我的这次婚姻绝对不是一般所说的那种"闪离"。怎么解释呢？元夫风生是我的大学同学，也就是说，至少跟我同窗了四年。工作后，我跟他一起去了北京，又在同一栋楼里租了房子。我在二楼，他在三楼。基本的情形是，一到了晚上，要么我到他那里去，要么他到我这里来，可以说是半同居吧。

　　第一次带风生回家，将他介绍给家里的人后，妈妈背着他对我说："人长得挺英俊的，就是身体太瘦了点儿。"

　　"看起来像豆芽似的，风一吹就会倒。"小姐姐帮腔。

　　"狼看到他都会掉眼泪。"姐夫哈哈大笑地形容。

　　帮腔的小姐姐大我六岁，女儿已经上初中了。每次看到她产后一直没有小下来的腹部，想想多少年后，也许我也会有一个一模一样的大肚子，不禁就会悲上心头。爸爸死后，唯一留给妈妈的就是早年单位分的房子，而我跟大姐和小姐姐早就商量好了，将来妈妈离世的时候，一起放弃房子的继承权，把房子让给哥哥。做出这个决定，不是我们大度，而是心甘情愿，跟我们从小就听惯了的妈妈的一句话有关。妈妈常说女孩是"泼出去的水"，收不回来。身为女人，被排挤在外的感觉一直跟着我们。从这个意义上说，妈妈唯一能留给我们的遗产，就是跟她一模一样的大肚子了。说起来，妈妈的胳膊和腿细长，脸也小，就是肚子大，看起来跟怀孕有七八个月似的。如果用形象来形容妈妈的体形，可以说"苹果"最为合适吧。小姐姐看事比我尖锐，一次对我说："即使我们不放弃房子的继承权，相信妈妈也会写下遗嘱把房子留给哥哥的。"

关于风生的瘦，大姐倒是没有品头论足，我想是因为她对我跟什么样的人结婚毫无兴趣。

继那一次相见，我的人生很快就被翻了一页。如果不是因为离婚，也许我还不会回家度假。给妈妈打电话的时候，被问及风生是否也一起回家，我隐瞒了离婚的事，故意轻描淡写地说："风生工作忙，再说我也没有去哪里玩的打算，只想在家里发几天呆。"我说的是真的，我觉得需要找一个地方放空自己。有过离婚体验的人，恐怕都知道那种累。人总是需要一个歇息的地方，在我的想象中，妈妈的"身边"似乎是最适合歇息的地方。

上大学的时候，在北京工作的时候，每次放假回家，都是小姐姐去火车站接我送我。到日本后，小姐姐结了婚，于是回家的时候又多出个姐夫接我送我。我在电话里嘱咐妈妈："这一次，我想就不用小姐姐和姐夫特地请假来接我了。"

妈妈问："为什么？"

"不过带几件衣服回去而已。"怕妈妈惦念，我赶紧补充了一句，"上个月没有给你零花钱，回家后直接给你现金好了。"

妈妈谢了我，接着刚才的话说："新家的位置虽然并不偏僻，但因为要穿过厂区，厂门口又设有守卫，没有厂里的员工或者小区里的居民作证，生人根本进不来。"

我坚持说："那就让小姐姐到厂门口接吧。"

妈妈说："五十步跟一百步没什么区别。"

我明白这句话的言外之意，也就不再争执下去了。

随着汽车离家的距离近起来，我心里的悔意也跟着增大起来。有个习惯从我记事的时候开始，至今也没有改变，就是春节等节日和远在外地的我回家度假时，全家人都要凑在一起热闹一下。所谓热闹，就是男人喝酒女人聊天。男人喝酒后很容易抬杠，搞不好还会吵起架来，不欢而散。爸爸死后我曾希望这个习惯跟着废了，但心里明白绝不可能。首先妈妈就不会允许废了这个习惯，对她来说，一家人凑在一起热闹是唯一的乐趣了。近年来我很少回家，或许就跟这个习惯有关吧。

跟妈妈的电话快结束时，我漫不经意地说了一句："可以的话，我这次回家，用不着将所有人都叫来聚了吧。我不想太热闹了。"

"为什么？"妈妈很惊讶地问。

找不出什么说得过去的理由，我只好支支吾吾地说："每次聚会都搞得惊天动地的。这次回去，我真的只想静静。"

妈妈说："你是怕他们喝酒吵架吧。那我事先跟他们说好，让他们少喝一点儿，吃完饭就让他们回家好了。"

"那你记得说啊。"

妈妈说："话说你回来得正好，有一件事我拿不定主意，想跟你商量一下。"

"什么事啊？如果是哥哥和姐姐们的闲事，我可不想管啊。"

妈妈不高兴地说："你怎么这么说话啊？什么叫闲事啊。其实就是你大姐想接我到她家去住一段时间，但是你小姐姐不同意。"

"不要管她们想干什么，关键是你自己想怎么做。"我有点儿粗鲁地说。

"我刚刚搬到这个新家，说实话，觉得还没有新鲜够呢。而且你小姐姐也叫我去她家住一段时间，突然间我成了香饽饽似的。唉，说来话长，还是等我们见了面再详细地说好了。"

大姐刚刚死了丈夫，确切地说，大姐的后夫死了。

大姐跟前夫之间有一个女儿，叫小锦，现在是高中生了，但离婚时协商给前夫的那一年，还是个小学生呢。大姐的女儿长得很好看，打一个比喻的话，就是看起来水灵灵的。她跟大姐，好像隔三岔五地会见一面，有时候也会在妈妈家见，照样叫妈妈"姥姥"。妈妈似乎对大姐的选择有意见，曾经这么对我说："如果是个男孩的话，协商给爸爸那边还算说得过去，但小锦是女孩子啊，真不知道你大姐是怎么想的。虽然是我自己的女儿，我觉得她的心挺冷的呢。"

我把这话说给小姐姐听，小姐姐说："大姐离婚是对方有了新的相好，她心里肯定很受伤，说白了，就是自信心受挫，如果要了小锦在身边，恐怕会没有信心迈出新的一步吧。"

顺便说一下，大姐的后夫，跟大姐结婚时却带来了一个儿子。我没有见过本人，据妈妈在电话里跟我说，男孩比小锦大一岁，也是高中生，长得挺帅。虽然我见过一些世面，也受过一定的教育，但还是无法理解放弃了亲生女儿，却给不是亲生的男孩做妈妈的大姐的感受。

记忆中的大姐，不会做饭，但喜欢收拾家，有洁癖，从来不说心里话，所以很难相处。平日里，妈妈的零花钱几乎都是我给的，但哥哥和小姐姐也会给妈妈几个小钱意思一下，只有大姐一分钱都不往外掏。再说习惯的聚会吧，小姐姐每次都买一大堆吃的和喝的，哥哥跟妈妈一起住，所以妈妈买的东西自然而然都归为他买的，但大姐从来都是空着手来，吃饱喝足了就走人。这样的大姐成了后妈，我想象不出她是如何跟那个男孩相处的。私底下，我觉得她的处境未见得比以前更容易，虽然她从来也没有容易过。

有件事令妈妈觉得欠大姐一辈子。大姐是姐妹中长得最漂亮的，刚刚工作的时候，曾经被很大的一个什么组织（我忘记了名字）看中，要她去做接待外国人的工作。妈妈坚决不让大姐去，甚至跑到那个组织又哭又闹，理由令人啼笑皆非，竟然是不想让自己的女儿做交际花。在妈妈的想象中，接待外国人等于跟外国人又拥又抱。大姐很后悔当初没有坚持己见，提起这件事的时候，肯定说"也许我的人生完全是另外的样子"这句话。大姐离婚，后来找了现在这个带拖油瓶的男人结婚，妈妈觉得自己当初的决定有一半的责任。经过了漫长的岁月，妈妈还会很伤感："那个时代的我的思想太古板了……""当初如果不是我反对她做那份工作的话……""是我改变了她的人生……""我让她失去了人生中最重要的机会……"每个人的一生都有诸多后悔，这便是所谓的命运吧。什么是无奈？无奈就是来不及纠正了。好在我听说那个男孩非常乖，跟大姐说话的时候，口口声声地叫着"妈妈"，听起来跟亲生的一样。唉，每个家庭的结构并不都是一样的。

大姐要妈妈搬到她家里住，我猜跟她刚刚死了后夫有关系吧。好像我这一次休假，不也是因为离婚，所以想在妈妈的"身边"歇息一下嘛。至于小姐姐为什么也叫妈妈去她家住，我实在是想不出理由来。就算妈妈去小姐姐家住，也只能睡在客厅里。小姐姐家的房子是两室一厅，她跟姐夫睡一间房，她女儿睡一间房。

我朝向我走来的小姐姐和姐夫摆着手。

说到姐夫，他对小姐姐的感情可以比喻为机场的这个汽车站：一直不变样。小姐姐到农村接受贫下中农的再教育时，他也在同一个下放点，对小姐姐一见钟情。他长得真的没有什么好形容的，很一般，几乎找不出任何特点。妈妈偷偷地告诉过我，她曾经非常反对小姐姐跟姐夫结婚，除了嫌他长得太一般，也因为他家里跟我们家一样不富裕，不能给我们家带来任何好处。妈妈曾经期待她眼里的漂亮女儿们，在找男人的时候，会是一个负起两家责任的人。现在这个年头，已经很少有人会这么期待了。妈妈生了四个孩子，孩子之间的年龄差距大，而我又是最小的，所以妈妈跟我同龄人的双亲比较起来，岁数几乎是大了一倍。由于这样的原因，妈妈的一些观念常常令我觉得很陈旧。

小姐姐只用一句话就表明了她的态度和立场："如果不让我跟亚明结婚，我就一辈子不结婚。"

妈妈对我说："虽然我在乎你小姐姐跟什么样的男人结婚，但是更在乎她结婚不结婚啊。"

事后证明小姐姐的婚姻特别幸福，尤其对刚离婚的我来说，真是发自肺腑地羡慕。

"怎么没让风生跟你一起回来啊？"小姐姐用遗憾的表情看着我。

我用早就预备好的话回答说："嗯，他的工作比较忙。"

说真的，我很怕小姐姐再接着问下去，那样的话，就不得不编出一套谎言来搪塞了。但小姐姐突然很仔细地打量着我的脸说："感觉你好像瘦了不少啊。"

"瘦了吗？我自己不觉得啊。"

姐夫说："看起来你真是瘦了不少呢。"

"哦哦，可能是好久不见的错觉吧。"

姐夫拖着我的小行李箱走在我跟小姐姐的前边。拐过两条小街，到了妈妈说的厂门口。小姐姐将我介绍给守卫。守卫说他已经记住了我，以后的几天，即使没有人作证，我也可以自由地进进出出。我谢了守卫。小姐姐是厂里的员工，轻车熟路地带我穿过厂区。厂区的尽头有几排米色的四层小楼。

小姐姐指着其中的一栋对我说："我们到家了。妈妈住在七号楼。"

"妈妈住几层？"

"三层，最左边的。"小姐姐突然笑起来，"你看见了吗？妈妈已经在窗口看着我们了，估计早就等得心急火燎的了。"

我冲着窗口的妈妈摆手，一边回答小姐姐："啊，看见了，我也看见了。"

小姐姐说："你好几年才回来这么一趟，妈妈年纪大了，以后要经常回来才对啊。"

家里的大门开着，妈妈等在大门前，笑嘻嘻地对我说："总算把你盼回来了。"

我拥抱了一下妈妈说："你都好吧？"

"我都好啊，你这么在意我就该多回来啊。说起来，你还是第一次进这个家门呢。"

"以前的房子不朝阳,但是出出进进很自由,不像这里要通过守卫这么麻烦。"

"你说的这个守卫啊,有坏处也有好处吧,至少守卫跟把门的似的,小区相对安全多了。"

几年没见,妈妈虽然没有什么大的变化,但还是能够感觉到老了。哪里老了,怎么个老法,我也说不清楚,反正就是老了。

妈妈指示姐夫把我的小皮箱放到过道里,然后啪嗒啪嗒地带我去她的房间。

妈妈重新看我的脸,突然问道:"你怎么瘦了这么多?"

我有意强调地说:"小姐姐也说我瘦了,我想是好久不见的错觉吧。"

"哦哦,是我的错觉吗?可能我担心得过度了。你身体健康就好了。对了,怎么不叫风生跟你一起回来呢?"妈妈在电话里已经问过了,现在又问了一遍。

"不是告诉你他比较忙了嘛。"我故意装作被新房子吸引的样子,将话题引开,"这房子比以前的好多了,靠窗有一个大暖气片,妈妈再也不用受罪了。"

"啊,你说的受罪是指买烧煤的事吧。新房子最让我高兴的就是不用生煤炉了。"

"但房间似乎比以前的小了点儿啊。"

小姐姐抢着说:"隔壁的那个房间挺大的,哥哥一家住着呢。"

妈妈说:"你哥哥一家三口,小间住不下。不过这房子好就好在大间和小间都朝南。"

我环视了一遍房间,点了点头说:"以前的房子朝北,家里总是潮乎乎的,阴森森的,这套新房子真的很棒,阳光都照到床头上了。"

妈妈忽然伤感地说:"虽然你爸爸死了很多年了,但是能住上这样的好房子,到底还是借了他的光。"

爸爸也是这家厂里的员工,死后妈妈一直享受着家属待遇,最近厂里盖了一批新房,特地将这个单元分给了妈妈。

小姐姐说:"爸爸也真是的,不寻死的话,就可以住上阳光这么好的房子了。"

妈妈叹着气说:"我跟了他一辈子,他这个人最缺的就是勇气,没想到竟然有勇气去死。"

小姐姐戗了妈妈一句:"妈妈好像是在夸爸爸有勇气死似的。既然有勇气死,为什么没有勇气活下去呢?"小姐姐一直都是这个样子,动不动就搬出理论讲道理。

妈妈说:"觉得活着比死更难以忍耐的时候,一般人难免会钻牛角尖的。"

小姐姐跟妈妈已经不是第一次讨论爸爸的死了。爸爸得了一种叫矽肺的病,就是肺里充满了沙土。得这种病是他的工作造成的。他的工作是用焊枪打磨专门用来制造汽车的砂轮,可以说整天待在沙土飞扬的环境里。跟爸爸同一个工作间的人,百分之九十逃不掉这种病。沙土被人吸到肺里,慢慢肺就会变得像一张网。开始吐血的时候,人就无法用肺呼吸了,非要在身体上打个洞,插一根管子代替肺。我曾经听爸爸说过被插管子的人的样子有多么凄惨。他老是对我们说:"我才不会等到末期吐血的时候。我才不想在身体上挖洞。我才不想在肺上插管子。"

所以爸爸是一个说到做到的人,在第一次发现自己的痰里有血丝时,就立刻结束了自己的生命。爸爸死的时候我一点儿也没有觉得意外。从这个意义上说,爸爸得的是职业病,也是他死了妈妈却能享受家属待遇的理由。

我说:"算了,不要说爸爸死的事情了。"

妈妈对小姐姐笑了一下说:"说的也是,你小妹刚回家,还是先休息一下吧。"

一张床,一个可以坐两个人的矮柜,一个小茶几,就将妈妈的房间占满了。姐夫坐在矮柜上,我伸直了腿,靠墙坐在妈妈的床上。小姐姐学我的样子坐在我身边。妈妈去厨房,不久端来了三杯茶。我喝了一口茶,嘴里立刻充满了茉莉花的馨香。

我问妈妈："哥哥不在家吗？大姐什么时候过来呢？"

妈妈说："我跟你大姐说的是一起吃晚饭，所以她大概得傍晚才过来。你哥哥啊，刚才人还在呢，可能去楼下买东西了吧。"

小姐姐说："我和你姐夫买了海蜇皮和一条大鱼，还买了熏香肠，都是你喜欢吃的东西。晚上，还是让你姐夫和成兰做菜给我们吃。"

成兰是哥哥的妻子，巧的是，她跟小姐姐的丈夫都是同一家烹饪学校毕业的，而且是同班同学。有时候，事情就是令人觉得这么巧，而世界就是令人觉得这么小。两个厨师做的饭菜很好吃，即使做的是家常菜，吃起来跟饭店里的菜肴也没有什么区别。

趁着妈妈又去厨房，我犹豫了一下，问小姐姐："妈妈在这里住得好好的，为什么你跟大姐要接她去你们那里住呢？"

小姐姐露出不悦的表情说："不是我要接妈妈去我家住。这么说吧，因为不想让妈妈去大姐家住，我才要妈妈去我家住的。"

我很惊异地说："不懂你的意思啊。"

"你知道的，大姐不会做饭，姐夫死了就没有人给她做饭了。她叫妈妈去她家，目的就是要妈妈给她做饭啊。妈妈一大把年纪了，不能给她做保姆吧。"

"那也用不着争啊，让妈妈哪里都不去就行了嘛。"

小姐姐皱着眉头说："妈妈一直觉得对她有愧，她开口提要求的话，妈妈不太好拒绝。其实妈妈并不想去她家里住，毕竟住在自己的家里才舒心嘛。俗话说，金窝银窝都不如自己的草窝啊。再说妈妈这个人很要强，从来不给人添麻烦，大姐那么多的毛病，妈妈过去了，肯定会委屈自己去适应她。"

"这样的话，让哥哥出面说句话就好了嘛。"

"你说让哥哥出面说话？这怎么可能呢！哥哥从小最敬重的就是大姐，常说大姐比母，对大姐的话几乎是言听计从。即使他心里反对妈妈去大姐家住，表面上也绝对不敢表态的。"

我说："但是，你也插进来的话，事情不是更加复杂了吗？"

小姐姐挥了一下手，简短地说："这个你就不懂了。"

这时候，哥哥从外边回来了。看见他手里拎着的几罐啤酒，小姐姐在我耳边悄悄地说："哥哥很少亲自下楼买东西的，都是妈妈买。还是你的面子大，今天可以说是借你的光了。"

看见我，哥哥笑着说："什么时候到家的？"

我从妈妈的床头站起来说："到了有一会儿了，一杯茶都喝完了。"

哥哥说："你好像瘦了嘛。"

"不会吧，可能是好久不见的错觉吧，倒是你的头发白了一半呢。"

哥哥问我："去我的房间看过了吗？"

我摇了摇头说："还没有呢，你不在家，我怎么好擅自闯进去啊。"

"看你说的，真见外啊。"哥哥打开隔壁的房门，一边招呼我说，"没事的，用不着客气，赶紧过来看看吧。"

除了小姐姐，跟大姐一样，哥哥和我也有洁癖，只是程度有所不同。奇怪的是爸爸和妈妈都没有这个毛病。哥哥的房间被收拾得一尘不染，几乎没什么多余的东西：一张大双人床，一个写字台，一台电视，一个衣柜，一张茶几。想象哥哥一家三口睡在同一张床上，我觉得拥挤了点儿。

哥哥说："阳台本来是敞开的，但我花钱给封上了，不仅可以放东西，冬天还保暖。"

我连声说好，然后按照哥哥的指点在茶几前坐下来。小姐姐冲了新茶端过来，坐在我身边。不知道聊什么好，我等着哥哥或者小姐姐开口。

哥哥问我："日本的生活怎么样？"

"过得去吧。"

"风生怎么没有跟你一起回来呢？"

"他啊，工作比较忙。"

"听说日本人都是工作狂，风生会不会受影响？会不会累得更瘦了呢？"只要提到风生，每个人都会把他的"瘦"搬出来。

我笑着说："没有你说的这么严重啦。"

小姐姐突然对哥哥说："对了，大姐要接妈妈去她家住的事，我可是跟小妹说了。"

哥哥问我:"你怎么看?"

我问哥哥:"看什么?"

"大姐要接妈妈去她家住的事啊。"

"我怎么看?我可是什么情况都不了解啊。"我含糊地说。

"我大概知道老太太的心里是怎么决定的。"哥哥一贯称妈妈为老太太。

小姐姐说:"就是啦。我知道大姐的如意算盘是什么,也能想象她会如何劝诱妈妈。妈妈一直觉得亏欠她,难免会意气用事,做出不理性的判断。说不好妈妈真会跑到大姐家去住的。"

我说:"大姐刚刚死了老公,难免会觉得痛苦和忧伤,妈妈过去陪她住几天,按理也是人之常情。毕竟大姐也是妈妈的亲生骨肉嘛。再说了,妈妈不过是去陪大姐住几天而已,为什么要搞得这么复杂啊。"

哥哥和小姐姐同时说:"你不懂,你不懂。"

想不通哥哥和小姐姐的葫芦里卖的是什么药,我说:"你们有话直说,别卖关子好吗?"

小姐姐抬高了音调说:"大姐跟姐夫家庭内分居都有两年了,谈什么痛苦忧伤啊。"

我觉得听到了不该听的话。

哥哥对小姐姐说:"别这么说,分居跟人死是两回事,一日夫妻百日恩,不可能一点儿痛苦也没有。不过大姐遇到的男人都不是她理想中的人。"

小姐姐说:"男人是她自己选择的,婚姻生活出现问题,她自己也有一定的原因吧。不说别的,就说她的冷漠和洁癖,是个男人,都会难以忍受的。说到洁癖,我就觉得她叫妈妈去她家住的事不对劲儿。想想看,她结了两次婚,离开家的几十年里,从来没有邀请爸妈去她的家里坐一坐,姐妹们就更不用说了,我们三个人谁去过她的家?都不知道她的家里是什么模样的吧!"

看起来,小姐姐一副希望我也插手这件事的样子。

不过小姐姐说的是真的。关于去大姐家，我曾有过一段苦涩的回忆。大约在我还是中学生的时候吧，一次，忘记是为了什么事了，爸爸和妈妈带着我去大姐家。按过门铃后，大姐开了门，但并不让我们进屋，而是将身体遮在门口。爸爸和妈妈站在门口跟她说了几句话就离开了。回家的路上，看爸爸一路满口怨言，伤心得不得了，妈妈就劝解他说："没有你说的这么严重，那个孩子就是这样的体性。她不是不让我们进屋，只是做不到，因为她有洁癖嘛。"

我意识到小姐姐的话似乎有点儿道理，也开始觉得大姐突然叫妈妈去她家住，也许真的有什么想法在酝酿。我不想被哥哥和小姐姐看穿我的心思，闷闷地喝了一口茶。

哥哥完全没有察悟我的心思，对我说："老太太手里存的那几个钱，差不多都是你给的，这一点，大姐心里也明白。所以你出面说话，也许大姐会听的。"

我摇摇头，意思是我也帮不上忙。同时我觉得哥哥挺狡猾的，想让我做那个落井下石的人。刚喝到嘴里的茶变得不是滋味。

过了一会儿，我开口说："寄钱给妈妈不过是我尽的一点儿孝道而已，你们也不必放在心上。你们在妈妈身边，有时间出时间，有力出力，我离妈妈远，只能给几个零花钱而已。"

小姐姐附和着哥哥的话，对我说："大姐过一会儿就来了，你试着跟她说你不同意妈妈搬到她家里住。你有这样说的理由啊，因为妈妈搬到她那里住的话，你再回家，就没有地方可以住了。"

妈妈不知道是什么时候走进来的，对小姐姐说："拜托了，不要说你大姐的事了。"接着又对我说："关于让我搬到她家里去住的事，一会儿你们见了面，你就装作不知道好了。过了今天，明天我再跟你慢慢地商量。"

吃晚饭的人多，妈妈支使哥哥把大饭桌跟他房间里的茶几临时交换一下，哥哥让我跟小姐姐帮忙。我们先把茶几搬到阳台，顺手把大饭桌从阳台抬出来。

我问哥哥："对了，今天你怎么会在家？不用去上班吗？"

哥哥惊讶地说："怎么，老太太还没跟你说吗？我已经辞掉工作了，正在考虑今后的事。妈妈没有跟你说过我想去日本的事吗？"

"你做的那个精密仪器的工作，不是挺好的吗？"

"唉，你不知道啦，我中途去大学学了四年，再回原来的单位，发现完全跟不上趟了。技术的发展太快。早知道就不上什么大学了。"

"你大学的专业不是光学吗？应该是对口的啊。"

哥哥换了声调说："理论跟实践是两回事。"

哥哥为辞职的事找借口，我一点儿都没有觉得意外。他属于那种天生运气好、命好的人，想做的事几乎都如愿以偿，没有可以称得上挫折的经历。首先他长得帅：大眼睛，高鼻梁，尖瘦的下巴，长身，宽肩，天然的卷发，悦耳的声音。在我的记忆中，他还是中学生的时候就不断地有女生追求了。他是在天津上的大学，毕业那天做了一件令我们全家人都大吃一惊的事。他竟然把在大学食堂里做饭的女人带回家来了。据他说，女人是大学里一个教授的孩子，因为脚有残疾，走路一瘸一拐的，靠她爸爸的关系在大学的食堂里工作。她喜欢上了哥哥，每次哥哥去食堂买饭的时候，她都会偷偷地给很大的量，甚至偷偷地加上一些哥哥没点的菜和肉。哥哥大学毕业前，她爸爸找哥哥谈话，说如果哥哥娶了他女儿，他愿意帮哥哥争取留校当大学老师。哥哥这个人，自小被妈妈娇生惯养，根本没打算离开妈妈，所以推辞了在大学教书的工作。但是哥哥却把女人带回家住了两天。女人回天津后，哥哥就将跟她的关系一刀两断了。我怀疑哥哥是因为吃了太多大学食堂里的免费饭菜，才用这种方式表示一下他的回报之心吧。

接下来，哥哥又交往了几个女人，但都没有持久的关系，全家人都以为他还会这样玩一阵子的，想不到有一天，他却突然宣布说要结婚。结婚的对象就是现在的嫂子成兰。令我惊讶的是，成兰是他交往过的女人中长得最不好看的，不仅个子矮，身材也不苗条，单眼皮，国字脸。妈妈和大姐私底下议论过这件事。

妈妈说："成兰肚子里的孩子已经五个月了，想打掉也来不及了，所以两个人才急着结婚的吧?"

大姐摇着头说:"有一件事我觉得奇怪,他从大学回来的时候是六月末,十一月结婚的时候成兰已经怀孕五个月了。说得微妙点儿,我不太敢保证成兰肚子里的孩子一定就是他的。"

妈妈说:"小引现在是小学生了,我经常奇怪小引的模样没一点地方像他。不过,这事千万别传到他本人的耳朵里,无论如何,小孩子是没有罪的。"

大姐说:"看妈妈说的,我怎么会传播这种事情呢?除非我太缺德了。"

虽然成兰是一个有嫌疑的不漂亮的嫂子,但整天笑眯眯的,对哥哥言听计从,对妈妈和姐妹们温和敦厚,过了没多久,家里的人都开始喜欢她了。我曾担心哥哥跟成兰的婚姻持续不久,但目前看来是杞人忧天了。哥哥每天晚上都会跟她睡同一张大床。

我说:"妈妈在电话里让我把你办到日本,我以为是开玩笑,原来是真的。"

哥哥说:"我担心的是,像我这么大岁数的人,有去日本的可能吗?总得找一个资格吧。"

"你是大学学历,不受年龄限制,可以办留学或者客座研究员。"

"太好了。哪一个方法比较省钱呢?"

我想了想,回答说:"差不了多少吧。"

"手续好办吗?"

我模棱两可地说:"可以找给我做担保的那个大学教授试试,只要教授同意了,其他的就不会有问题了。"

说心里话,虽然我回答得正儿八经,但心底十分害怕哥哥真的到日本。他除了对什么都没有持久性以外,在生活上和心理上也特别不能自立。其实没有持久性也是缺乏忍耐力、承受力和理性的一种表现。万一他到了日本,三天两头换工作的话,虽然我没有妈妈和嫂子那样的耐心,但也不能完全甩手不管吧。仅仅是想着每天给他做饭洗衣服,我的头都觉得老大老大的了。

　　我忍不住暗自埋怨起妈妈。妈妈可能觉得几个孩子中我的处境最好，最自立，所以很少在我身上花费心思。说句不好听的话，妈妈有时根本不考虑我的感受如何。她以为我不知道，我每个月给她的零花钱，都被她偷偷地转手给了哥哥和姐姐们。虽然我认为给妈妈零花钱是尽自己的孝道，妈妈如何使用我给她的钱跟我并没有关系，但内心深处，就是有无法释怀的什么东西梗着，不舒服。

　　记得上一次回家，妈妈打开放置贵重物品的抽屉，把我刚刚给她的几万日元塞进一个塑料袋里。我问妈妈："你在日本过生日的时候，给你的那些美金兑换成人民币了吗？"

　　"美金叫你哥哥要去了。"

　　我又问："那个带金兔子的项链呢？"

　　"你大姐说什么都想要，我就给她了。"

　　听说在国内兑换人民币的话，美元比日元值钱，所以那次妈妈过生日的时候，我跟风生特地将手头的美金给了她。另外我跟风生都是属兔的，所以在给妈妈挑选礼物的时候，特地买了一条带金兔子的价格昂贵的项链。如果妈妈稍微考虑一点儿我的感受，哪怕撒谎说"钱兑换了""项链丢了"，都会令我觉得好受一些吧。

　　后来跟风生提起这件事，我说："好像妈妈以为日本的大街上都是钱，跟扫落叶似的，随便扫几下就可以成堆了。妈妈一点儿也不心疼我，只心疼哥哥和姐姐。有时候我都怀疑自己是不是妈妈亲生的孩子。"

　　风生把我的心里话一字不差地说出来："钱给了妈妈就是妈妈的钱了，至于妈妈怎么用钱，跟你有什么关系啊。"

　　觉得心里的气不打一处来，我愤愤地说："我当然明白跟我没有关系，就是有点儿不甘心嘛。话说回来，哥哥和姐姐也是的，明明知道那美金和项链是我们给妈妈的生日礼物。"

　　"无论如何，哥哥和姐姐，跟你都是同一个妈妈亲生的，别太小心眼了。"

"跟小心眼没关系,问题在于,这种事并不是只发生一次,这种事是经常发生的。"

小引和小姐姐的女儿如茵放学的时间差不多,几乎是同时进门的。大姐跟后夫的儿子建安最后来。建安跟我是第一次见面,所以大姐把他介绍给我。他郑重地冲着我说了一句"小姨好"。见面前已经听说他长得很帅了,但本人还是令我吃了一惊。他的五官有棱有角,跟雕塑似的。大眼睛水灵灵的,荡漾着一股醉意。或许他喜欢日光浴吧,咖啡色面颊散发着阳光般的气息。但人真的没有十全十美的,在他身上,唯一能挑出的毛病就是个头矮了一点儿。

"小姨,我会好好照顾我妈妈,请你不用担心。"

建安的言谈,就现在的年轻人来评价的话,应该说是非常知情达理的,但我并没有担心大姐的事,所以有点儿不知所措地朝他点了几下头。

大姐有点儿尴尬地说:"建安,去厨房你姥姥那里打个招呼吧。"

"好的妈妈。"建安冲着我笑了一下,朝厨房走去。我感觉大姐是故意将他支走,不想让他跟我多说话。

我问大姐:"怎么小锦还没有到啊?她几点过来啊?"

小姐姐偷偷地用脚尖踢了一下我的腿,一阵疼痛穿过脚底和膝盖。

大姐说:"小锦今天不来了,我没让她来。"

"为什么?"

大姐冷漠地说:"我不想让小锦跟建安见面。"

我莫名其妙地看小姐姐,小姐姐看大姐,大姐对小姐姐说:"这件事,小妹知道也没有关系的。"

小姐姐对大姐说:"还是你自己跟小妹说吧。"

大姐从包里取出一盒香烟,抽出一根,点上火抽了起来。两股白烟从她的鼻孔里喷出来,渐渐地消失。我觉得她抽烟的样子很美。年轻时我也抽过烟,但是因为气管不好,一抽烟就咳嗽,几年前就戒掉了。我去窗边打开窗户换气,回来后不好意思地朝大姐笑了一下。

大姐瞅着夹在手指间的烟，带着怒气说："小锦经常来我家，偶尔会碰到建安在，我并没有多想，谁知道两个孩子竟然偷偷地恋爱了。真讨厌。"

我说："虽然都叫你妈妈，但是两个孩子不在同一个户籍，父母各异，如果能走到一起，亲上加亲，我觉得挺好啊。我看见刚才建安对你的样子了，蛮亲的，口口声声地叫着妈妈。"

大姐深呼吸了一下，简短地说："这事跟那事是两码事。"

我耸了一下肩膀说："可是我不知道你反对两个孩子在一起的理由是什么。如今的年头，每个人都可以自由恋爱啊。"

"不需要什么理由，反正就是不让小锦跟建安在一起。小锦要是选择了建安，我就不认她做女儿。"

离婚时协商将小锦留给男方，大姐早就放弃了做妈妈的权利，到了小锦可以自己做主的时候，大姐却又说出这种充满威胁性的话。我想揶揄她两句，但把要说的吞下去，说出来的却是："这么说的话，你就是不喜欢建安了？"

"说不上喜欢还是不喜欢。"大姐把抽了一半的烟掐灭在烟灰缸里，然后举起右手，看着无名指说，"怎么说呢，有时候我觉得建安就是我再婚时戴在手指上的结婚戒指。他爸爸已经死了，我现在想丢了这戒指。"说到这里，大姐沉默了几秒钟，跟着嘟囔了一句，"本来就不是我想要的戒指。"

我勉强地点着头说："这个比喻蛮形象的。你这么说的话，多少我也可以理解你了。"

大姐对我说："不说我的事情了。我还没有问你呢，风生怎么没有跟你一起回来呢？"

"风生啊，他的工作比较忙。"

在这个家里，我以为只有大姐不会提及风生的"瘦"，想不到她笑着对我说："不是都在担心他瘦吗？太忙的话，会不会更瘦啊？"

我苦笑着说："他的瘦属于天生的，他妈妈，她妹妹，看上去都跟豆芽似的。再说他瘦到那个样子，已经没有地方可以瘦下去了。"

我本来想开个玩笑，说完后自己也觉得一点儿都不好笑。

但是小姐姐笑起来，用姐夫说过的话说："风生瘦得连狼看见了都会掉眼泪。"

我心里开始难受，想逃离眼下的话题，于是对大姐和小姐姐说："我去厨房看看有什么能够帮忙的，你们先聊着。"

看见嫂子成兰也在厨房，我才意识到，回家后我一直都把她给忘记了。厨房本来就不大，姐夫和妈妈也在，我只能站在门口跟她打招呼。

"嫂子，我回来了。"

"啊，小妹你回来了。我本来一回家就想跟你打招呼的，但是看见你跟大姐她们在聊天，没好意思打扰，抱歉啊。"

看到嫂子微笑的面容，心里的难受缓解了不少，我笑着说："都是一家人，客气什么啊，用不着说抱歉什么的吧。"

姐夫附和着说："是啊是啊，不用客气，都是自家人嘛。"

嫂子稍微仰起头，哈哈哈地笑了几声，对我说："小妹，你别在意啊，我一边切菜一边跟你聊吧。"

"啊，嫂子这么说我都不好意思了。我过来，一是想跟你打个招呼，同时也是想看看有没有什么可以帮忙的地方，但是厨房这么小，你们三个人，已经转不过身子了。"

"哪里用你帮忙啊，你是客人，等着吃就好了。小妹你这次回来，能住多少日子啊？"

"三天吧。"

"这么短啊，怎么不多住几天呢？小妹你瘦了啊。"

"瘦了吗？我好久没有回来了，可能是所谓的错觉吧。"

"风生没有跟你一起回来啊。他好吗？"

"嗯，他挺好的，就是工作忙了点儿。谢谢你惦记着他。"然后我冲着姐夫说："在日本，我经常怀念你做的拔丝香蕉。今天你会做给我吃吗？"

"你想吃我就做。但拔丝香蕉是甜点，等饭吃到差不多的时候再做吧。"

妈妈用挂在墙上的毛巾擦干手上的水,走过来对我说:"差不多可以吃饭了,我们先去餐桌那里做准备吧。"

妈妈用手指算了算人数,说人太多了,哥哥的房间根本坐不下。她示意建安、小引和如茵在她房间的茶几上吃饭,然后支使小姐姐把孩子们要使用的玻璃杯和碗筷搬过去。

小姐姐跟妈妈商量说:"七个大人,只有六张椅子,反正我也不喝酒,就在妈妈的房间跟孩子们一起吃饭吧。"

妈妈点头说:"嗯嗯,这样也好,孩子们就交给你照顾了。"

我跟妈妈往桌子上端菜的时候,哥哥打开播放器放起音乐来。知道他喜欢老歌,没想到放出来的竟是电视连续剧《红楼梦》的主题歌《红豆曲》。歌词是曹雪芹写的,曲是王立平谱的,听起来有柔肠百转的无奈和愁苦。出国前我将这首用二胡伴奏的歌听了无数遍,因为大姐长得像演林黛玉的女演员王文娟,所以也曾推荐给她听。但此时再听这首歌,真的是心头别有一番滋味。特别是听到"照不见菱花镜里形容瘦"这一句的时候,胸口处有什么东西翻腾起来,心痒痒的。

弹指一挥间。

我开始后悔在这个时候回家了,不仅没有放空自己,反而快被密密麻麻的话题和回忆撑破了。

我对哥哥说:"换一首歌吧。"

"过去你不是很喜欢这首歌吗?"

"现在也喜欢,但是不知道为什么,今天听这首歌觉得胃抽筋。"

妈妈担心地说:"胃抽筋就不能吃饭了啊,赶紧关掉这音乐,干脆什么音乐都别放了,好久不见了,一定有很多话要聊的吧。"

喝了一轮,看着眼前的空酒杯,哥哥说:"想不到你们几个女人也挺能喝的嘛。"

其实妈妈只喝了一点点果酒,而且没有忘记电话中对我的承诺。

妈妈说:"今天不许喝太多,喝多了也不许耍酒疯。还有,吃完饭,都早早地回自己家。"

哥哥说:"老太太,你这是在说什么啊,小妹好不容易回来一趟,大家好不容易凑在一起,就让我们尽兴好了。你觉得累的话,可以先去休息啊。"

妈妈说:"就因为你小妹难得回来一次,我想跟她单独多待一会儿嘛。"

这时候有人敲门,妈妈去开门,原来是隔壁的邻居来还前日跟哥哥借的工具。邻居走后,妈妈对哥哥说:"就是他离婚有一年了吧,老婆跟别人走了,却把孩子留给了他。"

哥哥说:"对啊,就是师冬。我一直想帮他找个女人,但他带着个孩子啊。无论哪个女人,一听他有孩子就不想跟他见面了。"

妈妈说:"孩子就是拖油瓶。但如果他有钱的话,有拖油瓶也不是问题。问题是他也没有钱啊,好像是在什么商店卖东西吧。"

哥哥说:"是啊,听说工资非常低。"

妈妈眯上眼睛,好像在思索什么,过了一会儿,睁开眼睛对我说:"你知道吗?楼下超市里的鸡肉价格涨了一倍。不光是鸡肉,羊肉和牛肉的价格也涨了。"

哥哥说:"所有的物价都涨了。"

大姐一直不说话,我不敢看她,心想幸亏建安不在这个房间里吃饭。

妈妈突然想起什么似的,露出不好意思的笑容对我说:"啊,虽然物价涨了,但是没有到买不起的程度。周围的人都活得欢蹦乱跳的。"妈妈夹了一筷子的海蜇放在我的盘子里,"你多吃一些,回日本就吃不到了。"

我说:"日本到处都是中国人开的物产店,想吃什么都能买得到。"

直到大姐和小姐姐两家人离开,也没有人提到大姐要妈妈去她家里住的事。妈妈的房间只剩下我跟妈妈两个人了。

妈妈问我:"累了吗?"

"还好,就是奔波了一天,加上喝了酒,觉得迷迷糊糊的。今天不跟你聊天了,我想睡觉。"

妈妈嗯了一声,去窗边拉开窗帘,静静地看着外边的几十家灯火。我躺到被窝里,感觉身体解脱的快意。

跟妈妈挤在一张单人床上,夜里几乎没有翻过身,早上起来后觉得骨头都痛。

我抱怨地问妈妈:"一大早,是什么人在放音乐啊?还这么大的音量。"

"你从窗户看看楼下,简直把广场当跳舞厅了。最夸张的是,说什么跳舞可以健身,还可以预防老年痴呆。"

"天天如此吗?"我吃惊地问。

"也不是啦,赶上刮大风下大雨,耳朵根就会清净了。"

"没有人投诉吗?比如陈述苦情之类的。"

"这种事,你到哪里去申诉啊?再说都是同一个厂里的家属,总不好为了这么点儿小事撕破脸吧。"

妈妈要去厨房准备早餐,我赶紧说:"差点儿忘了,我想吃大米粥,还有那个你自己用大萝卜做的咸菜。"

"日本没有大米粥吗?"

"有,但是没有纯大米粥,里面会放一些蔬菜或者鸡蛋什么的。"

妈妈撇了撇嘴说:"想吃纯大米粥,你自己可以做嘛。最简单的方法,米饭里加上水,文火煮一阵就好了。"

妈妈说得没错。但是很奇怪,越是简单的事情,有时候反而越是懒得去做。好像大米粥,虽然馋的时候想吃,但可以想象出来的味道无二的原因,又令我觉得不必特地费神去做。其实也做过几次,每次都是感冒或者胃痛的时候。

站在窗前,盯着楼下广场里的老头和老太太,我无端地怀念起旧房子的院子。说是院子,其实就是窗前的一块面积不算小的地。院子是按照公寓的户数来分割的,所以地与地相连,其实就是一条土路。从东到西,每家钉的四个木桩就算边界线了。我家院子里,最靠北有一间爸爸用砖头盖的仓房,占了院子三分之一的地方。剩下的三分之二,天暖时妈妈会种植一些玉米、向日葵或者苦瓜等。每家院子差不多都种植蔬菜，所以路看起来是绿油油的田地。小时候我喜爱跟邻居的小孩子们在玉米和向日葵茎秆间捉迷藏，藏在东倒西歪的叶梗下。而爸爸就死在他自己盖的仓房里。

嫂子一大早就上班去了，哥哥和小引还没有起床，我跟妈妈在茶几上吃大米粥。

"我想去给爸爸上个坟。"

"今天吗？"

"妈妈能陪我一起去吗？"

"当然可以陪你去，只是你也不一定非去不可，现在又不是清明。"

"日本人认为，给父母扫墓可以上升未来的运势。"

"怎么，你最近的运气不好吗？"

我离开窗口，故意笑着回答说："才不会呢，只不过难得回来一次嘛。我都不记得爸爸的坟在什么地方了。"

"就在后山啊。"

"我知道是后山，但不记得具体的位置了。"

"那么多坟头，连我去了也要找半天呢。要不然把你哥哥也叫上吧。"

我赶紧说："不要叫上哥哥，就我们俩去好了。"

后山就是爸爸所在工厂买的一座小山。凡是工厂里的人或者家属，死了后都可以葬在山里，连葬在哪个地方都可以自由挑选。因为无人管理，山上长满了野草。爸爸的坟在半山坡上，当时是由小姐姐和姐夫选定的。听小姐姐说，山下的部分都被人先选走了。妈妈说她要找半天，但没费劲儿就把我带到了爸爸的坟前。我们先将坟前坟后的野草拔干净，然后供上带来的酒和鲜花。

上完香，我喘着粗气对妈妈说："现在很多有人管理的墓地在出售，听说管理得跟花园似的，干脆我出钱买一块，把爸爸的坟移过去好了。"

"听起来很不错，但是不便宜吧？"

"可是不仅爸爸使用，将来……"我没有说下去。

"你是说将来我也要使用的吧？"不等我回答，妈妈接着说："你可不要考虑我。正好当着你爸爸的面，我告诉你，将来我要是死了，千万不要把我的骨灰跟你爸爸的骨灰合葬在一起。"看到我惊讶的样子，妈妈又说："这话我跟你的姐姐和哥哥也说了，他们都知道我的这个愿望。"

我哦了一声，觉得脊椎发凉。虽然妈妈跟爸爸也没少吵架，但毕竟一起生活了几十年，还有了四个孩子。俗话说，一日夫妻百日恩，妈妈也太绝情了吧。妈妈看穿了我的心思，对我说："我知道你在想什么，其实我这么做跟你想象的没有关系。到底没有人知道是不是真的会有来世，如果真有来世的话，我不想托生为人，我愿意托生为一只鸟，可能的话，最好是一只大鸟，在天空中自由地飞翔。所以我的骨灰最好是撒在大海里，撒在森林里也行，就是不要挖个坑埋起来。"

妈妈的话让我觉得很意外。坐在爸爸坟前的一块石头上，我默默地想象着将妈妈的骨灰撒在大海里是一个什么样的情景。我感觉像镜头下的一个场景，像遥远的记忆里的一个回声。

其实，关于很多人选择海葬和树林葬，早已经不是什么新鲜的事了，只是没想到妈妈也会做出这样的选择。我从侧面看了看妈妈，她正眯着眼睛，将目光聚集在远方的什么东西上。她的胳膊和腿还是很细，肚子还是很大，但她给我的感觉跟之前不同，看起来似乎有点儿恍惚。

一声清脆的鸟鸣划破静寂，我跟妈妈差不多同时回过头看身后的一棵说不上挺拔的树。树枝上有一只彩色的大鸟。

"妈妈，你说到大鸟，大鸟就出现了。"我觉得浑身上下都是鸡皮疙瘩。

妈妈用困惑的表情看着大鸟说："该不会是你爸爸托生的吧。"

大鸟又叫了几声。

妈妈说："大鸟回话了，告诉我们他就是你爸爸。大鸟就是你爸爸。"

妈妈站起来，慢慢地朝大鸟走过去。大鸟先是用一只眼看看妈妈，然后用另一只眼看看妈妈，然后扑打着翅膀飞走了。

妈妈想去追，我大声地说："别追了，已经飞远了，看不见了。"

妈妈喃喃自语："原来挖个坑埋起来，该托生成大鸟的话，也可以托生成大鸟啊。"

从某种意义上来说，大鸟的出现，给了妈妈一种神秘的意外的惊喜。爸爸事先成就了她的愿望。

妈妈看起来有点儿神魂颠倒似的说："真羡慕你爸爸啊。"

不敢在半山坡上烧纸钱，怕遍地的野草会引发火灾，我跟妈妈下了山，在山底下找到一块平坦的石地。早上，妈妈从矮柜里拿出一沓黄颜色的纸，说是"金纸"，还特地用真的纸币在一张张黄纸上盖章似的按了一遍。

妈妈说一些孤魂野鬼会来抢钱，所以要拿出一部分钱来分出去。妈妈先烧了几张黄纸，然后将纸灰四处撒了一些，一边喃喃地念叨说："这些是分给你们的钱，拿到钱就走吧。"

我想帮忙，但是想了想后还是作罢了。妈妈把剩下的一沓纸全部点火烧起来。开始有微风吹拂，也许正是风的原因，纸灰一部分一部分飘起来，直线似的向山上游去，看起来就跟有什么在牵引似的。我惊讶地张大了嘴巴。

妈妈说："到底是你爸爸，很抠门，谁都别想从他手里拿走一分钱。"

我想起爸爸活着时的一些小事。爸爸的确很抠门，在我的记忆中，他送给我的礼物似乎只有一支几分钱的冰棍。那次好像是他跟妈妈要去影院看电影，我哭闹着要跟他们一起去，于是爸爸去小摊买了一支冰棍哄我留在了家里。

也许是风的原因，但的确是太神奇了，那些纸灰似乎就在等待这一阵风，跟着风一起浮起来，一条线似的朝爸爸坟头的方向游去。我觉得纸灰像活生生的龙，像小时候读过的神话故事里的一个情节。

我跟妈妈站在山下，看不见爸爸的坟头，所以不可能知道纸灰最终是否真的落在爸爸的坟前。妈妈相信爸爸原封不动地收了全部的纸钱，脸上是满足后愉悦的神情。

妈妈再三地强调说："没错，那只大鸟是你爸爸。你爸爸一分没有外流地收了我们给他的所有的钱。"看我不吱声，妈妈问："你不相信我说的话吗？"

虽然我心里不排除有风的原因，但还是被一种神秘的力量深深地震撼了，无法彻底否定妈妈的见解。我向妈妈点了点头。

乘汽车回家的话是两站地，结果我跟妈妈决定走着回家，万一路上觉得累了，就叫一辆出租车。自从回妈妈家，还是第一次有时间跟妈妈单独相处。

我问妈妈："电话里你说要跟我商量的事，是大姐要你去她家住的事情吗？你有什么打算吗？"

妈妈点头说："就是要跟你商量这件事。不过，说老实话，我心里明白，她叫我去她家住，并不是要孝顺我。"

"这还用说吗？"

"我想我还是得过去住一阵子，但不是长久住下去。"

"你觉得她寂寞，所以才陪她吗？"

"你以为我真的什么都不明白吗？我去她家里住，平时的饭菜就得我去买，就得我来做。她不用花钱，但可以饭来张口。几个孩子里，她跟你哥哥最像你死去的爸爸了，把钱看得非常重，抠门。你小姐姐看穿了这一点，故意争着让我去她家里住，以为这样你大姐就会死心了。"

我现在明白哥哥和小姐姐同时对我说"你不懂"的意思是什么了。我站住，盯着妈妈的脸说："小姐姐用心良苦。但是，既然你什么都明白，知道大姐不仅是让你照顾她，还贪图你的钱，为什么你还要选择去大姐那里住呢？"

"你觉得我能够拒绝你大姐吗？如果不是当初我反对她去做那份接待外国人的工作，她的人生也许不是现在这种样子。"

妈妈又说起了这件事，我知道接下去她又要开始责备自己了。为了劝导妈妈，我尽量用冷静的语气说："你老是为那件事责备自己，但即使你不干涉，大姐的人生也不见得就会比现在好。你经常说你信命，大姐有她自己的命啊。"

没想到妈妈兴奋地说："做小妹的，你这样说你大姐，似乎有点儿无情啊。"

我有点儿冲动,大声地说:"那你也用不着跟我商量了啊。"

可能是没有想到我会顶撞她吧,妈妈愣了一下,叹息般地说:"你难道没有看见吗?昨天她把吃剩下的饭菜都打了包带回家去了。"

"我知道你觉得大姐可怜,但是你总不可能给她做一辈子的饭吧。"

"我死了就结束了,眼不见为净。"妈妈站住,闭了一会儿眼睛,然后撂了一句话给我,"关于这一点,其实呢,在你大姐家也好,在我自己的家也好,对我来说都没有什么意义上的不同。在我自己的家里,我同样每天都要去买菜,每天都要做饭的啊。答案早就在我的心里了。"

看来,到妈妈死为止,她那次干涉大姐的选择,一直会是她极力想弥补的一个非常大的遗憾。我不说话,妈妈也不说话,沉默的工夫,发现已经走到柏油铺就的道路上了。道路的左右两侧是样式陈旧的楼房,一家饭馆飘出油煎葱花的香。在人间的实感重新回到我的身上。我有点儿喘息,妈妈终于将视线转向我说:"你这么年轻,走这点儿路就开始喘,体力还不如我呢,真是没有出息啊。"

"这几年,我很少有机会走这么多的路了。再说昨晚也没有睡好觉,妈妈的床太小,怕影响到你睡觉,我都不敢翻身。不过累一点儿也好,也许今天晚上可以睡个好觉。"

妈妈笑着耸了一下肩膀,拖着长音说:"那个,那个……"

我预感到妈妈会问什么,打断她要说的话:"不要那个什么了,有话你就开门见山吧。"

轮到妈妈站下来,看着我的脸说:"你要说实话。你跟风生之间,一定是出了什么问题了吧。我不敢深问,担心自己又会干涉子女的人生,但问问总是可以的吧。"

我平静地反问妈妈:"为什么你会觉得我跟风生之间有问题呢?"

妈妈用手掌在我的脸蛋上轻轻地拍着说:"你从来没这么瘦过。你姐夫是怎么形容风生的瘦呢?我忘记了,好像是用狼做比喻。那个……"

我躲着妈妈的手说:"别老是那个那个的,就是狼看了都会掉眼泪。"

妈妈笑起来说："对对，就是这个比喻。"

想不到妈妈在这种时候还说俏皮话，我苦笑了一下，回答说："我的事，即使告诉妈妈，妈妈也帮不上忙的，只会徒增担心而已。"

"你不想跟我说？"

我"嗯嗯"了两声。

跟风生离婚的事很难说谁对谁错。结婚刚刚两个月，风生就被公司派到地方的分公司跑业务，新生活的起点被切割成了两半。半年后，风生返回东京，原因却是他患了乙型肝炎和慢性肠炎。公司允许他在家里休养一阵。

我工作了一天，精疲力竭地回到家后，眼前的情景总是他在床上摊开骨瘦如柴的四肢，要么告诉我他胃痛，要么告诉我他饿了。他原来不是这个样子的，也许是病魔令他变得自暴自弃。

不知从什么时候开始，家变成了一个令我感觉呼吸困难的地方，变成了我想要挣脱的一种束缚。夜里，我常常失眠睡不好觉。

回过头看，那一段时期的生活，是不断地失去。

在休养期间，风生也有看起来很精神的时候，但身体好的日子，他会跑到附近的麻将店玩麻将，深更半夜了才回家，回到家躺在床上就睡觉。有几次，我发现银行里的存款一下子少了很多钱，就问他钱到哪里去了，虽然他承认钱是他从自动取款机取的，但关于钱的去处，从来没有跟我说过实话。

有一次，他甚至编了个故事，说他把钱包放在自行车的车筐里，下车后忘记放回口袋，想起来回去找的时候，自行车的车筐已经空了。我本来希望他可以告诉我，那些钱他是输在麻将上了，这样的话，至少我不会失去对他的信任。但是他就是不肯跟我说实话。怎么说呢，人生总是有一些自己无法掌控的东西。

"要叫出租车吗？"妈妈做出打出租车的手势问我。

"我还想再走一会儿。"

风生回到东京的第三个月我出了轨。顺便提一下，这次出轨有点儿防不胜防。我工作的报社接到了某家企业的电话，说是希望派一个记者去群马拍一个新的广告，条件是支付两倍的广告费。报社同意了。但是企业指名要我去群马。因为指名让我去，我想这家企业肯定跟中国有什么关系，或者就是中国人做企业的社长。不管如何，有一个冠冕堂皇的借口出去散散心，还是令我喜出望外的。

我乘新干线到了群马，企业的一位秘书到车站接我，然后开车将我送到了一家温泉酒店。秘书说手续已经办完了，只要去柜台报个名字，就可以取房间的钥匙了。确定了房间号，我朝楼梯口走去，发现二楼台阶的顶上竟然站着徐万民。看见我不解的样子，徐万民笑着说："你来群马，前前后后的一切都是我亲自安排的。"

我生气地说："你这么做太荒唐了。再说你是想让我失业吗？"

徐万民挥了一下手，看起来觉得好笑似的说："怎么会让你失业呢！你放心吧，企业的社长是我在国内教书时的学生，广告照登，两倍的广告费照付。再说了，即使令你失业了，我也会承担责任接手你的。"

我松了一口气说："你想见我可以直截了当地约我啊，都是这么大的人了，还玩这种小把戏。"

"我目的不单纯，也想给你一个惊喜啊。"

徐万民也是新闻工作者，跟我是在不久前的一次新闻会议上认识的。会议期间，到了晚上，记者们会三三两两地聚到居酒屋喝酒。他跟我好像很有缘分，每次都去同一家居酒屋，每次都挨着我坐。会议结束的时候，我多少已经感觉到他对我的印象似乎是不错，但万万没有想到他会再见我，而且用这种土气的方式把我从东京叫出来。

说好了在群马滞留三天，吃了两天的海鲜，泡了两天的温泉，第三天我跟着徐万民去了京都，当天就住在他家里了。说真的，温泉正是治愈我的最好的地方。早上睡足了才起床，简单泡一下温泉后去酒店的餐厅吃早餐，白天穿着休闲衫、休闲鞋、牛仔裤的徐万民带我在城里吃喝玩乐，晚上再花时间慢慢地泡一次温泉，然后在酒店的餐厅里喝到酣畅淋漓。迷迷糊糊中，我不知不觉地迷恋上徐万民那宽大的肩膀和粗壮的大腿。有一次，我这样问徐万民："你在做健身吗？"

"正是，我每天都会跑步两个小时，虽然这三天除外。"

对风生的身体，我从来都没有过这种迷恋的感觉。剩下的事，不说也能想象出来的。

回东京的那天早上，徐万民对我说："房子、钱，还有许多其他的，我想要的都有了，唯一没到手的，就是要你过来跟我一起住，把房子变成家。"

"我有丈夫。"

"不要提这个名词。"徐万民说，"如果有可能，我愿意等你。不如你就留在这里好了，把工作也辞了。"

回东京的当天晚上，风生坐在沙发上，对走进家门的我问道："你是从哪里回东京的？"

我想都没想地回答说："群马。"

风生好半天没有说话，开口后说："你跟我说你去群马出差，但是你去京都会男人。我们之间的关系完蛋了。"

风生说对了一半而已：我真的是去群马出差，真的不是去会男人。

我没有问过风生，他到底是通过什么手段察觉到我出轨的，我想是苹果手机的GPS功能暴露了我的行踪。他从来没有责怪我，我也从来没有向他做任何解释。这种事，问的人通常很痛苦，而解释的人也会觉得很龌龊。这次出轨，令风生对我也失去了信任。两个人都不信任对方，将两个人结合在一起的那条线就断了，就消失了。我的内心慢慢地酝酿出痛苦。我们有几个月没有说话，其间我瘦了五公斤，风生更是瘦得不成人样。回妈妈家的前一个星期，有一天，我从报社回家，风生这时候已经能够去单位工作了，他在饭桌上放了一份离婚届。离婚届上，左边该风生填写的一半都写好了，连最下面的签名也签好了。那天晚上，风生没有回家吃晚饭，我一个人吃了一袋泡面。夜里风生也没有回家睡觉，我把浴缸放满了水，在水里泡了足足有一个小时。我发现浴缸和墙壁的周围生出好多黑色的霉，于是想起好久好久都没有打扫过浴室了。

也许我应该找机会跟风生好好地谈一次，但没有这么做的力气。再说女人给男人戴绿帽子，男人把女人甩了，本来就是天经地义的典型故事。婚姻离不开责任，但不是承诺。

赶上连休，我终日憋在家里，苦苦地跟风生的选择纠缠着。房间的模样是我跟风生一起布置的。靠墙是一排书架，里面只有一半的书，另一半是他爱好的古董，有瓷器和铁壶等。靠窗是我们共寝的大双人床，床头上挂着一张被修饰过的两个人的合影。照片的背景是轻井泽的小街，风生将手臂搭在我的肩膀上，我半曲着膝盖，给人的感觉似乎是笑得前仰后合。连休最后的那个晚上，我把离婚届上的另一半填写好，在右下角签上了自己的名字。就凭这一张纸，婚姻的另一半就失去了，不成立了。奇怪的是，我的内心生出的是一种异样的感觉：不成熟的失落感和不成熟的解脱感交织在一起。

我跟风生互不搭理的日子里，徐万民来过东京几次，有两次是为了工作，有两次是为了见我。徐万民第一次来见我的时候，赶上我休息，而风生也正好在家。明知道他在楼下等我，我却不敢下楼去跟他打一声招呼。也许是身体弱的原因吧，风生对事物的感应很敏锐。我不耐烦地在家里走来走去的样子，他都看在眼里。偏偏徐万民打电话来，我不想接，但不接的话反而让风生起疑。我接了电话，不等徐万民说话，立刻急急地说："啊，你找田口啊，对不起你找错人了。"

见我匆匆忙忙地挂了电话，风生说："是京都的情人吧？没有关系的，你可以去见他的。"

我避免跟风生发生冲突，因为我已经没有足够的精力来应付跟他的冷战了。我一天天地消瘦下去，体力也不够了。是的，罪恶感一直折磨着我。后来，大约在我跟风生离婚后的五年里，不知道有多少次梦到他弃我而去，或者等不到他回心转意而从哭泣中醒过来。这些缠绕着我的梦，令我意识到他是我永远无法挽回的生命中的一个部分，一个极其重要的部分。

徐万民第二次来见我的时候，我们约好了在台场的江户大温泉物语见面。里面有六个大温泉，有日式按摩和脚底按摩以及日式美容护理，有蒸汽浴和岩盘浴，但对中国客人来说，最具魅力的是完全再现的具有江户风貌的古老街坊，以及浴场提供的十几种和服式浴衣。

我跟徐万民说好了不泡温泉，而是换上和式浴衣后在男女可以共处的室外泡脚池里泡脚。我比徐万民先到泡脚池。每十步左右就有一对情人，光着脚拍打着水面。树底下有几对情人在拍照，我清楚地听见由他们嘴里说出来的话是中国话。徐万民穿着和式浴衣，光着脚，穿过石子小路向我走来。

那真是非常残酷的一瞬间。

徐万民站在我的身边准备坐下来的时候，刚好我从正上方看到了他赤裸的脚。我的一个朋友看人时在乎对方的手好不好看，我在乎的却是对方的脚好不好看。有人嘲笑过我，说这个癖好很像男人的癖好。即使平时看电视的时候，只要演员的裸脚出境，我的目光肯定会追随到底。经常出现在电视里的人，只要他们的裸脚上过镜头，基本上我都知道哪个人的脚好看，哪个人的脚不好看。

徐万民的脚其实不难看，只是我看他的裸脚时角度太糟糕了，是正上方。那天阳光分外明亮，他的裸脚白花花地映在我的感觉里，而且有很多肉。我突然感到心里有一种东西崩溃了，打一个比喻的话，好像金字塔上最重要的一块石头被抽掉，塔一下子垮掉了。

我觉得很无措，因为对徐万民的那种感觉，那种迷恋的感觉，那种想要他的感觉，一下子烟消云散了。

我拒绝跟徐万民一起吃晚饭，他对我说："我不明白。"

"你不会明白的，因为我说不出口。但是我们不要再见面了。"

徐万民默默地站着，不吱声。过了不久，他问我："我做错什么事情了吗？"我摇摇头。我不能对他说"如果你的脚再瘦一点的话就不会出现问题了"。他对我说："我们之间什么不愉快的事都没有发生过啊。"

我使劲地摇着头说:"这不是你的问题,是我自己的问题,但是我绝对不能告诉你。"

"跟秘密一样吗?"

我回答说:"对,跟秘密一样。"

"意味着我跟你分手了吗?"

我说:"对,意味着我们分手了。"

这边我刚刚跟徐万民分手,那边风生就向我提出离婚了。我经常会想起导致我离婚的徐万民以及跟他之间的事,奇怪的是,我总是觉得那些事不真实。

一定是我的脸色不好看,妈妈问我要不要叫出租车。我点了点头。上车后,妈妈问我:"你跟风生,年纪也不算小了,没打算要一个孩子吗?"

我觉得浑身发烫,想说什么,但终究没有说出口。我努力不让妈妈看出我现在是多么难受。车到了厂门口,我掏出钱包,将钱付给司机后,顺便又抽了几万日元给妈妈。

"这是给你的零花钱。"

妈妈将钱很仔细地放进钱包,然后小声地对我说:"谢谢你。都说生孩子是前世欠他们的,他们来讨债,只有你是我额外赚到的。"

"这钱呢,是我给你的,希望你都用在自己的身上,买你自己想吃的,买你自己想用的。你甚至可以用这些钱去旅游。"

妈妈说:"我想起你爸爸讲过的一个故事。有一个人,当他托生的时候,让他在两者中选一个,一个是他吃人家的,一个是他给人家吃的。这个人考虑了半天,决定了选择给人家吃的。结果呢,他在人世间成了非常富有的人,有能力雇用一大批人为他的家里家外做事。想想看,如果他选择了吃人家的,那么到了人世间后,他就得给人家打工了。"

明明只是跟我讲了爸爸说的一个故事,却有被妈妈说教了的感觉。她的言外之意就是让我放开心胸想问题,因为我比其他的姐妹们条件好。

妈妈不明白条件都是相对而言的吗?我懒得回话,一声不吭。有时候,我会为自己的损失感到委屈，为妈妈的损失感到难过，觉得自己与哥哥和姐姐有一段看不见的距离。换一句话来说，我跟哥哥和姐姐之间，总是有些话不投机。说到原因的话，就是只要一碰到跟利益相关的事，他们即刻会变成令我感到陌生的人。

不过，我心里还是挺佩服妈妈的，她虽然没有什么学问，但喜欢读书和思考，动不动会从嘴里冒出一些令我暗自感叹的句子。比如"老百姓随年吃饭随年穿衣""如果总是想着把自己变得不幸就会生活得很痛苦"等等。一次说到冷漠的大姐对建安却很慈善的事，她这样解释说："因为建安跟她没有血缘关系，所以她才要扮演好妈妈的角色啊。"她的这些名言在我的脑子里生根发芽，有时候像指南针似的为我指出方向。

给妈妈的钱到底应该怎么花掉才好，话题还没有讨论完，我们已经到家了。哥哥在厨房里忙乎着什么。我探头往里面看了一眼，惊讶地说："没想到你还会做菜。"

"看你说的，我怎么就不会做菜呢？我做的菜很好吃的。"

"你是从什么时候开始学做菜的？"我惊讶地问。

哥哥漫不经心地回答说："身边有个在饭店工作的，所谓近朱者赤，近墨者黑，看也看会了。"

我忍不住竖起大拇指说："给你点赞啊。"

"等我去了日本，天天做给你吃啊。"

我有点儿不好意思。本来担心哥哥真到日本的话，我得伺候他，原来他完全有可能会照顾我。想象着他到日本的样子，我的心情变得轻松起来。

"到时候可就拜托你了。我喜欢收拾卫生，讨厌做饭，我们可以分工。"我突然住了嘴。

好在哥哥在这一点上比较迟钝，接着我的话说："那就拜托你早一点儿帮我办到日本啊。"

妈妈插进来说："把你哥哥办过去，你也有个伴，不寂寞。"

哥哥说："小妹有风生在，寂寞什么啊。"

妈妈用尖锐的声音说："毕竟风生还是外人啊。"接着妈妈又摇了摇胳膊,"关键时刻,他的胳膊肘就往他家那边拐了。"

吃过了午饭,小姐姐带我去工厂的浴室洗澡。浴室本该在下午五点以后,工人们下了班才开门的,但小姐姐的工作就是看守浴室,所以有特权让我先进去洗。浴室很大,就我一个人,感觉上有点儿恐怖。我匆匆抹了点儿香皂在身体上,用水冲干净就跑了出来。小姐姐要我陪她聊一会儿,我推辞了。一方面,我觉得上班时间打扰她不太好,另一方面,或许是冲了热水澡的原因,身体开始瞌睡。

回到家,我只说了一句"太困了!"就倒在妈妈的床上。

醒过来已经是四个小时以后了,原因是妈妈用她那粗糙的手掌,上上下下地摸索着我的胳膊。有一段时间,我故意闭着眼睛,装作还在熟睡。妈妈的摸索停下来我才睁开眼睛。妈妈坐在身边,一动不动地凝视着我。说起来,这样的情形已经不是第一次了,我考上大学的时候,我就职的时候,我决定到日本的时候,妈妈都是这样摸索着我,令我从熟睡中醒来。

妈妈眼看着我长大,眼看着我离她越来越远,而我对她的感动和忧伤不知所措。后天早上我就要回日本了,忙碌的时间里几乎想不起妈妈的存在。想到这一点,我的心突然酸起来,对妈妈去大姐家住的事,忽然觉得可以理解了。还有她把我给她的钱分给哥哥和姐姐的事,似乎也可以接受了。

接下来的一天,我纵容自己在妈妈的床上躺了整整一个上午。偶尔醒过来,就跟妈妈东拉西扯一会儿。

我对妈妈说:"下午,我想去看看旧房子。"

妈妈开始不理解,对我说:"旧房子有什么好看的,听说是一对新入厂的年轻夫妇搬进去了。"妈妈叹了口气,接着说:"如果他们知道你爸爸是怎么死的,估计会忌讳那座房子呢。"

"可是爸爸没有死在家里,而是死在仓房里啊。再说院子里的仓房不是已经拆了吗?"

"其实,在我们搬进那个家之前,已经有一个人吊死在窗口的。"

"我可是第一次听你说这件事啊。"我很惊讶。

妈妈笑着说:"如果我早说了,你们还敢什么都不介意地住在自己的家里吗?"

我想了想,回答说:"倒也是呢。"

"听说自杀的人想成佛的话,必须另外找一个自杀的人做替换。你爸爸替了那个人,不知是谁替了你爸爸,让他转世成了一只自由的大鸟。"

我叹了口气,对妈妈说:"又说这些搞不清是真是假的迷信话。"

倒不是想念旧房子,出生后的十六年,我在那里长大,确切地说,应该是我在那附近的院子和街道里长大。至今我依然清清楚楚地记得那些爬过的院墙和树,记得院子里被台风吹得东倒西歪的蔬菜和向日葵。风生就是在旧房子里被介绍给家人,被家人揶揄的。从某种意义上来说,对我来说,旧房子才是内心的"家",值得我去拍几张照片留作一生的纪念。

打算出门的时候,看见妈妈站在门口,穿着那件去日本时我买给她的毛衣外套。我知道她不喜欢旧房子,所以才决定一个人去的,她却坚持陪我一起去。从出租车上下来,我跟妈妈径直走向旧房子。路上,妈妈问我:"隔壁小双的爸爸得癌症死了,才五十多岁,你能相信吗?"

"嗯嗯,是早了点儿。印象中他特别强壮。"我想起小双年幼时的样子,玩跳皮筋的时候,只有她是我的强劲对手,而她爸爸因为在院子里捕获过一条很大的蟒蛇,在邻居圈里很出名。

妈妈说:"人生真的无法预测,下一次你回家,也许就看不见我了。"

我生气地说:"妈妈不要胡说八道。"

几分钟后,站在旧房子的前面,妈妈对我说:"住的时候没觉得这房子这么旧,回过头来看,这房子怎么这么旧啊。"

长年的风吹日晒,使外墙上的米黄色油漆脱落得斑斑驳驳,露出的墙底看起来像一个个补丁。我解释说:"住的时候你身在其中,不会像现在这样隔一段距离来观赏它嘛。"

我站到旧房子前,摆好姿势,让妈妈给我拍了两张照片。

然后我一言不发地跟着妈妈去了后院。那条土路成就的后院已经完全不是记忆中的样子了。家家户户的后院都盖了很大的可以住人的仓房。也许是那对年轻的夫妇刚搬过来不久,还没有来得及盖仓房的缘故,只有我家旧房子的院子看起来空空荡荡。

妈妈一言不发,两只眼睛死死地盯着原来是仓房的那个地方。不久,她突然冒出了一句:"你想拍照片吗?"

我摇了摇头说:"这个背景,我想就算了吧。"

妈妈把照相机塞到我手上,对我说:"轮到你帮我拍一张了。"

因为院子已经是人家的私有领地了,妈妈只好站在旧房子的旁边。老房子的阴影投在妈妈的脸上,跟她眼睛下的青影重叠在一起,给我一种苍老和抑郁的感觉。我等着她摆姿势,但是她眯缝起眼睛,严肃地说:"你还等什么,快拍啊。"

我按下快门。选背景的时候,我故意将旧房子拍得很大,而将曾经是仓房的那个地方拍得很小。

妈妈咬牙切齿似的说:"有了这张照片,我就再也不想这旧房子了。我不喜欢这里,不喜欢。"

之后我跟妈妈在那排旧房子前面的柏油马路上兜圈子似的走了几个来回。

"奇怪,一个熟人都看不到。"妈妈不可思议地说。

我向妈妈提议说:"不然就去程阿姨家敲敲门,也许她在家里呢。"

程阿姨是妈妈的好朋友,经常到我家串门,跟妈妈一起说三道四,扯的都是孩子们的那些零零碎碎的普通得不能再普通的事。她跟妈妈都对自己的老公深恶痛绝。妈妈搬家后,我想程阿姨一定会觉得非常寂寞的吧。

我以为妈妈抬头看的是二楼程阿姨家的窗口,想不到她伤感地对我说:"这几棵槐树,每年到了花季的时候,花都会开得铺天盖地。再也吃不到用槐花做馅的包子了。"

"想吃的话,花开的季节,可以来这里捡一些拿回家啊。"

"这么说你是忘记了。吃槐花包子的时候,是我们家最穷的时候。差不多从你去大学读书的那年开始就没有吃过了。"

"如果是你说的这样，干吗还要特地感叹什么吃不上用槐花做馅的包子了？"

妈妈尴尬地笑了笑。我问她："不见程阿姨了？"

妈妈果断地回答说："不见。"

"叫一辆出租车回家吧。"

妈妈最后看了一眼旧房子，头也不回地跟着我离开了。我们在路口很容易就拦到了一辆黑色的出租车。

"妈妈，你还经常去影院看电影吗？"

妈妈说："你小姐姐经常给我送电影票，都是厂里用来招待员工的。"

"还读书吗？"

"自从你离开家，没有人往家里买书了。"

"不如我带你去书店买几本吧。"

妈妈面无表情地回答说："还是留到下一次你回来的时候再买吧。"

想到明天又要离妈妈而去，我突然觉得胸口一阵疼痛，好像被一只跑过的猫踩到了。我不再说话，默默地望着车窗外一闪而过的熟悉而又陌生的风景。

在妈妈家的三天一晃而过。

飞机起飞的时间早，即使小姐姐和姐夫赶始发车，也来不及送我去机场了。头一天晚上，妈妈想拜托哥哥送我去机场，但是被我阻止了。

我说："妈妈能想到的事，哥哥应该也能想到的，如果他有心，不用拜托，他主动就会去做的。"

之所以这样说，是因为我对哥哥送我去机场的事不太抱希望。离家数十次了，哥哥从来没有去火车站或者机场送过我。

妈妈说："如果你哥哥不去机场送你的话，我就陪你去机场。"

"千万不要陪我去。你要是陪我去，你回家的时候，我又会担心你。何苦担心来担心去的呢。"

"我就不会这么想。我都是一大把年纪的老太太了，有什么好担心的。你不一样，你年轻，尤其你的身体太瘦弱。"

我不想争执，敷衍地说："明天的事，等到了明天再说吧。"

其实我睡得并不踏实，所以妈妈一出手摸索我，我就感觉到了。但我想让妈妈摸索个够，一直装睡到妈妈叫醒我。

妈妈问我："真的不用叫醒你哥哥？反正他也不用上班，在家闲着也是闲着。"

"我不喜欢勉强别人，特别是为了我自己的事。"

妈妈开始不满地帮我收拾东西，也许是想吵醒哥哥吧，故意将声音搞得很大。哥哥肯定听见了，也知道我要回日本了，按理来说的话，至少也该起床跟我说句告别的话吧，但是哥哥的房间里一点儿动静都没有。

事到如今，妈妈也对哥哥送我去机场的事不抱希望了，开始换出门穿的衣服，脸上充满无奈的表情。

我拖着小皮箱向外走的时候，妈妈拉住我的手说："再等一下看看。"

我只好无力地笑着，看妈妈屏住气注视着哥哥房间的门。从哥哥的房间传出说话声，但声音低得听不见内容。很快，哥哥的房间又静了下来。我跟妈妈等了一会儿，不见有人走出来。妈妈失望地叹了口气。我做手势让妈妈快一点儿跟我走。

穿过工厂的时候，妈妈对我说："可惜听不见你哥哥和你嫂子说的是什么，估计是你哥哥想送你，但你嫂子不愿意。"

"也许正相反，是嫂子想送我，但是被哥哥拦住了。又或者哥哥和嫂子说的话，跟我的走毫无关系呢。"我极力使自己的语调平静下来

"你说的也许是对的。不过，你哥哥老是长不大，在很多事情上不懂人情世故，有时候简直就是迟钝。"

我说："这并不奇怪。"

妈妈问："为什么？"

"就他一个男孩，都宠着他，把他宠坏了。打小时候起，好吃的好玩

的都是以他为主，他没有被教导如何为他人着想。不过，哥哥这种样子也挺好的，因为单纯，所以没有人会跟他动气，也就是说，没有人会真的生他的气。"

妈妈问我："你不觉得他没有担当？"

我嗯了一声算是回答。但妈妈说哥哥迟钝，使我想起了她跟大姐说过的有关小引的事。我对妈妈说："看在老天的分上，别再怀疑小引不是哥哥的孩子了。第一，这种事永远都搞不清楚，除非去查什么DNA。第二，我不觉得嫂子像那种人。第三，小引一转眼就会长大，会成为青年，之后会成为父亲，但即使这样，他依然还是会将哥哥称作爸爸。这才是事实啊。这才是真实啊。"

妈妈问我："刚才你说的什么DN，后边是什么来着？"

"别管它是什么了。凡事想得简单点儿好。"

妈妈若有所思地点了几下头说："人生还是简单点儿好。"

我说："人生本来就是简单的，差不多都是鸡毛蒜皮的事。"

妈妈有点儿急："你爸爸的死也算鸡毛蒜皮的事吗？"

我觉得有必要斟酌字句来回答这个问题。想了一会儿，我回答说："也不算什么大不了的事，因为不是爸爸想死，是爸爸想阻止肉体上的折磨所带来的痛苦。说好听的是寻求解脱，说不好听的是选择了逃避。"

出了厂门口，我站住，对妈妈说："就在这里说再见吧。一回到日本我就联系你。"

"说好了你哥哥不陪你去机场的话，我就陪你去。"

我想说什么，但是妈妈的目光让我把想说的话咽了回去。始发汽车摇摇晃晃地跑着，车里只有我跟妈妈两个人。我把妈妈的手抓过来，用两只手握住。我不说话，妈妈也不说话。

快到机场的时候，妈妈对我说："年轻的时候不用减肥，新陈代谢好，吃多少都不会胖。"

"嗯嗯。"

"要是觉得风生不适合婚姻生活的话，趁着年轻尽早地分手，其实是一件好事，至少将来不后悔。"

"嗯嗯。"

"如果能凑合着过下去，要几个孩子也不错。如果不是最后才生了你，工厂每个月给我的那点儿养老金怎么够用啊。"

"嗯嗯。"

汽车转眼就到了机场，一些人在挥手做着告别。天还黑着，太阳似乎过一阵子才能走近。从机场到飞机起飞的地方，还要坐一次汽车。车里已经坐着十几个人了。我跟妈妈站在汽车门的附近。

妈妈说："我在下面等着，你先上去吧。"

"再等一会儿，还来得及。"

"还有就是……"

妈妈的话说了一半，预告汽车要出发的鸣笛响起来了。我怆然地上了汽车，听见妈妈喊了一句"一路平安"。我挑了一个邻近妈妈的窗边座位。我把脸贴在窗口，看见妈妈昂着头站在几个送行人的中间。汽车准时启动，开始向飞机起飞的方向驶去。我看见妈妈随着汽车走了几步，似乎要追逐捕获什么似的用力地挥了一下手。妈妈的身影渐渐模糊，之后就完全看不见了。

我在座位上坐下来，想象妈妈一个人在黑灯瞎火中独自回家，不由自主地担心起来。妈妈今天穿的是灰色的外套，不显眼，万一碰上粗心的司机；可是如果妈妈穿上鲜艳的衣服，万一碰上坏人也不好。还有，妈妈很少出远门，万一迷路了怎么办呢？我感到一种从未有过的紧张，胃开始抽搐起来。

我的心里充满了罪恶感，十分后悔没有订白天起飞的机票。

心中的不安挥之不去的时候，突然有音乐响起来。我知道司机放送的这首曲子的来处和名字，是电影《魂断蓝桥》中的主题曲《一路平安》。说真的，没有喝酒，但我的心有点儿醉了。音乐抚慰了我正饱受折磨的心。也许世界上潜藏着一个只能用心感知的爱的深海呢，因为《一路平安》正如此刻我心中对妈妈的祈祷啊。司机真是一个好人，这个时候放送这首曲子，似乎是在对我说"不要担心"。一瞬间，我泪流满面。

汽车里的人都在好奇地看着我，但是我根本不在乎。有生以来第一次，我哭得跟个泪人似的，心里面觉得酣畅淋漓。

妈妈，一路平安！一路平安！

回到了日本的家，我给小姐姐发了一条短信，特地嘱咐她将内容转告给妈妈：其实回妈妈家前我已经跟风生离婚了；我保证在一个月内胖三公斤。

小姐姐很快回话，是非常简单的几个字：人生的路很长，重新规划好了。

原载《江南》2023年第1期

吴 君

万事如意

一

我爸魏东海做饭不是为了吃，而是为了能够理直气壮地发脾气，这对于我们家来说早已不是秘密。

我爸这么做，别人可以忍，我大哥魏建华却不买这个账。比如今天，我爸和我大哥相处不到半日就交上了火。这次我妈一反常态，她并没有像以往那样劝阻，而是隔着门聆听，似乎我大哥是在为她报这几十年的仇。

冲突之前，我爸接到了醉仙楼的电话。是人事主管打来的，通知我爸酒楼来了位正式的主管，还说对方之前在烹饪学校任教，言下之意对方才是专业的。人事主管提醒我爸，今后只管配菜，无须再做其他的事。人事主管后面又说了什么，我爸已经听不清，他站在原地一动不动，像个木头人，脑袋里似乎飞进多只蜜蜂，卷成一团嗡嗡地狂叫，导致他分不清是楼道里的装修还是窗外无人机的声音，是做梦还是现实。等我爸可以向前走两步的时候，他感到自己的腿已不是之前的腿，随后左手有些发麻，之后变成手指肚的肿胀，再到后来连眼睛也变得模糊，这让他有些看不清不远处我大哥的表情。

在此之前，我爸拿着筷子快速搅动碗里的蛋花，他在考虑餐桌上说话的内容。他计划的晚餐里有五花肉焖豆干、半只咸鸡、水蒸蛋、冬瓜炒小虾仁，因为临时蒸了螃蟹，就去掉了炒羊肚菌。当然，每道菜都属于本周第一次出现。做饭是我爸最喜欢做的事，一直没有变过，只是他不会告诉任何人。不仅如此，每次做饭他都会表现出很烦的样子，皱着眉头，嘴里如同诅咒般默念着什么，如有可能，还会摔烂一只本已缺了口、早想淘汰的盛汤的大碗，目的就是让人知道他生气了，做饭这件事他并不情愿。我爸需要所有人领情，体会他的辛苦。我妈对我爸的表现司空见惯，视而不见，在对方的摔打声中，她默默咽着米饭，筷子只夹两到三次菜便吃完了。我大哥不理，只顾埋头猛吃，眼神与我爸从无交集，这惹得我爸非常不满，尤其是我大哥喝羊肉汤时，连停顿都没有，差不多直接倒进喉咙里，而吃蟹时，他不管不顾把几只蟹的膏都挖出来吃掉，剩下一些螃蟹腿仰躺在那里。我爸坐不住了，在餐台下面握紧了拳头，他狠狠地盯着我大哥，觉得我大哥再次破坏了他的计划。等我大哥准备抬头时，他又把刚刚还锋利的眼神藏了起来。

我爸见不得我大哥如此不尊重他的劳动成果。我大哥在更小的时候见我爸这副德行，会直接放下碗，转身回房，留下他停在饭桌前跺着脚大骂。做了这些还嫌不过瘾，我爸还会追到我大哥的门前，毕竟该发的火没有发出来，他已经憋得快裂开。我爸对着我大哥门上贴着的"闲人莫进"纸条，脖子上暴出两根青筋，粗壮的大手握紧了，他只能骂骂咧咧却不敢硬闯，直到扳倒客厅一只笨重的木椅子才算解恨。那一晚我妈失眠了，她心疼我大哥躺在房里一整天没有出门，没吃饭没喝水，更不要说写作业。等到我大哥长大后，我爸虽然有所顾忌，可一不小心还是会原形毕露。这样一来，我大哥索性不躲了，把饭厅当成战场，二人直接开撕，乃至动手。两个人的手多数时间是在空中挥舞，当然偶尔也免不了擦枪走火，我爸的右手腕上有一块疤，是我大哥给的青春纪念。咬完我爸之后，我大哥也吓傻了，他连外衣都没有带，便趿拉着人字拖离家出走了两天。回来时他已不再是两天前那个少年，他学会了抽烟，学会了歪着头定定地看人不说话，我大哥魏建华发型也变了，身上还多了件黑T恤，上面印有三个白色大字：无所谓。是的，我大哥被街上的小伙伴带进"梦幻巴黎"网吧待到大半夜。天亮前，他被我爸找到并拖回家里，屁股上还挨了一脚狠的，但打完之后，他又得了两只荷包蛋。我大哥这次非常有骨气，特意用筷子挑出荷包蛋丢进垃圾桶。我妈见了特别心痛，又不好说什么，只能生闷气。除了心疼食物，她认为我爸没有原则，我大哥这个样子就是被他害的。

"魏东海，我看是你太可笑，外面刷不到存在感了，所以回来折腾是吧？"我大哥用食指对着我爸，我爸被他咄咄逼人的眼神压得没有了退路，虚晃了一枪之后，迅速闪回房里，瘫倒在床上。

从小到大，我大哥魏建华看不上我爸这副做派，自卑又自负，说他成天装神弄鬼，把吃饭的地方当成主席台，实在太过搞笑。讽刺完我爸后，我大哥又恶狠狠地说了句，奇葩家庭做出什么事都不奇怪。他对我妈忍气吞声的样子感到气愤，用粤语冲她吼："点解你当初给我找这么个老豆，他就不配给人做老豆。"我大哥魏建华并没有想过这么一个问题，如果当时如花似玉的我妈找了别人，生出来的应该就是另一个人。说这话的时候，我大哥并没有醉酒，只是仰头喝下半听可乐，连连摇头叹道："我怎么总是甩不掉这个奇葩的家庭呢？做梦我都是开着大摩托跑得很远很远，直到消失。"他的眼前仿佛出现了一个腾云驾雾的神仙，腾空飞起，离开了熟人尤其是他同学的视野。我大哥喜欢蓝罐上面的周杰伦，他认为对方那种又践又自由的样子才是自己想要的。我大哥虽然学习一般般，但是热爱文艺，耳朵上面那只闪亮的耳钉与他的大腹便便特别不配套。从小到大，他喜欢看各种演出，说话的时候偶尔会冒出电影里的台词。直到高考结束，他似乎才回到现实，变成一个个性十足、喜欢张扬、情商不高的厨师儿子。因为热爱周杰伦，所以喜欢喝可乐，我大哥魏建华年纪轻轻肚子便鼓了起来，导致他早早有了八字脚。这让他感到无奈，可是又不知道该怎么办。曾经他看见老豆魏东海每天迈着这样一双天生傲慢的脚在家里走来走去时就暗下决心，长大后千万不要像他，精神和肉体都不能像他。为此，我大哥总是幻想远走高飞，可现实总是把他拖回来。他的女朋友已经暗示过，两家可以见面了，而他必须通过母亲去跟魏东海说这个事情，毕竟这不仅需要花钱，还需要他们真人出面。我大哥知道这又免不了一次争执和条件交换，比如，他要屈服于对方某个蓄谋已久的决定。

每次有冲突，我妈都会抢先站到我大哥身前，母鸡护小鸡崽般，虽然这只鸡崽过于肥大，足以装下两个我妈。我妈自以为她用身体便可以挡住那些难听的话。我大哥的坏脾气会因为见到我妈愁苦的表情而有所收敛。父子二人大打出手越发家常便饭，惹得邻居打电话到管理处投诉才肯善罢甘休。所以，每次我爸吃饭时提出一些要求，我妈都会同意，哪怕是他无理取闹也让着。见我妈每次吵架时都关门关窗，生怕楼里的邻居们听见，我爸更加得意了，他似乎抓住了我妈好面子怕丢人的软肋，越发胆大，甚至还上了瘾，他认为骂人的时候获得的那种快感，比欢爱要快乐无数倍。要知道，他已经很久没有做那事了。很多时候，他觉得自己不再是个男人了，刚才接到人事主管的电话，他再一次有这种明显的感觉。

每天坐下吃饭之际，便是我爸发火之时，所以从小到大，我们对美食都是又爱又怕。让我爸心烦的是，他每次都要寻找新话题，比如我妈把鱼从冰箱里拿出得早了，导致鱼肉发软不新鲜，然后延伸到我妈收衣服的时候漏掉一件床单，刚好赶上台风，价值六百元的三件套少了重要的一件。我看见我妈抖动了几次嘴唇，想要解释，最终还是放弃了。还有一次是我妈在市场买菜时遇见了原来粤剧社的男同事，他手里抱着孙子，我妈一改往日的沉静，突然冲上前，手忙脚乱地从包里翻出两百元，塞进那个孩子的手里。这个情景被不远处的我爸撞见了，他差一点便要冲上去夺回孩子手里的钱。这些都是他恨我妈的地方，擅自做主，什么都不跟他商量，花钱大手大脚。我妈解释说只是两百块钱，我爸听到后质问我妈："两百块？你好有钱咩？"这位同事当年喜欢过我妈，只是我妈心里有了别人。

上次我爸发火的原因是我妈背着他打电话。虽然电话是打给一个女人的，可是我爸感觉两个人在谈论他、嘲笑他。我爸瞥见我妈用余光偷看自己。她们到底说了他什么呢？是不是嘲笑他没有文化？我妈十岁前便进了粤剧学校，从小到大比较独立，而我爸初中都没毕业便出来做事了。我爸翻来覆去地想，他有很长时间都站在嘉宝树面前发呆，他在想我妈到底说了他什么坏话。

我爸每次都努力使自己能说出一个观点，然后用这个观点去教育全家。他认为掌勺就是掌舵、掌权，这么多年来，他几乎没有让我妈做过饭。我妈说喜欢吃素的，他偏要做大鱼大肉，我妈说好久没有吃猪脚了，我爸便一日三餐是土豆苗和丝瓜，连豆油也放得少。见到我妈生气，他便开心了许多。我爸认为自己可以掌控一切，除了一日三餐，还有全家人的心情。

吵架之前，我大哥穿了背心短裤端坐在客厅，双手交叉在胸前，一副等人说话的模样。见此状，我爸隐隐感到事况有些不妙，只是他不敢细想。接到酒楼打来的电话之后，我爸整个人变得恍惚，这是他迄今遇到的最大问题。虽然他看到了我大哥，但他刷牙后却准备到阳台取口罩。每次用过口罩之后，他都会在阳台上挂起来。我爸认为不需要每次出门都换新的，被风吹一下已足够消毒，不必浪费。我爸是故意做给我妈看的，他说："电影和戏有什么好看的，戏有什么好的，就是做梦，说的都是梦话、鬼话。成日咿咿呀呀，看得再多，还是要吃饭睡觉干活。"见我妈从外面回来，他又开始挑衅，"散步也没用，浪费粮食，浪费鞋。"

我妈听了也不解释，继续做自己的事。她这个样子让我爸更加生气，他希望吵上一架，借机大喊几声，而不是每天都这么沉闷。

我爸看见我妈与我大哥似乎嘀咕了些什么。不知道为什么，他本来没有去阳台的计划，也不想与任何人搭话，可是他感觉这两位是在嘲笑他，说他除了做菜什么都不懂，于是他快速推开卧室门，经过我大哥身边再去阳台。取回口罩之后，他并没有停下脚步，心里的话终究没管住，像是通过别人的嘴冒了出来："你今天不去工地吗？"我大哥跷高了脚，明知故问："去做咩？"我爸问："你还不返工？"我大哥爱理不理，说："要做你做咯，工地关我乜事。"

我爸强压着心头之火，问我大哥什么意思。他手指紧紧顶着牙刷的毛，让它们狠狠地扎着自己的肉。我大哥像是没听见，也不看我爸，打量自己腕上的佛珠，把我爸晾在一侧。

本来我爸想好了不问，他猜到结果肯定不好，可有个声音蹿了出来："那个地方我是投了钱的，说不做就不做，什么意思？"我爸发现我大哥腕上的珠子有一颗是金的，故意露在外面，此刻正晃着我爸的眼睛。

我大哥说："投了钱好巴闭啊？要去你自己去咯，省得回来指手画脚。"见我爸看他，我大哥又补了句粤语："成日啰啰唆唆、阿吱阿咗。"

我爸知道情况有变，惊出一身冷汗："什么意思？你当初是怎么跟我说的？别吓我！"

我大哥说："当初？你还好意思提当初，如果你做的不是这行，怎么会惹来今天的事？"

果然被我爸猜中。"我做这行怎么了，你吃的用的，哪个不是我做这行换来的？"我爸急了，感觉自己的血汗钱可能已经打了水漂，这可是养老钱啊，如果不是那个爱讲大道理的女人，他怎么会把自己的私房钱拿一半出去？

我大哥说："你就不应该生我，生了我又没能力养我。"

"是我让你投胎来的咩？"我爸瞪圆了一对眼，"是你说投了钱年底就可以赚到的，还说那女仔的阿妈也同意你们的婚事。"

我大哥知道理亏，忙转移了话题："这么一个家也就算了，我也认了命，可是你不该动员我去找书香门第、体制内工作的女孩。你告诉我，我一个技师学校毕业的，老爸是个厨师，母亲在家待着，我用什么去高攀呢？"

听了这句，我爸魏东海哑了，一双眼睛没了精神，他站在客厅，慢慢松开握紧的拳头，整个人像是散了架。我爸在我大哥很小的时候便向他灌输将来讨老婆要找那种读过书的女孩子，知书达理，有正经工作。他不好意思说不要像他这样一辈子活得窝囊，烟熏火燎，一辈子伺候客人，没有背景，没有文化，什么事都是自己扛，看起来谁都认识，却比不认识还难受。"有些客人过来时会招呼我喝一杯，让我坐下来说说话，可是吃饱饭出了门，谁会记得我是谁呀？人家那是礼貌和客气，当真你就傻了。"这种放在心里的话，他断然不会说出口，跟谁都不说。我爸想好要把自己的心事带进棺材，可是他没有想到这些事被我大哥扒了个精光。

如我妈预感的一样，战争如期爆发了。往事如昨，我妈想起十年前我大哥坐在阳台上说要跳下去的时候，我爸没有拦，而是冲进厨房，拧开煤气，一屁股坐在地上，中间出来一次，是打开冰箱门拎出两瓶金威啤酒。我爸用牙咬开盖子后，坐在地上先喝下半瓶，这是我大哥把他气糊涂了。高兴或者愤怒的时候，我爸都要喝些九江双蒸酒就着陈村粉，而此刻他咬开盖子，向嘴里倒下去一大口。平时我爸喝开心了会絮叨，翻来覆去就是那几句话，他要让人知道自己的高兴事。喝酒是为了说话顺溜，我爸从小到大都有些结巴，只有紧张的时候才容易被人看出来。只要喝了酒，他马上就会说话，尤其是吵架的时候，他可以像那些大人物一样滔滔不绝。我爸挥舞着双手想象自己正在演讲，他说的多是脏话和重复的抱怨。我爸喜欢喝酒的另一个原因是他可以装疯卖傻，醒来后，又是一个大晴天。他把阴郁、负能量留给我妈和家里的桌椅板凳。到了这样的时候，我妈一改柔情似水的旧模样，侠客般挺身而出，化解了一次次危机。我妈早已轻车熟路，像是重复了一百年，她先是把煤气的总开关关上，随后飞奔到我大哥身边，用皮带把他绑住并拖到我爸身边，两个被绑在一起的人先是挣扎了几下，随后挨在一起睡着了。我妈再用一把特制的小笤帚细细地把地上的玻璃碎片扫进拖斗，装进塑料袋藏进垃圾桶里。天亮之前，我妈悄悄把我大哥拖回床上，帮他把丢在地上的衣裤收拾好，她担心清醒后我爱面子的大哥看见自己这个样子会沮丧、灰心。至于我爸，我妈并没有理睬，她知道我爸准时醒来洗了澡，换好了衣服，坐上电梯离开小区上班了，完全跟没事人一样。公文包里是他路上买的西式面包，他不希望醉仙楼的人看见他连早餐都要蹭厨房的。有次他见到大堂里有自己熟悉的客人，便坐在客人对面一起吃了早茶，后来被投诉占客人便宜，丢了当日的工资。

手机虽然早已放下，可我爸脑子里满满都是人事主管的那些话，当时他正在阳台上浇花。籂杜鹃开得灿烂夺目，雏菊也楚楚动人，它们伸到了栏杆外面，墙上是一片夺目的粉。楼下的路人总是会仰起脸看，大叫："哇，好靓啊！"这时我爸便很得意，当然他也会心酸，这么多年来，他从来没有听到过一句表扬。

事情来得太突然，一点征兆都没有。"难道不用征求我本人的意见吗？"我爸像自言自语。对方客气地说，如果提前辞工，工资还会多发几个月，到时可直接领养老金。我爸记不起自己后来是如何平静下来的，印象中他对着手机又说了许多话，包括要有手艺、不要相信别人而要相信自己之类。他结合了自己的遭遇和我大哥没有去工作这件事，说得颠三倒四梦呓一般，声音很大，如果用心听，分明话里有话，分明是在哭泣和示弱，只是楼上的飞机把他的声音盖住了一些。他后悔不该如此失态，他需要强打精神一路向前。

话说我们家的吵架很少发生在白天，多数是后半夜。通常是两点以后，经过前期试探和充分酝酿，时间一到，大幕徐徐拉开，酒楼、钱、房子、粤剧、离婚是关键词。而这一次，我爸被我大哥重重地推了一把，这才算是醒了过来。我爸虽然没有摔倒，但是身体跟跄着倒退了几步，他认为自己的样子非常难看，尤其是连上衣都没有穿好。衣服还在脸上蒙着的那一刻，我爸听见客厅一声巨响，是我大哥把客厅里的花瓶举起来摔了下去。碎片散落一地，整个小区才算安静下来，就连平日里那些热闹的麻将声也没了。

我爸没有在客厅停留，也没有去看地上的碎片。他手脚冰冷，心跳得比平时都快。我爸清楚我大哥发火的原因，所有的同学都有着落了，上班的上班，打理家族产业的打理家族产业，只有他留在家里大半年没有出路。后来他找到了一个女朋友，又在对方的出租屋里住了小半年，情况变得更复杂了。这个女孩还比较单纯，但女孩的母亲却精明得很，步步为营，终于把我大哥击垮。这样一来，我大哥只能回到家里发作。

二

我大哥也没想到我爸同意了见面，并且把吃饭的地点定在醉仙楼。他这辈子都没有在酒楼请过谁吃饭，这一次，他要以客人的身份，在这里宴请未来儿媳一家，为儿子扳回这个面子。我爸早早到酒楼去准备了，似乎我大哥的婚事暂时压过了他自己的事。

想到我大哥被女朋友的母亲质问时的样子，我爸便难过了。对方平静地问我大哥到底想干什么，是想在他们女儿这里吃一辈子软饭吗？这位母亲表态，如果没有编制，她坚决反对这桩婚事。尤其在知道了我爸魏东海是厨师、我妈是戏曲演员之后，这位教师同志先是愣在那里，似乎忘记了自己的任务，然后被气笑了。笑过之后又瞪大眼睛表示惊讶，问自己女儿什么情况，真刺激呀。她本能地认为我们这个家庭组合非常奇怪，在她眼里，两种根本不搭界的职业搭在一起有些不可思议。她继续调侃："你不觉得他们这种无厘头的组合也很有趣吗？应该算是一道奇怪的风景吧。"女孩的母亲笑意盈盈。我这位该敏感时不敏感、该愚蠢时很愚蠢的大哥也跟着人家傻笑。那一天他在对方家里度过了一个愉快的下午，还收了一个红包，据说是女朋友失忆多年的老外婆给的。我大哥并不知道女孩的母亲在厨房拌沙拉时，已对女儿进行了"洗脑"，她说我们这个家是特殊群体。"我们不了解，也不需要了解，毕竟对于我们来说，时间成本更大。如果你嫁给他，我敢用人格保证，你的人生将会被改写成一种失控的人生，终将后悔莫及。关于这点你可以和我打赌。"见我大哥低着头溜着墙根想过来偷听，教师同志更加生气了，说："看品相就知道了，我们并不是一类人。"

趁女孩的母亲喘好了气，稳定了心神，我大哥解释说："我们吃饭都是AA制，不用担心，我自己也会赚钱的。"这句话类似导火索，教师同志透着愤怒说："简直是笑话，是不是结了婚也这样？有了孩子算谁的？难道由第三方来抚养吗？没有工资，躺在家里只要器官正常运转就行了呀？"女孩的母亲口才极好，骂人不带半个脏字，杀伤力却比快刀还要强。她坚决反对女儿嫁进这样一个家庭。

这些话我爸是在第二天知道的，尤其是女孩母亲那种骨子里的傲慢让他越发担心。之前，他希望我大哥听话、乖巧，眼下他则希望我大哥所向披靡、勇敢霸气。作为一个父亲，他需要为自己的崽请一次客，不只是为了把这个面子挽回来，还要把这桩婚事促成。

三

　　醉仙楼坐落在深圳火车站的正对面，出了火车站便可以看到这个地方，只是很少有人会停下进去吃饭。除了人们赶路，另一个原因是酒楼的标识太不清楚，外观上完全看不出是干什么的，住家不像住家、商务不像商务的，光是那落地窗和出出进进的客人就让人一头雾水。进酒店是睡觉，进酒楼当然是吃饭，醉仙楼的装修有些怪异，土黄配着石头色的外墙，与其他建筑格格不入，如果仔细想，这些年醉仙楼迎来送往，一张张时而欢腾时而忧伤的脸会让人感到恍惚和莫名其妙。进了醉仙楼大门，能看到一张我爸和非洲南部某国前总统的照片。照片里的我爸穿着白色工装，戴着厨师帽站在总统身边。总统先生从蛇口坐船出去之前，因台风被迫留在深圳，由领导陪同在醉仙楼吃了一顿潮州菜后赞不绝口，提出和我爸拍照留念。那时候我爸还很年轻，他仰脸对着镜头，非常神气。相片在酒楼进门的位置挂了很多年，每天我爸都会经过这个地方，他总是在观察什么人会看照片。

　　醉仙楼靠着马路，客人的车需要围着楼转半圈，从侧门停进酒楼的院子。车位的事要特别提醒自己的崽，我爸要交代保安留出来，这他是有把握的，毕竟他没少从厨房里给保安拿菜吃。熟门熟路的一定是醉仙楼的老客人，老客人也都有专属的位置，长期不变。

　　站在酒楼后面的台阶上，我爸透过花枝的缝隙望着红桂路上来来往往的行人。原来的培训学校已变成了月子中心，坐月子的女人们住到了酒楼的对面，原来的洗脚城已改成了吃小龙虾喝啤酒的大排档。原来路上那些穿得花里胡哨的老年妇女和一身白褂仙风道骨的中年男人也不知去了哪里。我爸真的很想念那个他熟悉的过去。外面的这些变化让他担心，他觉得还是当年好，街上行人很少，云彩也不动，互相望着对方。那时候，他只是一个懵懂的小镇青年。

　　院子的两侧开满了红色和浅粉色的簕杜鹃，我爸从后院溜回仓库时碰掉了一朵,他原已走过去了,担心被人踩到,又回头弯腰拾起,放进口袋。我爸的手紧紧挨着花瓣,心情好了一些,只是转头看到晾在院子里的白制服时,又变得烦躁起来。他远远地打量,不想走近,悬在绳子上的工作服随着风颠了几下,让他想起眼下的处境。那是一件无论如何漂洗都有一种特殊的气味的衣服,浸了干贝鸡汤,椒盐鸡骨隔了夜,瓜子油加葱头爆炒过后的咸香,闷闷地黏在衣服上,像是他的命运。味道仿佛化在了他的骨缝里,让他走到哪里都能嗅到,这是令他无法摆脱的味道。为此我爸时而自信时而自卑,总是找不准自己的位置。他觉得除了在厨房上班,这些年自己什么都没有做,醉仙楼的厨房、自己家的厨房如同一个封闭的走廊,他这一生只有这两点一线,其他地方他很少去,也很少看。我爸魏东海当然知道深圳变得越来越好了,深南大道、东部华侨城、"春茧"、前海的摩天轮配上深圳的蓝天大海,每个都像明信片,可这一切却让他越发胆怯起来。我可是老深圳啊!他感觉这些年自己活在了山洞里,外面的事情他什么都不知道。这些话之前他常常挂在嘴边,故意引人停住脚步听他说话。这时,他会把当年的一些事情慢慢讲出来。

我爸脑子里的深圳还是以前的样子。当年大街小巷跑的都是米色的中巴,司机和售票员多数是两公婆,一天下来,一两千元落袋了,回到家洗洗睡,到了第二天又是一两千元入账。用不了多久,街上的房子就盖了起来,然后租给那些厂里的打工仔打工妹。当然,没有押金不能租,会跑单的。有人附和道:"那就好咯,咩都不做就可以收钱,日子过得不知多舒服。"我爸魏东海不接话,因为他是个老深圳,却没有像其他人那样去做老板,也没有做收租公,更没有住过大屋。他多数时间是在灶台间度过的,包括添柴火的小时候。我爸曾经喜欢到大堂转转,和客人聊上几句。当然,这个时候他会换上西装,头发也是整理过的。说话的人多是些中老年人,有次一个人提到荔枝公园有两个唱粤剧的女人,穿着正式演出的戏服,可惜表演了半天也没有人听,倒是有小孩子似乎受大人指派,到音响面前放下两枚硬币,气得唱戏的女人追着骂,另一个则挥舞着长袖大哭起来,脸上的妆都花掉了。我爸听后生起了闷气,心想这个老乡到底什么意思,是在暗示他什么吗？

我爸重新躺进沙发时，浑身好似被人抽掉了骨头，高大的身体少了支撑，如同一堆晒蔫的软肉给摊平了。看来那些传闻果然是真的，潘强恩不同意我大哥进厨房，显然是看不起这一行，这越发加重了我爸魏东海的猜疑。我爸从上午躺到太阳下山，暖光打在玻璃上面很刺眼，我爸此刻不想看见任何东西，也不想回忆，可往事就像是一头巨大的花豹猛扑上来，撕咬着他的每块肉。

家里的嘉宝树每年结两次果子，比葡萄好吃许多倍，关键是品种稀有和名贵，这是当年一位客人送给他的。我爸视如珍宝，就连打雷下雨天，他都会从被窝里跑出来查看，恨不得拖进被子里护着。酒楼的仓库被他收拾出来之后，我爸一直想把这棵宝贝树移过去，他认为这种树与醉仙楼这块招牌匹配。在我爸心里，醉仙楼是他的另一个家，如果没有这个地方，他也不会娶到我妈这种超级美女，这让他后来在老家特别威风，所以我爸心存感恩。尽管如此，我爸的嘴里常常说反话，比如他咬牙切齿地骂这个醉仙楼害了自己，做梦都想炸了它之类。有时候，他会趁人不注意把家里的东西带进仓库，包括竹椅、鱼缸和几条永远也长不大的鱼。醉仙楼距离当年的粤剧社很近，也就隔一条斑马线。当年车少人少，白天晚上出来进去就那些个，大家熟头熟面，即使不打招呼也知道各自是从哪个门里出来的。当时万丰粤剧社的人过去喝番薯粥、蚝仔粥，有时还会有早茶剩下的免费糯米鸡、春卷、叉烧包。吃来吃去，个个都吃腻了，有的索性不去了，睡到自然醒。只有我妈还是会雷打不动天天去打卡。我爸魏东海生得高大，跟人说话会脸红，也不敢看人的脸，所以后来他娶我妈成了新闻。有好事者神神秘秘地说，事出有因，必是一场大戏啊！也就是说，醉仙楼改变了我妈的命运，也改变了我爸的人生。这件事成了社里的早新闻，是一些人茶余饭后的笑话。后来眼见我妈小圆脸变成方脸后又变成了长脸，酒楼老板潘强恩的态度也发生了变化，只是我妈发现，一觉醒来，什么都晚了，就连潘强恩也不像过去那样一味迁就我爸。当年粤剧社彩排时，据说潘强恩还临时补台客串了一个角色，只是没有多少人记得。

年轻时的潘强恩先是在粤剧社打杂，做舞美、剧务，后来粤剧社养不起那么多人了，他便出来单干，开起大排档，赚了钱之后租了醉仙楼，又招了员工，我爸是醉仙楼资格最老的员工。1991年入职后他再也没有离开过，用别人的话说，就是醉仙楼的蟑螂老鼠都跟我爸熟头熟面。他从来没有休过假，眼下因为腰疼，只休了两日不到，结果醉仙楼就变了天。想到这里，他更加明确自己请客的意义了。

我爸手下有两个徒弟，他们对我爸的称呼很是让他心烦，一个称他为老大，另一个则叫他师父。我爸不喜欢别人叫他师父，他认为自己的工作不只是做菜，还有管理，主管更接近于体制里的叫法，只是纠正了多次，还是老样子。这种事不好明说，只有那些上了年纪的人才会懂得个中滋味。每次我爸听到都会发无名火，对方不明就里，我爸也是有苦难言。这时潘强恩偏偏走过来，问我爸刚下锅的那条鱼洗了吗，不要像上次那样被客人吃出沙子。潘强恩说的上次还是半年前，那时他当着另外两位厨师的面说这种话，分明是不给我爸留面子。说话时潘强恩上下打量着我爸，目光停在我爸的手上。那里有一条滴着水、尾巴还在抖动的活鱼，我爸准备做给一位通关后刚从香港过来的老先生，他在电话里说除了烧鹅还要一份清蒸桂花鱼，说是有三年没吃了，常常在梦里看见。

见到潘强恩大清早便找碴，我爸也很生气，心想装什么装，大家都这样做，你为什么只教育我？也不看看别人，以小换大、看人下菜、以次充好，至少这些我没怎么干过吧？不仅如此，我自己吃得也很少。虽然规定厨师上班时的伙食一律免费，可是我爸吃不下，他不喜欢一堆人在客人走了之后，下午三点、晚上十点吃饭，我爸认为这个时间用餐太像电视剧里面的下人，毫无尊严和仪式感。我爸越想越气，解下围裙拍拍自己裤子上的灰。透过外面的光，看到飞舞的灰在厨房的半空中飘着，他觉得自己也被带动着飞了起来。接下来的时间里，气氛变得异常，传染到上菜的小妹也跟着提心吊胆，左看右看，手忙脚乱地给客人端菜或是使眼色，一时间醉仙楼弥漫着紧张压抑的空气。

我爸魏东海的身子沉得似乎随时都会压垮沙发睡到地上去，他再次感到绝望和无助。我爸翻了几次身,塌陷的沙发上的木头硌到了他的腰,使得他不得不坐起来。我爸想起了许多事,包括我妈当年来酒楼吃烧鹅的事,他记得我妈每次都吃得很少。就这样想着,突然听见门帘外面两个人在说悄悄话。我爸其中的一个徒弟煞有介事地对另一个说,我爸即将把手艺传给他,还自问自答:"这回他不会再端着架子了吧?人都沦落成这样,再摆谱就没意思了。"他说他等这一天都已经失去了耐心,还说已经想好,如果真的学成,决不会得意忘形,更不会辞职,而是用酒楼的食材先练一下手,确认不会反复之后再动身去上海,只有这样才对得起自己这些年受的那些委屈。他并不会感谢我爸,因为等待的时间太长,他已经心力交瘁,甚至萌生过打道回府的念头。

  我爸喜欢听别人的夸奖,只是随着剧社演员们的四散,赞美话越发少了。当然,我爸知道粤剧社里的人说话夸张,有时他们还会称我爸为大师,有时又会叫他亲爱的,这让他心跳加快,一时间不明方向。明知道话很假,我爸还是觉得受用,几天里身子骨都是轻飘飘的。

  我爸这时已经抽完了烟,掐灭了烟头并扔进花池。他用被水泡得异常肿大的手指触了下花瓣,先是联想到了鹅的身体,他已经有很长一段时间没遇到那种高级食材了。再后来,他想起了女人。是啊,他太久没有碰过女人了。他和我妈虽然在一张床上睡,但只是各占一头,即使我妈半夜被冻醒,也不会拉他的被子。月光之下,两个人孤单地躺在一张大床上,中间如同隔了万水千山。我妈曾经努力过,她把自己缩小了一圈钻进我爸的被子里,却被他皱着眉头推了出来,他手臂僵硬,戳痛了她。我爸那次生气的原因是我妈多给了的士司机十块钱。我妈说从福田到罗湖就是要这么多钱的。"这么热的天,他还帮我抬了东西,至少需要喝点水吧?"我妈露出哀求的眼神,那一次她刚刚帮我爸办理完出院手续,和我爸坐车回家。

  我爸做了手术,医生交代是不能动气的,他似乎早忘了,大声训斥道:"虚伪!假惺惺!你又在演戏咩?"我爸看着我妈精致的妆容,越发生气。一进到房里,放下东西,我妈便洗了脸回到床上。她没有去帮我爸收拾床铺,她的心冷透了,因为我爸骂她的时候是当着别人的面,而她是在乎这个面子的。

如果没有我大哥魏建华的这件大事，我妈不想与这个人说话。她认为菜单还是需要尽快定下来，否则太晚准备，海鲜就买不到好的了。

醉仙楼除了港式月饼好吃，还有就是各种菜。醉仙楼只做潮州菜，哪怕客人提出要求想吃个拍黄瓜、油炸花生，没有。这就有点让人不能理解。"什么年代了还那么固执，送到门口的生意都不做，又不费什么工夫。"客人阴阳怪气地抱怨。

我爸听到了，头也不抬："抱歉，我们不可能做那种东西。"他不看潘强恩也不看任何人，似乎做了拍黄瓜、小炒肉之类便会玷污了酒楼的名声。我爸的理由是不想坏了规矩，潮州菜就是潮州菜，和其他东西不能混为一谈。他说到做到，哪怕看见有人在酒楼带着打包的酸菜鱼进来都不行，甚至还会走到客人身边，不说一句话，死盯着打包盒看，惹得客人浑身上下不舒服。

潘强恩在远处见了，冷脸看了眼我爸，并没有说话。潘强恩有东北朋友过来，想吃点家乡菜，我爸头也不抬，轻蔑地说不会，还指示其他师傅也不要做。潘强恩生闷气，便吩咐服务员到隔壁酒楼去打包带回来，他看不上我爸又酸又跩，总是对人炫耀自己的手艺。

客人手里拎着大包小包摆出要走的架势，听了我爸的话，马上转身准备离开，忙乱加上生气，身体撞到了桌角，不小心把其中的一只包碰掉在了地上。我爸快步上前，弯腰帮忙捡起，双手捧给对方。客人以为这是我爸回心转意给自己留的台阶，心一软，等着他示弱，不承想我爸竟平静地说："慢走不送啊，欢迎下次光临。"他的样子分明是在气人。客人出了门头也不回，不顾来往车辆，冲过马路，态度坚决地离开了这个不懂做生意却还喜欢摆谱的酒楼，他们实在不明白，小小的醉仙楼的一个厨子，凭什么啊？

我爸怪自己的命不好，自己的崽不仅蠢，还没有志气，有空儿便打牌、谈女人、睡懒觉、刷手机，每天不思进取，活活让我爸把手艺捏在手里而无人继承。我爸曾经试图跟我哥好好谈话，他想好了要跟潘强恩认真谈一次，把自己的崽安排进来接管厨房，成为醉仙楼的大厨，这也算不负此生了。只是他百般规劝，我大哥都不愿退让。"我可不想像你这样，一辈子没有离开过灶台。"我大哥怼他。

"那你想做什么？我可以找老板讲条件。"我爸认为先进来就好。

"我什么都不想做。"我大哥眼都不抬。

"好，你不想到厨房，那你有什么特长？"我爸学着老板的样子质问。

我大哥理直气壮地说："我没有什么特长！"天直接被聊死了。

我爸又气又急："你怎么说得比有特长还理直气壮呢！你是怕辛苦、怕累。懂不懂什么叫苦尽甘来？"

我大哥说："跟我讲大道理啊，你辛苦了大半辈子，请问你的甘来了吗？"

我爸的声音并不稳定："人生还是需要规划的。"

"我能规划什么？我有什么条件？"我大哥反问。

我爸停了一下，又结巴了："什么都能规划，我看那女孩子就很不错。"像是担心我大哥质疑，他又补充："这样的婚姻更靠谱。如果我不规划，早就回乡下了，最多到厂里承包个饭堂，跟厂里的工人住在一起。"

我大哥冷冷地说："可笑！你这也敢叫成功啊？"

我爸嘟嘟囔囔道："天道酬勤。"

"这些画大饼的词我都特别讨厌。"我大哥轻蔑地看了眼我爸，"你明不明白，有人一出生就是贾宝玉，带着宝物，有人一出生就是刘翔，是个飞人。不要再对我说那些你自己都不信的话。"

两人如期谈崩了。

四

我妈离家出走的计划被我大哥的婚事耽误了。话说两家人虽然只见过一次面，却好似见了一百次，原因是我大哥总是把对方的话转回来。为了更好地解决此事，我爸提出见面，他想要再争取一次。看见教师同志态度依然没有改变，我大哥气呼呼跟在我爸身后，批评我爸西服领带戴得像个卖房的。我爸本想在酒楼威风一次，结果还是错了。他做了一辈子菜，还从来没有摆过自己家的酒席，更没有以客人的身份坐过主位。被我大哥凭空指责，再回到位置上，我爸已经没有了前面的那种状态。出门前我妈本来为自己准备了一身旗袍，可是在镜子前照来照去，总感觉哪里不对，索性打开门穿去客厅里倒杯水试探，引得我爸眼前一亮。他像是想起了什么，也是受到鼓励才穿了这身出来的，没想到是眼下这个结果。我妈的这身旗袍，被我大哥用又土又寒酸来形容。

我这位情商略低、废话太多的大哥说："他们又说我们家的职业好怪，算不算旧式艺人都不好界定。"

"又是那死八婆说的吧？"我爸魏东海的脸已经被气歪。

"是的，你去招呼上海鲜的时候那女人说的。"我妈淡淡地说。

我爸扬起手臂向我妈咆哮："那你怎么不骂回去！"

我妈青着脸问："借他们的口说出了你的心里话，你应该感谢才对，你不是常常骂我是个唱戏的吗？你说过我生了一张惹祸的脸。"不等我爸反应，我妈继续道："不要再争取了，听你滔滔不绝讲这些菜的时候，我就知道我们家输了。今天是我们崽相亲，不是听你吹牛，可是你全忘了，这场戏被你演砸了。"我妈最担心的事情还是发生了，她似乎已经绝望到家。下了的士，她穿着一身旗袍却迈着男人一样的大步，快步走在前面，像是要把我们所有人全部甩掉。

也就是在这种情况下，我爸忍住内心的疼痛，决定拿出私房钱给我大哥去做生意，哪怕他明知道我大哥除了有点小聪明，什么都不擅长，读书时不喜欢数学也不喜欢语文，出来后任何手艺也不会，而且超级懒惰还脾气臭。我爸受了刺激，放弃了规劝我大哥进酒楼做学徒的想法，他已经有了较劲的意思。我爸无法解释这么做目的是什么，虽然他一直为自己的身份感到骄傲。

话说开业之初，潘强恩曾经向员工说明醉仙楼茶位费过高的原因，也对主厨的高薪做过解释。他说哪怕一只普通的烧鹅，也可以卖几百元，好的狮子头更贵，不讲价不打折，当年经济危机的时候，酒楼的这道菜都没有变过价，总有香港人和粤剧社的人过来捧场。有人说潘强恩就是靠着招牌菜才把酒楼撑下来的，言下之意，潘强恩也不能拿我爸怎样。烧鹅最贵最火的那段时间，潘强恩发着狠教自己的侄子："你可以暗地里学的。"说话时他瞥了眼远处的我爸，他认为我爸把手艺看得太死了。潘强恩也觉得自己把侄子招进来是个失误，这小子不思进取还带坏了风气，把店里的一个小妹拐走并搞大了肚子，眼下招个熟手不容易。潘强恩担心深圳会像香港那边一样，要用老年人当服务员了。烧鹅是道名菜，有些人专好这口，后来店里派了人去学习，还得到了政府补贴，拿了证回来，可做出来的味道就是不对。同样的食材，同样的调料，放在火上的时间也相同，味道怎么就不同呢？侄子半途而废之后，潘强恩非常沮丧。

"拐个服务员算什么，娶个大美女放在家里才算是本事。"我爸猜透了潘强恩的心思，笑着走过他身边，眼神和嘴角都向下倾斜。我爸故意让人关注他和潘强恩的身高差，潘强恩矮了我爸半个头。

潘强恩说："会做烧鹅算什么，娶个演员就有本事了吗？她是一位见过世面的女性，哪怕学唱词，也学到不少传统文化。你懂得她多少，你又懂得粤剧多少？粤剧还有人唱，还有人坚守，证明这是一个有魅力的东西。"潘强恩知道我爸的心思。

我爸顿时被噎住了。

醉仙楼是座老式建筑，在周围的高楼大厦包围下，显得又旧又怪，虽说有历史感，却总是让人感到哪里不对劲儿，加上进进出出多是老派男女，梳着旧式发型，穿的也多是不中不西的衣服，女人多数旗袍，男人多数中山装。醉仙楼不似其他酒楼那样做过路客的生意，而是有固定的客人，或者说是粉丝，他们主要是那些讲粤语和潮汕话的人，包括一些粤剧票友。这些人的年龄普遍在五十五到七十八岁之间。他们通常先是到荔枝公园唱上一会儿，锻炼过腿脚后才散步过来，喝茶、聊天，甚至开年会也都有的。

听着粤剧喝着工夫茶，嘴里含住一枚青橄榄，人生已是美满。这是一位穿着讲究的老先生说的，他是一位中指戴着老玉戒指的泰国华侨。我爸从远处看了一眼客人的脸，心想果然方脸正气，像个做大事的，可惜老了。他看见了老先生身边的一根拐杖。这样的时候，只有这样的时候，我爸才会想起自己的年龄，还有我大哥已经三十岁了，却还在家里啃老。

过来吃饭的男人女人连台词也是旧的。男人喜欢拿着一把印着芍药花或是书法的蒲扇，不管天冷天热都在耳边一寸的地方扇着。女性浓妆艳抹，白面粉脸，假睫毛，眼睛忽闪着看人，把脸上的皱纹衬得更加清楚。他们到了，便提出要吃我爸做的烧鹅，不管我爸身上是不是油腻，都靠得特别近，女人的声音也变了，娇滴滴的，说话拖着长音，像个小孩子。有人还会边说话边摇晃身子，故意碰我爸的手臂。我爸也不躲，像是没事人一般。客人到了之后，会把大厅搞得热闹非凡，拥抱、倾诉、鼓励、哭哭啼啼。有两个靠收租过活的男人见了，通常会把暗恋的某个女演员的账悄悄结了。其中一位化了浓妆、染了黄色头发的老女人故意显摆，夸张地问："怎么回事？哪位老板给我买的单呀？怎么不告诉我，我要当面感谢他。"另一位又大声宣告，唤来一群人起哄，再引出一段陈年往事之类，后面是各种唏嘘感叹。她是当年《黛玉葬花》的主演，只是早已没有几人记得。

客人们吃到兴头上，自然要唱上两段，咿咿呀呀引得路过的人忍不住向里张望。这样一来，客人们更加收不了声，个个紧抓话筒不放，把早茶吃成了午饭，把午饭吃成了夜宵。再后来，潘强恩的眼神慢慢变得清冷，收起了笑容，如此闹腾已经影响了生意，多出了一大笔水电费不说，服务员也不能及时休息。有的人躲在帘子后面捽捽打打，口里也不闲着："穿得跟花母鸡似的，又唱又跳，还嫌公园不够宽敞，又跑过来闹。"潘强恩抬头瞥了一眼，也没批评，转头去寻我爸。我爸这时就倚在门框处替他们打拍子。有人说当年他就是用这个办法把我妈骗到手的，只是放在家里不再理了。粤剧社里有人笑我妈被男人用个烧鹅、春卷、陈村粉就骗到了手，实在轻贱。我妈有口难言，只好由着社里的兄弟姐妹们奚落。

潘强恩无奈地摇了摇头，他想起门口池子里的石斑和东星斑已经放了两天，再不吃就要死了，那可是几百块钱一斤的食材。潘强恩提出使用送菜公司业务，我爸明里暗里怼他。"那些什么规定我不知道也没兴趣，我只知道醉仙楼的菜要用刚摘的，海鲜要活的，不能快死了才拿过来吧。""我问你，你说牛肉注了水能吃吗？"他在教育厨房那两位徒弟的时候会故意放大声音，目的是让潘强恩和醉仙楼的其他人听见。潘强恩不知如何表态，如果不批评我爸，潘强恩感觉自己作为老板没面子；直接怼回去，我爸肯定又会冷头冷面几日，不仅影响其他人做事，生意也会差一些。潘强恩清楚这位魏大厨的脾气，主要还是针对他不久前的新规定、新要求。

　　对于潘强恩下达统一由公司送菜到厨房的通知，我爸一律不理。不仅如此，在此期间，他每天哼着歌出出进进，该干什么都不耽误，分明是在气人。潘强恩说这是财务的规定，厨房需要现代化的管理。他很清楚，我爸就是不想放权，而且总想以出差的名义回老家。他每次回老家都会利用短暂的休息时间去见见自己的发小们，还有一两位看着他长大的老年人。我爸的父母早已不在了，他只想让自己的熟人们看到自己过得还不错，虽然没有发大财，却一直做着醉仙楼的主。娶了我妈之后，我爸一直比较敏感，不仅重视面子，还特别在乎别人说什么。

　　有人见潘强恩脸色越发不好，便揣测到了他的心思，于是放开了胆说事，想看看潘强恩的反应："唱歌去K厅啊，个个小气得要死，到我们这里唱什么，鬼哭狼嚎，乱七八糟。如果没了这道菜，这些客人自然也不会来了。"潘强恩也不回应，换作以前，他会训斥对方不要背后讲这些。此刻潘强恩的脑子嗡嗡作响，眼前是一群染了黄头发、红头发，穿得花花绿绿的女人，她们用染了色的指甲掐着油亮的凤爪，边张牙舞爪地说着话，边夸张地啃着手里的食物。

　　我爸要收徒弟，其实也是被逼无奈。让潘强恩生气的是，我爸没有带出任何人，只顾自己逞能。一些人冲着正宗的潮州菜而来，说什么我们不是吃饭，而是感受岭南文化、潮汕文化之类，话音刚落下便迎来一阵夸张的掌声。说话的是个男人，此刻正端着一小碟墨鱼仔，跷着兰花指向嘴里送。

　　这些鼓励自然是奖给做了美食的我爸的。客人说好吃到即使用鲍鱼、龙虾也不换，鲜滑肥美，吃过后会滋润舒畅整个身心。当年东莞、中山那边的老板们开着豪车找过来吃，逢年过节排着长队来抢位子，还曾经有人因为排队打过架，被警察带到派出所调解。这些都属于威水的过去，眼下我爸郁闷了很久都没有缓过来。这种苦，我爸不知道跟谁去说。他一会儿觉得自己很坚强，一会儿又虚弱得站不起来，整个人恍恍惚惚，不知道是在梦里还是在现实中。凭什么？酒楼如果没有了我，就没有了卤味，还敢叫潮州菜咩？我看你们用什么撑起这么大个店。睡梦里他和过去一样，还是大厨，被人前呼后拥。他真的不愿意醒来。显然这是蓄谋已久的啊！潘强恩已经很久没有安排他回老家带货，说现在物流太方便，需要什么根本不用出门就能搞定。

我爸决定跟潘强恩理论。想不到潘强恩似乎早有准备，说："你提出过不想干了。"

我爸急了："我什么时候说过这话？是哪个混蛋要害我！"我爸的手在抖，大脑空白一片，连话都已说不利落。

潘强恩不说话，眼睛望向别处，说："你不是想回老家吗？想修身养性过颐养天年的生活吗？"

我爸听了，脖子和脸都红了："胡说八道！我太熟悉那个地方了，什么田园生活，就是猪圈鸡窝，脏乱差。另外，现在老家人做事也都讲钱的，市场经济了。"我爸被气得都不知道还要怎么样描述乡下了。

见我爸还在强词夺理，潘强恩又说："厨房的人也都听你讲过，非本人杜撰。好了，请尽快把休息室腾出来，酒楼的厨房、仓库不够用了。另外还要提醒你，尽量不要参与本职工作之外的事情。"潘强恩说得没错，我爸从来没有把自己等同于其他人，除了把白色工装套在中山装的外面，他故意立起上衣领子，经常进到大堂和客人说话，当然他是在潘强恩出去办事的时候。除此以外，他把仓库改成休息室，墙上悬挂着"福如东海"的书法。"福如东海"是我爸苦练的字，镶了框子仍能看到纸已经泛黄，出现了斑点。后来他又放进一个书柜，里面摆了一些名人格言之类的书。我爸喜欢书法，为此苦苦偷练了很久，他梦想有一天非洲那个国家总统再过来的时候，一下认出他，要求他送一幅字，我爸希望用这个方式把自己的名字巧妙地镶嵌进去。到那个时候，我爸的字也就派上了用场，一鸣惊人不说，至少大家都知道他不只会做烧鹅。只是现在他的手总是不听使唤，拿笔的时候总发抖。

"我没有，谁说的？这是诬陷。"说话时我爸有些心虚。

潘强恩说："谁说的我不能告诉你。"

我爸故作硬气："那就说明没有这回事。"

"有没有这回事你应该清楚。"潘强恩说。

"什么意思？"我爸听出潘强恩话里有话。

潘强恩说："你怎么理解都行，早点去办手续。你还不到六十岁，没到退休年龄正好，如果还想做，会有人请。一过了那个年龄线，情况就会不同，外面也没有人请你做事了。"

我爸听见厨房外面有人说话："不是给这个找工作就是帮那个解决问题，好像有多大本事，说破天也不过是个厨师。有时客人吃高兴了，叫他出来助个兴，也只是为了显示一下自己花的钱不冤枉，他还当真了。"闻听此言，我爸的身体有过两秒钟的虚脱和摇晃。他的确帮过一个四川籍的服务员讨要过加班费，他知道深圳的社会平均工资是多少。这是我爸平生听到的最狠的话，他好像冻僵了，脸色如同涂了灰色的颜料，身子瘫在椅子上，大脑空白。他捐了下大腿，把自己的头俯在堆满了调料的台面上。果然，他们开始不在乎他了。他从来没有想过会落到今天这个地步。之前只是为了过嘴瘾，并没当真，加上别人起哄，自己也想吹牛，不料这些话被人偷听了去，并打了小报告，我爸后悔却已来不及了。

"我又没有犯错误。"我爸声调明显变弱，甚至眼睛也比平时小了。

潘强恩平静地说："离开酒楼的那些人也没有犯过错误。"

我爸不解了："什么意思？"

潘强恩说："人各有志，他们有抱负有理想，不愿意这辈子拴在这么一个地方。"

我爸偷眼看了看潘强恩，没说话。

潘强恩明白他的意思，说："无论如何，我是这里的老板，你应该很清楚我们的处境，现在还有什么单位过来吃饭呢？"

我爸不断点头："前几天我还做了烧鹅，我那么用心，最后也卖便宜了。如果在我们老家，少说也要一千。"

潘强恩冷笑："那是多久远的事了，魏师傅，说这种话的人真是不爱学习。"

我爸心凉了，之前是叫魏老师、魏主管，眼下叫回了魏师傅。一时间我爸已不知道如何接话，也不敢正眼看潘强恩。我爸发现潘强恩已不是当年那个人了。他记得有次见到潘强恩捧着书在看的时候，他把刚刚在楼下买的啤酒和花生藏在了身后。不知道为什么，我爸觉得对方和自己不是一路人，至于怎么回事，他也说不清。

又熬过两天，我爸跑进潘强恩的办公室，坐下之后，他认为不能再像以往那样直来直去，于是讪讪地说："我这段时间考虑过，不能这么快回家，我的手艺还要传给年轻人呢。"这是他想出来的理由。

潘强恩平静地说："都等了这么久了，他们已不再是年轻人。"

我爸主动说："那我更要抓紧时间。"

潘强恩说："不用了，通过小红书也可以学到。"

"什么小红书？"我爸一脸茫然，他根本没有听说过这本书。

潘强恩说："那上面有各种菜的配方，你应该也不知道什么叫预制菜吧？"

见潘强恩不说话，我爸满脸不高兴："什么配方，这里又不是医院。"

我爸又提出教潘强恩的侄子。

潘强恩静静地看着我爸，意味深长，看得我爸心里发毛。

见潘强恩这样，我爸的心乱跳一阵，他像是自问自答："是的是的，我想想办法，请放心，我会尽全力。如果他不想当厨师，我也有办法。"

潘强恩继续沉默，眼睛望向窗外。天空也是灰蒙蒙的。

我爸急了："放心吧，我能做到，以前那些人求我的事，哪件事没有做到啊！"说这话的时候，我爸心里是空的，因为最近我妈也不再理他，连他做的菜也不吃了，那么他应该找谁去求助呢？

五

之前潘强恩对我爸说话还挺客气，现在态度完全变了，见了面如同见了空气。我爸心里空空落落，总想着找理由去见潘强恩，哪怕对方私下训斥他一顿也行。

没过几天，我爸故意矮了半个头站到潘强恩面前，先是故作亲热，七拐八拐，说些旧人旧事，潘强恩也不回应，皱着眉头。再后来，我爸不好意思说汇报工作了，酒楼里已经几天没有安排他工作。我爸只好说是学习，他似乎找到了一个新词，结果潘强恩脸色更难看了，刚泡的新茶自己端了就喝，也不冲一杯给他。这一下，我爸知道自己彻底没有地位了。

"是的，我罪该万死，可以了吗？"我妈放弃了与他对抗，也就是说，我爸连吵架的人也没了。他快崩溃了，原地站着像个兵马俑，后来则像一堆烂泥，瘫进沙发里。

没有任何过渡，我爸突然间就有了大把时间，他感觉这个醉仙楼再也不需要他了。

赌气一般，我爸继续做饭，而且每天做很多。如果我妈不吃，他会拦在门口强迫她吃了才能出门。

我妈站在门前："我已经不吃鱼了。"

我爸问："你不是爱吃巴浪鱼吗？这么好的海鲜很难遇见，普宁豆酱、炸豆干都是你喜欢的，广府菜、潮州菜我都会做。"很快他又讨好地说："对了对了，还有乌头。"

我妈说："我现在什么都不喜欢。"

"我怎么不知道？"我爸迅速变了脸，冷笑一声。他死死地盯着我妈的背，等她转过头来回应他。

我妈不理："这些都不重要了，谢谢你。"她收拾好的行李已藏在门后，随时可走。这是她的秘密。这次她真的决心要离家出走，就连北方冬天可能需要的手套她也准备了一副。

我爸突然高举两只手臂在空中挥舞，他的声音异常尖厉，如同玻璃划破了夜空："你和他们一样，想让我死啊！"

我妈说："不敢，我认为他们也没有这个想法。"

我爸说："他们喊我老大、叫我大师，说我做的不是饭，是美食、是艺术品，现在呢？"见我妈沉默，我爸又说："你到底在帮谁说话？这些年我又是为了谁？"我爸无助地哭了，他像个女人那样，边流泪边捶着大腿。最后，我爸定定地看着我妈说："不理我没关系，请你最后再帮我一件事情好吗？"

我妈说："是帮人换工作还是看病，还是拿学位，或者是排队买回家的车票？可惜我都帮不到你了，我现在谁都不认识，他们也不认识我这个老妇女了。"

我爸愣住了，随后他指着我妈的脸道："你那些男人呢？他们不是排着队在追求你吗？还有一个不是说要杀了我吗？有本事你找他们啊！"他的两只手接着挥舞。

"我不知道你在说什么。"我妈平静地说。

我爸发着狠："别骗人了，你挖空心思当主角，廉耻也都不顾了吧？"见我妈睁着一双吃惊的眼睛，我爸接着说："你在心里怪我没本事让你回到舞台，不过你可以求他。本来应该是他求你，但现在他在等着你求他。"

我妈瞬时哭了，只不过心疼的是潘强恩。这些年，这个从年轻跟她到年老的粉丝帮了她和这个家太多太多，比如为我爸吹牛时揽下的孩子进幼儿园，还有老人住院、亲戚找工作等麻烦事，包括寒冷的冬夜里排队购买春运的车票，多是潘强恩出面解决的。正是因为知道这些，当年我妈放弃了当主角，坚决退回潘强恩为她找到的一大笔赞助费。

我爸有点耍无赖了："他有大把钱，不用他用谁？他不应该还债吗？"

我妈说："他不欠任何人的。当年他把吃饭的钱攒起来支持我们剧社，到后来为了我们这些人，他一个人苦撑着醉仙楼，就是希望大家能在这里见个面，其实他是有机会改行的。而你呢？想的都是自己。"

我爸躲躲闪闪，不敢正面回答："我做的菜让你觉得不好吃了吗？我就知道终会有这样的一天,连你也嫌弃我。"我爸已经发现那两个徒弟正通过手机学习做菜。

我妈说:"这些年除了做菜,你还做过什么?家长会你没有开过吧,学校的大门在哪儿你可能都不知道。大人小孩为了吃顿饭还要看你脸色,听你摔摔打打,受着你各种的不满和抱怨,你真的以为我们只是需要吃吗?你以为人只要吃饱了就可以了吗?我们是人,不是动物。"

"谁都要吃饭,民以食为天。"我爸感到费解,自己哪里做错了?黑暗中他盯着眼前这团黑影,他不明白这个女人脑子里装着什么。为了她,他用尽全力,包括留住粤剧社里的那些客人,希望他们可以吃到旧时的味道。

"你从来就不懂我,更不懂我们。"见我爸瞪着自己,我妈勇敢起来,"我根本就不中意吃烧鹅,也不喜欢你做的那些又腥又淡的海鲜。粤剧社的兄弟姐妹只是为了照顾醉仙楼的生意,不然谁会辛辛苦苦跑来吃一顿饭?人家早已各自有了新生活,大家走南闯北,口味早就变了,你还真以为是为了吃你的菜吗?你去看看,哪里没有广府菜、潮州菜?哪里没有烧鹅?"

我爸仿佛听见雷在头顶炸开,而他不幸被击中,七窍生烟。"什么意思?你们到底是什么关系?"像是想了一会儿才下定决心,他阴阴地来了一句,"你当初说来吃饭,实际上是来找他的吧?还用我做挡箭牌,全部人都瞒着我,是不是?"我爸咆哮的样子像是要吃下一个人,"你们两个是不是真的好过?他甩了你吧?果然被我猜到了,和我结婚也是为了气他,对不对?你根本不是来吃我做的菜,而是为了见他。"我爸的眼睛像是冒着血,最后又变成了绝望的灰色。瘫倒之前,他发出的声音已经变了:"完了完了,那个崽到底是谁的?果然被我猜到。请你告诉我,我心脏受得了,也不会去死,我受得了。"

见我爸的声音已经失控,我妈低声说:"这样的话不要再说,请你注意影响。"

"什么影响?请你不要高高在上,搞得像个真正的角儿一样。你这辈子只有一部戏,还是个彩旦,女龙套,唱得也不怎么样,这个我没记错吧?"

"那你为什么还要看,还说特别好?"我妈没想到他会这么说,气得浑身发抖。

"是看你可怜,演来演去就是那个角色,白等了几十年也没等到机会。化妆会把皮肤搞坏的,你看你的脸,比其他女人都显老。"我爸比画着。当年我妈这个配角,在宣传册上连名字都没有。

"我可怜?你说得对。"我妈发出了冷笑。

"如果不可怜,那些人都去了哪里?"我爸不服,他心里的火要全部发出来。

到了这个地步,索性不忍了,我妈死死盯着我爸,眼里好似掷出了匕首。"那也比你好!你看看现在还有谁想吃你的烧鹅,所谓怀旧,不过是给你个面子。"

"当年有男人围着你转,现在还有吗?"我爸像是疯了,"对,有一个,那个人姓潘。"

我妈愣了一下,随后哽咽起来。这真是要命的一句啊!

我爸又在家里待了几日,还是没人理他,人瘦了不少。每晚除了进食一大瓶啤酒加一小碟鹅肠,他不再吃任何东西,把想说的话又咽回去。这些都被我妈看在眼里。我爸在家里做的菜也变得特别难吃,简直不像出自一个特级厨师的手,如同从来没有进过厨房、得了厌食症的人做的菜,不是忘记放盐就是忘记放糖。痛彻心扉过后,我妈想跟我爸谈谈,不做夫妻可以,可是共同的任务还是要完成,那就是让我大哥端正生活态度,努力工作,好好谈恋爱、结婚,不再躺平、颓废、摆烂。我妈准备从知识更新开始,世界已经变了,比如现在大家都用手机点菜,网上看菜单。我妈对我爸说:"我来做菜吧,你也应该好好休息一下了。"她想为自己后面的话做些铺垫。

"休息?我这些年就没有休过假,像一头只会拉磨的驴,可是没有人关心过我,你也觉得我是多余的。我死了才好,称了你的心。"随后,我爸哈哈大笑,"你刚才说你做菜?你不是'宫里娇'小姐吗?你怎么会做这种粗活呢?"

"我怎么不会啦?"我妈故意发出小女生的声音。

我爸扭过脸："你会做个屁，除了涂脂抹粉，你什么都不会。"

"你说什么？"我妈愣住了，一张脸又变回原来的样子。她站在凌乱的客厅中间，眼里充满了绝望。收拾好的客厅和厨房被我爸重新搞得一团糟，他整个人像鸡蛋散了黄。

见我妈站在客厅，我爸失控了一般："你希望我跟你一样？对了，你跟我不同，三月三你还可以去北帝庙唱戏，谁家老人办丧也少不了你这把声、这身段，你还有大把前程，大把老男人喜欢呢。"

我妈想起出远门的皮箱里还缺一件毛衣。箱子里的东西她准备了很多年，夏装换成冬装，冬装换成夏装。她经常都买好了车票，选定的地方有时是兰州，有时是山西的小县城，租一间小房子即可终老，无须与任何人告别。

我妈忍着不接话，心想没关系，让着他吧，晚走几天的事。当务之急是解决我爸的工作，两个大男人都待在家里，势必不能安生，发生什么都难以预料。我妈强忍着心里的痛，说："你也不必在意酒楼的那些变化，还是做好自己的事，眼下找工作也没有那么容易。"

"看不起我了吧，哈哈，我早知道会有这一天。"我爸说。

"不要太敏感，相信再难我们也能扛过去。"我妈说。

我爸阴阳怪气地说："我们？不要念台词啦！你做你的仙女，我只是一个做菜的，周身都是调料的味道，配不上你。"

"我没有讲过这种话。"我妈说。

"你就是这么想的，不要以为我不知道！"

我妈叹了一口气，说："那就随便你了。"

见我妈这般态度，我爸怒了："你什么意思，这算是承认了吗？"

"我还以为当年你是真的欣赏我，原来是为了逗能。"我妈冷笑道。

这一句像是捅了马蜂窝，我爸腾地起身，摔掉了手里的工夫茶杯，茶水顺着拖鞋烫到了我爸的脚，于是他疯了一样扬起两只手在客厅扑腾，如同一只张开翅膀的老鹰。他夸张地大叫："欣赏？我欣赏你勾引男人吗？"

"我到底勾引谁了？"我妈青着脸。

"你不过是个戏子,被淘汰了还不知道的戏子!"我爸站住脚,恶狠狠地看着我妈,眼珠子都快要瞪出来了,"这日子,不过了。"

"一言为定,说到做到。"像是等了一辈子,这句话被平日里温婉的我妈说得自然平静。

把话说到了这个份上,似乎已经回不了头。我妈在心里加快了离开的脚步,哪怕暂时离开也可以。我猜她最先想到的是车站前那条老街,粤宝电子厂旁边有条林荫小路,那里是她曾经的剧社,她做梦的时候经常出现。梦里的她样子还很年轻,那个时候她还没有结婚,没有遇见我爸。

当年住的还是铁皮房,可他们每天都过得很快活,即使哭,也是为了台上那些有着凄惨命运的人。眼下,她是为了自己。

吵架之后,我爸像是一头狂躁不安、随时准备出击咬人的狮子。见到我妈出现,他两眼放光,开始碰瓷:"你就是希望我失败,终于等到机会取笑我了吧。"

曾经很长一段时间里,我爸在心里计划着辞职的时间,他要让酒楼措手不及,这样仇也就报了。可眼下,别人先动手了。我妈知道他想什么,于是说:"你怎么做都行,我都同意。"以往她会拼死拦着他,此刻,我妈像是解脱了。

我爸感觉自己被双重抛弃了,他瞪着我妈:"你这个人最狠最毒,还要装可怜,演得可真好啊!这回你可以当主角了。"他最恨我妈不争的样子。

我爸瘫在沙发里很久,晚霞从窗户的顶部滑到楼下,看不见了。漆黑的房间里,我爸突然起身,大步跨到餐台前,抡起上面的酒瓶,对着墙壁扔过去。瓶子弹到了我妈的小镜子上面,瞬间那镜子碎飞了一地。我妈看了一会儿,退回房间。镜子是潘强恩三十年前送的,当时他还是个穷小子,托人去香港带回来的这件礼物。

整栋小区都安静了,时间如同过去了一个世纪那么久。卧室的门轻轻地打开了,我妈瘦长的身子经过客厅,经过地上的碎玻璃,仿佛经过自己漫长的一生。她轻轻地下楼。楼下铁门被打开,随后是我妈一个人的身子通过小区,快速飞出了大门。

六

明知道那个中介是在骗她租房,我妈还是跟在了对方的身后。

"不试住一下,怎么知道会不会失眠?"我妈告诉自己。此刻她需要找个地方躺下来。

身体刚挨到地铺,我妈便像是昏了过去。她不知道自己睡了多久,醒来时外面已经下起了小雨,天还没有完全黑,路上到处是车灯。走在被雨淋湿的街上,她不知道该往哪个方向走。已经有一整天没有吃东西了,倒也不觉得饿,身体像是一片飘着的树叶。街上的一切都让她感到陌生,好像自己不是走在路上,而是被风推着,腰痛的病似乎好了,她走得越来越快,如同梦游,有一瞬间,脚似乎也离了地。又不知道过了多久,眼前像是有许多雾,让她看不清楚路和行人。我妈就这样走着,直到天黑,还走错了路。走啊走,她来到了一座眼熟的大房子前。恍惚中,我妈推开门,她远远地看到了潘强恩。

对方竟然没有认出她。我妈发现这里的一切都变了,我爸不在场的醉仙楼清爽了许多,除去没有了那张照片,那群动作夸张、腻腻歪歪的客人也不见了踪影,就连服务员似乎也变了;更要命的是,潘强恩走路也是轻盈的,说话用的是普通话,他穿了一件蓝色西服,站在那里和几个年轻人说话。我妈似乎明白了我爸眼下的难受。人家早已更新换代,而他还守着老一套,放不下过去那点事情。

我妈那天决定回家时,天彻底黑了。经过餐台时她见到一桌没有动过的饭菜,沙发上躺着我爸,月光下他睡得很是安详。我妈没有开灯,直接走回房间。她忘不了在那个旧公寓登记簿上看到的名字。我妈以为在梦里,她不敢相信自己的眼睛,魏东海是一个爱钱如命的人,一分钱都不浪费,怎么舍得去开房呢?大堂经理说,这个男人来过几次,每次都是一个人,躺在这里不吃不喝,像死人一样睡着,对了,也是最便宜的没有窗的房间。

我爸是被惊醒的。他想起自己惹的祸,突然从沙发上弹起,踉跄着来到我妈身边。"我不知道那个东西那么不经打。"见没有动静,我爸又说,"谁让你不好好保管。"见我妈这边还是没反应,我爸继续说,"我不是故意的,我去给你买个新的。早就想给你买,又怕你不中意,你是很挑剔的一个人,这点你得承认。"我爸在絮絮叨叨中又撞翻了地上的矿泉水桶,还被拖鞋绊了一跤才摸回沙发上,上面有一只我大哥的袜子,我爸习惯性地捡起来,折好,握在手中,装进了自己的上衣口袋里。到大家都睡着的时候,他重重地发出一声叹息,整个大楼似乎都被他给震到了。

这次家庭大战,诱因太多。话说我大哥魏建华并不是一块做生意的料,不到半年时间,他便与同学出现了分歧,对方让他自己选择去留。我大哥提出退钱,对方说前期亏了,要共同承担风险,钱是拿不回了,命倒是有一条。我大哥本来就是个有脾气没主见的人,事情来了,只会用发火的方式把责任推给别人。酒楼人事主管来电委婉表达酒楼不再需要我爸,我大哥与同学产生分歧,而对方让我大哥选择去留,这又导致女朋友再次提出分手,所有的一切全部是重磅,压得我爸心脏格外难受。

第二天,我爸说:"我为什么还要给他们喝茅台,我自己从来舍不得,真是太傻了。"

我妈说:"这样的人做亲家,真是太糟糕了。"

我爸火了:"屁亲家,谁说成了?"他继续说,"是你一直说要找个书香门第、读书人家的孩子,我也是按照你的意思教他的。"

我妈说:"那也不能低三下四,你一天到晚去讨好他们,真的很丢人。"

我爸盯着我妈,似乎在回忆:"你现在越来越像个八婆,当年你不是这样的人,你们这些演戏的,是不是都这么善变啊?"

"当初你也不是无赖吧,又是谁把你变成今天这个样子?"我妈说完这句,竟难过得说不下去了,她把这些年所有的不愉快都想了起来。

我爸的委屈不知道跟谁说,他拖着时间不教那些徒弟,还是为了我大哥,他想把手艺传给自己的后代,并让我大哥留在酒楼,否则他又何必对潘强恩说那些话。可是没有人懂他的心,包括我大哥也不领这个情,甚至讨厌我爸的计划。

我爸赶在我妈回房间前抢先了一步："我做这一切是为了谁呢？做你们这一行的，哪个不是做梦都想着当主角？"

我妈哭着说："我何时说过当主角？告诉你，我下辈子也不想登上那个戏台了。潘强恩当初便是从上面摔下去的。本来不想告诉你，就是那次演出他受了重伤，抢救回来后被告知无法生育，这是社里公开的秘密。只是大家不会去说，尤其不会告诉你。魏东海，我承认我爱过他，也心疼他，可是这个崽是你自己的，教育不好也是你的责任，不要总想着推给别人。"说完这句，我妈悲从心生，她加快了脚步，同时缓缓甩了两次袖子，在狭窄的客厅里急急地走起了久违的云步。在我爸还没有缓过神的时候，她已经来到窗前，手抓阳台栏杆，对着天空深情地念了道白："古调虽自爱，今人多不弹呀——"我爸差不多有二十年没有听到了。这把嗓音一如当年，哀婉、缠绵悱恻、决绝，如天上的声音。

我爸像被雷击中，他不敢去看眼前这个女人，当初的她就是这般柔弱而无助。此刻我爸哑住了，悔恨让他涨红了脸。又过了两分钟，他突然转过头，紧紧抓住了我妈的手："现在他除了那块三十年的老字号招牌，什么都没有了。"

我妈的眼泪干了，她知道不只是潘强恩，很多人都放下了。潘强恩崭新的样子让她感到心酸，当然她也为他的改变而高兴。至于眼前这个男人，我妈轻轻地摇了下头，她非常清楚这个男人并不爱她，也不懂她，只是强行把她拉进了生命里。但如果她死了，他可能也不在了。

"不如你就提前退了，酒楼明显撑不住了，其他股东都撤了资。你一退，他也不用再担心了。"我妈说。

我爸说："离开醉仙楼，谁又认识我？"

"不要再拖累他，加重他的负担了，他现在这么对你，就是想让你离开！"

"真是笑话，你太自以为是小看人了，他这个样子我敢退休吗？我肯定要帮他的。"我爸说，"我早看清楚了，潘强恩就是想让我离开。除了我，其他员工两个月的工资到现在还没有发，他怕我知道了会担心。员工的工资必须如数发，我不能让他做错事，丢了他的名声，还砸了醉仙楼的牌子。"

我妈说："你哪里还有钱，他一定在联系兑掉这个店了。"

"我没有大钱，还没有小钱吗？他的事我早发现了，我就是看他还有没有当我是朋友。"

我妈说："你还想怎样？"

"至少我还有手艺吧，特级厨师。凭我的条件，年薪要上百万的。"我爸自豪地说。

我妈幽怨地说："他都到了这个时候，你还想趁火打劫啊！"

我爸也来了气："你太小看人，我说过要钱了吗？帮他渡过这一关总可以吧？还有粤剧社那些兄弟姐妹，谁会看着他倒下？大家早已私底下商量好了，要帮他渡过难关。"当然，我爸这么做也是有私心的，我猜他一定会把我大哥带过去，让他免费帮忙，毕竟我大哥学的是酒店管理，找工作有局限，可毕竟是自己的崽，他能做什么我爸心中有数。而我大哥显然也会同意，毕竟和同学闹掰后，他降低了自己的期望值，闲逛数日后，他跑去朴朴送菜公司咬牙做了一周，拿到工资便回了家。改变思路后的我大哥把话讲给我妈，说自己可以接受学做烧鹅和各种卤味。我大哥认为厨艺全凭领悟力，根本不需要专程学习，辣子鸡、酸菜鱼等其他菜品他也随时能上手。他认为做餐饮没必要那么高傲，各种口味的都需要有，毕竟这里是深圳。见我妈吃惊地看着他，我大哥沉默了，样子显得孤单寂寥，因为他曾以为自己还有别的路可走。

我妈问我爸："当初潘强恩侄子从店里离开，我猜也是你的意思吧？"

我爸愣了片刻，说道："讲得那么难听做乜嘢！那是他缺乏悟性，做这行也需要天赋，他没有，所以不适合干这行。我早点讲明才是对他负责，总不能眼看着一个年轻仔入错行吧？"谁都看得出来，说话时我爸的眼神一直在躲闪。

七

我爸与我大哥正式和解是在次日早晨。我爸买了肠粉和可乐放在茶几上，他在等我大哥洗漱完毕。这是我大哥小时候最爱的早餐，所以他常常会把自己的八字脚和大肚腩归罪于我爸买的早餐，还有做的太过丰盛的饭。我爸知道后，暗生得意。他闭住眼睛，脑子里浮现出我大哥吃肠粉的样子，禁不住自言自语："你个衰仔，你是我的崽，祖传的东西我不传给你还能传给谁呢？谱是什么，就是规矩。做人不能变来变去，答应了别人的事情，死也要做到。"

"别人是谁？答应了他什么事？"我大哥喉咙里咽下半截肠粉，眼睛盯着我爸。我爸被问住了，眼睛无处可逃，最后虚着看向别处。看得出他上半身是僵硬的，两条腿在餐台下动来动去。他脑海里浮现出潘强恩拜托他照顾好我妈的情景。那是二十年前的一个雨夜，他知道这份约定是永远不会变的。

见我大哥若有所思，我爸紧张起来，马上转移话题："上午十半去看电影就会便宜十块。"我爸早晨出去买菜时看到新开了家影城，悬在半空中的广告屏上放着电影的片花，是《满江红》和《流浪地球2》，我爸当然想到了我大哥。看起来粗枝大叶的我大哥从很小的时候起便喜欢看电影和各种演出，这种爱好让我爸多次产生疑惑，直至我妈后来倒出真相。

"一张票就是两斤大米呀，是不是不用吃饭要变仙呀你？"我爸骂归骂，从小到大，他拿钱给我大哥买过很多次戏票电影票。再后来，这个"毛病"便不好改了，我大哥一段时间不看戏不看电影便会难受，像是缺了点什么，连我爸做的饭也不爱吃了。我爸认为看电影、看戏、读书都是好事，至少比赌和嫖要好，只是他自己绝对不行，看书就会头疼，看演出就会困。他觉得喜欢这些东西的人的确有些不一样，至于具体有什么不同，他也说不清。到现在他明白了，他就是喜欢这种人，这些人这些事都与他魏东海有关。对我大哥讲这句话的时候，我爸用的是我大哥喜欢的方式。

我大哥明白，却又故意装傻不捅破，心想你做了几十年好事却把自己搞得像做贼，我千万不能像你。我大哥明显感觉到自己长得越发像这个魏东海，再怎么挣扎都无济于事，他认为只能在思维上加以区别和改变了。这一次，我大哥偷偷望向我爸的时候，被我爸看到了，我爸觉得我大哥笑的时候，和自己一样帅。

夏天还没到，嘉宝树便结了果子，这缘于我爸不懈地浇水施肥。他最想看见的就是我妈贪吃他经手的一切美食，在我爸心里，当年的他就是凭着精湛的厨艺抱得了美人归。世纪大吵之后，我妈整个人轻松了许多。天亮之前，她不仅退掉了不久前预订的车票，还把那张早已发黄的剧照和菜的配方重新放回箱子底层，那是我爸的秘密领地。

剧照里的我妈光彩照人，她穿着一条镶了金线的旗袍重返人间。

原载《人民文学》2023年第3期

肖 勤

海边的向日葵

一

那天凌晨的事情其实很简单，就是一个干瘦的修车仔抱着个婴儿来看急诊，说换尿布着了凉，幺幺咳了一整天，刚睡着，他怕半夜醒了再咳，抱来让青玉给开点药。

不咳的药就行。满身机油渍的修车仔表情焦灼不安，说到幺幺刚睡着时，下垂的眼皮不停抖动。他伸出手抹了抹眼角，那是一双与他年龄完全不相符的手，异常干瘦，骨节突出，指甲漆黑，指缝中也全是黑色的机油渍。青玉有些心痛，但她还是带着职业性的不满询问，白天就咳为什么半夜才送来？宝贝妈妈呢？

他妈……跑了，我白天忙着修车。修车仔说着眼圈红了，抱紧怀里毯子裹着的婴儿。毯子很旧，已经洗得半掉毛，上面的粉色猪小胖图案脏得不行，像极了一只被人遗弃的小脏猪。

那时候青玉压根没想到这个生病的婴儿有问题，她只觉得眼前是个可怜的打工娃，没承想遇到的会是狼。还好职业使然，她绝不可能不看病人情况就乱开药——必定是要看一眼孩子的。

你把毯子揭开我看看。她搓了搓手，让即将接触婴儿的手指变得温暖些，春夜的诊室有点寒凉。

修车仔却慌乱挪开，哀求说不看了吧，一动他就醒，又得咳，下午咳得都吐奶了，奶粉贵。

青玉心头一软。

她和于合结婚快十年了，还没有孩子，于合说不急。可每次看到软软糯糯的奶娃她总会心颤。

于是她用羽毛般细柔的声音说，还是要看看的，我动作轻一点。

不看了，你就开点药吧。修车仔坚持，开点止咳糖浆什么的，幺幺不娇气，喝点糖水就好了。

青玉温和地笑了，说，你大半夜跑来看急诊就为了开一瓶止咳糖浆？什么止咳糖浆管用？你要自己会开方子还来医院做什么，对吧？说话间，修车仔紧张的表情和他那头枯黄的头发让青玉的脑子莫名响起警报，心头没来由地咯噔一下，总觉得有什么不对劲。

于是，趁修车仔不注意，她迅捷伸出手，一把掀开虚掩在婴儿脸上的毯子，手指不经意间触摸到一片冰凉。

只瞥了一眼，青玉顿时全身发麻。

那是个死婴，面色乌青。

之后的事青玉记不太全了，她当时实在是吓坏了，满脑子都是小婴儿，恍惚间那小婴儿竟睁开眼，死死盯着她，小眼睛血红……再一转那血红的眼珠又变成了修车仔的，他像一匹顶着秋天草垛的疯狂的狼，眼里长出獠牙，死死咬着她，然后大声狂吼，害死人了！医生害死人了！

午夜时分的医院顿时像涨潮的海水一样翻涌起来，杂乱紧张的脚步声纷至沓来，医院这种地方向来是不缺人的，不到两分钟，整个走廊和大厅便挤满了，连送外卖的小哥也丢下摩托不甘落后地挤到人群前面来。人人皆媒体的时代，无须提醒，有人录像有人拍照，兴奋成一团。

惨白的灯光下,年轻人抱着死婴在大厅里狂声嘶吼,就是她!就是她!大半夜的,我来了一个多小时,她却在睡觉!就是她耽搁时间,害死了我的娃!

青玉无辜茫然地呆站在大厅导诊台前,完全傻了,眼前白晃晃全是手机,都对准她,她下意识挡了一下脸,但这个动作让她显得很心虚,混乱中她大脑一片空白麻木,又仿佛塞满了东西,婴儿死亡的气息和那青紫色的嘴唇,像福尔马林液体一样湿答答包裹着她,人们在说什么、吼叫什么、对着她照什么,她完全不知道……她只看到院办张主任和院纪检室的李主任急三火四地冲将进来,铁青着脸,他们没有跟她说话,甚至青黑的眼眶和白冷的眼仁中还带着划清界限的生冷和戒备。

查监控。主任皱着眉,冷静地控制住局面。

青玉长长松了口气,回头间却看到满脸泪水的修车仔站在人群中,嘴角闪过一丝不易察觉却又如释重负的表情。青玉来不及思考,只觉得很快事情就会水落石出。

电脑屏幕上,凌晨一点二十一分,修车仔抱着婴儿冲进大厅,步伐零乱,他挂了急诊,然后跑到她诊室门口。画面里,修车仔伸出手,明显有敲门的动作,然后他停下来,探了探头,缓缓坐到旁边的候诊椅上。过了一会儿,他又抱着婴儿到门口停顿张望,再次敲门,最后又退回来坐下。直到凌晨两点二十九分,他才再次走到门前,推门而入……

她值夜班睡着了,就是她耽搁了我家幺幺,幺幺才八个月啊!修车仔紧抱着死婴,动作夸张地跪在地上,号啕大哭。

青玉怔怔地看着屏幕。

现在她全身是嘴也说不清。

她哪里睡觉了?算算她已经失眠好几天了,修车仔只是做了个敲门的假动作——他知道医院有监控,他的敲门和等待都是圈套,婴儿早在来医院前就死了,否则半夜三更来挂急诊的,谁会老老实实抱着病娃坐在那里等一个多钟头?

但她说不清楚,场面太混乱,死婴又明明白白摆在那儿,惨白的小脸,灰白的小嘴唇，细得像小猫爪一样的小手指，它们无助地蜷曲着，像要抓住什么，让人不忍目睹。

尸检！尸检可以查出死亡时间和这婴儿的死因……青玉步伐零乱，追着一言不发的李主任匆匆走出监控室，在拥堵的人群中挣扎出一句。

尸检？人群立即炸开了锅。

青玉忘记了，筑城是一个有着诸多独特风俗的西南边地，比如放在山洞里不埋不弃的棺材，比如幼儿出门必须系在衣襟的剪刀……这个充满现代工业气息的城市，内里依然是神秘古老的纹理，有些习惯是天长日久不容更改的，在这里，惊扰年幼死亡的孩子是最大的忌讳，就连安葬和悼念也必须秘而不宣。

朴素的人群显然被激怒了，他们义愤填膺七嘴八舌地凑上来。

当保安把青玉从挤搡推打中解救出来时，青玉的眼镜已经给打没了，马尾散落，白大褂还被扯掉了扣子，这些都不算，不知挨了谁耳光，脸上火辣辣一片。

快走啊！保安狼狈地躲避着挥舞的拳头，狠推了她一把，你快走。

青玉这才回过神来，惊魂未定地逃出急诊大楼，跑上平安大街，失去扣子牵绊的白大褂像一对白色的蝴蝶翅膀，悲凉地扇动羽翼。一辆辆夜车从她身边拐着弯惊险万分地驶过，她一边狼狈不堪地闪躲，一边回望身后那闪着巨大红十字光芒的急诊大楼。

卖甜酒汤圆的女摊主愕然地看着她，手里的勺子高高举起，在青玉看来，这女人也是要攻击她的，全世界都在攻击她。

她慌张惧怕地看着微胖的女人，往后退了两步，差点被马路牙子绊倒，仓皇间，什么东西从她眼里淌下来，滚烫。她抹一把湿痛的脸，胡乱脱掉白大褂，摔在湿漉漉的地上，转身跑向车流。

二

青玉并不喜欢这座城市，这座城市四面都是山，又常不见太阳。连绵的群山间，巨大的银色输送管将矿石从山上运到城里，像一条盘在天地间的贪吃蛇，城里到处是巨大的烟囱，它们向城市输送着复杂的气体。除了这令人呛咳的气体，街上到处充斥着汽车尾气、火锅、烧烤和烈酒的味道，浑浊混乱。不像家乡那座临江的小县城，四季温润，干净得像幅画，春雨季节，雾雨笼着青葱的茶山连绵入云端，不是江南胜似江南。可是她有什么办法呢？这座野蛮生长的城市里有于合，这是她执着地留在这个地方的全部勇气和理由。

雨丝细柔如绒毛，夜半的城市灯火迷离，她的照片在医院门口的宣传栏里闪着朦胧的光芒——那是个知性又冷静的女人，位居筑城十佳最美医生榜首，她目光安然，正对着诗和远方微笑。

然而此时此刻，和那张照片同样面孔的女人却成了一只惊慌失措的过街老鼠，只能且必须在一盏盏窥探的夜灯下扑向滚滚车流。

紧急刹车的出租车司机没有生气，这是医院门口，半夜从医院里飞奔出来的都是需要天使拯救的人。

需要帮什么忙？人到中年锋芒收敛，司机声音温和如天使。

她说不出话，握着车门把手的手不停发抖，眼泪成串滴落。

司机收回眼神，缓缓把车驶出平安大街，到了红绿灯才问，走哪儿？

煤、煤矿村。青玉好不容易说出三个字，喉咙里有温热的液体淌过，是的，煤矿村，那里是她的家，她和于合的家。

出租车绕行而上，爬上筑城唯一的城中山，这里是老矿区，曾经繁华喧闹，是筑城最热闹的所在，如今黯淡在岁月的褶皱里。

青玉在半山腰五道拐下车。

司机看一眼黑麻麻的楼栋，突然问她，家里有人吗？

刚逃出劫难的青玉全身一抖，赶紧答，有啊，有。然后跳下车飞奔向院门。

其实家里根本没人，怎么会有人呢？于合已经离家多日不归。

打开门，一股寒湿扑面而来，这个春天总是阴雨不断，墙壁是冰的，空气也是。青玉没开灯，蜷缩进沙发，目光呆滞，脑子里放电影一样不断闪现医院的一幕幕。

从小到大，她一直是个温纯老实的好孩子，成绩好，但不够机灵，所以当不了班长，永远当学习委员。高中班主任常说，这孩子就是太老实，以后成事成在这个上，败事也要败在这个上。这话今天是应验了——现在回想起来，她在候诊大厅里失控地大喊尸检，简直就是作死。

挂钟时针已指向凌晨四点，于合又不回来了吧？自从她在他手机里翻到那些照片后，于合便避而不见，这在以往的生活中是不曾有的。于合是一只洒脱顽皮的金毛，阳光大男孩那种类型；又有点像拉布拉多，见到陌生人比见到亲妈还亲，总之从来就不是沉默倔强的类型，一个人突然间变成这样，情况显然比青玉想象中严峻。想到这里青玉有些惊慌，什么东西正在迅捷地从她手心消失，她即将一无所有——在这个她抛弃全世界换来的城市。

那些鬼照片眼下完全不重要，重要的是于合回来，这城市除了于合她什么也没有。

青玉摸出手机，翻看于合数日前发过来的旧信息：那个纪录片快播了，改片，加班，不回。

青玉不知道"那个"纪录片到底是"哪个"，仔细想来，这些年两个人各自忙着，在一起说话的时间并不多。她在急诊，每天看得最多的除了鲜血就是濒危病人，这样的事回来不想说也不便说，吃饭时不行，睡觉时更不行，那就是没时间了。于合则是忙拍片子，经常一出门就是个把月。二人一个经常上夜班，一个整天不是出了门就是准备出门，要凑到一起吃个饭都有点难。因为作息时间不同，不到三十五岁他俩已经分房睡了，偶尔于合会半夜摸过来，轻车熟路却又匆匆了事，青玉高兴又生气，觉得他不像是来亲热，倒像是半夜起床上厕所。这话说出来恶心的到底是自己，只有不说，但情绪憋着，久而久之她就不愿意了，于合只好黑着脸又钻回他那边睡去。

除非咱们要个孩子。早晨起来，有时青玉会主动撒娇以示妥协。

于合不买账，才华横溢的他对他们现在的房子、车子、位置都不太满意，尤其是房子，这是他父母当年房改时买的厂区房，三十年河东，三十年河西，以前最热闹最俏式的地方，现在成了筑城最旧最老的地方，在山上不说，住的人还鱼龙混杂。

我要让宝宝住在观山湖看风景。于合骄傲地梳理着他桀骜不驯的卷发。

没想到宝宝还没要成，于合却把初心弄丢了。

握在手里的手机从未如此灼热过，犯错的是于合，可他至今都没有主动打过一个电话，她确定要打过去吗？告诉他她需要他。

需要他——这样脆弱又卑怜的话青玉说不出口。自尊心卡着她的喉咙，最终她选择了放弃。

微雨不知何时已停，天快亮时，山顶墨色的树梢影间竟然升起半弯残月，是上弦。月光透过窗帘浅浅淌满屋，如忧郁行走的挽歌，她看着那缕月华，鬼使神差地缓步走上阳台——后来想起这一刻，就跟撞了邪似的。

从七楼向下望，弯曲向上的盘山水泥路像古老致幻的魔法符号，一束车灯沿着它诡异地驶上山，最后绕进楼下的院子。那是一辆白色宝马，它小心翼翼地驶过寂静的夜，如划过水波的幽灵，无声地停在单元楼下。

天都快亮了啊，原来世上还有这么多人，和她一样煎熬在所有人都安然沉睡的夜里。

一个高大的身影从副驾驶位走出来，洒脱地甩了甩卷发，带点慵懒，带点狂放，正是令她沉醉多年的模样。

是于合。

青玉的心漏跳了半拍，然后剧烈地跳动起来，像当年初恋时一样，她快乐得变成一只鸽子，伸开白色的翅膀扑棱扑棱想要飞下阳台去。可她还没来得及探出身子欢声低唤他的名字，紧接着又一个纤细的人影从驾驶位钻出来，追上前紧扑向于合。

于合被她扑得急冲了两步才停住，他有点紧张地左右张望，拿手去掰那双手。

那双手却肆无忌惮地紧箍着不放。

青玉愕然张大嘴，仿佛被箍的不是于合，而是她，窒息的感觉一浪接一浪朝她打过来，她紧张的喉咙发出临近死亡的人才会发出的暗哑的嚯嚯声。

好半天，于合转回头用力地推了超短裙一把，好像是生气了、拒绝了，然后眨眼间他又突然把她搂回来，就像歌剧里的演出，生离死别的两个爱人，推开抱紧，诉尽万般离别苦、破除万般世间障，最后生死相许——于合最后决定返回去，打开车门那一刻，他下意识抬头朝楼上望了望，青玉吓了一跳，赶紧缩回脖子，把自己潜藏在黑暗里，心脏咚咚乱跳着，好像偷情的人是自己。

……

上午十点多，青玉在清脆的鸟鸣声中昏昏沉沉醒来，正是红嘴蓝鹊喂育幼鸟的季节，煤矿村后山树林里的鸟鸣声一天比一天嘈杂。

她从沙发上挣扎起身，蓬头垢面地走向卧室。

卧室空荡荡的，没人。

客房、卫生间、书房都没有人，她神经质地翻找床脚，甚至打开所有的抽屉，都没有人。

滞后的记忆终于苏醒过来，是了，于合并没有上楼，他被超短裙牵回了车里。

"大师兄，师父被妖怪捉走了。"不合时宜地，她脑子里突然冒出这么一句话。

咯咯咯，她被自己逗笑了，声音沙哑，鬼似的，仿佛不见的真是唐僧。

青玉边笑边打开水龙头，捧起水胡乱泼洒，湿答答的头发贴在惨白的脸上。镜子里有个女人在说话，于合，你不回来，我本来想跟你讲的，我看到了一个死婴，好吓人。

屋子沉静如深海，除了涓细的水流声，无人回答，也无人安慰。

老鼎打来电话。

院里的意思，你先在家休息，等网上风头过了再说。老鼎闷声闷气地说。

哭了一早上的青玉这才意识到昨晚的事没完,也就是说,昨天晚上她的天塌了两次,然而这并不是最糟的——最糟的是现在她还被压在废墟里,却无人营救。青玉颓然打开手机微博,果然在网上看到了陌生的自己,表情惊恐狰狞,下面的跟帖铺天盖地,问候全家的,祝早升极乐的,送她癌细胞免费三件套的……青玉按捺着性子往下翻,到最后实在看不下去,手指哆嗦,眼前发黑,胸口越来越紧硬。凭着医生的本能,青玉强迫自己放下手机镇静下来,走进厨房,她得吃点东西才能撑住。打开冰箱,拿出几个鸡蛋,她想煎荷包蛋,结果接连打四个蛋都掉到了地上。青玉索性将空碗狠摔到地上,胡乱披了件开衫下楼去吃东西——网友都在咒她死,可她要死也得当个饱死鬼。

煤矿村听起来是村,其实是座矿山。20世纪80年代,筑城最老最早的一批厂区房就建在这里,顺着狭窄的山路从山脚到山顶,一路蜿蜒向上全是房子。后来矿没了,厂也没了,煤矿村成了三不管地带,到处是农民、工厂职工和外来务工人员乱搭的违建房,密密麻麻的鸽子房和厂区房交错在一起,彼此见缝插针,如同天作之合,容纳三教九流,于是整座山成了一个混乱怪诞又充满烟火气的所在,有租房的,有吸粉的,有正经开美术音乐培训班的,也有卖臭豆腐卤菜的,当然,还有贩假货和搞手机贴膜批发生意的。

于合不愿意要孩子的原因,是担心这里环境不好,孟母三迁那是亡羊补牢,我们先完成硬件条件这叫未雨绸缪。

厂区房值班室斜坡上有棵经年的老槐树,树皮斑驳,枝条如魔。楼下的老青砖围墙被包装厂的老保卫科长抠开了个洞,一对来自乌江渡的中年夫妻从他手里租过来,螺蛳壳里做道场,竟在小小的洞子里支了个棚架卖起了早餐和油条。

熟悉的香气扑面而来,热腾腾的大油锅刺刺刺发出油条膨胀满足的响声。一旁的长条案板上,一大竹筛油条金黄灿烂地围绕摆放着,像朵喜庆的葵花。再往边上是个小铁炉,上面烧着锅豆浆,汤浓,香气浓郁。

这对夫妇青玉已经很熟了，去年疫情防控期间两口子没抢到口罩，青玉还把家里仅有的一包口罩分给了他们一半。

老槐树花期刚至，垂下累累白玉籽般将开未开的花串，在阳光下闪着晶莹光泽。见有人走过来，树下的女人笑得和花一样香甜，说，美女，几根油条？

她摘下脸上的口罩，清了清干涩的嗓子，说，一根油条，切四刀，一杯豆浆，不加糖。

好脾气的老板娘看清是她，笑容顿时僵在脸上，舔了舔细薄的上唇，尴尬地扭过头，动作飞快地夹了根油条，敷衍了事切了四刀，麻利地装进袋子，然后有意无意半勾着滑润的手指。

袋子便缓缓滑坠在常年浸满油的木案上。

青玉伸出的手在空气中尴尬地停留了半秒，最后，她缓缓拾起油条袋，沉默地转身。

还出来晃啥子嘛！身后传来女人压低嗓子的嘀咕声，换成我就不出来了。

谁？咋个了？坐在油条摊旁剥毛豆的老奶立马凑上来。

那个医生，昨天半夜把一个奶娃耽搁死了不认账，还嚷嚷要尸检。唉，巴掌大个娃，尸检这样的话她也敢讲！老板娘叹气，平时看上去多好的人，去年还送口罩给我家。

喊，送个口罩就是好人？老奶故意提高嗓门说，现在的医院和医生惹不起，我屋头老汉住个院，就花了不少冤枉钱。

没完了是吧？青玉愤然回过头，身后的声音戛然而止，再看几张脸，各看一边，仿佛刚才的聒噪根本不存在，只有脸上冷然的笑意和不屑在太阳的斜光中显得十分真切。

记住，你给我装孙子。老鼎的忠告响起在耳边，不要去跟帖，不要去辩解，要懂策略，一定要降热度，你一个人吵不赢全世界。更何况他们根本不在乎真相，他们只相信他们认定的东西。

老鼎说得对，青玉强忍怒火，把油条和豆浆扔进身旁的绿色垃圾桶，大步流星地走了。

一整天青玉没有吃东西,阳光照进屋又退出去,云朵在窗外的天空飞逝,最后归于夜色,她还是没开灯,房间里只有笔记本电脑在漆黑中闪着诡异的蓝光,魔鬼一样吐出一条又一条跟帖,句句是利剑,条条都诛心。

二十四小时过去,她已经成了网络红人。呵呵,人生何其有幸,她居然以这样的方式"名满江湖"。

门锁咔嗒一声响,于合进屋来,齐肩的卷发有点乱,神情也是。

青玉一阵狂喜,于合是特意赶回来安慰她的吧。青玉按捺着激动的心情,佯装镇静地扣上笔记本电脑,端坐在沙发上,身体却微微发颤。

然而于合径直去了卫生间,青玉听见里面响起懒散的刷牙声、水声,然后洗衣机嗡嗡响起来……不知过了多久,于合打着哈欠,提着昨晚和女妖怪离去时穿的那件风衣走向阳台。

他沉默地穿过客厅,仿佛她是个透明体,他完全看不见。

但她却看得见,她看到他跟往常一样,仗着人高马大,踮起脚去够晾衣竿,没想到脚下一个趔趄差点摔倒,他吓得不轻,狼狈万分地抓住洗衣机边框轻骂了一句。

以往这种时候,她肯定会扑哧一声笑起来。但现在青玉笑不出来,她感觉自己正一寸寸淹没在无边的海水中,委屈、绝望,统统涌上来,她挣扎着试探道,你没看热搜?

于合停下脚步,表情有点愕然,也许他已经做好了犯忌桃花被兴师问罪的准备,不想青玉另起一行,问的话也无头无脑,搞得他脑子一时转不过来,略显迟滞地反问,忙片子,什么热搜?

没什么。青玉彻底失望,说,照片的事,你不准备解释点什么吗?

于合歪歪头,无情且残酷地展开一个洒脱的笑容,道,青玉,我们都是骄傲的人,不是吗?

青玉听不明白,她骄傲过吗?她一心都是他和工作。

你是挺骄傲,也很辛苦,不是在拍片就是在拍片的路上,或者说,不是在某些人床上就是在去往床上的路上。青玉冷冷说完，转头看向阳台。

阳台上，那件卡其色风衣正刺眼地高高悬挂着，像战袍，像盔甲，像插到她阵地上的胜利旗帜，还好老天有眼，此时无风，否则它一定会猎猎飘扬给她看。

哪儿来的？青玉故作平静。

于合回头看一眼，不自然地说，自己买的。

你从头到脚连袜子都是我买，什么时候自己买过衣服？青玉冷笑。

那你还问什么？你觉得这样子有意思吗？于合取了根棉签掏耳朵，嘴角扬起，带点痞味，一股破罐子破摔的味道。

青玉难以置信地看着眼前这个男人，她正身陷沼泽，一点点被吞噬，他却无视她的生死，甚至还要补上一脚。青玉咬紧牙关，进行最后的妥协和争取，说，于合，我们聊聊好吗？我遇到……

于合霍然起身，声音冰冷，打断她说，我累了，想休息。

三

于合意外坠楼的位置正好是被女妖怪箍住时站的那一块地砖的位置。

那块砖挺倒霉，它和其他砖不一样，因为以前坏过，物业重新安装时找不到同款，只好随便用了一块灰黑色的代替，像死神的路引。现在这块砖很快又将被物业换掉，不是因为它坏了，而是因为上面有血。

宿醉乍醒的青玉一路狂奔到楼下，看到那一摊红红白白的零碎和冷润，青玉顿时瘫跪在地。

于合。她把残破的于合抱在怀里，用大腿撑起他绵软得怪异的脖子，说，于合。

人群围上来，米粉裹卷一样层层叠叠，有人打电话给社区，有人打110和120。

青玉放下按在于合颈动脉的手，抬起头用死鱼样的眼神看向人群，说，不用打了，他走了。

你怎么能确定他……那个了？人们急切地追问，万一能救活呢？

我是医生，网上那个急诊科医生。她看向众人，神情古怪，说，你们这几天不都在骂吗？

众人你看我我看你，窘然不语。群体的清算也好，隐秘的进攻也罢，一旦面对面相向，难免让人尴尬。

一滴泪水滴落在于合尚有余温的脸上，她迟钝地低下头，亲吻于合的脸颊，又将他纤长的手臂归拢在胸前，让他显得像安详入睡的过客，抑或是一个虔诚的教徒。可她这一动，于合的血便又从破碎的脑后涌出，红红白白糊了她一身，再洇漫到地面。

有谁看到什么情况没？匆匆赶来的女社区主任拨开人群挤进来，又差点吓退回去，强忍着胃里的翻腾慌乱发问。

我看到了。香樟树下，远离人群的地方，一个水滴般的声音回答，我住对面楼，这个人在阳台上踮脚取衣服，没站稳，就摔下来了。

那是个二十出头的年轻人，长得像电视剧《知否知否应是绿肥红瘦》里头那个小公爷，温润清秀，也许因为是第一目击者，他边说话边喘息，紧张得满额头冒汗。

死亡对事不关己的人来说根本无关悲伤，只添热闹。

不到半个钟头，楼前的空地和楼梯间里便塞满了人，警车一来，亢奋的人群像潮水一样分开。车上先下来两个警察，一胖一瘦，都长着一张国字脸，像两个葫芦娃，看着里三层外三层密密麻麻的老头老太太小媳妇大爷们，二人顿时露出一脸生无可恋的表情。紧接着车上又下来两个，皱起眉头二话不说直接开始拉警戒线。

你俩楼下，我和匡容楼上。瘦警察一边安排一边左右张望着什么，然后朝胖警察挥手示意。

于是人群又随着两个葫芦娃警察哗啦啦合涌奔流而上到七楼701室，有的站在门口窃窃私语，有的自来熟地钻进卫生间端来热水帮失魂落魄的青玉洗去满手血迹，有的显然见过世面正来回踱步焦急地打电话联系殡仪馆——尸体还在下面用白布单盖着,瘆人得很。

有什么好看的？一点常识都没有,现场全被破坏了,现在又都堵到人家里来。胖警察抱怨,又十分专业地高声问,目击者在哪儿？

人们左右张望,不见那个小公爷。

刚才还在呢。有人好奇地说,接着有人趴在灰尘遍布的过道窗户上大声往下喊,喂,树下那个谁,叫你呢。

让人都先散了吧。瘦警察比较精干,皱着眉交代社区主任,下去尽量不要再接近现场,都绕开点。

主任忙不迭地摆着手说,贺警官,你不用那么紧张,啥子现场不现场,有人看到了是意外,请你们来就是完成个手续,得开死亡证明,不然送不去殡仪馆,这么摆在楼下再耽搁下去拍视频的一来网上一发,咱煤矿村要出大名。

瘦警察叹口气说,我知道,你先疏散人,再下去把目击者叫上来吧。

小公爷像是只蜗牛,楼道里安静得完全听不到声响了,他才出现在701门口,神色苍白,眼神忧伤。

也许是嫌他来得太慢,瘦警察沉着脸瞪了他一眼,凶巴巴地说,你看到的？

小公爷有点惧怕地往后缩了缩,点点头。

瘦警察本来还想说两句,见他那发蔫的样子,打住了。胖警察打岔说,你把你看到的情况再说一遍。

小公爷站在门口,指着阳台说,那个人去取衣服,就是那件卡其色的,太高,他跳了一下没够着,然后好像脚滑了一下,一歪身子就跌下去了。

胖警察飞快地记录完,如释重负地扣上本子。还好是意外,否则又没得闲。

瘦警察显然是个心眼子多的,他眯着眼转头看向青玉道,你说说。

青玉摊着湿答答的手,呆滞地看着他。

你说说。瘦警察重复。

说……什么？青玉茫然地眨眼。

你喝酒了？

啊。青玉木然地点点头，指指茶几上散乱的酒瓶和酒杯。

好家伙。瘦警察皱眉道，这是开酒吧还是怎么着，雪花啤酒、百草香、珍十五、汾酒、梦之蓝……牌子真不少，天南地北的，喝遍长城内外了都。

为什么喝酒？喝了多少酒？在哪儿喝的酒？瘦警察一句紧接着一句。

青玉有点蒙。就在这里喝啊！她脑子昏沉，说，还能去哪儿？上个街人人喊打……突然，青玉像是想到了什么，惊惧地瞪大眼，霍然转身看向阳台，面色发青。

怎么了？瘦警察敏感地盯住她。

他摔下去了。青玉目光乱闪，指着阳台叫，快，他摔下去了！

你们是不是吵架了？瘦警察不管，继续追根问底。

好脾气的胖警察一把抓住情绪混乱的青玉，又侧过身凑在瘦警察耳朵边嘀咕了几句。

瘦警察眼神锐利，边听边上下打量歇斯底里的青玉，说，网暴？难怪喝成这样。

但总有什么东西不太对劲，瘦警察沉思片刻，问，他坠楼时你在做什么？

小公爷的声音清脆地岔进来，她在喝酒。

正巧青玉打了个酒嗝，喷在胖警察脸上，胖警察顿时脸都绿了。

青玉晃晃沉重的脑袋。是的，她在喝酒，从昨晚喝到天亮，醉了醒，醒了又醉。

屋子变得很安静，看着她的几道目光都充满了无声的悲悯。青玉咧嘴想笑，眼泪却滚落下来，她转过头，失神地看向阳台，明亮的光束从晾晒的衣服间射进来，像电影里去往天堂的光，那件卡其色风衣正在光影中轻轻摇晃。

年轻人不自然地咳嗽了一下，瘦警察看他一眼，又顺着他的眼神看向青玉的脚——她没穿鞋。

给她找双鞋。瘦警察叹口气，叮嘱刚从楼下处理事务回来的社区主任，

120先出个死亡证明，我们这边才能出。说完顿了顿，又不满地说，阳台隐患，不是一直让你们社区组织整改吗？

你帮帮忙！这里是煤矿村。主任忙进忙出还讨批评，火气上来没控制住，说，这么个小山包塞了一万多人，破房子今天这个住明天那个住，我找谁收费搞整改？上面年年都说纳入棚户区改造，五六年了，可只见楼梯响，不见人下来。再说了，你们派出所管流动人口要是抵事，煤矿村能乱成这样子？

瘦警察语塞，两人正大眼对小眼要杠上，楼下有人兴奋地大喊，车来了！

社区主任弹簧一样跳起来，也不抬杠了，搀扶着青玉出门，说，快快快，殡仪馆的车到了。

她才不想再配合警察调查些啥子鬼呢，只要确定不是凶杀她就心安了，不然年终社会治安综合考核又要扣分。再说了，所有人都希望是意外，都觉得当务之急是把楼下的尸体运走，然后让物业抓紧清扫现场，那些红红白白……社区主任也不敢细想，头皮直发麻。

走吧走吧，下楼吧。她回头催促着警察还有门口的年轻人。

小公爷回过头，犹豫地朝屋子里望了望，深吸了一口气。

正是万物生长的季节，穿堂风吹过客厅，传来隐约的青草香和花树香。煤矿村的后山是一片茂密的树林，正盛开着各种野花。此刻，春天和死亡两种截然不同的气味充溢了这个不寻常的清晨。

晚上，于合的同事和朋友陆续来到殡仪馆，青玉呆坐在灵堂前，盯着那具冰棺，她有点困惑——生和死到底哪个更好？于合死了，可大家都陪着他念叨着他，她明明还活着，却在网上被一刀刀凌迟，无人管无人问。

于合躲了她半个月，现在总算如愿以偿，再也不用面对她的质问或控诉。他是个骄傲的人，骄傲到既不跟她讲道德，也不讲责任，只一意孤行。现在好了，把自己孤行到冰棺里。真有意思。

走路带风的女副台长走过来，淡定地提醒青玉，要不单位安排个人回去找张于合的照片？挽联中间还空着呢。

青玉缓缓抬头，这才发现冰棺上面的黑边相框还空着。

也……行。她转动酸涩的眼睛，看向副台长背后那个面色发青的女子，正是掳走唐僧的女妖怪，于是青玉朝她扬扬下巴说，你跑一趟吧。

女妖怪挂着两行泪，失魂落魄却没忘撇清关系，说，我……也不知道你们家在哪儿啊。

你怎么会不知道？青玉意味深长地笑，目光像在挑逗一只走投无路的小老鼠，说，半夜你不还送于合回家了吗？去取照片时，记得把阳台上那件风衣拿来给他烧过去，他就是取风衣时摔下楼的，有意思吧？

副台长明显咀嚼出某种味道，脸上乌云渐起，正是风雨欲来的架势。这时灵堂的灯突然炸出一股青烟，熄了，厅里漆黑一片。短暂的惊诧后，一抹暗蓝的月色从玻璃窗外透进来，隐约映着灵堂白色的纸花和飘飞的挽带，还有森冷的冰棺，气氛显得有点诡异。灵堂里的人一个个吓得汗毛直竖、不敢动弹，有稍微大胆的轻声嘀咕了一句，见了鬼了，什么年头，居然还有灯会坏，是不是人走得冤？

青玉的声音突兀地响起，看嘛，是于合在催，他想穿的衣服没穿上。青玉说完将钥匙朝女妖怪站立的方向递过去，眼底浮起一丝不易察觉的笑意，狰狞、决绝。

谁心里没一把刀子呢？善良不善良而已，递出来不递出来而已。

从火葬场出来，骄傲的于合变成了一罐子沉寂的骨灰。

青玉没有给他下葬，凭什么给一个负心汉买墓地？墓地那么贵，每平方米比于合打算在观山湖买房子的价还要高。青玉抱着罐子回了家——有些事不是一死就能了之的，这是她和他的家，他不想回也得回，哪怕将两个人的灵魂都囚禁在这里，总归是在一起。

彪悍肥胖的女楼长堵在楼门口，两道文过的眉毛紧揪在一起。你啷个能把这个东西拿回来呢？她焦躁不安地说，这啷个行？

青玉面无表情。

妹子，你何必嘛。我晓得你最近不太好过，我是大姐，理解的，但是现在网上那么多说你坏话的人，你何苦再把一栋楼一个院子一座山的人都得罪光？这日子总还是要过的，抬头不见低头见。

谁稀罕见？青玉身体里有一团炸药被徐徐点燃，眼前的女人不打自招，就算参与网暴和跟帖的人里面没有她，但天天兴致盎然盯着守着等待更新的必然有她，不然能知道得这么详细？

嗐！怎么说你呢妹子，你一个女孩子家性格也太……不然人家也不会专门攻击你。你放那……那啥子在屋头，终归是不好的嘛，难道你就不害怕？

医院里那么多大体老师我都不怕，一罐骨灰我怕什么？青玉长长地吸一口气，把冒着烟的火气压下去，恶作剧地、慢吞吞地答。

女楼长有点蒙，她不知道大体老师是什么老师。

大体老师是教什么的？她问。

遗体捐赠者，就是你们说的尸体。青玉痛快地吐出一句话。

天爷！女楼长发出一声高亢浑厚的惨叫，你疯了吗？

青玉毫不客气地推开她，啪一声关上门。

骨灰罐子让青玉成了众矢之的，楼下几个老奶一大早买完菜就坐在楼下院子里，边择菜边骂个不停，晚上，不下雨的夜，她们也凑在院子里抱怨个不停。青玉听完楼下的骂声又接着看网上的骂帖，二十四小时倒还一点都不寂寞。

这天夜里，老奶们又搬了椅子坐在树下愤愤不平地唠叨，楼道灯老坏，以前不坏的，都是楼上闹妖，吓人不是。正细数各种异常，社区主任过来了，把几个老奶教育了一顿，从移风易俗讲到个人人权，从选择自由讲到人民群众内部矛盾，再讲到民主团结法制。毋庸置疑，社区主任讲话还是很有格局的，大格局一摆，老奶们的格局就显得小了，声音也小下去。

人家工作上的事，官网上没定论，大家不要传谣信谣！骨灰盒的事呢，我觉得大家要换个角度想。社区主任故意把声音提得很响亮，让楼上楼下阳台上支棱着耳朵的人们听到，要是咱们哪天走了，子女愿意把骨灰放在家里，你想想美不美？不用在荒郊野外淋雨受冻，子女吃糖醋排骨，你能闻到香，家里添子添孙，你能看到他们换尿布，多好的事。

老奶们埋头不说话。人少常提死，因为不怕死；人老不敢提，因为怕离别。听社区主任这一说，个个觉得楼上那个摔死的男人真是有福气。一番叹息后，老奶们各自提着小板凳散了。

夜终于安静下来。青玉想，社区主任还真是有心，今天是于合头七，她过来先挡一挡，是帮青玉清理障碍，让她有工夫下楼找个地方烧纸。一个多星期过去，青玉到底看到了一丝暖阳。可这温暖来得太迟，迟到很多东西已经无法挽回，比如现在，青玉除了无所谓，还是无所谓。看一眼于合的遗像，青玉上了三炷香，算是把头七敬了。按民间的说法，头七过后于合的三魂七魄就真的散了。可散不散的，青玉还是无所谓，人间已如此狰狞，一捧骨灰、一个于合完全不足为惧。

点完香，青玉换了身暗紫色的瑜伽服，戴了黑色棒球帽和口罩，把自己缩成一个影子静悄悄地出门下了楼。

冰箱空了，面也没了，她总不能让自己就这么不明不白地饿死，尽管网上那些人巴不得她死掉，但青玉单薄的身体里倔强地生长起一根森白的骨头，细长尖瘦、狰狞锋利，以刺痛维持生的意志。

路灯从山脚亮到山上，像一串绵延深入天宫的宫灯，那个经常来卖棉花糖的小摊贩站在一盏路灯下，独自踩着自行车转轮，摇出一束膨胀又虚无、一抿即逝却又可捕捉的巨大的棉花糖，然后自己对着路灯昏黄的光，伸出舌头一口一口快乐地舔……这么一个春风沉醉的夜晚，却和青玉无关。

青玉把自己隐身在香椿树影下，撑着和棉花糖一样不太真实存在的双腿往前挪——网上的攻击让她吐了整整七天，森白的骨头撑起了心脏，撑不起虚弱的胃。

四道拐二十四小时超市门口竖着一把红色大遮阳伞，伞下嘤嘤嗡嗡飞满了蠓子和飞蛾，它们义无反顾地扑向黄色的灯光，发出细小又凄美的吱吱声，青玉觉得自己就是那些蛾子。进了店，老板胖子用探究和狐疑的目光盯着她，青玉只好顺手抓了两瓶酒、几盒方便面便匆匆离开。

寂静的深夜，半山腰偶尔传来几声狗吠，青玉沿着墙根树影一路跑回院子上到七楼，一抬头，人便呆了。

出门时她没注意，这会儿才发现，门上贴着张照片，正是她评选最美医生那一张，被翻拍成黑白照，脸上用红笔打了个叉，眼珠被戳穿，下面粗暴地写着两个字——去死。

黑暗里，穿越楼道的风发出飞机般的轰鸣声掠过，震撼、猛烈。青玉在巨大的声响中缓缓晕厥在地。不知道过了多久，恍惚中有人说话和拾级而上的声音，青玉苏醒过来，惊慌失措地撑起身子，小偷一样无声地打开门，迅速逃回屋子。

那晚以后青玉基本上就不出门了，每天，清晨镜子中的女人都在消瘦变样，越来越像行走人间的女鬼。

方便面吃到最后一盒时，不吃狗肉的老鼎终于来了，青玉蓬头垢面地看着老鼎，鼻子一酸，说，干脆晚来几天，收尸算了。

闻着满屋子的酒味，老鼎也心酸，这个温顺又爱干净的女徒弟，莫说酒，连科里开会有点烟味她都受不了，谁想到现在竟在家里憋屈成了个不修边幅的女酒鬼。老鼎嘴拙，不知说什么安慰的话才好，只有推开阳台玻璃门，扯开厚重的窗帘。

蓬勃的光线和空气顿时清鲜地扑进来。

青玉举起布满青筋的手挡住阳光，眯着眼嚷嚷，关上。

老鼎这才看仔细青玉瘦得皮包骨的模样。要死咯。他忧心忡忡地看她一眼，从随身的大包里一一拿出葡萄糖、诺氟沙星、复合维生素片、火腿肠、茶叶、曲奇饼干、巧克力，甚至还有阿道夫洗发液和玉兰油沐浴乳。

看着老鼎变魔术似的掏出一大堆东西，像是探监，青玉终于忍不住，双手捂着脸，不肯让老鼎看到她哭。

我知道你不愿出门……再忍忍就过去了。老鼎想半天，终于说出一句颇有诗意的话，互联网就像一条鱼，只有七秒的记忆。新的一来，旧的就冲下去了。

所以你是来告诉我，七秒已经过去了，是吧？青玉抹掉眼泪，吸吸鼻子问。

那个……迟早会过去的嘛。老鼎顿了顿，困难地表述，小婴儿还在医院太平间存着。那个修车仔不肯火化也不肯尸检。网上舆情又凶，市里要求医院必须拿个态度出来。昨天院里开了个会，院里的意思，公家出十万，你个人承担两万——也不是叫你现在拿钱出来，只是到年底从年终绩效里扣，也不是真扣，就是说法上要这么过，其实是从我们科里扣。另外，要压住网上的事，院里还得有个正面回应，所以出了个通告。

说完，老鼎带着被逼良为娼的表情，慢腾腾地从包里拿出一份文件，言不由衷地劝，青玉，干急诊被打被骂都习惯了，你也别往心里去，我挨过处分，也挨过踹，你都看到的。

老鼎卖惨青玉没话说，前年老鼎被踹破了脾脏。

青玉拿起文件，薄薄一页，却沉如陨石：

"筑城市云月区人民医院关于对我院医生青玉医患矛盾调查处理的通告：2022年4月7日凌晨两点半左右，我院急诊科医生青玉与病人家属秦长命发生医疗纠纷，我院高度重视，第一时间成立调查组对此事进行调查处理。经初步调查，当值医生青玉当天夜班接班后，一直在诊室内未外出，其间，病人家属秦长命于凌晨一点二十一分抱着患儿（秦安，八个月）跑入急诊大楼，挂号后到青玉诊室门口候诊。据秦长命陈述，他敲诊室门后，未听到室内有医生回应，等候十几分钟后，未见有病人进出，便再次走到诊室门口，见医生趴在桌上睡觉，秦长命担心叫醒医生会激怒医生，从而导致医生不给孩子好好看病，便一直等到凌晨二时二十九分左右，这才推门而入，其时患者秦安已经去世。凌晨二时三十七分，医生青玉与秦长命发生激烈争执并纠扯到大厅，双方对婴儿死因各执一词，医生青玉在情绪失控的情况下，要求对死亡病儿秦命进行尸检，激起现场围观群众不满。

"现因秦长命及其家人拒绝尸检，婴儿死因至今无法查明。然而事情被网民在网络上发布后，引起了社会广泛关注，并造成了一定的不良影响，对此我们深表歉意。现经医院专题会议研究决定：暂停青玉处方权及临床诊疗行为，待进一步调查核实后，我院将及时向社会公布调查结果。欢迎广大群众和广大网民监督。"

这是什么意思？青玉晃动文件，纸张发出生硬的声响。

老鼎垂着头，尴尬地搓搓鼻尖，说，就那意思。

就那意思是什么意思？真相呢？不查了？凭什么停我的处方权？

现在哪有真相？现在只有满世界的火药！老鼎愁眉紧锁地说，再说了，你还要什么处方权？先躲着吧！照片都贴到门口了。现在你叫尸检那段视频传得到处都是，院里很为难。

我那句话说错了吗？青玉感觉自己像只等待宰杀的困兽，绝望而无助，那个婴儿来医院前就死了，老鼎，咱们学过的！人体死亡身体变化——死亡一到四小时，肌肉僵硬，死亡四到六小时，尸僵扩散、血液凝结！那个婴儿在来之前就死了，而且至少死了半天，那个人是故意的！他深更半夜抱着孩子就是来医院讹钱！

可是谁会相信一个做爹的会抱着死去的孩子到医院去讹人？老鼎说，天打五雷轰的事，没人信。

天打五雷轰的事我们在急诊科见得还少吗？让公安查那个人啊！青玉感觉自己要爆炸了，他是不是很缺钱？他是不是吸毒？他是不是赌博？人为财死，鸟为食亡，只要有动机就可以解释。还有尸检，只要尸检什么都清楚了。当时如果有法医来，不用开肠破肚也能基本判断死亡时间。可是你们一上来就只知道查我有没有睡觉！要知道这根本就不是睡觉的问题！

是的是的，不是睡觉的问题，我完全相信你，你就算睡觉也容易惊醒，你是个负责任的医生。老鼎心痛地看着这个他一手带出来的徒弟。

惊醒？青玉彻底爆发了，她霍地从沙发里蹦起来嘶吼，我没有睡觉！还要说多少遍我没有睡觉！他也没有敲门，他只是做了个动作！这个人太可怕，一切都是他计划好的！那天晚上我怎么可能睡得着？那之前我就已经好多天没睡好觉了，于合外头有了人，他手机里有照片！我看到了，你说，我怎么可能睡得着！

　　吼完两人都愣住了。老的愕然地看着发疯般的小的，小的冤屈地看着悲天悯人的老的。

　　他们到底还要怎样？要逼死几个才肯罢休？青玉哭起来，回头指着洒满阳光的阳台说，要是没有那晚的事，于合就不会从那里摔下去。

　　老式水磨石地板在阳光下灼灼反射着光，耀眼而刺目。

　　为什么？老鼎捕捉住什么，沉声问。

　　福无双至，祸不单行。青玉抹一把眼泪，咬牙切齿地说，不是吗？我不出事，于合就不会出事。

四

　　晚归的商陆打开房门便瘫倒在地，汗水像泉水一样涌出来，进门镜里，那张比小公爷还要俊秀的脸惨白如纸。他强撑着走到沙发边，又再次跌倒，阿戈美拉汀片和其他药就放在茶几上，他颤抖着手想去够，却够不着。

　　他没想到夜深人静的巷子里会突然冒出个人来，当她凑到他面前将一张照片摔在他脸上时，他差点晕了过去——除了表哥他已经很久没有和人有身体上的接触了，在画室教画他也只是一对一单带，不上大课。

　　表哥的电话打了进来，高亢的语音中带着烟火与鲜腾，那是他向往却永不会有的气息，交给你个神圣的任务，没事帮我留意下你对面那个女医生，最近网上骂得凶，我怕出事，再摔死一个就完蛋了。

　　嗯。汗水贴在身上，商陆打了个冷战。

　　怎么了？表哥听出异常，紧张起来，干吗了？

　　没怎么。商陆再次支起身子去够药，说，上完课有点累。

　　这段时间你给我注意点，煤矿村住的人太复杂。还有，那天你去凑什么热闹？一个死人有什么好看的，你看你那天出了一身的汗。表哥声音凶巴巴的，好不容易救活你一回，莫给我又整出事来。药吃了没？

　　这就吃。商陆温顺地答，心里却说，怎么可能不去，是她啊，是她的事。

回来住行不行？别在煤矿村租房，留点钱养病要紧。表哥碎碎念，我这操心的命……好好来了来了就来了。后面半句已经离话筒远了。

表哥是个好警察，可惜摊到煤矿村这个片区，整天不得闲。煤矿村社情太复杂，它夹在新老城区之间，是这个城市最大的一块补丁，因为改造成本太大，政府不敢动，四处寻找便宜租房的打工人家更不想它动，老年月的老树老房老营生便几十年如一日容颜不改地停驻在这个山包上，从没有谁碍着谁，也没有谁瞧不起谁。

商陆租住在煤矿村，是因为山下左侧曾是筑城大学的美术学院，至今仍有不少画室开在山脚，他任教的画室在二道拐，每天朝十晚十，正好避开上下班的人群，方便他独自来去。他不住表哥家的另一个原因，是他发现自己越来越没有活着的勇气，既然如此，他就不能将消极的阴影留在表哥和姨妈家里。

何况这里有他的药，支撑他活下去的药。

端午到了，雨水又多起来。窗外，雨又开始下，细，像雾，把整个煤矿村笼罩得像一部黑白老电影。

二十二岁的商陆裹着薄毯躺在沙发上，失神地看着对面的楼栋。虽然两栋楼各在山路两侧，相隔十来米，中间还夹杂着巨大的香樟树、林立的电线杆和乱七八糟的网线，但这并不妨碍他的视线。

对面七楼的窗户依然一片漆黑，但他知道，她在家。

两个多星期了，漂亮的女医生一直没上班。白天她通常呆坐在客厅靠左的沙发上，斜倚着扶手，木偶一样。晚上商陆看不到她在做什么，因为她从不开灯，但屋里会若有若无地映出隐约的蓝色荧光，他想她一定在上网。

网上骂她和声讨她的那些成千上万的留言，她一定都看到了。

她其实不该看的，那些东西太可怕，是人都受不了。每每想到这里，商陆心里就生出一阵疼痛。

时间一点点流逝，守着一个不开灯的房间到底是枯燥的，吃了药，商陆不知不觉睡了过去，直到从噩梦中惊醒，梦里他正游向茫茫大海，无边无岸，他累了，渐渐沉下去……醒来的商陆惊魂未定，他剧烈喘息着，痛苦地望向对面。

山上山下都是万家灯火，只有701依然黑洞洞一片。商陆一颗心不停地往下沉，就像在梦中一样，沉向深不见底的恐惧的海沟，那里有无边无际的黑和寂静，然后那些无边的寂静又变成巨大的可怕的吞咽声，从遥远的脑海深处游来，世界变成一张巨大的嘴，黑森森的，他像一条无助的小鱼，眼睁睁看着自己游进那张嘴里……

对面那么黑，他什么也看不到；世界那么黑，他什么光亮都看不到。以前对面那盏灯是他活着的意义，现在这灯却熄了。她的手机号像印记一样刻在他脑海里，可这个号码注定打不出去，对她来说，他完全是一个陌生人。

衣服口袋里有什么东西硌痛了腰，他掏出来，是那张照片。商陆失神地看着照片里那片通红的天空，许久，他放下照片，起身打开门朝楼顶走去。

就在他关上门的那一刻，701的灯亮了。

五

突然忘了挥别的手，含着笑的两行泪，像一个绝望的孩子，独自站在悬崖边……

听着电台音乐，青玉眼湿了，无边的黑夜，是谁站在悬崖边唱挽歌？

路灯的灯光从蓝色天鹅绒窗帘边上泻进来一道鹅黄——于合死后，她一直不愿意打开门窗，这套房子到处弥漫着于合的气息，她恐惧这气息，又无比依恋它，她怕开了窗，风吹进来，把于合的气味吹散。

这些日子她总感到口渴，总觉得屋子里有一种甘美却又恐怖的气味，像寒风中的铁锈味。这气味在死婴事件那天夜里就开始有了，她只有拼命喝酒，因为每喝一口酒，那气味就冲淡一点。于合去世后它变得越发强烈，它一缕缕一丝丝地从于合的骨灰罐子里生发出来，无处不在地包裹住她，蛇一样越缠越紧。

山下指月街上远远又传来救护车的鸣笛声，是谁又去往往生之地了？或者说是极乐之地？这也许是一件美好的事，爱憎痛、怨恨痴，统统一了百了。

白天她回医院去闹了一趟，没错，是闹。她趁着酒劲砸了副院长办公桌上所有的东西，包括他闺女的相框。副院长气急败坏叫来老鼎，五十七岁的老鼎垂着头，一句话也没有讲。望着老鼎颓然无力的双肩，青玉满腔的怒火瞬间被浇灭。都是豆，相煎何太急？副院长真是个狠人。

青玉走出院办，走出大门，最后回过头，看到巨大的玻璃门里映出一个身着黑衣的女人。

不是白大褂，她的白大褂在办公室里。

青玉呆呆地看着那道黑色的影子，说不出话。

老鼎站在大厅里，玻璃上，他的白大褂和她黑色的影子重叠在一起，仿佛前世今生。然后，小老头伤感地隔着玻璃朝她挥挥手，意思是回去吧。

回去？

她徐徐转身，向前走。回不去了。

一切都回不去了。青玉摇了摇茶几上的酒瓶，空的，再摇一瓶，还是空的。她跟跄几步，打开灯，然后用力推开阳台门。

刹那间，昏黄灿烂的路灯光芒如同饱满的花洒一样倾洒而来，将她温柔包裹，像于合初恋拥抱她时的温度。她笑了，抬头迎向夜风，风是湿润的，像爱人的吻。

我爱谁，跨不过，从来也不觉得错。自以为，抓着痛，就能往回忆里躲。她抓着栏杆，昂起头摇摇晃晃地哼唱。

风中有什么声音在呼应着她，令她亢奋——是于合，说不定黄泉路上于合和死婴都在等着她，等着就好，做人时大家没能算的账，做了鬼慢慢算……想想那情形，三人行，彼此是因互相是果，到时候有冤报冤有仇报仇，多痛快！

睡裙口袋里的手机响了。

她不接，都要死了，还接个屁。青玉抬起左脚，醉醺醺骑坐在栏杆上，任风吹动睡裙，继续哼唱，我身骑白马啊，走三关，我改换素衣哟，回中原。放下西凉啊，无人管……

手机还在固执地响。

也好，接个电话留个遗言，青玉晃晃悠悠掏出手机。

那边响起一个年轻干净好听却又寂绝的声音，你说，一个人在世上的最后一秒，最想做的事是什么？

她有点晕，说，既然……是活在世上的最后一秒，最想做的事当然是死。

刚说完，医生的职业惯性突然在她身体深处挣脱出来，将她涣散的意识强烈地聚拢，尽管她神志不清，尽管她想寻死，但骨子里她依然是个好医生——这人要自杀，她得管。

青玉跳回阳台地面，喷着满嘴酒精对着阑珊夜色严肃认真地追问，你是谁？在哪里？

我？对方迟疑了一下，你会在乎一个陌生人吗？

开玩笑，我当了十年急诊科医生，救的都是陌生人。老娘是最好的医生，最好的，没有之一！那些骂我的都不是东西！他们知道个屁。她看着眼前摇晃变形的一切，破口大骂。

你喝酒了？那边说。

你管我，我问你在哪里？她凶巴巴的。

我在楼顶。

哪个楼顶？

全世界所有的楼顶。对方说完，居然笑了。

你要跳楼？

是想，还没准备好跳还是不跳。

嚯嚯嚯的风声从手机里传过来，听得人腿脚发软。青玉按着疼痛的头，哄对方道，好巧，我也正想跳楼，要不，咱们先见一面再跳？

你开玩笑吧？哪有那么巧，你也要跳楼，你不是说你是医生吗？

医生就不是人？医生就不能跳楼？你爱信不信。她索性坐在冰凉的地砖上，胡乱挥舞着手，口齿不清地说，要不是因为这是我在人间的最后一通电话，你觉得我会接一个陌生电话？我管你是人是鬼。

好吧，我信了。姐，我不是陌生人，也不是鬼，我叫商陆。对方轻声说，现在你知道我的名字了。

商陆……青玉昏沉沉地念叨，你别死，别死。

这话她一直想说给于合听，你别死，你别……作死……

不会死了，我刚刚跟自己打了个赌，在我跳楼之前，如果陌生人愿意接我的电话，我就继续活下去，要是不接我就跳。

接电话和自杀有什么关系？青玉听到这里突然炸毛了，你想死干吗非要把锅甩给陌生人背？要是我不接电话，你就是因为我死的对吧？然后警察拿着你的手机来找我，录口供、铐手铐，鸣着警笛呜啦呜啦把我拉走，再然后全世界都来唾骂我害死了人是吧？

商陆没有生气，也没有辩解，声音轻柔委屈，姐，我错了。

你错个屁！青玉意犹未尽，满嘴喷火。

我真错了，我好好活着，你也好好活着，行不？

不行！青玉气恼地答，你死你的，我死我的。

商陆突然笑起来，姐，你这语气，像跟人谈恋爱赌气一样。

耍流氓是吧？要死了都要先耍一把流氓是不是？青玉骂。

我没有。商陆好脾气地答，姐，我才二十二，没谈过恋爱，但我偷偷喜欢一个女生，她大我十岁，我喜欢她五年了，可她不知道。

青玉听到这儿卡住了。这个百来万人口的城市，说大不大说小不小，两个想自杀的人，居然以百万分之一的概率通上电话。夜这么深，还刮着风，下着雨，山上的树都被吹得东摇西晃，但凡商陆打来的信号被吹偏一点点，被夜色吞噬一点点，或者拨错一个号码，她和他都碰不上。

就这样子碰上了，他居然和她谈爱情。

姐，我能不能把你当成她？我不敢说给她的话，都说给你听。

我当你个毛线！青玉刚生出的怜惜消散不见，老娘最不想谈的就是感情。

商陆笑声清朗，姐，我真想见你一面，你撒泼的样子一定很好看。

青玉有些羞愤，这小破孩哪里是寻死的样子，分明句句话都在撩她好不好？她没好气地怼回去说，你不是要死吗？笑成这个样子做什么？

不死了，姐，有你骂我，我不想死。商陆停顿了几秒，突然用充满磁性的低沉声音说，我爱你。

青玉一愣，她明白商陆嘴里说的是她，心里是另外的人，但这魅惑又年轻的声音却是实实在在对着她讲出"我爱你"来。一时间，青玉麻木冰凉已久的躯体像有一道热腾腾的暖流流淌而过，从头到脚，从额头到四肢到每一个细胞，全都沐浴在那份温暖里。

一句陌生人的"我爱你"。

她终于活了过来。

六

互联网七秒的记忆，终于被一个拿着假绿码的人成功覆盖。一位四十九岁的马拉松健将，为了给女友过生日，竟然长跑三天，跑到了筑城来。一夜之间，筑城所有的街道和小区到处是忙碌的基层工作人员和提着小喇叭吆喝的大妈大爷。骂青玉的那些键盘侠终于找到了新对象，马蜂一样嗡嗡嗡飞到另一边去了。

商陆打电话来，让青玉注意安全。这段时间，青玉已经习惯了这个"熟悉的陌生人"，习惯了听他泉水一样轻细却清澈的声音。

青玉以酒当水，不在乎地答，死就死呗，那晚我要是不接电话，咱俩都早死透了。

商陆笑着说，情字不灭，命不该绝，姐不可以死。

这孩子总拿谈恋爱的事情跟她开玩笑，年轻人嘴真皮。放下电话，青玉看一眼墙上于合的照片，于合的笑容仿佛显得有点怨怼，青玉表情冷硬，挑衅地再倒杯酒朝于合致敬，然后一饮而尽。

这张照片青玉手机、电脑里都没有，那个女妖怪从哪里弄来的，她不知道，也不想知道。

是你欠我的。青玉盯着墙上的于合，目光狂野。

周三一大早，院里急三火四地来电话通知青玉上班，美其名曰事情处理完毕了，其实是缺人手。青玉也不戳穿，放下酒杯发了个信息告诉商陆，要上战场了。

商陆快乐地提醒，你要打扮得漂漂亮亮地去哦，姐。

白大褂一穿上，谁管你是男是女？还打扮，辛苦一天全是汗，老娘就是个倒霉鬼。青玉闻了闻自己身上，皱眉，酒味很重。

哪里，你是最善良最美丽的天使。

我不善良，也不想善良。青玉抬头望一眼墙上的于合，冷冷地答。

为什么？

这个世界已经坏掉了，爱情、道德，还有人心，都坏了，每个人脸上都戴着一副面具，好像全世界最高的道德标准就在他们那里，暗地里他们却以阉割和摧残别人为乐。面对比自己强大的人，他们总是抱怨什么世界不公平啥啥啥，然后鹦鹉学舌地说什么石头和鸡蛋他们选择站在鸡蛋一边。但是你一旦给他们机会让他们当石头，他们砸起鸡蛋来比谁都狠。所以，永远不要做善良的人，那等于把石头交到他们手上。

姐……商陆的声音有点难过。

每个善良的人都是可怜的鸡蛋。青玉沉沉地说，缓缓打开于合的骨灰罐盖子，从罐里捏了一小撮骨灰在手指间，捻了又捻。

仿佛那只是一捧灰色的面粉，或是时光燃尽的烟灰。

才不是呢。商陆深情款款地说，你是花。

好吧，我是铁线莲。青玉凄然冷笑。

世事无常，二十多天前，她还是一名尽职尽责的好医生，穿着浆洗后挺括利落的白大褂，在每一个匆忙又紧张的晨昏和同事们一起，救人于死神之手。

今天她却只能捧着于合的骨灰生死相依。

如果没有那个婴儿、那个女妖怪和风衣，她的人生该是多么完美。

七

青玉一到医院，南京路的一起车祸就送来五个伤者，几个小护士急着腾床位做创面处理，小李几个则赶紧打电话约骨科……

都忙着，青玉却摘下口罩跑到一边干呕去了。护士长胖姐小跑着忙进忙出，没头没脑甩下一句不知是劝慰还是补刀的话，是不是怀孕了？遗腹子？

青玉恶狠狠横了眼过去，于合每次都上措施，她哪儿来的孩子？要有也在别人肚子里。青玉直起腰抹抹嘴，洗手换了口罩做好防护，这才再次走进治疗室。

病床前的地面上淌了一大摊血，伤者的伤口还在往外渗。青玉看着那红彤彤一片，脑子一阵眩晕，转身跑出去又是一趟猛吐。

惊险万状地折腾完一上午，众人都发现了一个严峻的问题——青玉见不得血。

是不是因为于合？护士长暗中拐了拐老鼎。

在一旁吐得面如纸色的青玉突然止住，她转头四顾，眼珠血红，如同从地狱归来。

原来是这样。

她咧嘴一笑，眼泪淌下来。

那她以后再也当不成医生了是吧？难怪于合那么安静，连个梦都不来，原来在这儿等着呢。

青玉在老鼎和其他同事惊诧的目光中庄重又缓慢地脱下白大褂，再仔细叠好放在桌子上，像在对遗体进行告别仪式。

这是她一个月来第二次脱下它——她曾视若珍宝的身份和荣誉。

我辞职。青玉郑重地望向急诊室里一张张关切又困惑的熟悉面孔,语气淡定,救死扶伤,我不配,全世界不都是这么骂的吗?我配不上这身白大褂。

走出医院已是正午,一股热浪扑面而来,白花花的太阳照耀着白花花的大马路。青玉已经许久不曾在阳光下行走,耀眼的光线晃得她迟疑又胆怯,她像个初涉人世的小女孩,站在斑马线旁半天不敢移动。马路对面,炫目的阳光中,一个戴浅色口罩、身着白色衬衣的高个子男孩静静地注视着她。

人潮汹涌,切割着视线,她看不清他的脸,但她知道,他一定就是商陆。

商陆站在人群中,强忍着那熟悉的可怕的窒息感,人太多,世界太闷,空气越来越稀薄,让他无法呼吸,但他没有退却,他牢牢地、牢牢地将自己钉在人海中,勇敢地望向青玉。

八

患抑郁症这么多年,商陆是第一次能够站在熙熙攘攘的人群中而没有晕倒。

和青玉不同,甚至比她更早,商陆的不幸是从童年就开始的,十岁那年他眼睁睁看着最要好的小姐姐英夏从酱醋厂家属院六楼屋顶掉下去,水泥地上到处是血。

没人知道十二岁的英夏是怎么跌下去的,那天有罕见的火烧云,老县城半个天空都烧红了,老人们都躲在屋里不出来,说要躲凶焰。

公安来了,没查出什么问题,十来岁的孩子正是皮的时候,天花板上都能蹬出脚板印,上房爬树下河洗澡,县城里一年总要死上十来个,大家也都习惯了,何况楼顶本就是孩子们玩耍的乐园。

那以后，我就得了这个病。商陆回忆起来，身体依然微微颤抖。

恁胆小。她坐在水泥楼梯上，一口一口抿着酒说，有什么好怕的，死人就只比活人少口气而已。

姐，你好傻，我都说了，我是眼睁睁看着她掉下去的，不是掉下来的。商陆叹息，把"去"和"来"字咬得很重。

她全身的血液顿时凝固，商陆……他，杀过人？

他告诉她这些做什么？而且是坠楼，难道他知道些什么？

她警惕地瞪着他，微抬下巴，全身戒备。

煤矿村山腰这片林地，以前属于筑城大学美术学院雕塑系，筑城大学搬到大学城去后，这里便荒芜了。他俩身后是废弃的库房和手工制作大棚，四周的树林里，几乎每棵树下都有两三组石膏断臂断脚断脑袋。胆小的人很少来这里，因为这些废弃的艺术品像旧时光一样矗立在林子里，实在过于诡异，当然，也令青玉感到莫名的刺激和亢奋。正是草木茂盛的春末，枝条细小的野山茶树、青冈和女贞子，还有巨大的香樟都在尽情生长，树下有绞股蓝、蛇参、千里瓜的细藤盘绕，除了她和商陆坐的这一片静隅明显是经过商陆长期清扫打理而显得干净整洁神圣之外，整个油绿色的丛林就像一个巨大的怪兽，所有长满青苔的石膏眼珠、鼻子、嘴仿佛正窥探并滋养着一个不可告人的秘密。

商陆也看着她，他好看的双眼像春雨后的沼泽，微湿，露着青色的细芒，他一直没有取下口罩，这细芒便有点隐蔽的气息。

不错，青玉想，认得又不认得，以后出什么事，也好撇清，无论是对她还是对他。

我听不懂你在说什么。青玉语气冰冷。

那天英夏姐姐把我叫到楼顶看火烧云，云把她的脸映得红通通的，她抿着嘴不说话，我看着英夏姐姐，觉得她好好看，心怦怦跳个不停。我想那是我的初恋吧？尽管我才十岁。当时她转过头，长长的马尾扫过我的脸，还没等我闻出是什么洗发水的味道，她却开口说，她喜欢上了她班上的体育委员。我看着她的笑，还有她比火烧云还红的脸，突然就很想哭。我也不知道自己怎么了，就呛了她一句，说人家跑得那么快，沙坑跳能跳一米八，你追都追不上。英夏姐姐顿时就生气了，说她的沙坑跳也很厉害，她能跳到对面楼顶上去——我也相信她能跳过去，那两栋楼隔得不远，我偷偷跳过，我能行，英夏姐姐比我大两岁，当然更行。但那时候我们都小，忘记了那会儿正是春天。

春天怎么了？青玉不明白。

春天雨水多啊，沉沉春昼斜飞雨，寂寂闲门乱点苔，那楼沿上有青苔……商陆的目光在一只长满青苔的石膏断臂上停顿数秒，才缓缓吐出四个字——她脚滑了。

青玉半个身子顿时麻了，就像那夜掀开毯子看到死婴时一样。

楼下全是尖叫声，我趁大人们都跑到楼下去，飞快逃回家里，吓得全身打摆子。我妈特聪明，她正要出门看热闹，见我那样子脸唰就白了，然后她一声不吭，端了把椅子守在门口，不让我出去。我看到火烧云的红光从窗外照在她脸上，她就像被火烧着似的，汗水浸湿了她的裙子，浸透了她的头发，我也是……天黑了，她不去开灯，不去做饭，也不上厕所，我们就那样呆呆对坐着。

后来我们就搬了家，搬到了市里来，住在姨妈家，我妈帮着姨妈在市西路做批发。我高二那年，我妈心肌梗死走了——逃到市里来后，她每天都在担心英夏的爸妈会突然冒出来，走了也好……我也是，一直害怕——就在我给你打电话的那天晚上，英夏姐姐的妈妈秀云阿姨果然找来了，她把我堵在山下黑乎乎的豆腐巷，像个幽灵一样，掐住我的脖子说，是我害死了英夏。

她怎么知道？青玉听到这里手一抖，啤酒瓶倒了，泡沫洒了一地。

有个老摄影家在省美术馆办了个个人摄影展，叫"弹指一挥间"。火烧云那天，他爬到我们县城百货公司楼顶选镜头，正好对准酱醋厂——我们厂房都是火砖砌的，不要说火烧云，就是夕阳照在上面，房子红彤彤一片都像着了火，抢眼。然后……他的照片里有我，还有正摔出去的英夏姐姐。其实我们在镜头里小得像蚂蚁，但是秀云阿姨认得出两只小蚂蚁是谁，因为她记得英夏姐姐死去那天的火烧云，还有她蓝色的衣裳。

就算看出了英夏，可另一只蚂蚁那么小，怎么就能判定是你？青玉抢白，仿佛迫切需要辩解和澄清的人不是商陆，而是她。

这世上没有真正的秘密，蛛丝马迹，只要有心，总能找得到。商陆的语气里，莫名地带点天知地知的意味深长。

青玉再次警惕起来，商陆这话是什么意思？嘴里继续抢白，你又没推她，是她自己摔下去的。

心有魔障，如何自清？商陆轻轻摇头，明明如阳光般清朗的年纪，说起话来却老态龙钟，看来读了不少不该读的书。你知道英夏姐姐起跳的时候我在想什么吗？我希望她跳不过去……所以秀云阿姨拿着那张照片说，我伸出手正在推英夏姐姐，我没有辩解。

你是想拉她吧？青玉叹息。

推和拉有什么区别？所以给你打电话的那天晚上，我真是想一了百了。十多年，像活了一百年，每天晚上我都梦见英夏姐姐，我不敢睡觉，醒着是煎熬，睡着了更是，我经常想，不如也像英夏姐姐那样飞下去算了。姐，那种感觉你能体会吗？

她没吱声。

她岂止是能体会，她简直就是感同身受，死去的人不会说话，但他会让风来邀请，让夜来诱惑，说，跟我走吧。

浅黄的夕阳正从那棵长满藤蔓的乌桕树梢落下去，林子突然跌入昏暗，一阵无边的沉默后，半山上，层层叠叠的违建老木房深处传来寥落的吉他声，是生涩的单弦，《爱的罗曼史》。

姐……商陆的声音干净细软，像夜晚小心吹奏的短笛。

什么？青玉防备地抱紧双臂。

你爱他吗？商陆微转过头，看向青玉。

青玉咧嘴笑，她有点醉了，今天真是遇到鬼了，竟然和一个通过电话相识的大男孩来到这个阴森的林子里，坐在一堆石膏人体断肢中间，谈论死亡和爱情。

她确定要和这个突然闯入的陌生人讨论吗？

爱。青玉伸出手，抚摸身旁石膏头像那性感厚实又巨大的唇，喃喃道，很爱。

唉……商陆将头靠在墙上，眼神邈远，问，你说，爱是毁灭，还是重生？

青玉的手轻微抖了一下。夜色一寸寸从林子外面爬进来，很缓慢，时间也爬得很缓慢。许久，青玉才徐徐说，不是你想的那样子。

什么样子？商陆问。

青玉没有回答这个问题，只是牢牢盯着他那双睫毛长长的大眼睛，说，我想起你是谁了，好几年前——时间我不记得了，我在急诊室给一个高中生输过血，他是B型，当时割腕自杀，失血过多，他有一双和你一样好看的大眼睛。

商陆脸红了，不安地低下头。

青玉又说，你在我家对面山坡租房子住对吗？经常在阳台上画画的那个人是你。

商陆抬起头，眼睛好看地弯起来，闪着快乐的星星，说，姐，你看到我了？

青玉却不快乐，她眯起眼，充满敌意地盯着他，说，你故意告诉我这些，是觉得于合死时，我和当年的你一样，也在心里想着要他摔下去，对吗？你在阳台上画画，其实是在盯我的梢对不对？青玉一句接一句追问着，不再有醉意，端坐的样子似一尊冰冷的石膏像。

商陆怔住了，笑容消失，他明明不是这个意思，他只是想让她知道，爱可以困住他们，也可以拯救他们。他想说他比她更悲惨，但他都在努力活着，她也可以。

你把口罩摘下来吧，我都想起来了，于合出事那天，看到他的人就是你。真是要谢谢你，要不是你老盯着我家看，于合的死亡证明都开不了。那天你在我家好像闻出什么香味了对吧？青玉的眼睛迸出一丝细小的光芒，像小蛇的芯子。

春天了，你家屋子里有野花香。商陆毫不犹豫地答。

青玉昂头喝干半瓶啤酒，幽幽地答，不，不是野花香，那是我家洗衣液的味道——我把它倒在那件风衣下面的位置。如果于合不去取风衣，就什么事都没有。但是他偏偏要去取，头天洗，第二天皱巴巴的都要穿。你说，这算报应还是谋杀？我心里的魔障，跟你心里的，是一样的，对吗？

商陆愕然看着青玉，眼神闪烁不安。

你都看到了是不是？你说你喜欢了五年的那个人就是我吧？

商陆噎住了，白净的脸再次变得通红，连耳朵也红了，他没想到温柔的女人一旦锐利精明起来，竟然发起这样咄咄逼人的攻势。

是的，他喜欢她。英夏死去后，他整日活在梦魇里，每晚入睡前脑子里都是英夏跌落下去的情形，像朵蓝色的花飘在血红的天空。他患了严重的抑郁症，妈妈下葬后第二天半夜他选择了自杀，一直盯着他的表哥砸门进来救了他。到医院时他已经快不行了，是她二话不说献血给了他。他记得他揪住她白大褂的衣角失声痛哭，她心痛地伏下身子，将他拥抱在怀里，那个温暖的拥抱让他冰凉到海底的心活了过来，他感受到了她胸脯的温软，听到了她有力的心跳声，那温软像母亲、像情人、像姐姐，是世间最恬静的港湾，那有力的心跳声则是支撑着他活到今天的最好的药。

因为抑郁，他无法再回到学校，无法和多人共享同一个空间，人一多他就会恐惧出汗，直至晕厥。失去学业后他选择了自修油画，只为了画她。

他的每张油画里永远有一个身着白衣的姑娘，却没有面孔。

表哥不止一次劝他，把她画出来吧，或许画出来病就好了——表哥以为他画的是英夏。

他不敢，这畸形又隐秘的爱情让他卑微到尘埃里。他渴望被她再次拥抱在怀里，感受她胸脯的温度，可这愿望藏在心里叫美好，说出来就是耍流氓，他只有绝望地把她珍藏在心底。直到在医院问到她的号码，找到她的家，然后住到她家对面来，他才有了继续活下去的意愿，每天早晚看她一眼，就是最好的药。

既然都看到了，那就叫人来抓我吧。青玉站起身，摊开手，慷慨就义的样子，说，黄泉有路，早迟皆往，于合在前我在后，挺好。

商陆抬起头，看着亭亭玉立的青玉，她好看的胸、纤细的腰、白皙的脸。他跟着站起来，突兀地拥抱住她。当年他是个孩子，现在他已成年，高她整整一个头。他紧紧抱住她，拼命摇头说，我不知道你在说什么。

你费这么大劲绕那么大弯接近我，不就是想要我自首吗？青玉靠在他肩上，轻声回答。不知为什么，她没有推开他，商陆的身体带着树叶的清香，好闻的味道，那是再也回不去的青葱岁月，她的，于合的。

不，不是，什么倒洗衣液，我没看见，你只是喝醉了，把心里想的事当成了真。商陆用力地拥抱着她，头埋进她的脖颈，那里有一段美丽的弧线，属于她，属于他的梦境。姐，你没谋害谁，我找你是因为那天晚上要是没有我你就死了，没有你我也死了。世界那么大，没有人能懂我们，姐，我们在一起好吗？没有你，世界对我来说没有意义。

青玉惨然一笑，眼泪流下来，来不及了，全都来不及了。一念成魔，她本是个好医生好妻子，谁料到一个死去的小婴儿，将她的人生逼到悬崖边，谁又料到这世界有那么多人，站在悬崖旁，等着推着叫嚣逼着她跳下去……从于合半夜归家又离去开始，她就失去了理智，全身只剩下冰凉，行尸走肉般游走了这么久，直到现在，商陆年轻的怀抱才终于让她感受到温暖，像长眠如死的公主，在王子的亲吻中苏醒。

可是城堡不见了，人生不能重来。

洗衣液的味道是铁线莲香，那香是死亡的魂引，带走了于合。从此，她所有完美的爱情和美好的人生也再不会回来。

她谋杀了于合。

九

月华如洗，青玉和商陆并排躺在出租房的小床上，像两条濒死的鱼。青玉收治的病人，患抑郁症的并不多，和商陆在一起，她才知道抑郁症有多可怕，它会让商陆四肢剧烈疼痛、失眠亢奋、拒绝和人接触。商陆每次都很努力地和青玉拥抱，但他的身体会冒汗，像是从水里捞出来一样。看着他撑得脸色发青、不断颤抖却又咬牙坚持的样子，青玉的心碎裂开来，有些东西与爱情无关，却在情感最隐秘的地方开出一朵花，绽放的每一瓣都像是用刀锋切割出来的。

她是商陆唯一可以亲近的人。

数日来，她和他像恋人一样住在一起，做饭、洗碗、拥抱、哼唱、打闹。青玉感觉自己像个魔鬼，又像是天使，这之前她做这一切到底是在帮商陆战胜病魔还是引他去更黑暗的深渊？

她在商陆年轻、绝望又喜悦的目光中看到了自己的结局——声名狼藉、锒铛入狱。

但她已经成了一只扑火的飞蛾，义无反顾。

姐……商陆伸出手捞一把虚无的月光，说，我们结婚好吗？

夜风吹拂着商陆柔软青黑的头发，这真是个好看的大男孩。

想清楚哦。她笑，拍拍他的脑袋，我老你十岁。

商陆不肯示小，拉下她的手反手拥抱她，她没有拒绝，温和地倚在他怀里——很快她就要进监狱了，这之前放纵一点又如何，世界欠她一个交代，她欠商陆一场恋爱。只是她并不想让商陆知道，所谓恋爱只是她与人世间的道别，与真正的爱情无关。

商量个事。她在他怀里，轻声说，我们找个海岛，我想出去散散心。

然后呢？商陆忧伤地问。

青玉愣了，原来这聪明的孩子全知道，知道她这些日子所做的一切，都是告别前的放纵。

然后……再说吧。她闭上眼，轻拍商陆的背。

从筑城去海岛意味着一路往南，无论如何出行，他们都不可能避开人群，不管是飞机、高铁还是轮船。这其实也是青玉的目的。商陆的广场恐惧症很严重，他不敢到商场和所有人群拥挤的地方。通过这些日子的相处，商陆已经可以和她牵手、拥抱，还成功地在人流最多的中午到半山腰超市帮她买回了酱油，那天商陆举着酱油瓶开心地站在门口冲她笑时，她觉得心都融化了。

这是个身体里流着自己血的年轻人，也将是自己医生生涯救治的最后一个病人。如果她在自首前能帮助商陆走出来，是不是最大的福报？

一路向南，这是万山渔场远离陆地的一个小海岛。相比其他岛屿来说，这里显得冷清寂寥，没有喧闹的游人，没有灯红酒绿的酒吧，只有沉默的钓鱼人，勤劳出海又安然归来的渔船，还有山顶上茂密生长的芦苇和杂草。岛上有百来户人家，早出晚归都在海上忙，只有他俩是悠闲的。每天清晨，青玉和商陆像世间所有的情人一样手牵着手漫步在海岛边，听海浪拍打海岸，噗噗噗……海风会卷来一阵阵隐约的海腥味，蓬勃而生动。每次海浪涌来时，商陆都会更紧地握着她的手心，紧张又内疚地朝她笑。傍晚，为了挽回男子汉的气质，他又会故作洒脱地带她去港口的小酒馆吃饭。商陆的丙烯画画得很棒，酒馆那个皮肤黝黑的中年老板索性放弃了自己蹩脚的创作，把三面墙都交给了商陆。商陆画出第一面墙时，老板沉默了许久，那是一片幽蓝色的天空，在遥远的角落闪烁着一星微光，远看是宁静安详的，近看每一抹天空的色带都不尽相同，如同撕裂的锦帛。

加棵向日葵吧。沉思半天，男人指着天空下面的正中央仿佛透着一丝曙光的位置，说，这儿。

商陆眨眨眼，开心地笑了。青玉从未见过商陆这么单纯又敞亮的笑容，有点看呆了。

男人白她一眼，说，笨啊，你就是那株向日葵！

这是个五十出头的男人，有着帅气的五官和慵懒的气质，一看就不是本地人。每天傍晚，他把并不复杂的两三桌简餐上完，就会一个人坐在馆子外面蓝色条纹的遮阳棚下，抱一把吉他弹唱。海岛上人并不多，偶尔经过一两个，也是提着渔具或骑着小电驴，听他弹唱的狗们显得比人还要真诚热情，趴在他脚下，时不时抬头发出一声赞美的长调，他便懒洋洋地笑，露出洁白的牙。

青玉同样慵懒地拖了把椅子坐到他身边，跟着他有一搭没一搭地唱。

调弦的时候，他转头看一眼在店里认真描画的商陆，朝青玉神秘地眨巴眼，说，这是你拐来的小情人吧？青玉放肆地笑起来，海风吹乱了她的长发，也吹起了她的裙子。我可没祸祸他！她认真表白，声音清朗，眼神圣洁。

那可惜了。男人哈哈大笑，说，你骨相很好，是个好人，祸祸了他他也不亏。说完，男人高声弹唱起来，姑娘姑娘，漂亮漂亮，警察警察，你拿着手枪……

青玉的笑声戛然而止，她拢一把纷乱的头发，回过头目光灼然地盯着男人，用比海浪更大的声音问，喂，你相信我们的眼睛吗？

男人老神在在地歪歪头，在唱歌间隙回答，你愿意信就信。

我不信。青玉说，世间所有的眼睛，都只看到自己愿意看到的，人们并不在乎真相。

男人有片刻的迟疑，显然他并不懂青玉要表达的是什么，于是他接着唱他的歌。人类的悲欢并不相通，这话谁说的？青玉无声浅笑，看夕阳洒满海面，海像是醉了，绯红一片。

男人弹唱片刻，举起啤酒瓶，问青玉，来一口？

我戒了。青玉神色端庄地看向酒瓶，夕阳映在她脸上，像撒了一层金粉，四大皆空。

是的，她早该戒，倘若那些天没喝那么多酒，于合不会死。

男人率性干掉半瓶啤酒，转头冲商陆喊，《往后余生》，献给你们。

商陆在酒馆里举起画笔表示接受，他好看的笑容是青春的模样。

嗯哼，青玉懒散地将身子往椅子里靠了靠，往后余生，她已没有，且听听吧。

在没风的地方找太阳，在你冷的地方做暖阳，人事纷纷，你总太天真……往后余生，风雪是你……目光所至，也是你……歌声飘扬到海里，从小小的海岛望出去，玫瑰色的海面上，有晚归的渔船远远驶入夕阳与海平面之间，像一把安静的剑，无声出鞘——

警察警察，你拿着手枪……

十

尽管已近四十，青玉依然保持着良好的体态，坐在宝蓝色的椅子上，她的头始终保持着微微向上倾斜的姿态，修长的脖子由此显得更加庄肃、不可冒犯。但她的眼神出卖了她的镇静，那黑色的瞳孔里写满慌乱和恐惧，还有痛，比黑色还要深的痛。

于合摔下去是因为我在他取衣服的地方倒了洗衣液。青玉面无表情地陈述完，伸出手说，抓我吧。

瘦警察贺云舒不动，默默看着青玉，他不知道该对这女医生说什么。他一直觉得辖区那桩坠楼事件有些古怪，毕竟是在女医生被网暴期间出的事，他有理由怀疑和担心女医生因心理失常做出什么过激的行为，如果不是表弟商陆目睹那场意外，他不会轻易做出死者是意外坠楼的结论。

商陆……是我小表弟。贺云舒换了个姿势，深长地叹了口气，只觉得头大如斗，女医生倒是投案自首了，他和同事还有若干程序等着呢，没准还包括处分。这些不是大事，大事是商陆，这家伙现在正爱得死去活来，女医生要是进了牢房，他还活得下去？

青玉心虚地转过脸，这警察和她年纪差不多，小表弟却被她这个女犯人拐走了初恋，他要不要一巴掌打死她？

贺云舒的确想搞死她——这事早翻篇了，再说于合自己不过去拿衣服也摔不着他，女医生只要自己闭嘴，谁会知道其中真相？既然都和商陆恋爱了，干吗又要来自首，丢下商陆怎么办？害死个老男人不够，还要害死个小的。

商陆前些日子打电话说是去什么万山渔场，他不信，商陆活到现在从没出过远门，他有广场恐惧症。结果谁知道还真走了，害得贺云舒整天提心吊胆，手机一响就担心是谁谁谁通知他商陆在哪里自杀了如何如何……还好商陆第二天就发来了微信照片，照片里有个女人，他认出来了，就是女医生青玉。

要命，表弟爱的人为什么偏偏是她。

这下贺云舒总算明白为什么商陆一回来就病倒了，反复发烧，不吃不喝，是心病——一个谋杀亲夫的女医生，加上一个突然冒出来的英夏妈妈，他该拿什么拯救表弟？

前面就是家，贺云舒在楼下已经抽了半包烟，嘴巴都抽木了。他实在不想上楼，天天看着老妈哭肿的眼，他不知该怎么劝。下午在所里他起了好几回念头，想撕掉笔录，劝女医生忘掉这次谈话放弃自首，反正只有他和她知道，反正于合也已经死了。只要她不进监狱，他不介意这个女人和表弟在一起，有她，表弟就能在她的鼓励和陪伴下活下去。若不是警服在身，他真不想管这事——没有那些网暴，女医生就不会失控醉酒、蓄意杀人。

打开门照样是老妈哽咽的声音，大姐，他真没推英夏，他就是太善良太内疚，然后得了抑郁症，自杀过多少回，才刚刚好两年，你拿着张照片就来兴师问罪，这照片上他是在拉英夏啊，不是推！

又来了，英夏妈妈一天来一趟，商陆在医院躺着，她非要去见，是逼人死呢？

昏暗的客厅里，老妈和英夏妈妈相对而坐，像一对老桩，茶几上摆着厚厚一摞笔记本，那是表弟的日记。

贺云舒把钥匙扔在桌上，心头烦躁得不行，这日子没法过了。

你说是拉，我看到的明明是推！善良？谁信？他没推英夏会严重到得抑郁症？日记有什么用，也许你们从一开始就编造它。不管你们怎么说，这张照片，铁证如山！英夏妈妈声音沙哑。

铁证如山？女医生的事不就是被"铁证如山"冤枉的吗？那个在网上传疯了的视频，不断被剪辑放大的敲门细节……若非她投案自首向他倾诉，贺云舒也以为那就是真相。听完女医生平静决然的陈述后，他有些冲动，很想也在微博上发发帖，问问那些跟帖愤骂的人，知不知道他们惹下的滔天大祸，他们断送了一个叫于合的人，也断送了一名优秀的女医生。

现在表弟也要冤死在一张所谓真相的照片上。

满世界的人都在自作聪明地当判官,他实在不知道自己穿着这一身警服到底该怎样匡扶正义。

按你的意思,我弟弟的善良反而成了你判他死罪的理由是吗?贺云舒戳在屋子中央,看着英夏妈妈,心情复杂,不知该冲她发火还是恳求,说到底她也是个可怜人。

我不知道,我只知道我姑娘没了!英夏妈妈失神地看着眼前俊朗高大的贺云舒,目光空洞。她想起了女儿英夏,英夏从小喜欢体育,她说长大了要当女警察……英夏妈妈想着,缓缓抬起右手,伸向头顶取下假发,露出光溜溜的头。

英夏没了,我的头发全脱光了。她低下头,看一眼茶几上堆得高高的日记本,声音如深井中传来的微响,我就是恨,这孩子,哪怕他跟我说一声。

贺云舒沉默了。

说一声有用吗?每个人心里都住着魔鬼,他们选择自己喜欢的经纬和细节,编织出自己喜欢的真相。

十一

站在病房门口,贺云舒再次陷入纠结,不管是家还是病房,他都不想进去,可他是唯一无法回避的人,因为他是警察、是哥哥。

他就要结婚了,虽然单身狗当得有点久,同事的孩子都会打酱油了,但这并不妨碍他从恋爱到现在所享有的幸福和甜蜜。从小到大,在学校他是好班长,在警校他是优秀毕业生,在派出所他是基层先进工作者,一路顺风顺水,要说这世间唯一的烦恼就只有表弟商陆。商陆从十岁起就跟他住一个屋子,瘦削胆小的商陆每个夜晚都要拉着他的胳膊才能入睡。有时候他很烦商陆,因为商陆太黏人,可每当他想甩开商陆时,商陆那张苍白的小脸上深凹的大眼睛就会巴巴地看着他,像受伤的小狗,看得他心痛。这么多年,他眼睁睁看着表弟不断在自杀和活着之间挣扎,在病痛和理智之间挣扎。现在商陆终于像正常人一样打工恋爱了，遇到的却是个谋杀亲夫的罪犯。

商陆的高烧一直退不下去，他心里藏着事，惊天动地的大事，这是一桩命案，和英夏当年的坠楼不同，女医生不是想了，而是做了。

为什么天底下所有倒霉事都落在商陆身上？爱情是最好的药，它能治好商陆的病，能让商陆穿越人海坐上飞机和轮船去遥远的海岛。可现在女医生自首了，药没了，商陆以后怎么办？

推开门，病床上的商陆正眼巴巴看着他，贺云舒的心顿时碎了一地。

从小到大商陆就是这个样子，他下晚自习回家，商陆就这样守在门口，他洗完脸回房间，商陆也这样守在床边。

哥。商陆烧得嘴唇开裂，看到他，渴望的笑容像花儿一样怯然绽放。商陆弓起身子，凑近他耳朵，语气神秘紧张，我一直等你，我跟你说，出租房我安了摄像头……对着701，你帮我取下来，不能让人知道。

床旁的监测仪突然嘀嘀嘀炸响，贺云舒吓得不行，手忙脚乱，又是按铃又是叫医生。

先听我说！商陆不知哪儿来的力气，一把揪住他，额头青筋直冒，那个房子……我可能，回不去了。商陆瞪大眼，喘息声沉重。

贺云舒哽咽着骂他，放什么屁，什么叫回不去，很快我们就回家。

不！商陆眼神发直，用细小的声音催促他，快去取摄像头，删掉电脑里所有的数据。哥，你帮帮我们……删掉，就没有证据。

可是……贺云舒犯难。

见他不应，商陆绝望地狂叫起来，疯狂地扯下输液针，血顿时飙了一线。

好好好，我去。贺云舒按住针眼忙不迭地大叫，你疯了吗？我去我去！

贺云舒气喘吁吁地赶到煤矿村，冲进出租房，毫无悬念地在正对女医生家阳台的客厅角落找到了摄像头。

打开商陆的电脑，贺云舒坐立不安——表弟不是警察，但他是，他到底是帮商陆完成心愿，删掉女医生倒洗衣液那段摄像记录，还是保留证据？如果删掉，没了证据，可以说是女医生喝醉酒意识不清，将幻觉当成了事实。这样女医生不用坐牢，商陆的病还有救。如果不删，女医生一坐牢，商陆肯定就完了。

放在鼠标上的右手沉如千斤，汗水从贺云舒背上渗出来，他从未觉得人生的选择如此艰难过。

时间像只背着重壳的蜗牛，艰难痛苦地一秒秒流逝，画面则在快进中不断往前推送，突然，电脑中的一幕让贺云舒愣住了。

那是喝得酩酊大醉的青玉一步一晃往阳台上倒了洗衣液四个多小时后的画面，凌晨三点多，就着路灯的灯光清晰可见。画面里，青玉又出现了，这一回她拿的是毛巾，照样是酒醉的样子，只见她从客厅跌跌撞撞扑到阳台，蹲下去，在她早先倾倒洗衣液的位置埋头擦拭着，然后站起身又跌跌撞撞回到屋里，提了拖把出来反反复复拖着阳台，最后她干脆扔掉拖把，胡乱脱下睡衣，上身只剩下一件蕾丝内衣，蹲下去继续搓擦着地面……

贺云舒兴奋得骂出声，一拳头捶在书桌上，又痛得甩手原地直转圈。就说嘛！就说嘛！那么个端庄沉静的女医生怎么可能是杀人犯？喝断片的女医生只记得自己倒过洗衣液的事，却完全不知道自己又擦拭过。善良的人啊，就算心因为受伤而蜷缩躲藏在了最深处，却依然在最关键的时刻绽放出微光。

只是世间就有那么巧的事，商陆和青玉都遇到了——本来只是心有所想，却没料到一念天堂，一念地狱。英夏掉下去了，于合也掉下去了。

商陆这傻瓜，他一定没有查看过半夜的视频，所以才一直背负着沉重的包袱。这个善良的小可怜，他连英夏的死都能自责到今天，女医生谋害丈夫的事他怎么可能视若无睹？痛苦在他心里翻涌绞杀、发酵沸腾，他不高烧才怪呢。

贺云舒拿出手机和商陆通视频，说，你确定要我全部删掉吗？

我……商陆像犯错的孩子，低下头。

所有监控画面你都看了吗？

大多数都看了。商陆咳嗽两声，不好意思地答，在画室期间没看到的，回来我会补看。

她没有杀人，你知道吗？贺云舒不再绕弯子。

你轻点……商陆吓坏了，环顾左右，然后突然怔住，你说什么？

贺云舒开心坏了，笑骂，你这个鬼娃！尽干些丢人的事，居然租了个房子安摄像头偷窥人家。

哥，你刚才说什么杀不杀的……商陆紧张地捂住手机话筒，嘴巴凑到镜头前说，你是不是都删了？

删什么删！怎么可能删？现在有图又有真相。贺云舒笑声清朗，他踩着美好的月光往山下走，车也不要了。今晚的月色真好，风也刚刚好。

商陆那边哑了，好半天才出声，那声音像从井底传来，遥远、绝望而哀伤，我就知道，你是警察，你不会帮我们的。

你个猪脑袋。贺云舒停下脚步，将手机对着月亮和星空说，好好养病，快点出院，世界这么美好，赶紧出来好好谈一场恋爱。你的女神没谋杀人，我看到了，那天半夜她又跑到阳台上，把洗衣液全部擦干净了，拿毛巾擦，拿拖把擦，脱了衣服擦，脱得只剩下胸罩，不不不，她差点把胸罩也脱了，你要不要看那一段？

贺云舒你给我闭嘴！商陆在那边气急败坏地吼叫起来，流氓，你闭嘴！臭嘴。

贺云舒开心地奔跑在山路上，仿佛山脚下有他就要迎娶的新娘，说，骂吧，我就喜欢看你想搞我又搞不死我的样子。

十二

天晴了，喝饱水的山野一片青绿，青玉独自站在墓园。风很大，刮过她的脸，但并不冰冷。夏季已到，山下的石榴园火红一片，是生命蓬勃的气息。

她面前有两个墓碑，一个写着于合的名字，一个名字那个位置用白胶纸蒙着，是她为自己选的生墓和生碑。不过，只有她和那个警察知道，生墓旁的树下已经埋下了一个小小的空罐子，那是商陆的，她答应他，哪一天他死了，要和姐姐埋在一起，不为爱情，只为孤独和善良。

青玉将商陆写给她的诗烧成灰，放在了罐子里。

  姐姐今夜我不在德令哈
  也不在天涯
  我在172病房想你
  今夜没有画家也没有最后一片叶子
  空气是死神般的钢琴师在弹奏
  生命薄如蝉翼

  很多年前
  姐姐你在朝东的窗前为我忧郁
  你的拥抱如同繁盛的季节花香遍地
  我看到窗外群山饱满阳光圣洁
  我突然渴望吃糖
  并且怀想我的墓地必然就是这样饱满的山丘
  我必然将自己埋成两座坟墓
  一座用来想你
  另一座也用来想你

  姐姐今夜我不在德令哈
  我在天涯
  我看着大海
  想念那朝东的窗朝东的你

商陆走得很意外，没有跟任何人告别。

那天夜里她离开医院之前，商陆要她像五年前那样拥他在怀里，她笑着同意了，商陆也笑，半躺在她怀里抱怨说，姐，你笑得像姐，不像女朋友。

青玉有些尴尬，这孩子啊，他什么都知道。

我比你老嘛。青玉厚着脸皮哄他，太像女朋友，人家要笑的。

嗯。商陆不反驳，微笑着闭上眼睛，说，终于可以安心睡觉了，你知道吗？姐，现在我睡觉，梦里没有英夏了，只有你。

青玉听得心都揪紧了，日日噩梦，十多年，商陆到底是怎么扛过来的？

姐。商陆像是入睡前的呢喃，声音轻柔沙哑。

什么？她低下头，用下巴轻轻抵住他的额头。

出院了，我想去万山渔场，那里有你和向日葵。

好呀，我陪你，我们再去一次万山渔场。

你不用去，我一个人去。商陆轻笑起来，带点忧郁，带点宽容，说，姐，我知道，你只是在帮我治病。

青玉顿住了，心思被揭穿，到底是件难堪的事，商陆是真的在爱，她却不是。

我走了，你要听话，要放下。商陆的声音越来越低，均匀的呼吸伴着轻微的鼾声，他是真睡了，没有用药，自然入睡。

看着商陆年轻的脸庞，青玉感动地微笑。窗外新月如钩、星河灿烂，恍若她青春年少时所见所拥，没想到多少年过去，居然还会有人在如此迷人的夜里对她说，你要听话。

好，我听话。青玉深情地吻了吻他的额头，像真正的恋人。想着许多年后，病愈后的商陆和妻子一起在某个街头与她邂逅时，她和他该是怎样美好和尴尬。

时间是个神奇的东西，以为过不去的坎、活不下去的日子，渐渐却被它抚平了。互联网只有七秒记忆——今天的人们已经忘记了那个一周前被警方抓获的黄头发吸毒仔正是两个多月前抱着死婴去医院讹钱的秦长命，他们更不知道，他们在键盘上随意打出的文字是一把把抛向尘世的尖刀，使多少鲜活的理想和美好变成了无辜的亡魂。

喝一口普洱,老鼎苦着脸说,回来吧,于合的事弄清楚了,你也不晕血了,都放下吧。

青玉苦笑,哪有那么多放下?要是可以,或许于合也不会死。

于合自己走错了路。老鼎替她打抱不平,种什么因,结什么果。

种什么因,结什么果。青玉想起了万山渔场的商陆,他在小酒馆里画下的那株向日葵会结出什么样的果呢?替老鼎倒掉普洱,青玉重新换了一泡蜜兰香的单丛,她要在离开前给师父泡一壶口感更香的茶,不要苦的,这老头都苦一辈子了。都是善良的人,都吃了那么多苦。

不许走,跟我回去。老鼎凶巴巴地说。

回不去了。我是不晕血了,但我还是不能再当医生,医生是度人的,我却想着要杀人。青玉坦然地答。

那你以后怎么办?

回老家。青玉望向茶室外缥缈入云的山色,轻声答,老家有一块地,我想在那里种一片向日葵,还有商陆。商陆发给她的最后一条信息还在手机里——住到你家对面后,我到派出所改了名字,叫商陆,那是一种植物,别名夜呼。

青玉泪流满面。每个人心里都藏着一个有所期待的夜晚,还好,茫茫大海,茫茫人间,还有一株向日葵向上生长。

原载《芙蓉》2023年第2期

计文君

花问

一

若楠抵达草桥剧场,刚过四点。演出晚上七点开始,三点半把儿子送到英语老师家,她就叫车直奔草桥店了。下车看着剧场的飞檐,若楠生出了久违的解脱感:这一刻,石若楠只是石若楠了。

天气真好。昨夜的风雨,了无痕迹。天空湛蓝如洗,阳光落在身上,是明亮的暖,风拂过,是舒服的凉。一切都让人惬意,惬意到有点儿忧伤。忧伤这种让人行动迟缓且消耗心力的情绪,对于每日操心费神、手脚不停且年届半百的若楠来说,太过奢侈,但斯时斯地,她可以忧伤。

"忧伤"这个词,第三次出现了,跟着出现的滑稽感破坏了她的惬意,若楠甚至都能听见心底嗤地笑了一声。这声嗤,像划着的一根火柴,点燃了若楠的羞恼,但怒火的苗儿一晃,又被她摁熄在一片湿冷的哀戚里了。

"当全世界羞辱、伤害你的时候,冲在最前面骂你的那个人,是你自己!"

这是阿丹的话。

来草桥店，自然会想起阿丹。

若楠没有走进剧场的前厅，她绕去了后面的园子。池边的柳树枝条青郁，并未见稀疏，风很和缓，轻轻捋过柳条，却捋下了满把的柳叶，握不盈，洒向池面。黑红白花的锦鲤脊背划破了暗绿的水面，都是一尺多长的大鱼，肥硕矫健。那鱼一嗅而知，被落叶引起的涟漪骗了，扑棱转身，四散游开。睡莲的叶子已然残了，软塌塌地浮着，莲叶下有成群的红白两色的小鱼，寸把长，活泼泼的，丝毫不忧虑这美好的秋日稍纵即逝，冰封池面的冬天，就要来了。

池草已然青黄，若楠还是退到了甬路上走。"记得绿罗裙，处处怜芳草。"若楠想着阿丹，似乎可以毫无愧怍地忧伤起来了。

今天叫她来看演出的是叶大可，她拜托孩子姑姑替她接孩子的理由也是叶大可有事，但她来得如此早，为的却是阿丹。

阿丹本是叶大可的朋友，曾被称作"美女作家"，但在若楠的眼里，阿丹长得并不美，连说普通都勉强。诚实地讲，最初若楠看阿丹，就是那种很会"作怪"的"丑人"。

她从未想过会和阿丹成为好朋友，但事情就这么发生了。

与阿丹相关的所有记忆，都与疲惫琐屑的日常无关，似乎也就不该与若楠的人生相关。阿丹不在了，若楠也就不再踏足此类让她抽离日常的空间了。于是，那些记忆变得像晦暗背景墙上色彩鲜明的画，像空山月下松涛中断续的琴曲，像中年之后依然念念不忘的儿时好梦，因为过于清晰美妙反而不大像真的，若楠忍不住疑心，那是自己编给自己的故事。

若楠沿着甬道走向池面那道折带朱栏板桥的桥头，记忆中的一切就在周遭。那桥跨池而建，中间有亭，穿亭越桥，可以走到剧场的后身，沿池临水错落分布的仿古建筑都是店面，古玩店饰品店服装店书店茶楼餐厅咖啡店甜品店……

若楠要去逛逛那些小店。那家福记茶楼的醍醐酥，是阿丹盛赞过的茶食，她想买一盒带回去。那家门脸很小味道很足的江南酒家，有阿丹惦记的来自她家乡的鱼鲞醉蟹，鸡汁蒸白鱼，锡壶烫的黄酒……现在正是吃蟹的季节！

回忆氤氲出了暖光热气，耳边是阿丹软糯的声线，平翘舌不分的口音，若楠沉入了那浮着忧伤的惬意里：一个人，带着记忆里的阿丹，慢慢悠悠地去江南酒家，再叫一壶加了话梅姜丝、煮得滚烫的黄酒吧！

若楠站住了。一路行来，她也有些讶异，虽说午后人少，但也不至于寥落冷清得没什么声息。走到了，她才看见被柳荫遮挡的桥头添了道铁栅栏，站着个保安，帽子口罩之间仅仅露出的那双眼睛，充满戒备和警惕。不用问，显然此路不通了，若楠还是问了缘故。保安告诉她，园子里要演戏，所以封了，那些店，没了，都关了。

情理之中的事。时移世易，阿丹都化灰化烟了，她竟还兀自做着醉蟹白鱼黄酒的梦！若楠感受着那份失落，像一脚踏空却并未跌倒，脚、腿连带着半边身子都被蹾得酸麻起来。

保安终于提醒她戴上口罩了。若楠应了一声，沿着池边的甬道走开了。叶大可发来消息，她已经到了，让若楠到了直接去剧场一楼贵宾休息室找她。

叶大可来这里是参加剧情互动游戏《花问》的首发式，晚上的演出只是首发式的结尾高潮，据说是根据游戏开发的浸没式实景剧的华彩段落，观众也都是应邀而来的专家、媒体。《花问》项目的负责人是叶大可的门生丁菡。若楠与丁菡也熟识多年。这个游戏前期开发的时候，若楠还帮过一点儿小忙。但若楠不是专家，也不是媒体，丁菡没有邀请她原是自然，叶大可硬拖她来做伴儿才是奇怪。叶大可是知名学者，学生职业生涯的关键节点，她来站台撑门面，怎么会需要个无职无名的女伴儿？自然有别的原因，不必猜，会知道的。

逛店的打算落空了，若楠也不想这么早去叶大可跟前拘着，哪怕只是在园子里走走呢。看来这园子就是演出标榜的"实景"了，观众和演员今晚就要"浸没"在这里喽。若楠四下张望，池上高高地立了三个像是灯架的装置，也没别的。

若楠见识过"浸没式戏剧"。2015年的时候,她和阿丹一起去蜂巢剧场看了《死水边的美人鱼》,没有舞台,没有座椅,行走的观众和表演的演员混在一起。她还记得入场时,装扮得像德古拉伯爵的男演员,露出一张惨白英俊的脸,向她伸出手,若楠当时受了催眠般就把手给了他,由他牵着走进幽暗的通道,猝不及防地被他丢进一个四壁装满亮白灯泡的房间。

所有的布景道具都是现代装置艺术,不断被切割的空间形成了"迷宫",走来走去的人,有"居心叵测"的演员,也有到处乱撞的观众。若楠早从催眠里醒过来了,她的"戏剧任务"已经变成了寻找失散的阿丹。她闯进各种奇怪的隔间,一个躺在肮脏浴缸里的男人坐起来对着她念了一段"咒语",浴缸后面,白色塑料薄膜隔出的"墙"有些飘摇,"墙"外影影绰绰有很多人。若楠绕过浴缸,直接掀开薄膜出去了。那是一个"小广场",一群人拿纸团砸着一个浑身"血迹斑斑"的女人。有人塞给若楠一个纸团,她左右顾盼,已经分不清演员和观众了,有人像她一样无措地握着纸团,有人一边用力地扔着纸团,一边狂热地叫喊辱骂着那个女人,鼓动围观者。两个年轻女子跟着扔了一下,嬉笑着吐了吐舌头,捡起掉在地上的纸团,又开始扔。

若楠知道这是假的,是戏剧,或者就是游戏,但手里那团纸做的"石头"竟然真的坚硬沉重起来,她到底也没能朝那可怜的躲闪的女人扔过去。

阿丹出现了,她站在了那个"血迹斑斑"的女人身边,纸团也砸在了她的身上。若楠躲闪着人群挤过去,没等她到跟前,阿丹就被一个穿绿军装的男人拉回了人群中。若楠上去一把拽住她说:"你干吗?"阿丹笑着说:"好玩儿!"

贪玩儿的阿丹不在了,只属于石若楠的那扇隐秘小门,也就关上了。

若楠低头走着,明亮的午后阳光在她身后变成了橙红色的夕阳,斜斜地将道边的树影描在了路面上,她踩着那光影走,渐次走到剧场建筑的阴影里去了。

叶大可又发了条消息:贵宾室灯光不行,改二楼咖啡厅,电视台采访,很快。

若楠记得，剧场侧墙朝着园子，有门通往二楼咖啡厅的露台。怎么不见了？她来回找了找，在一挂血红的枫藤下，找见了那个月洞门。黑漆的木门紧闭，若楠试着推了一下，推不开。她伸手摸了摸暗金色的铜环，丢开，退后了半步。

若楠的手机里，至今还存着阿丹在这门前的照片。那天她们来草桥剧场看话剧《枕头人》，从江南酒家吃了晚饭出来，走到这里，黑漆木门开着，看得到里面幽径窈窕，花木扶疏，一身绿衣的阿丹在月洞门下，如诗如画的。若楠拿出手机叫了她一声。阿丹扭头，见她要拍照，带着薄薄的酒意，做倚门回首状，拍完跑过来看，说有景深，拍得很好。两人在露台上喝咖啡时又拿出来鉴赏说笑了半天，若楠也颇为得意，说自己拍出了"临去秋波那一转"的味道。

这明媚鲜艳的快乐，在话剧开演、灯光熄灭的同时，也就停止了。

《枕头人》那充满暴力、虐待、死亡的剧情，残酷到超出了若楠的想象边界：枕头人，软绵绵的枕头人，帮助痛苦多年选择自杀的成人，是他的使命。但他的方法却是回到那人的童年，在成为不幸根源的可怕事件发生之前，劝说还是孩子的那人去死，伪装成童年的某种意外——这还远不是剧中最残忍的故事。

回家的车上，若楠能清晰地感觉到身体依然处在强烈的"余震"之中，脑子里那些暗黑绝望的故事挥之不去。她不停地嘟哝："为什么要写这种故事？"

阿丹握着她的手说："写得多好啊！"

若楠并非真的不能理解，如果从比喻的角度来看，若楠甚至能毫不困难地找到现实事件来对应"藏有刀片的苹果""被砍掉脚趾的孩子""被迫涂上红漆的小绿猪""走进小姑娘房间的黑影"……她的困惑与震惊在于：自己浑身战栗的痛苦里混杂着前所未有的愉悦，一声未吭，却好像在痛快地呐喊！

若楠完全是在喃喃自语："作者是怎么知道的呢？"

她这话不是疑问，而是感慨。

阿丹接了句："讲故事的人嘛。"

这也是感慨。感慨过后，两个人都沉默了。

若楠先到家了。车停在小区门口，阿丹也下了车，说拥抱一下吧，她又要出门，这回去的地方很远。若楠问她去哪里，她说南边，地球的南边。若楠故意问，南极吗？阿丹说，也许吧。

若楠被阿丹抱着的时候，心里涌起了一丝妒忌和怨恨，但她只是咬住了嘴唇。阿丹走后，她蹲在小区花坛的阴影里，哭了很久。正常的情况下她不会有这么强烈波动的情绪，也许是《枕头人》里那些故事的缘故，也许是她在连着打促排卵针的缘故。

那年冬天，四十三岁的若楠生下了儿子。医生告诉她，超过四十岁的女性做试管婴儿的成功率只有14%，若楠很幸运，当然，身体基础好是关键，厉害！看着医生竖起的大拇指，虚弱的若楠笑了。接着，全世界都对若楠竖起了大拇指，前来看望的亲戚朋友围着若楠和婴儿啧啧称赞，若楠太了不起了！

若楠感受到了巨大的成就感与幸福感。美中不足的是，十六岁的女儿愤怒地"出走"去了学校宿舍，宣称再也不进这个家了。那两年挣着点儿钱的丈夫，按照若楠的要求，同时请了月嫂和家政阿姨，加上非要住到家里来"照顾"的七十多岁的婆婆，川流不息来看望的四个大姑姐，家里终日回荡着喜气洋洋的人声，只有若楠沉默。没有人想听她说自己多痛苦，哪怕只是行动迟缓时解释了个"疼"字，立刻就会听到，生孩子哪有不疼的？你又不是才知道。看见儿子，多疼也值了。丈夫满嘴的劳苦功高让她生气，但她没有了发脾气的心力。

若楠沉默地躺着，被"肢解"后又拼接起来的身体像松垮破损的皮囊，各种催奶的汤水灌下去，她不得不频繁前去厕所，而小便对于会阴侧切的她来说，犹如酷刑。虽然奶水还没下来，但为了哺乳，她没有吃任何止疼药与抗生素。若楠惊讶于自己的遗忘，十七年前她经历过，却在一系列激素操控下记不清了。她现在正在经历的这一切，最后还会消减、萎缩成一个含义不清的"疼"字吗?

金光闪闪的幸福感与成就感,随着催产素分泌的降低,也渐渐消失了。若楠躺在那里认真思考,也不知道那些"金光"是激素水平过高造成的幻觉,还是此刻的阴郁、悲伤,是激素水平过低造成的症状。

没人关心她的这些胡思乱想,包括她自己;周遭的人都在为那个男婴的进食排泄而焦虑忙碌,却不包括若楠。孩子的反应很正常,不正常的是大人。叶大可竟也要来家里看她,这让若楠颇为意外,但也有一丝高兴。

叶大可绝无可能纡尊降贵为繁殖这种动物本能来看望自己,若楠想,肯定有别的事情,但看见叶大可,至少可以透口气,若楠快憋死了。果然,婆婆献宝似的抱着孩子出来,叶大可连凑近看的兴趣都没有,笑着摆手说孩子太小,不敢抱。若楠客气地请婆婆、大姑出去,顺便关上房门。叶大可身后那个胖胖的中年女子,有着与年龄不符的羞涩胆怯,此时抬起头,若楠才注意到她眉眼酷似阿丹。

她是阿丹的妹妹,她来取已故姐姐让若楠保存的备用钥匙。若楠从衣柜抽屉最深处摸出个小盒子,逐一交代:大门指纹锁的智能卡,书房、卧室的钥匙都粘着标签,衣帽间里面的墙上有保险柜,钥匙是蓝色这把,密码在卡片上……阿丹妹妹和若楠的手都在哆嗦,眼泪噼里啪啦地掉。

她俩走后,若楠趴在枕头上号啕痛哭了一下午,婆婆和大姑姐轮流劝,为了孩子,不能这么难过。人死不能复生,什么好朋友能比亲儿子更重要呢?

若楠不需要劝,哭够了,也就不哭了。婆婆让月嫂把孩子抱给她,若楠看着降生到这个世界还不到一周的儿子,用力吸吮着干涸的奶头,耳边回荡着女儿冲她撕心裂肺的哭喊:"骗子!"温柔的"枕头人"幽幽地浮了出来:也许回到童年劝说孩子去死已经晚了,应该回到出生之前,劝说他们不要出生,痛苦与不幸从出生的那一刻就开始了!若楠猛一激灵,愧疚和恐惧同时涌出来,怀里的婴儿仿佛感受到了什么,丢开奶头,哭起来。

月嫂抱着孩子去喂奶粉了。若楠抱紧双臂,感觉自己像个松软破旧的枕头,所有的内脏都碎成了草屑,上面只剩了一颗狂跳的赤裸的心,像只剥了皮的兔子,惊恐疼痛地乱撞,耳膜被"鼓槌"敲着,咚咚的"鼓声"告诫着她,阿丹和与阿丹相关的一切,都是危险的!

可是,她舍不得关于阿丹的一切。

若楠还是想到了办法,把自己和阿丹隔开了:她是普通人,阿丹是"讲故事的人"。阿丹为故事献祭了人生,而若楠的人生,不需要故事。

这几年,隔着这道"玻璃防护屏",若楠可以安全地想着阿丹。今天,站在阿丹曾经立足过的月洞门前,若楠似乎听到了玻璃破碎的声音。

黑漆木门上的铜环晃动了一下,若楠以为自己出现了幻觉,吱嘎一声,门开了条缝,一个短发青衣的女子探出头来,看见若楠一愣,叫了声:"石老师。"

若楠没想到会在这儿碰上丁菡,笑着解释:"你叶老师念咒把我拘来了。"

丁菡侧身出来,穿了身豆青色套裙的她,站在门前,黑色木门底子上就抠出了一个小巧的丰肩细腰的汝窑梅瓶。她的短发上偏压着与衣同色的压发,密匝匝碧莹莹的青玉珠子编出的璎珞从光洁的额头笼到耳后,黑鬓鬓的发上宛若落了一掌荷露。若楠祝贺《花问》上线,又赞她衣服发饰真美。

丁菡不好意思地笑着拢了一下耳前的碎发,说:"剧社的妆发老师给我弄的,嫌我的发型太寡淡,当观众也有损他们戏里的盛世风华。"她略带解释意味地补充了一句:"说起来,您还算我们主创团队的一员呢,当初帮了我们大忙,本想正式首演再请您来指导,今天是为了首发式,只选了'草桥惊梦'一段。"

丁菡说着话,推开了半扇门,往门里让了一步,笑着对若楠说:"您进来吧。"

若楠进了月洞门。道边的绯扇月季疏于修剪,多刺的枝干带着硕大的玫红花朵伸到了人脸前,丁菡细心地替若楠挡开花枝,指着窄窄的楼梯说:"我要去接一位客人,先不陪您上去了,从这儿上二楼,叶老师正在上面接受采访呢。"

若楠不觉朝着花木掩映的小路望了一眼，蓊郁的女贞树枝与茁壮的月季花叶上下遮蔽的暗影里，站着个长发女子，秀颀的身形颇似阿丹。若楠心里咯噔一下，随即叹自己，一直在想阿丹，想得都杯弓蛇影自惊自扰起来了。

若楠低头踩着窄窄的楼梯向上走了。

二

楼梯的尽头是宽大的露台，原是剧院二楼咖啡厅的吸烟区。剧场演出停了多久，咖啡厅自然也关了多久。濉色蒙尘的遮阳伞收束起来，都挤在角落里，那里还有几株被抛弃的大型盆栽，在风里瑟瑟抖着褴褛的枝叶。

咖啡厅朝向露台的一面，是透明的落地玻璃窗，室内的情形一览无余。大厅里人不多，众星捧月般围着叶大可，她还是标志性的黑框眼镜，原本中分的黑直长发在脑后挽了起来，一身钴蓝袍子，坐在柠檬黄的长沙发上，对着记者和摄像机侃侃而谈。

若楠没有推门进去，而是走向露台朝向园子的栏杆。

铁艺防腐木桌椅一路摆到了栏杆近前，都积了泥垢，桌面上带"草桥"图标的烟灰缸里存着昨夜的雨水。淅淅沥沥下了一夜，怎么会无痕？这世上的一水一露一沙一尘终要落了因果，人更挣不脱了，能不昧因果，就足以跳脱野狐身了！

若楠有此联想，是因为昨晚电话里，女儿聊到了"野狐禅"的故事。

若楠当时正给儿子讲睡前故事，女儿打来电话，若楠亲了一下儿子的脑门，接起电话，儿子委屈地瘪瘪小嘴，也就乖乖地睡了。

若楠留了夜灯，关上卧室的门，走到客厅，窝进了窗下的懒人沙发，看着玻璃上的雨痕，告诉女儿这里下雨了。

女儿的声音很平静，问了句："爸没在家？"

若楠说:"刚打了电话,住在人家厂里了,现在他得盯发货,怕再有闪失。"

女儿从未连着两天打电话。前一天女儿的声音很雀跃,告诉她晚上斯黛拉·李邀请她去吃晚饭。最初为了便于若楠理解,女儿曾用"英国叶大可"来描述自己的学术偶像。这两年若楠没少听女儿提起这位斯黛拉,知道她研究社会学,却是个"奥斯丁迷",所以看见女儿发来的照片,做了维多利亚风的复古卷发,穿着带裙撑的露肩白色小礼服,知道她是在投宴会主人所好,并没有惊讶。

女儿从小到大,很少穿此类衣服,最初是若楠着意"去公主化"教育的缘故,后来就是女儿自己的选择了。照片里的女儿,已然是个美丽的年轻女子了,作为母亲本能的不安,蠢蠢欲动,但若楠立刻给摁住了。

若楠早就下定决心,绝不用自己的判断去干扰女儿的人生。她能做的,不过是把自己的人生当作一本"错题集",彻底打开给女儿看。这本"错题集"原本是要在女儿上大学之后再打开的,迫于无奈,提前了半年。

若楠决定生二胎那年,女儿在读高二。她还是和女儿谈了,刚提了一句,女儿反应激烈。丈夫责怪若楠多事,自作聪明地撒谎说不要了。若楠远比丈夫了解女儿,但她实在无力当即彻底解决这件事。丈夫关于她病了的说法,也并非完全算是谎言,她怀孕五个月的时候有流产征兆,稳定了之后,出现了妊娠高血压,所以那几个月,若楠都待在医院里。生完孩子,若楠回家,女儿就"出走"了。丈夫被女儿的老师叫去了,原因是期末考试的时候,女儿竟然交了白卷,放寒假还待在宿舍里不肯回家。丈夫发脾气,说好话,都没用,最后奶奶姑姑一起上,总算是把女儿哄了回来。女儿还是不跟若楠说话,若楠也就不跟女儿说话。若楠知道女儿伤心愤怒的根源是遭遇了抛弃和背叛,而且还来自她最为信任依赖的母亲。

最为拥挤嘈杂的一个春节,公婆来了,初二那天,十几口人拥了过来,女儿的房间里也被迫安置了表哥表姐。若楠把戴着耳机缩在自己床上的女儿生拉硬拽到了卫生间,关上门,把自己装好的羽绒服袋子塞给女儿,低声说:"你穿好衣服先出去,有人问就说扔垃圾,然后在楼道里等我。"

没人在意,若楠踱到门口的时候,发现女儿细心地没有锁门,她闪身出来,进电梯后才穿上羽绒服。虽然女儿还是没有说话,但这次"遁逃"证明母女之间的默契还在。若楠拽着女儿去了购物中心的糖水店。女儿耷拉着头说不吃甜品,若楠说我吃。她给自己点了份双皮奶,一边吃一边说:"咱俩还是一伙儿的。妈妈给你说过的所有的话,都是真的。这个弟弟,和你并没什么关系。你奶奶、爸爸,包括妈妈我,都和你的人生没关系。你是你自己的!你有那么多想法、愿望,去实现啊!怎么,你打算就这么跟屋里那堆人挤着过一辈子吗?"若楠把勺子一丢,看着满脸是泪的女儿,"为什么一个愚蠢的老女人因为要维持婚姻生了一个男婴,就能让你放弃人生?啊?!妈妈告诉过你,什么能给一个人真正的自由?"

女儿抹去了眼泪,说:"思想。"

"那什么能让一个人彻底失去自由?"若楠继续问。

女儿的声音恢复了平静:"也是思想。"

若楠没有再说别的,抬头看了看从商场楼上悬挂而下的巨幅店铺广告,说:"想不想吃火锅?妈妈馋了。"

女儿扑哧笑了。若楠扶着桌边站起来,持续感染造成的疼痛让她行动不便,女儿过来扶住了她,低低地叫了声"妈妈",靠在她的胳膊上,又落了泪。

若楠喘了口气说:"你越强大,就越自由;越勇敢,就越快乐!就算不能,也能避免很多无谓的痛苦。你陪妈妈先去买点儿抗生素,我忍够了。"

女儿顺利地考上了理想的大学,大四那年,申请到了剑桥的MPhil(研究硕士),同时,她也得到了母校的保研机会。丈夫的小公司因为海外订单连年减少,零落得只剩下他这个老板和一个财务人员了。女儿提到剑桥,他倒是精神一振,但听了女儿的专业和计划,就只剩下叹气了。MPhil是哲学硕士,与普通的硕士不同,第一年如果通过六项考核,成绩优异,且论文合格,可以直接申请博士学位,所以有"副博士"的旧称呼。人文社科的奖学金极少,不必存侥幸的幻想,四年下来学费、生活费再节省也要一百多万元。丈夫嘀咕："你不是学的计算机吗？这咋又改哲学了？"随即笑了，"我不懂啊，你妈妈说了算，反正你要去剑桥，咱家就得卖房子啦。"

若楠笑着说："有肉不吃豆腐，干吗不去？"

女儿知道家里的情形，反倒没有若楠果决。母女相对时，若楠说："妈妈这点儿话语权也来之不易，咱别弄那些糊涂的小心思，悲悲切切的没必要。钱是工具和手段，你想去，能去，就去！妈妈说过，咱俩是一伙儿的！"

这是若楠人生中做过的最痛快的事。叶大可为这件事破天荒夸赞了她有见识。女儿第二年顺利申请到了博士资格。叶大可拿着女儿的硕士论文，帮她在国内赢得了一笔政府补助，学费基本解决了。年初若楠依旧照数儿给女儿生活费。五月份的时候，女儿告诉她，叶老师给了她一份工作。若楠知道学校成立了"叶大可文化研究中心"，没想到女儿会被叶大可聘为研究中心在剑桥的联络人，薪酬很不错，女儿就此向她宣告经济独立了。直到今年九月份，女儿才和同学去了一趟伦敦。这是去英国三年来，她第一次离开那个镇子。女儿给她发消息说："妈妈，思想和金钱之于自由，如车之双轮，鸟之双翼。"

若楠看着这话，心情有些复杂。不过很快女儿又发了一条："沃尔夫式的文学语言，抒发一下感情。知道！给你自由的东西，也会给你最深的奴役。放心。"

若楠从不给女儿制造幻觉。女儿开玩笑说自小被老妈扳着稚嫩的脖颈"直面惨淡的人生"，上大学后，更是给她恶补了厚厚一大本"不幸女子图鉴"。说得若楠又是笑又有些羞愧，夹杂着心酸。她能提供给女儿的只有教训，不附带正确答案的一系列"错题"。

这样长大的女儿，在若楠眼里却是自信乐观的，遇上事情很有主意。新冠疫情刚起的时候，若楠揪心女儿，各种消息满天飞，加上婆婆和丈夫的埋怨，若楠一度动摇，但被坚持留校学习的女儿说服了。

自此若楠更加放手，克制着各种担心，不会东问西问。丈夫嘲讽她"心大得不像亲妈"，若楠不反驳。她只是很明智地知道，丈夫和自己，并不比女儿更有判断力。女儿人生的题，女儿自己做，答案自己给，对错也不是父母能判断、该判断的。这是若楠心里的原则。毕竟他们对那个遥远世界，一无所知。

再遥远，也在"人类"这座黑森林里，好在女儿从小就学会了随身携带匕首。若楠有时候也觉得自己所谓的"一无所知"，更像是一种胆怯的祈愿：没有消息就是好消息。

差不多固定的频次，差不多日常的内容，若楠和远方的女儿不知不觉形成了某种默契。于是雨夜多出来的这个电话，让若楠摁下去的不安，又抬起了头，但她依然没有贸然提问。女儿也没说什么特别的事情，说是查资料眼睛累了，就从图书馆出来在外面走走，和妈妈聊会儿。她甚至还轻笑了一下，说："想起妈妈给我说的话，人越少自欺，就会有越多自由。这话很厉害，足以解脱五百年的野狐身。"

抬起头的不安生出了牙齿，咬了若楠一下，但她忍下了。"被你夸得不明所以。"若楠能想起那故事的大概，关键的机锋却记不得了，就问女儿。

女儿说："有人问，大修行人还落因果吗？僧人答'不落因果'，就被罚做了五百年的野狐狸。后来遇到了百丈怀海禅师，野狐狸问了同样的问题，得到答案'不昧因果'，于是解脱了狐狸身，再入轮回。妈妈拿着蔡志忠漫画讲给我的，我还记得漫画里狐狸变身的时候，周围画了团爆炸的云，我说像放了个大屁！"

若楠也笑了，却不知如何回应。女儿从她的迟疑中感觉到了什么，说就是走着瞎想，想起了很多事情，妈妈以前讲给她的时候，她以为明白了，其实还是不懂，现在想想，彻底的"不自欺"，就是不昧因果。她顿了一下，说："譬如，全世界都说妈妈是叶老师的好朋友，叶老师也对我这么说，但是我从小就知道，丹阿姨可以是丹阿姨，叶老师只能是叶老师，不可以是叶阿姨。"

女儿又说了些旧事，叹气说："看来我是想妈了，想得参起了野狐禅。"若楠心里一酸，三年没见了，嘴上却笑着说："能不能找个优美点儿的意象跟妈妈抒情啊？"

雨夜谈禅，结尾又回到了下雨。女儿说她那里也正下着雨，撑着伞在雨里走，植物的气味很好闻。挂了电话，若楠的心却被一丝残存的不安微微地吊着，睡得很轻，刚要迷糊着做起梦来，就被耳边的雨声给敲醒了。

若楠站在露台上，望着西边天际大片蓝紫橙红的色彩，想起塞在洗衣机的脏衣服还没有洗。上午叶大可打电话来的时候，她正在收拾家，因为没睡好，人有点儿恍惚。看见是叶大可的电话，心里咯噔一下，不由得想起女儿的"闲聊"，生怕横生波澜。好在不是。也难怪若楠这么猜，今年也只联系过一次，知道她给了女儿工作，若楠打电话去道谢。叶大可笑答："三十年的朋友了，应该的。再说孩子很能干，我想找这么合适的人还不容易呢！"

算起来，她们认识三十二年了。若楠和叶大可相识于微时，叶大可毕业分配出了问题，被发配到一家地方师院教书，若楠在系里打杂。彼时叶大可刚经了挫折，心境有些落寞，行事越发孤傲，周遭如若楠这般年纪相仿、听她说话恨不得记笔记的人只此一个，她俩自然而然地亲密了起来。

叶大可出国后，若楠决定考研，准备了三年，一直没有报名。若楠当初费了很大劲儿，才给女儿解释清楚了"单位"这个词，在20世纪90年代到底意味着什么，一个人的生老病死差不多都能塞进去，这个概念远不是今天"工作"两字可以对应的。按照当时的规定，报名需要单位盖章，而单位不同意她考研，那么她要报名，先要辞职。

若楠至今还保存着七个带红蓝条纹边框的白色航空信封，内装那三年叶大可写给她的信。虽然若楠写四五封信，叶大可才有时间回一封，但这七封信依然是她改变命运的天外神力。

"你姥姥听见我说又要去上学，把擀面杖一扔：'你咋不上天呢？也不想想，都二十四啦，再不找主儿，好白菜就烂在地里啦！'"若楠笑着说，随即叹了口气，"你没见过姥姥。其实，妈妈很像姥姥，她也不过是扳着妈妈的脖子，让我直面惨淡的人生。"若楠给女儿讲的时候，口吻轻松，女儿也笑了，但若楠心里却仍觉得刺痛和愧疚，母亲在她辞职报名后，突然因为脑溢血去世了。那年若楠虽然进了考场，但成绩可想而知。

第二年父亲再婚了，继母带来了两个妹妹。若楠这个没有工作的老姑娘，就在家里待不下去了。叶大可已经回国，若楠就买了张火车票去了北京，出现在了叶大可任教的学校门外。报班、租房、考试，虽然都是若楠自己处理的，叶大可在具体事务上极端"低能"，但她还是若楠心里的依靠。

若楠研究生毕业的时候，叶大可已经是颇具影响力的青年学者了，业内业外都是话题人物，一部文采飞扬、尖锐深刻的学术专著《类人——以"女"为名的物种》卖了几十万册。在叶大可的鼎力相助下，若楠才得以进了她所在学校下辖的出版社，留在了北京。跑印刷厂的时候，若楠认识了丈夫，他是去印刷厂盯公司的产品说明书。丈夫家是怀柔山里的，也算北京土著。若楠当年结婚怀孕。叶大可对她的选择很是不解："你费劲巴拉地读书上学干吗呢？换个时空结婚生子，这里那里，有本质区别吗？"

"本质"不"本质"，若楠没法判断，但区别，她觉得还是有的，至少那些所谓的娘家人，对她的态度亲热了很多。若楠并没有对这见机而生的亲情做出不恰当的可能伤害自己的回应，就像她从来不对丈夫一家抱有任何不切实际的幻想一样。婚姻和出版社对于她的意义一样，都是有规则有要求需要做好的工作，但她同时还有另一份"工作"——叶大可。

若楠当时只是个小编辑，却有个官称叫作"叶办主任"。更确切地说，她是叶大可的全能助理。她在家休产假的时候，手机也始终在枕边，一边喂奶一边接叶大可的电话："卫生棉条在白色储物柜最上面的抽屉里；不行，14号你已经答应了老朱，撞车了；在阿根廷庄园过周末，15号回来太赶；13号下午没安排，约会又不是结婚，这也要看日子？要不你别回来了，把老朱打发走不就行了？我给你打电话，说有事——好笑才笑的，哪天怀上孩子你都不知道爹是谁！屋里没人，放心！——名单我有；这么多人，费用是固定的，还要好吃，四川饭店不错了！离你们开会的酒店又近……"

虽然被好几股力量抓着，若楠的感觉不是被撕扯，而是被支撑。她知道这些力量互相作用能让自己站立得更稳：婆家可以制衡娘家，娘家也能威慑婆家；叶大可是理由，出版社和家里人不得不给了她略微多些的自由；而家庭也是理由，让叶大可不得不克制对她时间的占用。

若楠给上大学的女儿深入分析过自己的"人生力学"，这可怜的平衡在她勉力而为下维持到了女儿初中阶段。

学院出版社的营销渠道很传统，虽然她是叶大可著名的"朋友"，也没有理由让叶大可放弃与头部出版商的合作，把版权继续留下。而且，"叶办主任"也有了继任者丁菡。经济形势好的那几年，丈夫挣到了点儿钱，恶俗剧情如约而至。蛛丝马迹，若楠也没心思当侦探，装看不见，可是收到了"逼宫"的短信，她就必须正视满是蛛网的婚姻了，为了女儿也不能让家变成盘丝洞，她不得不"打扫"起来。顺理成章地争吵打闹，各怀忌惮地适可而止，但平衡变得非常脆弱。若楠冷静地观察了两年，知道若不引入外力，人生的分崩离析也就是时间问题了。

全方位放宽二孩政策之后，丈夫对她说："咱也生个儿子吧？"

若楠看着他，丈夫有些心虚地笑起来："我就是一说，你不想就不生。"

若楠认真想了两天，第三天对丈夫说："试试吧。"

做试管生一个儿子，是若楠综合考量做出的重大决定，是她为人生的又一次勉力而为。她做好了成败两手准备。成了，不用说；败的话，她多半要拿着妥善保存的证据打离婚官司了。

后来叶大可调侃她，母凭子贵，这下中宫皇后的位置坚不可摧了。

若楠听了也就笑笑。四十几年活下来，若楠自认别的优点没有，只有一点，她不自欺，也不自怜，付出得到，算清楚账就行。生下儿子后，继母带着小女儿来北京看望她，妹妹羡慕地说大姐真是人生赢家。这话听来真舒服，若楠享受这片刻虚妄的幸福，却并不当真。她认真地告诉女儿，这是悲哀的成功。

"悲哀"在这里是价值判断。感情上，若楠已然是不悲不喜了。人生里的一切都来之不易，挨过饿的人就算吃饱了也不会抛撒食物，哪怕不合口味，她也珍惜。构成她世界的人有再多的问题，那也是她的世界，容得下就容，容不下就忍，忍不了就逃——逃也逃不远，顶多是逃去阿丹那里，吃顿饭，看场戏，透透气就又回来了。

阿丹不在了，若楠也就无处可逃了。

当然，草桥剧场还在，若楠眺望着园中的池柳楼台，这几年实在是没有片刻喘息的工夫，容她从日常事务中遁逃到此处看戏做梦。哪怕今天，她来，也不纯为了看戏做梦，或者想念阿丹。

今天电话里叶大可虽然没说有事，但语气郑重，态度坚决，若楠迟疑地说丈夫不在、孩子没人管的时候，叶大可说派个学生来给她看孩子。若楠笑了，说还是别难为别人家的孩子了，她麻烦一下大姑子吧。若楠了解叶大可，这次她需要自己出现的原因，只怕会有些难宣于口的微妙。

西天的云霞慢慢褪尽了颜色，空中依旧布满光线，暮霭从地面开始上升，灰蒙蒙的，折损着天光，若楠疑心是眼睛累了产生错觉，扭身看，咖啡厅里的灯光却越发明亮了。玻璃门忽然开了，出来的竟是丁菡，朝她走过来。

若楠迎着走了过去，笑着说："你怎么神出鬼没的？"

丁菡也笑了："在剧场门口接到客人，就从前厅上来了。"

若楠敏锐地发现了她的话前后矛盾。从咖啡厅所在的二楼大厅走楼梯下去，就是剧场的前厅，刚才为什么要从月洞门出去？先在园子里绕一圈吗？不过若楠随即暗笑自己无聊，要你管？人家就想在园子里走走！

玻璃窗里的观众在鼓掌了，叶大可起身，笑着和记者握手。丁菡原本陪在若楠身侧，赶了一步，推开了门。若楠说了声谢谢，紧走两步，进到了屋内。

三

若楠悄悄扫了眼室内的人，都是生面孔，除了那个背对着她们、穿新中式黑色立领装的男人。他正把手举到叶大可面前鼓掌，看这背影、动作，只能是叶门大师兄霍伟。人类文明通约的用以赞美的肢体语言只能如此，他没办法，只好加大上肢开合的幅度，以及延长双手拍击的时间。

叶大可显然是看见了若楠，推开霍伟的胳膊，朝她俩笑着招手。

霍伟是叶大可带的第一个博士生，他是在职读的学位，算起来也只比叶大可小三四岁而已。他报考的时候已经是研究生院学生处的副处长，这些年加官晋爵，在部里当了几年司长之后，年初回到学校做了常务副校长。看这鼓掌的架势，他对老师的热爱，这么多年未减分毫。

吾爱吾师，虽是常情，但敢说"天不生我叶，万古如长夜"这话的，也只有霍伟了吧。他口中的叶老师，从来都是独步古今，天下无双。他的话在认真与反讽的边界处，若虚若实，亦真亦假，退一步是谄媚，进一步是狎昵，偏他就能站在那微妙而神奇的缝隙处，堂而皇之地装疯卖傻，言之凿凿地胡说八道。

霍伟对老师，嘴上一份，手上也有一份。年初回校任职，下马拜印，不过数月，"叶大可文化研究中心"就红红火火地办起来了。于公，他成了上级主管单位的领导，不再只是叶大可的弟子；于私，自家女儿也间接受惠，腹诽原本就是放在肚子里的，面上的恭敬客气还是要有的。

霍伟转过身，若楠笑着叫了声："霍校长。"

"若楠老师，来晚了！"霍伟笑着点头致意，"没听到叶老师今天的谈话，很重要，很重要！以后电影史，不，人类叙事史上的里程碑式人物，得这么排：荷马、莎士比亚、曹雪芹、托尔斯泰、卢米埃尔兄弟、格里菲斯、爱森斯坦、戈达尔……丁茵！"

若楠笑着，目光流转，丁茵走到一边接起了电话；视线移过来，正好和叶大可四目相对。若楠猜到了今天自己必须出现的原因。

尴尬人难免尴尬事。

大师兄霍伟与小师妹丁茵有过一段过往，用叶大可的话说："本来是一段佳话，结果弄得不尴不尬。"

算起来已是七八年前的事了，若楠也就听叶大可提了这么一嘴，具体情形不清楚。她也不想清楚，不过男女那点儿事，好了歹了，乏味得很。

成了或许是佳话，不成也未必是坏事，若楠私心觉得丁菡很好，霍伟就算是世人眼里的黄金单身汉，依然配不上丁菡。

从初识到现在，丁菡给人的感觉永远是舒服的，小小的个子，齐耳短发，皮肤白净，眉眼普通，也不过分打扮，勤谨麻利，总是喜兴的、活泼的，话不多，说出一句来，却能落在局中人的笑点上，也挠在叶大可的痒处上。

丁菡不是那种智识上的聪明，而是有颗玲珑心。灵巧通透的心窍，都是打小眉高眼低地看着学着，被世事人情刀砍斧凿出来的。开了窍的孩子，自然讨人喜欢，也难免过得辛苦，日子久了，反而会让人生出一份真实的疼爱。

不过丁菡身上还有严苛威肃、让人生畏的一面，这是若楠后来才发现的。

每逢大型的国际学术交流活动，叶大可都要以私人名义为某些重要人物额外安排一些活动。在外面还好说，家宴是最麻烦的，当然也是规格最高的。若楠那时还没卸任"叶办主任"，带着几个叶门子弟在叶大可家忙着准备，接到女儿学校老师的电话，女儿病了，校医量了体温，说要马上送医院。

若楠放下电话，焦灼地四顾，当时还在读大四的丁菡走过来说："您快去吧，交给我，有问题我给您打电话。"

若楠在医院守着女儿，并没有接到丁菡的电话。第二天她有些不放心，去出版社拿书稿，同时拐去叶大可家看看。一切安排妥当，那些叶大可要给主宾讲故事的小道具也各居其位，同门看丁菡的眼神都不同了。

当年前辈巨擘评价声名鹊起的叶大可：霸悍生风，有几十年一遇的开辟之人的气象。真的开宗立派了，她规训门下弟子，几近"养蛊"，留下的都是强的。叶大可从来都鼓励智识上的恃强凌弱，对于叶门弟子来说，老师在的地方，那就是言语上的跤场，常年开练。丁菡固然不弱，但若比牙尖嘴利，倒也轮不上。以前在叶大可的回护下，丁菡从不下场。虽说师生如父子或母女，但"如"，就不是。叶大可并不是刻意遮蔽女性气质的女性主义学者，但要说到母性，不遮不掩也没多少。若楠一直觉得，是丁菡持之以恒的孺慕之思，倒逼出了叶大可的舐犊之情，于是严苛挑剔不容细错的她，也有了丁菡这个例外。

若楠后来发现自己错了，天分才情固然不足，但心性态度上，对老师追慕最甚的，竟是丁菡。本来若楠就很头疼给叶门子弟派活，一句过去，十句回来，若楠急了就一句：跟你们导师说去！很多时候图省事若楠干脆自己干了。

此后若楠就拿丁菡当了主心骨，遇事先找她。丁菡总能把事情拆分成几项任务，环环相扣，做任务的人互相激励还互相制约。后来连分派任务若楠都让丁菡来了，自己在旁边充当道具。丁菡提出的要求远高于若楠的预想，面对师姐是否必要的诘问，丁菡也不推诿，口吻淡淡地回答："这是我对叶大可学术要求的理解，师姐要是有别的理解，咱们商量，师兄觉得呢？"

惯被师姐压制的师兄，自然跟丁菡理解的一样。若楠不觉在心里笑起来。若楠最喜欢甚至有些钦佩丁菡的一点，是她善于管理，却从不弄权。她苛于人，更苛于己，每次都把最繁难琐碎的活儿留给自己，把能出风头或者在老师面前展示的机会留给师兄师姐，偶尔有些收益，她一定让给师弟师妹。

丁菡顺利保研，继续跟着叶大可读硕士，也就接任了"叶办主任"。若楠再被叶大可召唤，便是闲局，偶尔交代她一些过于私密不便让学生知道的事。两次之后，除非叶大可说有事，若楠就拿孩子做借口推脱了。她更愿意把这时间挪出来与阿丹玩儿，与丁菡见面自然也就少了。

毕业前，丁菡突然跑到出版社办公楼下，打电话给若楠。若楠一见面就祝贺她："我都听说了，你留校保博，拿着工资读书。叶大可替你想得太周全了。"

丁菡笑笑，说："是啊，很感激老师，她对我太好了。"没想到她话锋一转，很诚恳地做起了自我剖析：天分有限，也没有以学术为志业的理想，靠助学贷款读完了硕士，留在高校并不是明智的选择。一家互联网大厂旗下的游戏公司"卮言STUDIO"给她了OFFER（录取通知），薪酬很好，而且比起日薄西山的第八艺术电影，更有未来发展空间的第九艺术游戏，才是她真正的兴趣所在。她本该对老师坦言，老师生气骂她，是她活该，她怕的是老师伤心。没办法，只能拜托石老师接受她的不情之请，替她向老师请罪。

丁菡神情语气倒是如常，只是笑容很浅，人也有些憔悴。若楠很意外，且很困惑，应了声"好"，隐隐觉得不妥，想劝劝，面对丁菡滴水不漏的逻辑，又不知从何劝起。丁菡听她应了，冲她鞠了一躬，连声说谢谢您谢谢您，抬起脸来，原本黯淡的双眸因为充盈液体而晶亮起来，但她还是冲若楠展颜一笑，告辞走了。若楠忽然很心疼这孩子。想了想，打电话给叶大可，知道她在家午休，若楠抓起包冲去了叶家，说了这事。

"学了七年的电影，最后去给做网游的打工，这点儿出息！"叶大可一下被气噎住了，缓了缓，叹了声，给若楠解释了一句丁菡与霍伟交往、分手的前情，"分手了，不做朋友就做路人。大路朝天各走半边，别说霍伟在学校没有一手遮天的本事，就算有，他敢怎么着你?！没有因为一个破男人，连自己的前途都让出去的！"

气归气，还是舍不得，若楠又领了任务转回头劝丁菡。当然，任务失败。

七年前若楠"任务失败"，不仅没伤了她们的师生情分，反而因着若楠的一来一回，淘澄出两汪深情。此后叶大可的很多活动，还能看到丁菡的身影。叶门中一时找不到如丁菡者，但好在她留下的章程很有用，日常各司其职，偶有例外叶大可还是要他们找丁菡。她们师生直到现在还是一如既往亲亲热热母慈女孝。

若楠带着感慨，回应着叶大可的招呼，走到她旁边坐下，眼睛扫到丁菡。她接完了电话，完美地错过了霍伟的那番溢美之词，笑着对众人说："我们头儿从主会场那边过来了，想感谢诸位老师。"她指着墙上的屏幕，上面正播着主会场的演出，"直播一会儿也会转到剧场这边，主持人想来采访一下各位老师，我现在去带一下工作人员。"

丁菡平和得体，看不出有什么异样。若楠收回目光，看叶大可，她正望着丁菡的背影，注意到若楠在看她，亲昵地拍了拍若楠的手，招呼旁边的工作人员，问能不能放刚才的采访给若楠看。工作人员忙不迭拿了电脑过来。

若楠开始看采访录像。霍伟刚才的话虽然夸张，却也算如实传达了叶大可谈话的意旨。若楠不觉感慨：师生亲子，爱人朋友，多多少少都有心照不宣的"共谋"在，糊涂的成了笑话，明白的则成了佳话。

叶大可一生行来，尽是佳话。年轻时情史辉煌，也闹得沸反盈天，如今自然是风中往事了，当事人大多已是江湖成名人物，收束铅华，消弭恩仇，见面斯抬斯敬，言谈语笑。偶有反例，叶大可三十六岁，击败了长她九岁的男友，破格当上了博导。爱侣一夜之间从谈婚论嫁到反目成仇，说来本是笑话，叶大可却生生把它变成了佳话。此君远走南国，一生以批判叶大可为志业。而叶大可反而会拿着武则天读《讨武曌檄》的范儿念他的文章，还说长情痴心，此君为最。对比之下，追摹了这些年，丁菡比自己的老师，心性上还是弱了一层。

屏幕里的叶大可谈着作为21世纪文化产品的游戏，提到了丁菡当年如何放弃保博、留校，毅然决然投身游戏业的往事。学生怀抱理想与热爱，老师充满远见与包容，采访者赞叹不已，又一段佳话诞生了。

名师与高徒，原是互为因果的。叶大可素来与自己的弟子，都是佳话连连。叶门大师兄霍伟，不管在外面身份如何，回到师门家宴上，就只是大师兄。

论起深谙圣意，霍伟始终都是叶门中当之无愧的老大，不管唱什么名目的戏文，曲终奏雅，要么是歌功——学问好，要么是颂德——待人好，落不到老师身上都算是跑题。这招万法归宗，师弟师妹们谁都没有大师兄练得炉火纯青，但捧哏搭戏还行。虽然不能跑题，但直奔主题自然无趣，霍伟排演的戏文跌宕顿挫、千变万化。那几个被他当沙包练出来的相熟同辈后辈，早已是钟馗边上的小鬼儿，这边踢腿那边就翻跟头了。

套着招儿打，热闹好看，也没什么风险，自然也就不怎么过瘾。三五不时，霍伟也会寻不知底里的"外人"捉弄。若人家当真，他就继续开玩笑；若人家当玩笑，他偏就学术起来，连荤带素地一通捶打。人家往往恼也不是，跟着胡闹也闹不过他，只能忍着尴尬狼狈笑着支应。秀才遇到兵，多半是支应不过的，而霍伟却是流氓会武术，施展得那叫痛快。

围观这种言语上的"虐杀"，若楠常会觉得不适，但霍伟这别致的"幽默"戏文却很对叶大可的胃口，她会笑着享受前半段，但不会让"血腥"场面延宕得太久，而是选准时机出手，以彼之道还施彼身，干净利落地收拾了霍伟，此时"受害人"和"观众"都会发出大快人心的笑声。说到底，霍伟还是"献祭"了自己，成就了这番欢乐热闹。

采访录像看到一半，被打断了。

两台摄像机和一组工作人员朝他们打着招呼走过来，大家都站了起来。

若楠扭头看见角落里有两个高背单人沙发，她先是不动声色地挪到了长沙发边上，两步就跨了过去，跌坐在背对着镜头的沙发上，没想到上面放着束花，她懊恼慌乱地腾挪身子，把花抱在怀里，抬眼看见对面沙发里藏着个戴圆眼镜的小男生，抱着个平板电脑，略带惊讶地抬头，若楠只能冲他笑笑。

打扮得如同唐三彩乐俑的直播女主持，拿着手卡逐个介绍叶大可教授、霍伟校长，以及旁边几位名号闪亮的专家，接着进行采访。专家们虽然都表示了对网络游戏不熟悉，但自然也明白今天的任务，纷纷夸赞了《花问》的选题、立意，以《西厢记》为主脉络，同时囊括了《霍小玉》《聂隐娘》《李娃传》《柳氏传》等大量的唐传奇，经典传承，创造转化，民族崛起，文化自信，捧得高高的。

若楠心里一笑，《花问》是先射箭，后画的靶子。他们先设定游戏剧情，根据设定需要再寻找合适的唐传奇作为"原著"。若楠被丁菡请去参与讨论，就是为了提高这个环节的效率。与丁菡团队开会，是若楠平生最为愉快的工作经历。

最后接受采访的叶大可，声调温和，不疾不徐，笑吟吟地说："刚才面对我们的主流媒体——虽然今天很难说是主流啦，传统媒体吧——电视台，我就给出了这个判断：21世纪最为主流也最为重要的文化产品，就是游戏。某种意义上我可以说，在今天的文化格局中，游戏取代了曾经的长篇小说、电影、电视剧的位置，充当了不止一代年轻人度过青春成为社会人的重要文化路径。我们吃着小说电影这种文化主食长大成人，他们吃着游戏这种文化主食长大成人。文化主食的构成和品质有多重要，毋庸赘言。对于这款新主食，我只是个观察者，我给你们介绍一位真正的专家。"

叶大可叫了个名字，若楠没听清楚，但对面的小男生站起来，若楠更不能动了，身体滑得更低，小男生迎着镜头走了过去。叶大可跟主持人介绍，这是她今年新招的博士。小男生先纠正了主持人对自己的称呼，强调自己不是博士，只是在读的博士生，的确写过一本专著，研究波兰那家名为"11BIT Studio"的游戏作品。他还发表了对比Quantic Dream（量子梦）的《底特律·变人》与厄言Studio（工作室）的《蒿里行》两款游戏的文章。他高度评价了《花问》的游戏框架设定，用的是叙事行为本身，可以说这是一款"元叙事"游戏，充分利用了互动游戏这种媒介本身的特点，完成了一种创造性发展……

若楠一边听，一边整着被她压瘪了的花束，花中间插着张卡片——这花儿是霍伟送给丁菡的。还好，主花是剑兰这种条形花，要是百合玫瑰之类的就惨了。整得差不多了，丁菡带着女主持和直播镜头也离开了，走向大厅另一边。若楠最后调整了一下卡片，小心地把花束放下，揣着满心的疑云，起身走了回去。

那个小男生正嘟嘟囔囔一脸不高兴地跟老师说什么，叶大可一边让若楠坐，一边继续说："人家杂志三审加外审都过了，你这会儿撤稿？昨天他们主编和我开线上会还夸你这篇文章呢，说选题新颖，材料翔实，他们很缺这样的稿子。"

男生急切地分辩："那个结论没价值！互动游戏也在用蒙太奇，更像电影了，这有什么意义？影响研究本来就带着虚构性质，挺没劲的！您今天谈叙事媒介演化的角度启发了我，应该去挖掘叙事媒介本身蕴含的意识形态内容，我想换个角度重新写。"他说完，带着真实的懊悔与沮丧，孩子气地瘪了瘪嘴。

叶大可宠溺地看着年轻弟子笑了："那就再写一篇。文章本来就是思想发展的过程性产物，留下点儿幼稚肤浅的足迹，怕什么？"

小男生跌回单人沙发里，发出"哀鸣"："会成为我的黑历史啊！"

霍伟哼了一声，笑着说："小小年纪，还挺把自己当回事！"

"早有戒慎恐惧之心也好，免得日后追悔莫及。"叶大可淡淡地说。

霍伟有些烦躁地站起身，踱了两步。小男生不说话了，埋头点刷着面前平板电脑的触屏。霍伟有些无聊地凑过去看："这都是什么呀？"小男生头不抬手不停地说："《花问》，我解锁了莺莺黑化的一条隐藏线——钮祜禄·莺莺！"

"什么乱七八糟的！"霍伟喊了声，又踱开了。真是时移世易，大师兄归来，小师弟不捧哏了。变的不只小师弟，大师兄与老师之间似乎也不同往日了，刚才那几句言语，波澜不兴的水面下，暗流涌动。

若楠心里的疑云翻滚起来：人也来了，花儿也送了，"家长"叶大可跟着呢，怎么，就着《西厢记》的场，要个走形式的"红娘"？那头顶这团诡异的低气压又是怎么回事？

一个洪亮的男声破空而来："老师们辛苦啦！感谢！感谢！"

随着声音，一个高大的秃顶胖子带着几个工作人员，抱拳拱手而来。若楠见过，知道是"卮言"的CEO。他到跟前，对着每位专家都深深一揖，大家都笑了。他又对着叶大可作了一揖，说："叶老师，伟大的叶老师！当年我刚创业，没敢指望丁菡真能来，毕竟从庙堂到江湖，那份落差，不是钱能填平的。谢谢您啊！"

叶大可笑着说："你们都是理想主义者！"

"中二热血，饮冰难凉！"CEO摆了个很"中二"挥臂握拳的姿势，随即大笑。看见站于叶大可身后的若楠，他赶忙招呼："亲爱的石老师，我们的古典文学专家！"

若楠脸腾地热了，好在没人介意，下一秒CEO已经和霍伟热情拥抱在一起，互相拍打着后背。CEO拉着霍伟，比对着给大家展示："大师兄是1974年的，我是1983年的，说我是他大哥，一点儿都不违和！"

有了旁边庞大的"人形背景板"衬托，体形适中、衣着精致的霍伟，越发显得玉树临风起来。也许是三四年没见了，若楠一眼看去，还是觉得霍伟老了，眉眼肌肤表情纹，都得到了良好的管理，但肌肉线条有一种拉都拉不住的颓势，疲惫不堪哆哆嗦嗦地撑在垮塌的边缘。

一片笑声和赞叹中，大家都落座了。工作人员给CEO搬来了一把餐椅——沙发太低，他坐不下去。CEO与霍伟如此熟稔，是有前情的，坐下后抚今追昔，自然而然地就说了起来。

这位程序员出身的CEO说起自己的游戏项目，有着孩子般的热切，他也有说书人的本事，滔滔不绝，抑扬顿挫，手势动作击节相应："最早上线的《逍遥游》，我亲自带队做的，设定是先秦各派方士，借修仙求道，探究生死之惑；稍后启动的《蒿里行》，我也参与了脚本底稿，设定是魏晋战乱中的散兵游勇与流离百姓，在战争缝隙间求生，要照见人性之渊。钱少人也不够，先集中火力把《逍遥游》上线了，推广费用约等于零，好在有圈子里的兄弟帮衬，也有识货的大神助力，口碑发酵，火了！'卮言'也算一战成名。这下'爸爸'高兴了，给钱！第二年《蒿里行》内测时，游戏区UP主（上传者）里已经有一群'言粉'了，我也是膨胀啦，好风凭借力嘛，就搞了场声势浩大的发布会。除了北京主会场外，选了官渡、荥阳、洛阳、襄阳四个古战场做实景分会场，一线明星代言，一时间烈火烹油鲜花着锦，那个数据涨的，我睡着了都能乐醒。没乐两天，啪，给我举报了：血腥暴力，阴暗残酷。《逍遥游》也跟着倒霉：低级暗示，软色情！"

若楠听过这段"书"，霍伟算是半个当事人，都知道底里，于是都听得心不在焉。若楠留意着霍伟，霍伟直勾勾盯着远处笑盈盈的丁菡。丁菡的笑，显然是给被采访的新媒体嘉宾的，也是给直播镜头的。若楠觉得又不解又可笑：至于这么眼巴巴的吗？还是想卖弄自己"一双瞳人剪秋水"？

此时"书"说到了悲情处："官宣停服，我一个人录道歉视频，哭得像个二百斤的孩子，这梗就是给我准备的。本来是想九十度鞠躬，高估了自己的运动能力，往前一栽就跪到地上了，那就跪着哭。我是真悲愤，在社交媒体上写了难听话，欠考虑了。我们的法务和CCO（首席文化官）抱着申诉材料去讲理，直接给怼回来了。"

霍伟收回目光，笑着说："你们不仅不承认错误，及时改正，还引发舆情搞对抗，人家作为管理部门，只能更坚持更强硬。"

"还是年轻！当时的确是我们操作失误。首先'出圈'这事，有利有弊。咱实话实说，有些玩家是真没见过世面，一听魏晋三国，想当然就是曹操周瑜诸葛亮，吕布貂蝉大小乔。我们也是有俩钱儿烧的，请了团队做推广，游戏里作为大背景的那点儿光鲜亮丽的画面全拿出来做广告了。《蒿里行》是暗黑风，画质逼真，再现的是'铠甲生虮虱''白骨露于野''河内人妇食夫，河南人夫食妇'，加上我们的剧情设定，从头到尾没他们一个熟人，他们感觉被虚假广告骗了，花钱买了份惊吓恶心，故事还不知所云，一气之下就举报了，这可能有。至于舆情，真不怪我们，我那一哭一跪，纯属意外。我也没想到'言粉'的感情那么深。也可以理解，见惯了'丧尸围城''生化危机'，天天末日生存的资深玩家，看见《蒿里行》，那份激动、骄傲，跟看见了《流浪地球》《大圣归来》的科幻、动漫粉丝的心情差不多。这一停服，伤不起！这帮人绝对数量未必多，却是能在网上嚷嚷得声儿最大的一帮人：这样充满深刻哲思和文化底蕴的民族游戏，到底是被什么人举报的？定是有奸人来毁我中华长城！"

有位专家略带惊讶地插了句："打游戏的小朋友，这么上纲上线啊？"

霍伟在旁边笑着说："这才哪儿到哪儿啊？还有深挖举报IP来源的，列出背刺'卮言'的嫌疑人名单，根据工商登记资料查他们背后的黑手，论证'卮言'出品的纯国创游戏动了资本的蛋糕，条分缕析，慷慨悲壮：'这一次，资本的镰刀，获得了'人民的名义'，挥向拦在它收割路上那个名叫'卮言'的少年，被屈含冤的'中国之子'倒在了血泊之中！'"

现场出现了短暂的安静，专家们互相对视，都没说话，叶大可面色凝重地望着大厅对面那群造型各异的新媒体嘉宾。

CEO呵呵笑着用手捋着稀疏的头发，笑着说："在网上骂有什么用？我和CCO抱着几万字的申诉材料跑得披头散发，说得唇焦舌干，那帮老爷啊！"

霍伟说："老爷们也头大，市场司的老赵跟我开玩笑，'卮言'已然成了岳飞，他也不能因为怕被骂成秦桧，就无原则让步吧？有问题就是有问题。我劝他，举报是民意还是恶意竞争，喊冤是操控舆论还是民意，弄不清，都不管。咱就事论事，'卮言'的出发点值得肯定吧？传统文化创新，缺乏经验有差池也难免，不能一棍子打死。再说，你们自己审，责任自己担，不如搞个听证会、审核会啥的，毕竟牵涉到经典改编嘛，可以找几位专家，把把关。"

"大师兄就是大师兄，脚踩七彩祥云出现了！"CEO呵呵笑起来，"我们总算逃出生天，修改后上线。画面是一帧一帧地审啊，女修士跨骑在大鱼上都算是色情暗示，必须改成侧骑，腿得这样！"他说着并起腿侧向一边，体形太大，椅子跟着一歪，两边的工作人员身手敏捷，一左一右一撑一拽，救他和椅子于将倾，大家这才跟着他笑起来。

霍伟的笑声似乎太过响亮了，叶大可笑得靠在了若楠身上。

在她木质调香水的熟悉味道里，若楠感觉头顶那团无形的低气压似乎更低了，看不见的天际，雨云积聚，起了风。

四

条形餐桌上摆放了精美丰盛的茶点，咖啡机的磨豆声不断响起，有位专家起身说去弄杯喝的，CEO就请大家都移步去用餐区。叶大可摆手说不用，和若楠好久没见，聊两句。柠檬黄的长沙发旁，只剩了她俩，叶大可却沉默起来。

丁菡还是周到的，带着服务生端来了咖啡和茶，配着两碟小点心、一份水果塔，笑着说："直播要去剧社那边，我得跟过去。今天为嘉宾准备的只有自助简餐，沙拉、三明治、牛排和西班牙烩饭，不知道味道如何，或者我给老师叫北平楼的外卖？也很快的。"

叶大可摆摆手说："随便吃一口就看演出了，忙去吧。"

丁菡点点头说："那五点半开餐的时候，我过来陪老师吃饭。"

热咖啡弥散的香气缭绕进了若楠的鼻腔，似曾相识，而她平时不喝咖啡。若楠拿起壶给自己倒了一杯，示意叶大可。叶大可摆摆手，意味深长地笑着看那两碟小点心：一碟奶黄色的黄油曲奇，一碟瘦长贝壳样的小玛德琳蛋糕。端起杯子，咖啡的香气更馥郁，回忆也变得清晰，若楠耳边响起了阿丹的声音："日晒耶加雪啡里的果香，总让我想起童年的冬天，南方的冬天也很冷，湿冷，我把冰凉的橘子，拿到铁皮炉上烤……"

叶大可叹了口气，说："我很难相信，这纯属巧合。"

若楠注意力不在当下，最初并未意识到叶大可说了一句奇怪的话。

她正捏着块黄油曲奇出神。阿丹送过若楠女儿一大盒英国的WALKER'S黄油曲奇，还说丹阿姨会魔法，能把自己藏在曲奇里，等她吃到那一块，丹阿姨就跳出来。读初中的女儿和若楠交换了个眼神，但还是很配合地说："那我吃每一块都会很小心，先咬一小口。"阿丹搂着女儿大笑。到英国后女儿又碰到了这种曲奇，拍了张照片，附了一句："妈妈，丹阿姨的故事是真的，她跳出来了。"

若楠把曲奇放进嘴巴，一口一口咬着，太浓的甜香让她忍不住喝了一大口咖啡，透彻的苦占领了口腔，咽下去，嘴里的味道却变得复杂美妙起来，像阿丹和她这么多年的交往，像看完《枕头人》的那个夜晚，她们告别时的拥抱。若楠的眼睛热起来，她忙低下头，把最后一点儿饼干塞进了嘴巴。

叶大可抽了张纸巾递过来，若楠才发现一片金黄的饼干屑洒落在黑色羊绒外套的前襟和袖口上，很显眼。她接过纸巾，索性站起来脱了长外套，抖了抖。她把外套放在沙发扶手上，坐下时和叶大可距离远了些。又是沉默。半天，叶大可才说出一句："女人这种顽固的受害者心态，真是要命！"

若楠想，持续受害的事实要是不改，心态怎么改？改成精神胜利法吗？忽然想起上周刷到的热点新闻，一位新生代的女性主义学者因为就婚育问题发言正在遭受网暴。她说，一个成熟、独立、自由的女性，应该按照自己的意志决定是否婚育，而不是被"毫无瑕疵的女性主义者"概念绑架，必须选择不婚不育。至于那条婚育的鄙视链——单身高于已婚，已婚高于已育，一胎高于二胎三胎，非常荒唐！这是对女性主义最为肤浅悖谬的理解。她拿叶大可和自己举例：论学术成就，叶大可是光芒四射的"泰斗"，她也是熠熠生辉的"杰青"；叶大可选择丁克而她生了两胎，但两人都婚姻幸福。

若楠当时嗤笑：肤浅悖谬的，是她的这套精神胜利法吧！别人骂得凶残多了，不少叶大可的粉丝骂她脑残不要脸，还敢碰瓷"叶师"，众筹灭了她！

若楠也就看看，笑笑。被骂的那位"杰青"学者真不是碰瓷，她是叶大可的爱徒之一，跟丁菡同年毕业的博士。若楠抬眼，才发现叶大可正看着自己，就把嘴角的偷笑展开成了微笑。

叶大可说："亲爱的，这么多年，我身边这些女朋友，从精神世界到现实生活，最强大、最独立的，是你。"

若楠惊得连连摆手，笑着否认："怎么可能是我？"

叶大可说："敢于绝望，善于斗争，勇于牺牲！"

若楠笑道："你就乱说吧！"

叶大可也笑了，她给自己倒了杯红茶，掰了一小块儿蛋糕，蘸了蘸茶水，说："丁菡这孩子啊！这是打算堵住我的嘴啊！"叶大可把蛋糕放进了嘴里。

若楠此时才意识到，叶大可方才起了三次话头儿，等着她提问好说下去，可她的心思都在那儿跑野马呢。若楠勒住了"缰绳"，回到眼前的曲奇和蛋糕，最自然的联想就是阿丹。若楠第一次见到声名显赫的小玛德琳蛋糕的真容，是阿丹带了些到叶大可的聚会上——阿丹？若楠愣愣地看着叶大可。

叶大可咽下了蛋糕，喝了口茶，说："还记得阿丹上演的那出'小红帽与大灰狼'吗？"

怎么会忘？那是若楠与阿丹真正接近的开始。虽然以前时不时在叶大可的聚会上能碰到阿丹，但也就是寒暄客套，一两句话而已。阿丹笑起来张扬奔放，但很容易被冒犯，爱生气，甚至不止一次当场哭起来，不过又好哄，两句好话就能让她破涕为笑。阿丹比若楠还大几岁，但那份孩子气让若楠觉得不可思议，自己上小学的女儿，情绪管理能力都比阿丹强。叶大可背后对阿丹的称呼是"疯女人"，也不是没有理由。

碰到闲局时，叶大可总让若楠叫上那个"疯女人"，好玩儿。

阿丹谈话，才情纵横，机敏犀利，高兴起来的确会妙语连珠，但这并不是叶大可所谓"好玩儿"之所在。虽然在若楠的眼里，阿丹细眉细眼塌鼻梁厚嘴唇，实在不好看，但做派举止偏能满满"倾国倾城"的信念感，周围人也真能毫无障碍地奉承她为"绝代佳人"。叶大可最爱看的，是座中某位男士为阿丹着迷、疯狂追求的戏文。熟悉剧情的固定搭配，"男主"自然知道自己的戏剧任务就是追求，无限赞美，不停示爱，阿丹那天高冷，他就表示失落痛苦；阿丹那天兴奋，大胆挑逗，他就害羞尴尬，不断退却。偶有不开眼的新人，叶大可想捉弄他，就挑起话头，他不接茬儿，就是冒犯，会被阿丹狠狠收拾；若太过起兴，越过了赞美的边界，戏谑轻薄起来，那就会被阿丹和叶大可一起狠狠收拾。基本剧情逻辑就是"我浪我的，你动火归动火，但给老娘忍着！"

阿丹的"爱情戏"比起霍伟的"动作戏"，更让若楠感到不适。但霍伟是主动的、自觉的，若楠更反感他；阿丹是被蛊惑的，却沉浸其中，真哭真笑真体验，若楠觉得可笑，也觉得可怜，多想一层，甚至替她感到可怕。阿丹的"爱情戏"远比霍伟的"动作戏"危险。霍伟从来不会去挑衅高位者，哪怕他的同侪，不是非常亲昵的，也都客客气气。阿丹却没什么分别心，对于不能进入剧情的同性或异性，无差别地"不认识"。两三年见过十几次，还叫不上来若楠的名字，每次都是带笑抱歉地说："亲爱的，对不起，我又忘了。"若楠见过她忘记大佬级别的人物，所以知道她也不是存心蔑视自己这个"帮闲"。但有时若楠会想，万一哪天"男主"开始反抗剧本，剧情脱轨，阿丹怎么办？

这一天真的来了。那晚本来就结束得晚，若楠回到家已经十一点了，和丈夫争吵到十二点，被惊醒的女儿哭着敲卧室门让他们别吵，才算结束。若楠安抚女儿睡着，自己洗漱躺下都快两点了。四点半不到，叶大可的电话打过来，说是阿丹出事了，有人进了她家伤了她，具体如何不清楚，叶大可打了110，她的车快到若楠家了。丈夫这时也丢开了刚才的争吵，主动说他跟着更保险点儿。若楠也有些慌，拉着他下楼，发现叶大可趴在方向盘上，忽然想起叶大可晚上喝了不少酒，这会儿应该还不能开车。于是丈夫开车，她陪着叶大可坐在后面。

若楠他们到的时候，警察已经来了。阿丹衣衫不整，人也不清醒，磕伤的额头还在渗血，瑟瑟发抖地在呜咽，说不清楚话。叶大可是报警人，跟警察说明情况。若楠过去抱住了阿丹，她哭得那么委屈、无助，竟让若楠想到了刚才被惊吓的女儿。情况很快就弄清楚了，已经跑了的那个男人，一个电话就又乖乖地出现在警察面前了。

面对可能的牢狱之灾，男人疯狂求生，又哭又跪，百般辩解，所有当晚赴宴者都被他举为证人。阿丹额头的伤口和身上的瘀痕，是她醒来发疯找手机打给叶大可时，自己磕的撞的，他没有使用暴力。若楠第二天跟出版社请假，在医院里守着阿丹。阿丹诚实地说，她最后的记忆是那男人腻歪着送她回家，然后就空白了。她惊讶的关键点，竟然是发现自己内心深处如此依赖叶大可。

情况不复杂，但事情却不简单。这场无妄之灾同时诞生了两个"受害人"：精神崩溃的阿丹和生活崩盘的那个男人。于他们，是灾难；于他人，是一则匪夷所思的笑话；于叶大可，则是个不大不小的麻烦。

这个麻烦三天后也就解决了，被刑拘的那个男人出来了，阿丹住进了北医六院，这件事也就结束了。过后叶大可拿手支着太阳穴对若楠说："让人头疼！这姑奶奶，四十多的人了，怎么还会上演'小红帽与大灰狼'的剧情呢？"

叶大可叹息着告诉若楠，丁菡也演过一版"小红帽"，那里面的"大灰狼"就是霍伟。两人交往了几个月之后出的事，只是没有闹得尽人皆知。学校所在辖区的派出所出警了，最后处理结果是情侣矛盾升级，对双方进行批评教育。

这是七年前的事了，丁菡毕业前。若楠忽然想起来，那时她在丁菡与叶大可之间来回淘澄，话缝儿间丁菡问过阿丹的那件事。丁菡从来不会闲嚼老婆舌，若楠觉得奇怪，才留了这么个印象。丁菡问的是具体情形，追问那晚现场的细节。若楠那时对阿丹的感情与三年前完全不同了，不舍得在背后说她的飞短流长，回答得很简单，态度也有些抗拒。

若楠过于警惕是有原因的，只要有人跟她谈论此事，话里话外的意思，皆罪在阿丹。如果不是那晚她感受过阿丹的颤抖，照她此前对阿丹的看法，多半也会这么想。

若楠甚至都不知道自己的改变是何时发生的。事后丈夫曾义正词严地命令若楠，以后与叶大可那帮"垃圾烂人"少来往。叶大可那边的事，若楠已经和丁菡完成了过渡交接，但她还是直接怼了回去："行！现在我就给叶大可打电话，让她这个垃圾别管你那高贵的外甥！"丈夫扑过来夺了电话，骂她二百五。丈夫对叶大可的恭敬客气后面有真实的畏惧，当面说话都会下意识地结巴，背后提到叶大可却是"老巫婆"，对阿丹的代称是"婊子"。他同情那个倒霉男人，中了"婊子"的套儿，妻离子散，差点儿蹲大狱，太亏了！

若楠也吵累了，由着他说。虽然最初是叶大可嘱咐若楠多陪陪阿丹，她精神不稳定，身边也没人，别再出事。但后来就是若楠自己想着了，接阿丹出院，又陪着她复诊拿药。她也不知道原因，就是很心疼很惦记阿丹。阿丹明显好多了，她给若楠的女儿买了礼物，跑到她家附近，打电话叫若楠出来，交给她，然后慌乱地跑走了，不好意思得像个早恋的中学生。阿丹买的都是昂贵、新奇、漂亮却毫无用处的东西，玩具幼稚可笑，饰品和衣服，就算若楠同意，女儿自己也不会穿戴出去。品鉴阿丹的礼物，成了母女俩一项隐秘的乐趣。

阿丹的病情有了反复，又进了一次医院，若楠才发现她胡乱吃药。再出院的时候，若楠就会打电话督促阿丹按时按量吃药。丈夫进门听到了，就笑眯眯地说吃什么药？缺男人干！若楠骂他流氓。他恼了，说："那婊子是你妈呀？你护成这样？"若楠很后悔，她刚想起来，女儿在屋里做功课。若楠就忍了，拎着冻得硬邦邦的排骨，咣地丢进厨房的水池。丈夫却得意了，躺在沙发上笑着说："你这上赶着给那婊子舔痔疮，舔错方向了！"若楠气得两眼噙泪，冲出来指着女儿的房门，想警告他，发现女儿就站在房间门口，一脸平静地开口问："什么是婊子？"

隔着客厅，若楠和女儿遥遥对视了一眼，女儿的眼神让她有了底气，对闭了嘴的丈夫厉声说："给你闺女解释解释，什么是婊子！"

丈夫气得跳起来吼："石若楠，我——"他到底忍了脏话，摔门走了。

女儿对她一笑，转身进屋继续学习了。若楠走了两步，虚脱地跌坐在沙发上。

几个月后，一个星期天，若楠带着女儿上完课回来，竟然在小区外遇到了来回踱步的阿丹。她穿着件长及脚踝的猩红色裙式风衣，浓黑的长发垂到腰际，顺滑光亮的头发卷出柔和的波浪线条，呼应着身体的线条，像舞台上童话剧里的人物。她还一手拎着个粉红色的蛋糕盒子，一手拿着支亮晶晶的仙女棒。

若楠很惊讶："也不打电话，就在这儿傻等吗？"

阿丹笑着说："是啊，等等看。"

女儿一直仰头看着阿丹，若楠忙给女儿介绍，这就是丹阿姨。女儿叫了一声，由衷地说："丹阿姨好美，像仙女一样。"

阿丹开心地放声大笑，手里的仙女棒递给女儿，棒头的星星突然闪烁起来，八音盒的音乐声，叮叮咚咚地响起来，女儿咯咯地笑着，找寻开关。

阿丹把手里的蛋糕捧给若楠，若楠很奇怪，说："这——没人过生日啊？"

阿丹说："我过生日啊！请你和宝宝吃蛋糕！"说完一笑，转身跑走了。

若楠回到家，女儿去做题，自己准备午饭。在厨房里若楠越想越不是滋味，拿起电话打给阿丹。那天，若楠原本打算带着女儿陪阿丹在附近的天使湾购物广场吃顿饭，结果整个下午她都被两个叽叽嘎嘎玩疯了的大小女孩拽着，跟跟跄跄地在满是现代雕塑和商家推广立牌的步行街区来回穿梭。晚上回到家，女儿把满是水钻的皇冠发箍放进收着仙女棒的大抽屉里，去做阅读练习了。带着酒意的丈夫回家，看见冰箱里的蛋糕，问了一声，若楠还没开口，女儿在房间里大声回答："我朋友今天过生日，她送给我的。"

丈夫笑说："这不反了吗？你这朋友真奇怪。"

女儿出来，淡定地看着父亲说："谁规定的反正？我觉得她一点儿都不奇怪。"

若楠抬起头，轻声说："学习去！"

女儿一笑，转身进屋了。晚上睡觉的时候，女儿搂着她的脖子悄声说："妈妈，咱俩是一伙儿的！"

若楠亲了亲女儿的脸颊。这话一直是若楠安慰女儿时说的。第一次说时，女儿才三岁，在奶奶家过年。若楠在厨房听见女儿在屋里尖声大叫："把姑姑撵走，大姑姑二姑姑都撵走！"忙跑过去，只见奶奶和姑姑们在旁边笑成一团，女儿却小脸通红眼里噙泪。原来奶奶说她是"别人家的人"，女儿都要从家里撵走。大姑姑笑着说："咱家宝儿真聪明，昂着小脖子问她奶奶，那你咋不把你女儿撵走啊？把姑姑都撵走！"二姑姑敲了敲瘫在沙发上看电视的自家弟弟的脑袋，笑着说："早撵走了，就留你爸一个啦！"

女儿在她怀里，委屈的眼泪不住地流，嘴里还说："他们都是一伙儿的！"若楠又好笑又心酸，抱着女儿说："咱俩是一伙儿的，妈妈和你是一伙儿的！"

这话，十四岁的女儿拿来安慰若楠了。

叶大可与若楠的谈话，再度难以为继。若楠也察觉了自己的迟钝，当然，迟钝背后是"蓄谋已久"的抗拒。

叶大可笑着推了她一把："说是一孕傻三年，你这都俩三年了！"

若楠笑了笑，实话实说："在想阿丹。"

叶大可叹了口气说："她那些荒唐事，不想也罢。现在你需要想想丁菡。"

虽然不知情，当想起自己当年对丁菡的生硬态度，若楠还是生出了歉意，不由得带着关切问："霍伟难道对丁菡还有什么想法？"

"他哪有这心思啊！"叶大可叹了声，挪得离若楠更近些，拿手撑住脑袋，低声说，"他惹了个麻烦。我昨天才知道。霍伟有个小女朋友，我也见过几次，傻乎乎的。他俩的关系，我一直也闹不大清楚，这次听霍伟说，从认识到现在，分分合合，前后折腾了十一年。霍伟最初也是有歉意的，他的弥补方案是给点儿钱，按他的理解没给够。女孩突然说要向纪委举报、向媒体曝光，他利用权力地位玩弄女性。霍伟找了个律师，带着留存的证据和对方谈——敲诈勒索是可以入刑的。女孩那边也找了律师，还是个女权互助组织的公益律师，深挖霍伟的黑历史。霍伟本来对自己的清白，或者说谨慎，很有自信。女孩不知道从什么渠道得知，七年前学校辖区派出所有份出警记录，报案人是丁菡。"

若楠倒是猜对了自己的任务目标，只是全然猜错了任务方向。

叶大可叹了口气说："霍伟，权高位重的老男人，除了单身这一点不够理想，近乎完美的拳靶子！一个女孩不好定性，又一个站出来说'me too'（我也是）呢？"

若楠笑了一下，没有接话。

"丁菡那孩子外面柔和，内里强硬，看着聪明，糊涂起来也是一根筋。"叶大可的声音变得充满了怜惜和温情，"当时我骂了霍伟，也跟她谈过，话说得太理性了。结果她博士也不读了，工作也不要了，跑去做电子游戏了。"

服务生端着饮品四处走动，有一位走到这边沙发前，微笑着把托盘递过来。若楠拿了带冰块的苏打水,叶大可则拿了杯红酒,说:"霍伟给我的故事版本是,他跟女朋友分手了,也累了,想安定下来,觉得丁菡很好,俩人交往了一阵子,他觉得是水到渠成,没想到还是唐突了。出事那晚,他俩待的房子,是霍伟前不久租的,说是准备给丁菡毕业后住。我到的时候,看见的场面是,警察质疑丁菡,丁菡跟警察冲突,霍伟在旁边劝架。丁菡看见我才不喊了,霍伟不停地说对不起老师。有个警察说,是他让霍伟找个镇得住的长辈。走的时候,那警察还跟他开玩笑:爷们儿,嫩草也扎喉咙不是?我听了也很不舒服,在所有与性相关的问题上,女性面对的是系统性、成建制的不公。"

叶大可呷了一口红酒,皱眉咽了下去,说:"阿丹那件事,还立案、移交了分局刑警队,那个蠢货被刑拘了三天,最后还是证据不足。霍伟的话肯定有矫饰的成分,他一定是伤害了丁菡,我相信丁菡那孩子不会撒谎;但这份伤害被认定为刑法里的罪行,要经过一个复杂、粗粝、冷酷、充满羞辱的过程,阿丹后来受的伤害更大,丁菡再挣下去,会掉进绞肉机里变成肉馅!"

叶大可说的也是事实,阿丹是去分局接受了讯问后精神崩溃的,若楠还记得自己竭力阻止歇斯底里扯头发、打自己的阿丹时,心里的那份溺水般的无力感。若楠又喝了口苏打水,冰凉的气泡液体落进喉咙,二氧化碳很快带着体内的混乱与灼热冲出了喉头,冲进了鼻腔,甚至眼眶,若楠掩饰地抹了溢出的一点儿眼泪,朝叶大可笑了笑。

叶大可叹了口气说:"在两性关系里,霍伟的确讨人嫌。说得狠点儿,一只不折不扣的男权沙文主义的猪。傲慢、愚蠢,人家都恨得起了杀人的心,他还在那边困惑呢!他是接到'卮言'的邀请才给我说的这事,我劝他今天不要来,何苦刺激丁菡呢?他很自信,说自己是'卮言'的贵人,今天这样的场合,丁菡肯定不会让他难堪。他像傻子一样抱着束花来了,到现在连句话都没捞着给丁菡说。"

叶大可拿起那半块小玛德琳蛋糕,说:"这个,丁菡显然是在告诉我,她心结还在。亲爱的,我想让你帮我转达的,只有一个意思:有这么件讨厌的事，老师呢，除了心疼她，没别的。如果没人来找她，全当听个八卦，别多想；要是真有人来要她做点儿什么，她就按自己的意思去做，老师尊重她做的任何选择。"

五

有个瞬间，若楠失了判断，不知道是叶大可今天给出任务的方式太艺术了，还是自己这几年荒疏了在叶大可身边的训练，真的迟钝了。这番话听下来，也就是再跟丁菡抒一次情。既然是悉听尊便，何苦要多此一举呢？

困惑也就是一晃，若楠略想想，也就明白了，叶大可这"一举"不仅必要，而且"多得"：体恤理解给了丁菡；鼎力相助给了霍伟；暗中给自己加了重防护——这场"火"太近，稍微一扩大，难保不烧到自己。若楠这个"防火垫"也并非可有可无，叶大可在这场冲突中有着无法选择的"天然"立场，不要说去劝丁菡，居中已然是大错，只言片语传出去，人设崩塌，"叶师"的损失就大了。

叶大可仿佛在给她提供论据似的，压低了声音说："阿丹那是十年前出的事，要是搁现在——跟人秀优越感惹了一身骚的那笨蛋，你知道这事吧？"

若楠笑着点点头，叶大可说的正是在网上被"围殴"的那位女"杰青"。

"一点儿不长心。前几天又有人采访她，让她谈阿丹。出事的时候她还没入学，所知有限。也不知道是得了好处，还是被人忽悠傻了，她给我打电话！我让她转告那位媒体人，人血馒头得趁热吃，冷了几年的阴间馒头，就别吃了！"

若楠百感交集地应了声："好可怕。"

叶大可说："我过后查了那个视频号，'密涅瓦的猫头鹰'，是个百万级的读书类大号，在做一个名为'那些花儿'的系列，谈20世纪90年代末阿丹她们那批女作家。是我多想了。最近事一出接一出，弄得我风声鹤唳草木皆兵的。"

若楠迟疑了一下，还是问了："霍伟这件事，你判断，很严重吗？"

叶大可摇了摇杯中的红酒，嘲讽地笑了一下说："霍伟觉得问题不大，麻烦是麻烦，顶多就是想多敲他点儿钱。别看女孩给他上纲上线，但要坐实那些罪名，证据呢？舆论场，他也有嘴，真到了双方公开质证的情景下，那女孩会吃大亏的。是他宅心仁厚，不想下死手。权力让人傲慢，傲慢就会愚蠢。霍伟是真蠢，跟我说着说着都悲愤起来了：他仁至义尽，又没做错什么，分手而已，他要有钱他就给了，他是真没钱！对方也知道，还如此无理取闹，这不是逼他吗？"

若楠笑了，说："我毫不怀疑，他说这话时的真诚。"

叶大可也笑了，说："他还感慨呢！怎么越年轻的女孩子，越不独立了？当年交的那些女朋友，爱就爱了，散就散了，也情天恨海地折腾过，从来没有讹人的，丁菡是80后，那个小女生是1990年的人，一个个怎么都这样啊！"

若楠说："占便宜还占出理来了！"

叶大可说："我差点儿一口啐他脸上。装什么很傻很天真？人家怎么不独立了？你要知道，这是个情绪都要计算价值、一切都得给付对价的时代，女孩子们更清醒，对自己的人生权益也更敏感。人家非常独立地要惩罚你！"

若楠和叶大可一起笑了起来。

两人的笑声，淹没在大厅里骤然而起的掌声和口哨声里。

从她们的位置看过去，一个戴棒球帽穿着大两号蝙蝠侠T恤、感觉一开口就要单押的男生，和一个刚从《簪花仕女图》里走出来的梳着高髻，面贴花钿，披彩帛着红裙的女子停止了说话，望向楼梯口；一个穿灰色风衣的男子，在室内还戴着墨镜，拦住服务生，刚拿了杯酒，也闻声回头；半天，引起掌声的俩人才绕过众人款款出现在若楠的视野中，原来是满头珠翠，贴片勾脸，穿了全套戏装的"莺莺"和"红娘"。

叶大可显然放松了，说起了闲话："通常我们以为扮演是在遮掩真实，恰恰相反，扮演就是真实，是获得本质的方法。他们好像天然就懂这一点。"

角落里的单人沙发处站起了一个人，若楠都忘记了那个小男生一直在那里埋头打游戏。他张望着，举着电话朝那边挥手，粉黛俨然的"莺莺"朝他们大步走过来，到跟前笑着给叶大可行了一礼，开口说话就露出了男孩子的本相："我伟大的叶师！"

小男生过来说："老师，是'无脸男'！"

叶大可笑着站起来和他握手，说："牛仔裤换成百褶裙，认不出来啦！"

说了几句话，"无脸男"说想和叶大可合影，若楠闪到了一边，他很得体地说："老师一起吧！"若楠推辞，叶大可拉她，也就一起拍了。拍完让开，叶大可和他又单独拍了。小男生跟叶大可和若楠打了招呼，跟着"无脸男"离开了。

叶大可拉若楠坐下，解释说那个"无脸男"是做电影解说视频的，两年前在好几个社交平台上对着叶大可隔空喊话，弟子看到了告诉老师，叶大可就回应了他。叶大可笑着说："很聪明的孩子，有才华，也有趣。"

这段后来被称为"殿堂与江湖"的连线对话，广为流传。若楠在手机上也刷到了别人截取的两分钟片段，又去找了一小时的完整对话，从弹幕到留言，很多人都在惊讶、赞美叶大可的渊博睿智，观点犀利，态度谦和、包容，人又幽默："叶老师好懂啊！""这段话有被惊艳到！""这教授也太可爱了吧！"

若楠在看对话时忍不住猜度：这次貌似偶然的碰撞，很可能是一场精心策划的双向奔赴；也许这是年逾五十的叶大可，又一次的勠力"开辟"。若楠的猜度很快得到了佐证，叶大可在好几家平台上都有了自己的栏目。去年叶大可在那家以"年轻"为名的视频平台有了账号，用的就是"无脸男"代表崇拜者赠她的"叶师"两字。想到此，若楠也就更理解叶大可的万般小心了，一番辛苦下来，今日的"叶师"可不只是个闪亮的虚名，而是沉甸甸的真金白银，磕碰不起了。

若楠不粉这个"叶师"，却一期不落地追着看她的视频节目。做家务时，周遭经常回荡着叶大可熟悉的声音。说话的叶大可，还是那个若楠从年轻时就喜爱的叶大可：目光如炬，口舌如刀，犀利只朝向强者，不惮于揭穿历史和当下各种强势权力炮制出的谎言，温厚用来拥抱弱者，"向下看"时永远充满了理解、体恤和同情。她依旧是发人深省予人启迪的，那些能照亮世界的句子从她口中说出，若楠还想记笔记。若楠也像阿丹一样惊讶，自己内心深处竟是如此依赖叶大可。

但盯着屏幕看，叶大可已然不是叶大可了，一蓬蓬鹅毛、柳絮甚至头皮屑般轻飘的只言片语遮蔽了她的脸庞，不管那飘飞、落下的是源自理解或者误解的赞美和热爱，还是有理由或者无理由的冒犯、憎恶，甚至侮辱，她都是"八风吹不动，端坐紫金莲"的"叶师"！

叶大可望着热闹的用餐区，笑着说："咱们跟他们这么大的时候，年轻是一种缺陷，你得等着，等着时间给你资格；突然之间，又太老了，甚至已经老'死'了，活人的世界已经不是你的了，幽灵就该待在塔里受享香火，不要阴魂不散出来吓人！"

她的笑里有嘲讽，不知道是在嘲讽自己，还是嘲讽这个势利的世界。

若楠说："年轻时你可没有等！"

叶大可用力拍了一下若楠的胳膊，这个动作代表若楠的回答"深得我意"，然后笑着靠在沙发背上，看着大厅对面近乎喟叹地说："世界对他们更残酷！至少我们那时候还有可以相信的愿景，现在他们连失望的机会都没了，整个人类都失去了愿景。"她忽然坐直了，"但他们中会产生很厉害的人物！不怀抱任何幻想，不放弃任何希望，有比我这个老东西更毒辣深刻的眼光，还能生机勃勃地展开生命。我见识过这样的年轻人，很佩服！有一个，在你们家！"

这话是赞美，但不知怎么了，与女儿雨夜谈禅留下的那一丝不安，忽然被这话勾了出来，若楠瞬间有些心慌意乱。叶大可前倾的身体语言，在等若楠对她的赞美给出反应，笑笑显然是不够的。

幸好丁菡如约出现了,她来陪叶大可吃饭。

丁菡笑着说:"两位老师是亲自去看看菜色,还是我拿过来一些两位挑?"

若楠站了起来,叶大可笑着说:"我不想动,给我拿点儿蔬菜沙拉就行。"

若楠和丁菡一起走向取餐区。若楠后背仿佛能感到叶大可的目光,不由得僵直起来。跟任何人提起不愉快的话题,都不会是个轻松的任务。

"我还没机会祝贺石老师呢。叶老师说你们家姑娘特别优秀。"丁菡笑着说,"您真有福气。"

若楠笑笑说:"别人这么说,我敷衍客气一句就过去了,跟你可以说实话。生孩子,已经是在利用他们了,我是无可奈何,但是,别说期待着以后如何剥削孩子,就是拿孩子当符号给自己点儿虚妄的价值感,我都觉得无耻。"

丁菡扭脸看了一眼若楠,眼神里有惊讶。若楠巡视着那些香肠熏肉奶酪堆成的冷盘,说:"这话在外面不能说,但我就是这么想的。"

若楠说完看着丁菡一笑。丁菡说:"石老师想得很彻底——"她想起了什么,笑着摇摇头,"我见识过石老师的厉害,只有一次,但的确厉害。"

丁菡去替叶大可拿沙拉了,若楠没有跟过去。煎肉的嗞嗞声和胡椒香气来自牛排档,有三个人排队在等,若楠也就拿着盘子站了过去,排队的时候还在想丁菡的那句话,她什么时候在丁菡面前厉害过呢?

若楠顺着记忆往前捋,凡是与丁菡相关的事,都想一下,她捋到了那个晚上。应该是儿子断奶后一两个月的样子,家里的阿姨还在,叶大可约她,吃个闲饭,好久没见了。那晚人不多,六七个人的样子,多是熟面孔,有丁菡,也有霍伟。丁菡坐在她下手,捏着白瓷云朵的筷枕在出神,若楠那时候只知道丁菡与霍伟前两年分手,以为已然消泯恩仇,没多想。霍伟隔着桌子叫了声"丁菡",她一惊,手里的筷枕掉在桌面上又滚落地面,摔了个粉碎。服务员上来收拾,叶大可笑着说:"看把我们丁菡吓的,霍伟你吼什么?"

霍伟笑着说:"怪我怪我,嗓门太大。我就是刚想起来,丁菡你去的那家公司,是叫'卮言'吧?"

丁菡有点儿艰难地应了一声:"嗯。"

旁边有个师弟笑着接话:"只言片语。"

霍伟喊了声,说:"只言片语?你都未必认识那个'卮'字儿。'卮言日出,和以天倪',他们的slogan(口号)。这和电子游戏有啥关系?"霍伟朝他的电子烟里塞了个烟弹,望着丁菡,把烟管塞进了嘴里。

丁菡没有回答,座上有位民间书院的院长,兴致勃勃地接过话头:"这是《庄子》里的话……"他在那里内篇外篇地讲起来,话"雨"下了好一阵才歇。霍伟脸前面淡淡的烟雾也散尽了,他笑着捧了院长两句,接着开始说"闲话",是从市场司的朋友那里听来的,被举报的"国风"游戏,如何色情如何暴力,比手画脚,绘声绘色,大家都笑。霍伟又看向了丁菡,说:"你们家的《逍遥游》被罚停服,要修改后上线。修仙设定里有一条线是双修,打算怎么改啊?"

丁菡没有应声,霍伟脸上还带着笑,又叼起了电子烟嘴,转过脸去跟院长讨论起"双修",桌上的空气重又活泼起来。院长是唯一的生客,被霍伟搓弄得团团转,半通不通地讲着什么"阴阳双修""性命双修""福慧双修"……院长的不伦不类还能忍,霍伟层出不穷的一语双关,让若楠尴尬得开始左右顾盼。丁菡则一直垂着眼帘,眼观鼻鼻观心,也许在想事,也许只是在躲避霍伟的目光。若楠注意到霍伟又一次盯着丁菡,把电子烟塞进嘴里。还有这种不动声色的狎侮!若楠心里生出了厌恶。这时霍伟就着话题提起了《梦幻曲》。

《梦幻曲》是阿丹的作品,霍伟讲的是男女主人公在雪原上"灵肉双修"的情节,讲得屋里空气都热了。那位院长也是过分捧场,当场拿出手机要买这本闻名已久从未看过的世纪末"小黄书"。这本书一度被下架,阿丹去世后,原来那家出版社的版权期也过了,有家出版社就重新申请书号,出了套典藏版的阿丹作品集。院长看着网页上的简介,被霍伟告知女主即阿丹，男主则是大名鼎鼎的世纪末"文艺教主"，不断发出惊讶的声音，各种请教，旁边的霍伟，有问必答，要一奉三，眉批加注，附带文化批评。

若楠一直沉默着。霍伟对阿丹的"批评"关键词是"傻×""疯×""作×"，不知道第几个"疯×"出现的时候，砰的一声，有什么东西在若楠胸口炸了，滚烫的气体扑出来，肺叶和气管因为灼痛而颤抖，但她的人是冻结的，纹丝未动。

周遭的笑语落了下去，短暂的安静中，若楠开口了。她把话语冷却到了室温，才放出口，最初没有任何人感觉到异样。她笑着对正拿手机下单买书的院长说："您一定要请霍司长去讲课。霍司长学贯中西，别看学的是电影理论，做的是行政管理，真正深厚的却是国学修养。"院长诺诺地连连点头，若楠看了一眼霍伟，笑意更深了，霍伟的脸上有些困惑也有些好奇。

若楠说："在外面，霍司长是衣冠人物，关起师门来，斑衣戏彩，扮小丑打把式逗老师开心，二十四孝里有名号的。夫孝，德之本也，教之所由生也。在这国学的根本上，他修养很深厚。"

此时所有人都听出了若楠话里的兵气。霍伟似笑非笑地呵了一声，显然没找到适合回击的话，干笑两声，说："这话说的——不敢当啊！楠姐——"他忽然改了称呼，端着酒杯走到了若楠的跟前，"姐姐之乎者也引经据典，你得翻译成白话文，好好教我！"

若楠欠身要站，被他一只手摁在肩上，没站起来，隔着薄薄的羊绒衫，能感到那只手辐射的热，污秽油腻的热，若楠一阵恶心。

"姐姐也是你叫的？"叶大可突然开口，呵斥霍伟，"石老师学古典文学出身，你真想学，好好地敬一杯拜师酒！"

若楠挣脱了霍伟的手，站起来，跟他碰了一下杯子，略沾沾嘴唇，也就放下了。坐下后，她才发现自己浑身颤抖，脸颊滚烫，耳边回响起叶大可的那一声呵斥，心里满是感激，还有一点儿感动：叶大可竟还记得她的专业！

霍伟喝了酒回到座位上,跟书院院长碰杯,说:"您看,我这根本修得好,现在又有了正经老师,我好好学,就等着您给我机会了。"他倒是不尴尬,院长彻底蒙了,就算知道是玩笑,也分不清是撒娇还是撒气,只剩下喝酒了。

如今知道了底里,才意识到那晚的"闲局"并不"闲",叶大可想斡旋破冰,霍伟在炫耀示恩,丁菡则委曲求全,他们言来语去,眉毛眼睛打架,自己这个一无所知的局外人闯了进去,搅了局。

若楠只顾想着,厨师把嗞嗞作响的菲力牛排放进盘子,叫了她两声,若楠才回过神来,端着盘子,绕远躲开了霍伟和那几位专家所在的桌子。落地窗前有一排方形小桌,若楠走了过去,途中顺手拿了杯红酒。

若楠坐下稳了稳神,拿出手机,给大姑子发了条信息,提醒晚饭前半小时给儿子吃胃药,药就在儿子书包最外的夹层里。大姑子回了个"收到"。这个鲜花簇拥彩蝶环绕的"收到"两字,提醒若楠,还有个由无数琐碎的麻烦劳累堆积出的现实世界,等着她。大厅里五彩斑斓笑语喧哗,满是戏梦中人,这是另一个同样现实并不轻松的平行世界。若楠很清楚,哪个世界她都当不得真,也作不得假,只能兢兢业业地扮演着置身其中的那个属于自己的角色。

不过此刻,她只是石若楠。

若楠切下一块牛排,放进口中。今天她要了口蘑奶油口味的酱汁,这是阿丹最喜欢的酱汁。若楠始终喜欢黑胡椒口味,也许只是习惯。阿丹给她描述过两种酱汁的区别:黑胡椒的味道,就像一挂有着蕾丝垂边的黑纱帘,蘑菇汁中的奶油、口蘑、芝士、葱头、罗勒在充分加热后释放出各自浓郁的香味,像墨绿色的天鹅绒长裙下有了白色的丝绸内衬,味蕾包裹在黏稠的酱汁里,如同起舞的人们沉醉在奢华的维也纳宫廷乐队演奏的华尔兹舞曲中……

阿丹说,只有最为具体的感官,才能确认最为本真的自己。

此刻,她通过口中的"华尔兹"确认了本真的石若楠吗?显然没有。

那个只是石若楠的"石若楠",到底是什么呢?这个问题像个深不可测的黑井口,若楠朝里看了一眼,立刻缩回头来。

她喝了口红酒,点开了手机,想了想,搜"阿丹、那些花儿、猫头鹰",叶大可刚才提到的那个视频号就跳了出来。

若楠摸出耳机戴上了一只,点开视频,片头配乐毫无惊喜的就是那首同题老歌,过度传播的结果就是丧失美感,但那句"她们在哪里呀"还是有点儿刺耳刺心。若楠把切下的牛肉放进嘴里,直接拉过了片头,开始看正片。

这只"密涅瓦的猫头鹰"是个戴黑框圆眼镜、留着男生款短发的女孩子,看上去和自己女儿年纪差不多。四十多分钟的视频,叙事结构很讲究,即便若楠看来都颇有悬念,搜集的素材也很翔实,她竟然联系上了抛下十几岁的阿丹姐妹远嫁国外的母亲,进行了音频采访。

若楠拉着进度条看的,依然能感受到这只"小猫头鹰"惊人的洞察力和思辨能力,她辛辣嘲讽了很多当年吹捧或者批判阿丹的文章驴唇不对马嘴。她对阿丹的批评也很直接:具有蒙昧混乱的女性意识,却荒诞地获得了女性主义写作者的名义,看似大胆地袒露欲望,不过是简单粗暴地冒犯了公序良俗,与人格独立精神自由毫无关系,甚至应该被看作一种别致的迎合姿势。

唯一得到她肯定的是叶大可的那篇《自我凝视》。叶大可剖析的是当时正被争论的"身体写作"概念,部分篇章讨论了阿丹。"小猫头鹰"引用了叶大可的话:阿丹作品里的女性身体,内化了他者凝视,她只是在写身体,而非"身体写作"。但阿丹出色的文学才华和强大的修辞能力,完美地保存下来了一份精神样本,让我们可以解剖出女性自我物化、自我戕害的过程,尤其是她对"虚假性欲"的诚实描写,揭露出"无目的自我性剥削"这一罕被表现却并不罕见的精神现实。

若楠没有快进的三分钟,是她分析那场阿丹和三位男性学者的电视对话。阿丹上镜的服装,是露出乳沟的艳粉色羊毛衫、黑丝袜和刚裹住臀部的皮短裙,这的确不是阿丹平时的穿衣风格。叶大可跟若楠提起这事就气不打一处来，骂电视台混蛋，也骂阿丹蠢疯了，哪怕像平时那样打扮成巫婆也好，为什么要打扮成妓女去上电视呢？

"小猫头鹰"采访到了当年这档节目的制作人，当时他们对服装的选择，是基于对"身体写作"的理解，彰显性感并不羞耻，代表着先锋与解放。"小猫头鹰"只能为年代审美"深表遗憾"，会被误解为特殊从业者职业装的皮短裙，的确一度是中国城市街头常见的女性"潮服"。对于三位学者和主持人的表现，她极尽嘲讽地称为"充满张力"：堂皇的言语与管理不到位的表情，不得体的目光和肢体动作，都被定格凸显，飞来的大红印章带着音效敲下，那些脸上就横上了"恶臭""猥琐""油腻"的红字。

若楠长长地出了口气，心里一阵痛快，但她也知道，这场电视对话之后，就是阿丹的"社会性死亡"了。她直接拉到了视频的结尾部分，开始看一组缓慢叠化的风景照，低低的配乐下旁白再起："这是阿丹留在YouTube上的一组照片，也是她留给这个世界的最后信息。照片中的小城叫作乌斯怀亚，在阿根廷的最南端，被称为'世界尽头'。"

旁白停止的时候，音乐被放大凸显，字幕告知是德沃夏克的《自新大陆第九交响曲》的第二乐章，忧伤却不失宽厚庄严。若楠看着画面里辽阔的海面、黑色的山岩与闪光的积雪，辨认出风景中那个小小的背影，应该是阿丹，她真喜欢那件红色的裙式风衣！旁白在读阿丹作品中的描写片段，关于风景、食物、植物、动物、时间、颜色、气味……"小猫头鹰"最后感慨了一句："她所有的感官都仿佛在对这个世界说，真美啊，停一停吧。"

若楠眼眶一热，以为视频会在这样的抒情中结束，交响乐突然换成了明快热闹的百老汇音乐剧合唱，画面也变成了一堆童话人物挽着胳膊唱歌跳舞。猝不及防的若楠看清了字幕，认出了剧目和人物，浑身一麻。那是桑德·海姆《拜访森林》中小红帽的唱段。音乐与歌声渐消渐隐，旁白响起："在阿丹的故事结尾，'小红帽'最后被当作女巫处死了，因为她傲慢、贪婪、放纵、不贞、冷血……虽然行刑者和受刑者都是她，但那命令来自别处。"

视频播完了，手机黑屏了，若楠才怔怔地摘下了耳机，塞进了包里。她在想，视频里没有提到那桩"疑似强暴案"——都打听到叶大可跟前了，自然是知道的，但她只字未提。若楠又点开视频，拉着进度条查了一遍，对于与阿丹相关的男人，除了身份成谜的父亲，只提到了下场惨烈的初恋对象，还有传出绯闻的世纪末"文艺教主"，他们都是阿丹长篇小说的人物原型。

若楠无意间发现了她拉过去漏看的片段，阿丹原来有写自传三部曲的计划，第三部没完成，阿丹妹妹在姐姐电脑里发现了一个文件，名为《女朋友》，里面有大纲和章节标题。若楠按了暂停键，把手机举远，看上面的小字，她看到"仙女棒"三个字，手一软，放下了手机。

这只陌生的"小猫头鹰"，在这个视频里，说出的和没说出的，同时安慰了若楠。她软软地靠在椅子上，闭上了眼睛，一股温暖浩荡的气流正在流遍她的身体。这感觉，就像被十四岁的女儿搂着脖子，轻声说出的那句："妈妈，我和你是一伙儿的！"

若楠忽然很想听一听女儿的声音。睁开眼睛，看看手机上的时间，女儿那里差不多是上午十点，她就给女儿发了个动图，一只探头探脑的猫。若楠很少主动联系女儿，一般情况下，女儿都会很快回复。若楠盯着手机，餐桌对面放下一只盘子，她抬头，丁菡笑了笑，坐了下来。

六

丁菡的盘子里只有两个手指三明治，一点儿菜叶子。若楠看了眼手机，女儿回复她：在图书馆。有事？若楠回：没事，等你闲了再聊。女儿回了个"爱你"的表情，若楠不觉一笑。

若楠把手机放在了桌面上，对丁菡解释了一句："闺女。"丁菡咽下口中的沙拉，说："看您的笑，猜到了。"

沉默。落地玻璃窗外的园子里，有晃动的灯光刺破夜幕，好像是在启动什么设备，但是看不到。若楠就问了一声，丁菡笑着指了指她身后不远处，墙上的液晶屏，声音被关掉了，画面正是外面的园子，人影幢幢。

丁菡说："演出前的准备，介绍一下全息投影设备。"直播画面又回到了剧场内，屏幕上出现了一个包着花头巾的精瘦男子，对着镜头在说话。丁菡扭头看了一眼说："这是草桥剧社的主理人，他上中戏时，我们俩就是好朋友。带着一群小朋友，挺不容易的。他自己还能接点儿线上的活儿，那些小朋友，熬了一两年，没饿死也要饿跑了。我们俩商量出来这么个主意。那帮小朋友也是真有才华，第一次上会的时候，剧本完成，游戏的几条大线索都做出来了，作曲完成了一半，中间两首歌直接拿来用到游戏里当插曲了。我们头儿多识货啊，把研发周边的费用一把拍给了他们。长远来看，我们是赚的，他们也不计较，一桶水先活了他们剧社这条鱼再说别的。"

丁菡不急不缓地说着，带着种潭空水冷的平静。

丁菡抽掉三明治上的牙签，咬了一小口，皱了皱眉，咽了下去，说："拿错了，以为是黄芥末——蛋黄酱！"

若楠说："再去拿点儿别的。"

丁菡欠身："石老师还要什么？我一块儿拿。"

若楠摇摇头，说不吃了。丁菡就又坐下了，笑着说："算了，懒得跑。叶老师要我陪着石老师。"说完，拿起那不合口味的三明治，一口一口吃着。

又是沉默。若楠从丁菡这悬而未决、充满等待意味的沉默里，读出了很多，她用突兀的提问作为这场艰难谈话的开头："你知道了？"

丁菡低头笑笑，也不遮不掩地直接回答："知道——也不知道。知道霍伟有麻烦了，但不知道叶老师打算怎么帮他解决麻烦。"

霍伟惹上的那个"麻烦"，在向他发出"威胁"的同时，就来找过丁菡了。若楠听完，轻轻地呼出口气，最为困难的叙事部分，省了。她说："叶老师让我转达的态度是，心疼你，尊重你做出的任何选择。"

丁菡和若楠对视，同时笑了出来。

丁菡笑得无奈、哀戚、嘲讽，若楠笑得理解、同情，同样嘲讽。

尊重她做出的任何选择——好像丁菡有选择似的。

若楠喝了一口红酒，酒里的丹宁氧化了，没那么涩了，但酸还是酸。丁菡又咬了一口三明治，是真不喜欢啊，那么小的一块儿，吃了这么半天，还有大半。若楠放下酒杯，说："别吃了！去拿点儿可口的东西！顺便帮我拿点儿沙拉。"

丁菡笑了，放下了捏得瘪瘪的面包片，起身去了。

手机响起来，若楠一看是女儿打来的，立刻接了起来。女儿的声音比昨夜还要暗一色，有些沙哑，若楠不由自主地站了起来。玻璃被黑夜涂成了镜子，镜子里的女人紧张得两只手捂着手机。女儿还是跟她说些天气功课之类的家常话，问她在做什么，若楠心里的焦灼和恐惧不断翻滚，直至沸腾，她忽略了女儿的问题，竭力控制着不让声音颤动，问道："宝儿，昨天你是不是有话要跟妈妈说啊？你遇到什么事都可以跟妈妈说，妈妈能明白。"

女儿沉默了，若楠的呼吸跟着暂停，女儿的声音再度响起时，她才用力地呼出口气。听着女儿的叙述，一阵尖锐的放射性的疼从左肋传到右肋，恐惧和愤怒在若楠的体内喷射出火舌，五脏六腑都烧灼起来。

冷静，要冷静！若楠告诫着自己。虽然女儿是倒叙，先诉了她故事结局，但若楠还是冷汗涔涔，后怕不已。

"大灰狼"从来都与性别无关，只与权力有关，人类的任何性别在居于优势地位时，都有可能化身为狼。好在女儿不是"小红帽"，关键时刻掏出随身携带的匕首，剥下了狼皮，但她还是受伤了。

"偶像失格"让她感受到了幻灭，甚至让她否定了整个世界。痛苦了一天，从幻灭里爬出来，下午在雨中给妈妈打电话谈禅，当时感觉好像找到了道路，但晚上她就发现这不是条路，而是个断崖，站在断崖边发现，不自欺的结果，必然是一连串的自我否定：是自己接受了诱惑，暧昧了很久，存着很多功利的念头，用心打扮里充满了迎合，她起了因，招来了果——

"不对！"若楠一声断喝，"不能这样想，不能！"后悔像硫酸一样在心里淌，若楠快哭出来了，"宝儿，你没有一点点错！你听妈妈说——"

成了镜子的玻璃里，映出了站在她身后的丁菡，若楠竭尽全力地控制住了，不能喊。丁菡没叫她，走到桌边，放下了手里的盘子，坐下等她。

若楠走开了两步，女儿已经在电话那边安慰起了若楠，笑着说福柯拉康也不是白看的，从十一点开始她就告诉自己要停止自我归罪。不昧因果，虽然好过自欺，但意味着对现有秩序彻底臣服。女儿还贴心地加了一句："妈妈，我不是在否定你的人生，你很了不起！你的自我否定，是我所有可能性的前提。但对于我们来说，仅仅不自欺，是远远不够的。"

"宝儿！"若楠急切地说，"妈妈在为自己的苟且妥协找借口，你不要听，不要听！那些话，那些话就是，就是你小时候说的，野狐狸放的一个大屁！"

听到女儿熟悉的笑声，若楠的心略松了些，下巴有些痒，抹了一把，原来是眼泪淌到了那里，她急得都没意识到自己已然哭了。

女儿说，那位"失格"的"偶像"虽然道了歉，但刚刚又给她发了一封邮件，是明年的"计算与哲学欧洲论坛"的邀请函。

若楠的心又揪起来，说："她还想干什么？"

女儿笑了起来，说："妈妈别紧张，她在邮件里，一半示好一半施压。她也有她要担心的因果。我会好好考虑，妥善处理。妈妈别担心。哎！跟你说出来，好像天也没塌，感觉好多了！"

若楠说："想好了一定得给妈妈说，妈妈和你是一伙儿的！"

女儿笑着应了一声，换了很郑重地口吻说："石若楠女士，以后继续当我同伙吧，当我妈当得咱俩都生分了！"

若楠笑着应了声好。互相嘱咐了两句，母女结束了通话。若楠忙转身坐下，不好意思地对丁菡说："孩子遇上了事，我就沉不住气了。"她抽了纸巾擦着脸上的冷汗泪渍，吁出口气，"现在没事了。"

这话既是给丁菡解释，也是在宽慰自己。

丁菡面前的盘子里，三明治和沙拉都没动，若楠整束心神，用叉子卷了团绿叶子，说："你多少得吃点儿。"

丁菡应了声，低头默默地吃了。若楠嚼着团"草"，心里的烧灼感并未退去，她四顾，想转移注意力，一片鲜衣丽服里，偏就看见了霍伟。

他抱臂站着，微微侧着头、蹙着眉，耐心且严肃地倾听着面前两个女孩子说话，他伸出手指摇了摇，开始解释，神情平和，动作得体。霍伟说完了，两个女孩子应该是向他道谢，他和蔼地笑笑，朝里面那片柠檬黄的沙发走去。

这是再普通不过的公共社交场合会出现的画面，毫无异常之处，但就是它的普通、寻常，反而形成了一个力场，挤压着周遭的空气。

若楠有一瞬间觉得吸不进气了，艰难地咽下那团"草"，用力喘出口气。丁菡已经吃完了简单的食物，木然地盯着桌布上用来修补破洞的白色梅花。

若楠打破了沉默，问："你准备怎么办？"

丁菡抬起头说："能怎么办？叶老师说这句话，已经是给我面子了。两个完全不对等的选择：如果帮那女孩，代价是什么，有什么后果，我不清楚，她也不清楚；另一边，我什么都不用做，全当无事发生，没有代价。"

丁菡脸上那丝自嘲的笑，凝在了哪里，不再表情达意，凝固开始在丁菡身上蔓延，身姿僵直，放在桌面上微蜷的手，也一动不动。沉默里有条透明的蛇，盘旋着，嘶嘶作响地喷出冷气。

也许是与女儿刚才通话造成的余波还在，若楠竟然焦急得浑身颤抖起来，她带着创痛和恐惧想起了阿丹，两只手不觉伸出去，用力握住了丁菡搁在桌面上的那只手，脱口而出："什么都不做，也有代价！"

说完若楠就后悔了，这话近乎蛊惑，她的头嗡嗡作响，但她没有放开丁菡的手，继续说："你别误会，我不是在鼓动你，你做的肯定是最明智的选择。我只是担心你会多想。不要多想，你没有任何错，不是你的问题，你很好！"

丁菡刚被握住手时一怔，脸上有诧异、不解，甚至微微的尴尬，但被礼貌约束在了平静之下，随着若楠的语无伦次，平静的约束消失了，她的表情舒展成了笑，那种从心底泛出来的带着光的笑，像一朵花在若楠眼前徐徐绽放。

丁菡的另一只手回应地覆在了若楠的手背上，用力握了一下，说："放心，石老师，我不会多想的。"

若楠收回手，蜷起手指，冰凉的手指抵着热热的掌心，她还在哆嗦。

丁菡拿起手机，看了看说："我有事要先过去，一会儿开演时会有人过来带您和叶老师入场的。"

若楠应了一声，也站了起来。她又看到了玻璃镜子里自己的影子，方才的一切感觉像梦，与女儿通话是梦，与丁菡执手是梦……一道探照灯般的亮白光柱唰地扫过来，扫过若楠的双眼，影子消失，她陷入了短暂的充满光感的失明。

"失明"的若楠转过身来，等着视力和意识渐渐恢复，视野里出现了那片柠檬黄的沙发以及沙发上的人，若楠要走到那里去。

走了几步之后，身体不抖了，步子变得很稳，她走得不快，松松地握着拳，手指此刻也变得温暖起来。"失明"的那几十秒里，若楠在想，这么多年，自诩从不自欺的她，忽略了一个简单的事实：人是无法在纯然的否定中存活下去的。她否定得有多彻底，肯定得就有多坚定。虽然她并不知道自己肯定的东西确切的模样，但显然它在，就在某个如梦的瞬间显现。

梦，本就是个同时拥有深刻的否定性与强烈的肯定性的词啊。

若楠走到了那片柠檬黄的沙发前。

霍伟站了起来，看表情，他显然知道了叶大可对自己的委托。叶大可摘了眼镜，举着手机在看，看见她，立刻放下手机，仰头问："怎么说？"

若楠平铺直叙地说了：那个"麻烦"女孩，已经找过了丁菡。丁菡的回答，若楠引用了"两个选择"的原文。霍伟朝若楠做了个快速的抱拳拱手，若楠回避了目光，叶大可长出一口气，笑着对他说："该干吗干吗去吧！"

霍伟走开了，叶大可拉若楠坐下，笑了笑，说："费心了。"

这突如其来的客气，让若楠有些尴尬，还有几分莫名的心虚，她笑着说:"你真是——我什么话都不用说,丁菡想得明白。"

叶大可戴上眼镜,若有所思地说:"你有没有觉得,丁菡想得太明白了?"

若楠顿了一下,还是笑着问:"这话怎么说?这孩子一直都很明白事理。"

叶大可看着若楠,说:"你在那边的时候,我又在脑子里过了一遍霍伟给我说的话,他根本没想到事情会失控。那不是个很有头脑的姑娘,不然早就看清楚霍伟,及时止损了。那女孩身形气质有点儿像阿丹,眉眼更漂亮些,典型的女文青,不是很通人情世故的样子。霍伟之所以和她纠缠这么久,是因为她简单,头脑简单,社会关系也简单,好控制,好处理。霍伟那巧言令色的劲儿,从来都是他把对方说得痛哭流涕,低头认错。这次也不例外,是那女孩因为朋友结婚受刺激,情绪失控。霍伟是以受害者的姿态和她结束的,而且还给了她钱,女孩也收了,'敲诈勒索'的证据就是这么来的。到此为止,他们冲突的全部内容也就是爱不爱婚不婚,霍伟软的硬的两手都占主动。"

若然想起了月洞门里,幽径深处,那个让她自惊自扰的人影,丁菡前后矛盾的遁词,脑子里已经拼接完了另一条暗线。

"我刚搜了那女孩的微博,'向过去十一年告别'。这显然是在接受现实。第三天,霍伟开始收到巨长无比的支付清单,都是那女孩为霍伟花的钱,一包牙签都列得清清楚楚。她逐年整理,发给霍伟让他核对。总共也没多少钱,但律师告诉霍伟,这个貌似无聊的算账过程,严重模糊了那十万元的属性。自此女孩子的应对变得很有章法,两人之间的冲突内容也从私情变成了公义,纪委警察律师女权组织都来了。霍伟只能和律师联系,再也没能跟那女孩说过一句话。丁菡刚才跟你说,那女孩为报警记录的事来找她——我猜想,事实会不会恰恰相反呢?"

叶大可说出最后一句话的时候,语气里并无多少疑问的意思。

若楠拍了拍叶大可的胳膊,笑着说:"亲爱的,你是被终极反转弄得神经过敏了。对了,我刚才拉着看了一遍你提到的那个视频,做得很好。你抽空看看，那小UP主，也是你的粉丝。"

叶大可笑了，说："我看了，是很好。不只有态度，还有办法。角度选得真好，把阿丹讲得明白，不偏不倚，深刻真实，让人心疼喜欢，太不容易了。"说完，叶大可出了一会儿神，笑着叹了口气，"也许真的该重估阿丹作品的价值，这都过去三十年了，那女孩与霍伟，完全复刻了阿丹《梦幻曲》的故事逻辑。一段关系失败，女性会发现社会不仅不提供任何救济途径，还会启动一套意识形态内嵌的隐形惩罚机制，她们觉得受伤、不公，甚至都找不到任何表达这种创伤的日常语言。除了沉默，她们就只能变成愤怒的疯女人，发动自杀式袭击。"

若楠想起《梦幻曲》的情节，女主各种呼天抢地死缠烂打，荒唐地到男主工作单位的大门外拉横幅"告地状"，女主仿佛在跟整个世界撕扯缠斗，却根本触碰不到男主一根毫毛。

叶大可冷笑着说："霍伟为了证明他宅心仁厚，给我看他手里的把柄，说要是他公布出去，她一辈子就毁了。我警告他，留这种东西是愚蠢的。"

若楠担忧地问："是什么？照片视频吗？"

叶大可说："传播那些，是违法犯罪，就算他蠢，律师也会拦着他。是那女孩写给霍伟的认罪书，交代和别的男人发生关系的细节，亲笔手写的，好多封，霍伟都留着。那是他的小情趣，并不想拿出来要挟对方。对方用出警记录向他施压，他就拍成了照片，他的律师也自以为得计，给了对方律师，说对方态度立刻软了，回复谢谢，会找当事人核实。"叶大可说到这里，冷笑两声，"人家是真的在谢他！他要是还有点儿人性，不拿出来，还好。这只能证明一件事，他对女友实施了精神控制。刚才霍伟还在我这儿得意呢，说就算丁菡犯傻，他也不怕。你看看他，像不像一只快乐的傻狍子？"

霍伟本来和某位专家站着谈笑，空中传来了钟鼓弦乐声，他转头在找，呆住了：玻璃落地窗外漆黑的夜空里，幻术般涌出来一脉光芒四射的亭台楼阁。

用餐区中的人纷纷拥向窗前，甚至有人开门去了露台。

若楠和叶大可两个人，呆在了一小片柠檬黄色的安静里。

叶大可看着霍伟，叹了口气，说："随他去吧！梦里不知是狍子，且自贪欢！"

若楠笑了。也许真如叶大可猜度的那样，有一把极富耐心的"猎枪"在瞄着这只走进射程的"狍子"。

叶大可低头，似乎想起了好笑的事，轻笑了一声，抬起头说："以前看着人群，我是个乐观的机会主义者，想着，多聊聊，谁知道哪块云彩里有雨呢？现在，我是个悲观的保守主义者，心说，躲远点，谁知道哪桶炸药先炸呢？"

叶大可此时的坦率，与方才的客气一样突兀，若楠一时不知如何应对。叶大可的笑容里有了些凄凉之意，说："炸就炸吧！总好过不停重复阿丹那种憋屈故事！"

聚集在落地玻璃窗前的人陆续离开，跟着工作人员走向一楼。一个挂着工作证件的小姑娘跑过来，招呼叶大可和若楠，解释说是她们"老大"——说完这个称呼，立刻吐了下舌头，改口称丁总——让她过来带二位老师入场。

叶大可笑着说："你们老大这会儿肯定忙着安排正事呢！"

若楠起身，拿起外套穿上，瞥见单人沙发上斜伸出的剑兰，被她坐坏了的花穗，已然耷拉下来了，不过也没人在意了。

沿着楼梯往下走的时候，叶大可对若楠说："我有点儿不舒服，得回去量量血压。亲爱的，你去凑热闹吧，看看他们如何惊梦。"

下到了一楼，接到消息的小男生跑过来，握着车钥匙，说还是他送老师吧。叶大可要了车钥匙，让他跟朋友好好玩儿，坚持不让任何人送，跟大家挥挥手，一个人穿过空荡荡的大堂，用力推开沉重的剧院大门，走了出去。

逐个刷码后，观众沿着一条布景搭出的通道鱼贯而入。在一个空荡荡的房间，红丝绒幕布前，一个身穿长衫、手拿折扇的男人正对着七八个戴口罩的人比比画画地在说着什么。

若楠进来的时候,人还都聚集在入口这边,与那边的听书人群中间有一段空地,很快空地就消失了,大家都围拢到近前听那先生说:"这一回叫作'草桥店张生梦莺莺'。说的是张珙张君瑞,离了普救寺,赶往长安城。正是回望暮云遮萧寺,半林黄叶满离情。昨夜与那小姐还是温香软玉蜜意柔情,今晚则是草桥荒店清冷孤灯。张君瑞惨戚戚潦草睡下,不觉就生出一梦。老话说,梦是心头想啊,诸位,您说他想什么呢?崔莺莺!……"

说书人功夫学得不错,一小段说下来也就三分钟,屋里的人都站定了,稳住了心神。他啪啪啪以扇击掌:"更交五鼓,鸡鸣荒店,张生猝然一惊,抬头晓风残月,他以为是梦醒,殊不知入梦更深!"

他身后的丝绒幕布缓缓升起,房间里灯光变暗,景片上晨光熹微,一弯残月下是荒草茅店,背对着观众伫立的是个古代书生。他搟搟袍袖,从两个景片中间的一座木桥,走到后面去了。

说书人若吟若唱:"长相思,在长安,美人如花隔云端!诸位,咱都走着吧!"

说书人招呼大家一个个走过窄窄的木桥。霍伟和两位专家的身前身后都有工作人员照顾。若楠本就站得靠后,胳膊被人拉了一下,扭头一看,竟然是丁菡,露在口罩上面的眼睛里跳动着笑意。她们也就落在了队伍的最后。

丁菡低声说:"叶老师走了,我还担心您也走呢!"

若楠说:"我有点儿好奇。"丁菡提醒她小心,要上木桥了。

过了木桥,转过一道重峦叠嶂的景片,豁然开朗,已然到了室外园子里,全息投影给出了长安城的一脉轮廓,钟鼓隐隐,丝竹飘飘,渐次有几个"唐代长安人"加入队伍,说笑起来。热热闹闹的一行人,跟着孤零零的张生,绕行池畔花圃,走上板桥,穿池越亭,周遭回荡着低沉的男中音合唱:"长安,长安,太阳近,长安远!长安,长安,居不易,行路难。长安,长安,金银作炭烧,珍珠把米换。长安,长安,看华盖摇曳,听急管繁弦。"

这本是游戏中用过的插曲，那旋律有些魔性，很快满脑子就是它了，人群里有些人的身形开始跟着旋律摇晃。

若楠想想剧情，有些疑惑，凑近丁菡问："这是梦境，还是真的？"

丁菡说："就这点儿悬念，剧透给您，就没啥可看了。"

若楠和丁菡还在板桥上一前一后慢慢走着，遥遥地看着很多人跟着"张生"到了那座灯彩辉煌的酒楼前面，空中的合唱换成了柔曼的女声："九重宫阙，万国衣冠！画楼高百尺，谁家玉栏杆？十丈红尘软，应知到长安！"

酒楼的二楼，凭栏站着排绿衣红袖的歌姬，朝着人群抛撒缠着彩绸的花枝，等大部分人进了酒楼，那排歌姬也都隐入了室内。

若楠两个人此时才来到楼下，拾级而上。灰白的石阶上散落着各色花瓣，一枝完整的玫瑰红得显眼，若楠忍不住弯腰捡起，鼻子闻到的却是百合那粉扑扑的香气，一大朵砸碎的香槟百合，被踩成了黄泥。

"……谁的长安？再不见黑水白山。谁在落日里，寻找前生的碎片？"同样的旋律，却换了一套乐器与编曲，气氛感觉完全变了，"谁的长安？挥不去梦里楼兰！谁在弹琵琶？酒杯里月光晕眩！"

丁菡比她高了两阶，侧身回头说："您听，高丽舞下面是波斯舞，再不快点儿，连胡姬打流氓客人耳光都得错过，只能撞见公差抓人了。"

若楠知道她说的是戏，但忍不住还会多想，紧走两步，跟了上去，丢下了满地狼藉的花瓣。

原载《十月》2023 年第 4 期

孟小书

白色长颈鹿

　　老贺幻想过很多他与竹桑再次见面的场景。可能是在女儿的婚礼上，可能是在她父亲的病房里，如果浪漫一点，或许可以在街角的咖啡店里与她偶遇。总之，这座城市有太多的机缘和渠道可以再次将他们汇聚到一起。但无论如何，都不会是像现在这样。

　　暮色将至，老贺匆匆从工作室赶到了与竹桑约定的地点——丽都公园附近的一家西餐厅。由于是特殊时期，餐厅里没什么人，墙壁上悬挂着两台电视，播放的是世界杯比赛。竹桑戴着口罩，坐在一个角落里。她的眼睛红肿，看起来已经哭了很长时间。餐厅另一个角落坐着三个商务人士，正对着一个笔记本电脑进行一场激烈的头脑风暴。服务员懒洋洋地靠在吧台前，看球。没有人注意到这个角落里悲伤的女人。老贺在远处端详了她一会儿，十年未见，她还是那么漂亮。老贺有点紧张，有点心虚，不知道这么多年过去，她是否已经原谅了自己。他踟蹰着，慢慢走了过去，拉下口罩，身体僵硬地坐到了她对面。面对竹桑，老贺总是难以放松下来。这是两人离婚后的第一次见面。服务员走过来递上菜单，老贺想速速将他打发走，说晚一点再说。

竹桑赶紧擦掉了眼泪，将耳朵两侧的头发挽到了后面，尽量让自己看起来不那么狼狈。她原本是迫不及待地要跟老贺分析和商量女儿的事情，但老贺苍老的脸，顿时让竹桑感到十分陌生，同时也感到一阵惊慌——他怎么变成这个样子了？

"是自杀……我实在接受不了。"竹桑的情绪再一次崩溃了。老贺显得异常冷静，他想握住竹桑的双手，可又怕不太合适。

"先冷静下来。使馆的人和你说了吗？她有一封遗书，是想安葬在那里。"

"说了。"

"使馆的人告诉我，毕竟现在是特殊时期，如果实在不方便过去，他们可以替我们安葬。但我的意思是还是要过去一趟。"

"我想的也是，一定要过去的。"

"那就让使馆的人赶紧办理加急手续，我们要立即办签证。对了，你查过女儿在网上的消息吗？"老贺说。

竹桑摇摇头，赶紧拿出手机来翻，说："还没来得及看，我这脑子全乱套了。"

"不用看了，关于她的消息全部都没有了。肯定是遇到了什么事。"

"我最后一次在网上看到她的消息，是她到猎场了。她好像是打死了一只长颈鹿。全部的过程都有，是她男朋友给她录的。"

"咱们现在要赶紧去办签证，办加急的，让使馆出个证明。但即使签证出来了，航班也很少，最快一班飞机也要一周以后了。"

竹桑狠狠闭上眼睛，眼泪迅速滑过脸颊，浸透在了口罩的边缘上。她努力克制自己不要过于失态，呜咽着把脸埋在了双臂中。

"我一刻都等不了。"竹桑迅速擦了擦眼泪，她拎着包准备起身离开。

"这是最快的一班飞机了。"

"我相信还会有更快的办法。"

老贺坐在原位，目视着竹桑离去的背影。她还是这样，如此盲目，又如此自信。当然，她还是如此动人。电视上传出微弱而热烈的声音，又进一球，场上再次沸腾。

老贺点了一份沙拉，没滋没味地咀嚼着。他抬头望着电视中的比赛，脑袋里一片空白。他不知道该如何表达这份无尽的痛苦，木讷地、呆呆地望着电视中来回被踢的球。他已经很久没有和女儿联系了，自从她去法国留学后，就很难再与她直接取得联系，只是单方面地发过几封邮件。他是个不善吐露心声的人，事情总是在心中暗自盘旋着，没人知道他真正在想些什么。他似乎把所有的情感和表达都留在了陶瓷工作室里。他心里明白，自打女儿走后，他就已经彻底地失去了她。

竹桑倒是经常会给女儿打去越洋电话，而且每次都算好了时差，找一个竹桑认为女儿比较空闲的时间打过去。女儿的语气总是很冷淡，绝对不会多说一句。久而久之，竹桑的电话打得也少了。但有一次，女儿同时给竹桑和老贺发过一封邮件，里面是一个投票链接，是关于"绿色和平"组织反抗碳排放的，但这个链接打不开。老贺找了助手帮忙，鼓捣了很久才打开，里面有很多游行抗议的照片和文章，文章是英文的，最下面是一个关于是否支持碳排放的链接。这个链接老贺也只能看懂个大概。他猜测，女儿应该是加入了这个组织。老贺有点担心她会出事，赶紧回邮件让她退出这个组织，但并没有得到任何回复。竹桑也曾试图点开过，但发现无法打开，就自动放弃了。为了这件事，老贺也给竹桑打过一个电话，竹桑听了很激动，说她必须退出这个组织，否则我就飞到巴黎把她抓回来。竹桑给女儿打过很多次电话，语气十分严厉，让她赶紧回国，不要再做危险的事情了。之后就没有之后了。

竹桑恨死了老贺，她认为女儿的离开是他们破裂的婚姻导致的，要不是他主动提出离婚，女儿也不至于如此痛恨他们。至于离婚的理由，老贺就淡淡地说了一句，没有为什么，是我不好，是我对不起你和女儿。老贺给出的这个答复，让竹桑无法接受，这比他出轨了还要让人愤怒。当年的竹桑，没再继续追问下去，以老贺的性格，他不会对过去的婚姻解释更多。老贺一个人默默地搬到了自己的工作室里。离婚后的几年，竹桑一直活在猜测中。又过了几年，老贺依旧是单身，也不曾听说他有过女朋友之类的传言。或许,他是真的已经厌倦了她们。

一

飞机舱门开启的一刹那,老贺的耳朵就感到一阵刺痛,他不停地张嘴闭嘴,吞咽口水,双手用力揉搓按压耳郭。由于动作幅度过大,手肘一下打到了竹桑的胳膊。竹桑自从上了这架飞机,就一直锁着眉头,眼睛紧闭。她依然抱着最后一丝希望,纷乱的思绪让她头痛欲裂。女儿的死在她心里是个谜,使馆人员告诉她是自杀,但她怎么也想不明白是为什么。她隐隐地觉得应该是与那只长颈鹿有关。可她为什么会打死一只长颈鹿呢?她不是在"绿色和平"组织里吗?竹桑又想,即便到了坦桑尼亚,到了塞伦盖蒂的那片猎场,又能怎么样呢?一想到这儿,她就万念俱灰,但无论如何她也要去,去了心里才能踏实。在两片止疼药和半片安眠药的作用下,她一直瘫在座椅上,直到此刻——当老贺的手肘猛然打到她时,才一下睁开了双眼。她迟迟站不起来,精神有些恍惚,整个身体僵在座椅上,像一尊坍塌的雕像。曾有多次,竹桑在长达十小时的飞行中总想找一个适当时机和他聊聊女儿的事,或者聊聊彼此也好。但他一向讷讷寡言,除了枯坐在那里频频点头、自我忏悔以外,绝不会轻易地敞开心扉。漫长的飞行时间中,竹桑总是起了念头又打消。老贺也想找个机会谈谈女儿,但他更想谈的是他们的未来。但看到竹桑昏昏欲睡的状态,想着,她现在哪有心思谈以后?之后的一个星期,每天都要朝夕相处,也不急于这一时吧。

机舱里所有乘客都迫不及待地早早站起了身,堵在过道中,让这狭小的空间立刻被封锁住了。坐了长达十小时的飞机,谁都不愿在这儿继续逗留一秒钟。人群终于开始缓慢地向前移动,老贺仍旧揉搓着耳朵,痛苦不堪。

他们在出发前商量好,谁都不要将行李托运。这样可以缩短在机场的停留时间,以最快的速度奔赴使馆。可事情往往不尽如人意,自从入境后,人群黑压压的一片在机场到达处游荡着,耳边灌满了陌生的语言。强烈的香水味扑面而来，让人头晕眼花。背包客们大都是白人，他们脸上挂着幸福与喜悦的神情，满心期待着他们此程的精彩之旅。然而，老贺和竹桑却全然相反，他们无比焦虑、烦躁与无助，与这里的气氛格格不入。他们被很多拿着印有"坦桑尼亚国家公园"广告的拉客黑人朋友弄得晕头转向。是的，他们早晚都会去往那里，早晚都会踏上女儿最后到达的地方。但此刻，他们的目的地是使馆。

竹桑四处寻找接机的人，可眼前的一片混乱让她无所适从。老贺故作镇定，他一边用手机寻找信号，一边说："实在不行，咱们就在这里打个车去使馆。地址我这里有。"

"你倒是无所谓，我可是通过朋友在网上订好了的，钱都付给他们了。"

"人生地不熟的，就不要斤斤计较了。"老贺的手机终于有了一格信号。

"这是计较的事吗？这是信誉问题！"

老贺条件反射般地一下绷紧了神经。竹桑是个急性子，心里藏不住情绪，喜怒哀乐全挂在脸上。老贺就是竹桑的情绪探测仪，而且相当敏锐、准确。隔着房间，甚至相距千里，也会准确无误地检测到她的喜怒哀乐。老贺像一个牵线木偶，无时无刻不被竹桑的情绪所牵引。之前这么多年，老贺倒是也习惯了。离婚后，老贺没了牵动自己的人，瞬间感受到了人们所常常谈到的"悬浮感"一词的含义。他不知如何安放自己的情绪和那敏锐的触角。有那么一段时间，他把自己关进了工作室。但如今，十年过去了，竹桑也有自己的反思，那锋利尖锐的棱角似乎褪去了一些。她学会了点到为止，学会了让情绪先在心里沉淀一下。

老贺忽然拍了拍竹桑的胳膊，眼睛眯起来，指着前方人群中一个纸牌说："你看，那上面写的是我们的名字吗？"竹桑的目光在一片晃荡的人群中仔细搜索着，只见一块黄色纸牌上，用线条扭曲地画出了类似汉字的图案，旁边还注上了他们名字的拼音。竹桑说："赶紧过去问问！"老贺拽着行李箱，立刻上前询问。那黑人小哥穿着一件红色短袖上衣，戴了一顶红色棒球帽，他不紧不慢地指着牌子上的名字，用英文问道："我要接的就是你们吗？"

老贺兴奋地回头向竹桑挥手:"快来!"

坦桑尼亚的天空如此湛蓝清澈,若是有机会,一定要带着一种从容的心情重走一次,老贺是这样想的。他曾在工作室里,独自看过一部关于在塞伦盖蒂打猎的纪录片。对这片神秘狂野的土地,他向往已久。与其说他是向往这片土地,不如说他是向往背着猎枪和猎杀一头大家伙,更准确地说,他是向往当一名自由自在、无拘无束的猎人。他不想被困在工作室的方块楼里,也不想被困在川流不息的大都市里,更不想被某一种关系牵制住,他要做一个彻底的、无论是身体还是心理都无拘无束的人。当然,这是他曾经的想法。

他心里有一个结,一直未曾解开——女儿来到这里,他是知道的。他曾经在邮件里和女儿提到过这里,也曾把那部纪录片发给女儿看过。没过多久,她就来了。老贺这时才确认,他写的邮件,女儿是全部认真看了的。但没想到,她竟然就这样死在了这里。这件事,他永远都不会告诉竹桑。对于女儿的死亡,他先是感到震惊,其次是恐惧。他害怕女儿是因为他的指引而走向了死亡。他不敢去证实,也无从考证。离婚后,他们的关系便若即若离,不曾有过一次真正的交流。女儿对他来说像是一个极为模糊和虚幻的影像,但又是极为具体的客观存在。而现在,这个客观存在就此消失了,留下的只是一些存在他心中的温暖亲情,以及想象出来的作为一名父亲对女儿的思念。他的确感到过悲伤,但或许更多的是遗憾。

走出机场的那一刻,老贺抬头望了望天。他从未见过如此清澈湛蓝的天空,太阳和云彩离得很近,他感到一种眩晕的恍惚。他喜欢这里,看着迅速掠过的景色想着,这里是那么不同,和曾经熟悉的那些建筑高耸入云、人如潮汐的城市彻底拉开了距离。这陌生的语言和人群……这里的一切都与我无关,我也终于可以游离于那些纷扰庞杂、被哀号所缠绕的世界了。对老贺来讲,来到这里相当于一次逃离,一次与现实的一刀两断。对女儿的死固然是悲痛的,是惋惜的,但他没有像竹桑那样绝望。"人各有命。"他总是这么安慰自己,也深信不疑。他只想顺利地把女儿的后事处理妥当,并将她深深地埋藏在自己的心底，就足矣，否则还能怎样呢？他更希望的是，能通过这次的事情，和竹桑再次携手共度余生，他愿意无条件地包容她，他对他们的未来有过很多幻想。

老贺和竹桑各自把头转向窗外。车里的收音机循环播放着鲍勃·马利的音乐。司机小哥是一个年轻的非洲小伙子，他摇头晃脑，小声跟着一起唱。他几次试图找机会与他们聊点什么，但都无从下嘴。他时不时地从后视镜中观察着他们——这是两副典型的中国人面孔，谨慎、严肃、紧张，甚至两人还有点剑拔弩张的意思。过了一个街口，他终于张开了嘴，打破了这一尴尬的局面。

"你们是中国人吗？"小哥从后视镜中看着他们，用英语问道。

"哦，是的。"老贺被这突如其来的话晃了一下，立马回应。

"你们是第一次来这里吗？"小哥又问。

"是的，第一次来这里。"老贺心情终于放松了点。

"那劝你们千万不要去塞伦盖蒂，那里面已经被搞得太商业化了，人比野猪还多。我们现在一点也不喜欢那里了。"

"那你有什么推荐吗？"老贺问道。他确实想借此机会到处游走一番，以现在的情况来看，出一次国是相当不容易的事。要不是这次的特殊情况，他还不知道要在工作室里憋上多久。当然，这也只是他在心里稍稍闪过的一个想法，他实在不该这么想。

当竹桑听到"塞伦盖蒂"这个词时，心里紧了一下。那就是女儿最后到达的地方呀。

"塞伦盖蒂，你说在那里会不会找到什么线索？"竹桑说。

"如果你想去，我当然可以陪你。"

"难道你不想去吗？难道你心里没有疑惑吗？"竹桑尽量让自己不要爆发出来。现在她和老贺已经没有任何关系了，她也没有什么立场，也懒得再去对一个男人发火。她只想迅速到达现场，处理好后事，赶紧回家。

老贺没再说什么。对于女儿的死，老贺心中当然有过疑惑，但事已至此，还能怎样？但老贺愿意陪竹桑去，他希望可以在那片广袤神秘的平原中，与她一起度过几天浪漫的时光。

小哥虽听不懂他们在说什么，但从他们的表情和态度上，能感受到某种剑拔弩张的气氛。小哥不再继续哼歌，鲍勃·马利在收音机里刺刺啦啦的声音，与老贺和竹桑阵阵寒气逼人的呼吸声相互交错着。

老贺的英语是自学的，因为经常要与国际艺术家做交流。在艺术界，想要走进国际市场，英语是必备的条件。他的口语中没有语法，和外国人多说多练，自然就会了。他常常很骄傲地和别人说，自己靠二百个单词就能在大学里讲课，且不用翻译。但竹桑就是看不上老贺这一点，总说他们艺术家就会坑蒙拐骗。竹桑是英语科班出身，她虽没留过洋，也没去过几次国外，但能说一口标准的英式英语。研究生英语专业毕业后，她还找了许多原文小说来自学。她喜欢西方文学，也喜欢西方电影。她曾尝试翻译过一些小说，虽然都没能出版，但这绝不是因为她的翻译能力问题。她的自尊心很强，总想在某一领域有所作为，或是能做成一件事，就像老贺一样。但可能是运气不好，总是差一步就成功了。她表面上总对老贺横眉冷对的，但心里其实对他有点佩服，不过也仅限于刚刚结婚的时候。

这会儿，竹桑觉得胸闷，她将车窗摇下了半截，一丝丝干枯的发卷被风吹得时而会扫到老贺的脸上和脖子上。但老贺却没有丝毫的反感，他能感受到竹桑的真实存在，并幻想着竹桑在用另一种方式与他交流。突然一丝久违的幸福感和满足感油然而生。自打离婚后，他就没再找过别的女人，太顺从的没意思，太优秀的不好把控，太平庸的又没有什么共同语言。但自打老贺作品卖上价钱后，情况就不一样了，身边出现了几位各方面都挑不出毛病的女人。老贺也曾尝试着交往过，但就是感觉对方走不进自己的心里。十年过去了，老贺还是单身。他不知道是单身久了，还是上了岁数，他偶尔还是会感到寂寞。这些女人蜻蜓点水地来了又走，都不如竹桑有味道。竹桑到底是什么味道，他也说不清。离婚这么多年，她的味道依旧存在老贺心里，纵使不能再做夫妻，就像现在这样能并排坐在一起，为了同一件事再次相遇，他也就满足了。

经过了高速公路、颠簸的土路和拥挤的市场后，他们终于抵达了中国驻坦桑尼亚大使馆。经过再次的证件审核和漫长的等待后，终于等到了使馆官员。他热情地接待了老贺和竹桑，并对他们女儿的事情感到遗憾。竹桑一个劲地用试探性的口吻问女儿到底发生了什么，但他也说不上更多的细节，他和他们知道的一样多。竹桑皱着眉头，她不明白女儿为什么想要葬在这里，官员告诉她，这里是离自然最近的地方。可竹桑还是不理解。使馆官员看了看时间，示意他们自己已经要下班了。他收拾着办公桌上的文件，显得有些手忙脚乱。

"殡葬服务公司的办事效率有点慢，还需要再等上几天。我建议你们可以去塞伦盖蒂那里看看。毕竟，那里也是你们女儿最后到达的地方。这只是一个建议。塞伦盖蒂是我们这里的一级国家公园，里面有三百多万头大型野生动物，其中有八千多头狮子。怎么样，听上去很刺激吧？你们可以乘坐热气球，在半空中俯瞰一望无际的草原，如果天气好，也许会看到乞力马扎罗蜿蜒的山脉。去散散心吧，或许还能发现一些什么线索。如果你们想去的话，我可以替你们叫一辆车过去。不过去那里的费用有点高。你们介意吗？"工作人员已经默认了他们明天就会起程前往那里，他的热情和耐心，令老贺不知如何作答。

"好，我们就去那里，塞伦盖蒂。"竹桑立即答应了。

二

这里是非洲东部，赤道以南，坦桑尼亚塞伦盖蒂国家公园内的酒店。令老贺大为震惊的是，他从未见过如此精美奇特的酒店。大堂最显著的位置上，挂了一幅巨大的油画——一位头发花白、身体干枯的黑人，颤颤巍巍嵌在一把巨大的、用豹纹皮草包住的椅子里，一副威严的面孔。他旁边架着的猎枪，老贺认得，是一把九响的雷明顿霰弹猎枪。他在一部纪录片中看到过，这把枪威力很大。因为只有九响，在猎杀大型动物时，必须保有一种沉着冷静的心态瞄准猎物。猎枪口护木已经裂开，这猎枪像是已经超负荷地完成了它的使命，将最后一颗子弹射向了一只豹子的腹部。那只豹子永远披挂在了那把椅子上，同时也永远为这个面目肃穆的猎人增加了一圈胜利的光环。豹子皮的椅子和这把报废的猎枪以及这位干枯的猎人，构成了一个黄金组合。老贺盯着这幅油画入了神。

竹桑也在环顾四周，动物毛皮和标本举目皆是，她感到一双双炯炯有神的眼睛在凝视着自己。这些动物的尸体让她不寒而栗，不知怎的，她一下就联想到了女儿的尸体。她不敢再仔细看那些挂在酒店墙壁上的羚羊和长颈鹿的头部。真的要住在这儿吗？竹桑心里犯着嘀咕。老贺倒是四处参观、拍照，看得起劲。竹桑催促老贺赶紧办理入住。竹桑突然对老贺说："女儿如果在这里住过的话，前台是不是能查到信息？"

"那或许可以吧，咱们去问问。"

竹桑立即拖着行李，用英语向酒店大堂的前台小姐打听女儿的消息。竹桑报了女儿的中文名和英文名后，都查不到任何的登记信息。竹桑有点失落，想着怎么可能这么容易就查到呢？竹桑又打听了猎场的方向，前台小姐说："想要进猎场是需要预约的，并且还需要一位导猎带领。"她又翻了翻预约簿，"这几天由于天气原因，猎场处于关闭状态。但四天以后就正常开放了，如果你们愿意继续等待，我可以帮你安排星期六，24号的时间。"

竹桑皱了皱眉头对老贺说："那我们就预约24号的吧，我还是想到猎场去看看。你说呢？虽然可能也查不到什么蛛丝马迹，但是……"

"我明白。"老贺立即转头对前台小姐说："就帮我们预约24号的吧。"

"没问题。这是我们动物的价目表，您这几天也可以参考一下。"

老贺又问："我们现在可以去哪里转转呢？"

前台小姐拿出了一份地图，地图上面详细画出了附近可以散步的地方。老贺对竹桑说："看，这些散步的地方都围绕着猎场，或许我们可以在这里先转转。"

酒店走廊里有一股熟悉的怪味道。老贺仔细辨别着，这究竟是什么味道？啊，是樟脑！他想起了曾经他们一起住过的老房子。那老房子里有一个嵌在墙壁里面的柜橱，里面放的全是些用不到的被子或是淘汰下来的衣服。由于长年不使用，壁橱里净是霉味，为了驱赶味道，竹桑喜欢在里面挂上两包樟脑球。每次打开壁橱门，都会有一种这样的味道散出来。老贺几次想扔掉那些不用的衣物，都被竹桑喝令制止了。曾经那些生活琐事带来的烦扰，也是种幸福。

那位使馆的办事人员说得没错，这边的办事效率的确很低，在这儿等待的每一天对于竹桑来说都是煎熬。这段时间以来，老贺通常会在上午十点，到酒店附近的小花园里散散步。他很喜欢那里，时常会坐在花园的长椅上休息一阵，将自己放空。他想着，怎么才能和竹桑聊一聊？关于她，关于女儿，他都想聊一聊。他最想聊的还是他们以后的生活，以后是否还有机会走到一起。但这么多年和竹桑的相处模式，以及房间里总体的气氛，让他不知道怎么开口，和人深度交流对于他来说一直都是件很为难的事。

竹桑的情绪还是低落、萎靡，但相对前几天来说已经平静许多了，也在逐渐接受女儿去世的事实。即便如此，她还是很少与老贺主动交流什么，总是话到了嘴边，想想又咽了回去。他们只会在午饭和晚饭时商量一两句吃些什么。女儿对于竹桑来说意味着什么呢？是希望，是勇气，也是激励她不断向前努力的目标。她总想向女儿证明点什么，证明她的妈妈不是一个平庸普通的女人，就像她的爸爸一样优秀。竹桑的确努力过，她唯一擅长的就是英语，她可以看专业的英语学术论文。老贺曾经有几篇关于陶瓷的学术论文，都是竹桑帮忙翻译的。她曾想翻译并出版一本英文小说，可女儿却没有给她证明自己的机会。现在人生的目标已经没有了，她整个人都轻飘飘悬浮着。女儿为什么会死在这里？为什么会突然从法国飞到这里？她甚至设想过，女儿没准是被人绑架过来的……种种疑惑和猜测一直徘徊在脑海中。

这天，老贺一早醒来，忽然神清气爽。他打开窗户，昨夜的雨让清晨的空气格外清爽。这是他禁酒的第一个星期，他再也没有因为找不到酒精而焦虑和烦躁。他喝下一大口清水，感到满足。是啊，水才是生命中最重要的东西，他仔细体会着这种崭新的快乐。在酒店大堂用过早餐后，竹桑突然提出想要出去走走，老贺感到有些诧异，连忙道："这旁边就是一个小花园，里面很美，有很多蓝色的花，还有一棵香肠树。我带你去看看，那棵树简直太有趣了，上面结的果实和哈尔滨红肠特别像。你能想象吗？一棵挂满了哈尔滨红肠的树。"说着，老贺不自觉地笑了出来。可竹桑一点也没觉得可笑，反而神情有些恍惚和游离。

　　对于Leila（莱拉）死前到底发生了什么，以及留学以后的生活，老贺和竹桑几乎是一无所知。只是突然有一天，竹桑在用手机上网时，大数据给她推送了一条关于女儿的Vlog（视频日志）。竹桑不知道什么是Vlog，只是看到链接标题上写着"又是能量满满的一天！Vlog"。视频的封面有女儿的照片，女儿的背后是椰子树和沙滩，视频的封面照片上还PS（图像处理）了哑铃、相机、草莓和西蓝花的卡通图案。视频的一开始是一张女儿睡眼惺忪、不带妆容的大脸。此刻是当地早上六点。她现在都是这么早起床了吗？竹桑又激动又好奇。她怎么会突然出现在网络里？竹桑继续观看着，视频弹幕浮现出了几句话："Leila女神，素颜都这么美！""Leila的皮肤状态真好。""早安，Leila！"Leila，这就是女儿在法国留学时用的名字。Leila开始起床洗漱，她是在酒店里，而且是一个极为高档的酒店。Leila进行一番细致的洗漱后，镜头一闪而过，她从身着睡衣懒洋洋的模样，瞬间换成了一名运动美少女——一身橘色的紧身瑜伽运动服和一个高高的马尾辫。接下来就是在酒店吃早餐，她一边对着镜头讲解早餐要摄入什么营养，一边露出满脸灿烂的笑容。接着，她便在海边做瑜伽，准备冲浪训练。她在视频里说，今天她要进行第一天的冲浪训练，以及这是她第一次尝试这种运动。视频就在此刻结束了，若是想看她更多的视频，就要关注她的媒体账号。竹桑立即关注了，把她所有视频和留言全部浏览了一番，她这才明白，Leila——自己的女儿，已经是一个小有名气的网红了。而据竹桑所知，那个账号是由她的经纪团队来经营的。他们不许她发任何有关私人的东西。但从那个账号，至少可以知道她的行踪。被经纪团队许可发布的照片上，女儿从来都是满脸灿烂的笑容。这些照片基本上是她在参加一些商业的体育活动，或是为某个运动品牌做宣传。

　　至于Leila自己，她早就受够了父母的冷战，家里的空气中没有一丝的温度。当年Leila提出留学的想法后，老贺和竹桑立即答应了，他们似乎也松了一口气。Leila进入大学不久，就加入了"绿色和平"组织，积极参与环保活动，还加入了网球和跑步的社团活动。老贺和竹桑留给她的一样礼物就是那张精致的小脸。那时候，国外网上开始流行Vlog，Leila起初只是随便拍拍，后来粉丝越来越多，她就开始琢磨要认真拍摄视频，经营自己的事业了。与此同时，她还交往了一个男朋友，慢慢地他们靠着录制视频得到了第一笔收入。

自打竹桑知道了她的账号之后，就每星期的一、三、五，都在盼望她的视频更新。

竹桑有太多的疑惑，而从这几条视频中，她无从找寻答案。她给Leila打过电话，Leila有时在日本，有时在意大利，有时在瑞士。她的行踪飘忽不定，从不会主动向竹桑解释什么。竹桑有一次在电话里哭了，女儿说，既然你都知道了，视频里面有你想要知道的一切，我的行踪在网上都是透明的。竹桑说，不一样，我是你妈，我不是你的粉丝。我有权利知道关于你的一切。你现在还在"绿色和平"组织吗？我看他们好像又跑到德国去游行抗议了，这个组织到处去抗议，太危险了，你可千万不要去啊。Leila居然发出了一种蔑视的笑声，说，你是不是觉得我还是小孩呢？你可不可以给我一点自由？而且，对于那个组织，你根本就不知道那是什么。再说，你跟我爸离婚的时候告诉我了吗？你们尊重过我吗？我们是平等的，都是独立的个体，只要做到互不干涉，我们就可以继续相处。

竹桑回过神，对老贺说，Leila的最后一条Vlog就是在那里拍的。她透过玻璃窗，望着远处看不到的猎场。

"走吧。就去那个小花园吧，说不定她也去过那儿，说不定会找到什么线索。"竹桑软绵绵地站起身来。

老贺和竹桑走在酒店长长的走廊里，米色地毯被洗刷得很干净，两侧用高脚架摆放着小型动物的标本，它们造型各异，炯炯有神地盯着某处，像是时刻保持着一种对周围环境的机警。竹桑脑子里突然闪过一念——那应该是它们死前的样子吧。

他们走了很久的路，穿过了长长的走廊和一小段泥泞的土路，空气里蕴含着十分浓郁的植物的和泥土的腥味。没错，就是腥味，竹桑一直都很讨厌这股味道。终于他们到了那个幽静的小花园。

这里的太阳很低，微雨后的天空清澈明朗。很明显，这里的紫外线格外强烈，竹桑年轻时对紫外线严重过敏，除了脸部，但凡身上一丝皮肤暴露在阳光下，都会让她感到刺痛瘙痒，并且会起很多红疹子。随着身体的衰老，过敏这一现象居然得到了缓解，但竹桑还是谨慎地披上了防紫外线的外套，又将一条颜色艳丽的丝巾缠绕在了脖子上。强烈的阳光将塞伦盖蒂翠绿的树木照耀得熠熠生辉。凉风习习，让人身体舒适，竹桑忽然感到心情一阵舒畅，像漂浮在澄清的水面上。他们漫步在一条不知通往哪里的土路上，两侧是半人高的灌木丛和一些枝丫茂密的树木。不远处，就是老贺说的那一棵香肠树。

"啊，这就是那棵香肠树呀。"竹桑惊喜地说，"还真是特别，从来没见过这样的树，太有趣了。"竹桑围绕着它，仔细观察着这棵树，"还真像是哈尔滨红肠呢。"说着从脸上挤出了一丝微笑。她好像太久没有做过这个表情了，脸部肌肉显得有点扭曲。太阳把老贺的面部照得发亮，竹桑偶尔也会望着他的脸。在这一瞬间，她忽然感到自己从来没有像现在这样依赖他。

香肠树的旁边，有棵枝叶像伞状般生长的树孤独地挺立着，它看上去像一把巨大的伞。竹桑望着那棵树，说："它长得也很奇特，女儿生前也一定见过它。"

"那是金合欢树。"老贺一边说着，一边朝树的方向走去，竹桑不由自主地跟在他的后面。他们站在树下抬头向上望去，那树枝上，开满了黄色的、毛茸茸的花朵。此刻，这里十分静谧，一般游客是不会在这里散步的。树下有一把长椅，他们坐在了这棵金合欢树下。他们已经很久没有这样平和地坐在一起了，况且是在这样一个看似无比浪漫和惬意的时刻。

"你真正了解过博奇吗？"竹桑突然问。博奇，这是Leila的中文名字。

在竹桑怀Leila七个月时，她的婆婆就一直说肚子里应该是男孩，倒不是因为婆婆想要个男孩，只是单纯依她的经验来分析，七个月都不显身孕的就一定是男孩。竹桑喜欢女孩，女孩是父母的小棉袄，男孩是皮夹克，养了没什么用，长大了就跟媳妇跑了。老贺安慰竹桑，男孩也挺好，你看我不也跟自己的妈住着吗？竹桑发着呆，心想婆婆在这方面还是有点本事的，眼见着猜对了小区里五个孕妇腹中胎儿的性别，真是个男孩可怎么办？老贺又说，我已经想好名字了，就叫博奇吧，渊博的学问和一颗永葆好奇的心，多好。竹桑觉得无所谓，叫什么都可以。这个名字在Leila还没出世前，就已经被叫起来了。可当Leila出世后，发现是女孩时，已经晚了，他们来不及想其他的名字，就被护士按住填写婴儿的出生表格了。老贺说，女孩叫博奇也挺好。

"你知道她从小就讨厌这个名字吗？博奇，同学们都给她起外号叫簸箕。"竹桑又说。

老贺突然没了声音，一种难以名状的悲伤从心底涌出。一片片厚重的云朵向他们缓缓地移动着，阳光透过云朵的缝隙忽明忽暗。

"你是怎么知道的？"老贺深吸了一口气，努力将这悲伤隐藏起来。

"Leila的日记本留在了家里，我打扫她房间的时候看到的。"

"你竟然翻看她的日记了？"老贺露出了一副难以置信的表情。

"我是她妈，有权利知道她的一切！有什么可大惊小怪的？"

"那日记上还写什么了？"被竹桑这么一说，老贺也开始有点好奇。

"没写什么，很少的内容，都是关于以前的。我一直都想不通一个问题，你说她加入了那个组织，那么热爱自然环保，怎么会跑来打猎呢？"

老贺也不解，两人陷入了沉默，像是各自陷入了一个黑不见底的、无比孤寂的世界。

这时，使馆工作人员突然来了电话。老贺立刻将手机调换成了免提模式，竹桑和老贺的耳朵竖着贴近听筒。"你们女儿安葬的事情已经安排妥当，时间和详细地址我会发到你们的手机里。"老贺连忙致谢。竹桑的面目有点呆滞，令她没有想到的是自己会表现得如此冷静和得体。她礼貌地表达了谢意，并告知对方他们会按时到达现场。

一道闪电忽然劈开了云层，同时也瞬间隔开了他们关于Leila的对话。

"我们要赶紧回去，据说会有暴雨。"老贺面色突然变得凝重起来，他就是这样，是个容易紧张、遇事极为谨慎的人。这或许和他工作的领域有关，因为在烧制瓷器的过程中，任何一个小小的失误，都会令辛苦了一个星期或是个把月的成果付诸东流。又或许正是因为他是一个谨小慎微的人，才会选择瓷器这一门手艺。他与瓷器的关系，到底是谁塑造了谁，很难说清。

总之，竹桑此刻心烦意乱，她对老贺的紧张也颇为不满。

"要走你走，我想再待会儿。"

"这暴雨可不是闹着玩的。"

骤然间，暴雨向他们横扫而来，一股股的白烟在地面升腾起来。事实证明，这一场暴雨确实异常猛烈，猛烈到老贺也始料未及。老贺拉着竹桑的胳膊，在雨中奋力奔跑，密骤的暴雨模糊了他们的视线。竹桑的卷发贴在脸上，她实在跑不动了，双手支在双膝上，弯着腰用力喘气。她用力擦了一把脸上的雨水，说："不行了，没劲了。"老贺也累得喘不上气来。虽是暴雨，但气温仍在二十度左右，他们站在原地，看着对方狼狈不堪的样子，突然笑了出来。

"反正都这样了，我们还跑什么呢！"竹桑在暴雨中向老贺的耳边喊了一句。

"你冷吗？"

"一点都不冷。你呢？"

"我也一点都不冷。"

竹桑刚刚还蓬松干燥的卷发全部贴在了脸上，她的头发看上去少极了，头发缝隙间露着宽大的白色头皮，老贺看着心疼，竹桑如此优雅爱美，自尊心又极强，是怎么接受自己严重脱发的事实的呢？他很想抱抱竹桑，但此刻的她又显得十分放松。她的步子变得缓慢从容，倾盆的暴雨让她感到无比畅快，久久不能纾解的压力也一下得到了痛快的释放。

傍晚，暴雨把猎场周围的电线冲断了，黑漆漆的一片。没有电，没有网络。他们枯坐在床上，两人的脸被手机屏幕的光映照得都有些吓人。老贺感到眼睛一阵酸胀，他关上手机，望着窗外。藏蓝色的天空中，月亮很明亮，月光把远处的景色映出了一道道的轮廓。

老贺仔细盯着那窗外，忽然站起了身，将脖子探得长长的，用力望着那影影绰绰的光晕，说："你看，那里是不是有亮光？"

"好像还真是有亮光，就在酒店大堂那里。他们肯定有应急的供电设备。你听，好像还有音乐呢。"竹桑眯着眼睛，也把脸贴了过去，"走吧，那就去看看。"

在雨季，断电是常有的事。酒店的应急供电设备显然是必需的。客人们集中到了这里，热闹非凡。几盏镶嵌在墙上的灯泡发出暖黄色的光，将高高悬挂在墙壁上的犀牛、大角羚羊、豹子的面孔映得庄严而恐怖。客人们有的身着猎装，这猎装在他们看来是如此神圣。这些人对猎装的痴迷令竹桑和老贺感到匪夷所思。他们纷纷举杯，畅饮聊天。大厅里弥漫着一股股烤肉的味道，通常是客人们所猎到的战利品——斑马的后腿肉、长颈鹿的前胸肉等。

这时，从稀疏的光亮中，走来一位身着卡其色猎装的亚洲男人。他身材很高大，黝黑的皮肤使他的五官变得很模糊，他左手端着扎啤，很自然地站到了老贺旁边。

"晚上好。"男人起先是用英文试探性地对老贺说。

对于陌生人搭讪，竹桑总是心怀戒备。更何况，此刻的她只想安静地喝一杯鸡尾酒，好让自己心情愉悦些。由于环境过于嘈杂，老贺没听清他说了什么，用英文回了一句："对不起，这里太吵了。"

男人一下就听出了老贺带有浓重中国腔的英文。"啊，你是中国人吧？"男人脱口而出了一句中文。

"我们是从北京来的。"老贺看了看竹桑。他们陡然感到了一丝亲切。

"真巧，我也是！你们是刚刚到这儿的吗？之前都没见过你们。"男人从上衣内侧兜里掏出了一个雪茄盒，又从裤子外侧的大兜里拿出了火机。他将其中一根递给了老贺。

老贺没怎么抽过雪茄，也很久没有吸过烟了。离婚后不久，他把工作室里的烟和烟灰缸全部扔掉了，吸烟只会给他带来更多焦虑。可在这样的气氛中，老贺还是忍不住接过了这支雪茄，同时又不自觉地扫了一眼竹桑。

"咱们来的时间可真不凑巧，要是再晚几天就好了。"男人又将打火机和雪茄剪刀递给了老贺。

"确实是，但我们不仅仅是来打猎的。"老贺说。

竹桑在桌子下踹了老贺一脚，示意他不要向陌生人说太多。老贺领悟到了竹桑的意思，及时把话收住了。竹桑冷漠地端起酒杯呷了一小口，她想立刻将这个男人打发走。但老贺却突然来了兴致。

"看你这身装扮，一定是个老手。"老贺其实不太喜欢雪茄，总觉得有一股臭鼬的味道。但眼前的这个男人对老贺来说，充满了魅力。说不上具体是哪里吸引他，只是觉得他一定是一个阅历丰富，拥有不少冒险经历的男人。

"老手谈不上，但最近五六年，我每年都会在这儿住上一阵。打猎真的会让人上瘾。只要一回北京，我就焦虑。但没办法，公司和家里人都在北京。"

老贺吸了一口雪茄，又用力地点了两下头，心中充满了一种心有戚戚的郁塞。他不喜欢北京，或许竹桑喜欢，她喜欢红尘滚滚、车水马龙的大都市。

"你们真应该去尝试一次，无论你们这次来这里的目的是什么。我一直觉得，男人这一生，一定要体验一次当猎人的感觉。扣动扳机将子弹打到猎物身上的那一瞬间，真是爽极了。我建议你去打斑马，斑马的后蹄筋太香了！"男人把头凑向了老贺的耳畔，声音压低，说话时，眼睛里冒出了金色的光。

老贺吸了一口雪茄，另一只手不停地转动杯子，肾上腺素直奔大脑，使他感到浑身炽热。是呀，当个猎人，那个在小兴安岭的猎人，那个自由自在的身影，只要身边有一杆枪，他就可以走天涯，那就是我一直向往的呀！

老贺吐出一口烟，神情犹疑地说："我们已经预约了星期六的打猎计划。真的这么刺激吗？但我岁数大了，恐怕玩不了太刺激的。"他不知道为什么自己竟然说出了这样一句如此虚伪的话。

"那您看我像多大岁数的？"

"也就四十出头的样子。"

男人伸出了一只手在老贺面前，五根手指用力张开，说："五十多了。我看咱俩差不多。"

老贺笑了笑说："还真是。"

他永远都忘不掉在小兴安岭生活时遇到的那个猎人。在那些漫长、一眼望不到头的日子里，那个猎人就像是一盏灯。他在林中挥汗如雨、麻木疲惫地砍伐时，这个猎人的出现就像是一个奇迹，没有缘由地出现于树林间，又自由潇洒地消失在眼前。猎枪在远方森林中炸裂出的余音，时常都会盘旋在耳畔。有无数个夜晚，那个猎人都会出现在他的梦里，他又猎到了一只小鹿、一头野猪，或是一只兔子。当清晨林中布满朦胧雾气时，他会站在一棵正要被砍伐的白桦树前发呆，想象着那位猎人此刻身处何处，他的身影是否还会从未知的远处，渐渐向他走来。对于老贺来说，他是一个没有来处的人。

男人又迅速补充了一句："您千万别误会，我可不是托儿，这个猎场可跟我没有一丝的关系。我只是觉得别人在这儿霸占、打猎都这么多年了，也该咱们来玩玩了。您说是不是？"那人端起杯子，脸上突然露出了一丝莫名的惆怅。他凑着老贺的杯子，碰了一下，一口就干掉了。男人叹了一口气，戛然而止了之前的那个话题。

竹桑已经百无聊赖，她又多喝了几杯。她很久没有这样喝过酒了，也很多年没有去过酒吧了。竹桑举着一杯威士忌，慢慢悠悠地一口口呷着。冰凉的强劲酒精中掺杂着一股木质香气，她喜欢这种味道，也喜欢这种微醺的飘忽忽的感觉。她想着，自从离了婚，女儿远走法国后，自己的生活就再也没有放松过，每天都在一种紧绷的状态下游走着。她眼神有点迷离，居然挽起了老贺的胳膊。老贺也顺势夹紧了她的手臂。

男人又向服务员要了一杯威士忌，说："中国，或许也不仅限于中国，现在对于禁猎的呼声越来越大。"

"这话怎么讲？"竹桑听后立刻清醒了。

"他们前一阵子对于打猎这件事又开始抗议了。有一个女孩还因为这件事自杀了。"

竹桑的面部开始变得扭曲，她用力深吸了几口气，尽量让自己不要过于激动。老贺也瞪大了眼睛，等待着男人接下来的讲述。

"他们？谁？他们？"竹桑问道。

"'绿色和平'的人。"男人道。

"你说的哪个女孩，又是什么时候的事？"老贺问。

"那个女孩是一个网红，就因为在网上发布了自己猎杀一头长颈鹿的视频，被网暴了。关键是那个女孩还是那个组织的。我猜测她应该是想靠发这个视频来涨粉吧，也是可以理解的。毕竟她们也都是听经纪公司的。人家公司是要挣钱的，让她录什么就得录什么。但遗憾的是，在她和她男朋友刚刚意识到那条视频应该删掉的时候，这里恰巧断电了，也就没有了网络信号。如果当时及时删掉，可能就不会出后来的事。但我的意思是，这很不公平对吧？大多数的人对打猎还没有概念，对猎场的游戏规则也不懂。政府对打猎是有严格控制的，不是随便猎杀的，每一头动物都是在可杀范围内的，这个猎场都是合法狩猎的，你以为能随便杀动物吗？"

"那个女孩，你还知道些什么？"老贺那一只被竹桑抓住的胳膊，感到了阵阵颤抖。在黑暗中，男人并没有发现竹桑有什么不对劲，也没有发现眼前这个女人已经泪流满面。

"那个女孩和她男朋友，跟我是同一个导猎。我也是听他随口说起的，再多细节也不知道了。你说，那么阳光的女孩，她父母得多伤心……前不久，这个女孩就在那里。"男人看了一眼旁边的桌子。而此刻，那个桌子旁，正站着五个白人，他们推杯换盏，交换着白天打猎时的新鲜事。他们说话声音很大，笑声也很大。男人说话的时候，声音总要扯得很大，竹桑和老贺才听得清楚。

"她和她男朋友就站在那儿，我看她还不停地在摆弄笔记本电脑，挺焦虑的。我问他们怎么了，他们说不能上网，有一件特别重要的事情得处理。我当时还嘲笑她，都跑出来这么远了，怎么还在办公。后来，他们就匆匆离开了。这是我最后一次见她。第二天，应该是在下午的时候，我的导猎突然说出事了，猎场也封闭了。又过了一个星期，猎场开放了一部分，但那个女孩出事的那片猎区还在封闭中。算了，不提不开心的事了。反正，我建议你们去体验一次。"男人把剩下的酒喝完，晕晕乎乎地就离开了。老贺听完长长地舒了一口气：至少女儿不是因为自己的那封邮件而来，这样自己对竹桑也就不必再心有愧疚，面对他们的未来，也会更加坦荡。

三

雨过天晴，空中随意飘挂着几丝淡淡的云，这是一个金灿灿的早晨。老贺被几只嗓音清亮的鸟吵醒，它们肆无忌惮地站在窗台上叫唤着。老贺把头扭向了窗子的方向，微微睁开眼睛。他有些恍惚，有那么一瞬间，仿佛觉得自己置身于刚结婚时住的那所老房子里。窗户和眼睛的角度，以及这清晨的鸟鸣，无数次被复制的清晨，早已烙印在记忆深处。即便到了两万里开外的国度，依然会被某个细节一下子拉回去。而这一刻，让他从心灵到肉体都感到无比幸福和舒适，像是被一团金色、温暖的光芒照耀着。他很想再继续沉浸于此刻梦幻般飘浮在半空的状态，可门外突然一阵急促的敲门声，让他浑身一抖，坐了起来。

"贺先生，醒了吗？别忘记九点钟在酒店门口集合，导猎会在那里等你们。"

竹桑在另一张床上，还未醒来。

"我们这就出来！"老贺对着门，突然反应过来，今天是星期六，是预约去猎场的日子！他对着竹桑大喊了一声。

竹桑躺在床上翻了一个身，一时无法从混沌的梦境中清醒过来——一团团的蒸汽升腾，她置身于一团白茫茫的湿气中，慢慢张开双臂，像盲人一般，谨慎地试图触摸到什么似的。脚下的泥泞让她寸步难行，但她已经顾不得这些，湿气将一切覆盖住了，她感到周围危机四伏，被一群身藏暗处的大家伙偷窥着。阵阵的恐惧席卷而来。老贺不知去向，她一直缓慢地小心前行。而此刻，她眼前真的出现了一个大家伙，它从远处缓慢前来。它身子淹没在雾气中，只有一个细长的脖子直挺挺地移动着。那是什么？竹桑用力睁大眼睛，那是长颈鹿吗？是的，那是一只白色的长颈鹿。它停驻在原地，竹桑也不再靠近，只是望着它。在梦中，竹桑突然痛哭流涕。早上，她抽咽着惊醒，脸上竟流满了泪水，耳边的头发也被浸湿了。她一时反应不过来，想到亲爱的女儿，刚才那是你吗？她翻了一个身，擦了擦眼泪。她反复琢磨着，一时觉得那就是女儿，她在传达着某种信息。

"刚才是谁？"竹桑动了动嘴唇。

"酒店的服务员，告诉我们该出发了。"

"出发？我们要去哪儿？"

"当然是去猎场了。看来你昨晚真是喝醉了。"

竹桑吃力地站起来，缓慢而摇晃地走向洗手间。自从她信佛以来，已经很多年没有喝过酒了。昨晚的酒精还在胃里翻江倒海，天花板在眼前旋转了几圈，有点想吐。她不能再继续这样躺下去了，她要振作起来。

"昨晚我到底喝了多少，怎么会这样？"竹桑喃喃自语着。

"先喝点热水吧。"老贺赶紧往电热水壶里倒了瓶矿泉水，"昨天你喝得太多了，拦都拦不住。这么多年也没见你喝过那么多。"

"那是喝了多少？"竹桑每走一步都无比沉重，"不过也好，难得睡了一个好觉。"她晃悠着洗了把脸，看着镜子中的自己刷牙，逐渐身体才轻盈了一些。她努力回忆着昨晚到底发生了什么，记忆只停留在了抱着老贺没完没了地哭。想到这儿，竹桑懊恼地用力揉搓了几下脸。她看着洗手间墙上摆放的松鼠和猫头鹰的标本，不禁打了个冷战，一种对死亡的恐惧油然而生，宿醉使她异常敏感。这让她又突然联想到了女儿的死。她不寒而栗，双手发抖，立即停止了刷牙，将水龙头开到最大，把脸埋进了急匆匆的水流里。

而此刻，老贺站在床边，心情又阴郁了下去。清晨的太阳已经消匿在了厚厚的乌云中，呈现出一片令人沮丧的晦暗。他反复盘算着今天的狩猎行程，甚至想到了很多的细节。例如，他开始担心自己的颈椎病，猎枪虽说没有多重，但扛在肩头太长时间，也一定会犯病的；面对动物时，应该瞄准动物的什么部位呢？如果按照昨天男人的说法，当击倒一头动物时，等它完全死去，是要与它合影的，那就一定不能击中它的头部。那是要瞄准它的胸口呢还是腿部呢？万一今天没有收获怎么办？诸如此类的问题，让他突然有些焦虑。他的脑海中一遍又一遍地幻想着将一头猛兽干倒时的情景，这居然又使他有些心潮澎湃。他的双颊一阵发热。竹桑从洗手间出来，变得清爽、精神了许多。

"对对，我想起来了，今天是周六。喝酒真是耽误事。"竹桑坐在床上，赶紧打开化妆包，往脸上涂抹着润肤露和防晒霜。

"我们动作要快一点，时间马上就到了。"老贺将一杯凉得差不多的温水递给了竹桑。门外又是一阵急促的敲门声，吓了竹桑一跳。

"这帮人可真不礼貌，哪有这么敲门的！"竹桑冲着门的方向狠狠地瞪了一下眼睛。老贺却立刻起身开门，毕恭毕敬地回答着："真是抱歉，再给我们十分钟。"

竹桑对于老贺的态度有些不满。她起身又给自己倒了一杯温水。她长长地呼出了一口气，她不知道自己是否已经做好了去往猎场的心理准备，她希望自己可以冷静、从容地面对一切。她要打起精神，振作起来。

等待他们的是一个身材不是那么高大、身着一身卡其色猎装的白人。他戴着一顶阔檐防晒帽，浑身散发着一股泥土和某种清洁剂的味道。左面脸颊的一道疤若隐若现地藏在刮得不是那么干净的胡楂儿里。居然是个白人，老贺的心情一下放松了下来，倒不是因为黑人有什么问题，只是觉得和白人交流起来更为便捷和熟悉一些。老贺参加过不少国际艺术展，但多为北美和欧洲地区，无论哪个国家，都是以白人为主。非洲、黑人，对于老贺来说完全是陌生的。他对一切陌生的事情,有一种与生俱来的排斥和紧张。

"我是盖,你们今天的导猎。"盖先生用最简洁的英语向他们做自我介绍,同时伸出了一只大手。

"您好,很高兴认识您。"老贺的手被紧紧地攥着,有一种说不出的踏实和安全感。这一只结实和温暖的手,让老贺对这次的狩猎活动有了一份信任。

"我们会花一个小时,让你们对枪支有所了解,并告诉你们一些猎场的注意事项。大约十点半,正式进入猎场。明白吗?"

"我们会有危险吗?"老贺问。

"如果按照规矩来,并且听我的指令的话,你们很安全。"盖先生道。

早上阳光充足,强烈的紫外线让竹桑无处可逃,临出门前她已将自己全副武装起来,把脸埋藏在了她硕大的遮阳帽下,两只胳膊套上了肉粉色的防晒套袖,墨镜纱巾遮阳伞全部塞进了包里,生怕皮肤接触到一丝阳光。

训练基地与猎场相隔五公里,盖先生开着一辆敞篷越野吉普车飞驰在颠簸的平原上。竹桑一手按住遮阳帽,一手攥紧了围在脖子上的纱巾。为了防止沙子进入嘴巴和脖子里,她将自己缩成了一团,像个刚从奴隶主家逃出,前往自由之路的妇女。老贺坐在副驾驶位置,所剩不多的几根头发,在风中狂舞。他望着远处平原的尽头,稀稀疏疏的丛林、若隐若现的野兽影子,以及这干燥凉爽的空气,突然让他心情荡漾了起来。这像是注射了一针致幻剂,使那悲痛万分的心情一下消解了些。

盖先生减缓了车速,转了一个U形弯,就进入了一条林荫小道。最终在一个木屋前停下了。

"我们到了,这就是基地。在这里先吃点上午茶,你们一定还空着肚子吧。"对于盖先生体贴的行程安排,老贺和竹桑深表感谢。

这时,盖先生突然用马赛语喊了一嗓子,一个瘦小精干的黑人,突然蹿了出来。他看上去很年轻,二十出头的样子,光光的脑袋,一双大而明亮的凹陷的眼睛。他穿着一身红格子的马赛人服装,这是他们民族特有的服饰。他热情地跟竹桑和老贺打着招呼，满脸都是明快的笑意。老贺伸出手要与他握手，而这个举动又让这个黑人小伙子猝不及防，他伸出的那只手，令老贺不禁一颤——那是一只长得十分松散的手。他从没见过如此修长的手指，手掌与手指的比例明显失调，手背上的疤痕凸起在乌黑的皮肤上。小伙子紧紧攥了一下老贺的手，又抽了回去，突然做了一个格斗动作，两只大拳头在他的脸颊前晃来晃去，灵敏的动作让他看上去像某种小动物。

"Bruce Lee! Bruce Lee!"

"啊！Bruce Lee！"老贺恍然大悟，他说的是李小龙。这应该是他认识的唯一一个亚裔明星，这也应该是他对亚洲和中国的全部认知。

"你喜欢他吗？"老贺用英语一个词一个词地对他说。

"当然，所有人都喜欢他！"小伙子身手矫健，在空中踢了一下腿，对老贺挤了一下眼睛，又立刻接过盖先生的猎包，迅速跑回基地的木屋里，取出了一把猎枪。这把猎枪是为老贺准备的。小伙子将它安置在了越野车的后备厢里。

"他叫乌布，我的助手，是我的鼻子，也是我的眼睛。他替我们观测所有动物的行踪，没了他，我们会寸步难行的。"盖先生一手搭在了乌布的肩上，又摸了摸他的脑袋，表示对他的表现很满意，"他很勤奋，从不知疲倦。"乌布嘴里叼着一根干草，不停地用牙和舌头在嘴里鼓捣着它，又时不时地哼唱着歌。

"你唱的是什么歌？"

乌布冲他笑笑，显然他听不懂老贺在说什么了。

"他只会说马赛语和几句非常简单的英语。"盖先生一边将他们请进了木屋里，一边说，"这里的原始居民英语都不太好，他们没上过什么学。"

这时，一只长得很奇特的猎犬不知从哪个方向，突然蹿了出来。它的脑袋又小又尖，和它那修长的四肢与身体完全不成比例。而它那双又黑又亮的眼睛，却显得格外炯炯有神。它似乎可以探测到周围一切隐藏的危机，那是人类永远也无法预测和察觉的。

盖先生蹲下来，抚摸着猎犬的下颌，说："它叫迈凯伦，六岁了。对于一只猎犬来说，已经不年轻了。不知道它还能陪伴我几年。它是我见过的最聪明的猎犬了，它能侦测到二十公里开外有什么猎物。当然，这可能有点夸张。但到时候你就知道了，它有多么敏感。它也知道什么时候安静不动等待猎物，和以最佳时机抓捕。"

迈凯伦将身子俯低，盖先生亲吻了一下它的额头。竹桑也俯下身来，摸了摸猎犬小而精致的脑袋。

"它是什么品种的猎犬？"竹桑问。

"这是灵缇，奔跑速度快，非常适合在猎场里。"

原来Greyhound就是这种猎犬。竹桑眯起了眼睛，鱼尾纹也一下堆了起来。她重复着这个单词，似乎想起了什么。记得上次，她在美国旅行时，坐的就是Greyhound长途穿梭巴士去找的女儿。女儿那时正在加州做一年的艺术交换生，而竹桑和朋友也恰好相约一起去美国旅行，她决定顺路去看望她。自从女儿走后，她们每次的通话时间不会超过十分钟，每每举起电话，竹桑的第一个问题永远都是："最近身体还好吧？"除了嘘寒问暖以及生活最基本的状况外，再也想不出别的话题了，似乎说什么都显得尴尬和没必要。她们常常以沉默不言作为通话的结束。竹桑那次的美国之旅最后一程，就是要乘坐Greyhound前往加州。而这一趟，却把她折腾得要命。女儿只是为她买了一张Greyhound的车票，并告诉她，只要一站坐到底就到了，除此之外，再没嘱咐过什么。其实，也不需要多加嘱咐，女儿说得没错，只要一站坐到底，便是大学的校园门口。但即便如此，竹桑还是走丢了。没有同伴的她，几乎无法独自出行。仔细想想，竹桑确实没有独自出过远门。曾经是老贺陪着，离婚后就是朋友陪着。作为一个提前退休、财务自由、英语流利、身体健硕的妇女，她的生活本应该是潇洒自如、疯狂享受她的晚年的。但她的"无法独自出行"把她牢牢地困在了家里。竹桑决定单独去加州，是下了很大决心的，但终归还是没有见到女儿。竹桑一气之下，坐着同一班Greyhound又回到了出发地，迅速与朋友会合，又一起飞回了北京。女儿也没有过于关心母亲为何没有来。母亲没来是很正常的事，她深深地知道，母亲基本没办法一个人独自行动，或者说她基本就没自己干成过什么事。竹桑气自己，也气女儿。之后的很长一段时间里，她们彼此都没再联系过。再后来，竹桑就在网上发现了女儿。

竹桑一边发着呆，一边搔着迈凯伦的鼻尖，直到一股肉的香气从木屋里飘出，迈凯伦一下子蹿了进去，竹桑的目光也随着迈凯伦追了过去。屋内弥漫着咖啡和烤肉的味道，原来是乌布在做早餐。

"好香的味道。"老贺的喉结往下沉了沉。这烤肉的香气真特别，肉香中还混着一种炒坚果和牛奶的味道。老贺和竹桑从没闻到过这样的烤肉味。

"当然，这是斑马的后腿肉。斑马的肉要比长颈鹿、大角羚羊还有角马都鲜美一些，有弹性，味道也独特。"说着，盖先生从小厨房里端出来了一大盘冒着热气的面包和烤肉。可当竹桑听到是斑马肉的时候，脸上突然露出了十分反感的表情。

"入乡随俗吧，你就当它是牛肉。"老贺说着，切了一块肉放到了竹桑的盘子里。

"快吃，一早上没吃东西，胃病该犯了。"老贺用叉子往嘴巴里塞了一大块黑乎乎的肉，起劲地嚼着，"太好吃了，你快尝尝。"可由于宿醉，竹桑一点胃口也没有，只是一直觉得口干舌燥。她端起旁边的茶杯，呷了一口热茶，勉强捏起一块面包，嘴巴没滋没味地咀嚼着。而老贺完全沉浸在了嘴里的那块斑马肉所带来的幸福中。

竹桑嘴里的面包咀嚼了很久之后，才使劲咽了下去。她环顾着四周，木屋的墙上挂满了猎枪，新旧款式不一，透着股血腥与暴力的气息。木窗户旁边，挂了一幅精美的手绘猎场地图，竹桑不禁发出一声赞叹："画得可真美啊。"她站起来，凑上前去仔细欣赏。猎场的北面和东面是用灰色颜料大面积渲染的禁猎区。而猎场中，各种大型动物的卡通形象被分布在了不同位置上。她猜测着女儿的足迹，女儿是否也看过这样精美的地图？她缓慢地扫视着地图，幻想着所有女儿去过的地方和看过的风景。

老贺太饿了，这顿早餐是他这些天以来吃过的最为可口的一餐。他在心里暗暗地赞叹，原来斑马肉是如此美味呀。看来那个男人说得对，斑马的后蹄筋一定更好吃。直到他吃完盘子里的最后一块肉和面包，才抬眼看到那一侧墙上的猎枪。这些猎枪，让老贺惊叹不已，甚至不敢靠近。

盖先生说："这些都是几十年前的老枪，很多年没有检修过，基本已经淘汰了。这是我父亲的，温彻斯特M70步枪，功能齐全速度极快，你永远都可以相信它。这是我的一支三十年前的老枪，勃朗宁BAR，这款曾经是军队用枪，后来经过改良，重量和后坐力都比以前小了一些。这款就不用介绍了，著名的AK。"老贺对枪支还是有些研究的，虽然没有亲眼见过，但从纪录片和图书中也掌握了不少猎枪的知识。如今，终于能亲眼看到亲手摸到了，对于老贺来说，就像是亲手摸到了一件令人垂涎欲滴的尤物，令他兴奋。

老贺突然驻足于此，仔细地检阅着。他把脸凑近了一些，可以闻到一阵淡淡的铁腥和汽油的味道。他注视着眼前的一排枪口，似乎突然看到了一颗子弹正穿过一只躲在灌木丛中的野猪，穿过胸膛的那一瞬间，鲜血四溅，那画面被无限放慢，血液悬浮在空中。

盖先生双手架起了那支勃朗宁，枪口对着门外，闭起了一只眼睛。

"我最爱的还是这支，重量、大小都刚刚好。"盖先生说，"你以前接触过猎枪吗？"

老贺的脑海中，突然浮现出来一个模糊的身影和面庞，他含糊其词地说："嗯……算是吧。"

盖先生又说："相信我，所有男人都会对它上瘾的。"

"我可以试试吗？"竹桑突然说。

"当然。你知道吗？我的客户中百分之七十都是女性。像你这么美的女人和猎枪简直就是绝配。"没想到，竹桑对猎枪确实得心应手，姿势也摆得有模有样。盖先生赞叹着："你瞧，我说得没错吧！"竹桑用枪口对着门外，瞄准了门口树上的一根树枝。老贺立即起身，说："别动，我给你拍一张。"老贺赶紧掏出手机，对准了她。对于给竹桑拍照片，老贺是经她严格训练过的。镜头角度不能过高，人要在照片中间，背景要有特点，还要突出人物。老贺已经很多年没给竹桑拍过照片了，但令他感到惊奇的是，当他举起手机的时候，他就自动摆出了那个姿势——双腿岔开，膝盖微微弯曲，呈一个马步。双手举在胸口的位置，不能过高也不能过低。左手握住右手，这样按下快门的时候，就不会抖。

"拍好了，拍好了。你看看合格不？"

竹桑立刻放下猎枪，胳膊酸得发胀，肩膀也被硌得生疼。

"感觉怎么样？"盖先生笑着问她。

"这枪虽然重，但你别说，还真有点意思。刚才我还是挺酷的吧？"竹桑对照片很满意，仔细地端详着自己。

"就是我这身行头不对，一看就是玩票的。要是猎装一穿……要是……"竹桑刚刚露出点喜悦的神情，突然间就消失了，她想到了女儿，如果女儿看到她这张照片，也一定会喜欢吧？如果她知道，她的妈妈能打死一只大家伙，也会觉得妈妈很厉害吧？

老贺一下就察觉到了竹桑一定又是在想女儿。他立即说："明天，明天就给你找一身猎装穿起来。"

竹桑苦笑着："算了，我又不打猎。"

盖先生随手将勃朗宁递给了老贺。老贺双手接过枪，说："我年轻的时候，曾在中国的小兴安岭待过。那个时候每天一睁开眼睛，就有干不完的活儿在等着你。记得有一天中午，我吃过午饭，躺在一棵树下睡觉，恍恍惚惚又来了一个人，那个人浑身散发着一股牛皮还有柴火的味道。我吓了一跳，一看他就是外面来的人。我迷糊着站起来，见他身上背了一杆猎枪。他向我打听路，他说自己是个猎人，游荡在山里。那时候，我真羡慕他，恨不得立刻就跟他走。对了，我记得，他还教过我怎么用枪，好像是这样的……"说着，老贺有点激动，这就是他曾经的梦想呀！可当他把猎枪架在肩上的那一刻，他突然对自己的记忆失去了判断。他心里咯噔一下，猎枪对于他来说竟然如此陌生，这恐怕也是他迄今为止第一次触碰它，怎么会这样呢？

"你是左撇子吗？平时写字、吃饭都用左手吗？"盖先生问他。

"哦……你说什么？"老贺一时不知所措，脑袋有点发蒙。

"我是说你平时习惯用左手吗？"盖先生重复了一遍，还碰了碰老贺的左胳膊。

"不是,当然不是。"

"那么你就要把枪扛在肩的另一侧,并且用右手扣动扳机。就像这样。"盖先生一点点地帮老贺调整姿势。老贺想着,如此看来,自己真的对枪的拿法一无所知。文字理论知道得不少,可真正端起枪来,却像个白痴。

竹桑坐在餐椅上,看着老贺那笨拙的姿势,说:"还总跟我吹你以前玩过枪呢,简直还不如我。"

老贺沉默了,怎么会这样呢?他在记忆中努力、仔细地搜索着,他明确地记得那个猎人还曾称赞过他是个天生的猎人呢。但……事实怎么会这样呢?

"走,现在我们到外面试试看。"盖先生带着老贺和竹桑走出了小木屋。上午的天空好像离地面很近,让人有种触手可及的幻觉。老贺再一次将猎枪扛在了肩头。这一次,他的动作娴熟了很多。他突然觉得自己高大了起来,也许是因为这看似很低的天空,也许是因为这猎枪让他似乎变成了那个小兴安岭潇洒勇猛的猎人。"现在你只需要将两腿稍稍打开一点,保持重心站稳。假设这棵树就是你的猎物,你的身体和它要保持一个四十五度角。就是这样。"盖先生将他的身体转动了一下,又松了松他的肩膀,"你的身体太僵硬了,要放松些,不要紧张,呼吸要平稳。相信我,你的心境动物们是可以感受到的。"

老贺一边歪缩着脖子端着枪,一边转动身子调整体态。他努力让自己放松下来,但手心和鼻头还是被一层汗珠给蒙上了。他那平日凝重而严肃的脸,显得更加焦虑了。此刻的他突然发现,他好像一下对这件事情失去了兴趣。年轻时对那位猎人及狩猎人生的美妙幻想,也在这一刻,彻底破灭了。他的脸色变得无比阴沉,心情极为混乱、失落,甚至伴着一丝的痛苦。一大颗汗珠,从他的额头上顺势而下。

盖先生突然拍了下老贺的肩膀,说:"嘿!你还好吗?在猎场,你们首先要学会的是不轻举妄动。这些隐藏在草丛或是正在觅食的动物,都十分警觉,若是想捕到它们,一定要学会保持安静和等待,否则它们会在你猝不及防时逃之夭夭。想要拍照的话，就要像我这样，先缓慢地抬起一只胳膊，握住相机，再缓慢地抬起另一只胳膊，注意尽量不要碰到身边的草丛或是树叶，它们对这种窸窸窣窣的声音极为敏感。另外，你的这条丝巾，可能有点危险。有些动物的视力虽然很差，但对这种颜色鲜艳的东西往往会很敏感。为了你的安全，最好不要带进猎场……"

"如果一枪没有射死猎物，我该怎么办？"竹桑突然来了兴致，打断了盖先生。

"那就必须立刻再补一枪，最好直击心脏。不能让动物在死的过程中过于痛苦。这是猎人对动物最后的敬意。"

老贺嗯了一声，这声音沉闷得像是从深邃的腹部中发出来的。

"那第二枪要是没有打中呢？"竹桑继续问。

"我会替你击中它的。放心，最后的战利品是属于你的。你还可以给它摆一个漂亮的造型，和它合影。"说罢，他冲老贺和竹桑挤了一下眼睛。老贺肩膀向下沉了沉。

盖先生的"教学"讲解就此结束了，像是为了不违反合同上的规定而走的必备流程一般。又或许，他知道这些客人当中，只有极少数单纯是为打猎本身而来的，多数客人不需要这么详细的讲解，他们打猎的目的只有一个，那就是和死去的战利品合影。而往往，那些战利品都是乌布和迈凯伦发现，盖先生击中的。他们只是躲在盖先生的身后，目睹这一切的过程而已。但对于大多数在钢筋水泥花园生活的客人而言，光是目睹"死亡"，就已经足够了。

他们再次回了木屋，盖先生用一根树杈指着猎场地图，讲解着动物的大体分布位置。

"还有一件事情，今天午后会有暴雨，但我们这里的暴雨都是一阵阵的，非常短暂也非常猛烈，所以我们动作要快一点，争取在暴雨来临前，捕到我们的猎物。"

一阵风吹过，窗外的树叶沙沙作响，像是在悄悄向他们预示着一种未知、可怕且不受控制的危机。盖先生为他们沏好了茶，是那种很廉价的英国红茶。盖先生对乌布说了一句什么,乌布立刻又蹿了出去,在越野车的周围来回检查所有的装备是否齐全。

一切准备就绪后,所有人坐上了车。盖先生踩足了油门,在一阵肆意飞扬的尘土中,奔向了猎场。

四

"看到远处的山脉了吗?它看着很远,但实际上开车二十分钟就能抵达。在这里,我们常常会被眼睛欺骗。看上去真实的东西,其实未必;看似很近的物体,反而离我们很远。在那座山的下面,有一个岩洞,它有七十多年的历史了,我有时会在那里躲雨。那个岩洞很奇特,岩壁上有一些壁画,应该是本地的部落人留下的,如果有机会,你们真应该去那里看看。这里曾经是马赛人的地盘,他们靠游牧为生,是野生动物的追踪者,但他们很害怕野牛、河马和大象。那些看上去温和的食草动物,实际上很凶猛的。我们也一定要小心。告诉你们一件有趣的事,狮子害怕马赛人,因为他们的成人礼就是要杀死一头狮子或是一头别的什么大家伙。狮子害怕红色衣服,红色格子装就是他们的民族服装。"

"就是乌布的这身衣服吗?"

"没错!"

"这里有一本动物画册,如果有不认识的动物,可以翻阅。"

盖先生一边开车,一边为他们讲解这里的习俗和逸闻趣事。话音刚落,一只燕雀突然猛地扑闪着翅膀飞了出来,盖先生动作迅速地举起猎枪,瞄准了它扣动扳机。一声巨响炸裂在天空中。燕雀被猎枪射中,在空中停顿了两秒,身体向后微微倾斜,双翅用力往身体的方向挥去,像是在生命最后一刻要极力拥抱住自己。猎场中的燕雀真是一个极为无力的存在。

竹桑被这毫无预兆的枪声吓得一哆嗦,乌布和猎犬立刻扑上前寻找那只刚刚垂直落下的鸟。不一会儿,乌布一手拎着那只死去燕雀的尾巴跑了回来。紧接着,乌布喊了一嗓子,盖先生一下就停住了车。看样子前面有情况，他挥了一下胳膊示意全体下车。

"就是这儿了。"盖先生轻声说着。

"这儿有什么？我怎么什么也看不见呢？"竹桑伸着脖子，四处张望。老贺坐在车上，慢吞吞地过了好一阵才下车。

"我们的车不能离它们太近，会惊动它们。前面就是长颈鹿的栖息地，运气好的话，那附近还有斑马和羚羊。"盖先生递给老贺一把猎枪，自己肩上也挎了一把。他们向前缓慢行进。乌布像一只灵敏、训练有素的猎犬，动作谨慎、迅捷。他懂得如何悄无声息地在灌木丛中来回穿梭，而尽量不被大家伙们发现。而竹桑和老贺却动作笨拙，身体一瘸一拐的。老贺鞋里像是进了石子，他的脚时不时就要往旁边用力侧蹬一下。而竹桑总是趁着盖先生不注意的时候，小心翼翼地用手在脸的周围扇动几下，驱赶不停围绕在耳边的各种飞虫。竹桑与这广阔、狂野的大自然格格不入，她甚至从来没有接触过真正的自然。老贺生长于东北小兴安岭的小村庄里，但在他的记忆中，只有干不完的农活和没有尽头的寒冷和饥饿。他的确是在田野中长大，但从未在自然中得到过什么心灵上的慰藉，也从未对大自然感恩过什么。那曾经在树林中度过的童年和青春期，对他来说都是痛苦的。只有那个他现在也无法确定是否真正出现过的猎人，在他晦暗的青春里点燃了一点光，也让他曾经相信，生命还存在着另一种可能。

盖先生走在前面，他用双手小心地拨开半人高的草丛，时不时地回头给他们做手势，示意前方安全，继续保持现状向前。盖先生营造出了紧张的气氛，似乎前方真有什么不可预测的危险一样。

忽然，盖先生停下了脚步，一边迅速用手势告诉他们蹲下，一边侧着耳朵用力探测前方的动静。不一会儿，乌布瘦小的身影不知从哪个方向冒了出来。他们用马赛语简单交谈了几句。盖先生耸了耸肩，说："没办法了，今天太不凑巧了。长颈鹿在这附近一带都没有出现。如果我们现在回到车上，在别处寻找的话，可能要到下午了。"盖先生抬头看了一下天，"瞧，马上要下雨了。我们最好趁着暴雨前回到木屋。"

"我们再往前走一走，说不定就会遇到了。"竹桑带着一种失望和恋恋不舍的眼神继续把头扭向另一侧,她希望奇迹能在下一秒就出现。

"走吧,现在是雨季,动物的栖息地随时都在变化,空手而归是很正常的,有些客人甚至在这里耗了一个星期也什么都没猎到。"盖先生拍了拍她的肩膀。

此刻,天色渐暗,一层厚厚的乌云遮挡住了太阳,随后树叶开始哗哗作响,暴雨瞬间倾泻下来,木屋窗外一下失去了所有的景色,变得模糊起来。乌布跑到了厨房里,不一会儿的工夫,就端上来一盘下午茶——手工饼干、三明治和热茶。老贺双手捧着暖乎乎的杯子,心情舒畅了一些。在这种天气的荒郊里,能喝到一口热水,是一件相当令人幸福的事。

老贺望着窗外的暴雨,心中产生了一丝平静。可竹桑一直心不在焉地摆弄手机,她突然想起来了大使馆那边的消息。她反复重启网络,试图能搜索到一格信号。

"早上就没吃什么东西。"老贺递给她一块饼干。

"我没什么胃口。现在手机一点信号也没有,我担心会错过使馆的消息。"

盖先生看出来她的不悦,说道:"你们应该不是来度假的吧?"

老贺长长地呼出一口气来,盖先生递给老贺一支烟,示意他们可以到外面聊聊。竹桑突然说:"我们是来找女儿的,她曾经也来过这里打猎。她打死了一只长颈鹿,之后人就没了。"

盖先生表情一下子严肃起来,好像想起了什么,问:"她是叫Leila吗?"

"你见过她,对吗?"

"天啊,你们居然是Leila的父母!"盖先生恍然大悟,接着又露出了极为同情和悲伤的表情,"我就是他们的导猎。对于她的遭遇,真是太抱歉了。这件事猎场不允许我们对外宣扬。你知道,这会影响他们的生意。"

竹桑和老贺相互望了一眼,竹桑又说:"快点跟我说说那天都发生了什么。她究竟遇到了什么事?"

"Leila应该是和她的男朋友一起来的。她的男朋友应该很爱她，一直给她拍照，照顾她。那天就和我们上午做的事情一样，先带他们来木屋，吃了一点东西就进了猎场。他们选择的是长颈鹿。那天我们的运气很好，没过一会儿就遇到了。Leila的枪法也不错，打靶的时候，十发子弹打中了六发。她就是胆子有点小，最后也没敢在猎场中开枪。她好像对打猎这件事有很多的顾忌。我还很疑惑，问她如果有顾忌为什么还来，她说自己以前参加过'绿色和平'组织，但他们有时太极端，自己也没办法完全接受，就退出了。但她还是一个环保主义者，来这儿也是迫不得已。一方面是经纪公司要她来的，说这个题材的视频没有人拍，拍了肯定火，到时候粉丝量过了千万那身价就不一样了，我才知道她原来是个小明星啊。另一方面，她说是男朋友想来。"

"所以，你的意思是那只长颈鹿是她男朋友打死的？"

"当然了，她男朋友没有Leila的枪法好，但痴迷打猎。"

"她是被冤枉的！"竹桑用中文喊了出来。

"之后……第二天，就有警察来找我们猎场了，盘问了很久。老板不许我们透露一点消息，但实际上Leila的不幸确实和我们猎场没有关系。"盖先生继续说着，"我听说Leila似乎是将这段视频公布到了网上。她在网上很有名吗？但仔细想想，我还是觉得她的死因很蹊跷。"

竹桑浑身发抖，嘴唇也泛起了紫色。这里的温度随着暴雨的来临骤降了五六度。老贺将自己的外套脱下，披在了她身上。

眼泪再一次从竹桑的眼睛里流了出来。盖先生为竹桑倒了一杯热茶，拍拍她的肩膀说："你们的女儿很漂亮，她是一个很勇敢的女孩。但她很少笑，总是皱着眉头，一副心事重重的样子。"

"她就是这样。"老贺欲言又止。

盖先生望了望窗外，从上衣的内兜里掏出了一个铁质的烟盒，拿出来一根烟递给老贺说："您想试一下我们本地的烟吗？瞧，外面的雨已经停了。"

老贺下意识地扫了一眼竹桑，见竹桑依旧沉浸在无限的痛苦中，就接过了盖先生手中的烟，他们一起走到了木屋的外面。被暴雨洗刷过的空气格外新鲜，耀眼的阳光再次普照大地，泥土和青草的味道混在空气中，让他想起了童年的时光，可那回忆是痛苦的，记忆的创伤使他从未认真体会过自然的美好。

盖先生帮老贺点着了烟，老贺深深吸了一口说："其实，我已经戒烟了。"

"你是'妻管严'吗？"盖先生笑了一下，"我看得出来，你老婆很厉害的。"

"实际上我们已经离婚很多年了，是因为女儿的事，才一起到这里来的。"老贺已戒烟多年，忽然抽上一支烟，感觉有点头晕，话也变得多起来。盖先生似乎变成了某一位他相识很久的老朋友，他突然有很多话想向他倾诉。

"女儿和我的关系不太好，她小的时候我和她妈妈总吵架，本想那时就离婚的，但又怕她受影响，就一直拖到了她成年。或许我们应该早一点离婚的。Leila很早熟，是一个很敏感的孩子，她其实早就知道我们的关系不好。或许她是在怪我，为什么不和她妈妈早一点离婚。她高中一毕业就提出了留学的想法，我和她妈妈当时都松了一口气。当然，我想她和我的想法是一样的，要逃离这个家。她留学后和我一直都没什么联系。"

盖先生对老贺的这一番话表示理解，但又不是十分认同。他似懂非懂的，皱着眉头望着老贺那一张苦闷的脸。作为一名导猎，他很乐于听各路客人讲故事。

"竹桑是一个很善良的人。她这一生都没吃过什么苦，也没遇到过什么坎坷，顺风顺水的，一直都被照顾得很好，所以难免有些小脾气，有时候也喜怒无常。她总是用她的想象来揣测我，她也完全不知道我在想些什么，不在意我的感受。但这都不是问题，主要问题是出在我这里，我不适合家庭生活。自打离婚之后，我一下就解脱了，浑身轻松。我不用再为此费神了。"

老贺胸口像是压了一块大石头，这时一缕阳光从云缝间照射下来，把老贺的丝丝白发映得闪闪发光。

"盖先生,我有一件事想要求您,您一定要答应我。我知道,竹桑一直都想去那里看看,想去看看女儿最后去过的地方,那也是和女儿离得最近的地方。您能帮这个忙吗?"

盖先生面露难色,他摘下帽子,吸了最后一口烟,将烟头扔在了地上,用脚尖踹灭,说:"这可是有点困难呢。"

老贺刚要张口对盖先生说什么,见竹桑从木屋里走出来,立刻又闭上了嘴。她面色惨白,一副失魂落魄的样子。她的双手很用力地交叉相握在小腹的位置上,声音也有点颤抖,这与她刚刚在猎场时的样子判若两人。"您还记得Leila曾经去过的地方吗?"

"是的。"

"您能带我去看看吗?"

面对这可怜的女人,盖先生实在不想拒绝她的请求,说:"现在是雨季,那片猎场处于封闭期。"

"我不会停留很久的。我知道您一定有办法的。"

盖先生想了想,把头扭到了另一侧,吹了一下口哨。乌布从木屋的后面跑了出来,两人用马赛语交谈几句后,乌布突然很严肃地看着竹桑和老贺。

盖先生说话的时候,总会伴着一些手势。他对乌布又比画了几下,结束了他们之间的对话。盖先生说:"今天下午一直到明天早上都会持续降雨,你们是肯定不能去的。明天上午的天气会好一些。但是,你们一定要记住,快去快回,绝对不能让别人发现。"

"那您的意思是明天上午我们可以去吗?"竹桑抓住了最后的机会。

"可是明天我已经有客人了……但或许我可以借给你们一辆车。你会开车吗?"盖先生问老贺。

"我……有驾驶证,就是没怎么开过。但勉强开还是可以的。"

"之前说过多少次让你学开车,关键时刻掉链子!"竹桑生气了,又骂老贺是个蠢货,老贺面子挂不住,脸一下就憋红了。她为什么总是在外人面前一点面子都不给自己留。她就是这样，发起脾气，从来都不会在乎别人的感受。

盖先生突然用力拍了一下老贺的肩膀，说："放心，这儿都是平原，只要别往树上撞就行。瞧，那边翻过那栏杆就是了。千万记住，开车转一圈就要出来。况且明天有暴雨，猎场里的暴雨可不是闹着玩的。"

"您放心，转一圈就出来，绝不会停留太长时间。真是太感激您了，真的不知道该说什么好了。"竹桑双手一直揉搓着衣服的前襟。盖先生看了一下时间，说："今天我们还有点时间，想再去试试运气吗？"

竹桑总算是来了点精神，说："走吧，我们再去转一圈，说不定会有什么收获呢。"

他们再次坐上了越野车，进入到猎场。老贺坐在副驾驶位置，盖先生为他详细讲解了越野车的驾驶方法以及车上种种的开关小机密。竹桑的脸上渐渐泛起了光，她望着广袤的平原，终于得到了一丝内心的平静。一团团的乌云缓缓向他们的方向移动着，阳光时而遮蔽，时而倾斜，一会儿的工夫，太阳就升到了他们头顶的斜上方，部分云彩发出灼热的白光。而远处黑云的下方露出破绽，另一侧的阳光毫无遮拦地流泻出来，宛若光的血液从巨大的伤口里奔涌而出。

乌布突然喊了一句什么，盖先生缓缓停下车来。老贺低声问："是看到猎物了吗？"

"是的。我们等下再行动，乌布和迈凯伦先去周围探探情况。"

迈凯伦像发射出去的子弹，一下就消失在了草丛中，乌布紧随其后。又过了会儿，盖先生给了一个手势，示意他们下车，动作要轻一点。盖先生走到车的后面，小心地拎出两把猎枪和三脚架。

半人高的草丛在远处唰唰作响，竹桑心中一紧，怕是会从哪里蹿出什么东西来。伴着窸窸窣窣的声音，乌布的身影逐渐浮现了出来。他咧着嘴，一副无比喜悦的表情，一边指着前方，一边对着竹桑和老贺重复着一句马赛语。竹桑领略到了乌布的意思，踮起脚尖用力向他指着的方向望去，远处茂密的丛林,暗藏着一种未知的恐怖。四处是苍蝇、蜜蜂以及不知名字的昆虫所发出的低沉羽音。杂草纵横,隐隐地吸收着太阳所发出的巨大能量。

盖先生递给了老贺一支猎枪,老贺将它挎在肩上,他的步子变得犹疑。竹桑跟在老贺身后,看着他的背影忽然感到,眼前的这个老男人似乎高大了起来。

盖先生带领着他们,在草丛中继续向前走。一只长颈鹿的头逐渐浮现在草丛尖,竹桑小声地喊道:"我看到它们了!天呀,旁边还有一只呢!"竹桑手忙脚乱地从包里翻出一只小型望远镜,满脸喜悦地说:"个头还真不小呢!"

盖先生举起了右手,示意他们停住脚步。他将身上的三脚架轻轻地放下来,眼睛时不时地观望着远处正在吃树上叶子的长颈鹿。它们悠闲自得,显然没有发现不远处暗藏的危机。看样子它们是一对,一只雄鹿,一只雌鹿,脑袋相互一高一低错落、缓慢地浮动着。竹桑将望远镜递给了老贺。老贺仔细地观察着长颈鹿的耳朵、鹿角、睫毛和正在咀嚼食物的嘴巴。它们的眼睛如此妩媚,这对长颈鹿的一举一动中都渗透着一股人类无法企及的优雅和默契。老贺看完,竹桑继续双手举着望远镜。她从来没有如此细致地观察过长颈鹿,也从未如此观察过任何动物。它们此刻安逸地陪伴着彼此。竹桑一下就想到了什么,这画面在梦里出现过,只不过在梦里,它们是白颜色的,很模糊,它们在雾中优雅地漫步。竹桑突然说:"快住手!"

此刻,盖先生和老贺正用两把猎枪瞄准它们。

"就是现在。"盖先生轻声在老贺的耳边说。可他耳朵里此时轰鸣作响,什么也听不见。盖先生见他迟迟没有反应,又说:"动作要快一点,否则就要错过时机了。"老贺瞄准了长颈鹿的后腿,扣动了扳机,猎枪的后坐力使他的肩膀带动了整个身体,猛烈地向后退了半步。尽管盖先生拼命嘱咐无论遇到什么情况,都不要在猎场里惊声尖叫,可竹桑还是没控制住自己的嘴巴,发出了一声比枪声还要刺耳的尖叫。她惊恐万分地捂住了自己的嘴。

枪声在空中爆裂，回荡。那只雄性的长颈鹿的身体先是猛地颤动了一下，又瞬间停住了，接着两条前腿跪在了地上，脖子也缓慢地开始向地面降落。最后，是那两条后腿，它们仍旧试图支撑整个庞大的身体，让它不要那么快倒下。而那只雌性长颈鹿，跑到了离它五米左右的地方，叫唤着。长颈鹿的叫声是一种诡异的刺耳声。它在原地打转，不停地跺着四条腿。令盖先生感到诧异的是，老贺竟然只用了一发子弹就准确地打到了猎物的要害部位。那只奄奄一息的庞然大物在原地经过了一阵挣扎后，终于彻底倒下了。

"干得漂亮！"盖先生用力拍了拍老贺的后背。老贺兴奋极了，甚至已经将竹桑抛在了脑后。

"快跟我来！"他们一路小跑地奔向长颈鹿，而迈凯伦早已激动地来回在长颈鹿的身边嗅来嗅去了。长颈鹿的同伴见他们跑来后，立即笨拙地一蹦一蹦地跑远了。

竹桑站在原地，一只手捂住嘴巴，双脚一动也不敢动，像是被地上的枯萎的蒿草缠绕住了。那可是一个生命啊，刚刚还在眼前悠然自得地和同伴一起咀嚼着树叶，现在这个看似强大、坚毅的生命竟消失了。她看着盖先生、乌布、迈凯伦和老贺忙碌的身影，一种复杂的情绪盘旋在心里。她呆住了，这是她第一次亲眼见证一个生命的倒下，无论是视觉感官，还是生理感受，对于她来说都是一个巨大的冲击。然而，令竹桑最最难过的是，自打看见这两只长颈鹿，她就一直觉得它们与梦中的白色长颈鹿有着某种联系，她甚至觉得它们和梦中的它们就是女儿……

"这家伙的个头真大，这可不多见！"盖先生一边说着，一边和乌布将长颈鹿的脑袋摆放到了它的身体前方。它的嘴巴微微张开，黑色的舌头从嘴巴一侧吐出来。一道尖长而浓密的睫毛覆盖在了下眼睑上，它看起来像是睡着了，安静而平和。然而从身体的整体结构上来看，它的造型已经十分扭曲了，脖子被搁置在了屁股的位置，脑袋架在两只后腿的上面，而前腿一只被压在了身体下，另一只则弯曲在了靠近脖子的位置。盖先生对两只前腿的位置十分不满意，他说："这样的姿势太难看了，会影响拍照效果。但是，没办法，它太重了。"盖先生一手叉着腰，一手在空中比画着，像是在描述一件废弃的电影道具或是一辆被撞报废了的汽车一样，向他们解释着。

"竹桑快过来呀！"老贺挥着胳膊，冲她喊道。

竹桑依旧站在原地，她已经顾不得耳边蜜蜂、蚊子不停环绕的低鸣，地上肆意爬行的昆虫以及斜阳刺眼的光线了。她远远地观望着他们的一举一动，有些恍惚了。她缓慢地迈开了步子，向他们走去。当她逐渐靠近时，突然心生了一种恐惧。她甚至不敢仔细看那具庞大的尸体。盖先生招呼着她来跟长颈鹿合影，但竹桑怎么也走不过去。盖先生在地上拽了一把稻草，插进了老贺的帽子里，说这是猎场的习俗，它代表着胜利。最后看照片的时候，笑得最开心的就是乌布，一口白牙耀眼夺目。老贺的表情十分木讷尴尬，两个酒窝提到了眼睛的下方。盖先生搂着老贺的肩膀，比了一个赞的手势。而身体扭曲的长颈鹿在他们的后面，只露出来了一个脑袋，其他部位基本被这三个人给挡住了。这张照片是盖先生用手机为他们自拍的。

五

夜晚，竹桑总是感到身体周围，或是上方盘旋着一股阴冷而潮湿的空气，她甚至可以隐约感觉到空气中反复盘旋着一股股的樟脑味。她辗转在这阵阵不安的气氛中，一直想找个机会和老贺谈谈自己这个没有边际的想法，长颈鹿与女儿到底是否存在着某种关联。可老贺嘴里却一直在说自己打倒这只庞然大物是多么刺激、愉悦，脑袋一沾到枕头上就打起了呼噜。直到午夜一点，竹桑终于决定爬起来吃片安眠药。老贺在另一张单人床上熟睡着，不规律的鼾声一阵接一阵。有时候，老贺会在睡梦中憋气很久，不知什么时候才会又发出下一轮鼾声。他有严重的鼻炎，这么多年他一直都是这样。老贺的呼噜声让她太阳穴一蹦一蹦地跳着。他简直是一个无法沟通的人，他一点也不理解我。竹桑心里越想越憋屈。她一边躺着，一边默数老贺憋气的时间，有时候是五秒，有时候是七秒。就这样，不知道过了多久,她才渐渐睡去。

第二天清晨,竹桑疲惫地睁开眼睛。此刻房间依旧阴暗,她借着窗帘缝隙透过的点点光线,摸着床头柜寻找手机。刚刚五点二十分,她在半梦半醒中度过了一个漫长的夜晚。老贺已经不打呼噜了,房间里无比寂静,外面的鸟儿已经醒来,开始叽喳地鸣叫着。老贺也在此刻忽然翻了个身,面对着竹桑伸了个懒腰。可能没睡好的缘故,老贺的一举一动都让竹桑感到厌烦和恶心。她只想今天赶紧去那片猎场看看,迅速结束这一荒唐的旅程。可大使馆目前依然没有任何动静。

"现在几点了?"老贺问。

"五点半。"

"你睡得怎么样?"

"凑合。"竹桑不想和他多废一句话。老贺听着她的语气,有点莫名其妙,以为或许是她没休息好的原因。老贺自动闭嘴了,小心翼翼地起身去了洗手间。竹桑把手机用力地拍在床头柜上,一头又倒回了床上。老贺在洗手间里听到外面啪的一声,心中一紧,这又怎么了?他立刻加快了洗漱的速度,匆匆出来说:"我先出去,看一下盖先生的车。"

竹桑并不关心老贺是否吃过早餐,只是按照两人约定好的时间在酒店门口相见。老贺又换上了昨天那身猎装,他的背影显得意气风发,可当他转过身来,看到他那张永远愁眉不展的脸时,她就再一次告诫自己,永远都不要对男人抱有幻想和希望。

老贺单手往几乎快要谢顶的脑袋上,动作潇洒地扣了一顶深褐色牛皮大檐帽,这帽子是他早上闲来无事从酒店的礼品部买来的,价格不菲。他又从挎包里翻出墨镜戴上。他坐在驾驶座,的确有点职业猎人的模样了。这身猎装像是件魔法衣,只要穿上,他仿佛就不再是他,而是一个无所畏惧、身经百战的森林之王。

老贺按照盖先生的说法,启动了越野车,慢慢将车头掉转到路的出口方向。起初他开得很慢,但很快他便掌握了驾驶技巧,逐渐加速。抵达木屋时是八点十分,他们望着那片猎场,相互交换了下眼神。紧张与忐忑的心情突然席卷而来，竹桑深吸了一口气，她看着那片洒满阳光的丛林，有种女儿就在那里某处等待着她的错觉。老贺便再次启动了车子。

"咱们现在去哪儿？"老贺小心翼翼地问竹桑。

"那边好像有条河，去那里看看吧。"竹桑指着远处略微开阔的平原说。

老贺朝着竹桑指引的方向继续驶去。忽然，一群温良的羚羊出现在了他们眼前，周围是一些低矮的灌木丛林和腐烂的树干，旁边应该是一棵桃树。老贺渐渐停下车来，这一群羚羊并没有立即逃窜，它们继续低头吃地上的灌木和有些腐败了的酸桃子。未成熟的果子散发出一股股发酵的气味，让老贺又回想起了在小兴安岭的日子。

突然，车身一震，无意间误入了一片泥泞不堪的草地，轮胎在凹凸不平的地面上猛烈地颠簸。竹桑大喊一声："别再往里面走了，赶紧掉头出去！"老贺慌了神，手忙脚乱地用力打方向盘，但为时已晚，轮胎已经陷入一个泥坑中。他已经完全忘记了盖先生最后的忠告：轮胎陷入泥坑中，首先要做的就是淡定。其次，千万不得用力踩下油门，要用一块石头或木头垫在轮胎下，缓慢地转动方向盘，试探性地踩动油门。竹桑在一旁不停地叨念着："陷进去了！肯定是陷进去了！这可怎么办？这下要完了。你刚才没看到这边都是草丛吗？你在想什么呢？"老贺的耳边轰鸣作响，脑袋一片空白，除了用力轰油门，再也没有任何的办法。他再一次想侥幸将车子从泥坑中开出去。轮胎飞速在泥坑中打转，越陷越深。泥土四溢，溅到了竹桑的身上。竹桑怒火中烧，尖锐的嗓音和发动机的轰鸣交织着，像一张铁丝网将老贺的全身包裹住了。他狂躁地拍打着方向盘，面红耳赤。他甩掉墨镜，疯狂地喊道："闭嘴！到底有没有完？我真是受够你了！"

竹桑吓了一跳，声音戛然而止。老贺浑身发着抖，不再管轮胎的事情了。

"你这个人从来就只知道抱怨。以前你嫌住东边乱，想挨着香山，清净，我就开始找房子。买房卖房这一堆破事，你操过心吗？搬过去了又嫌离城里远。女儿的事也是……"老贺提到女儿，说到一半哽咽住了。他吸了一口气，强努着也要把这些话说出来，像是去赴死一般悲壮。他使出了所有的气力，也要将这些话全部吐出来，说给竹桑听。"我一开始就不同意她去留学，是你非要她去。你为什么非要她去？还不是因为你自己的虚荣心！别以为我不知道你在想些什么。我不同意她去，你就说我没能力，这都是你的借口。我吃饭你嫌恶心，睡觉你嫌打呼噜，我做瓷器你嫌脏。你就是在嫌弃我、恨我。因为你，女儿走了。"老贺发泄完了，他还有更多想说的，但没有一句是关于刚刚发生的事，也没说他们现在应该怎么办。老贺发泄得如此凶猛，令竹桑一时没反应过来。而老贺却像是和自己打了一架似的，身体紧绷地抽搐着。竹桑本来想和他大吵一架，由于他的走神出了事，他没有想到一点办法，反而说一些不着四六的话。但仔细回想一下，他说的这些事都过去了这么多年，为什么直到现在才一股脑地发泄出来。

两人终于安静了，在一阵歇斯底里之后。见竹桑沉默着，老贺竟感到一丝的尴尬。他动作有些局促，走到了五米开外的一棵树下，坐下了。老贺不知接下来会发生什么，随时做好了竹桑要发狂的准备。可是……什么也没有发生。竹桑走到了他身旁，在一块略微干燥的草地上，也坐下来了。他们心中的怒火猝然消隐。一团厚厚的云遮盖住了太阳，缓缓向他们的方向飘来，又缓缓掠过他们依靠的这棵树，直到它散了原本的样子。

"接下来，我们该怎么办？"竹桑突然开了口。

"盖先生傍晚的时候才有空，到时候请他过来帮忙吧。"说着，老贺拿出了手机准备给盖先生发求救信息，但又发现这里并没有信号。他站起来，绕着树的四周走来走去。竹桑也翻出手机，同样接收不到任何信号。

"或许是这棵树的原因呢？"老贺说出了一个毫无根据的猜测。

"那就四处走走，车先留在这里，我们往出口的方向走。"

老贺此刻愿意服从竹桑发号施令。就在刚刚，在树下的时候，他无比懊恼为什么会将女儿的离开怪到她的头上。对于女儿的离开，她比任何人都难过。他越想越自责，尤其是竹桑没有对此表示出任何的态度和看法，她默默地听完自己无理由的抱怨后，却什么也没说。老贺宁愿竹桑也像自己一样歇斯底里。现在的老贺，一切都愿服从竹桑的安排。他们已经彻底迷失在了这里。天色渐暗，这是暴雨的前兆。

竹桑一点一点环视着周围——远处烟雾缭绕，朦胧的山脉，透过灌木远处广袤的平原，一条被雨水反复冲刷而形成的小溪潺潺在草间流淌；不远处时而骚动一下的树叶，那里面必定隐藏着某种动物；不知名的鸟庄严的鸣叫声在空中荡漾；阴郁湿冷的空气中那带有一丝丝甘甜的泥土味和蒿草味；没有人迹的猎场。这无人之地给她带来的恐惧，已经远远超过了悲伤。她已无心在这里继续寻找女儿的足迹，这里与梦境中的那片树林没有丝毫的相似之处。她需要立即回到房间里。可这来时的路究竟在哪儿呢？她拿出手机，依旧没有任何信号，老贺的手机也是如此。不知走了多久，竹桑浑身是汗，口干舌燥。老贺把最后的一点水给了竹桑，他们一步也走不动了，决定在一块大石头上坐下来。四周传来阵阵蒿草的香气。不远处，有一片上面长着三四丛缀满淡紫色花苞的灌木，它们凝结着一股朦胧神秘的气息。

竹桑不停扇动着胸口的衣服，汗珠顺着眉毛一直流到脖子上。她太累了，决定闭上眼睛休息一下。天旋地转，她再也无法动弹了。不知过了多久，她被一阵冷风惊醒，她打了一个寒战，微微睁开眼睛。老贺依然坐在她旁边，正用一把小刀雕刻着一块木头。竹桑并没有立刻叫住他，她静静地看着眼前的这个男人，他的手依然粗壮有力，可以明显看到虎口上的肌肉，这是长期制作瓷器的结果。竹桑慢慢坐起身。

"就在今天早晨，我出现了一个幻觉。有那么一个瞬间，我好像又回到了那所破房子里。"

"那一定让你很痛苦吧，那所破房子，是我们婚姻的开始，也是结束。"

"不，在那一瞬间，我很幸福。潜意识中，我知道那是幻觉，但身体和心里的感觉又如此地接近现实，像是大脑在给我催眠。"

"很幸福？你的意思是那个破屋子还能给你带来什么美好的回忆吗？"

"或许吧，起码在那一瞬间。回忆是双向流动的，它会随着时间的推移而变幻。那所房子里所剩的记忆是美好的。"

"是呀，那所破房子里确实有过很多美好的回忆。"

老贺一下抓住了竹桑的手，说："竹桑，你有没有想过……"

竹桑的手没有缩回去，想听老贺继续说下去。可老贺话锋又一转："是我对不起你和女儿。是我太自私了。我害怕被禁锢住的生命，可是仔细想想，我这一生都是被束缚、捆绑的。曾经在小兴安岭，我真切地记得那个猎人。但直到昨天，我才发现那个猎人其实就是我自己。那是在镜像世界中的另一个我。我这一生中，总是在回避思考。但每当我坐在工作室，面对那些废弃的、尚未完成的作品时，我就会反问自己，我的生命价值究竟是什么？这些乱作一团的思绪，一直在折磨着我，让我的生活缺少了很多东西。我所过的每一天看似游惰安逸的生活，实际上都暗藏玄机，我每天都在焦虑和忧心中醒来。无论是我的思想还是身体，都是被禁锢住的，我害怕就这样死去。我想抛开一切，活成那个镜像中的自己。你能理解我吗？"

"你的确是一个很自私的人。"竹桑把手抽了回来。

老贺的嗓子里像是被卡住了块硬东西般，声音变得低沉、颤抖，让人听着心里发闷。他用一种发难的神情看向远方。远方传来了隐隐的雷声，它或许来自远处被乌云遮盖的山脉，或许来自那望不到尽头的平原，那声音虽然微弱模糊，但依旧震撼着心灵。夕暮的天空转瞬即逝，接下来便是密林中岑寂的黑暗。

竹桑说："你知道吗？我们在那棵树下落脚时，我忽然睡着了，做了一个梦，梦到了一只巨大的白色长颈鹿。它慢慢向我走来，虽然体形巨大，像有五层楼那么高，但它步法很轻盈。它好像很悲伤，又面带微笑，一种我很难描述的表情。我就躺在那棵树下，一动也动不了。它的身体像是围绕着一团雾气，逐渐变得清晰。你猜我看到了什么？我看到，它的身上缠满了绷带，白色的长颈鹿——原来，它的身上是缠满了绷带啊。我常常梦到一只白色的巨大生物。在梦里，它总是被一团团的雾气围绕着，但即便这样，它的轮廓还是很清晰。它有一双巨大的眼睛，睫毛很长，优雅地眨着眼睛。可每次醒来时，它的轮廓又很模糊，是不具象的。"

竹桑讲述的时候，似乎也随着女儿的魂魄游荡去了另外一个世界。她目不转睛，但眼睛里全是空白。这令老贺担心了起来，他觉得不能再让她继续说胡话。

"女儿的事,你还是要想开一点。"老贺低声说。

"冥冥之中,我一直觉得那只白色的长颈鹿就是她。她一定在试着向我传达什么。"

突然间,竹桑的手机响了,是大使馆的信息:明天上午九点,进行安葬仪式。老贺握紧了竹桑的手。与此同时,两束忽明忽暗的灯光冲他们渐渐逼近,那是盖先生的车。

六

天刚擦亮,老贺就醒了。竹桑还在熟睡中,气息均匀,丝毫没有要醒来的意思。老贺躺在床上,翻了个身。经过昨天的折腾,他的腰肌酸胀得厉害。他转向窗户的那一侧,心情异常平静。他突然想到了女儿小的时候,回忆突然像倒放的录像带一样,嗖嗖地把他拽回了十几年前。那天,他骑车带着女儿去幼儿园,走到一半车链子掉了,附近也没有修车的地方。公共汽车死等不来,眼看就要迟到了,他就抱着女儿一路小跑。女儿趴在他的肩膀上,看着不停倒腾的两只皮鞋跟,一下笑出来了,而且越笑越厉害,口水都流了出来。她笑得老贺也想乐,老贺问她怎么回事,她说从后面看你的两只皮鞋特别像马蹄子。老贺那时候已经跑得满头大汗、筋疲力尽了,可女儿这么一笑又让他突然放松下来,停住了脚步。他也觉得很可笑,两人这天就没去幼儿园,转路到旁边的景山公园玩去了。这件事老贺让女儿保密,说这是属于他们之间的秘密。老贺会心地向上扬了扬嘴角。随着录像带不断地播放,女儿小时候的很多事情都历历在目,此刻他感到整个身体和灵魂都回到了从前的二十年中。

不知不觉,太阳已经升起来了,阳光透过窗帘照射进来,打在了竹桑的身上。竹桑却依旧躺在床上,把身体蜷缩成一团。老贺又翻了个身,阳光正好刺向眼睛,他也回到了现实中,是时候起床了。老贺拍了拍竹桑的肩膀,把一条腿迈下了床。

"起来吧,时间差不多了。"

竹桑紧紧被子,用鼻子发出了一个无力的声音。老贺觉得不太对劲,仔细观察着她的脸,摸了一下她的额头,坏了!

"这么烫,这肯定是昨天冻着了。"老贺在屋里转悠,念叨着,"这可怎么办?"

"你打个电话问问酒店里有没有退烧药、止疼片之类的。"竹桑烧得浑身疼痛,老贺穿着鞋在屋里来回转悠,让她更加头痛欲裂。她知道,越是关键时刻,就越指望不上他。

"对对。"老贺突然反应过来,赶紧出门去找药。竹桑将一只胳膊伸到床头柜上,摸索着手机。离安葬仪式开始还有一个小时,必须要振作起来。她先活动了一下脖子,两只胳膊肘撑着床,让自己起了身。天旋地转的,身上像是压了一块巨大的石头。她拖着两条沉沉的腿移步到了洗手间,洗了两把脸,算是精神了一些。无论如何,今天的事情一定不能耽误。她心中像是一下有了信仰,浑身充满了力量。这让她不自觉地想起来,一个来自荷兰的朋友曾经告诉她,身体内的一切感知都是幻觉,例如饥饿、寒冷、疼痛……这种疯话现在想来可能也是对的。她迅速把自己梳洗打扮了一番,穿上前天晚上准备好的暗色系服装,只用了十五分钟。这时候,老贺居然还没回来。让他去找退烧药,真是一个错误的决定。竹桑又看了下时间,离仪式开始只剩下半个多小时了。她心里的怒气正在跃跃欲试,连怎么骂老贺的词都提前准备好了。突然,老贺一溜小跑地回来了,说:"赶紧把药吃了。"又立马递上了一瓶矿泉水。竹桑拿着这粒比自己指甲盖还大的药片说:"这干吗的?"

"阿司匹林,吃了就不烧了。这药可好使了。"

竹桑半信半疑地一边继续往前走,一边把药吞了进去。这药片确实大,卡在了她嗓子里半天才下去。

"赶紧的吧,都要迟到了。"竹桑的火顺着这片退烧药,也退了下去,没再说什么。两人加快了脚步,出租车已经在外面等候,也是老贺刚刚在酒店大堂提前安排好的。

他们坐在车的后座上，各自想着心事。竹桑已经买好了明天回国的机票，老贺的还没定，他准备借这机会再四处走走，具体去哪儿也还不知道。明天他们将各奔东西，再次相见就不知道是什么时候了。老贺总想问问竹桑愿不愿意和自己继续踏上旅程，但突然这么问好像也不太合时宜。经过了这些天的相处，竹桑觉得老贺在某种程度上确实有些变化，他的心里能装下别人了，更体贴人也更会照顾人了。她心里也在盘算，如果有缘分，下半生继续搭伙过日子或许也行。可她又想起昨天老贺的那番话，他喜欢自由自在、无拘无束的生活。他们各自看着窗外，想着明天以后的事。

按照Leila的遗嘱，他们把遗体安葬在了塞伦盖蒂的保护区内，远远地就能看见用白色帆布支起的一个小棚子，周围布满了白色的鲜花。按照当地人的习俗，死去的人是要身上涂满福尔马林在家中安置一年的，因为他们认为，人的躯体虽已消亡，但灵魂依旧存在。但殡葬服务公司的人相当职业，尊重外国人的习俗，在此之前已经将Leila的遗体火化，放置在了一个骨灰盒中。他们尊重老贺和竹桑的意愿。老贺双手捧着骨灰盒，女儿小时候的脸又出现了，像是把早晨那尚未播放完的录像带再次启动了。女儿小时候总有些奇思妙想的话，比如把牙膏比作一头胖胖的鲸鱼等等，但令老贺为之震惊的是，女儿小时候曾问过老贺这样一个问题：人死了咱们家的梦之湾小区还在吗？咱们的梦之湾小区能存在那么长时间？它能存在一百年吗？它能存在这么久是因为没有生命吗？老贺记得很清楚，这是女儿五岁时的发问。老贺不想把这个问题复杂化，只是觉得这是一个五岁的孩子对生命最开始的理解，并且她已经开始对生命有了思考。但老贺也不明白，为什么出现在记忆中的都是女儿小时候的画面，她成长到青少年时的记忆似乎全部抹去了。

老贺又把女儿肃穆地递交到竹桑手上。生命的意义是超越生命本身的，她的心中不断重复着老贺的这句话。当她接过Leila的骨灰盒，将它捧在怀中时，她似乎真切地感受到了这句话的意义。是呀，你所存在的意义早已超出了你有限的生命，而你短暂的生命，于我们而言已经赋予了太多的意义，你的存在即是永恒。牧师的嘴唇微微翕动着，声音微小，近似于嗡嗡声，这是一种他们听不懂的语言。竹桑轻轻抚摸着骨灰盒，又将它转交给了牧师，他将骨灰盒埋葬了下去。

女儿的事情也已处理妥当。在历经了昨日的死里逃生和今天的安葬后，终于要告别此地了。两件事情的剧烈撞击，像是负负得正，使他们的心境重新回到了"零点"。而这个"零点"像是宗教，让他们得以超脱。两人决定，临行前到那个竹桑认为还不错的酒店二楼的法国餐厅共进晚餐。这家餐厅不同于一楼大堂，装修奢华，连座椅都是用动物皮毛制成，菜品也精致可口，餐具和摆盘极为讲究，当然价格也不菲。

两人都经过了一番打扮。竹桑很久没这么认真地看过老贺了，她感到眼前的这个男人忽然有点陌生。一想到这是他们的最后一次晚餐，她突然有点依依不舍。竹桑开始浮想联翩，如果此刻与老贺还是陌生人的话，自己应该也会爱上这个男人。老贺丝丝的白发嵌入黑发中，像是融在一摊墨水里。而竹桑两鬓也是略显斑驳的白发，染发剂也不能掩盖住时间在她身上留下的印迹。曾经，他们还在婚内感情依旧稳固时，多次幻想过彼此老去时的样子，也幻想过他们会携手到老，可此刻他们都已逐渐见老，也都为彼此的样貌感到出乎意料。他们都比想象中的要英俊和漂亮。他们默默地对坐着，两人都觉得开口说话是略显艰难的事情。他们不知道该从何说起。今天是他们最后的晚餐，明天他们就要各自搭乘飞机，飞往不同的地方。老贺很想挽留竹桑，但这听起来又像是天方夜谭。前菜已经上来了，松露鹅肝和鱼子酱面包分别摆在了他们面前。

"味道怎么样？"老贺终于开了口。

"还行吧。现在突然又特别想喝炖鸡汤和潮汕粥了。"他俩都笑了笑。

"鸡汤我拿手，回头还能给你做。"老贺说。竹桑体会出了其中的意味，心里明亮了一下。

之后，老贺点了罗西尼牛排，竹桑点了一份香煎鸭胸肉。与此同时，一盘焗蜗牛也端了上来。老贺见竹桑没拒绝自己，心里一阵美滋滋。两人各自切着盘中的食物，老贺将一块肉放到了嘴里，一边称赞一边说这个他也很拿手，这些年学了不少西餐做法，回头都能给她做。说完，老贺面部开始抽搐，又顿了顿，突然打了一个喷嚏，嘴里的一小块没嚼完的肉喷到了竹桑的盘子里。竹桑吓了一哆嗦，默默地用纸巾把盘子中这个恶心的东西擦掉，心里犯了好一阵的硌硬。老贺又被自己的口水呛到了，脸憋得通红，一个劲地咳嗽。两旁的客人纷纷投来目光，竹桑坐立难安，难为情地向两侧的人点头致歉。又过了好一阵，老贺终于平静了下来。老贺说："这年纪大了，嗓子眼儿也变细了。"竹桑脸色大变，说："不要再吃了，丢死个人。"

"还有这么多东西没吃完，太浪费了。打个喷嚏怎么了？谁没打过喷嚏？"老贺觉得竹桑那个不可理喻的劲儿又上来了。刚刚那美好的瞬间，一下被这个喷嚏给遏制住了。老贺有点激动，嗓门提高了些，再次打破了餐厅中原本优雅安静的场面。

"你小点声吧！"竹桑咬着后槽牙说。为了不再使场面继续恶化，竹桑压制住了情绪，面无表情地呆坐着，看着一个劲继续咀嚼的老贺。老贺也没了胃口，随便吃了几口就说要回房间去了。竹桑心里无比沮丧，但又有点庆幸——这么多年过去了，老贺真的一点都没变，他还是原来的那个他。还好一切都来得及。老贺恰恰也是这么想的，那些美好的幻觉都是自己想象出来的，他人即地狱，一点都没错！

晚饭后，夜色将至，两人安静地回到了房间，各自收拾着行李。广袤狂野的平原已被黑夜覆盖，躲在丛林中的动物得以安睡，跃跃欲试的猎人们也在这寂静的黑夜中期待明日的来临。而他们，也在各自的梦境中等待着天明。

原载《人民文学》2023 年第 10 期

沈 念

渔火

一

　　五月的最后一天,我去亮灯村报到,陈保水见面第一句话说,撑腰的人来了。我顺势拍拍他的腰,笑着说,这腰没人撑也蛮硬。傍晚他陪我沿亮江溪走了两小时。这是个老渔村,一条看不见尽头的溪流穿村而过。他像导游,一路讲个不停,说溪水直接流进洞庭湖,四季可以游泳、捉鱼罩虾,"亮江"人们叫顺口了,外人却错把一条溪流当成了江河。又说到他十一岁那年夏天,长江过洪峰,湖里涨大水,过了警戒线,半夜水倒灌进来,往低处漫,一觉醒来,淹了不少周边田地,但村里人没事,家家户户都有船,大伙把家搬到了船上。

　　亮江溪也可以说是条河,湖区这样的河汊沟港多,宽处十几米,窄处也有两三米。沿岸建了三座风雨桥,桥上有长椅,带孩子的老人、妇女,没事的时候就坐在桥廊上看风景。风景多少年没变过,但生活在这里的人,过去沿水迁动多,来来往往有人气,现在老人老了,年轻人离开了,村子就有些灰暗,死气沉沉的。

陈保水是在外务工返乡的"渔三代",春节前才上任的村支书,1984年生,左眉间长了颗肉痣,抬头纹密密麻麻的,看起来比大几岁的我还显老。我们很快处熟了,说话做事有了默契。我拍过他的腰后,他的背似乎挺得更直了。在他心里,他想带着村民过好日子,我是来给他撑腰的。有次喝过酒,我夸海口,我也找了个撑腰的。他很欣喜,问是个什么大官。我说,不是大官,但比大官有名气,是位知名教授。在陈保水的惯性思维里,村里最缺的是钱,有钱腰杆子就硬了。我说,钱是重要,更重要的东西是多少钱也买不到的。我让他在网上搜曹毅环的名字,他一搜果然有各种新闻链接,就催我赶紧把这位高人请过来。

曹毅环是我的同门大师兄,农大的教授、博导、专家,头衔能写半页纸,四处行走,讲学授课,离登《百家讲坛》一步之遥那种。那时导师经常把他的刻苦发奋和聪灵悟性拎到其他弟子面前赞美,爱意浓密,让人羡慕嫉妒恨。他是硕士毕业留的校,又到北大读了个脱产博士,据说他是导师多少年第一次找校长开口要的人。

业界对这位师兄褒贬不一,有人说他通达事理本质、敢说真话,也有人说他罔顾现实、纸上谈兵,但这些评价丝毫不影响他这些年如日中天的声名。天下乌鸦大同小异,哪个行当不是摸爬滚打,不是多年媳妇熬成婆?导师八年前病逝,农村农业改革研究这块阵地的旗帜,慢慢就是他扛起来了。有几个铁杆公众号,连篇累牍推介他的现代乡村营销理念,我浏览之后,心里有怪怪的感觉。大众传媒和自媒体发达的时代,各行各业都在蹭流量,有同门说他滑腻了,走离正道,剑走偏锋,但看到点击量和粉丝拥趸,以成败论英雄,大家叹着世道,也就不便打击他了。人家出席各种活动,帮人营销,也营销自己,互惠双赢。吃酸葡萄的人总是感慨,成功者画的任何圈都是圆的。

下乡前一天,原本他答应给我饯行,临时出差取消了。我在电话里给他交底,我在亮灯的事情,就是他的事情。他当然不会推托,笑呵呵地鼓励我,凡事既要规划先行,也是草鞋没样,边打边像。他又说,一个人,一件商品,一个村庄,都大有营销文章可做。话初听有点像忽悠,一深思是那个道理。我到亮灯后思来想去，发现顶层设计的事延误不得，也势在必行。我得自己搞清楚，亮灯未来是朝哪个方向前进，但这不是件简单的事。我也容易脑子发热，急火攻心时，有事没事就让他支招，明面是找他讨教，暗中是想让他出手相助。说句真心话，我们一群人从省城下到村里，有的原本是乡里伢子，哪个不想干出点模样，有的把自己当作本地干部，设身处地想着解决现实难题。

曹毅环是个大忙人，平时应邀讲座、课题调研、会议评审，飞来飞去，前不久又喜事临门，接任新院长一职后就更忙了。他被我逼急了，就允诺推荐一个弟子，是位女博士。他并不详细介绍女博士的成长历程，我更加忐忑，直接质问他为什么不亲自出马。他说，你要相信我，不需要我介绍她，慢慢接触后就会认识她。我不依不饶，还是觉得没他不行。他说，小村国是，全国一盘棋，乡村积聚了那么多力量，前面的脱贫难题翻了篇，过渡到乡村振兴，有人欢喜有人忧，这是更高难度的挑战，我们不妨用用新人，新人有新办法。最后他油皮地说，凡事你去信，信了就能成。

二

转眼到了九月，我周末回城，特地去了趟后稷园。后稷园大树成荫，虽然开学人来车往，喧声不断，但临街有两幢新楼遮挡，把吵闹屏蔽了，拐进来就像到了另一片天地。那幢有百年建筑历史的传习堂，几经修葺，老旧气息挥之不去，几间教室灯火明亮，偶有声语，也是如昆虫私喁钻入尘土。

我上次走进这园子的时间忘了，多年前的大学青春是在这里度过的，回忆有不少，只是被自己掩埋而已。讲座早开始了，曹毅环眉头微锁，双手撑在讲桌上，像在用力推一块巨石。这是他多年来没变过的讲课姿势，手撑累了，或者需要板书某个关键词，他才转身，继而双手插进裤兜踱来踱去。每次我调侃他时，他就替自己辩解，西西弗斯才是最幸福的人，可他成不了。

我在后排找了座,开了半下午车,有些犯困,中途打了个盹,似乎记起些故人旧事,又是个很混沌的梦,能确定的一幕是后稷园那棵活了千年的香樟,树皮坚硬得像是穿着一身铠甲,几个恍惚的人影都是树下走出来,又绕到树下消失,粗壮的树身像打开了一扇隐形之门,人人皆可自由出入。有关这棵树的传说,有人考证是王阳明先生经澧水入湘讲学,亲手栽植,但树原是栽在别处,解放初期被一位做湖湘地理植物分布调查的老教授发现,建言移植过来,乃为荫护师生之意,后来成了镇园之宝,也被人叫作"阳明樟"。校方慎重起见,不想担挖古树进城的恶名,只在吊牌上打了两个字——古樟。

从梦中醒来,我心头闪过一丝惊慌,旋即意识到并没有打扰到别人,就有了莫大的庆幸。眉头皱锁的曹毅环还在滔滔不绝。同门师妹曾说喜欢他这眉头,深邃、起伏,有雕塑感。讲座接近尾声,我看向台下的听众,看到的都是后脑勺,心想哪位才是他要推荐的女博士呢?不经意朝隔着走道右前排的女生多瞟几眼,一张素净的侧脸,扎着短马尾,过膝的锦灰色长裙包住下身曲线,一双湖蓝色帆布面鞋,笔记本上写得密密麻麻。有那么一瞬间,我眼前浮现出罗琼的身影,当年坐在这里刻苦学习,她和我一次次探讨着朦胧诗中橡树、田园、四季、远方的意象。我也曾有过当画家、诗人的梦想。二十年眨眼就过去了,时间经不起回忆,回忆的欢欣也是苦涩的味道。我很好奇,现在读农大的学子们,还会去读诗歌吗?真正理解关心大地的有多少?

热烈的掌声终于结束了这场讲座。学生一窝蜂散去,剩下几个还缠着曹毅环,不知在讨论什么。从我的视角看过去,是学生说话多,他倒显得有些局促,大概是不知该如何拒绝并退出这场对话。

站得笔直的瘦男生眨巴着眼睛,语气充满敬意,说,老师,乡村那种隐秘的社会契约关系,内化为村庄的地方性规范,这种关系当真牢不可破?有的男生说话做事过分柔和,少了阳刚粗犷之气,反而令人不适,这一点曹毅环也偶尔吐槽。

换作我,早就会明确告知此门不开。但曹毅环永远不会直接拒绝一个人，他宁可表情木讷，双眼发直，让你猜不透他心里的答案。晚上的讲座让他看上去筋疲力尽，我朝讲台走过去，他手臂半缩，五指抠动，像要抓救命稻草般抓住我。他的电脑和书本已经被那位短马尾女生收起来，装进黑色提包。

我假装挤出微笑，扶起曹毅环的后肘，像是亲密交谈，把他请出教室，借机甩掉了那个男生。短马尾女生拎着包紧跟在身后，我装作没看到。后稷园的夜色中流动着青草的涩味，时浓时淡，这是我喜欢的。在亮灯的夜晚，我常一个人走在田埂上，呼吸着田野上才有的味道。

走到停车场，女生止步，想说什么，又在等着曹毅环发话。他从女生手中拿过包，像是突然想起来，给我介绍，叶博士，准备推荐给亮灯的人。

女生知道我和她导师关系非同一般，落落大方地鞠躬说，老师好，我叫叶明朗，请您多多指教！我看了两眼，真有这么巧，就是教室里我打量过的前排女生，突然没忍住就笑了。曹毅环不知我笑有何意，说，你们之前认识？我连忙摆手说，初次见面。又朝女生说，我不是老师，我请你导师去喝酒，你可以一起去。她因为我莫名其妙的笑而有些发窘，看了看曹毅环，似乎是征询导师的意见。曹毅环不再饶舌，说一起去吧，你正好和魏书记聊一聊，约个时间去一趟亮灯。

上了车，我从后视镜看到坐在后排的她，坐姿笔直，很用心地听我们的聊天。曹毅环长吁口气，说起刚才那紧追不舍的男生，资源环境学院的，想跨科考农学的博士，凡讲座必来，总要提几个三言两语回答不了的问题。我说，资源环境学不是挺好的，很热门啊，就业方便。转而我问叶明朗，女孩子学什么农，难道真想广阔田野战天斗地？退一万步说，以后择业除了高校也没啥好的去处吧。我言下之意是，这么美好的年华，学农可惜了。

叶明朗的回答让我心头一惊，她说，人生定论一说，在现代社会已不成立。留短发的女性都有个性有主见。夜风吹进车内，曹毅环拉合上衣拉链，说人家博士毕业，转头扎进金融行业，也不是没可能的，你不就是跨界前辈吗？

他说的也属实，大学期间我曾想当画家、诗人，喜欢写写文章四处投稿，学校的神地文学社我算是骨干之一。毕业后，我却进了一家新成立的城市报社，负责文化地理，与我的专业风马牛不相及。后来几家报社合并成立传媒集团，我凭借做记者积累的一点人脉资源，考公务员转入宣传部，做起了新闻宣传工作。两年前，部里下去对口扶贫村的一个副处长调去政研室写材料，临时少了个人，我被抽调下了乡。后来部里联点村转到湘北，分管副部长找我谈话，说我基层工作经验丰富，又是农大出来的，让我带队在村里再干两年，言外之意对将来的发展是百益无一害。我答应下来，也没再去征求家中老人的意见。人到中年，和罗琼离婚后过得曲曲绕绕，日子似乎变窄了，每个人的孤独也远非三言两语讲得清楚，都是为"将来"所累——家里的将来、单位的将来。我郁闷时也飙几句脏话，谁想活在将来谁去，我只想活在当下。几个朋友把酒一喝开，心里也想通了，去就去吧，哪怕就当是一种逃避。

现实又是没法逃避的。去了就得干出点名堂，母亲也这么叮嘱我。下乡的任命文件公示，我第一个信息是发给曹毅环的。他说，文件都下了，我不支持也得支持，抛给你一个思考题：如何建立生机勃勃的城乡关系？我说这个理论问题是学者研究的，他说这也是一个实践探索问题，是你要脸对脸背靠背的。下乡干事，有一段日子感觉人变成了一台连轴转的机器，成天应付那些上面要检查的指标和文件，要走家串户，要跑资金项目，要求人办事。日子貌似热闹，说句心里话，我始终没弄明白那个"生机勃勃"究竟要如何去理解去建立。村庄巨变属实，但空有器物堆砌，无人气升腾，纵然造就万千景观，不过徒有其表。我不相信曹毅环不知现状不懂我的困惑，但他永远都是乐观主义者。

转了十来分钟，才终于停进学坡路口停车场的车位。与当年不同，农大几经扩招，人车流量剧增，道路几次扩建，不得不把某些路段交通规划成单行线。路两旁都是统一设计标牌的特色小店，青春男女进进出出，校园里吃的花样众多，永远不是一个问题，从店面里飘出尖辣椒的呛鼻味道，两个喷嚏下去精神一振。

我假意讽刺曹毅环，你不邀请我来，母校变化这么大，当年的根据地，都换了面目，认不出了。他仿佛受了天大的委屈，说领导不体恤民情，不深入群众，现在倒打一耙。我笑嘻嘻地说，我哪敢到曹教授的地盘造次，铁打的教授流水的学生，徒子徒孙围着转圈，教授的饭局一般得提前一个月约吧？曹毅环急了，对叶明朗说，毕业以后千万别当公务员，机关里待久了，不是势利刻板，就是油腔滑调。我看到她面露微笑，反驳道，典型的以讹传讹，叶博士要以正视听啊。

我们说说笑笑，走进那家叫"朋聚"的老店坐下，人头攒动，声音鼎沸，混着酸菜肥肠和铁板鲫鱼的气味扑鼻而来，这是店里的两道招牌菜。那个曾经忙里忙外的女老板，脸上皱纹多了许多，涂了脂粉描了横眉，半老徐娘。我还记得她素颜的相貌，热情似火，仿佛有使不完的气力。那是创业者前景无限的模样。

看见我们走进来，她左右没瞅到得空的服务员，立即腾挪着发福的身体从吧台后迎出来，动手收拾了一张角落刚腾出来的小方桌，把我们安顿好。曹毅环盯着女老板的脸，严肃的表情让她有些不知所措。据说这家店在城里开起连锁了，想当年，也就是从农村进城的年轻夫妻俩起早摸黑辛苦经营。我问道，生意好啊？她笑盈盈地说，劳烦你们的照顾。我又问，还认得出我们不？她蒙在那里。大学城每年数万人来了走了，都要被她记住的话，难度太大了。我接过菜单，点好菜，说看你还记得不，店子开张生意做的就是我们，一共摆拼才三张桌子。没想到眼前人知道她的历史，她一惊一乍地说，贵客啊！我让老公亲自做我们家的特色菜。

曹毅环从包里摸出一瓶没有标签的黑金瓶白酒，感慨道，看看这一家子，时光不负赶路人啊。我扑哧一笑，对叶明朗说，贵导师总是喜欢用乐观的理论总结悲观的生活。他把手一挥，说你不要上升到理论高度，也没有任何一种理论能总结多元的生活。我顶回去，说生活到处渗透着理论，也在诞生新理论，理论就是顺着生活的楼梯往上爬的。在他面前，我很放松，喜欢斗嘴，说话无遮无拦。当着学生的面，他让我几分。叶明朗听任这种老朋友之间的你来我往，满脸笑意，不作评议。

她拿酒瓶给我们的玻璃杯满上，倒出个双眼皮。我说，这不喝酒的人倒酒功夫却厉害。她的脸红到耳根。突然店外一阵喧哗声把我们的目光吸引了过去，原来是两个年轻女孩在店前空地又唱又跳，摆弄各种身体造型做直播。一个女孩穿件橙色T恤，棕榈树的高腰长裤，头上却扎了一对兔耳；一个女孩脸稍圆胖点，粉色针织衫，紫色波点宝塔裙，扮洋娃娃公主状，甜美可人。

我朝表演的女孩嘟嘴，问道，网红达人，大学生的精力都搞这个了，叶博士怎么看？叶明朗也多看了女孩几眼，说，自媒体打开了人更多表达的空间，校园里见多不怪，也不都是学生，有的就是职业网红。曹毅环不以为然，说，时代大潮，总是不断有新生事物加入奔流的队伍。我叹了一声，鱼龙混杂，鱼目混珠。叶明朗轻声说，太纯粹就会单一。我说，不愧是曹导师的高足，他过去有句话挂在嘴边，世界死于单一。她一笑，所以道家才说，一生二，二生三。

几杯酒下去，言归正传，就说到去亮灯的事，这是我来见曹毅环的目的。我假意叫苦，实则激将，说曹导师不帮我把顶层设计做好，不出好点子，到时两年一晃眼过了，不是组织上让不让我回来，而是有没有脸回来。在我心中，他是唯一能帮我支高招的人，也是能照亮亮灯的那盏"灯"。

叶明朗朝直播的女孩看了一眼，眉宇舒展，说，你们有没有考虑过，把亮灯做成网红村庄？

曹毅环望着我，似乎等我对她这个点子的反馈。我不得不承认，这极可能是个大胆且能一炮打响的创意，但内心又很快否决了。没有长效的发展模式，图个炒作，热闹一阵，人走了，一地鸡毛，村里的变化不是从根上长出来的，这样的热闹不凑也罢。可我假惺惺地点头说，愿闻其详。

她看着我，端起杯子，说，网红其实就是营销学中的一种现代方式，很多人接受不了，观念不转变，没有认同感，站在潮流之外，这样的合作很难。我笑着迎杯，一口饮尽。也许是酒劲上来，我被门外人群围观的网红直播感染，时代大潮顺应者立潮头，突然对这位有想法的女博士生出一种信赖，一口抿尽杯中酒，说，那我在亮灯等你。

直播结束，女孩拆掉支架，套上米黄风衣，盘散长发，人变了个样。她们拎着长条形的旅行包，手挽手，亲密地消失在夜色中。街巷里的声嚣渐渐平息，时间跨入新的一天。我们准备撤了。我酒喝多话痨，搂着曹毅环的肩喋喋不休，做成了网红村庄，我陪你醉一回。

在代驾到来之前，我们在路边先帮叶明朗拦了辆出租车。帮曹毅环叫的网约车很快也到了，他取下眼镜，鬓角被眼镜架压出两道凹痕。车启动了，又停下来，他伸出头说，有件事告诉你，小叶老家是巴丘的，听说她爷爷年轻时也在亮灯待过。

车屁股吐出一缕白色气雾嗖地跑远了。叫来的代驾麻利地把他的小电驴放进后备厢。我斜靠着座位，车载电台的音乐节目，播放着左小祖咒唱的《乌兰巴托的夜》。穿过旷野的风你慢些走，我用沉默告诉你我醉了酒。灯光在挡风玻璃上一亮一灭，夜色闪烁，真是愿意沉醉不醒啊。歌词写得多好，唱歌的人不许掉眼泪。我脑子似乎非常清醒，小叶的脸和笑犹在眼前，曹毅环也不把话说透就走了，讲半截留半截，是何意思呢？新人有新办法，信了就能成，我耳畔回响起他的话，那就信了吧。

三

住在亮灯的渔民，有的祖上是从甘肃、江苏、湖北、江西过来的，虽经几代人沉淀，但口音难变，各说各话，也都能互相听懂。也有的过去是天吊户，花钱托关系，洗脚上岸，弄到一个户口，在这里落下根，虽然生活没变，还是在水上漂，但像有了地的农民，心里格外踏实。

巴丘的本地渔民在村里占多数，洞庭湖是一片肥水，不能尽落外人田。以前几个强势点的，占着管事的位子，或者游荡在湖上做着收鱼贩鱼的二手生意。这生意赚钱来得快，不分本地外地，鱼都要过他们的手，稳赚不赔。渔民敢怒不敢言，认了太平世道下的潜规则。有门路的，私下攒厚了底子的人，几个合伙跑运输，从鹿角码头、南岳坡、街河口到城陵矶，远一点跑到钱粮湖、南县、华容、安乡。最多的是运芦苇,沿湖都是芦苇场,川黔湘西来的砍苇人割好码齐,改装后的手扶拖拉机运到岸边,有空船来装货,船老板都小气,不肯有一点浪费,吃水吃到船舷,恰恰好,再多一分就漫水了,堆起老高的芦苇,穗花白白的,像是一座雪山在水上航行。

回村后,我跟陈保水打听村里有没有姓叶的人家,话刚出口,我就觉得问了个离谱的问题。叶明朗的爷爷肯定很早就离开这里,而且据我所知,村民主要集中在陈、盛、冯三大姓氏上,加上零碎的匡、彭、许几个小姓氏人群,没有叶姓。

陈保水肯定地说,冇得姓叶咯。他家祖上是从益阳沅江迁过来的,话土得掉渣,把"喝茶"说成"恰拿",妹妹叫"老米几",中年男人叫"南宁嘎"。村里另一群人说话的声调像唱歌,发音是卷着舌头的,会把事情办好说成"搞死火哒",有麻烦了就说"噶哒卵",一群人茶余饭后聊天变成了"玄哈雅白"。我像听天书,半个月后才敢连蒙带猜,牛头不对马嘴地搭腔。

他的老父亲插嘴道,乱胡讲,谁说冇得姓叶咯。我一听,马上请陈大爹讲明白。他捋捋下巴几根稀疏半长的白胡子,说解放前一年冬天,有个躲到村里的地下党自称姓郑,其实他本来姓叶,人高马大,相貌堂堂。他藏的那户就是老盛家,老盛是江苏漂过来的,他的女儿是根独苗,喜欢上了这个高大俊秀的地下党。姓郑的是为了掩护身份,但老盛家女儿真心生出好感,两人简单办了一场水上婚酒,男的倒插门,但后来又分开了,老盛闭口不提,不知具体什么情况。

我想其中定是有故事,没这么简单,盘根问底,他是怎么到亮灯来的?陈大爹说,很久以后我们才知道,他是带着任务来的,应该是开春,他坐着匡大嘴的船,先到艑山待了两天,然后来了亮灯。那时仗打得人心惶惶,说是要渡江了,老蒋千方百计要守长江江防,派了几个兵团几十个师守着武汉、南昌、九江,守江的是白崇禧。解放军要过江,就四处在两湖两江找渔民,他的秘密任务就是组建一支数百人的渔民队伍去帮着部队渡江。哪里有那么多人啊,兵荒马乱,人都跑得不见了。

我边听他说，边在网上搜索渡江战役的经过：5月14日，第四野战军先遣兵团在湖北团风至武穴地段横渡长江，16日解放汉口，17日解放武昌和汉阳。国民党军第十九兵团司令官张轸率部两万余人起义，加入人民解放军。与此同时，为策应第四野战军先遣兵团的渡江，第二野战军一部于5月17日解放九江，22日解放南昌。

我放下手机问道，后来呢，去了多少渔民？陈大爹摇了摇头说，姓郑的有次去艑山，遭了埋伏，县城保安队的截和了，他受了点伤，死里逃生跑到芦苇荡里藏了一天一夜，被老盛家救了，悄悄地带了回来。

那个动乱的年代，人的命运真就像一片落叶，在空中飘着，遇到风起，又被吹远，不知什么时候落地，也不知落在哪里。我心中唏嘘，又在网上查到：7月20日，巴丘所属地区全部解放。

陈大爹讲述的从时间点上考证是逻辑成立的。至于那位姓郑的地下党要完成的任务，那些渡江战役参战的渔民，有人去了没有，去了多少，也许要去查一查档案馆的史料。

我问，他和老盛家女儿后来什么时候分开的？

陈大爹重重地叹了口气，说道，差不多是秋天过完的时候，姓郑的要走了，组织上召他进城，就再也没回来过。后来当了大领导，又结婚了，盛家女儿就一直留在村里，没再嫁人，也没进城。她活到六十岁那年，生日一过，突然不吃不喝，痴痴呆呆，一整天可以坐在湖边，望着远处的艑山，也不知道在看什么。市医院派医生上门，检查了一番，说不清原因。一个月下来，人瘦得变了形，仿佛随便一阵风就能把人吹得没了影。没过多久人突然死了，被发现的时候，身体已经冷了，可能死于后半夜。当时有人说，她要是做场寿宴，热热闹闹，喜气冲一冲，就不会得这种奇怪的病了。

陈保水突然想起什么，拍拍大腿，打断他父亲，说道，老盛家上一辈听说来生根的是两兄弟，湖上遇龙舟水，浪卷起十几米高，船被打翻后，抱着一块船板漂过来的。他们中的老大学酿酒，老二还是打鱼，现在的盛全伍是当酿酒师傅的老大的后人。

陈大爹满脸不耐烦地瞥了陈保水一眼,好像是责怪他把要说的话都抢走了。我问陈大爹,这个地下党尊姓大名?我查了巴丘地区历任的领导,没有姓郑的。他怔了一下,眼神一片迷茫,像起了浓雾的湖面,缓缓才说,他那时候干地下党嘛,用的假名字,后来他恢复了真名,像是叫叶广志。

我说改天去核实一下,找在政府部门工作过的老人一问,应该不是件难事。如果真姓叶,那估计曹毅环讲得没错,但叶广志还在不在人世不好说了,至少也有九十了。陈大爹说,名字就是一个符号嘛。他翻了翻眼,眼里像起了大雾的湖面,白茫茫的什么也看不清。我岔开话题,对陈大爹说,我在亮灯待的这两年,您老人家得好好帮我,大事小事多顾问顾问。他没明白我的意思,瞪我一眼说,土埋脖子,问个么子?我马上解释说,亮灯没有您不知道的,顾问的事不难,对您来说是易如反掌。他这才缓缓站起来,把瓷缸里的茶饮尽,摇了摇,亮在我眼前,脸上的皱纹一根根颤动起来,算是答应了我的请求。

地方政府十年前启动了渔民上岸工程。"人是漂泊的船,家是温暖的岸。"这两句宣传标语像广告刷满了空白的墙,统筹新盖了长相大小一模一样的安置房。时光兜转,沿湖村庄像模像样起了变化。亮灯的房子外墙都刷成了米黄色,人们说老渔村变成了渔民新村,黑瓦翘檐,前坪后院,前窄后宽,有几户种了些月季、栀子、三角梅,深红浅绿,有几户搭了竹架,葡萄叶攀着长出一片浓荫,下荫处养了几只鸡,后面方方正正弄出块菜地,种了南瓜、辣椒、茄子、豆角、空心菜。但更多的地是荒着空着,年轻人都出远门了。上面把亮灯定成扶贫村,经过一轮建设后,通村公路修阔了许多,准确地说,是没有修不好的路。修路是乡村建设的最大公约数,亮灯人走惯了水路,一看到那条宽阔的柏油马路,太阳照在路面上,银光闪闪,像是水波泛光,大伙都说奇怪,怎么头有眩晕感。

我初到亮灯那些天,陈保水有事没事请我去家里吃饭,话篓子似的往外倒。他是个热情坦诚的人,肚子里有话就要悉数倒出。他说过去巴丘的经济不好,靠山吃山,山上除了禁伐的杉、松,少有特色出产;靠水吃水,湖里的渔业资源，滥捕滥捞后日益匮乏，一年中过了春季禁渔期，渔民夏、秋两季下湖，加上水情复杂，弱势的渔民风里来雨里去，怕大风大浪，一不小心，一条船连同身家性命也保全不了，起早贪黑混张嘴，一年到头积攒不下几个钱不说，最怕下一代继续漂，居无定所，读十年书换九个学校，那个托人求人难死了。亮灯的孩子大多送到岸上的亲戚家寄住，花钱买有希望的日子，但一些年过去，真正有出息的少，中途主动辍学、初中毕业就外出学手艺的居多，也有不少人子承父业继续水上漂。

陈保水接着说，亮灯有名无实，要借光才能亮起来。陈家父子在一起，陈大爹总打断儿子说话，批评他乱胡讲，意思就是别乱说话。老人风浪里来去，凡事谨慎，我也理解，他对我这个上面派下来的书记还在观察。陈保水不管，说自己性格生成的，变不了，也不想变。陈大爹水上漂了多年，患有严重的骨关节风湿，干不得重活；陈保水读到高二，老娘生了场大病，家里急用钱，他一咬牙就退学去打工，结果钱花了，病没治好，又把读书耽误了。他是个能干的人，灶台上三下五除二，弄了个四菜一汤，有水煮鱼头、油煎毛哈鱼、豆豉炒青椒、红苋煮皮蛋。陈大爹从壁橱摸出一瓶酒，说是村里老盛家后人盛全伍酿的谷酒。他的手有点抖，抖了几年了，下乡义诊的医生说了，是帕金森病前期。斟酒时，我要抢过酒瓶，但被他挡住了。很奇怪，他抖手倒酒，斟满时酒贴着杯沿冒出一条弧线，但没有漏出一滴。

把酒干了一杯，陈保水就讲他养鸭子的经历。第一年，遇到雨季，收上的稻子烘不干，眼睁睁地看着稻谷烂掉。他看着我问，你说悲惨不悲惨？换作是你，会怎么办？

我从他表情里看出蹊跷，知道一定是逢凶化吉了，但我回答不上来，就笑着摇头。

我一摇头，陈保水就得意起来，他说，谷子烂掉当时死的心都有，毛估算，村里所有家户累积起来，该是烂了十几万斤，烂了就烂了，那段时间我人也要烂了，口腔溃疡，蹲厕所屁眼火烧似的。但我不能死啊，是哪个伟人讲过，哪里跌倒哪里爬起来。他立起身子，拍了拍屁股后兜，坐下来接着说，我能有什么办法，干着急干等，天无绝人之路，最后邻县有个养鸭子的人找上门，当作鸭饲料收走，五角钱一斤。

就这么简单，我愣住了，这不像是我期待的那个结局。

他似乎猜到我的心思，笑道，谁会想到我从那个养鸭子的身上受了启发，来年我继续种水稻，稻子收割，碎稻谷落在田里，也养群鸭子。我算好每天一只鸭子吃多少稻子，就圈一块地，把鸭子赶进去，第二天再换一块地。第二年收稻子，我就真用这个办法喂鸭子，你说鸭子进了田，拉屎拉尿，渠沟里的水又变"肥"了，我琢磨着这肥水能干点啥，思来想去就养了泥鳅。那两年粮食价格不高，但养鸭子和泥鳅帮我赚了一笔钱，这算不算循环经济呢？

从那之后陈保水就不在外打工了，回来头一年受挫，但想了这么个点子，说出来有理，做起来可行，实践出真知，村里有些人家就抄作业，到年底赚了钱，村委会班子改选，民意所向，把他推上去了。

听儿子说话得意忘形，陈大爹露出老江湖的威严，旁敲侧击，说别听他吹牛，水深鱼多，人多智广，没有谁天生通晓天下，他是我的崽，几斤几两我还不清楚。

陈保水也不恼，反过来斗嘴，你不就是在渔业队干了几年队长，那时是过度捕捞，现在什么年代了，水里都快没鱼了，你信不信，哪一天就彻底全禁了。

陈大爹在湖边生活了一辈子，对湖有感情，心里有张活地图。清道光年间洞庭湖的面积达到鼎盛，后来围垦造田，缩小了许多，剩下不到过去的三分之一。这些年人又悔恨了，开始退田还湖，水流穿过数不清的小村庄，摊开水域图，密密麻麻的。那些村庄有名有姓，但后来上岸、禁渔是大势所趋，年轻人都不愿留在水边生活，人走了多半，有的村合并后搬迁，老地名被打入了历史冷宫。亮灯的地理和历史有些独特，近水，也近山，人口稍多些，打鱼的名气也传得远点。一度有几年，城里还有人驾车数十里来这里买鲜鱼，留下一条青石板街市场，鱼市终没有做成，还是离城远要开车又易堵塞，即便基础条件改观很大，但人气不旺，转来看去总差点什么。

　　陈大爹跟我说起祖辈饿肚子的年代，亮灯人总能从湖里和湿地弄到吃的，日子好起来后，反倒显得拮据了，那是有了比较心。人与人，最怕比，也比不得。我早听说前些年，城市搞东扩，新城区越走越远，老街区越发破旧，后来换了一任主政者，说不能忘本要往南延，借着老城区改造和沿湖地产开放，城市的边界往亮灯靠近了不少。禁渔的事也摆在面前，媒体已经吹风，就等一声令下了，我猜不到这些水上的老伙计会是什么感受。陈大爹把吸得嗞嗞响的酒杯放下，说，禁了好，禁了不去遭那个水上的罪，还怕政府不给口饭？有口饭吃也蛮好的嘛。

　　不是吃口饭，讲的是要共同富裕。陈保水无奈地说，我的酒迷糊爹爹，老班子思想，做撞钟和尚，过一天算一天。

四

　　进村第二天，我就找了张地图看地形和县情介绍：巴丘往东边走，山岭起伏，海拔500米以上的山有37座；地势是自西向东倾斜，最高的九龙池海拔有1022米，最低的善溪口海拔只有57米。沿着亮江往上走，进了一座像一笔水墨画成的线状山岭，当中有一段突兀成峰。我问了好几位村民，无人说得出山的名字。终于有一个人回答："老山。"有多老，也没人说得出来。奇怪的山名，但好歹也是名字。来巴丘前我做过功课，这儿的地貌就是由线状山丘和龟状山丘组成的，"巴"在过去是蛇的古称，"丘"与"龟"在古文字中互通，古代西域的龟兹国，其实是要念"丘兹"。陈保水听我说，边搓手边说本地人过的糊涂日子，奉承我见识"水多"——渔民的生活中常拿水搭配组词来形容一些事。

　　我把村里每家每户和周边都走过了，几次都想要爬爬这座老山，但事情缠着，陈保水也说找人陪我，一直没有成行。

　　过完国庆节，有一天吃过晚饭，天色尚早，我决定去爬山，突然想起和叶明朗约的时间，拿出手机翻微信，一分钟前她发来一段语音，说她计划不变，明天出发，希望我能帮她安排一户人家住下。

她的声音从手机里传出来，有种山涧泉水的甘甜和畅快，说话的利落劲，让人踏实。现在的年轻人起点都很高，曹毅环带在身边的高足，必定不一般，他那天暗示小叶和亮灯的关系，虽还不明确，但用意我是能猜到的。我回复鼓掌欢迎的表情，她再三强调，她有过下乡经验，有个睡觉的落脚地就行。

我决定不爬山了，得跟陈保水商量，把叶明朗的住处安排在哪户人家最合适。城里来的，跟过去的下乡不一样了，不管条件是否简陋，首要是干净。走到村口，我看见陈保水正在风雨桥和老五保盛跃飞说话。我打过招呼，把想法一讲，他立马说就去盛蓉和家，她老公上月刚外出打工，家里盖的一栋两层楼，有空房。过去湖区的村镇很少有人盖楼房，吃穿用度在船上和身上，房子盖得再好，住的日子少，洪水一来，房子就淹了，头年新房水淹一回泡一次，就塌了样子。这几年慢慢建房的多了，崭新的安置房建起，别的村民不甘落后，在各家老宅基地上噌噌就盖起来楼房了。

我当即同意。盛蓉和是村里的妇女主任，说话做事不怯场，家境这几年改善不错，跟老公也出去打过工，算是见过些世面。我说，你让盛蓉和收拾好卫生，问问她住一晚多少钱，到时记到我个人头上。陈保水摆手说，来的都是客，为了村里的事，哪能让你掏腰包，先住下再说吧。我拍他硬邦邦的腰，催他赶紧去办事。他转身就发动那辆在二手车市场淘宝买来的三轮摩托走远了。我当初不明白他为什么要开个小三轮，后来他告诉我，村里剩下的老人居多，腿脚不便，有个头疼脑热，需要送个粮米油盐，三轮车安全方便。冲这一点，我对这小子又刮目相看了。

我和陈保水没少争论把亮灯变亮的问题，但我们的出发点一致，这种争论就变得有意思。他有股子干劲，也是寄望于我给亮灯"刺激"一下。我说，你希望我怎么刺激？他说，你们在省里，随便想点办法就成了。我不想让他抱太高的期望，告诉他，首先你这个村支书要打鸡血。他撸起袖子说，我愿意打，但不晓得怎么打。我说，你家老头讲"涉浅水者得鱼虾，涉深水者得蛟龙"，细细想就是这么回事，我还真佩服他。我告诉陈保水在找人策划的事后,他对策划高人的期待比我还强烈。我说,先不论人家能否想出发展好点子,首先我们得稳扎稳打,做好自己。他就再也不说"找刺激"的事,而是很本分努力地做着本职工作。我在他身上能看见些早年曹毅环铆着劲读书的影子。我打比方跟他说,若真能找到好的策划点,就像一条路,修好了,车还要跑起来,修路的价值才能显现出来。他摩拳擦掌,夸我,你来亮灯来对了!

我调侃他这话听起来像领导表扬,他不好意思轻轻拍打自己的嘴。我心想,一个人与一个地方,也是讲缘分的,我自小在山区长大,走多了弯来绕去的山路,人生半山腰,好的坏的也有所经历,到湖边打开一下心界,都是上天的安排。

我又一次梦到了小魏子。白天忙碌我很少想他,晚上安静了却常梦见。他一直往前奔跑。我看不到那张脸,天上飘着纤细的雨丝,我的喊声被雨淋湿,落在地上,像一颗颗珠子嘭嘭滚动。我们之间的距离让人焦虑不安,他从什么时候开始跑得这么快,我居然追不上一个孩子,又疑惑他并不是小魏子,那就更想知道他是谁,心情愈迫切,灼烧之感愈烈。有人敲门,这才把我从梦中拉回现实。

我迷蒙着睁开眼,天色是灰黑的,耳畔传来两三下有节奏的敲门声,伴着一个低低的声音,起床啦,公鸡已经叫啦。

我想起昨晚答应叶明朗的事,要陪她爬山看日出。我匆忙洗漱完,闹钟才响起,她站在门口,有些抱歉地说,择床,迷迷糊糊的,睡不着,比约定时间早了点。我擦洗了一把脸,嘴里说没事,但声音被毛巾挡住,不知她听到没有。

叶明朗昨天坚持不让我们去接,下高铁后在城里吃了晚饭再打出租车过来的。她穿一身户外装,推着一个小拉杆箱,拉杆处放着一个电脑包。我认出她上衣的品牌是始祖鸟,裤子是两个半环相扣的安德玛。那只骷髅鸟,是生活在侏罗纪晚期的小恐龙,不过是头部像鸟、身上有羽毛而已,在希腊文中是古代翅膀的意思。这不是我自己了解的,是小魏子告诉我的。

他缠着我逛过专卖店，一看标价，我实在是舍不得，小孩子长个子快，一眨眼就淘汰了。他并不是要追品牌，就是喜欢骷髅鸟的图案，哼哼唧唧的，我磨不过他，最后哄他选了一顶价格还能接受的棒球帽，才把他带出那家冷气十足的商场。

陈保水拎着叶明朗的箱子，我们把她领进盛蓉和家。她看到临时落脚地干净整洁，甚为满意，但也没有多少客套话。和屋主人寒暄过，她说，明早陪我去爬山？我迟疑了一下，说行啊，我还没正经爬上去过。她打了个响指，说那我到时去村部叫你，我起得早。没有导师在身旁，她变活泼了，也像是对村里的情况做过了调查。

为什么一大早去爬山？陈保水悄悄跟我嘀咕，被她听到了。她眼角翘了翘，莞尔一笑，说陈支书哪有那么多为什么，爬山锻炼身体，正好看看亮灯的风景，一起去爬？陈保水讪讪地笑，说从小爬起，爬厌了。我也跟着笑，说叶博士要看清楚我们亮灯，然后画幅最美的图。叶明朗得意地说，那可不是，这段时间我都在研究亮灯，曹师训导过我们，时间不是用来浪费的。

我蛮喜欢她这样的性格，说话干脆，不拖泥带水，做事的人时间观念最重要。待她把屋子的功能熟悉，想到这一天奔波，我不想打扰她休息，就起身告辞。我从盛蓉和家走出来，她送下来，走到院子外，说道，亮灯名不副实啊，黑灯瞎火的。

我的脸唰地就红了，好像是听人批评自己家，心生不快，也有些羞愧。幸好夜里她看不到我的表情。我转身去喊陈保水，说叶博士的批评就是我们工作的动力。他栽着头不说话，估计也心里不爽。月初，云厚，没有星光月色迎接她。我看了看村道，节能自动灯的光忽闪忽闪，弱弱地闪着，村里人家早已闭户熄灯，安静的夜晚，被一张黑色大幕铺天盖地罩住了。

五

沿着亮江走一段，然后上山，我也变成了一个导游。河床里石头多，方圆长短有别，大小色泽各异，水清流浅，沿途偶尔遇到几只体形娇小的白鹭扇翅飞远，驻足在露出尖角的大青石上，照着石缝下的水面，梳理瘦长的影子。叶明朗拿出手机拍个不停，夸赞这里生态好。

我模仿当地人口音说上几句方言，惹得她捂嘴笑，说，魏书记融入得真快。山上栽植着马尾松、水杉和不知名的矮灌木，长得郁郁葱葱。山间小路盘旋向上，极少分岔。走到半山腰，再往上走，就没有路了。封山育林，禁止砍伐，野蛮生长，上山的人少之又少。山那边是哪里？有人说是隔壁乡镇的后山，有人说是公路，没个确定的说法，就好像一件无关紧要的东西，天天摆在面前，却从没引起过注意。

站在山头上，往东北方向看得到一片洲滩，入秋后，芦花银白如雪，会有赶早来的年轻人抢着晨光拍婚纱照。我实地勘查过，有一大片废土，疙疙瘩瘩，很多碎瓦片暴露在眼前。传说那里曾是南宋初年杨幺带领农民起义的藏身、练兵之地，打过仗，死过人，也沉过船。有人想承包下来做苇场，发现总不长物，芦苇不生，别的杂草也不生，刨去上面几厘米厚的土，发现了很多瓷器。品相好的被博物馆、瓷器馆挑走了，残缺的被收藏者打包买下，不知是当年的窑址还是运瓷器的船沉没倾覆于此，至今说法不一。但可以断定的是，多少年前这里是汪洋一片。脚下的瓦砾碎石踩得响，这些都让我激动，历史不去翻，就积满尘灰，你翻动它，它就藏金躲银。后来我兴致勃勃地请教省里一位瓷器研究专家，他一句话就消解了我的期待："那不过是些再平常不过的民窑，破碗碎罐，年代久也不值钱啊。"我立刻明白那块地空荡荡的任人踩踏的原因了。临别时，专家又耐人寻味地说，重要的东西是眼睛看不见的。

我转述给叶明朗，她说，这是小王子说的，我觉得挺正确的。

亮灯有什么重要的东西是我们看不见的呢？我嘀咕着，和她边走边聊。她做思索状，脚步加快，我赶了几步，没话找话地问道，听说你老家是巴丘？她停下来，看着我的眼睛，像是在问我是不是想八卦什么。她脸上却笑着回答，南水桥，我导师告诉你的吧？我答道，南水桥大名鼎鼎，出将军的县，革命老区。她并不领我的情，说沾着革命的光，过去戴着贫困县的帽子不愿摘，其实藏富于民，图的是政策倾斜，每年大笔的转移支付。不得不说，她和曹毅环一样喜欢反向思维，让人刮目相看。我称赞道，你看问题蛮深刻的。她叹息一声，说捷径都是最远的路。

地方上的事，面上的底下的，道理和事实大家心知肚明，只是不愿戳穿罢了。但这么讲也有失公允，待在象牙塔里，哪有基层工作难的切身感触，站在不同的山上唱不同的歌，时代不同，政策左右，也怨不得地方政府和基层干部。到了乡下，我既身陷其中，又必须跳出来思考。

她问我亮灯村民的年龄比例，又问我互联网应用遭遇农村老龄化问题。我说，农民是风险厌恶型的生产消费者，慎重选择新技术应用是必然的。偏远山村通信基础条件滞后，影响了网络信号覆盖，考虑基础建设先行是首要的，也是地方政府感觉最棘手的，投入与回报不成正比。她摇头摆手，说课堂上讨论过"乡村的流变结构"，互联网带来的体验经济，是年轻人的钟爱，农村的老人显然不可能成为其生力军，他们还是喜欢隔三岔五地出山赶集，见面，吹牛，买东西，也卖点积余的农产品，这应该被视为留守老人的社会交往。即使是中年农民，突然让他改变习惯，在看不见的网络上购买种子化肥，他都感觉是冒着天大的风险，一年的农业生产，是万万不能瞎耽误的。

我佩服她的一针见血，能看到事情的症结。即使是地方干部，有的还是只能头痛医头，脚痛治脚。我问她，你们在课堂上高谈阔论，城里生城里长的年轻学生能领悟到多少精髓，毕业后会心甘情愿去田间地头扎根吗？

叶明朗略加思索，不以为然地说，选择一件事情，不是因为看不到结果就放弃，而是因为去做了才有不一样的结果。这个理，对那些学生和每一个人，都是同一个理。

我们沉默了片刻，又抬起头往山上走。周围鸟声啁啾，声声脆亮，天光已经渐渐明朗起来。太阳颜色如婴儿红，浮凸在水天相接处。水面上像铺着一块巨大的镶金边的丝绸，由鲑红向橙黄过渡，水上的光把天空洗得更亮了。走到一块凸出去的矮岩上，眼前没有了遮挡，虽然不是最高处，但开阔的水域渐渐从丛林间展露眼前，风景一览无余地打开了。亮灯的屋舍首尾相连，统一新建的渔民新居，像几块颜色混搭的积木，藏身在深蓝的湖面和灰绿的大地之间。那条通向村外的道路，黑色的路面被阳光照耀，像漂着贝壳白的浪花。挂在竹竿上的鱼鲞在风中摇晃，穿过田野，绵延而去的，是更大的旷野，也是被湖水滋养过的村庄。

叶明朗突然问我，从省城下来，你觉得亮灯比过去变好了吗？我也曾经萌生过这样的疑问，原生态的亮灯，有烟火有喧闹有冷暖的村庄，似乎是离我们远去了。我的脑子快速运转，却不知从哪里回答，只好含糊地说，任何时候的变化，都不能用绝对的好或坏来概括吧。她撇嘴一笑，好像是对这类其实没有任何观点的话表示不满。我接着说，比如村里的基础硬件是好了，但年轻人都出去了，地荒了不少，只有老人会去翻耕；渔民没法捕鱼了，似乎丢了本行，但上岸转产另谋生计了，还是可以干与老活计相关的，做餐饮，卖风干鱼，虾稻套养，水产养殖，去做护渔员旱涝保收也不错。

走在前面的她停下来，转头看着我，并不接续我们前面的讨论，却说，你看上去有点忧郁，像忧郁的大叔，别人对你有过这样的第一印象吗？

我故意做了个夸张的表情说，有吗？怎么会是这个印象？嘴里这么说，心中却记起刚到亮灯不久，当地组织部的领导来看我，先夸奖我看起来老成，我心里说这不就是说我显老嘛。又说我有艺术家的范儿，我这才没忍住问对方，没留长发，没穿奇装异服，何以见得？他说一个人稍不留神，就会不自觉地把身上的忧郁气质暴露了。我倒不觉得这个印象有多不好，恰好说明了生命底色中的东西，怎么也修饰改变不了的，只是忧郁的人显老相，让我有点小受伤。

她不回答我，径直朝前走了。走急了，我的小腿肌肉有紧绷的吃力感。我看她的刘海被汗珠沾湿，一小绺一小绺的，贴着额头，变成了卡通里的小丸子发型。昨晚离开盛蓉和家，陈保水悄悄问我，小姑娘能行吗？曹教授不来是不是怕我们出不起钱？人是我请来的，我装作无所谓地说，曹教授太忙，小叶好歹也是博士，是曹教授的弟子，没理由小瞧她的。我把曹毅环送我的话转送给他，凡事你去信，信了就能成。

叶明朗本科读的是地理信息科学，硕士转的土地资源管理，都属于地理科学专业，帮好几个地方成功打造过省里的地理标志产品，读到博士竟然选的是乡村问题研究。曹毅环说出这些信息，我又好奇又讶异，平常没觉得自己有多与时代相隔，听到年轻一代的想法经历后，就有种被巨大的惊叹击中之感。

湖风远远吹来，山间一下就清爽了，她额上的头发被吹干，摇头之际又在眼睛上活蹦乱跳起来。我们坐着休息了一会儿，她突然站起身，意味深长地说，这里我好像来过。我说，故地重游？小时候被家长带来这里完全有可能的。她呵呵一笑，风景旧曾谙。她的笑很容易感染人，我也开心地说，如果有这样的感觉，那就太好了，说明这次的合作成功了一半。

叶明朗说，我很怀念读本科、硕士时做田野调查的日子，不管是炎夏酷暑还是数九寒冬，白天到田间地头采访劳作的农民，晚上就在蚊虫飞舞的院子里或寒风呼啸的屋里与农民聊天交心，吃地道的风味，有时就地取材动手下厨，条件艰苦却并没人埋怨。那不仅是学术研究上的新鲜体验，对一个人的生活和成长而言，也是终生难得的大收获。

我心中对她又多了些敬意，下乡前要听到这些话，我一定为我的犹豫而惭愧。我说，走进生活之中是对的，真实的人生虚拟不出来。叶明朗摆摆手说，浪漫主义者都在虚拟人生，我不是浪漫主义者，但务实者也要务虚，有时候人不能只追求精确的东西。

这些话从她嘴里说出来，总是感觉有着更深的用意。我脑子时刻在加速转动，我们总在想象一种乡村，想象一种农民，却没有把他们想象成现代社会的一分子，缺少了这种想象，视野又怎么能打开。这么一想，我就有些小兴奋，叶明朗的到来，说不定才是那盏"灯"。

六

从半山腰下来，我们去盛蓉和家吃早餐。五个小碟——兰花萝卜、油炸蚕豆、腌酸菜、葱花炒蛋、油沥小鱼，还有一碗放猪肉炒码的面条。盛蓉和做坛子菜是把好手，做得又清爽又开胃。渔民水上做事，要吃盐吃咸，收网抬鱼撑船，双脚在淤泥里踩动，都是费力出汗的事，吃淡了寡味，所以兰花萝卜必备，吃多了也就吃出感情了，一日三餐少不了。我怕辣，第一次吃得咂巴着嘴，嗖嗖地往嘴里换空气。盛蓉和做事用心，往后给我的在辣椒配量上减了，萝卜吃起来有酸甜味。

叶明朗也不客气，拍着手说，看着就食欲大增。握起筷子夹几片萝卜塞进嘴里，嚼得咯吱脆响。我问她，你不怕辣？她笑着看我，说，这是个什么问法？我重复道，你不怕辣。她嘴里吞着面，含混地说，你知道我的绰号不？"辣不怕"就是我。一旁的盛蓉和打趣地说，怕辣的只有魏书记。我笨笨地点头，乐了起来。

立秋后，亮灯已经有人家在晾晒萝卜，准备储过冬吃的坛子菜。湖区的田畴上，盛产一种皮薄肉嫩光洁的鲜萝卜，切成片状，稍稍风干，辅之以辣椒粉、盐和香油，就能卤制成风味独特的酱菜，吃起来鲜香脆辣。萝卜到处有，在别的地方，变成了萝卜条、萝卜丝，制作方法改了样，虽各有风味，但兰花萝卜在当地是一绝。

盛蓉和听到叶明朗边吃边赞美，就骄傲地说，我们这里的兰花萝卜，制作的历史最早要从清代算起，我家的这个做法爽口味道与众不同，有家传秘籍，是我妈手把手教的。我听陈保水讲过她的本事，她传承了这门手艺，过去被县里一家兰花萝卜厂请去当技术指导，领过几年工资，她屋里几件用过些年头的电器，都是拿工资买的，亮灯当年可没几户人家有这么齐全。

小碟一扫而空，面汤一滴不剩，叶明朗吃完后眼睛放光，愣愣地看着我，不知是被兰花萝卜辣到了，还是在回味这顿开胃的早餐。看着光盘光碟，我开心地说，叶博士，我们到村里转转，想看点什么？她说，客随主便，你带我看什么，我就看什么。我说，那依着保水做的安排，先带你看看酿酒坊。

我们穿过几间错落的房屋，屋前屋后都散落着几件渔业用具和船上的工具，破洞的渔网，发白的缆绳，灰扑扑的浮筒，残缺的船板和划桨。空气里总有股散不去的鱼腥味，时有时无，时浓时淡，好像黏附在屋墙上，多少年都不会变。手一摸，就变成曙白的尘灰簌簌地落下来。亮灯种地的人少，也许是因为渔民在水上漂习惯了，上了岸，一下还不能转型为农民，加上种水稻的收益，大家看在眼里算在心里，欢天喜地忙碌一年，要么是谷贱伤农，要么是增产不增收，戏唱了不好看也不好听。

我问叶明朗怎么看农业和种地的问题，她不愧是曹毅环的高足，几句话就显示出理论底子。她说，古典经济学与马克思主义的传统，都反复在挖掘农业中的规模效应。我说，这是曹毅环饭碗里的研究。她点头说，理论的公共性其实人人都懂，但现实的残酷性在于，农业的产销像是同性相斥，永远不可兼得。

来到亮灯后，我就从没想过要去发动渔民种地，除了种地收益少的原因，更多是骨子里的，两个群体有着天然的差异，安居乐业的田耕，哪比得上居无定所的流浪、变幻和邂逅？脑筋活的渔民，驾着大船，水上走得久，索性在甲板上搞几个大泡沫箱，种蔬菜，养几只鸡鸭。对他们来说，水就是大地，有水就有一切。

说话之间，我们走到村十字路口，只见半栋新建的环保砖屋还没粉刷外墙，旧房子的门匾上，有掉了漆色的招牌：打鱼佬酒家。这是个酿酒作坊，用的是古法蒸馏，酿的纯粮食酒，老板是盛全伍，村里人习惯喊"老盛家"。

盛跃飞从酒坊里出来，脸红扑扑的。看见我们，他迎过来，比画了两根指头。屋里的盛全伍有什么事要交代，追着喊道，盛二两，慢些跑。他们嘴里的"走"与"跑"是同一个词，走就是跑，跑也是跑。盛跃飞停步，慢悠悠转回头，吐了个酒嗝说，有屁快放！

叶明朗开心地笑起来，问我，名字有来历，二两酒量很一般嘛。我赶紧摇头说，可别小瞧，他是有故事的人。

盛跃飞洗脚上岸后，一直还没结婚成家，不是不想结婚，是结不起，或者说是要结婚的人，因为喝酒耽误了。他从小就在水上漂，出一次水，打一网鱼，就要醉酒三天，比老话讲的"三天打鱼两天晒网"还要恶劣。有回在六门闸弯船，救了一个失足落水的寡妇，又有人说是寡妇寻短见，让他捡了漏。寡妇年纪比他大，救人一命，两人就好上了。起初他想朝着好的方向发展，多打鱼挣点钱，把岸上的家也给安了。嗜酒的毛病改不了，喝了酒手脚就重，重了就有磕碰打斗，打斗起来就忘了形，寡妇身上经常青一块紫一块，他的脸上也是刚结痂又添新抓痕。寡妇本就是个倔脾气的人，有天趁着他喝醉，船靠岸，卷了钱物跑了。个中细节，不知真假，盛跃飞也不怕丢丑，人家问，他换着说法回答，像是编别人的故事，但喝酒后一把鼻涕一把泪，辛酸真切得很，让人不得不信这就是发生在他身上的。有天晚上我请他喝酒，想把他的往事撩出些真相，但他偏不上当，像是压根没发生过，或者是早忘记了伤心旧事，反而让我猜猜他的酒量。我说，猜不着，不会是一直喝吧？他摇头，先伸出食指，再伸出中指，像是比了个庆祝胜利的动作。我说，二两不过冈？他眼一闭，继续摇头。我觉得他这身体绝无可能是两斤的量，不会看走眼的，懒得瞎猜了。我不接话了，他急了，赶紧揭秘，左手拎起酒瓶左右摇晃，右手握拳，然后又重复了一遍动作，说一斤酒每次喝到只剩二两，不到这份上不尽兴啊。我哈哈笑起来，又帮他倒满酒，说他是酒醉人不醉，算术做得好。

盛全伍的新酒清早刚出锅，让我们品一品头道酒。叶明朗捏着鼻子不肯品，说闻一闻就醉了。看我们品酒有滋有味，她忍不住也浅抿了一口，咂咂嘴，说这酒好啊，像老班章茶，有回甘感。盛全伍并没喝过老班章，听到是好评，立马骄傲地伸出大拇指。老盛家的打鱼佬酒，方圆村镇有名得很，出酒没几天就会被买空。有时盛全伍也开着小四轮去城里给几个老客户送酒，人家一次买三五十斤，用配好的枸杞、海马、人参、天麻封坛，假以时日，不比电视广告宣传的养生酒效果差。

叶明朗问，怎么不注册个商标？盛全伍说，这么小的量，打死也没想过商标的事。我补充说，打鱼佬的酒靠的是喝酒人的口头传播和懂酒人的口碑，我也问询过工商局，小家作坊，不量产就没法申请。叶明朗说，那就想办法量产，搞个村办酒厂，让盛大哥当大股东，技术入股。

盛全伍一个劲摇头摆手，说牛皮可不敢随便吹，没资金没场地，还当大股东？说得那么简单。叶明朗说，当然是不简单，但人要有梦想嘛，连梦想都不敢有，那发展也不要想喽。她看着我，又看看盛全伍，我脸上有些发烫。我承认是我帮他们否决了这个念想。世界上原本有些事是不敢想，想了也不敢干。冲这一点，叶明朗就比我大胆，至少她敢想。亮灯要的不就是敢闯敢干的人吗？我偷偷给曹毅环发信息：令徒是个人才！

七

我没想到叶明朗和陈大爹一见如故。那天我陪她去找陈大爹采访，陈保水留我们吃饭。进了门，陈大爹搓揉着膝盖，那里的关节早已变形，像一块蟠屈奇特的瘿瘤木。这是吃水上饭的人的常见病，风湿、关节炎、肺弱。她立刻撸起袖子，说她未婚夫中医学博士刚毕业，她跟着学过穴位按摩，就当起了按摩师。

叶明朗边按边聊天，说起陈大爹当渔业队长的传奇，尤其是上了湖，哪里深浅，哪里弯绕，您在就是上了保险，人家都叫您"活地图"。人人都有虚荣心，被省城来的博士这么赞美，陈大爹精神立刻抖擞起来。湖泊变迁、渔民轶事、渔村历史、婚丧嫁娶，叶明朗像做社会学调查，悄悄把一支录音笔放在桌角。两人像是久别重逢的朋友，叽里呱啦，谈笑风生，我都插不上话。陈保水添了几次茶水，示意父亲不要话痨，但陈大爹兴致高，说话如开了闸的水流向旱地，水花欢蹦乱跳，又像是终于逮到一个可以说话的人，恨不得把一辈子的话说完。我算是认清陈保水话多的原因了，还是遗传基因决定的。有个间隙，他趁叶明朗起身小解，低声说，我总觉得小姑娘像一个人。

我说，像谁啊？他瞪了一眼说，说了你也不认识。我说，您讲了我不就认识了吗？

他神秘兮兮，靠近我耳旁，说，还记得我跟你讲过的盛家妹子吗？我睁大眼睛，尖起耳朵，一言不发了。我和叶明朗是第二次打照面，交情还没深到可以打听人家家事的地步。但陈大爹这么一说，我想曹毅环也不是空穴来风，多少是知道点内情。我正要和陈大爹继续探讨，叶明朗回来了，疑惑地看看我，又看看大爹。我笑了笑，她很快忽略了我，又和陈大爹聊起了这个地方产酒的历史。

陈大爹也像忘了刚与我说的这茬事，用手蘸了水在桌上画了一个圆，说这个代表洞庭湖平原，过去临水的地方有大码头，酒是码头文化，南来北往的人，停船靠岸，探亲会友，提壶买酒，推杯换盏。那时候的巴丘酒业盛行，有"三十六米铺，七十二糟房"之说，名气在外的有杜康记、永昌行、怡兴祥等，前店后厂，满街飘香，一壶酒醉倒半城人。

我特别佩服那些说话活色生香的人，陈大爹就是这样的人。他说着话，眼睛眯缝，陶醉的模样，真是像空气中飘来醉人的酒香。我不由自主地深深嗅了一口，叶明朗扑哧笑了起来。

陈大爹丝毫没有停的意思，滔滔不绝地说起那时候城里人有头有脸的喝粮白酒中的"堆花""镜面""冰梅"，又叫烧酒，请客送人，红纸上毛笔写酒名，装瓶配对，捆扎后拎在手上走亲访友。码头工人、排古佬、渔民只能喝头锅子酒和尾子酒勾兑的大路货，又叫二锅头，价格便宜，喝起来辣喉劲大。

陈大爹又发了一番感慨，酒是粮食精，祛湿寒，渔民少不了，我们湖区的人喝早酒，晚上睡前也要抿两口。过去一个渔业队每交售鲜鱼一千斤，奖白酒五斤，而渔业队对渔民每交售鲜鱼一百斤，奖白酒两斤。那个时候，人人都爱酒，人人也都喝酒。叶明朗眨巴着眼睛说，亮灯真可以考虑自己办个小酒厂，或者找人投资，控制规模，肯定有市场和效益的。

跑了几日，叶明朗每天都兴致勃勃，一点累乏之意也没有。此前，陈保水多嘴，说了一句话，叶博士每天东家西家采访，也没忙出个什么结果。他小瞧叶明朗，陈大爹就生气了，说真金不怕火来烧，明珠不怕鱼目混，人家小叶博士看一眼，就知道有知识，你不读书能瞎鼓捣个什么名堂。陈保水百般解释不是恶意诋毁，陈大爹又是一顿训斥，好像是维护自己的亲闺女。

到了周末，叶明朗想去湖上兜个风，我原本联系借了渔政的船艇，却临时接到通知要参加市里的项目会。我跟她解释，她也不介意，说改时间再去，就留在盛蓉和家整理采访录音，梳理一下思路。

会是市文旅局组织的，我进了会场一问才知道是个"神仙会"，主题是新文旅项目申报，但完全没定思路和方向。大家东一榔头西一棒子，也没拉扯出什么有价值的东西。我拍下会标传给叶明朗，半个小时后她才回了一张露出龅牙的笑脸表情。

趁着大家七嘴八舌，我到楼下的史志办串门，之前结识的一位副主任，给我找了两本20世纪90年代编撰的巴丘文史资料辑。我带回会场，读到几篇回忆解放前地下党活动的口述文章，作者中没有叶广志，但在一篇文章中读到了有关他的事迹，大意是说他十三岁参与交通站情报的传递，机灵勇敢，后来在执行渡江战役的特殊任务中负伤，被亮灯渔民保护，解放后先后在公安、司法战线工作，又担任地委主要领导多年。

会议结束，我又被拖着吃了顿闲拉胡扯的晚饭，回亮灯的时间有点晚了。从主干道拐上一条乡间公路，路上很黑，夜空里的星辰格外明亮，我突然兴致一来，把车停在路边，打开手机夜景模式，拍了几张照片发给叶明朗。她很快回复，问我，回来了吗？要不要一起去看湖？我说，一刻钟到，你在路口等我。

离村一公里有个老码头，老码头离湖不到三百米，老式红砖砌了一座简陋的灯塔，四面用厚玻璃镶罩着，这些年风吹雨淋，只剩下个壳。过去每天会有村里的老人等天黑之后，爬几步台阶往大油斗里加油，点燃灯火，一斗油正好保一夜不灭。也有个说法，油灯很神，遇上狂风暴雨，灯若突然熄了，就预示那夜会有人翻船遇难。老一辈说起哪一回灯灭了，天蒙蒙亮，村里就传来了伤心恸意的哭声。陈年旧事，孰知真假，我当时听了心里总觉得怪怪的。

从村里去老码头有条窄长的水泥路，车可以通行。叶明朗上车，问我，下午的会有收获吗？我说，这不是正想听你的高见。她比画着我们身高的差距，笑着说，高人才有高见，矮个子只有矮见。我笑着说，依我们老家的说法，个子矮，点子多。她不和我贫嘴了，很认真地问我，为什么有人会仰着脑袋伸长脖子，借助望远镜看夜空，看那些闪耀着又在百万年前就消失的星辰？

我说，是不是只有在无边无际面前，人才会感到渺小？她点头又摇头，说，人也只有在遥望时，才会产生探寻的欲望，人飞往太空的梦想不就是遥望时产生的念头吗？我还想说什么，已经到了离湖最近的停车处。

打开车门，一股风灌进来。夜风沁凉，把衣服裹紧一些，在衣服与皮肤摩擦的瞬间，又生出些热量。叶明朗痴痴地望着，灯塔孤独地站成一尊黑影，湖上深邃，天地之间都是黑蓝，但这黑蓝色又是发光的，真是奇怪。如果是过去，有渔船夜归，有渔民夜捕，有钓者夜钓，人也会给湖带去亮光。

叶明朗伸出双手，像是要抓住夜风，然后转头问我，为什么大地上有山峦有湖泊有深谷？我答道，是因为地壳运动？但我知道她想告诉我的肯定不是这个答案。她的手在空中画着圆，说，其实我们看到的是一片废墟。我惊讶她的说法，说，废墟？她似乎瞧不起我的惊讶，说，山峰隆起，深渊崩裂，有高低起伏，有峭立塌陷，我挺喜欢这样的堕落，这样的废墟。我故意抬杠，堕落和废墟是你们的修辞吧，现实可不是修辞。

她不说话了，怔怔地盯着什么也看不到的远处湖面。过去我在村里，到了晚上，寂寞难挨，但到湖边走一走，听着夜色中若隐若现的湖水声，心里会慢慢暖和起来，人一暖和了，寂寞也就排空了。夜风紧起来了，我担心她着凉感冒，就提议往回走。她说，再坐坐吧。我脱下外套递给她，裹紧衣服，席地而坐。

风制造着沉默，也在打破沉默。她说，每个地方都有它的故事，我给你讲讲闺蜜的一个故事？我目不转睛地看着她，等着她的故事。她故意沉默，我说，那你快讲讲，洗耳恭听。

湖面上有的地方黑，有的地方水光反射，像是挑动着要燃烧完的灯芯，拨出一小片光花。叶明朗把看向远处的目光收回来，说闺蜜拿到农大的录取通知，家里人一片反对声，说一个女孩子读什么农业，人家都往大城市往国外走，难道还要倒退回乡村。只有爷爷很开心，爷爷年龄大了，身体也不怎么好，那段日子还违反医生的规定，破例小酌了两杯。闺蜜不明白爷爷为什么高兴，后来爷爷在病逝前把她叫到病床前，说希望她以后用学到的知识多为乡村做点事。

我说，你同学的爷爷是干吗的？老农民？她说，闺蜜的爷爷曾经干过地下党，后来是市里的离休老干部，逢年过节享受着被市委书记登门慰问的高级待遇。闺蜜从家人那里得知，爷爷年轻时结过婚，当时为了掩护身份，组织上安排的，但后来回城这段关系就结束了，两人也没有真正地生活在一起，那个农村老婆也从没进城找过他。

我说，那个革命的年代，有太多这样的悲欢离合了。她说，你说爱情是不是从来都如此脆弱？我说，你就这么肯定是爱情？也许当时她爷爷只是为了革命事业。那你问问闺蜜，她爷爷后来是不是很愧疚？她说，爷爷去世时交代要把所有工资积蓄都捐出来，之所以有这样的念想，既是为广义的乡村，也许真是有赎罪的想法。我说，两者都有吧。她说，唉，谁说得清呢，往事不提也罢。我说，你知道吗？故事有一个功能，就是唤醒。她说，为什么要唤醒？人任性一点，沉溺于过去有什么不好呢？我说，唤醒且不沉溺，是要面对未来，"未来"说起来好听，但太多不确定会让人并不想那么快走进未来。她说，对亮灯的未来，你有信心吗？我感到了些凉意，搓了搓手说，别岔开，先说为什么要讲这个故事。她说，你不觉得此时你是最好的听众吗？我"揭穿"她说，有人讲自己的故事，总喜欢安插到他人身上。她欢快地笑起来，我说，你这个"小说家"露馅了吧。

远处有水声，但什么也看不见。叶明朗把头扭过去，偷偷瞄我两眼，又假装看向远处。我叹口气，说，你听说了吗？那个女人一生未嫁。她也长长地吁了口气，缓缓地说，我不是故意的，其实我讲的就是我家的故事，我没见过那个人，但爷爷说她也是我的奶奶。

我不知该如何接续这个话题。叶明朗声音低沉，接着说，很长一段时间，在我们家都不允许提她的名字。爷爷进城后，革命工作忙得昏天黑地，一年后，她托人把他的东西都送了回来。爷爷抽空找了她一次，不见人，听村里人说远嫁他乡了。爷爷真以为她又结婚了，就再也没回去找过她。

我心想，那个年代的人，有多少让人痛惜的爱情故事啊。叶明朗喃喃自语，那些年，她为什么不来找他，为什么要撒谎呢？她一个人是怎么过来的？

我缓慢而凝重地说，这也是你到亮灯走这一趟最重要的原因吧？

叶明朗像是魔怔了，过一会儿才说，我要看看一个女人一辈子没离开过的土地是什么模样。她起身站立，粲然一笑，把手伸到我眼前。我被她拽起来，冷风吹得我哆嗦了一下。冷不冷？她问我。我摇头说，我下乡来到亮灯，第一感觉它的名字真好听，一定是个温暖的地方。她从背后推着我，说，大叔赶紧走起，亮灯才会变亮。我什么也没说，像是被一股力量托起，在风中轻快地跑起来。

八

又过了两天，陈保水打电话来，说陈大爹喊我到家吃饭，给叶明朗饯行。那天我正从市里开完会往村里赶，小魏子十几分钟前发微信问我，夜晚是什么形状的？我没作答，他又追问，什么时候归窝？"归窝"这个词是跟我母亲学的。

上次回去也是和小魏子有关。学校老师此前发信息，周末青少年宫有场公益讲座，通过选拔的孩子家长务必到场。小魏子叮嘱我不得缺席，讲座我迟到了，但也并不可惜，老师讲课比较水，"信息学程序设计人才培养专题报告会"，光听题目就提不起兴趣。小魏子明年六月小学毕业，我去了乡下后，家里就是老人管着日常起居。他的学习能力不差，成绩稳居班级前列，但老人说他不是这里马虎，就是那里自我要求不高，告状过来，我一只耳朵进，另一只耳朵出。我劝老人，说别大人卷小孩卷，小学阶段主要是多培养点兴趣，快乐学习，健康成长。老人不听劝，三天两头微信语音批评我管教不严，将来必定后悔。说多了我也有了错觉，以为"后悔"离我不遥远了。我知道小魏子的心思，既不想兴趣班占据太多业余时间，又不敢在老师面前直接拒绝。对他试探性的提问，我回复：你的选择你做主。接着又补了一句：去参加一下也无妨，老爸全资赞助。他回了一个闷闷不乐又无可奈何的表情。

我有时闭眼想到他，就能看到他扒拉地球仪的模样。他从小喜欢研究地图，最高的山最深的海沟，最大的草原最长的河流，地球仪换了好几个。他把口水流在美利坚合众国的版图上，也把鼻涕擦在南极冰川上。无聊的时候，他就跑到离家不远的省图书馆，手里捏着一支微型激光笔，绿色的光点落在那只自动转着的硕大地球仪上。这是一个铜制的地球仪，陆地海洋凹凸不平，他嘴里念叨着那些国家的名字和它们的面积人口首都，让从身旁经过的孩子把他当成怪物。

我拨通叶明朗的手机，她说，准备明天回学校，把这次收集整理的资料递交导师，如果有需要，过段时间再来。

我当然不舍得她这么快离开，这一个星期突然觉得生活充实了许多。我问她，想到好点子了吗？她说，暂时保密。我说，那太好了，保密就是有戏了，我回省城后替你向曹师请功。她说，我可没邀功啊，今晚吃饭后陪我去湖边散步，算你请功。我呵呵笑道，遵命。她说，友情提醒，大叔把眉头展开一些。我说，不是距离产生美吗？说这话是有来历的。我们交往算得上很投缘，说话相处都有了一种心底生出的信任。有一次我说她与亮灯很有缘分，她却说不如讲我俩有缘分。我说那得感谢曹毅环，她说下次找盛二两把曹师放倒。还有一次她开玩笑问我，为什么眉头像上了一把锁，难道不能保持点距离？难道不知道距离产生美吗？我被她逗乐了，眉头展开，她眼疾手快拍了照，时不时拿着这张笑得很率真的照片在我眼前晃，调皮地说，你看看嘛，距离产生美。后来我看到她偶尔皱眉，也会拿这句话怼她。

盛全伍送来两瓶老酒，盛蓉和送来刚揭坛的兰花萝卜，陈保水的厨艺超常发挥，一桌人热闹，陈大爹就把酒喝多了。带着醉意的他，口无遮拦，话像网一样就撒开了。他端着杯子，手颤抖着，说道，朗伢子啊，朗伢子哦。我们都噤声，不知大爹要发表什么指示。

他刺溜饮尽杯中酒，神秘地说，当年，朗伢子的爷爷做地下党的时候，来我们亮灯，说是执行一个什么计划，你们猜叫什么？

叶明朗和大爹已经很熟了，他们私下见面聊天，有时不知是为什么事笑，笑得前俯后仰，有时又叽叽咕咕，像一对秘密共谋者。我猜他们不止一次聊到过盛家妹子，那个时候，她的表情就很感伤，我没有打听过盛家妹子的名字，亮灯的人也似乎都忘记了。

陈大爹见我们不接话茬，自顾自倒满杯子，说道，那个叫渔火计划，任务就是找上百名渔民给解放军当船工。陈保水插嘴，计划成没成？大爹白了他一眼，说，这是问的什么傻问题，天下都得了。大家都跟着笑起来，叶明朗递给我一个眼色，我也会心地笑了。前几天我把在史志办找到的那两本文史资料辑给了她，口述文章中确实提到了渔火计划，与陈大爹的讲述大同小异。我问过她，资料辑里为什么没有采访你爷爷叶广志的文章，知道原因吗？她说，爷爷拒绝所有关于那段历史的采访，我也很好奇，死缠烂打问过爷爷，但到了亮灯后才一点点明白，爷爷是铁了心要把秘密带到另一个世界，包括所有的愧疚。

饭后，大家散了，叶明朗和陈大爹告别，两人泪流满面，一别三回头，大爹一个劲地劝她莫哭，自己却一把老泪止不住。陈保水喝了酒话更多，重复着一句话，叶博士留下来不走啦。陈大爹剜他一眼，说，朗伢子是要跑大世界的人，你要说多请她回来，把这里当自己的家。叶明朗说，我有时间就会回来看大爹的，您和保水哥要记得答应我的事，让村里的年轻人都回来，亮灯有人就有未来，等我们的渔火计划成功实施，回来了保管不会差。

回来了保管不会差，一听这话，我心头一酸，眼睛红了。走到湖边，风一吹，酒劲慢慢散开。叶明朗抵不过大爹的劝酒，喝了三小杯，脸红扑扑的了。我说，你要多来亮灯几次，大爹保管把你的酒量培养出来。她假作嗔怪说，没点保护意识，让我喝成酒迷糊，谁帮你们出点子？我马上大包大揽说，下次你的酒我都替你喝了，你把最好的点子给亮灯想出来。

走到湖边，叶明朗停下脚步，问我，你最想成为怎样的人？我一时语塞，这个问题我也曾认真思考过，但没有答案，因为我并没有朝着那条道路上走。我反问，你呢？她不假思索地说，喂马，劈柴，周游世界。我嬉笑道，这不是海子的诗吗？我也曾经想当个诗人，信不信我背给你听？她也扑哧笑起来。她说，我就想过诗意的生活、自由的生活。

之前我们曾聊到农大，我问她很多年轻人会选择金融贸易那类专业，为什么她不走寻常路，她就给我讲了七年前她大学本科男友的故事。那是一个来自川西北农村的男生，他第一次坐火车出远门就是上大学，下了车，坐地铁，正是高峰，人海之中，波浪涌来，他突然有种溺水的感觉。他跟她说自己的担心，他害怕找不到回去的路了。他的家乡很贫困，一家人为了他来上大学，攒了很久的钱，借了很多的钱，将来也要还很多的钱。他本科毕业，没有考研，而是毫不犹豫地选择回到了家乡，当了一名乡镇干部。他们两地相隔，他主动减少了联系。时空会掩埋一切热切的情感，她是无意中从同学群里才得知他牺牲的消息。那年夏天暴雨引发山洪，他跑到山里通知一户人家，为了救一个老人，他们一起被泥石流冲走了。她后来去了事故地，听说他原本不会死的，那个没救成的老人，曾经借给他父亲八百块钱，那是父亲为了他能去县城读高中借的学费。叶明朗讲完这个故事，静默了，眼神暗了下来，我看到她脸上的泪痕，像夜空彗星消失的尾巴。

湖上的水汽，蔓延到岸上，爬到正在疯长的芦苇上，在风中发出潮湿的气味。我说起小魏子喜欢地球仪的事。叶明朗说，喜欢地理的孩子长大了都是浪漫主义者。我不以为然，学地理的人要脚踏实地，最接地气，需要尊重常识，怎么和浪漫合而为一？她否定我的质疑，说地理学家都是勇敢的探索者，人类每一次可望而不可即的探索，归根到底都是由浪漫的热情驱动的。我心想，研究理论的人总在寻找各种自圆其说的借口，反正老子也管不了儿子一辈子，梦总要人去做，实现与否，另当别论吧。

她不管我有没有在听，继续讲她的梦想，她曾经迷上了地理学，想去探险，带着测量和绘图的技巧本领，成为沙克尔顿那样的人。我说，你说的这个沙克尔顿我没听说过，请原谅我孤陋寡闻。

她皱着眉，问我平常读不读书，看不看新闻。她还白了我一眼，这是我第一次见到会笑的白眼。她说，沙克尔顿在南极探险的经历闻名于世，他的经历要是搬上银幕，一定会引起轰动。我故意逗她，真有你说的这么厉害？

她嘟了嘟嘴，说，我给你讲讲沙克尔顿四次南极探险中最惊心动魄的一次。他带领"持久号"探险船于1914年8月从伦敦出发，28名船员的探险目标是徒步横穿南极大陆。行进中浮冰将船围住，即将面临沉船的危险。沙克尔顿那时只有一个愿望：活着走出去，一个都不能少。随后的五个月里，28人登上了一块巨大的浮冰，这块浮冰随着时间的推移不断地碎裂，并慢慢变小。在浮冰彻底碎裂前，他们分乘三艘救生船漂了七个昼夜后，登上了荒无人烟的大象岛。沙克尔顿觉得不能坐以待毙，带人乘坐最大的救生艇横渡八百英里，来到了南乔治亚岛的捕鲸站寻求帮助。捕鲸船经历了四次尝试，终于从一段浮冰上穿过，留在岛上的28个同伴安然无恙，每个人都获救了。我们能想象得到吗？这群人一年多时间在浮冰上的日子，那个艰难过程无法想象。

我听得入迷，问她那艘探险船后来怎样了。她掰着指头，说，沉没在南极冰下，已经有一百年了。我说，沙克尔顿后来呢？她说，他四十七岁时心脏病发作，死在了南乔治亚岛上，那也是他最后一次极地探险。我有些怅惘，说探险家多数是客死他乡，但于他们而言，最好的归宿是死在路上。我说小魏子昨天还跟我留言，要写一个探险的故事，沙克尔顿的经历正好可以启发一下他的灵感。她说，以后我和小魏子结伴旅行探险。我哈哈地笑起来，你们还应该去玩密室逃脱。

这段时间，陈保水配合我悄悄做了件事，他这次很得力，麻利地把路灯弄好了，村里的路到夜间明亮起来了。我没主动跟叶明朗说，但看到她发了朋友圈，拍出照片里的小路，夜色中像一条游动的银光带，前方闪烁着一团火。叶明朗第二天大早要赶到市里坐高铁，我送别她时，她郑重其事地说，夜黑下来的时候，渔火要亮起来。

回到村部，我立刻在日记本上写下这句话，并激动地朗诵着。我对曹毅环又添了一层感激，他派叶明朗来的决定太正确了。我们怎么就没想到，渔火就是灯火，有了渔火，那才是亮灯该有的模样啊。我打开微信，琢磨着说几句致谢的话，又不知说什么才合适，她却发来一条信息：谢谢大叔带给我的灵感，我们的渔火计划，希望早日实现！

我回复她：叶爷爷在天上看着你，我替亮灯感谢你！

九

叶明朗回去后，起初还有信息，但各自忙碌，回复不及时，联系也就不热络。有次我回省城跑年度项目资金的审批，想去趟农大也没成行。后来我和陈保水难有闲工夫，慢慢也不再提到她。倒是陈大爹念叨过几次，还是说朗伢子像盛家妹子，一个模子出来的。陈大爹是喝了酒说的，酒话我不信。

我问过他，为什么盛家妹子没有去找叶广志？陈大爹一声长叹，说，过去那么些年，事情说不清了，都是命定吧。叶广志回城后，盛家妹子固执得很，自己驾着渔船悄悄躲了起来，有人说她跟别人结婚了，叶广志大概是听到这些消息，再也没回过亮灯。隔了有两三年吧，叶广志是真结婚了，盛家妹子回来了，不喜不悲的样子，从此一个人在村里过生活。

一个月后，曹毅环给我打电话，左兜右转，说，也不见你再邀请我去亮灯了。此前我给他打电话汇报过叶明朗亮灯之行的表现，他话里酸溜溜地"刺"我。我说，叶博士是替你老人家打前站，也没了音讯，你老人家千请万请不过来，我都急死啦。曹毅环说，你心里明镜似的，还跟我兜圈子，明朗做的项目设计大纲，我看过后觉得非常好。我故意怼他，说，先别王婆卖瓜，好不好还未经我过目呢。他一点也不谦虚地说，名师出高徒。听他这么骄傲，我心里挺受用的，但也担心依叶明朗果敢的性格，不知落地的可行性多大。

曹毅环说内容经过讨论后叶明朗还在改，随后只给我发来一张项目书的封面图，主题是"亮灯渔火季"，副题是八个字："千盏渔火万家灯火"。

曹毅环电话里也带给我一个不顺耳的消息，叶明朗最近忙着准备很多材料，农大推荐她去香港科大参加优才的一个项目，未来博士的课题和研究会集中在香港完成。我也不明白怎么一下就急了，嘟囔道，才刚开始，主创就撤啦。他安慰我，说明朗表态了，不管人在何方，心在亮灯，渔火灯火都会点燃的。我是真担心一件事刚有个好的开头，又中途夭折了，但也只好顺着梯子下来，不忘给他敲警钟，说，我只管要结果，学生完成不了的，导师可不能推托。

当天晚上，我上门找陈大爹讨主意，想听听他怎么看渔火季这个创意，也是想再挖一挖还有哪些文化资源。没想到他一听"渔火"两个字，就双眼放光，从磨破皮的旧沙发椅上站起来，身体摇摆后立定，抖着手说，这是个大好事啊，亮灯的渔火过去可是远近有名的，再说，"渔火"这两个字就是成功啊。

陈保水也在一旁附和，腰挺得笔直，显得很激动，好像成功伸手可摘。我原以为要花很多口舌来沟通，没想到就这么愉快地得到了大爹的认可。陈大爹看了我一眼，说，这是朗伢子出的主意吧？我伸出大拇指，说，什么都逃不过大爹的眼睛。

我们还在热火朝天地讨论着，市文旅局的甘耀明打来电话，开门见山，找我要渔火季的项目。他是局里分管文化旅游项目策划推广的副局长，和我也是校友，平时见面不多，但总比外人多一分亲近。他说，赶紧把亮灯渔火季的创意报上来。我很纳闷，他从哪里听到的风声，旋即想到是曹毅环泄密的，便故意装糊涂说，甘师兄从哪里道听途说，八字还没一撇呢。

他颇为不满地说，有一撇就有一捺，不要吃独食啊。

年初市里下了任务书，谋划后疫情时代的促消费、稳增长。这两年旅游萧条，文旅部门急火攻心，领导都坐不住。我想他大概也是觉得这个点子好，就顺着他的话说，独木难成林，渔火季的文章，没甘师兄助力，这份独食我是吃不了的。他说，创意是你们的，落地也在亮灯，要夺也夺不走，我们到时再开个诸葛亮会研究。今天找你这么急，是因为省文旅厅有个"网红村庄"的项目申报，要选中的话，连续三年，一年少说也有三五百万元的支持，我准备建议市里重点推一推亮灯。

听说有资金支持，我也来劲了，答应尽快把项目报上去。甘耀明得意地说，就是嘛，我觉得有曹毅环出点子，省厅又有罗处长，也是我们自己人，这个项目必须拿下。我多嘴问道，省文旅厅是罗琼管这个申报？他意识到说漏嘴了，支吾道，你把项目书写好，申报那一块我们去争取，志在必得。我心里明白了，肯定是罗琼所在的处室分管，不然甘耀明不会这么自信。我说，如果是罗处长管这个项目，我就不给她添麻烦了。

他急了，马上开炮了，魏东来，这么好的机会，你报也得报，不报也得报。我慢悠悠地说，甘局长报什么都行，不过和我无关。

渔火季的项目书迟迟没有定稿，叶明朗像突然就消失没了联系，她是个做事认真的人，但这份等待让人忐忑不安。有一天，她发信息给我，说项目申报的事曹师告诉她了，他们正商量着改，主要是有些概念落地的可行性有待提升，最后定稿了再和曹师过来亮灯一趟。

情怀不能当饭吃，乡愁不能改变现实。临走前，她和我谈到的设想是，未来亮灯可以把老传统工艺的现场体验与网上传播结合在一起推广，国家级非遗保护代表性项目洞庭渔歌要打造成精品演出，让外地游客和本地人来了有节目展演看，有传统美食吃，有传统手工和文创产品买，过境游就变成了目的地游。我承认这个饼画得挺圆的，曹毅环说，把饼画圆也不容易。

这些天，我满脑子都是"渔火"两个字。有一次，我一个人在外跑累了，呆呆地坐在村部，喃喃自语，渔火总是要点燃的。陈保水突然从我身后冒出来，问道，你和谁说话呢？我四面看看，没有一个人，怔怔地看了陈保水一眼，说，我没说话啊，你耳朵有问题了。

晚上闲下没事的时候，我就琢磨叶明朗走过的地方，会给她留下些什么记忆，又会带来哪些灵感。晚上我坐在办公桌前，在一张白纸上写写画画，那些线条的波纹，像是洞庭湖的水，有了颜色有了形状也发出了嘭嘭的声响。我认真地填好了项目申报书，拿到资金有了保障，才能确保在亮灯实施好渔火季计划，这是大家的愿望，我比谁都更希望叶明朗的心血能在亮灯开花结果。

甘耀明还是不断给我发微信，问渔火季的项目设计进展。原本着急的我，看到他这么急，反而心情平静下来了。罗琼做事情，讲原则是出了名的，我既不想去碰钉子，也不想让她破例开口子。我想起离婚后那段日子的颓废慌张，容不得梳理对错，整夜在梦中奔涌而至的是沉重的挫败感，水浪般拍打着我的五脏六腑。她援疆两年回来，职务提了正处，到文旅厅换了个新岗位。她是那种上进心极强的女性，注定不能牺牲自己来成就我，我们生活中认知差异越来越大，她和我母亲的性格也不对付，特别在孩子教育上一个喊东一个朝西，应了自古婆媳是冤家那句俗话。这成了她下定决心离婚的理由。离婚时，她把抚养孩子的优先权给了我，但要求双休日至少有一天让她带带孩子。她的态度我既意外，又很生气。我后来理解了，她是考虑我父母从她怀孕起就和我们住在一起了，又是一手一脚把小魏子带大的。我现在甚至有些感激，如果没有小魏子，老人肯定会更为孤独。生活往往不为人的意志所改变，老小安好，于这个阶段的我而言，就很心满意足。感情的事像水，有的细水长流，有的声浪滔天，都是一去不回头。过去罗琼在我心里弄出的声响，从我到亮灯之后，奇怪地平息且消失了。

十

小魏子参加了编程班组织的竞赛，拿了个市级二等奖，通知我参加他周末的颁奖活动，还嘚瑟说，奶奶讲的，爸爸小时候连手抄报奖都没拿过，就更别提这个高科技的奖了，是不是该给配套奖励。我平时在家里打电话向领导说过的那些词都被他学去了，真是让人哭笑不得。我答应周末回去一趟，准备带他去贝拉小镇一日游。

那天临出发前,叶明朗来电话,说项目内容紧赶慢赶,定稿还是没能做到完全满意,她就要走了,后面的曹师会亲自上手,目前的这个内容也具有可操作性了,待会儿就传到邮箱。

叶明朗把话说完,我问她在哪里,她说在农大附近的咖啡馆,我说我刚好回来了,中午请你吃饭吧。她答应了。

我跟小魏子解释,先把他和奶奶送到贝拉小镇,他得一个人玩,我要赶回来,等工作上的事情处理完,下午再接他们。他不高兴了,眉头皱成了一道拱桥,问我到底什么事这么重要。我说是改变村里面貌的一个重大计划,不能耽误的计划。他说,我想参与你们的计划。为了哄他开心,我说,我们这个计划,是爸爸请人量身定制的,到时说不准真需要你的编程设计,你可不能袖手旁观。他这才开心起来,说道,不要小瞧我学的编程,无人机组队表演,我可以遥控指挥。

我和他拉完钩,一起出门。母亲也善解人意,让我帮他们叫了个网约车。送走小魏子,我就开车去了后稷园,途中看到手机邮箱的提示,是叶明朗发来的邮件。我打开邮件,下载附件,边开车边读起这份期待已久的项目文稿。不得不说,从大目标到小细节,从节会上一次性的节目表演到衍变成长期存在的项目,她动了心思,环环相扣,仅夜经济这一块,谈到了夜购、夜食、夜娱、夜游,具体到网红小吃、文创产品的名称和制作都提供了参考思路。而在传播这一块,她提出了开幕式上的情景舞蹈、专场音乐节和洞庭渔歌这些国家非遗演出,直播间、热搜等时髦词。最让我没想到的是,她还对巴丘的火车站遗址公园、街河口、鱼巷子、南岳坡这些老地方非常熟悉,设计了烟火秀、灯光秀、大湖夕照摄影展等各种形式的活动。从设计来说,近期远景,下里巴人与阳春白雪,点线面结合,近乎完美。

咖啡馆窝在多年前我也去过的书店里,店门口挂着一块锈迹斑斑的铁艺招牌,很有岁月的沧桑感。我记得这一排门脸,最早多家经营本地小吃,逢"文明迎检"就要大动干戈,后来学校索性收回来化零为整,扩充了变作出版社门店,出版社经营不景气,又隔出一片区域设为雅座卖咖啡。叶明朗坐在高脚椅上，笔记本电脑是打开的，目光落在玻璃窗外出神。我站在她身后，她并没发现我的到来。她的笔记本电脑上是发完邮件后的界面。我拍了拍她的右肩，却侧身坐到了她左边的空椅上。她回过头，看到没人，转身才看见是我，噌地站起来，满脸欣喜地望着我说，我小时候就常常这样骗我爷爷，他左看右看，故意装没看到，我像个小傻瓜一样跳到他面前，他就一把抱住我说找到啦。

她话音刚落，突然脸色一变，两行泪水就落了下来，又惊慌失措地去擦。待她情绪稳定，我说，是想爷爷了？她摇摇头说，要离开这里了，有些难过，刚把亮灯的渔火季方案发给你，又想起爷爷当年在亮灯时的日子，想起我从没见过的盛家奶奶。

我想，亮灯建设好了，叶书记的在天之灵是能看到的，他一定会为你骄傲。她的眼泪又哗啦涌了出来。我一下找不到岔开的话题。周边有人偷偷看着我们，我们找了个沙发卡座。她说，爷爷在遗嘱里交代过两件事，一是找个合适的时机，把这些年的工资积蓄捐给亮灯，二是想把一半骨灰埋在老山上，一半撒入湖里。我说，市委听说了叶书记的遗嘱，也很感动，市老干部局的同志到现场看过了，放心吧，我和陈保水会落实好的。

我们身后摆了几排书架，纸页油墨的气息和香草拿铁的奶香混在一起。大落地窗外，马路上人来人往，几棵高大的法国梧桐，黄叶飘摇落下。我们谈到渔火季中的一些具体项目，她变得活跃起来，逐一详细讲解设计的初衷和操作方式，脸上渐渐灿烂起来。临近中午时，我要请她去吃一家喜欢的餐厅，她选择了在咖啡馆点牛排简餐。我问她去香港的行程定了没有，她说，半个月后吧。我说时间过起来超快的，原先舍不得你走，但一想也就是去交流学习一年，还会回来的。她说，我回来，等我去亮灯，说不定就大变样了。我说，你是规划设计师，我们保证一张蓝图画到底。

吃过饭不久，她未婚夫催她去银行办事的电话来了，叶明朗抱歉地皱着眉头，说，大叔欠我一顿大餐。我说，对对对，欠着欠着。她张开双臂，我闻到她发丛飘出一缕只有大地花草才散发的清香，愣怔了一下，也把手臂打开，她迎上来，紧紧抱住了我。我说，叶博士，别皱眉了，距离产生美。

叶明朗离开后，我又续了杯咖啡，周围都是青春洋溢的面孔，我有个错觉，她悄悄地回来了，躲在角落朝我笑。我给曹毅环打电话。他说，我保证，这个项目是近几年我看到过的美丽乡村建设中最出色的一个设计，全省也找不到比它更好的。我心里明白，这已经不再只是我的工作，还是亮灯一个来之不易的契机。挂断电话，我把渔火季的设计方案和项目书发给了甘耀明，申报的事交给他了。

半小时后，甘耀明兴奋难抑地回了电话，说在电脑前看了两遍，这个定稿更完美了。他说，小叶博士真不错，有很多文旅产业运营的新逻辑，真要搞成了，就是一个特色文旅网红打卡地，有了这么好的创意，一定能争取到省市配套资金推动渔火季。他接着说，你得好好感谢这位小叶博士，过去在我心里，总觉得80后、90后有一个普遍问题，间接经验的触须非常发达，但缺少直接经验，其实说白了，无非就是书本知识学了不少，对真实世界的了解、在生产生活上的经验，还是差上一辈人一大截，没想到小姑娘看得这么透彻，又和时代结合得那么紧密。

我笑着说，时代的革新往往是靠年轻人的力量推动的。这句话是叶广志说的，叶明朗讲给我听的时候，眼睛里闪动着钻石般的光。

十一

三个月后，市里举办叶广志同志捐赠、骨灰下葬仪式，叶明朗没有赶回来。两个月前她去了香港后，发给我一张面朝大海的照片，是傍晚拍的，水面上浪花的亮光像一团火球，她的侧影，投在沙滩上，却成了仿佛也在粼粼闪动的一片光影。

因为疫情，仪式从简，原本准备的领导讲话、记者采访那些程序都取消了，这也是叶广志同志家属的建议。陈家父子亲自驾船，把一半骨灰撒入洞庭湖中，盛全伍、盛跃飞和几个回来的年轻人，把另一半骨灰埋在山头一棵松柏树下，那是山上长得最直最粗的一棵。

人群散去，车队要离开时，我从陈保水手上接过一个包裹，送到叶明朗母亲乘坐的车上。那是渔火季的设计稿。设计稿装订成册，有些压手，里面有很多叶明朗拍的照片，有她爬过的山路，流过的汗水，有她在亮灯的白天与黑夜，是她用梦想设计过一遍又一遍的新亮灯。她母亲微笑地看着我，说，谢谢你陪明朗完成她爷爷的遗愿，那也是明朗的心愿。我说，叶老的捐赠，叶老的情怀，亮灯村民都很感动，渔火计划即将启动，到时邀请您再来亮灯。

车队离去，暮色如漫水，八方来袭，亮灯又沉入一片深海般的寂静之中。我抬头望了望，远处的湖面上，泛着折弯的光，一片片，一丛丛，像是谁点燃了渔火，闪闪烁烁，眨着孩子般明亮的眼睛，好奇地看着人世间。我意外地发现，原来亮灯的每个夜晚都有着不易察觉的变化。

原载《当代》2023年第5期

林那北

渔家姑娘在海边

一

能不能戴帽子去，陈英为难了一阵。陈星开车来接她，让她进城去帮一阵忙，说白了就是当保姆，保姆不能戴帽子吗？陈星厉声说："又不是秃子，戴什么戴！"陈英就把已经扣在头上的鼠灰色羊毛帽摘下，放入衣橱。陈星比她小十六岁，是她弟弟，这个弟弟一直这样对她不容置疑地说话，她每次也同样不容置疑地听从。这几十年她几乎每天都戴帽子，夏天遮阳，冬天保暖，春秋没有实质性的功能，也戴，就是觉得头上加了一顶帽子，人就有了边界，如同木桶被箍上竹条。突然不戴，脑袋一下子悬空了，像只气球飘来飘去。

陈星催："走吧走吧。"

陈英点点头，提起箱子跟在他背后往外走，锁门，上车。车从农场大门开出去时，她扭头往后看了一阵。这个国营农场是20世纪60年代初建起的，最初大部分接纳转业军人，拓了半座山种茶树和梨树。过了几年，从城里来了很多知青，茶园一下子扩大，果树也多出柑橘、龙眼、枇杷、芒果之类，一眼望不到头。陈英十八岁嫁进来，觉得跟进皇宫差别不大，从未想到有一天会离开。她想去吗？不想。托陈星找保姆的人是徐右林，但不是去徐右林家，而是去城里章久淑家。

陈星是副镇长，徐右林是副县长，章久淑以前是市委常委、宣传部长，而陈星和徐右林是中学同学，章久淑则是徐右林大学同学的表姐。这么小的事，却绕了这么一大圈。快过年了，章久淑儿子一家四口从上海回来，需要一个做家务的。可靠、朴实、话少，这三个条件是徐右林领会后总结出来的。徐右林不认识陈英，章久淑也不认识陈星。一开始大学同学在微信群里说要找保姆，徐右林马上让陈星找，陈星就把陈英的照片发给徐右林，没说是自己的姐姐。徐右林转发给同学，同学在美国，但不影响发微信，就把陈英的照片再转发给章久淑，章久淑回复好，然后就通过了徐右林的微信验证申请。

陈英平时穿着一直简单，不烫发，没有裙子，一年四季脚上都套着平底老北京布鞋。陈星又特意叮嘱她，不要带新衣服去，越旧越好。她明白，当保姆要干活，又不是去做客。找了找，柜子里也没几件新的，就挑出颜色灰暗点的毛衣、运动裤、薄羽绒服。头发刚过肩，也不需要修剪了，用皮筋扎成马尾。她很瘦，坐月子都没胖过，倒是一直想胖点，但没用，吃下去再多的东西，都像进了无底洞。

车不是直接开去城里，而是先拐去县城接上徐右林，然后三个人一起去章久淑家。

是一个看上去并不起眼的小区，连大门都是窄窄的，楼房一共五幢，呈品字形排列，都不太高，十一二层，刷着淡黄色涂料。车到门口被保安拦下，徐右林拿出手机，接通后递给保安。保安才喂了一句，马上声音软下去，说好的好的，然后把手机递还，手一挥说："走吧。三号楼1101。"

徐右林不知道三号楼究竟是哪幢，看上去他也是第一次来。他穿着西装，打上领带，胖，粗大的脖子因为被领带勒住显得非常局促，几乎嵌进肩膀。以前陈英都是从电视里看到穿得这么板正的男人，他们总是匆匆赶去哪里开会。一直到现在，她的脖子都又细又长，她不喜欢没脖子的人。

但无论如何，徐右林轮不到她喜欢或不喜欢。

小区的路是环形的，右进左出。正面与大门相对处看似随意地砌着一堵青石墙，墙左右两旁整齐地种着纤细的小琴丝竹，形成类似玄关的效果。陈星开着车转一圈，又停到大门旁。坐在副驾驶位上的徐右林按下车窗，笑眯眯地看着保安："请问哪幢是三号楼？"

保安应该来这里久了，脸色有点旧，眼皮懒懒地合紧又撑开，手潦草地往上一举。

徐右林和陈星对看一眼。陈星没开口，应该明白过来了。车往前开，开到中间那幢，下车看，楼身上确实不起眼地贴着一个蓝底白字的小牌子，上面写着"3"。

很奇怪，楼房为什么不是从左到右，或者从右到左按顺序排列？

下车后徐右林说等等，又打了手机，笑起来，小声问："可以上去吗？"他脸朝着陈英，却不是对陈英笑，也不是对陈星。一个人隔着那么远，对另一个完全看不见的人笑起来的样子，原来这么难看。收了手机，徐右林也就收了笑脸，说："走吧，章部长在等我们了。"

电梯走得很快，眨眼就到了十一层。有一瞬徐右林目光在陈星和陈英脸上来回扫一眼，好像发现了什么，说："咦，你们怎么长得有点像？"

陈星笑笑，没有答。陈英不笑，也不答。家中四姐弟，陈英最大，陈星最小，两人确实长得最像。父亲眼睛细长，鼻子高挺，嘴唇薄，个子却不高。母亲长相平常，但脸小，腿长，个高。陈英和陈星取了父母长处，陈英身高一米七，陈星则超过一米八。

电梯停下，门开了，徐右林腿一抬急急跨出。1101房的门开着，章久淑已经站在门内等了，年纪与陈英相仿，个子也差不多，短发，大眼，笑得很温和。徐右林一下子矮下去，是腰那个部位折叠起来，头向前倾，看上去就像一根粗粗的拐杖。陈英跟在最后，一时弄不准这到底是不是见领导的标准姿势。她脖子紧起来，眼珠子左右动，发现门内的章久淑已经看过来了。"噢，就是她吧？不错不错，快进来吧。"前面半句评价的是陈英，后面半句招呼的是所有人，说着眼光也从陈英身上转开，落到徐右林脸上去。

徐右林和陈星呵呵笑出声，陈英没笑，此时她心跳不是太稳，不敢笑。

三人脱鞋，一个跟着一个缓缓进门。他们手都没空着，徐右林拿两盒燕窝，陈星提两盒茶叶，陈英手里则抓着26英寸旅行箱，箱子是陈星老婆用过的。陈星老婆在镇中学教英语，每年暑假总喜欢带着儿子到处旅游。

"看着挺清秀啊，比照片还端正。"章久淑说。

徐右林马上说："今年六十二岁，抱歉章部长，年纪偏大了……"

"不会。"章久淑摆摆手，"刚好，太年轻了也不行。"

徐右林马上说："对对对，刚好刚好。她虽然六十出头了，但您看身材多好啊，简直快赶上您了，一点都没发福，看着最多就像五十岁。"

陈英已经并腿坐到沙发上了，双掌搁在膝间。她瞥一眼旁边的陈星，见他正咧着嘴，脸上浮着很多笑，不住地点头。她重新勾下头盯着自己的脚，陌生、古怪、假。刚才进门时，章久淑递给她一双粉红拖鞋，不是新的，但也不太旧。农场宿舍地面铺着青砖，那里的人都没有进屋脱鞋的习惯，在外怎么穿，回家还怎么穿。几十年里仿佛焊住了，她脚上一直是黑色老北京布鞋，灯芯绒的面，踝前一条带子绕过，扣住外侧，区别只在于冬天毛袜，夏天丝袜。

徐右林和陈星在客厅坐一会儿就走了，只有她留下，属于她的是入门左侧一间只有八九平方米的小房子，干净整洁，床、柜、桌、电视应有尽有。陈星当天晚上就发微信问她怎么样，她说好。又问章久淑对她如何，她说好。

二

章久淑儿子在上海开公司，娶宁波女孩为妻，生了一儿一女，平时有空他们都去娘家，每年只春节回章久淑这里。大的孙子已经七岁，没有安静的时候，小的孙女才三个月，完全把儿媳手脚捆住了。章久淑急着找保姆，就是为了应对儿子一家。他们腊月二十八回，正月初九走，前后十二天。他们一走,陈英以为自己也可以回家了,章久淑却说:"你回去休息几天再来吧。"陈英愣了片刻才回过神来,这是让她继续留在这里。

章久淑单身一人,陈英不知道她为什么单身。

晚上章久淑出去应酬,她经常有应酬。陈英到楼下扔垃圾时,给陈星打了电话,她得问明白怎么回事。陈星在话筒那头支吾着,显然他也有点意外。他说:"我正开车,过一会儿打给你。"通话就断了。陈英不知道陈星的"过一会儿"究竟是多久,她先是在垃圾站旁站会儿,又往旁边移几步。五六分钟过去,手机响了。陈星说:"就按她的意思呗,你回去把家里的事情处理一下——我看一周吧,最多一周,然后再去。"

话筒里很嘈杂,喊着"干了!""快点!"之类的,伴着重重的笑声。陈英已经明白,刚才陈星根本不是在开车,他在饭局中,那么他的"一会儿"意味着什么?她想到了徐右林。

母亲怀上陈星那年,陈英正上高一,十六岁,下面两个妹妹一个十二岁一个九岁,都还在读小学,她们三个猛然间做了同一件事,就是辍学。没钱了,钱必须集中给好不容易才到来的陈星。陈英和妹妹有不满吗?没有,她们也认为陈星好就是她们好。陈星果然很好,长得好,个子高,脑子还灵光,轻轻松松就考上大学,毕业后进了镇里,一步步做到副镇长,让陈家人脸上都有光。没有任何背景,陈星真的很不容易。

陈英和妹妹也不容易。父母早早给她们安排了婚事,嫁就嫁呗,彩礼都归陈星。老家只有小学,上中学得去十几公里外的镇上。陈英当时就是寄宿,陈星也是。陈星从来没带任何同学回过家,包括徐右林,但陈星最常说起的名字就是徐右林。徐右林爸爸是校长。徐右林姑姑是县里的什么局长。徐右林考上师范大学了。徐右林毕业后进团县委了。徐右林娶局长女儿了。徐右林提拔了……论关系的话,这个叫徐右林的人就是陈星唯一的关系。章久淑要留下陈英,陈星可能也没想到,他不敢做主,在那个"一会儿"的时间里,陈英猜他可能找了徐右林,徐右林让陈英按章久淑的意思,先回家,再去城里,继续在章久淑家做保姆。

天很黑,没有月亮,星星也没见几颗,仰头看上去,是无边的穹形铅灰。路两旁樟树又高又壮，即使是这个季节，叶子仍在半空中密实地交会到一起，把路灯遮挡得昏暗幽深。五幢品字形大楼间，有个修得精致简约的小花圃，还有三个操场，大小不一的路从中穿过，车辆和行人区分得有理有节。这里是市直机关干部住宅区，可能是以前统一建的，然后出售给机关里有一定级别的人。三号楼与其他楼外表看上去区别不大，不过陈英现在已经知道，这幢楼住的都是曾经或现任的市领导，每套房子结构更好，屋内面积也更大。

她没有马上回去，而是出了小区大门。小区隔壁有个公园，搭了三个亭子，外围一圈榕树，里头错落地种些紫薇、扶桑之类的树，大片的草坪间纵横着几条用鹅卵石铺出的路，还有几块空地。很热闹，情侣、小孩，还有打太极拳的老人和跳广场舞的女人。怕扰民，这里不许唱歌，打拳跳舞的伴奏音乐也放得很小声，声音一大马上就有戴红袖章的人过来阻止。同样到处是树，红袖章让这里与农场马上不一样了，毕竟是城里啊。

她转几圈，返回小区，上楼，章久淑还没回来。进门后她把厨房重新收拾一遍，客厅的地也拖过。章久淑说日常卫生一天做一次就够了，陈英却觉得不够。不是刻意的，她天生这样。小时候家里属于她的东西不多，但从记事起她都要井然摆放，被妹妹弄乱了，她又马上拢好，非得横是横竖是竖，一点都含糊不得。

手机叮咚响了一声，拿起来看，是陈星发的微信，问她是否方便通话。所谓"方便"，指的是章久淑不在边上，这是他们之前约好的。陈英把微信语音电话拨过去。陈星刚才在酒桌上，他喝过酒后可别开车。她问："你到家了吗？"

陈星答："是。"

陈英说："以后要少喝酒，酒伤肝。"

陈星半晌才嗯一声，问："你跟部长说好了吗？回去几天再去？"

陈英脱口问："一定还要再来吗？"

"当然！"陈星话又不容置疑了，"必须的！听说章部长每个月会给你开三千五工资，我加一倍，你一个月可以拿到七千。"

陈英打断他："跟钱没关系。我……不太习惯。"

陈星用更高的声音也打断她："什么习惯不习惯的，在城里，在那么好的房子里住，在那么大的领导身边，你不知道别人有多羡慕你，连我都羡慕。我跟你说啊姐，你不能有任何动摇，丝毫都不能有，你在那里对我和徐右林很重要，知道吗？"

陈英不解，问："什么重要？"

话筒里安静了几秒，然后陈星叹了口气，说："一句两句讲不明白。就这样，你老实待着，回去几天，过了十五元宵节就去，明白了吗？"

陈英长长地噢了一声，似乎什么都明白了，其实她一点都不明白。做个保姆而已，洗衣做饭清理屋子，这些事跟陈星有什么关系？还有徐右林，她至今只见过一面的人，居然也重要？这时陈星又问："章部长今晚在家吗？"

陈英说："不在。"

陈星问："她去哪里了？"

陈英说："不知道。"

陈星嘟囔道："以后你要机灵点，不能什么都不知道。"

陈英静默片刻，小声说："好的。"

一直到放下手机，她都觉得这根本不可能，她哪能弄得清章久淑。刚才给陈星打电话时，她已经进了自己的小房间，关上门，这会儿又出来，客厅仍是空的，章久淑的书房和卧室的灯也仍是暗的。她愣愣地站了会儿，抬眼看看墙上的钟，走过去把阳台的门关上。起风了，过会儿章久淑回家时别被穿堂风吹着凉了。

另外，她记起该拿出一床新被套，把厚点的棉被套上。手机里不断提示，过两天今年最强冷空气将至。而过两天，她恰好要回家一趟。

三

陈英老家那个村叫洲尾，临水，但水只在村口绕过，更多的是村子后面渐渐高起来的山，国营农场就在半山上。第一批插队知青中有个女孩叫许三妹，中等个，两根齐腰辫的末梢总是扎到一起，像脑袋上吊着两只头缠在一起的大黑蛇。胖，嘴大，眼睛细长，腮帮圆滚滚地堆着肉，看着壮实，但挣到的工分都是倒数第一，一干重活就哭。农场偶尔放电影，还搞文艺联欢，这在洲尾村都算大事，村民拥去，挤满一礼堂。陈英带着两个妹妹也去过，每次都看到许三妹把长辫在头顶盘成髻，穿着五颜六色的长裙或阔腿裤，一个人在台上扭来扭去，圈转得又急又多，看得人眼都晕了，她还没停下来。这时候许三妹总是笑眯眯的，眼睛左眺右看，满脸都是说不出的撩人模样。报幕员说这是"独舞"。有一天许三妹突然出现在村小学，她被招进来当民办教员，只教跳舞。那时镇政府称为公社，公社差不多每个月都有几场会演，庆祝节日或者什么大会召开，全公社各中小学好歹都得弄个节目去。负责唱歌跳舞吹奏乐器的团队，被统称为文艺宣传队。在许三妹来之前，洲尾村小学宣传队所有节目在预审时都被刷掉；三个月后，节目顺利过审，正式登台；半年后，洲尾村小学的节目被重视；又过半年，洲尾村就一枝独秀了。许三妹自己不会乐器，唱歌嗓子也不行，她说服校长把这两样都放弃，专攻舞蹈。她自己编舞，或者回城里学了搬来，马上就不一样了。洲尾村虽然地偏，毕竟是水路能到的地方，很早就算个人口密集的大村，加上国营农场的子弟，小学师生加起来有九百多号。全校做课间操时，许三妹在操场上走来走去，不时贴近某个女生，歪着脑袋眯起眼看，然后低声告诉对方，一会儿你找我。找她干吗？就是她比画几个动作，让你学一下，再往上搬搬你的腿，拉拉你的肩。陈英最初就是这样被许三妹叫去，然后成为宣传队一员的。那年她六岁，刚读一年级，许三妹蹲下捏捏她的腰，让她双手举过头顶，往上蹦跳几下，转两圈。后来许三妹有点小得意，反复说自己第一眼就发现了陈英的天赋，小头小肩小屁股，骨架也小，协调性柔韧性太好了，手脚又长。她叹了一口气说："你真不该生在洲尾村啊。"

陈英不这么想。洲尾村有什么不好？父母，两个妹妹，还有陈星，不生在洲尾村她就遇不到他们，没有他们活着多没意思啊。她也没觉得自己舞跳得有多好，音乐一起，手脚自然跟着动，就跟风吹树梢一样理所当然。演出很多，排练因此也密集，每天差不多都直接去练舞，上午下午，有时连晚上都得再练。许三妹比谁都费力，每天脸上都是汗，就是大冬天衣裳也总是湿的。陈英她们排练时，她拿根竹条一下一下往墙上打拍子，大声喊："上，下，提，转，蹬，走了！"又喊："给胸腰，腆出。立，稳住。气息，用气息。舒展开，手腕不要折了。眼神，眼里要有情绪。这样……"所谓的"这样"有时是她自己跳一遍，有时是把陈英拉到前面示范。整整五年，陈英就这样围绕在许三妹身边，等她小学毕业，许三妹恰好也成为"工农兵大学生"，离开洲尾村。

陈英再见到许三妹是三年以后，这三年她在中学宣传队里依旧是无人替代的一号。公社只有一所初高中齐全的中学，校书记由公社副主任兼任，演出仍密集地周而复始。那年电影《海霞》上演，无论长得普通但演得传神的小海霞，还是有两个大酒窝的美貌大海霞，都火得发紫。里头的插曲也火了，《渔家姑娘在海边》，真是入心入肺的美。那时学校里流行手抄本，从小说、诗歌到歌曲。陈英也抄得起劲，整天哼"大海边哎沙滩上哎，风吹榕树沙沙沙响，渔家姑娘在海边哎，织呀织渔网，织呀嘛织渔网"。没多久许三妹突然出现了，校宣传队老师把她请来，教跳的舞就是《渔家姑娘在海边》。

许三妹比之前又胖了一圈，细长的眼睛被肉挤得更小了，一笑就眯成一条弯弯的线，嘴因此显得更宽大。排舞时许三妹只来了两天，第一次演出时她又来，化妆、梳头、戴头花都忙一遍，然后坐在台下看。其他二十人拿着斗笠，陈英除了斗笠，腰间还独自系个竹篓，不停地旋转奔跑，在队列中高跳低盘。她那套立领边襟和大裤管的服装虽然跟别人一样，都是用日本尿素袋染一下做成的，但别人染的是酞菁蓝，她却是粉红的，灯光下就像朵开在池塘中的荷花。一下场，许三妹走近，在陈英背上拍一下，说："真好！"

顿一下她伸手在陈英脸上摸一下，又说："就是饿三天，我也瘦不出这么好看的小脸蛋——噢，我得告诉你，整整五分二十八秒，舞台上，你都在发光啊。"

陈英正满头是汗,还有点喘。她的动作量太大了,在台上不觉得吃力,但刚停下来,气还是有点缓不过来。许三妹以前也经常夸她,她浅浅一笑,觉得似乎该谦虚一下,但她没说出口,以为之后反正还有的是机会。这舞在公社又演过几次,然后去县里参加会演,接着县里组织各公社巡演,掌声一片。可从第一次演出后,许三妹再也没在学校出现过。当然就是出现了,陈英也见不到。陈星出生了,家里一有陈星,陈英就不上学了。一开始宣传队老师轮番来,连校长都来了,劝了又劝。陈英抱着陈星直摇头,满心的欣喜像一串串气泡从每个毛孔往外冒。这是父母盼了多少年的弟弟,陈家的独苗,太珍贵了,如果必须用所有的一切换这个陈星,她也是愿意的。

老师一走,媒人就找上门了。先定亲,两年后结婚。丈夫是农场场长的儿子,得过小儿麻痹症,右腿短一截,背拱起,三十岁出头,二婚,前妻生儿子时难产死了,再娶,就娶到陈英。彩礼比其他人多出两倍,另加一块钟山表、一架蝴蝶牌缝纫机和一辆永久牌自行车。

农场建有几幢排列整齐的两层楼职工住房,还有办公楼、篮球场、乒乓球桌和一个带有舞台的大礼堂,这些都是村里没有的。场长也是洲尾这一带最有声望的人,比村里的大队长更富更有权。父母啧啧啧地庆幸,陈英也认同。偶尔她心里咯噔一下的是丈夫的背和脚。"天鹅颈",她记得许三妹对脖子这部位一直有特别的要求。"别耸肩!背拔起,腰立住,肩向下沉。对,这样——你们看陈英,头发像被人拧起,往上揪,高傲得像天鹅……"陈英没见过天鹅,但见过鹅,许三妹让她拔,她就尽力拔,拔着拔着,就成习惯了。无论如何,之前她都没想到自己会跟驼着背,走路一瘸一拐的人躺在一张床上。

丈夫自己倒无所谓,他小名就是"侬瘸",全农场的人都这么叫他,他笑嘻嘻地答,每天都高高兴兴的,动不动就搂着陈英喊:"宝啊,你是我的宝啊。"陈英记得,在陈星出生前,父亲经常打母亲,骂她是废物,生不出儿子,喝醉酒手上抓到什么就往母亲脸上砸什么。丈夫却每天把陈英亲得满脸都是口水,给她端水捧饭,摸起来怕她皮肉痛,手都不敢使上劲。

还能怎样呢？不看他的背就是了，也不看他怎么走路就好了。两年后陈英生下儿子，坐月子吃下很多农场里养的鸡，很奇怪也没胖，但脸粉嫩地泛出油光。儿子满月那天，丈夫特地坐农场的手扶拖拉机下山，给陈英买布做新衣服，中途拖拉机翻下山沟，满车的人只是受伤，独独死了一个人，就是依瘸。同车的人后来说，依瘸一路都在说陈英。以前陈英在公社礼堂跳舞他都赶去看，这样这样，那样那样，说着就站起来比比画画，咯咯咯笑。车就在这时翻了，他是在笑声中死去的。

母亲说："这就是命，人家对你那么好，你可不能负他。"

公公说："有我在哩，你和儿子我来养。"

陈英哭了几天，然后抹掉眼泪出门。她当然不会负丈夫，也不要公公养，只要有收入，她可以省吃俭用自己把儿子养大。但上学时她都在排练和演出，课上得少，学的文化自然也少，其他事她做不了，也不能正式入编，只能在农场收发室当个临时工。倒还好，好歹过下来了。后来公婆去世，儿子也大了，去长沙打工，在那边娶妻生子。丈母娘家是本地人，有房子，家境宽裕，身体也好，可以帮着带孩子，总之都不要陈英操心。

农场早就散了，知青走光，山上的果树被承包，资产划归村里，这样陈英仍然是洲尾村人。她始终没有回娘家住，农场有丈夫留下的房子，还有地，种点菜养点鸡鸭，一天天的也没什么愁苦。有时往坡上瞥一眼，那里有一座墓埋着丈夫和公婆，以后她也会埋进去。一眨眼，一生很快也就过完了。

哪想到有天陈星突然给她打电话："姐，你一定要帮我一个忙啊，好不好？"

她当时就笑了。这几十年，只要是陈星的忙，她什么时候不帮啊？农场里分点肉或水果，她都要匀出大半送去给陈星吃。陈星刚到镇里工作时还是单身，她每周都要骑自行车去，给他洗衣服和清理房间。这个傻陈星。她马上说好，然后就被陈星和徐右林带到章久淑家了。

四

陈英跟章久淑说自己要回农场一周。章久淑说好，还特地递过几盒酥饼，让她带回去。

父母都去世了，两个妹妹嫁到外村，陈星在镇上，老家已经空了。农场当年就修了通车的土路，但从城里来的班车只到村口。下了车有很多骑摩托车的人来拉生意，陈英觉得没必要，她可以自己走上山，这条路她已经走了几十年。

最鼎盛时农场有四百多人，除了知青，还有各地招来的有工资有劳保福利的集体制员工。现在能走的都走了，剩下三十多人，都是头发花白的，一辈子靠山吃山，老了也只能待在山上一起晒太阳打麻将，反正有退休金，倒也乐呵。前几年有人把荒废的果园承包走两三亩，办起农家乐餐馆，兼营民宿，曾经热闹过，这三年多消沉了，不过最近又开始有起色，周末总有人开车来，让山上热闹了不少。

看见陈英，老工友马上嘴就咧开，很高兴。"哎呀呀，你终于回来了。"陈英心里也叹口气，是啊，终于。其实才十来天，怎么竟觉得有十几年呢？那天走得匆忙，她以为去去就回，所以床和柜都敞着，这是她这次急着回来的原因。山上草木多，蚊虫也多，灰尘却少，如果仅离开几日，倒无大碍，但章久淑留她，陈星说要听章久淑的，那时间就没个底了，她得回来收拾一下。

当初为了照顾依瘸腿脚不方便，农场特地把一楼靠东面的两间房子分给他们，没有产权，但可以一直住着，这就够了。房子外面是块开阔地，倒上水泥，放着几张石凳，还有钢构滑滑梯、铸铁单杠之类的简陋器械。陈英在门外眯起眼看了一阵，都是她熟悉的东西，再看，又有些陌生了。四十九岁那年，她的肩突然撕裂般痛，无法上举和提重，半夜一转身就疼醒。陈星那时还只是镇里的宣传委员，也没买汽车，他借了一辆摩托车到农场，把陈英载到镇医院。没大问题，肩周炎。除了拿些外贴和涂抹的药，医生还教了几个动作，说锻炼一阵就能好。陈英一看，不难，跟以前许三妹让她们练的开肩动作差不多。每天晚上她就在屋前空地上动一动，先双腿分开站立，双臂拉住低杠，上身前俯，胸找地，一点一点用力往下压，再侧拉、后拉。从十六岁到四十九岁，她的身体已经静止了三十多年，关节不知不觉间僵住了，被这么一扯，嘎嘎响。陈星说痛就是身体发出的警告，老天让你活着，就是让你动，死了才一动都动不了。陈英想儿子不在家，自己如果病了，又得让陈星为她折腾，她确实得动。邻居的女儿在广州开瑜伽馆，回来探亲时，教了她一套动作，除了拉肩，还有松胯、练腰和拉腿。也不难，她柔韧性本来就好，折腾了一阵，肩果然不痛，整个身子都伸展开来，精神也好了很多。人懒下来会成习惯，动久了，停下来也不舒服。去章久淑家这十几天，她其实也没停。不是有床吗？地板上也可以。中午或晚上睡觉前，她都要关上门做做青蛙趴、平板支撑，再展胸、压肩、开胯、拉腿之类，只要不弄出响声，练多久都没人知道。

来了很多工友，听说陈英回农场，他们都很高兴，有的还提着自家种的青菜，堆到灶台上。陈英把章久淑送的酥饼分给大家，说："谢谢，不用了，我过两天还得走。"大家都很意外，大声噢了一句，接着就问为什么。陈英笑笑，没有答。他们就更好奇了。山上没有秘密，你家的事一直就是我家的事。陈英儿子在长沙是住在丈母娘家，她难道也要挤进亲家那套房子里？陈英动了动唇，突然想起陈星的交代，让她不要对外人提起到章久淑家的事，便马上抿紧嘴。屋里的人互相看看，脸多少有点涩起来。邻居说："陈英啊，这些天你不在，我们广场舞都跳不起来了。"陈英还是抱歉地笑笑。前些年见陈英在楼前空地上拉伸，拉到竖叉、横叉都重新变得非常轻松，邻居几个女人羡慕不已，就跟着她一起动。后来有人提出跳广场舞，这个大家都有兴趣，就让陈英先跟着视频学，然后教她们跳。还真跳起来了，每天早上七点空地上就响起音乐声。一开始只有五六个人，后来越来越多，女的男的都有，连农家乐那边的女服务员也抽空跑来。空地显得小了，就移到二三十米外的篮球场。陈英因此还去淘宝买了个拳头大的小音箱，每天拎去放音乐。

这一刻她突然有点沮丧。早晨在篮球场跳跳舞，中午做一套瑜伽动作，晚上再到空地上拉拉伸，这才是她的日子。工友们都走光后，她给陈星发了条微信："真的不想去，不去不行吗？"陈星没有马上回复。已经中午了，她去小超市买两包方便面，回来时家门外停着一部黑车小车。陈星来了。她自己可以吃方便面，陈星怎么能瞎对付呢？她说："我再去买点菜。"陈星拦住她，说："我已经吃过了。我们进门说吧。"

屋里已经打扫过了，陈星一屁股坐下，点根烟。手机里说抽烟有害健康，可陈星到镇里工作没多久，就抽起烟。陈英泡了杯茶放在陈星面前，意思就是让他放弃烟。陈星好像没明白，一直把那根烟抽完，才动了动身子，叹口气，看着窗外，眼神是呆的。

陈英从来没看到过这样子的陈星。她盯着他，心跳很快。出什么事了？手机里大大小小官员被抓被审被关的消息不断，每次看到她心里都咯噔一下。贪官可恨，但一联想到陈星，她又不免忐忑。陈星贪吗？她不知道。上了大学，读了那么多书，应该去做科学家、建筑学家，可陈星却偏偏要到镇里。久站河边，万一湿鞋呢？

陈星说："姐，我今年几岁了？"

陈英眉头皱起，她觉得问题更大了。"你比我小十六岁，我六十二，你四十六。自己都不记得了？"

陈星右手掌支着下巴，长吸一口气，重重吐掉，不说话。

陈英上前两步，俯下身子，问："怎么了？"

陈星不看她，眼睑低垂着，小声嘟囔道："已经四十六岁，时间不多了……"

"胡说什么啊！"陈英打断他，"这才多大啊。"

陈星摇头，说："你知道副镇长是什么级别吗？副科。上面有正科、副处、正处、副厅、正厅……姐，过了五十，提正科都难了，知道吗？你说我怎么办？"

陈英脖子梗着，不敢动。她真的不知道，她知道这个有什么用？陈星的老婆是镇中学最好的英语老师，儿子读到高一，成绩在年段不是第一就是第二，这日子是多大的福气，陈英想想心里都流蜜，陈星却发愁，问她怎么办。她说："你呀，你是全村最出息的人……"

陈星很不满，身子一挺，大声喊："洲尾村鸡屁股大，再出息有什么用？我有那么傻吗？我不配当镇长、县长吗？"

陈英连忙摆手，说："不是不是，你能当副镇长，我们家祖坟已经冒青烟了，爸妈在地下肯定笑得嘴都合不拢。"

"姐。"陈星叫一句，突然哽咽了，"我如果当厅长、省长呢？他们难道不会笑得更开心？我怎么出生、怎么长大你都忘了吗？是我把你、二姐、三姐都毁了。手心手背都是肉，你说爸妈怎么那么狠心呢？"

陈英说："瞎说什么啊，我们不都好好的，哪里毁了？"

陈星低下头，很久才抬起，闭着眼，很用力地说："二姐嫁的是什么人？吃喝嫖赌的二流子。三姐呢，嫁给那个整天打老婆的老光棍，一直到我找了村干部治他，他才不敢打。小时候我第一次见三姐被打成那样，就打定主意要上大学，要回镇里当官。还有你，你最惨……"

陈英马上说："我不惨！"

陈星摆摆手："我告诉你，我刚到镇里时，年纪稍大的同事一听说我是你弟弟，都一下子睁大了眼。真的没想到你当年那么红，那么红啊。他们都说你舞跳得好，长得也好，反正跟电影演员都快有得比了，却因为我不上学了。姐，你说我这辈子活得有多累？爸妈之外，还有三个姐，每天我都在跟自己较劲，我要不活出人样来，你说我怎么赎这么大的罪？"

陈英手按到陈星肩上，轻轻捏了捏。"这样就太见外了。我们是姐弟，什么都是应该的。你好好的，我们就很高兴。"

陈星眼猛地一睁，脸往上抬，看着陈英。"可是我不好，我没关系没背景，能好吗？我最多靠徐右林，可是他有屁用。说是副县长，但排位是最后一个，又贪，手脚一直不干不净，劝都劝不住，这不，现在终于惹上事了。他自身都难保，还有什么可指望的？"

陈英问："什么事？"

陈星张张嘴，马上又闭拢，摆摆手说："算了，不谈这个。"

陈英悄然叹口气。陈星不谈，就是不想让她知道。这也没什么可奇怪的，上高中后陈星就很少说自己的事，他不说，肯定有不说的道理。姐弟四个建有一个微信群，平时不太有动静，发的主要都是陈星的消息：提拔了，评先进了，儿子成绩多好之类。姐妹三个碰到有难处，才会稍微提一提，向陈星讨个主意。在她们面前，陈星更像个无所不能的哥哥。陈英手在陈星肩上拍了拍，她觉得这样更能安慰他。对这个一出生就被她抱在怀里的弟弟，她已有了几分与母爱类似的情感。"你要小心点，别跟他走得太近。"

陈星站起，一下子比陈英高出一个头。他太瘦了，整个人跟竹竿似的，背微微驼着。驼就是老，可陈英比他大十六岁，背却仍挺得笔直。以前许三妹一见宣传队的谁圆肩抠胸，就一巴掌拍过来，吼道："挺起！"这会儿陈英也想在陈星背上拍一掌，但她没有，只是又叹口气。陈星背负的东西太多了，他其实没必要这样。

"姐，你得帮我。"陈星说。

陈英很意外，她能帮上什么？

陈星说："你不能不去城里。章部长现在虽然不在岗了，但她刚退休一年多，人脉还在。你别小看她，她能说会道，能力不是一般女人能比的，连很多地位比她高的男人都不如她。市里好几个现任的官员都是她以前培养的。"

陈英点点头。她说不出章久淑这么多好，但她知道章久淑很好。平时来客很多，每个人来了，章久淑都有说有笑，又从容又得体。认识许三妹，陈英已经吃惊过，十八岁那年嫁到农场，周围那么多女人都有知识有文化，她也吃惊过。她以为天下女人最好的也就那样，已经顶天了，没想到还有章久淑这样的。所以，她怎么可能小看？她配小看吗？

手机响了，陈星接起，静静听了几秒，然后说："好好，知道了，马上。"

收起手机，陈星说："书记找我，我得马上回镇里。先这样，明天会再来，把你送到章部长家。"

"明天？"陈英有点意外，不是说好回来一周吗？

陈星说："对，明天就回去。"话音未落，他已经转身往外走。很快门外就传来发动机的声音。陈英追出去。依痫当年坐的车就是在下山时翻到沟里的，她想提醒陈星开慢点，却只看到陈星的车尾部亮着两盏发红的灯，眨眼就消失了。

五

傍晚楼前空地上有几个人，他们只是安静地坐坐走走。陈英把手头事做完出去时，天已暗下来，人都散了。陈英把腿架到齐胸高的石阶上前拉侧拉了一会儿，然后一只手搭住杆，把右腿向上侧踢，踢过头顶，然后定住，单脚撑地。小时候这是她多么轻松就能完成的，如今已做得勉强。许三妹以前总夸她软开度好，其实在不知不觉间筋骨也僵了。

第二天陈英早早起来，先把被褥都收好，床用塑料布罩住。锅碗瓢盆昨晚就已收好，衣服也一件件套上塑料袋挂进柜子。以前依瘌说过她什么都好，就是太讲究了不好。前襟不能沾油，衣裤不能有皱褶，锄头必须工整地放在门后，诸如此类。陈英知道丈夫是怕她累着了，可她不累。后来儿子结婚生子，她曾想去长沙帮忙，儿子马上拒绝，说："不行，你有洁癖，我应付得了，我老婆可没办法应付。"陈英吃了一惊，癖多少算是病吧？日子难道本来不就该这样吗？

看看钟，快七点了，她拿起那个小音箱去篮球场。十几天不在家，音箱一直搁在桌上，昨晚她特地充了电。邻居说，她不在，广场舞都跳不起来。也许这只是一句客气话，她听了心里还是有几分歉意。在一天，就跳一天吧。

但除了她，篮球场没有其他人。冬季太阳起得迟，懒洋洋的，终归越来越亮。七点了，七点半了，八点了，还是没有一个人来。小音箱里存有八十多首歌，都是节奏感特别强的老歌，是儿子回家时帮她下载的。《万泉河水清又清》《我爱五指山，我爱万泉河》《北京的金山上》《我的祖国》《红太阳照边疆》……大部分曾经跳过，忘了，但音乐一起，就慢慢记起来。以前每支舞都反复排，许三妹说过"肌肉记忆"这个词。原来肉真的有脑子，能记事。但她不会原样跳，跟在她后面的人只需要最简单的动作，否则他们就手脚乱成一团。这样陈英就不需要看视频学了，她把舞步简化一下，随便踩一踩。反正只是为了动一动，出身汗，够了。

没人，还是没有人来。这时手机响了，是陈星打来的。陈星问："我到你家门口了，你人呢？"陈英连忙答："马上马上。"说着就小跑起来。远远看到家门外停着陈星的车，前面的车门开着，陈星站在门旁抽烟，正跟一个人面对面说着话，那人是徐右林。

见她走近，陈星说："走吧。"

陈英点点头，进屋把包提起。章久淑有非常多的衣服，主卧一面墙的衣柜挂满常穿的，还有单独一个房间专门放衣服鞋帽。刚来时陈英真看晕了，借她十个脑袋也想不明白，为什么只有一个身体的人，居然需要这么多衣服和鞋子。

她从家里又拿了两双袜子和一套换洗的衣裤，其他就没什么可带的了。附近的工友围拢来，问："去哪里啊？""什么时候再回来呢？"陈英笑着摆摆手，没有答，就钻进车后座。陈星已经发动了车，徐右林坐在副驾驶位上。喇叭响两声，挡在车前的人一下子散开，车就往前冲了。

一路上都只有陈星和徐右林在说话。陈英有点走神，她在回忆刚才围在车旁的工友都有谁。一个个都是老相识了，熟得似乎化成灰都认得出来，忽然间竟记不起他们的脸。

快到章久淑家时，陈星问徐右林："你确定跟章部长说过今天我们要来？"

徐右林说："肯定说了，上午她在家。"

顿一下，徐右林头往陈星那边伸了一伸，压低声音问："你觉得今天我就跟她提起那事合适吗？"

陈星没有马上答，车正过十字路口，有个交警站在路边对来往的车比画着。陈英知道车内说话并不违反交通规则，看来陈星是故意不急着回答。徐右林说："既然何书记三十多年前读高中时，住在他表哥家，被章部长照顾过，现在应该不至于不听章部长的吧？"

陈星晃了晃脑袋，还是没答。

车子已经到章久淑家小区外了，还是跟上回一样，保安拦住，徐右林打通章久淑的电话，递给保安，保安对着手机嗯嗯答了，放行。上电梯时，陈星说："要不，今天还是什么都别说了。再看一阵子，万一只是风言风语呢？现在你自己一说，反而把事情弄大了，会不会更不好？"

徐右林眉头皱起，长吁一口气，应该是认可了，微微点了点头。

这次陈星和徐右林都没有进门。章久淑开门时说："来了啊，太好了。"这话是对陈英说的。转过脸她看着陈星和徐右林，说："不好意思，我刚才来了几个客人。"陈星和徐右林就明白了，诺诺答着，告辞走掉。

客厅沙发上坐着五个年纪都在五六十岁间的女人，一致的卷发、裙子、纱巾、红嘴唇。

陈英一进门就拐进自己的小房间放下行李，然后才出来。章久淑站到客厅茶几旁说："这么巧，我家阿姨回来了。这样，你们中午都别走了，随便吃点吧，面、饺子都有。阿姨手艺非常好——噢，她姓陈，名英，我叫她英姐。你们也可以这么叫。"

几个女人扬扬手，说："英姐好。"

陈英身子向前俯了俯，算是回礼。章久淑手伸长在腹前画了一圈，说："都是我们小区的，见过吗？"陈英不敢摇头，只是笑。她来这里才十来天，一般只在晚上才下楼扔垃圾，那时天黑，就是迎面见了谁，也看不清，何况她根本不敢直视。

指着沙发上一个头发在头顶高高盘起的女人，章久淑说："王惠，退休前是市文化局的局长，现在是舞队的副队长，妖精中的战斗机。"

王惠笑嘻嘻地站起，故意夸张地扭几步，手搭到章久淑肩上，做个鬼脸，说："以前是您的小喽啰，现在是您的小跟班。"

一场大笑，只有陈英只咧咧嘴，她觉得自己不配加入笑。

可能看出她的拘谨，章久淑扬扬手说："你忙你的，煮什么你定，反正冰箱里都有。"

陈英点点头，对女人们笑笑，就进了厨房。她听到外面王惠在问："部长，您之前一直夸的保姆就是她？"

章久淑说："是啊，脑子特别好用，做事利索，而且勤快，很靠谱。你们看我家以前什么时候这么干净过？一是一，二是二，都是她妙手整理的。"

另一个人说："身材也好啊，瘦瘦高高的，腿特别长，肚子也比我小多了。会跳舞吗？"

章久淑笑起来："你这个要求也太高了点吧？山里的，老实本分，哪像我们这么庸俗？"

那几个人仿佛被挠了胳肢窝，都笑得非常开心。陈英赶紧把肚子一松，背往前拱。刚才她是不是下意识收紧核心拔背立腰了？以前许三妹总是让她们这样，还让她们在冲出侧幕那一刻，全身要通电般发光，每个毛孔都要参与情绪的表达，眉宇生辉。陈英用手在脸上重重抹一下，刚才自己居然忘了这是章久淑家，居然把那几个女人当成观众。她们都是这小区里的，也就是说至少是市职机关干部的家属，怎么可能成为她的观众？

她懊恼地抿抿嘴，然后打开冰箱，取出排骨和五花肉化冻，再用温水浸泡香菇、蛏干、虾米，又洗了葱蒜和小白菜。五个女人加上章久淑，一共六个人，她大致估算一下她们的食量，煮了一大锅挂面。

餐桌和厨房连在一起，陈英把面端上来后，又独自缩进厨房。昨天她回农场了，厨房没人擦，她得趁这个时间先洗刷一遍。章久淑招呼她一起吃，她摇头，章久淑就没有坚持。看上去章久淑今天兴致特别高，其他女人也一样，边嗞嗞嗞吸面，边大声说着话。

陈英突然一怔。她渐渐听明白了，这个小区有支舞蹈队，章久淑是队长，王惠是副队长，其他几个女人也都是骨干，今天她们到章久淑家是为了一件事：三八节市妇联举办老干部联欢会，她们要排一个节目参加。参演人数是多少？请哪个老师来教？一周安排几次排练？穿什么样的服装？用哪个版本的音乐？要不要找人重新编个曲……这些都有待商量。

她们要跳的是电影《海霞》的那首插曲，《渔家姑娘在海边》。

六

舞蹈排练厅居然就在小区物业办公室楼上，平时排练时间是每周二、

四、六三个下午。前些天是春节假期,很多人不在,她们歇了一阵,现在又要重新开始。

那天跳到一半舞鞋坏了,章久淑打电话让陈英把新买的一双驼色猫爪鞋送下去。物业办公楼与大门连在一起,二楼那间六十多平方米的大房间里安着一整面墙的大镜子,以及把杆和灰色地胶,章久淑她们就是在里头排练。门开着,但陈英只是捏着鞋等在门外。

"大海边哎沙滩上哎,风吹榕树沙沙沙响,渔家姑娘在海边哎,织呀织渔网,织呀嘛织渔网……"音乐进行中,二十来个人拿着镂空的黄色斗笠舞动,而章久淑除了斗笠,腰间还多系了一个小竹篓……章久淑是领舞。在她们前方,一个看不清年纪的女人背对着她,用双掌一下一下打着拍子,上身跟着左右晃动。

一曲终了,章久淑走近来,喊了一声,陈英才回过神来。她把鞋递给章久淑,还不等章久淑说什么,就一转身急急走掉。

她出了小区大门,向公园走去。是个大晴天,阳光从树叶中穿下来,光影斑驳,像洒了一地碎玻璃。她觉得晃眼,步子迈得有点乱,走到一块微微上斜的草地,猛地坐下了。一开始她只是觉得腿软,需要歇会儿。很快她想起了什么,把小腿别到后面,并拢,跪起,再把屁股压到两个后脚跟上,坐直了,肩下垂,胸腰上挺,双掌搁在大腿上。小时候每天到校都要做力量和软开度训练,压脚背是必不可少的,脚面还要用一块砖垫高。指尖要有情绪,脚尖要有语言,这是许三妹的要求。可是刚才她站在门口,看到那些女人舞起来时,手指松垮,脚背是懈的,既没立高也没绷直。

电影《海霞》中,《渔家姑娘在海边》的插曲不长,似乎只有一分多钟,但当时她们这个舞蹈却跳了五分二十八秒。许三妹回城找人编曲,前奏、主歌、副歌、间奏、尾奏都延长了,高潮部分管乐齐鸣。中学里当年弹器乐的师生很多,二胡、笛子、扬琴、手风琴、小提琴、大提琴、笙、鼓号都齐全,演出时乐队坐在侧幕内,对着麦克风弹奏,十几个全校嗓音最好的女生则站在乐队后柔情地唱:"大海边哎沙滩上哎,风吹榕树沙沙沙响,渔家姑娘在海边哎,织呀织渔网,织呀嘛织渔网……"

包括那天在章久淑家吃面的五个女人在内，共有八个人在这段歌词第二次唱起时，斜列两排，斗笠扣在头顶，跪坐地面，背后十几个女人则站成一排大弧形，也一样跪着——就是陈英现在这样的跪法，屁股压住后脚跟，以气息带动身子，身子带动双手，先前后划动，然后双晃手，再一前一后打开按下。

章久淑没有跪，她这时从前后两排女人间穿过，举起斗笠，上步吸腿转一圈，然后从左至右，快速以圆场步走过。她跳得好不好？当然不好，但比其他女人好，至少节奏扣上了，表情放松，身形没走样。

陈英微仰起头，闭上眼。当年她是怎么跳的？忘了，但她肯定不是这么简单地走圆场步。"大海边哎沙滩上哎，风吹榕树沙沙沙响，渔家姑娘在海边哎，织呀织渔网，织呀嘛织渔网……"旋律在脑子里一遍遍地响，她举起手动一动，马上收住，看看四周，按到额头上。

公园里没几个人，谁也没把目光停留在她身上，她松了口气，再把歌曲默唱两遍时，想起来了：踩住"大"那个歌词，她从后面那排大弧形的队伍中冲出，斗笠正面、反面，左右手上下捣着，旁提、晃手、摇臂，再快速串翻。这就是许三妹说的"肌肉记忆"吧？当年无数遍重复练，练得整个肢体与音乐都化为两股完全融合的水了，时光把它们都带走了，却刹时又回来。再往下是什么动作？她看看时间，猛地站起。

已经快五点了，她必须赶紧回去。

很险，她进门不到十分钟，章久淑就回来了，脸红扑扑的，额上还有汗。

洗完澡章久淑坐在客厅沙发上看手机，音乐反复响着："大海边哎沙滩上哎……"见陈英把煮好的饭菜端上桌，章久淑端着手机走过来，边吃边继续盯着屏幕。陈英坐在章久淑对面。来的第一天，章久淑就让她上桌一起吃饭。她其实不太愿意，却一直不敢拒绝。如果桌上能多出几个人，就不至于这么不自在了。章久淑既然有儿子，那就应该有或曾经有丈夫，可丈夫却从来没在家里出现过。丈夫呢？陈英有好奇，但没有问。陈星吩咐过，让她不能多说，更不能多问。就是不吩咐，她也懂得分寸。饭很快就被她扒进嘴,站起时,章久淑像是突然才发现她,问:"哎,英姐,这歌好听吗?"

陈英点点头。

章久淑又问:"以前这歌差不多人人都会唱,你也唱过吧?"

陈英迟疑了一下,摇头。

章久淑轻轻噢了一声,看不出是意外还是失望。"过一阵我们就要演出,时间好赶,老师都急了。今天这舞第一次成形,专门拍了视频,没想到效果还挺不错哩。主要这次我们请的老师特别好,她以前是专门教跳舞的教授,名气很大,这两年被聘到老年大学。她教我们这些老太婆,真是大材小用了。这支舞就是她自己编的,曲子也是她以前找人配的,我这次又专门找歌舞团的人在机器上重新弄了一下,真是不一样了啊。"

陈英捧着碗筷静静站着不动,她知道章久淑只是让她听,并不需要她说什么。

章久淑说:"英姐,你没想到我会跳舞吧?"

陈英说:"嗯。"

章久淑笑起来:"我中学时是文艺宣传队的,大学时也跳过舞。当了几十年官,退休了,现在终于可以按自己喜欢的方式活了,是不是?小区舞蹈队就是我组织起来的,参加的人都是我们小区里的业主,还有他们住在外面的亲戚。她们都很高兴参加,哪个女人没有一个舞台梦呢?只是以前没有人领头罢了。这绝对是最好的运动,在音乐中既锻炼了身体,又提升了气质,多好。我以前是分管文艺的,全民健身,更要带头,是不是?"

陈英说:"嗯。"她从来没看到过这样子的章久淑,神情都有点接近少女了。之前她见到最大的官是村书记和农场领导,陈星让她来城里,她不想来,却不能不来。来了后见到章久淑,这辈子她不可能再亲眼见到比章久淑官更大的女人了吧。

这时门铃响了,陈英打开门,外面站着徐右林。陈英歪过头看看后面,没有陈星,她觉得应该先跟章久淑通报一下,还没等她过去问,章久淑就从里头喊出来:"让他进来。"这么说徐右林要来,章久淑事先是知道的?

他们坐到客厅里说着话。客厅很大，除了角落处摆着三张单人沙发，其余都空着。陈英先是把餐桌收拾好，给他们泡好茶，然后就避进自己的小房间里，但门开着，她伸长耳朵。大部分时间传来的都是徐右林的声音，说着说着突然夹着一阵努力克制的低泣。他走时陈英没有出去，她听到两个人的脚步声。是章久淑把徐右林送出门，章久淑说："这事挺麻烦的。不过也不一定吧。"

徐右林马上说："部长，已经牵连出很多人了，一个一个进去，我担心……"

章久淑说："嗯，如果一开始就知道担心，何至于有今天？做官与做人一样，每天都得存敬畏之心。说真的，我可能无能为力。"

徐右林又拖出哭腔了，他说："部长，我可全靠您了，您一定得帮一帮我！"

接下来是开门声，然后章久淑说："你中午打电话来时，我就告诉过你，我表弟早上已经给我发微信说过了。我问问吧——这个你带走，不要放在这里。"

徐右林说："一点小心意，小心意……"

章久淑大声喊起来："英姐！"

陈英连忙跑出去。徐右林已经冲进电梯了，章久淑手里提着一个牛皮纸袋，这是刚才徐右林进来，顺手放在门后的。章久淑把它递过来，说："追下去，还给他。"

纸袋看着不大，却比想象的沉。这幢楼有两部电梯，左边那部正在下行，陈英来不及把鞋跟拉起，趿着鞋就冲进右边的电梯。她到一楼时，看到徐右林恰好爬上停在门厅前的汽车，车门还开着，她就跑过去，把纸袋往里一扔，然后转身重新跑进电梯。这个过程她做得非常利索，一点都不含糊。

家门还开着，章久淑正站在客厅里打手机，声音很大，显然有点生气。"这种事你还是别管了。他说自己没问题，你信吗？今天他居然拿黄金来送给我，哎呀，这不是不打自招吗？也不看看我是谁。之前几十年我管住了自己，如果也像他一样乱七八糟，今天能活得这么轻松吗？能有闲情唱唱歌跳跳舞吗？"

陈英走进自己住的小房间，给陈星发了一条微信："你同学徐县长刚才来了。"

陈星马上回了微信："方便打电话吗？"

陈英把手机放在掌心来回翻转几遍，手指按住边侧，屏幕上出现是否关机的询问，她用手指头点下"是"。

七

第二天吃过早饭章久淑出去，陈英才把手机打开。有五十八条未看微信，还有十六个未接语音电话，都是陈星的。之前陈星交代过，哪天要是徐右林单独找章久淑，陈英得告知他。她当时答应了，所以昨天得践诺，但她不想让陈星牵扯进去。她不知道徐右林究竟遇到了什么事，反正不太好。昨晚章久淑那通电话，陈英猜应该是打给远在美国的表弟，也就是徐右林的大学同学。要是清白的，徐右林何必拿黄金行贿？这样的人，只会带坏陈星。

手机又响了，果然是陈星。陈英接起来，陈星压低声音问："你就一个人在吧？"

陈英说是。

陈星捏紧的嗓门一下子松开，几乎是喊道："姐，怎么回事，昨晚一直拨你电话都不通。"

"你别跟那个徐县长混在一起，好不好？"这句话陈英想了一夜。

陈星说："他本来跟我约好一起去找章部长的，却瞒着我，自己先去了。这样会影响到我……"

陈英心里一颤，问："他的事跟你有关系？"

"怎么可能！"陈星明显急起来。

陈英马上问："他怎么了？"

陈星说："一个工程的事……唉，挺复杂的，你不懂。"

陈英抿抿嘴，她是不懂，她最不懂的是已经到现在了，陈星居然还要跟徐右林扯在一起。她不能让陈星这样下去。她说："你千辛万苦考上大学，然后有了今天。你自己知道爸妈，还有我和你二姐三姐有多高兴……"

"说这个干吗？"陈星打断她，"徐右林让你去章久淑家做保姆，你以为是白去的？他就是有事要求章久淑，我当然也有事。是他主动说到时一起去，可他却一个人偷偷去了，气都不通一下。这算什么？求人只有一次的，他求过了，我再去，谁理我？"

陈英问："你找部长干吗？"

陈星大声嚷起来："县里各乡镇马上要大换届了，我不要往上提拔？我都快五十岁了，现在不提，以后还有什么机会？"

陈英说："你已经是副镇长……"

陈星打断她："我不能当镇长？我不能当镇党委书记？我不偷不抢不嫖不赌，没日没夜干得比狗还累，能力有目共睹，可是有用吗？你看看徐右林，他中学时每次考试都是抄我的，可他却成了我的上级，副县长，副处。"

陈英眨眨眼，正想说什么，耳朵里却一下子静默了。陈星已经中断通话，他肯定生气了。陈星的妻子人不坏，但脾气不好。中学老师得拼及格率升学率，还得管教儿子，对陈星早出晚归整天忙得不见人影一直不满，动不动就吵闹。陈英劝过弟媳几次，但她的话人家怎么肯听？估计暗地里连陈英也一起骂了。没办法，陈英只能心疼陈星。没想到有一天自己也会让陈星生气受委屈。

第二天是周六，一早起来陈英就看到陈星给她发的微信："方便时打来电话。"

章久淑的卧室门还关着，可能还在睡，也可能已经醒了，反正都不方便。陈英想干脆等下午吧，下午章久淑照例要跳舞，那时家里就只剩下她一个人了。她先做了早餐，然后清洁房间、洗衣服，接着从冰箱里取出鱼肉菜，开始准备午饭。除非出去应酬，章久淑在家晚上都不吃饭，中午这顿就格外重要，得有足够的蛋白质。干活时一般陈英都把手机搁在房间里，等到她把午餐时用过的碗碟清洗好，拿起手机一看，陈星在八点多时曾接连给她发了三条微信：

"部长今天在家吗？"

"部长今天心情怎么样？"

"部长今天有客人吗？"

这时已经中午十二点半了，也就是说在四个多小时之前，陈星非常焦急地想知道章久淑的情况，他要干吗？

章久淑已经午睡，这是雷打不动的。陈英觉得这时候绝不能有任何打搅。她给陈星回了微信："不好意思，刚看到。有事吗？"

以前在农场时，陈英也有午睡的习惯。山上有的是时间，她好歹会去躺会儿。到章久淑家后，她就不睡了，也不是故意的，就是不困。儿子厂里中午也有休息，她把手机设为静音，发微信问问他一家的身体，工资够不够花之类。然后她在床上做一套瑜伽动作，再拉一拉竖叉横叉，时间也就打发掉了。但这会儿她却什么都不做，捏着手机等陈星回复。

陈星没有回复她。

两点五十分，章久淑的卧室门打开，她已换好运动衣服，外面披件棉服就下楼了。走之前她说："英姐，今天老师有事不能来，我们自己练。一会儿你下去帮我们拍个视频，我们要发给老师看啊。"

陈英的心猛跳几下，问："什么时候去？"

章久淑说："我们练一个半小时，你四点半之前去就行。"

章久淑一走，陈英马上给陈星发微信："我现在一个人在。"

三点二十分，她又发了一条微信："你有什么事吗？现在方便。"

手机一点声响都没有。

三点三十分，陈英给陈星打微信语音电话；三点四十分、三点五十分再打。屏幕上显示的都是"暂时无法接通，建议稍后尝试"。陈星没有接。

四点零五分，陈星终于接起电话，陈英失声喊："喂喂，你怎么啦？"

当年她听到拖拉机翻下山沟的消息，气喘吁吁地跑去，看到丈夫依瘸正被人抬上来，整张脸已经被血糊得辨不清五官，胸口那里凹陷一块……这一个多小时里，她一次次把陈星的脸换成依瘌。她不能再失去陈星。

陈星慢吞吞地问："你说我怎么了？"

陈英长吁一口气。真真切切，她听到的确实是陈星的声音。她说："你不接电话，吓死我了。章部长这会儿出去了，你有什么事？"

话筒里呼吸声粗粗地响，好一会儿陈星才开口："你这个人呀……早上我本来要开车去找你的，问你，你不答。我只好自己打电话给章部长，但我没说提拔的事。可能因为徐右林吧，部长一接我的电话就很警觉，口气不太好。我只是问她有空吗，想去拜访一下她，她直接说没空。"

"噢。"陈英小声应一句。早上她只知道章久淑一会儿书房一会儿卧室进出几次，究竟忙什么她并没在意，也没听到电话声。中午她跟章久淑在一张桌上吃饭，章久淑也没有提起陈星。

这个细节陈星不太相信，问："她一句都没说？"

陈英说："是。"

陈星问："那态度呢？对你的态度有什么变化？"

陈英想了想，说："没有。"

"这样，姐。"陈星的声音柔和下来，"徐右林连累到我了，最近我再去找章部长，她肯定反感，那样就会适得其反。只能靠你了，姐。"

陈英一惊："我？"

陈星说："你知道我们县委的何书记是谁吗？何书记是章部长前夫的表弟——噢，好多年前章部长就离婚了，她丈夫去澳大利亚留学，然后不回国，移民了，所以两人就分了，但关系一直不错。听说她丈夫在悉尼再婚时，她特地让儿子去参加，还帮她买了一束花给新娘。"

陈英吸一口气，她是第一次听到章久淑的婚姻情况。至于"何书记"，前几天从农场来时，徐右林在汽车里也提起过，原来是县委书记，原来是章久淑前夫的表弟。

陈星说："姐，看来只能你替我先说了。时间上耽误不起，你留个心眼，哪天部长心情好，比如跳舞跳高兴了，你就趁机请她给何书记打个电话。她的话管用的……"

陈英猛地抬头往挂在墙上的钟瞥一眼,四点十一分。差点忘了,章久淑刚才吩咐她去拍视频。她连忙冲出门,手机还贴在耳朵上。陈星的声音继续着,她没听太清楚,嘴里答:"好好好。"进了电梯,信号一下子消失了,她索性就把通话键摁掉。

幸好没误事,排练还在继续。见她进来,章久淑微微颔首。过了一会儿要录视频了,章久淑走过来,递过手机。陈英把自己的手举了举,她有手机。后来她一直庆幸不是空手来的,她用自己的手机拍了视频。

音乐起来,章久淑先出场,然后其他人从两边拥上,竖队、横队、圆圈,直至最后的造型,整支舞五分二十八秒。

陈英把视频发给章久淑。章久淑说:"我们排练的视频不外传啊,你记得删掉。"

陈英点点头,手在屏幕上划几下,做出删的动作,其实并没有。晚上洗漱好,章久淑进卧室,关上门,很快隐约传来音乐声。"大海边哎沙滩上哎,风吹榕树沙沙沙响,渔家姑娘在海边哎,织呀织渔网,织呀嘛织渔网……"

陈英走进自己的小房间,也关上门。躺进被窝后,她没有马上拿出手机,她想再等等,得忍住。她房间的电视开着,正播放一部外国的电视剧,几个马一样健壮的男人骑着摩托车在追逐,互相开着枪。不知前因后果,她一直不喜欢看如此拼杀的剧,太累。人与人要是都像农场里的那样不争不抢,天下就又省心又太平了。

外面很静,章久淑卧室里有卫生间,没什么事一般不会再出来,但陈英还是等到十二点,这个时候章久淑应该入睡了吧?她关灯、关电视,然后拿起手机,把耳机塞入,点开视频。看了,又看,再看,五分二十八秒的视频无数遍地反复着。曲子和舞蹈队形居然都与过去她跳过的无异,只是动作简化了,减去很多旋转、抬腿与跳跃。曲子变化也大,她说不出哪里有变化,反正比以前现场弹奏和演唱丰富多了,一句一句揪住她心肺。她脚指头在被子里扭起来,腰也缓缓地动。队形、动作、表情、情绪,像一群南归的雁，正从远处越飞越近，直至扇动翅膀扑向她眼眶。

她最后一次跳这支舞是什么时候呢？居然一点印象都没有了。陈星的出生给全家人带来那么多喜悦，它覆盖了一切。跳过最后的五分二十八秒，她曾经的生活就猛地拐个大弯。章久淑说，哪个女人没有一个舞台梦？她有吗？陈英一下子被自己问住了。曾经铺天盖地的演出，一场接着一场，灯光、幕布、鱼眼台口、下面黑压压的人头以及一波波响起的掌声，她在意过吗？没有。那时她喜欢的无非是登台可以化好看的妆，眉毛黑黑的，嘴唇红红的，还能穿平时根本不可能有的各色裙子，一闪而过，而已。

心口突然紧起，太阳穴噗噗跳。她错过了什么？

她闭起眼，但醒着，一直到天亮。

八

章久淑晚餐不吃，陈英也不吃。在农场时她本来这顿就吃得少，喝点粥啃个水果就够了。章久淑血糖高了，低密度脂蛋白也偏高。陈英还好，她来城里第二天，章久淑就安排她做了个体检，血糖血脂指标只是接近临界点，但还正常。章久淑劝她，这个年纪了也不能大意，有空多走走路。走着走着，陈英就会走进公园。

公园晚上比白天热闹，几块空地天一黑就被人占去。起初陈英每次都会在跳广场舞的边上站一会儿，这一阵她不看了，来了就直接到无人的角落，把手机放到地上，调出《渔家姑娘在海边》，循环播放。四处幽暗，没人注意到她，她尝试着伸出手探出脚。草地上旋转使不上劲，但脚掌努力撑住；手舞起会不时撞到树枝，但尽量把幅度做大。一遍，再一遍，又一遍。这支舞当年跳就跳了，像无数其他舞一样，跳过就丢到脑后，但现在，那么熟悉的五分二十八秒就摆在面前，那是她漏掉的过去。音乐起来后，所有动作像一台零件四下散开的机器，闲置多年，无人问津，渐渐又一个一个重新收拢，拼接了起来。一开始当然拼得不好，很多动作发不上力，趔趔趄趄，断断续续。没事，她安慰自己，把难度大小不一地减些，转八圈的降一半为四圈，单腿撑的改双腿并拢踮脚立起。她六十二岁了，不是十六岁，但她毕竟还跳得动。远处正兴奋地跳着广场舞的女人们，还有小区里王惠那群女人，一个个身体扭得跟木棍似的，她们都在跳，她为什么不呢？

那天晚上歇下来时，她看到陈星发来的微信："你跟部长说了吗？"她回复道："没有。"陈星马上问："为什么？"陈英就不回复了。为什么？她肚子里的为什么比陈星还多。陈星电话就追过来，压低声音说："抓紧，快来不及了。"陈英边往小区走边说："好。"

第二天陈星再问时，陈英答已经说了。陈星问："她怎么答？"陈英说："她说会努力，让你不要再催了。"陈星显然不太信，但也没再问下去，只是说："你要盯紧点，不能开玩笑。"陈英答："好。"

放下电话陈英长吁一口气，这事她跟章久淑其实从未提起过半句。陈星都已经做到副镇长了，陈家祖上从来没出过这么大的官，有什么必要再如此焦急再往上爬？就是像徐右林一样当到副县长又怎样，不是有更大的危险？她不能让陈星有危险。

章久淑把演出服装拿回来，上衣是有弹性的立领纱布，裤子是雪纱布，色彩是一致的，都是粉红渐变为枣红。章久淑穿上，在镜子前左右转几圈，扭头问陈英："好看吗？"陈英点头。相比较，她以前用日本尿素袋染一下做成的服装真是太难看了，经常起皱，洗时不敢拧，从水中湿漉漉地捞出，挂起，再用装满开水的铝饭盒小心地一点点熨平。

章久淑说："明天我们要去剧场走台，配个灯光，你也跟着去吧，到时帮大家管管换下来的衣服。"

陈英说："好。"

第二天上午八点大巴车就在物业大楼外等着了，女人们叽叽喳喳抢着说话，动不动就大笑，声音又脆又亮。陈英坐在最后一排的角落，她没笑，没说话，只是佝起背，抿住嘴。偷偷数了数，十四个，还差人？恰好章久淑站到车头开始清点人数，原来几个住在小区外的人是自己去剧场的，包括老师。章久淑特地强调，老师家在剧场旁，已经先过去等大家了。

从小区到剧场大约三十分钟，车拐进那个拱形大门时，陈英看到上面簸箕大的几个字："市老年大学"。几个穿藏蓝色制服的男女站在门旁，看样子是这里的工作人员，一见她们的大巴开来，立即笑着迎上来。冲在最前面的是个中年男子，不太高，但很精神，三七开的分头梳得非常工整。章久淑先下车，跟他们握手，冲着中年男子喊校长。原来他是这里的校长。

空地上有很多女人来去，看上去年纪都不小，腰那里堆着一层层肉，穿着西藏、内蒙古、新疆、胶东等地的服装，颜色鲜艳，头上插着更艳的五色绢花。她们也是来走台配灯光的？

后台侧门旁一个单独的房间是专门给章久淑她们留的，一进去大家就开始换服装。章久淑在头顶扣上齐肩假发，后面扎起，套上发髻，插上粉红绢花。粉红渐变色衣裤与绢花呼应，像变戏法，眨眼间她的脸变长变窄，也年轻了。其他人梳起发髻，穿蓝绿渐变衣裤，插蓝绢花。陈英俯着身子，把她们换下的衣服一套套捡起，叠好。直起身时，看到一个有点年纪的女人正从门外笑眯眯地进来，微胖，但腰身挺得很直，穿灰毛衣、牛仔裤、白球鞋，额头因为发际线后撤显得格外宽大，花白的头发整齐地拢起，在后脑勺盘出一个精巧的小髻。

"老师来了。"王惠叫起来。

章久淑马上迎过去，拉拉自己的衣角，转两圈，问："三妹老师，怎么样？"

"好看！"声音沙哑，但很结实，像两把锤子重重地往外砸，"快到我们了，走吧，先出去候场。"

章久淑手一扬，高声说："走走走。"

女人一个接一个往外拥，屋里很快空了。在刚才横七竖八的热闹之后，整个房间突然有一种空荡荡的沉寂。陈英呆立一阵，脑子里嗡嗡响，手脚都僵住了。三妹老师？刚才自己没听错吧？上一次见到许三妹还是四十六年前，她十六岁，母亲抱着刚出生的陈星，喜不自禁又多少有些抱歉地让她回家，她没一丝犹豫就回了，好像这一刻像一枚渐渐成熟的果子，早就在秋天里静静地等着她了。那时的许三妹二十七岁，胖，嘴宽大，皮色白亮，腮帮饱满，梳两根乌黑的长辫，细长的眼睛一笑就眯成一条线。四十六年过去了，陈英在心里快速做了一个加法，27+46=73，年纪确实对得上，但不可能这么巧吧？

她俯身把散落在地上的发卡、皮筋之类的杂物捡起，再把女人们换下的鞋子都整齐地摆好，然后又手按住靠背椅，长吸长呼几口气。轮到她们上场了吗？她们在舞台上会是什么样子？

她踮起前掌，猛地一个转身。这一刻她拉开双臂，用上了胸腰，宛若舞蹈中的踏步翻身动作，然后碎步向前，双膝微屈，侧旁腰，双掌提在胯前——她居然还可以脚动身不动地把圆场步走得如此又急又快。章久淑让她守在屋里，可是她管不住自己的脚，脚把她带出屋，一直带到舞台的侧面。

章久淑她们已经在台上，不过并没跳，只是走位，灯的颜色变来变去，对应着她们不同的队形。三道墨绿色金丝绒侧幕从高处一泻而下，陈英站在二道幕后，一抬眼，脑中嗡的一声。多么熟悉的角度，每个节目候场时，大都是从这个角度向台上张望。然后从十六岁那年起，像一把刀切下，她再也没来过。她把头小心往外探，看向台下。每一次队列和灯光的转换，都来自一个沙哑声音发出的指令。她看到那个老师了，正站在第六排椅子中央，拿着麦克风，素着脸，昂着头，大声对着台上的人和后面控制室的音响师和灯光师喊，另一只手不时举起，用力向下砍或向上甩……许三妹？许三妹。许三妹！小学一年级，陈英就遇到她了，她排练时总是这样，整个人挺拔向上，脖子梗着，背笔直，像面对千军万马的将帅，像一场生死存亡大战役将临之时。这么多年，她经常没来由地就想起许三妹，但也没多想，不是刻意回避，就是没在脑子里停留住，走就走了。可是突然间许三妹出现了，就这样站在不远处，像座山向她扑来，沉甸甸地扑到她心口上。

"好，现在进入状态跳一遍，表情、情绪拿出来——音响、灯光配合。"麦克风陡然响了。

女人们从台上退下，又重新鱼贯上场。前奏起，由舒缓的低吟，渐渐抒情地高扬。海浪、海鸥，音乐在整个剧场环绕，声音有时这边高那边低，有时所有的音箱齐声共鸣，仿佛把人托举起来，轻得像云，晃晃悠悠向天边飞去。"大海边哎沙滩上哎，风吹榕树沙沙沙响，渔家姑娘在海边哎，织呀织渔网，织呀嘛织渔网……"不同的队列出现不同的光源，面灯、侧灯、顶灯交错，灯柱闪烁变幻，台面上浅蓝、深蓝、嫩绿、粉红、玫红的色彩不停地转换。暗场时，追光灯罩住章久淑，她的面目陌生了，皱纹和斑点也隐去，年纪模糊不清。

陈英脸颊痒痒的，泪，它们像一群冲出围栏的绵羊，缓慢而执着地奔涌。真美啊，这么美。那些年她跳过那么多舞，无论公社还是县里，什么时候有过这样的音响、灯光和舞美？可台上的那些女人，包括章久淑，她们老了，身体僵硬，肩耸着，腰粗腹鼓，她们动作是变形的，却可以享受这样一个可以变成天仙的舞台。

"大海边哎沙滩上哎，风吹榕树沙沙沙响……"她想起来了，除了从电视里，她甚至从来没有亲眼见过海是什么样的，还有沙滩，还有渔网。

她一转身，小跑回到旁边那个房间。但很快王惠跑来，她化了妆、穿了蓝绿色服装后，完全变了样，让人差点认不出来。"英姐，章部长说我们还要再跳一遍，麻烦你去台下帮我们录个视频。老师得盯着台上，没空。"

陈英捏着手机从台侧小跑下楼梯时，章久淑走到台口，手指着她，说："英姐，你过去点，到老师旁边拍，那里位置比较好。"又向远处喊："三妹老师，这是我家阿姨，她视频拍得不错。"

陈英向前再向前，她盯着老师，但对方的注意力却只落在她握在掌心的手机上。

她站到许三妹边上——如果确实就是从前那个许三妹的话，听到自己胸口那里咚咚咚地响。她把手机举起，对着舞台。三妹老师手伸过来，用拇指和食指在屏幕上拉一拉，让舞台整个占满。"这样。"她说。

陈英轻轻嗯了一声。一股浅淡的气味飘进鼻孔了，她悄然长吸，一直吸进腹部深处，然后咽两下口水，像要把气味埋住。这气味她之前是否闻过？

音乐起来了，但很快老师就冲着麦克风喊："停，重来。"这时候她看着陈英，问："你手这么抖，怎么拍呀？要不你坐下，手机放在前排椅背上，这样就稳了。"

陈英照做了，她坐下，点开录像，调了大小。她听到老师冲着麦克风喊："哎，来，大家重新开始，好好来一遍。准备，走！"

从剧场回来的车上，陈英把视频传给章久淑，章久淑立即转到微信群里，车内马上就错落地响起音乐。"大海边哎沙滩上哎，风吹榕树沙沙沙响，渔家姑娘在海边哎，织呀织渔网，织呀嘛织渔网……"女人们各自盯着手机屏幕，不时惊叫起来："哎呀，我这里错了。"或者说："这里太不整齐了。"章久淑则是指名道姓，直接喊谁手太快了、脚迈慢了、斗笠举歪了。

陈英闭上眼，那个腰间系小竹篓、手中舞动斗笠的女子，在心里默默地和着音乐腿跨出，旋转，跳跃，翻身，下蹲，奔跑。现在她手机里已经有两个章久淑她们跳《渔家姑娘在海边》的视频了，第一个她至少已看过五十遍，第二个则是在剧场，在三妹老师身边拍的。

这个三妹真的就是那个许三妹吗？

从车上下来时，章久淑的手机响了，她边接起边把手里放服装的包递给陈英，同时扬扬手。陈英看明白了，章久淑让她先回去。该做午饭了，她进门后洗个手直接就去了厨房。十几分钟后章久淑也回来了，站在厨房外，靠着门，神情有几分诡异，问："英姐，我们三妹老师你认识？为什么之前你都没说过呢？"

陈英正站在水槽边洗菜，像被戳了一针，她蓦地转过头看章久淑一眼，马上又收回。她没想到章久淑会这么问。她不知道怎么答。

章久淑说："刚才三妹老师打电话来问你叫什么名字，多大了，是不是洲尾农场那边的人……原来她以前在你那个农场插过队。她还记得你，太神奇了。你没认出她吗？"

陈英太阳穴噗噗噗地一圈圈往外扩展。真的就是那个许三妹啊！她唇动了动，又抿紧了。在剧场里，她没发现许三妹什么时候正眼打量过她，过后却向章久淑打听。

许三妹居然记得她。

九

两天后彩排，章久淑还是让陈英跟去帮忙。彩排是第二天下午正式演出的预演，一切都就位，连化妆师都请来了。是个晴天，中午的阳光在窗外明晃晃地闪着，因为嫌太亮了刺眼，窗帘很快被拉上。女人们在房间里叽叽喳喳忙着换衣、穿鞋、簪花和化妆时，陈英先是穿行在她们中间，取鞋，拿服装，递镜子、发卡、头花，然后退到角落，双手搭在腹前，独自站立。这场面，还有浓浓的脂粉味，像一部旧电影在眼前徐徐放映着，她们的身子在虚实间毫无规律地闪来闪去。

肩膀突然被拍了一下，她转过头，看到了许三妹。

许三妹趴到她耳边小声说："你出来。"然后就先出了门。

那一瞬陈英其实还没回过神，脑子白花花的，但脚已经不由自主跟了出去。

到处是喧哗的女人，化着浓妆，穿大红大绿的长裙，兴奋地疾走，脸上堆着笑，露出很多发黄的牙齿。不时有人跟许三妹打招呼，许三妹抬抬手短暂回应一下，并没停下。

楼梯口的拐弯处是安静的，许三妹一直走到这里才停下，然后转过身等着陈英。

陈英缓缓走近，脊柱一点点向上拔起，核心收紧，背拉直，腰立住，脖子拔长——从前一下子就回来了：与许三妹迎面相对时，不仅是陈英，整个宣传队的人都必须把身体往上拎起，许三妹要求这样。有一刻她意识到现在不是从前，现在许三妹不会再要求她了，她吸口气打算松松身子，却猛地收得更紧了。她看到许三英正上下打量她。

"身材还这么好啊。"许三妹说。

"后来跳舞吗？"许三妹又说。

陈英迟疑一下，摇头。农场篮球场上的广场舞，不说也罢。

许三妹把头往旁边一歪，斜着眼看过来，明显不太信，说："我刚才在旁边观察过了，你肢体语言还在。"

陈英一怔，短促地笑笑。肢体语言？刚才她只是帮那些女人做点事，蹲下，或俯身，伸手，收回，做这一切时她注意力都放在她们的需求和东西的位置上，没料到某一处还有许三妹的眼光。

"其实……"许三妹停顿片刻，仿佛突然忘了要说什么。

陈英双手垂在腿侧，抿着唇，看过去一眼，垂下眼睑，又看一眼，再垂下。四十六年前最后一次跟许三妹这么近面对时，她才十六岁，个子就已经比许三妹高，如今她六十二岁了，竟然高得更多。这些年她在意过自己的身高吗？没有。抱抱陈星，做做家务，然后嫁给依瘸，去了农场，这些事都不需要身高，不知不觉间原来身体还是悄然往上蹿了。

"其实我想过去洲尾找你，一直想。"许三妹下巴向上抬，定定地看着远处，"从来没见过舞感和乐感这么好的人，后来也始终没碰到过。你身体的比例太出色了，长手长脚长脖，头却这么小，还有柔韧度、协调性和领悟能力——真的太好了，我都有点嫉妒啊。那时我多想有这样的身材，可是我没有，这是下多大苦功也练不出来的。这就是天赋啊，老天爷选中了你，本来要赏这碗饭给你吃，你却偏偏生在那地方。那时我自己也很不顺，上学后一次练舞摔伤了，伤得很重，髋骨出问题，再也没办法上台了，真是非常沮丧，所以不知道怎么帮你，能帮上什么，就一直犹豫。后来改学编舞，毕业后留校当老师，立住了脚，才终于向人打听。结果你已经结婚了，嫁的人是场长的儿子。当年场长帮过我，让我去小学当民办老师，又说服公社的人推荐我上学。他是我的恩人，我不能让他为难。"

说到这里，许三妹收回眼光，看着陈英，过了一阵才问："你能明白吗？"

陈英不明白，但她匆匆点下头。

许三妹说："可是你现在这样，我很难过。我有责任……"

陈英笑笑，说："不会，还行啊。"话音一落，她喉咙猛地一紧。还行？真的还行吗？在农场的山上一过几十年，许三妹曾想把她从洲尾村带出来，最终却没有。她结婚了，成了依瘸的老婆，一切都擦肩而过了。如果当初离开那里,她现在是什么样子?

这时一个工作人员跑来,急促地喊:"哎呀,在这儿哩。三妹老师快快,章部长找不到您,都急死了。马上就轮到你们队上场了。"

许三妹一拍脑门,噢了一声,小跑几步,边跑边回过身对陈英招招手说:"你也去,快,帮她们拍视频。"

果然章久淑她们已经在侧幕边候场了。

台下没满座,东一簇西一簇坐着刚退场或准备上场的女人。陈英疾步过去,找了张椅子坐下,掏出手机,还是像上次一样把手机架到前排椅背上。音乐起来,穿粉红色衣裤的章久淑先上场,转圈,舞动斗笠,两个八拍后,其他穿蓝绿色衣裤的才一拥而上。"大海边哎沙滩上哎,风吹榕树沙沙沙响,渔家姑娘在海边哎,织呀织渔网,织呀嘛织渔网……"真好听呀,这么好听的曲子陈英当年也沉醉过,却被她一甩手抛到脑后。她胸口绞了一下,疼,双眼模糊了,虚了,什么也看不见。

咚的一声响起,全场的人同时尖叫起来:"啊——"

音乐继续响着,舞却停了,女人们在舞台上围成一圈,章久淑正坐在地上。

不知道发生了什么,陈英收起手机,转头问旁边的人,那人说:"跌倒了。"

陈英踮起脚,双手按住椅背挤向过道,又向台上跑去。她看到许三妹在前边也匆匆跑着。

章久淑脸皱着,手捂住左脚踝,说:"继续,没事,继续吧。"

校长也过来了,俯身问:"部长您受伤了?怎么样?"

章久淑勉强笑笑,手掌撑地,想用力站起,立即被许三妹按住了。"陈校长,"许三妹转头说,"我们这个节目今天彩排得暂停了。能麻烦您派辆大点的车,送章部长尽快去医院检查一下吗?"

校长马上答:"可以。"说着就掏出手机。

陈英已经蹲下,用膝盖顶住章久淑的背,感到背在微微颤抖,很疼?

章久淑说:"去什么医院?不用。还是重新来一次,明天下午还要演出哩。"

许三妹也蹲下,手压到章久淑腿上,说:"部长,刚才那一下您跌得非常重啊,不能大意。得马上去医院查查,万一有伤,早去早处理,大家都放心。去吧,这样也影响其他队的彩排。"

女人们也说:"去吧去吧。"

章久淑抬头看看大家,抿了抿嘴,说:"好,我去,但你们继续彩排。"

大车已经到了,校长带着几个穿藏蓝色制服的壮年男人过来。章久淑摆摆手,对陈英示意一下。陈英明白了,手马上插进章久淑的胳膊,站在旁边的王惠也帮忙,把章久淑从地面扶起。左脚已经不能着地,章久淑把左手臂吊到陈英肩上,不让其他人再插手,自己一蹦一跳地向前。车门关上前,许三妹还是想钻进来,被章久淑横出手拦住了。"您管她们!"她说得口气很重。校长说:"我去我去,医院那边我已经联系好了。"

拍X光片,左脚踝关节骨裂,打石膏固定。从医院出来,车上多出一辆轮椅,是向医院暂借的。太阳已经落下去,暮色正笼罩着匆匆下班的人和车。章久淑探头看看窗外,问:"怎么是往我家开?去老年大学!"

校长小声说:"部长,您回去休息吧。要不明天的演出我们就先取消了,等过几个月再说?"

"那怎么行?"章久淑打断他,"演出是大事,大家辛辛苦苦练了这么久,怎么能因为一个人影响那么多人?去老年大学!"

司机为难地看着副驾驶座位上的校长,校长扬了扬手说:"那就听部长的。"

陈英坐在后排,前俯着身子,双手把章久淑僵直地横在座位上的左脚兜住,车一晃动,她就加了点劲,又怕用力太重弄疼了章久淑。这时候确实应该先回家呀,为什么要去老年大学?她也不明白。

彩排已经结束了,剧场里空荡荡的,舞台灯光都关掉了,苍白得像一张刚卸掉浓妆的脸。小区的那些女人换下演出服装在台下稀疏地坐着,各自看手机,彼此不怎么说话。陈英推着轮椅进来,章久淑坐在上面,左脚直挺挺地前伸,已经打上石膏固定的脚腕,又肥又大,白得刺眼。"嗨,我回来了。"章久淑笑嘻嘻地说。陈英看出她是故意的,故意无所谓,故意不在乎。

女人们霍地从椅子上站起,一个个跑过来,冲在最前面的是许三妹。

"急死了,怎么打电话都没接呢?"许三妹对校长看来也不客气。

校长说:"不好意思,刚才怕影响医生检查,手机调成静音了。"

许三妹盯着章久淑脚上的石膏,说:"这是……噢,这么严重啊。"

章久淑说:"没事,小问题,被他们扩大化了。"

校长说:"医生再三交代,得静养几个月,明天肯定不能上台了。"

女人们齐声噢地叫起来,互相对视了一下。

章久淑挥挥手说:"抱歉啊,临阵这样。不过没关系,你们明天照样演出。"

许三妹脱口问:"没有领舞了,怎么跳?"

其他人也说:"是啊,您不在,都不成形了。"

章久淑唇动动,看着许三妹,说:"三妹老师,您看能不能调谁出来领舞?"

许三妹扫了一圈,问:"谁可以?"

章久淑说:"王惠行吗?"

王惠头连摇几下,说:"我不行,我在群舞里都混得不清不楚,领舞的动作那么复杂,我哪能跳?"

章久淑说:"或者三妹老师您上吧。"

"我教得了,但早跳不动了。况且学员演出,老师不能上,这是老年大学很早就定下的规矩,每个队一直严格遵守,我们来打破不合适。"说这话时许三妹先是垂下眼睑看着章久淑的脚,慢慢又抬起头看到台上,然后目光转动,最后落到陈英脸上。"你,你现在也算小区里的人,要不你上?"她问得很小声,但很清晰。

非常安静,所有人都睁大了眼,盯着许三妹,又看着陈英。

王惠大声说:"怎么可能?"

许三妹脸转向王惠,说:"以前她也是我的学生,跳过这支舞,当时就是领舞……"

王惠嚷起来："以前？多久以前啊？以前是以前！"

许三妹抿抿嘴，长吁一口气，缓缓地说："在我教过的所有学生中，她是形体状态最好的一个，舞蹈的质感也好。当时我对她们的要求跟你们现在不一样，你们重在娱乐，她们却是按吃这碗饭的标准来训练的。说真的，当时她非常非常出色，独一无二地出色。可惜……不过人的肌肉是有记忆的，她基本功很扎实。"

王惠说："再扎实也是老皇历，早忘光了吧。明天下午就演出，怎么跳？"

陈英突然脱口说："我能跳。"这一刻，她觉得全身的血猛地一下都往脸上涌去，那里热辣辣的，仿佛有一堆干稻草被泼上油，点燃了。

许三妹瞄一眼她的脚，说："要不试试？"

过了很久——也许不太久，陈英点了点头。她的眼光也落到自己的脚面，她穿着黑色老北京布鞋。以前，在小学和中学，每次演出，她穿的都是这种鞋。

这时许三妹抓过一顶斗笠往她头上一扣，大声说："去，试试！"

陈英连忙举起双手，像溺水者求救般紧紧抓住帽檐。她戴了几十年帽子，到城里这些天，脑袋却一直敞着，现在重新戴上，一股踏实感霎时就从头顶向下蔓延了。

十

舞台上重新亮起灯，所有人都坐到台下。陈英脱掉外套，里头是紧身黑毛衣，下面是黑运动裤，整个人霎时一缩，像一株突然剥掉几层皮的树木。许三妹走近，手搭到她背上，小声说："以前的动作应该不记得了吧？没关系，动作可以简化点，走位大致在就行。队形和过去一样，没改，音乐也没改，只是重新用电脑混声合成加工过了。试一试，你自己把握啊。"

陈英唇动了动，短促地笑了一下。然后她俯身把章久淑用的小竹篓提起，系到腰间，从侧面的台阶一步一步登上，站到二道幕旁。等音乐时，她用牙把斗笠檐咬住，揪掉马尾辫，拢起头发，拉高，在头顶后方盘出一个小髻——这是从前的发型啊，从小学一年级一直到十六岁，她都梳这种发型。她觉得那一根根向上的发丝把她整个人一节节往上拉高了。

音乐响了，她猛地深呼深吸两口气，提起身子冲上台。眩晕，空洞，脚下虚无地踩着，恍惚间音乐终结，台上台下一片寂然。

许三妹走到轮椅前，俯身跟章久淑说着什么。章久淑过了一会儿才短促地答："再说吧。"

女人们接连站起，木着脸往外走。

陈英跑下台，推起轮椅。没有人跟她说话，她勾着头，也不想说。天全暗了，路灯初亮，树与房的边缘都是污浊混沌的。从老年大学回来的路上，车内黑乎乎的，没有声响，偶尔有人说话也是趴在耳边，声音细微神秘，辨不清内容。章久淑也沉着脸一句不吭，到家后就进了卧室。"没事，有事我喊你。"说着就关上门。

一会儿陈英的手机响了，是陈星。陈星说："你明天不能去跳那个舞，绝对不能！"

陈英问："你怎么知道的？"

陈星说："徐县长告诉我的。"

陈英问："他怎么知道的？"

陈星说："章部长告诉他的。徐县长也说你不能去跳，这太离谱了。"

陈英问："为什么？"

陈星嗓门一下子大了："你知道徐右林现在的麻烦有多大吗？你知道章部长帮一下我，对我有多重要吗？你怎么还敢去跳舞？"

陈英说："为什么不敢？"

陈星吼起来："你到底真傻还是假傻啊？那风头是你可以出的吗？台上那些都是什么人你不知道？你想想自己的身份，你是谁呀？你干吗在这时候去得罪她们？"

陈英牙齿轻轻咬住唇，把通话键摁掉了。陈星再打过来，她不接。陈星发了一串微信，每条都很长，她也不看。她知道自己是谁，如果那年不是陈星出生，她没有离开学校，她一点上大学、进中专的可能性都没有吗？上了学，像许三妹一样学舞蹈，即使摔伤，不能跳舞，毕业后也可以教学生跳，那她也许就能在市直机关工作和退休，然后也住进这个小区，成为正式业主，自然而然成为领舞。

陈英向章久淑卧室走去。坐在轮椅上不方便，比如喝水，比如去卫生间。但走到门外，她猛地立住了。门内传出说话声，章久淑在打电话，显然在争辩什么，声音不大，但频率很快。跟谁打？不知道。说什么？不知道。她其实是想听一听的，却猛地转身离开，心口那里像有无数双手重重掏着。

今天她上了台。

今天她跳了舞。

今天她把章久淑的位置取代了。

陈星说你以为自己是谁？她是谁？是谁？已经离开舞台几十年，她确实早不是当年那个陈英了，那一刻她哪来的胆竟敢说自己能跳，竟敢上去跳？她跳不了了。

手机又响了，这会儿是许三妹。

许三妹说："我微信号就是这个手机号，一会儿你加我。"

陈英没有答。

许三妹说："今天你跳时我录了视频，加微信后我发给你，你自己看看。"

陈英还是不答。在台上跳时，她脑中是空的，没有看到许三妹正录视频，她什么都没看到。若是看到，会吓着吧？会当即停下吧？

许三妹说："软开度还不错啊，跟以前虽不能比，但甩、拧、旋、转的脆劲和韧劲都还在。很好，完全超出预期。就是太拘谨了，明白吗？以前你多灵动，身带手带眼，情绪饱满，整个人完全融在音乐里，今天却没有，今天是僵的，眼里没光……喂，你在听吗？"

陈英轻轻嗯了一声。

许三妹说:"已经通知下去了,明天上午串排,全队参加。有些地方我还得帮你抠一抠,脊柱的流动感和动作末梢的延展还得注意一下。上午八点半,你们小区的排练厅,记住了,别迟到。"

陈英支吾着,说:"我……还是不去吧?"

许三妹马上说:"为什么不去?章部长也承认你确实跳得好。这个女人格局很大,她没任何问题,其他人由她去说服。你今天一出场,六个平转接顺风旗、小射雁亮相,就把她们都镇住了,所以你怕什么?确实有点匆忙了,但没办法,你是救场啊。去,明天上午多练几遍就熟悉了。就这么说定了吧,下午演出,章部长的服装你恰好可以穿。鞋呢,看上去你的脚跟我差不多大,也是38码吧?"

陈英又嗯了一声。

许三妹说:"那就好,明天我给你带一双驼色舞鞋。你一上去,我心就定了。"顿一下,她提高了声音,"你一上去,整支舞就撑起来了。"

陈英觉得后脑勺那里麻了一下。"你一上去,整支舞就撑起来了。"这话以前许三妹说过多少次啊,她那时太傻,没听出分量。她呼吸急促起来,像有支打气筒一下一下地把气往她体内充。"真的?"她小声问。

许三妹说:"我说过假话吗?明天演出我给你化妆!"

电话断了。好一阵陈英才垂下手,把手机抓在掌心,搁在双腿间。很快铃声又响了,陈星在那头急切地说:"我发了那么多微信,你都没看?"

刚才她跟许三妹通话间,微信叮咚叮咚响了好几次,但她确实没看。

陈星说:"徐右林刚才被带走了……你现在不要跟章部长再提起他,我的事也千万别提。记住,什么都不要说!先这样。"

陈英咧咧嘴,居然有一丝欣喜从胸口划过。徐右林被带走,这个结局还是到来了。恶要是没恶报,这世道怎么可能变好呢?

她把许三妹的微信加上,对方马上通过,发来视频。她看到自己了,穿一身黑——那么黑,那么……泪突然涌出,像两道溃堤的水。她用手重重抹了抹,再把巴掌摊到鼻尖外,双掌湿了,但干干净净,她的泪不是浊的。从小到大,她一张舞台照片都没有过,现在却在手机里动起来。腰肢显硬，肩颈偏僵，稳定性不够……但是，但是，她的肢体还是舒展的，旋转是有力道的，她原来真的还能跳。

她把视频收藏了，插上耳机，关了灯。四周暗下来，这么大的世界只剩下手机屏那么小一块在幽幽地发着光，光的中央是她，她拿着斗笠，系着竹篓，左旋右转，上提下蹲，穿手，顶胯，盘腰，蹬腿。"大海边哎沙滩上哎，风吹榕树沙沙沙响，渔家姑娘在海边哎，织呀织渔网，织呀嘛织渔网……"多好啊，仿佛把她的翅膀也织出来了，她在飞。

她抬头往窗外瞥了一眼，夜正越来越深，明天也就越来越近了。明天，她要找章久淑说一说陈星的事。她的弟弟陈星至少到现在为止都不贪不抢不嫖不赌，她为他付出这一切，都是值得的。

明天，她要参加排练，要正式重登舞台。不可能再有这样的机会了，这一生她只剩下这五分二十八秒能重新发一次光了。然后，等章久淑脚好了，她会离开这里，找一个海岛转转，去亲眼看一看大海、沙滩、渔网。

原载《十月》2023年第6期